Supernani

Di Giorgio Faletti
nel catalogo Baldini Castoldi Dalai *editore*
potete leggere:

*Io uccido*

Giorgio Faletti

# Niente di vero tranne gli occhi

Baldini Castoldi Dalai
*Editori dal 1897*
http://www.bcdeditore.it    e-mail: info@bcdeditore.it

Milano
ISBN 88-8490-793-4

*A Robertà, l'unica*

Canzone della donna che voleva essere marinaio

*Adesso soltanto adesso*
*che il mio sguardo sposa il mare*
*faccio a pezzi quel silenzio*
*che mi vieta di sognare*
*file di alberi maestri e mille e mille nodi marinari*
*e tracce di serpenti freddi ed indolenti*
*con il loro innaturale andare*
*e linee sulla luna che nel palmo ognuna*
*è un posto da dimenticare*
*e il cuore questo strano cuore*
*che su una scogliera già sa navigare.*

*Adesso soltanto adesso*
*che il mio sguardo avvolge il mare*
*io capisco chi ha cercato le sirene*
*chi ha potuto il loro canto amare*
*dolce nella testa come il giorno*
*della festa i datteri col miele*
*e forte come il vento che si fa tormento*
*e spezza il cuore agli uomini e alle vele*
*e allora non c'è gloria o voglia*
*che si possa bere oppure masticare*
*né pietra di mulino a vento*
*che quel sasso al cuore possa frantumare.*

Connor Slave
dall'album «Le bugie del buio»

# Prologo

Il buio e l'attesa hanno lo stesso colore.

La ragazza, che un giorno sarà seduta nell'oscurità come in una poltrona, ne avrà avuto a sufficienza dell'uno e dell'altra per averne paura. Avrà imparato fin troppo bene e a sue spese che la vista a volte non è un fatto esclusivamente fisico ma mentale. Improvvisamente, i fari di una macchina di passaggio disegneranno un riquadro luminoso che percorrerà le pareti con rapida furtiva curiosità, come alla ricerca di un punto immaginario. Poi, dopo la prigionia della stanza, quel ritaglio di luce ritroverà la libertà della finestra e tornerà fuori, all'inseguimento della macchina che l'ha generato. Oltre la cortina delle tende, oltre i vetri, oltre i muri, nel buio giallastro di mille luci e di mille neon, ci sarà ancora quella follia incomprensibile che chiamano New York, la città che tutti dicono di detestare e che tutti continuano ostinatamente a percorrere con l'unico scopo non dichiarato di capire quanto l'amano. E col terrore di scoprire quanto poco ne sono riamati. Così, si ritrovano a essere solo uomini, uguali a quelli che popolano tutto il resto del mondo, semplici esseri umani che si rifiutano di avere occhi per vedere, orecchie per sentire e una voce da contrapporre ad altre voci che gridano più forte.

Sul tavolino di fianco alla sedia su cui è seduta la ragazza ci sarà una Beretta 92 SBM, una pistola col manico di dimensioni leggermente ridotte rispetto al normale, appositamente costruita per adattarsi a una mano femminile. Prima di appoggiarla sul piano di cristallo avrà inserito con un gesto deciso il colpo in canna e il rumore dell'otturatore sarà rimbalzato nel silenzio della stanza col suono secco di un osso che si spezza. A poco a poco i suoi occhi si saranno adattati all'oscurità e riuscirà ad avere la percezione del luogo in cui si trova anche con le luci spente. Lo sguardo della ragazza sarà fisso sulla parete davanti a lei dove indovinerà, più che vederla, la macchia scura di una porta. Una volta, a scuola, ha imparato che guardando intensamente una superficie colorata, quando si distoglie lo sguardo resta impressa nelle pupille una macchia luminosa del colore esattamente complementare a quello fissato in precedenza.

La ragazza sentirà il proprio sorriso amaro fiorire nel buio.

I colori complementari sono quelli che mescolati insieme nella giusta quantità danno come risultato il grigio assoluto. Questo non può succedere con l'oscurità. Il buio genera solo altro buio. In quel momento, tuttavia, il buio non sarà il problema. Quando la persona che sta aspettando sarà arrivata, con il suo ingresso ridarà di colpo luce alla stanza. Neanche questo sarà il problema, e nemmeno la sua soluzione.

Dopo una strada apparentemente infinita percorsa per uccidere o per non essere uccisi, dopo un lungo viaggio in quel tunnel dove solo poche ridicole luci indicavano la strada, ora due persone saranno finalmente prossime a uscire nel sole. E saranno le uniche in possesso di quella condizione mentale che rappresenta da sola la parola, l'udito, la vista: la verità.

Una è lei, una ragazza troppo spaventata per sapere di possederla.

L'altra, naturalmente, sarà la persona che sta aspettando.

Lui, l'assassino.

# Parte prima

# New York

# 1

Jerry Kho, completamente nudo, si lasciò scivolare a terra fino a trovarsi in ginocchio sull'enorme telo bianco che aveva fissato al pavimento col nastro adesivo. Poi, dopo un attimo di raccoglimento che sembrava quello di un artista del circo prima della sua performance, tuffò le mani nella grande latta di vernice rossa che teneva fra le gambe e alzò le braccia verso il soffitto, lasciando che il colore scivolasse lentamente fino ai gomiti. C'era in quel gesto la liturgia di un rito pagano, quando nasconde l'umanità sotto il colore di una pittura sacra, alla ricerca di un'altra forma e un diverso contatto con uno spirito superiore. Con lo stesso movimento fluido e pieno di voluto misticismo, continuò a spalmarsi il colore su tutto il corpo, lasciando libere soltanto le zone intorno al pene, alla bocca e agli occhi. A poco a poco abbandonò il suo corpo di uomo per assumere la sembianza di quello che il colore rosso sangue gli conferiva e che desiderava rappresentare: una sola unica immensa dolente ferita, che secerneva umori da cui era impossibile staccarsi se non con la negazione della sua stessa natura umana.

Alzò gli occhi verso la donna che stava in piedi davanti a lui. Anche lei era completamente nuda, ma il suo corpo era tinto di un colore differente, quella particolare tonalità di azzurro intenso che viene comunemente definita *china blue*.

Jerry alzò le braccia e congiunse le mani con quelle protese della donna. I loro palmi si strinsero con un rumore soffocato per l'effetto ventosa del liquido contro il liquido e i colori iniziarono a fondersi e a macchiarsi l'uno dell'altro. Lentamente la guidò fino ad averla inginocchiata davanti a lui. La donna, di cui aveva completamente dimenticato il nome, era qualcosa di indefinibile sia come età sia come aspetto fisico. In condizioni normali Jerry l'avrebbe considerata poco più che ributtante, ma in quel momento la trovava perfetta per l'opera che intendeva comporre. Al contrario, riteneva che il disgusto, nella sua mente avvolta negli effetti delle pastiglie che aveva preso quella sera, ne fosse una componente essenziale. Mentre guardava i suoi seni leggermente penduli e avvizziti che nemmeno la maschera di quel colore acceso riusciva a migliorare, il suo pene cominciò a gonfiarsi. Non era per la nudità della donna, ma per l'effetto sessuale che la realizzazione di una delle sue opere aveva sempre su di lui. Si sdraiò lentamente sul candore immacolato del telo. La sua mente già era presa dal segno di colore che il suo corpo stava tracciando su quello che sarebbe diventato un solo enorme dipinto, suddiviso in pannelli di uguali dimensioni.

Per Jerry Kho l'arte rappresentata su una tela era soprattutto casualità, un avvenimento che l'artista poteva provocare e scoprire ma non creare. La creazione era affidata al caso o al caos. E dunque alle sole due cose che dal caso e dal caos venivano e ci ritornavano con la loro componente di naturale e artefatto: il sesso e la droga.

Jerry Kho era completamente pazzo. O almeno, nel suo assoluto narcisismo, amava considerarsi tale, mentre invitava con un gesto la donna ad avvicinarsi. La donna di cui non ricordava il nome si mise su di lui appoggiando le mani a lato dei suoi fianchi, con gli occhi socchiusi e il respiro leggermente affannoso. Jerry sentì i suoi capelli imbrattati di colore sfiorargli l'ombelico. Le afferrò la testa e la guidò verso il membro ora completamente eretto, che spiccava bianco sul suo corpo fagocitato dal colore. Le labbra di lei si aprirono e l'uomo sentì il calore vischioso e adorante della sua bocca avvolgerlo completamente.

Adesso loro due, agli occhi di Jerry, erano due macchie sovrapposte di diversa intensità riflesse nel grande specchio montato sul soffitto. Il movimento leggero della testa della ragazza si perdeva nella prospettiva. Sentiva il movimento senza riuscire a vederlo. Provò un senso di esaltazione, per quello che stava facendo e per il numero imprecisato di pastiglie che aveva in corpo. Aprì le braccia e premette le mani con il palmo aperto sul panno bianco sotto di lui. Quando riportò le mani sulla testa della donna, vide la traccia di colore che aveva lasciato sulla tela e questo aumentò la sua eccitazione. Lo specchio e il gioco con il riflesso erano trucchi vecchi come il mondo, di un tempo in cui qualcuno aveva l'abitudine di definire arte il patetico affannarsi di pennelli su una tela. Velázquez, Norman Rockwell e altri, tutti protagonisti di un passato che sapeva di muffa e di decomposizione.

Perché perdere tempo a dipingere un corpo su una tela quando il corpo poteva dipingersi da solo? E, nella sua estrema accezione, perché lo spreco di un supporto quando il corpo poteva diventare la tela di se stesso?

Vide nello specchio e sentì sulla pelle le mani blu della donna senza nome salire lungo i suoi fianchi, lasciando sul corpo rosso due strisce di colore.

Vide e sentì la voce soffiata arrivargli alle orecchie attraverso il riflesso.

«Oh, Jerry, io sono così...»

«Shhhhhh...»

Jerry la zittì appoggiandole un dito sulle labbra. Alzò la testa per guardarla. Il suo dito le aveva lasciato una traccia rossa sulla bocca. Rosso su rossetto. Sangue e vanità. Il crollo e la distruzione di ogni mito contemporaneo.

La sua voce fu un sussurro nella luce soffusa del loft, imbastardita a tratti da una fila di schermi televisivi senza audio, collegati tra di loro e programmati da un computer secondo una sequenza da screen saver con un serie di mescolanze di colori casuali e apparentemente senza soluzione di continuità. Solo ogni tanto quel delirio cromatico si interrompeva con un passaggio di dissolvenza che riduceva l'immagine in frammenti e li ricomponeva in un'altra di senso compiuto, una riproduzione fotografica di avvenimenti catastrofici che avevano sottolineato momenti orribili della vita sul pianeta. Immagini di migliaia di corpi che galleggiavano portati dalla corrente del fiume durante la pulizia etnica dei Tutsi nei confronti degli Hutu o immagini dell'Olocausto o il fungo atomico di Hiroshima che si alternavano a scene esplicite di sesso nelle sue più ardite varietà e interpretazioni.

«Silenzio, ora. Non posso parlare. Non devo parlare...»

Jerry si rimise sdraiato e obbligò la donna senza nome a stendersi al suo fianco e le indicò le loro figure nello specchio sul soffitto.

«Adesso devo pensare. Adesso devo *vedere*...»

In qualche modo Jerry riuscì a sentire l'emozione e l'eccitazione della donna senza nome rivestirla come un'aura. Si girò di scatto, le spalancò le gambe e la penetrò quasi in un solo movimento. Nell'irruenza di quel gesto ruvido urtò e fece cadere la latta di colore con cui si era dipinto e che era rimasta a terra accanto a loro. Il rosso della vernice si spalancò come una bocca stupita sul candore del telo.

Dalla sua posizione supina la donna vide la macchia aprirsi come se di colpo si fosse sparso tutto il sangue contenuto nel suo corpo. In quel momento divenne completamente partecipe dello scopo quasi liturgico di quella unione. Il suo desiderio divenne furia e cominciò a gemere sempre più forte, in sincrono perfetto con i violenti colpi che le sferrava l'uomo che teneva fra le reni. Iniziò fra loro due un frenetico balletto orizzontale che il colore disegnava sul panno come graffiti, la testimonianza di un movimento ancestrale che aveva come duplice scopo la soddisfazione del desiderio e il desiderio che quella soddisfazione non arrivasse mai.

Anche se la donna senza nome non lo sapeva, Jerry era convinto dell'inutilità di quel patetico sobbalzare di natiche che qualcuno aveva paragonato allo sbattere d'ali di farfalle sulla seta.

Ne era sicuro, come era sicuro del fatto che qualunque artista, per il semplice fatto di esserlo, portava dentro di sé i germi del proprio annichilimento, tutto ciò che era al tempo stesso nemesi e benedizione dell'arte.

Ognuno di loro era un fallito.

Per quante donne senza nome avessero scopato su tele assicurate al pavimento o pennelli portato a girovagare su una superficie disposta ad accoglierli e per quanto colore avessero fuso o sparso, ci sarebbe sempre stata un'opera a cui anelavano e che era sparita dalla mente senza lasciare traccia di sé dopo una breve fugace apparizione, il lampo subliminale di un'idea subito oscurata dalle immagini false e reali che la vita obbligava a portare negli occhi. Non poteva esistere l'uomo nel cerchio e nel quadrato perché non esistevano né il cerchio né il quadrato, ma soprattutto non esisteva l'uomo...

Con un lungo gemito sibilato la donna senza nome raggiunse l'orgasmo, tentando invano con le mani di aggrapparsi alla stoffa tesa sul pavimento. Nella mente di Jerry gli effetti della droga e del sesso avevano ormai scavalcato il grado di fusione giusto per non permettergli di resistere ancora. Scattò in piedi e masturbandosi freneticamente sparse il suo seme sui segni tracciati dai loro movimenti, quasi volesse in qualche modo innaturale e blasfemo inseminare la tela o manifestarle il suo ribrezzo infinito.

La donna senza nome capì quello che stava facendo e la consapevolezza di essere parte di quella creazione la coinvolse in un nuovo orgasmo, ancora più forte del precedente, che la obbligò a richiudersi in posizione fetale con lo scatto di un coltello a serramanico.

Svuotato di colpo di ogni motivazione, Jerry si lasciò scivolare a terra e si trovò sdraiato con il viso rivolto verso le grandi vetrate che illuminavano la parete della casa che dava sull'East River. Nonostante fossero al settimo piano, riusciva a percepire il riverbero della luna piena sull'acqua sporca del fiume, che solo quella luce poteva con il suo riflesso nobilitare in parte. Girò leggermente la testa e la trovò, un disco luminoso al centro della finestra all'estrema sinistra.

La sera prima, la radio aveva detto che ci sarebbe stata un'eclissi e che sarebbe stata visibile da quella parte della costa. In quel momento, un sottile bordo nero iniziò a rosicchiare il cerchio impassibile della luna.

Jerry si mise a tremare per l'emozione.

Gli ritornò alla mente quello che era stato un giorno fatidico per tutta l'America, l'11 settembre 2001, il giorno che nel suo Paese aveva trasformato le poche certezze in molte paure. Dopo l'impatto del primo aereo il clamore successivo aveva raggiunto le sue finestre aperte, un miscuglio fatto di urla umane e sirene e quel rumore inconfondibile generato dal panico di gente in fuga.

Era salito sul tetto della sua casa in fondo a Water Street e da lì aveva contemplato serenamente l'impatto del secondo aereo e quel capolavoro di distruzione che era stato il collasso delle Twin Towers. L'aveva trovato semplice e perfetto nella sua catastrofica enormità, un esempio di come la civiltà che avevano creato intorno a loro solo nella sua cancellazione poteva trovare un riscatto. E se questo valeva per gli elementi della civiltà, tanto più era valido per l'arte, che della civiltà rappresenta l'avamposto più avanzato in territorio nemico. Il fatto che migliaia di persone fossero morte in quel crollo non lo coinvolgeva più di tanto. Tutto era etichettato con un prezzo e, secondo lui, quelle morti non erano che pochi spiccioli di fronte a quello che il mondo aveva guadagnato dal rombo polveroso di quell'esperienza.

Da quel giorno aveva deciso di cambiare il suo nome in Jerry Kho, un gioco di parole volutamente facile con la parola Gerico, la biblica città le cui mura inespugnabili erano cadute al semplice suono di una tromba. Aveva deciso che avrebbe fatto cadere le mura e sarebbe caduto con loro.

Per quanto riguardava il suo vero nome, preferiva dimenticarlo, come tutta la sua vita precedente. Non c'era niente in quello che aveva vissuto che valesse la pena di essere conservato, nemmeno la memoria. Se l'arte era casualità, la sua distruzione era programmabile al pari della distruzione della sua stessa vita.

Percepì un movimento accanto a lui. Il corpo della donna senza nome che si avvicinava strisciando al suo, ostacolato dal colore che si stava asciugando. Sentì una mano toccargli la spalla e la voce di lei, fatta di fiato ancora caldo di piacere accanto all'orecchio.

«Jerry, è stato belliss...»

Jerry alzò le braccia e batté le mani fra di loro. Il sensore spense di colpo tutte le luci, facendoli cadere in una penombra che solo il totem degli schermi televisivi illuminava con la sua luce ambigua.

Appoggiò una mano sulla spalla della donna e la allontanò da sé con un gesto brusco.

*Non ora*, pensò.

«Non ora», disse.

«Ma io...»

La voce della donna si perse in un mugolio indistinto quando Jerry con una nuova spinta la allontano ancora di più da sé.

«Taci e non ti muovere», ordinò seccamente.

La donna senza nome rimase immobile e Jerry tornò a fissare il cerchio della luna, che adesso era per metà inghiottito dal buio. A lui non interessava che quello a cui stava assistendo avesse una ferrea spiegazione scientifica. Solo il *senso* di quello che vedeva era importante, contavano solo l'allegoria e la mistificazione.

Rimase a guardare l'eclissi sentendosi sprofondare nei postumi della droga e della fatica fisica, finché la luna non divenne un disco nero bordato di luce appeso nel cielo dell'inferno.

Allora chiuse gli occhi e, mentre scivolava nel sonno, Jerry Kho desiderò che non tornasse mai più.

# 2

La donna aprì gli occhi e subito li richiuse, ferita dalla luce del giorno che entrava dalle vetrate. Aveva bevuto parecchio champagne la sera precedente, e ora si sentiva la lingua impastata e un sapore terribile in bocca.

Si rese conto che aveva dormito completamente nuda sul pavimento e che era stato il freddo a svegliarla. Rabbrividì e si rannicchiò cercando calore nella stessa posizione in cui la sera prima aveva cercato scampo da un orgasmo troppo violento. Era stata un'esperienza devastante. Per la prima volta nella sua vita si era sentita completamente partecipe di qualcosa, era stata protagonista e vittima di un avvenimento che nel suo ricordo non aveva eguali e del quale sarebbe rimasta una traccia che le sarebbe appartenuta per sempre. Tenne gli occhi chiusi ancora un po', per conservare all'interno delle palpebre le immagini di quello che aveva vissuto, sentendo che la pelle d'oca arrivava a ricoprirle tutto il corpo, per il freddo e l'eccitazione.

Poi, con un sospiro, socchiuse con cautela gli occhi, pronta alla luce che li avrebbe accolti. La prima cosa che vide furono le spalle di Jerry Kho, ancora completamente nudo e ricoperto dalle squame della vernice rossa ormai rappresa, che si agitavano in un movimento che non riuscì a individuare. Il loft era illuminato dal chiarore azzurro del primo mattino a cui si aggiungevano gli scatti luminosi degli schermi televisivi. Probabilmente il totem era rimasto acceso tutta la notte. La donna si chiese se fosse proprio quello il modulo che...

Come se avesse percepito un cambio di presenza dietro di lui,

Jerry si girò e la guardò con occhi così arrossati che la donna ebbe l'impressione che la vernice con cui si era cosparso la sera prima fosse scivolata all'interno.

Jerry la guardò come se non la vedesse.

«Chi sei?»

Quella domanda la mise in imbarazzo. Di colpo provò un'assurda vergogna per la sua nudità. Si mise a sedere e si chiuse raccogliendo le gambe fra le braccia. Sentì la pelle tirare a causa della vernice rappresa che ancora la ricopriva. Ebbe la sensazione di mille microscopici aghi che la pungessero contemporaneamente. Il movimento fece raggrinzire l'epidermide e alcune scaglie colorate caddero sul telo bianco sotto di lei.

«Sono Meredith.»

«Certo, Meredith.»

Jerry Kho assentì leggermente con la testa, come se il nome della ragazza avesse dentro di sé il segno dell'ineluttabilità. Le voltò le spalle e tornò a spargere i colori sulla tela intingendo direttamente le mani nei barattoli di vernice che aveva al suo fianco. Meredith ebbe l'impressione che con quel semplice movimento l'uomo avesse in qualche modo cancellato la sua presenza dalla stanza e dal mondo intero.

La sua voce roca la sorprese mentre cercava di alzarsi senza provocarsi delle abrasioni alla pelle.

«Non ti preoccupare per il colore. È una vernice ad acqua non tossica, di quelle che si danno ai bambini per giocare. Basta che tu ti faccia una doccia e sparisce. Il bagno è in fondo a sinistra.»

Jerry sentì alle spalle i passi della donna che si allontanava. Poco dopo, lo scroscio della doccia.

*Lavati e vattene, Meredith-senza-nome...*

Conosceva quel tipo di donna. Se le avesse lasciato il minimo spazio si sarebbe incollata come un tatuaggio e lui non era quel tipo di uomo. Lei era stata un mezzo per arrivare all'opera che stava tracciando ora sul pavimento, un tramite e niente più. Adesso che il suo compito era finito, doveva sparire. Nella mente confusa dal *down* della droga, gli pareva di ricordare di averla incontrata la sera precedente a una prima a cui lo aveva trascinato LaFayette Johnson, il suo gallerista. In un posto sulla Broadway, gli sembrava. C'era una mostra fotografica, una reporter che aveva vissuto per un paio d'anni in Africa in un posto primitivo fotografando i componenti di una tribù in un habitat che cercava di spacciare per naturale e incontaminato. Jerry aveva notato la bizzarra somiglianza degli ornamenti, degli amuleti e dei feticci africani con quelli dei nativi d'America, accomunati dall'uso forzato degli stessi materiali.

Pelle, ossa, pietre colorate. Anche lì, l'essenza e la vanità.

L'unica differenza era l'assenza di frange sui vestiti. Non ce n'era motivo, d'altronde. Perché usare un artificio creato per scaricare la pioggia dagli abiti in un posto dove non piove quasi mai?

Si era aggirato a lungo tra quei visi e quelle voci e quei vestiti senza la minima curiosità di sapere chi fosse chi e cosa fosse cosa. Aveva attraversato sentendosi impermeabile quel muro invisibile fatto di parole che gli esseri umani erigono fra di loro quando credono di comunicare. Dopo un po' la noia aveva iniziato a distruggere l'effetto della pasticca di ecstasy che aveva preso prima di uscire di casa. Era per Jerry una di quelle sere in cui si trascinava per tutti i posti di Manhattan in cui ci fosse modo di stravolgersi. E sicuramente quello non ne faceva parte.

«Lei è Jerry Kho?»

Si era girato verso la voce che proveniva dalle sue spalle e si era trovato di fronte un essere di sesso femminile che per il suo grigiore pareva fatto di vigogna. Solo il rossetto sulle sue labbra era una macchia di rosso acceso. A Jerry aveva fatto venire in mente uno di quei filmati in bianco e nero dove, per scelta stilistica, c'è un solo particolare in tinta. L'adorazione negli occhi della donna brillava come il suo rossetto, era il secondo particolare colorato in quella storia piena di mille grigi che doveva essere la sua vita.

«Ho alternative?» aveva risposto distogliendo lo sguardo.

La donna non aveva rilevato il congedo implicito che il suo atteggiamento contemplava. Era andata avanti per la sua strada, forse innamorata della propria voce, come tutti lì intorno.

«Conosco le sue opere. Ho visto la sua ultima mostra. Era così...»

Jerry non avrebbe mai saputo quanto *così*... fosse stata la sua ultima mostra. Aveva continuato a fissare le labbra rosse della donna che si muovevano senza sentire le parole che ne uscivano e lì, in quella specie di inquadratura da film muto che i suoi occhi stavano realizzando, era nata l'idea. E l'idea, come tutte le benedizioni, aveva un suo rituale.

L'aveva presa per un braccio e l'aveva trascinata verso la porta.

«Se ti piacciono le mie opere, vieni con me.»

«Dove?»

«A far parte della prossima.»

Uscendo in strada, mentre cercavano di fermare un taxi, erano passati davanti alle vetrine di Dean & Deluca, il negozio di alimentari con i prezzi di Tiffany. Jerry aveva iniziato a ridere. Di colpo gli era arrivato il flash di uno dei soggetti africani che aveva visto poco prima nei ritratti, in giro per il negozio spingendo un carrello pieni di prodotti che costavano più della sua miserabile vita.

Un taxi si era fermato al gesto di Meredith-senza-nome e gli aveva evitato di dare una spiegazione alla sua risata.

Jerry ricordava la supina passività della donna quando le aveva chiesto di spogliarsi e la sua eccitazione quando aveva iniziato a cospargerla con il colore. In qualche modo aveva intuito, e la consapevolezza di quello di cui stava per fare parte aveva come contropartita il suo silenzio.

E adesso, il suono dell'acqua nella doccia. L'arte, divorata dalla tela, espelleva i suoi escrementi colorati attraverso lo scarico del bagno. Jerry si chiese se non valesse di più quello che stava scendendo giù per un tubo di quello che stava realizzando lui in quel momento.

*Arte e merda sono la stessa cosa. E c'è sempre qualcuno che riesce a venderla, sia l'una che l'altra.*

La stanchezza iniziò a farsi sentire. Sentiva gli occhi bruciare e lacrime riparatrici salire ad alleviare il fastidio. Mosse la testa lateralmente per stirare i muscoli del collo indolenziti. Aveva bisogno di qualcosa, qualunque cosa che lo aiutasse a uscire da quell'impasse fisica. E c'era una sola persona che potesse procurargliela. Si alzò e si diresse verso il telefono. Sollevò la cornetta senza curarsi di macchiare l'apparecchio con il colore fresco che gli imbrattava le mani. Compose un numero e poco dopo gli rispose una voce assonnata.

«Chi cazzo sei a quest'ora?»

«LaFayette, sono Jerry. Sto lavorando e ho bisogno di vederti.»

«Cristo, Jerry, sono le sei del mattino.»

«Non so l'ora. So che ho bisogno di vederti, adesso.»

Riattaccò senza aspettare la risposta. LaFayette Johnson avrebbe sacramentato il giusto e poi si sarebbe alzato e sarebbe venuto lì di corsa. Se aveva quello che aveva lo doveva per la maggior parte a lui ed era giusto che si comportasse di conseguenza.

Alzò gli occhi e osservò la sua immagine riflessa nello specchio appeso sopra il telefono. Gli apparvero l'orrore e la magnificenza del suo viso reso dèmone dal colore e decomposto come carne infetta dal modo con cui si era essiccato.

Sorrise alla sua immagine che dallo specchio gli restituì una smorfia indecifrabile.

«Tutto secondo i piani, Jerry Kho, tutto secondo i piani...»

Il ritorno di Meredith-senza-nome lo distolse da quel colloquio con se stesso, un dialogo che non avrebbe avuto mai fine perché non aveva mai avuto un inizio. La donna entrò nel campo riflesso alle sue spalle e Jerry si girò verso di lei. Si era lavata i capelli e indossava un suo accappatoio incrostato di macchie di colore che da tempo non conosceva il rito salutare di un lavaggio.

Adesso che si era tolta la tinta di dosso ed era sparita anche la minima traccia di trucco, era rimasta senza difese contro la spietata luce del giorno. La sua vulnerabilità era talmente manifesta che Jerry sentì di detestarla, per quel suo patetico attaccamento alla vita, per la sua disperata corsa alla ricerca di ricordi, per quella penosa luce di adorazione che aveva nello sguardo quando i suoi occhi si posavano su di lui. La detestava profondamente e nello stesso tempo invidiava la perfezione della sua nullità.

«Prendi i tuoi vestiti e vattene. Devo lavorare.»

Meredith-senza-nome arrossì e divenne Meredith-senza-parole. In silenzio, cominciò a raccogliere i suoi vestiti sparsi per tutto il pavimento, tenendo l'accappatoio chiuso con una mano per evitare che si aprisse mentre si piegava. Si girò di spalle e iniziò a vestirsi. Jerry vide a poco a poco il suo corpo approssimativo miracolosamente scomparire sotto gli indumenti. Quando si voltò di nuovo verso di lui, era tornata la donna grigia della sera precedente, svuotata dell'idea che l'aveva per poche ore resa attraente ai suoi occhi. Tese verso di lui l'accappatoio tutto macchiato con cui si era asciugata.

«Posso tenerlo?»

«Certo. Puoi tenerlo.»

Meredith-senza-nome sorrise. Strinse l'accappatoio al petto e si diresse verso la porta. Jerry la ringraziò mentalmente per essere uscita risparmiandogli un ultimo sguardo e uno stucchevole ultimo saluto. Rimase solo con le sue maledizioni. Quando sentì il rumore dell'ascensore che si metteva in moto, si mosse e andò a sdraiarsi supino al centro della tela fissata al pavimento. Aprì le braccia e lo specchio sul soffitto gli rimandò l'immagine del suo corpo crocifisso alla sua stessa opera.

Rimase a osservarla e osservarsi senza trovare la forza per riscuotersi e riprendere a lavorare. Il megaschermo frammentato in piccoli settori alla sua sinistra continuava a trasmettere le sue macchie di colore e le sue crude e lascive immagini senza soluzione di continuità. Quel totem gli era stato commissionato per essere esposto nell'enorme atrio del palazzo del governo dello Stato di New York ad Albany. Il giorno della sua installazione, alla presenza del governatore e di un pubblico adeguato, c'era stato un giusto mormorio di attesa e di eccitazione nel momento in cui il modulo era stato acceso. Man mano che le immagini si erano avvicendate, il mormorio era stato lentamente sostituito da un silenzio di pietra, al punto che della pietra stessa parevano fatti tutti i presenti.

Il governatore si era riscosso per primo. La sua voce stentorea era risuonata per il salone immenso come l'avvertimento di uno *stampede*.

«Spegnete questo scandalo!»

Lo scandalo era stato spento ma se n'era acceso subito uno molto più grande. Jerry Kho era stato denunciato per vilipendio alle istituzioni e atti osceni, ma il giudice che aveva firmato l'atto di accusa lo aveva contemporaneamente proiettato verso la fama e la notorietà. LaFayette Johnson, il gallerista che stava venendo da lui per rifornirlo di droga, aveva iniziato ad aggiungere zeri al valore delle sue opere e lui aveva accettato le conseguenze del proprio gesto. La condanna che ne era seguita ma anche la possibilità di scoparsi tutte le donne che voleva e i soldi per pagarsi ciò che il suo mercante d'arte gli stava portando.

Il suono del campanello alla porta d'ingresso ebbe per le orecchie di Jerry lo stesso significato delle parole *lupus in fabula*.

Senza curarsi di indossare nulla attraversò il caos del loft in cui viveva e lavorava e andò ad aprire. Si trovò davanti il battente socchiuso e rimase interdetto.

Quell'idiota di Meredith uscendo non aveva chiuso bene la porta. Se dall'altra parte ci fosse stato LaFayette, sarebbe entrato senza suonare.

Quando aprì del tutto l'uscio, c'era una figura d'uomo avvolta nell'ombra del pianerottolo. La luce doveva essersi guastata e non riusciva a capire chi fosse. Sicuramente non era LaFayette, perché la sagoma che percepiva nella semioscurità era un po' più alta di quella del gallerista.

Ci fu un attimo di pausa, quell'attimo di sospensione di tempo e di vento prima che inizino a cadere le prime gocce del temporale d'estate.

«Salve, Linus. Non vuoi far entrare un vecchio amico?»

La voce gli arrivò da una penombra che rappresentava mille nebbie e mille anni fa. Non la sentiva da molto tempo, eppure la riconobbe immediatamente. Come tutti, Jerry Kho aveva fantasticato spesso, sotto i fumi della droga, sulla propria morte, la sola vera certezza che un uomo possiede. Aveva desiderato quello che ogni artista desidera: poter essere lui a rappresentarla e definire il colore e la tela che sarebbero stati il suo sudario.

Quando l'uomo sul pianerottolo uscì nella luce ed entrò nella stanza, Jerry ebbe le sue conferme e seppe che ogni sua fantasia stava per essere superata dalla realtà. Mentre lo guardava negli occhi, non si curava della pistola che stringeva in pugno. L'unica cosa che riusciva a vedere distintamente era una mano ignota che gettava un secchio di vernice nera su quel discutibile dipinto che fino ad allora era stata la sua esistenza.

# 3

LaFayette Johnson parcheggiò la sua Nissan Murano nuova di pacca nello slargo su Peck Slip all'angolo con Water Street. Tolse le chiavi dal quadro e si chinò a prendere un piccolo pacchetto nascosto in uno scomparto sotto il sedile di guida. Scese dalla macchina e premette il tasto di chiusura del telecomando. Mentre ne riceveva in cambio il lampeggio delle quattro frecce, si stiracchiò respirando una lunga boccata d'aria. Si era levata una leggera brezza calda che arrivava da sud e portava un vago sentore di salmastro, spazzando via le poche nubi che sino al giorno prima avevano ingrigito il cielo. Adesso, sopra la sua testa, c'era un azzurro incredibile che, come tutte le ricompense, aveva una rivalsa. Alzando gli occhi, in mezzo ai grattacieli o nelle strade strette come quella, se ne poteva vedere solo un piccolo riquadro. A New York, il sole e il cielo e il panorama erano un privilegio dei ricchi.

E lui finalmente lo stava diventando. Ricco a palate, grazie a quel pazzo debosciato di Jerry Kho. E a quello che era e che era stato. La sua telefonata lo aveva svegliato ma non lo aveva sorpreso. Quando la sera prima lo aveva visto uscire dal posto in cui stavano in compagnia di quello sgorbio, sapeva benissimo la funzione che la ragazza aveva nella mente bacata di Jerry. Lui, quella donna, non l'avrebbe scopata nemmeno con l'uccello di un altro, però non aveva niente da eccepire se la sua gallina dalle uova d'oro aveva bisogno di certe mortificazioni per sfornare quelle croste che personalmente gli facevano ribrezzo ma di cui il pubblico pareva affamato. Le opere di Jerry avevano dato inizio a una nuova corrente di interesse verso l'arte figurativa e gli artisti emergenti. I collezionisti di nuovo stavano uscendo allo scoperto e cominciava a circolare parecchio denaro. Sembrava di essere ritornati ai bei vecchi tempi di Basquiat e Keith Haring. E lui, come aveva fatto quella vecchia volpe di Andy Warhol, si era accaparrato uno dei cavalli vincenti. Però doveva accudirlo e coccolarlo e nutrirlo come si conviene a un animale di razza. Non gli interessava che le idee di Jerry avessero come carburante quasi ogni tipo di droga reperibile in commercio. LaFayette era abbastanza scafato da non avere il minimo scrupolo e Jerry abbastanza adulto da essere in grado di scegliere il proprio mezzo di distruzione. Il cambio gli pareva, tutto sommato, equo. Lui gli avrebbe fornito ogni cosa fosse in grado di infilarsi nel corpo e come ricompensa avrebbe avuto il cinquanta per cento di ogni cosa fosse uscita dalla sua testa.

LaFayette Johnson infilò il pacchetto nella tasca della tuta sportiva che indossava e si mosse costeggiando i palazzi con i mattoni a vista fino a svoltare a destra in Water Street.

Il trancio del ponte di Brooklyn che si trovò di fronte era illuminato dal sole, ma la luce non era ancora scesa a riscattare dall'ombra Water Street. Si vedevano sul ponte le macchine scorrere e già salivano i rumori del traffico del mattino senza arrivare a rompere il silenzio della strada.

Alle sue spalle c'era il South Street Seaport District, ormai completamente ristrutturato e diventato sede di boutique e posti adatti per i turisti, come il vecchio mercato del pesce e il Pier 17 affacciato sulle acque dell'East River.

Una cosa aveva sempre trovato strana in quella metropoli, fin da quando c'era arrivato la prima volta. Nonostante Manhattan fosse un'isola e New York fosse sulla costa, era difficile riuscire a considerarla una città di mare. Lì, l'oceano diventava fiume e il fiume si confondeva con l'oceano in un continuo gioco di guerriglia, come se il mare, quello vero, disdegnasse quell'angolo di mondo e facesse arrivare lì solo le proprie scorie. Soltanto i gabbiani parevano i depositari di quel confine in continuo conflitto. Qualche volta, persino su ad Harlem era possibile trovarne qualcuno salito a contendere il cibo ai piccioni, ma questo era tutto.

Si girò a guardare la sua lucida macchina nuova e sorrise. Pensò a quanta strada aveva messo fra sé e gli stracci della sua infanzia. Ora, molto tempo dopo, poteva finalmente permettersi tutti i giocattoli a cui avrebbe avuto diritto da bambino.

Il ricordo, nella sua testa, era come avvolto dal fumo, quasi che una parte nascosta di lui stesse facendo di tutto per cancellarlo definitivamente dalla memoria. Aveva sedici anni quando era fuggito dal paesino della Louisiana in cui era nato, un posto in bocca ai lupi dove l'attesa sembrava far parte del Dna degli abitanti. Tutti stavano lì, così occupati a sonnecchiare da non riuscire nemmeno a dormire come si deve. E aspettavano. L'estate, l'inverno, la pioggia, il sole, il passaggio del treno, l'arrivo degli autobus. Aspettavano l'unica cosa che non sarebbe arrivata mai: la vita. Three Farmers, poche case cadenti poste intorno a un crocevia, dove l'unico prodotto degno di nota parevano essere le zanzare e l'unica aspirazione della gente del luogo una caraffa di limonata fresca. Gli venne in mente la battuta che aveva sentito una volta in un film e della quale si era appropriato.

*Se fossi Dio e volessi fare un clistere al mondo, infilerei la cannetta a Three Farmers...*

C'era sua madre, invecchiata prima del tempo nell'odore forte della cucina *cajun* e con le smagliature che le divoravano persino i polpacci dietro alle ginocchia, e c'era suo padre, che concepiva la famiglia solo come un posto in cui sfogare le frustrazioni e la rabbia quando aveva bevuto un po'. Quando LaFayette Johnson si era stufato di patate e botte, una sera che suo padre aveva provato di nuovo ad alzare le mani su di lui, gli aveva fracassato i denti con una vecchia mazza da baseball e se n'era andato, arraffando tutti i soldi che aveva trovato in quella stamberga fetente che non era mai riuscito a chiamare casa.

Addio Louisiana.

Era stato un viaggio lento e lungo, ma alla fine della strada, salve New York.

Se avesse avuto la patente, sarebbe forse diventato uno dei mille tassisti di passaggio sulla scena newyorkese, fra i tanti indiani, pachistani ed etnie varie. Era stato costretto a darsi da fare, e poi finalmente anche lui era inciampato nella sua pepita d'oro. Aveva trovato lavoro come fattorino in una galleria nella zona di Chelsea, diretta da un mercante d'arte di nome Jeffrey McEwan, un tipo di mezz'età snob e leggermente effeminato, vestito perennemente all'inglese. Appena lo aveva conosciuto, LaFayette era riuscito a soffocare a stento una risata quando si era chiesto se quell'uomo usasse la carta igienica come *cache-col* tutte le volte che andava a cagare.

Il sorriso sul volto di LaFayette Johnson si allargò e divenne una smorfia di commiserazione mentre procedeva con le tasche piene di droga verso la casa di Jerry Kho.

*Cristo, che ipocrita di merda che eri, Jeffrey McEwan.*

Malgrado fosse sposato, quella checca di Jeff aveva un culo che avrebbe potuto fare da galleria per un trenino elettrico e una carnagione bianca e molliccia che non era mai riuscito a toccare senza provare un brivido di disgusto. Ma era ricco e gli piacevano i ragazzi belli, giovani e con la pelle scura. A LaFayette piacevano le donne, ma aveva tutti i requisiti che interessavano al suo vizioso datore di lavoro. Aveva capito fin da subito che quel fatto poteva rappresentare una svolta decisiva nella sua vita. Teneva in mano una chance e doveva stare attento a non sprecarla. Era iniziato così un gioco fatto di sguardi e di silenzi, facendosi avanti senza preavviso e ritraendosi astutamente quando tutto sembrava dovesse succedere. Dopo qualche mese di questa manfrina il vecchio Jeffrey McEwan era cotto e rosolato a puntino. Il colpo di grazia era stato quando LaFayette si era *per caso* fatto sorprendere nudo sotto la doccia nel bagno della galleria. Quel vecchio frocio era letteralmente impazzito. Era caduto in ginocchio davanti a lui, gli aveva abbracciato le gambe e piangendo gli aveva dichiarato il suo amore biascicando ogni promessa e ogni giuramento possibile.

LaFayette gli aveva sollevato la testa, gli aveva infilato il cazzo in bocca e dopo se l'era inculato con violenza obbligandolo a piegarsi sul lavandino del bagno, tenendolo premuto con una mano sulla schiena e stringendogli i capelli fini e rossicci con l'altra per costringerlo a osservare le loro immagini nello specchio.

A quel punto il vecchio McEwan, incurante di ogni conseguenza, aveva lasciato la moglie ed erano andati ad abitare nello stesso appartamento. Erano diventati soci e avevano iniziato a lavorare insieme, almeno fino a quando Jeff non aveva pensato bene di lasciare la scena alla grande, stroncato da un infarto al vernissage di un pittore piuttosto quotato del quale avevano l'esclusiva.

Purtroppo per LaFayette, quell'idiota culattone non aveva mai divorziato e quella stronza della moglie si era beccata ogni cosa del patrimonio di Jeff che non fosse intestata a lui, il che ammontava a circa il cinquanta per cento.

Tutto sommato, non gli era andata male.

Ma c'era un'altra cosa che Jeff gli aveva lasciato come eredità e che nel suo lavoro valeva tutti i soldi del mondo: gli aveva insegnato il valore della cultura. LaFayette Johnson aveva capito che la conoscenza rappresentava i suoi ferri del mestiere e si era adeguato. Quando la moglie del suo amante lo aveva sfrattato dalla galleria a Chelsea, lui era ormai in grado di camminare con le proprie gambe. Aveva seguito la corrente che lentamente stava spostando il centro d'interesse per l'arte figurativa nel quartiere di Soho. Aveva comperato un grande locale al secondo piano di un elegante edificio in corso di ristrutturazione in Greene Street, una piccola strada con la pavimentazione in selciato, quasi all'angolo con la Spring. Aveva aperto la L&J Gallery, tenendo fede al suo proposito che d'ora in poi la sola società che avrebbe fatto sarebbe stata con se stesso. Alla fine di tutto, gli erano rimasti solo il piccolo appartamento in cui abitava e il loft al settimo piano in Water Street dove aveva piazzato Jerry.

Continuò a camminare di buon passo sulle sue Nike verso il portone della casa.

Passò davanti a una steakhouse, chiusa a quell'ora, e si ammirò nel riflesso delle vetrine. Un bell'uomo di colore sui quarant'anni che indossava una tuta Ralph Lauren e sul quale il successo, quello vero, pareva aver fatto una grossa puntata. Propose alla sua immagine la frase che di solito Jerry Kho usava per se stesso.

«Tutto secondo i piani, LaFayette, tutto secondo i piani...»

Passò davanti a un cancello semiarrugginito, chiuso da una catena con il lucchetto. Oltre la griglia sdrucita, in un cortile in fondo al vicolo, si intravedevano delle macchine piuttosto malandate. Un cartello appeso fra la ruggine invitava il mondo a tenere i cani al guinzaglio.

Arrivò davanti al portone di Jerry, un palazzo con inserti in pietra arenaria dalla tinta slavata e le scale antincendio esposte sulla facciata. Frugò in tasca alla ricerca delle chiavi e si accorse di averle dimenticate sul SUV. Premette il pulsante del campanello, augurandosi che quell'idiota di Jerry non fosse sprofondato di colpo nei postumi della droga e riuscisse a sentirlo.

Premette due volte e non ebbe nessuna risposta.

Stava per tornare indietro a recuperare le chiavi in macchina, quando una figura emerse dalla penombra dell'androne e fece scattare l'apriporta. Era un uomo che indossava una tuta da jogging grigia con il cappuccio calato a nascondergli il viso e che portava un paio di occhiali da sole.

Teneva la testa leggermente inclinata in avanti e per tutto il tempo del loro breve incontro si mosse in modo che LaFayette non riuscisse a vederlo in volto. Uscì come se avesse fretta, urtandolo piuttosto violentemente senza offrire in cambio il minimo accenno di scuse. Subito fuori dalla porta raddrizzò la testa e le spalle e impostò la sua andatura in una corsa leggera.

LaFayette lo seguì con lo sguardo mentre si allontanava. Notò che correva in modo strano, ondeggiando, come se avesse un problema alla gamba destra e fosse costretto a dosare il peso quando appoggiava il piede a terra.

*Testa di cazzo.*

Questo fu il lapidario commento di LaFayette Johnson nei confronti di tutti i *runners*, e di quello in particolare, mentre entrava nell'atrio e premeva il pulsante dell'ascensore. La porta si aprì immediatamente, il che significava che la cabina era al piano. Probabilmente l'aveva utilizzata il discutibile atleta che era appena uscito. Sportivo sì, ma non fino al punto di utilizzare le scale. O forse il problema che aveva alla gamba gli impediva di fare i gradini in modo agevole...

LaFayette scosse le spalle. Aveva altre cose a cui pensare al posto di un rozzo e zoppo aspirante maratoneta. C'era Jerry da foraggiare e da far lavorare al massimo della velocità possibile. Aveva intenzione di organizzare una mostra per l'autunno e intendeva avere la più vasta scelta possibile. Poche cose ma estremamente rappresentative. Aveva già organizzato un giro giusto con alcuni collezionisti fra quelli che si potevano considerare degli *opinion leaders* e mosso le sue pedine per avere l'appoggio della stampa specializzata, quella che contava veramente.

Era arrivato il momento di fare il passo lungo, quello che li avrebbe portati da New York all'America e al resto del mondo.

L'ascensore si aprì con un fruscio metallico sul pianerottolo del settimo piano, completamente occupato dall'appartamento di Jerry.

La porta era socchiusa.

Improvvisamente e senza una ragione, LaFayette Johnson sentì uno strano sapore di ruggine foderargli la bocca. Se esisteva per ognuno un sesto senso, probabilmente in lui si era attivato in quel preciso istante.

Spinse il battente dalla vernice scrostata ed entrò nel loft in cui viveva e lavorava Jerry. Lo accolse il solito caos composto da colore, disordine e sporcizia in uguale misura, che pareva essere l'unico ambiente possibile per la sopravvivenza del suo artista.

«Jerry?»

Silenzio.

LaFayette si mosse lentamente in quel delirio di tele, piatti e lattine di birra, avanzi di cibo, libri e lenzuola dalla tinta resa approssimativa dal troppo uso e dai pochi lavaggi. Sulla sinistra, di traverso rispetto alla porta d'ingresso, c'era uno scaffale metallico su cui Jerry teneva le latte di colore e tutto il materiale che usava per la realizzazione delle sue opere. Davanti a lui, a terra, un telo bianco pieno di tracce colorate.

Nell'aria c'era un forte odore di vernice.

«Ehi, Jerry, non devi lasciare la porta aperta. Sai che se entrasse un ladro potrebbe in un colpo solo diventare proprietario di un sacco di capolavori dell'arte contemp...»

Mentre diceva queste parole, aveva superato l'ostacolo rappresentato dallo scaffale. Quello che vide fece perdere contemporaneamente a LaFayette Johnson la parola e ogni residua considerazione della body-art.

Jerry Kho, completamente nudo e ricoperto di vernice rossa essiccata, sedeva contro il muro in una posizione così buffa che solo la morte poteva trasformare in tragica. Aveva il dito pollice della mano destra infilato in bocca. La mano sinistra era fissata a sostenere una coperta al lato del viso in modo da coprire l'orecchio. Gli occhi di Jerry, spalancati sul nulla che vedevano in quel momento, parevano pieni di orrore e stupore per il modo beffardo in cui qualcuno aveva composto il suo corpo.

Dietro alle spalle, disegnato sulla parete bianca con una bomboletta di vernice blu, all'altezza della testa del cadavere, c'era un fumetto a forma di nuvola, uguale a quelli che di solito nei *comics* stanno a indicare il pensiero del personaggio. Nella nuvola, con la stessa vernice, la stessa mano aveva scritto un numero:

84336286747 [46]

Il sapore che LaFayette aveva in bocca divenne nausea e la nausea divenne un artiglio d'acciaio gelato nello stomaco. Realizzò di colpo due cose. La prima, che la sua gallina non avrebbe deposto uova d'oro mai più. La seconda, che era nei guai. E c'era un solo modo per cavarsene. Una volta tanto, doveva agire secondo le regole.

Tirò fuori il cellulare dalla tasca della tuta e compose freneticamente il 911. Quando l'operatrice rispose con voce cortese e impersonale, riferì di aver scoperto un omicidio. Diede il proprio nome e l'indirizzo promettendo che sarebbe rimasto sul posto in attesa dell'arrivo della polizia.

Immediatamente dopo, con la videocamera del Panasonic, iniziò a scattare foto del cadavere da tutte le angolazioni. Ci sarebbe stato sicuramente più di un giornale disposto a pagare a peso d'oro quelle istantanee, anche se di qualità non eccelsa. Subito dopo si infilò in bagno e gettò nella tazza le pastiglie che aveva in tasca. Premette il pulsante che azionava lo sciacquone e, mentre il flusso d'acqua se le portava via disegnando un piccolo gorgo, LaFayette Johnson si chiese in che modo avrebbe potuto portare via da quel merdaio tutte le tele presenti di Jerry Kho, uno dei tanti stupidi artisti maledetti che in quel momento, pace all'anima sua, aveva già iniziato ad affrescare le pareti dell'inferno.

# 4

In piedi davanti alla finestra, Jordan Marsalis stava guardando il camion dell'impresa di traslochi che usciva dall'area di parcheggio che avevano riservato davanti a casa sua. Solo pochi minuti prima, mentre dall'uscio aperto ancora si sentivano i commenti degli uomini di fatica che scendevano le scale, aveva firmato la ricevuta che il responsabile della ditta gli tendeva. Era un nero enorme, con il fisico da *wrestler* e grossi bicipiti che gonfiavano le maniche della tuta gialla e rossa che indossava. Sulla schiena c'era stampata in nero la scritta «Cousins», il logo della società di traslochi e custodia di Brooklyn a cui aveva affidato i pochi mobili contenuti nel suo appartamento di cui gli importasse qualcosa. Gli altri sarebbero stati a disposizione del nuovo inquilino della casa. Jordan aveva messo uno scarabocchio che rappresentava la sua firma su quel foglio e contemporaneamente aveva dato il consenso per l'archiviazione, insieme a quei mobili, di un pezzo della sua esistenza in un magazzino da qualche parte, in qualche posto che non conosceva. Così, la sua vita passata e la sua vita futura sarebbero state esattamente uguali. Tutt'e due da qualche parte, in qualche posto che non conosceva.

«Prego, signore.»

Mentre gli tendeva la sua copia della ricevuta, l'uomo aveva guardato la tuta di pelle da motociclista che Jordan indossava con curiosità mista a invidia. Jordan aveva infilato una mano nella tasca e aveva estratto un biglietto da cento dollari.

«Tenga, si faccia un bicchiere d'addio per conto mio e ogni tanto dia un'occhiata alla mia roba.»

L'uomo aveva intascato il biglietto di banca con un gesto solenne e l'espressione maliziosa dei giuramenti infantili.

«Sarà fatto, signore.»

Era rimasto in piedi davanti a lui senza accennare ad andarsene. Aveva fatto una pausa e lo aveva guardato negli occhi.

«Probabilmente non sono fatti miei, però mi pare che stia partendo per un lungo viaggio. E lei ha l'aria di un viaggiatore con un punto di partenza ma senza un punto preciso d'arrivo.»

Jordan era rimasto sorpreso dall'improvvisa luce di intelligenza che si era accesa negli occhi del suo interlocutore. Fino a poco prima aveva messo fra di loro la barriera amorfa del rapporto di lavoro, che vieta ogni espressione al di fuori della professionalità. L'uomo non aveva atteso per discrezione alcun gesto di conferma.

«Le confesso che vorrei essere al posto suo. In ogni caso, dovunque sia diretto, buon viaggio.»

Jordan aveva sorriso e lo aveva ringraziato con un cenno del capo. L'altro si era girato e si era avviato verso la porta. Prima di uscire aveva voltato la testa dalla sua parte.

«Be', vede come è strana la vita...»

Aveva fatto un gesto con la mano che comprendeva le loro due persone.

«Indossiamo tutti e due la stessa cosa, una tuta. Solo che per lei vuol dire la libertà, per me la galera.»

Senza aggiungere altro, era uscito e aveva chiuso delicatamente la porta alle sue spalle, e Jordan era rimasto solo.

Non appena il camion ebbe svoltato l'angolo, si allontanò dalla finestra e si diresse verso il vecchio divano dalla fodera lisa e la carcassa precaria che stava davanti al camino. Chiuse la serratura a scatto della sacca impermeabile nella quale aveva infilato i pochi abiti di cui poteva aver bisogno lungo la strada, prese il casco e ci infilò dentro i guanti e il sottocasco. Girò la testa verso l'ampia vetrata del salone e rimase un attimo a guardare i giochi della luce sulle finestre del palazzo di fronte.

Aveva affittato il suo appartamento tramite un'agenzia a qualcuno che nemmeno conosceva, un tipo di fuori che intendeva trasferirsi a New York. Questo Alexander Guerrero aveva visto la casa attraverso foto digitali spedite via e-mail e aveva fatto pervenire, con le referenze e le opportune garanzie dell'agenzia, un assegno con la cauzione richiesta e sei mesi di affitto anticipato. Così, era diventato il nuovo inquilino di un buon appartamento di quattro stanze al 54 West della 16esima Strada, fra la Quinta e la Sesta Avenue.

*Be', congratulazioni, signor Guerrero, chiunque tu sia...*

Jordan mise la sacca in spalla e si avviò verso la porta. Il suono dei suoi passi sul pavimento di legno si scompose in uno strano riverbero nell'appartamento semivuoto. Aveva appena appoggiato la mano sulla maniglia della porta quando arrivò la telefonata.

Si voltò lentamente e rimase a fissare interdetto l'apparecchio telefonico che stava appoggiato sulla mensola di travertino del camino. Aveva già inviato da alcuni giorni la disdetta alla AT&T e non pensava che fosse ancora in funzione. Il telefono continuava a suonare e Jordan non riusciva a decidersi a percorrere i pochi passi che lo separavano da quel suono e dall'incognita che quel suono rappresentava. Non aveva la minima curiosità di sapere chi o perché. Nella sua mente, lui era già sulla strada, un proiettile colorato sparato da una parte all'altra del paesaggio, il fruscio dell'aria sulla carenatura, una strada che correva davanti alla ruota anteriore della sua moto, una linea bianca riflessa negli occhi e sulla visiera del casco integrale. Anche se ancora stava lì, New York era già un ricordo e, fra tutti i ricordi che possedeva, nemmeno il migliore.

C'era stato un tempo in cui quella città aveva contato qualcosa per lui. A volte New York è una cattiva consigliera, ha il dono di farti sentire pieno di energia senza lasciarti la possibilità di capire quanta te ne stia in realtà togliendo. Lui invece lo aveva capito fin dall'inizio e lo aveva accettato, pur di avere in cambio l'opportunità di essere contemporaneamente quello che desiderava di essere e quello che era.

Poi, un giorno, era stato costretto a fare una scelta, ed era una di quelle scelte senza possibilità di ritorno. La vita spesso offre dei privilegi ma, altrettanto spesso, la vita li rivuole indietro. Qualcuno, non ricordava chi e dove, gli aveva detto che il successo e la gioventù sono cose che prima o poi bisogna restituire. Se questa era una delle inderogabili direttive dell'esistenza, lui aveva pagato il suo obolo. Jordan aveva capito da tempo che le cose che gli interessavano nella vita non se le poteva comperare, ma era costretto a guadagnarsele. Quando si era trovato nell'impossibilità di farlo, aveva affittato la sua casa e aveva deciso di abbandonare la città.

E adesso, il telefono.

Con un sospiro si avvicinò all'apparecchio, gettò la sacca e il casco sul divano e sollevò di malavoglia la cornetta.

«Pronto...»

Gli arrivò all'orecchio un rumore di fondo soffocato e ritmico, dal quale emerse una voce conosciuta.

«Jo, sono Chris. Ti ho chiamato al cellulare ma è spento. Grazie al cielo sei ancora in città.»

Jordan fu sorpreso di sentire la voce di suo fratello. Era l'ultima persona che si aspettava di trovare all'altro capo del telefono. C'era ansia in quella voce e qualcosa di nuovo, qualcosa che non avrebbe mai pensato di sentire nella voce di Christopher Marsalis.

C'era paura.

Jordan fece finta di non accorgersene.

«Il cellulare non mi serve in questo momento. Stavo per partire. Che c'è?»

Chris lasciò trascorrere un attimo di silenzio, cosa piuttosto insolita nella sua conversazione. D'abitudine, non era il tipo da concedere pause, né a sé né agli altri.

«Hanno ucciso Gerald.»

Jordan ebbe di colpo come una sensazione di déjà vu, forse più simile al senso di stupore di fronte all'avverarsi di una profezia che non a qualcosa che si ha l'impressione di aver già vissuto. Si rese conto che, in qualche modo, quella era una notizia che si aspettava da tempo. La sentiva aleggiare sulla sua testa come una premonizione tutte le volte che pensava a quel ragazzo.

Riuscì a tenere calma la voce e a non scivolare in quello che si agitava nella voce di suo fratello.

«Quando?»

«Stanotte. Stamattina, non so. Il suo gallerista poco fa è passato da casa sua e ha trovato il cadavere.»

Jordan non poté impedirsi di pensare che molto probabilmente quel figlio di puttana di LaFayette Johnson non era passato da Gerald a quell'ora del mattino solo per una visita di cortesia. Nessuno era mai riuscito a incastrarlo, ma sapevano tutti in che modo pagava le opere del suo protetto. La nuova pausa di sospensione nel discorso di Christopher gli fece capire che anche lui pensava la stessa cosa.

«Tu dove sei adesso?»

«Ero ad Albany per un convegno dei democratici. Appena mi hanno avvertito, ho preso un elicottero. Atterreremo fra poco all'eliporto sull'East River, a downtown. Cristo, Jordan, mi hanno detto che l'hanno trovato in uno stato terrificante...»

A Jordan parve di sentire il tremolio delle lacrime nella voce di Chris. Anche questo era nuovo.

«Vengo subito.»

«Gerald stava...»

Jordan si rese conto di colpo che suo fratello aveva parlato di Gerald al passato. Si sentì stranamente restio a mettere subito, lì e ora, una lapide sul suo cadavere ancora caldo.

«Lo so dove sta... In fondo a Water Street.»

Dal tono della voce di Chris, Jordan non riuscì a capire se avesse rilevato il senso di quella precisazione. Stava per abbassare la cornetta, quando l'uomo dall'altra parte disse qualcosa e interruppe il suo gesto.

«Jordan...»

«Sì?»

«Sono contento di averti trovato ancora a casa.»

Jordan si sentì stranamente imbarazzato. Rispose con la stessa voce e disse la prima cosa che gli venne in bocca, perché in realtà non aveva in mente nulla da dire.

«Ok, arrivo.»

A volte, nelle sue fantasticherie, aveva avuto la sensazione che New York fosse una cosa viva, un'entità a se stante, una volontà aliena e sotterranea, qualcosa che avrebbe continuato a funzionare anche se di colpo tutti gli esseri umani fossero spariti. Le luci avrebbero continuato ad accendersi e spegnersi, la Subway a girare e i taxi a percorrere le strade anche quando non ci sarebbe stato più nessuno all'angolo di una strada ad alzare una mano per fermarne uno.

Anche ora, mentre appoggiava la cornetta sull'apparecchio, ebbe la sensazione che, se fosse partito adesso, avrebbe trovato ai confini della città un'invisibile e impenetrabile barriera di energia, come se tutto intorno a lui congiurasse per farlo restare dove non aveva più voglia di restare. Dove non aveva più nessun *motivo* di restare.

Tolse gli stivali, fece scorrere la chiusura lampo della tuta e se la sfilò con un unico movimento esperto e l'appoggiò allo schienale del divano. Aprì la sacca e ne estrasse delle scarpe sportive, una camicia, un paio di jeans e una giacca di pelle. Indossò velocemente quei vestiti che aveva immaginato di mettere di nuovo da un'altra parte a molte miglia da lì. Mentre si sedeva ad allacciare le scarpe, vide qualcosa spuntare fra i cuscini del divano.

Infilò la mano sotto la seduta e tirò fuori una fotografia. Era una vecchia foto a colori, leggermente sbiadita, che apparteneva a un tempo scaduto secoli prima. Jordan ricordava benissimo quando era stata scattata. Erano su a Lake George a pescare con un gruppo di amici. Lui e suo fratello erano in piedi, il riflesso dell'acqua come un alone alle loro spalle, uno di fianco all'altro. Tutti e due sorridevano e guardavano verso l'obiettivo con aria complice.

Rimase un secondo a osservare i loro volti come se fossero quelli di due sconosciuti. Lui e Christopher fisicamente erano diversi, molto diversi. Solo lo sguardo era identico. Avevano madri differenti ma avevano in comune lo stesso padre, e gli occhi azzurri erano l'unica eredità che Jakob Marsalis aveva diviso equamente con i suoi figli.

Si alzò e appoggiò la foto alla mensola del camino. Prese il casco e si avviò verso la porta, con la stupida impressione che anche le immagini nella foto stessero facendo la stessa cosa, che avessero girato le spalle a quella stanza e si stessero allontanando verso lo sfondo del lago che si apriva davanti a loro.

Aprì la porta e ritrovò il paesaggio familiare del pianerottolo, con la luce incerta delle applique alle pareti e la moquette che avrebbe avuto bisogno di essere cambiata e quel vago sentore di umido e cibo cotto per strada che qualcuno definiva «l'odore di New York».

Da un appartamento al piano di sotto arrivava il suono troppo alto di uno stereo. Jordan riconobbe una canzone di uno dei suoi artisti preferiti, Connor Slaves, il nuovo *enfant prodige* della musica colta americana. Era un brano amaro e pieno di tristezza, intitolato *Canzone della donna che voleva essere marinaio*, la malinconica irriducibile speranza di una persona che desidera qualcosa che istituzionalmente le è preclusa e che le sarà negata per sempre.

A Jordan quella canzone piaceva. Si sentiva molto vicino a quella figura di donna che, in piedi sulla scogliera, guardava il mare che non avrebbe mai solcato sentendo il suo desiderio di libertà soffocarla a poco a poco. Anche lui, in qualche modo, si trovava in quella condizione. Era una scelta che aveva fatto da solo, ma non per questo la nostalgia era meno forte.

L'ascensore era al piano. Entrò nella cabina e premette il pulsante per la discesa e chiuse fuori contemporaneamente la musica e i suoi pensieri.

In strada lo accolse la luce di un sole benevolo al quale né lui né quella città avevano diritto. Mentre attraversava, Jordan Marsalis si trovò a pensare alla vita difficile di un ragazzo che tutti conoscevano come Jerry Kho, nome d'arte di quello che aspirava a essere il rappresentante più significativo e d'avanguardia della body-art newyorkese. Si sarebbero dette molte cose sul suo conto e, purtroppo, quasi tutte sarebbero state vere. Se conosceva un poco il mondo, i giornali ci sarebbero andati giù pesante con la sua infanzia difficile e la sua giovinezza movimentata, la sua dipendenza dalla droga e dal sesso nonostante appartenesse a una delle famiglie più in vista della città. Se avesse avuto fortuna, il tempo e il talento probabilmente avrebbero fatto di lui un grande artista. La pessima gestione di quel talento non aveva fatto di lui un uomo altrettanto grande. E ora sia il tempo sia la fortuna erano finiti. Se era vero che il successo e la gioventù sono cose che la vita rivuole indietro, Gerald li aveva dovuti restituire prima ancora di averli veramente provati.

Sul lato opposto della via, all'altro angolo con la Sesta, c'era una tavola calda dove sovente in passato aveva consumato i suoi pasti. Erano stati giorni di battute con le cameriere ma anche di ore fumate come sigarette, con lo sguardo fisso nel vuoto alla ricerca di una soluzione che continuava a sfuggirgli. Così, giorno dopo giorno, lui e Tim Brogan, il proprietario, erano diventati amici e gli aveva dato il permesso di tenere la sua moto nel piccolo cortile dietro il ristorante.

Jordan passò davanti alle vetrine e salutò con un cenno della mano una cameriera in divisa verde che stava servendo due clienti seduti al tavolo affacciato sulla strada. La ragazza lo riconobbe e, dato che aveva le mani occupate, rispose con un cenno della testa e un sorriso.

Si infilò nel vicolo e subito dopo girò a destra, verso il retro del locale. In piedi di fianco alla sua moto coperta da un telo, c'era Annette, una delle cameriere, che si stava prendendo un momento di pausa e fumava una sigaretta appoggiata alla porta di servizio. Jordan conosceva la sua storia. Suo marito da un po' di tempo si era preso come amante la bottiglia e qualche anno prima suo figlio aveva avuto delle grane con la polizia. Quando si era rivolta a lui con le lacrime agli occhi, Jordan si era impietosito e l'aveva aiutata a risolverle. Annette non parlava più di suo marito, ma il ragazzo ora aveva trovato un lavoro e pareva intenzionato a restare lontano dai guai.

Quando lo vide arrivare, non ci fu sorpresa sul suo viso.

«Ciao, Jordan. Stamattina pensavo di trovare un posto vuoto invece della moto. Ero convinta fossi già partito.»

«Lo pensavo anch'io. Ma qualcuno, da qualche parte, ha deciso diversamente, e il suo parere a quanto sembra conta molto più del mio.»

«Grane?»

«Già.»

Il cortile era in ombra e per un istante il viso della donna sembrò immerso in un'ombra ancora più scura.

«E chi non ne ha, Jordan?»

Conoscevano tutti e due la vita a sufficienza per sapere di cosa stavano parlando. E nessuno dei due l'aveva imparato sui libri.

Jordan si avvicinò alla moto e iniziò a sfilare la copertura. Apparve la sagoma rossa e lucida della sua Ducati 999. Nonostante l'abitudine, non riusciva a sottrarsi al suo fascino. Quella era una moto che si amava per le sue prestazioni ma ancora di più per le sue forme. Per chi sceglieva la moto come mezzo di trasporto, una Ducati aveva un *appeal* particolare.

Annette la indicò con la testa.

«Bella.»

«Bella e pericolosa», confermò Jordan mentre ripiegava il telo.

«Non più di tante cose che succedono in questa città. Ci vediamo, Jordan.»

Annette gettò la sigaretta a terra e la spense accuratamente con il piede. Poi si girò e rientrò nel locale. Il cigolio della porta che si chiudeva alle sue spalle si perse nel rombo d'accensione del motore. Mentre si allacciava il casco e ascoltava il borbottio familiare degli scarichi, Jordan pensò che stava per fare quello che in passato aveva fatto decine di volte e che non credeva di dover fare mai più. Dopo una chiamata, si stava dirigendo sul luogo di un delitto. Ma questa volta era diverso. Questa volta, la vittima era qualcuno che faceva parte della sua vita, anche se aveva scelto da tempo di non far parte della vita di nessuno.

Ma questa era una considerazione minima, rispetto a quello che sarebbe effettivamente successo. Jerry Kho, l'uomo assassinato, si chiamava in realtà Gerald Marsalis e, oltre a essere suo nipote, era anche il figlio di Christopher Marsalis, il sindaco di New York.

# 5

Quando Jordan imboccò il tratto finale di Water Street, la linea della luce divideva la strada in due esatte metà. Destra e sinistra, sole e ombra, caldo e freddo. Si trovò a considerare con un senso di distacco che un tempo aveva fatto parte anche lui di quella metafora da quattro soldi. Ora tutto pareva lontano come un film di cui si ricordano alcune immagini senza riuscire a ricordare il titolo.

Non fu eccessivamente sorpreso di trovare, oltre al normale spiegamento di forze della polizia, una massiccia presenza dei media. C'erano giornalisti della carta stampata che si aggiravano per quanto era loro possibile fra le macchine con i lampeggianti accesi e i furgoni di Eyewitness News e Channel 4 parcheggiati sullo slargo di Peck Slip. Una reporter di NY1 della quale non ricordava il nome stava trasmettendo in diretta il suo servizio con lo sfondo della zona transennata. La loro tempestiva presenza andava collegata al fatto che c'era sempre qualcuno tra le forze di polizia che pagava le rate del mutuo o il college per il figlio impersonando con profitto il ruolo di «fonte certa».

Andò a parcheggiare la moto in modo che rimanesse all'ombra, per non ritrovare la sella rovente quando l'avesse ripresa. Si mosse verso l'edificio con l'atteggiamento di un curioso qualunque, tenendo il casco in testa per evitare di essere riconosciuto. Se c'era una cosa di cui non aveva voglia o bisogno in quel momento, era di doversi far largo tra una piccola folla di giornalisti con mazzi di microfoni in mano come omaggio.

Un gruppo di ragazzi che indossavano le tute blu con la scritta NYPD gli tagliò la strada correndo al piccolo trotto. Erano allievi dell'Accademia di polizia guidati da un istruttore nel giro di allenamento del mattino. Passando davanti al luogo del delitto e vedendo quell'agitazione, più d'uno di loro girò la testa eccitato verso l'ingresso della casa che era evidentemente la scena di un crimine.

Jordan riuscì a non seguirli con lo sguardo mentre superava il furgone blu della Scientifica e si avvicinava alle transenne. Costeggiò la barriera di metallo verso l'apertura che corrispondeva al portone d'ingresso, dove i responsabili delle indagini avevano piazzato due agenti di guardia. Uno lo conosceva, era di servizio a One Police Plaza, il quartier generale della polizia. D'altronde non poteva essere che così. Il comando centrale era a poco meno di un chilometro in linea d'aria ed era normale che se ne occupassero loro.

L'agente si era già mosso per sbarrargli il passo ma in quel momento la testa di Jordan emerse dal casco e lo riconobbe. Il poliziotto si rilassò e attese che arrivasse alla sua altezza prima di aprire meglio le transenne per agevolargli il passaggio.

«Buongiorno, tenente.»

Jordan chinò la testa come se stesse controllando dove metteva i piedi e il poliziotto non ebbe modo di vedere la sua espressione.

«Non sono più tenente, Rodriguez.»

«Certo, ten… certo, mi scusi.»

Rodriguez abbassò gli occhi a terra per un istante. Jordan decise che non era il caso di far pagare a quel ragazzo colpe non sue.

«Non fa niente, Oscar. Sono tutti su?»

Rodriguez si rinfrancò e parve riprendersi da quell'attimo di imbarazzo.

«Certo, all'ultimo piano. Il sindaco però non è ancora arrivato.»

«Sì, lo so. Dovrebbe essere qui a momenti.»

L'agente Oscar Rodriguez strinse gli occhi fino a farli diventare due fessure sul suo viso bruno da ispanico.

«Mi dispiace per suo nipote... signor Marsalis.»

L'uomo dall'altra parte della transenna e della sua vita fece una pausa. Jordan capì che il discorso non era finito.

«Se posso permettermi, quando uno è stato un tenente di polizia come lei, per uno come me lo resta per sempre.»

«Grazie, Oscar. Magari fosse così semplice. Posso salire?»

«Sicuro. Nessuno me l'ha detto apertamente, ma ho la sensazione che la stiano aspettando.»

Rodriguez si fece di lato per consentirgli di entrare nell'androne della casa. Mentre saliva con quell'ascensore dalla luce stranamente incerta, Jordan non poté fare a meno di considerare con amarezza quanto la vita, a volte, possa esprimere le sue distanze in modo molto più significativo di quelle che è consentito misurare in miglia. Tra il New York City Hall, dove lavorava Christopher Marsalis, e Water Street, dove viveva Gerald, c'era un tratto di strada addirittura ridicolo, che si poteva fare a piedi in pochi minuti. Eppure nessun uomo, per quanto corresse veloce, sarebbe riuscito a percorrere nella sua esistenza lo spazio enorme che padre e figlio avevano messo fra di loro.

Jordan non era mai stato nello studio di suo nipote. Una sera lo aveva incontrato per caso a Via della Pace, un ristorante italiano nell'East Village. Stava seduto nella penombra del locale con un gruppo di ragazzi e ragazze dall'aspetto e dai modi perfettamente in linea con quello che era il suo stile di vita. Avevano tutti sul viso la stessa espressione, un misto tra l'arroganza di chi si sente libero di essere se stesso fino a distruggersi e la rassegnazione amara di chi gira lo sguardo intorno e dappertutto vede il nulla. Dall'atteggiamento sottomesso del gruppo risultava chiaro che Gerald ne era il capo carismatico. Quando si era avvicinato al tavolo, aveva interrotto il discorso che stava facendo ai suoi amici e lo aveva guardato negli occhi, senza sorpresa e senza piacere. Occhi azzurri uguali ai suoi, solo molto, molto più vecchi.

«Ciao, Jordan.»

«Ciao, Gerald.»

Suo nipote aveva fatto una smorfia seccata.

«Gerald è una storia passata. È un nome che non mi appartiene più. Di tutto quello che ero prima non è rimasto niente.»

Nel suo sguardo di sfida, Jordan aveva trovato la conferma di quelle parole e la sentenza che rappresentavano. Aveva cercato di dare alla sua voce un tono conciliante.

«Niente e tutto sono estremi. A volte basta poco perché tornino a incontrarsi.»

«Belle parole, Padre Marsalis. Ignoravo queste tue incursioni nella filosofia. Se sei entrato per farmi la predica...»

Jordan aveva scosso leggermente la testa.

«No, sono entrato solo perché avevo fame, ma credo di aver sbagliato posto.»

«Già, lo credo anch'io.»

Era calato quell'istante di silenzio che cade interminabile fra due persone che non hanno più nulla da dirsi. Jordan si era girato e se n'era andato. Nel brusio indistinto che era seguito alle sue spalle aveva sentito unicamente la frase «Soltanto uno sbirro».

Da allora, non lo aveva più rivisto.

E adesso stava salendo nel luogo dove qualcuno aveva ucciso Jerry Kho, l'uomo che aveva preso possesso di Gerald Marsalis al punto da morire al suo posto.

Quando le porte dell'ascensore si aprirono, lo colpì prima di tutto il forte odore di vernice. La porta d'ingresso dell'appartamento era spalancata e all'interno si intravedevano quelli della Scientifica che stavano facendo le loro rilevazioni. Sicuramente, considerata l'identità della vittima, la cura e l'impiego di forze e di mezzi sarebbero stati decisamente superiori alla media.

Probabilmente Christopher li aveva avvertiti del suo arrivo, perché il detective James Burroni uscì sul pianerottolo prima che l'agente di guardia all'appartamento facesse un tentativo di sbarragli il passo.

«È tutto okay, Pollard, ci penso io.»

Conosceva Burroni da tempo e sapeva che era un discreto poliziotto. Avevano lavorato insieme al Nono Distretto quando ancora era un posto di frontiera, anche se fra loro due non era mai corso buon sangue. Jordan non si era sentito di biasimarlo. Nessuno perdonava facilmente a un proprio collega di essere contemporaneamente un personaggio famoso della Omicidi e il fratello del sindaco. Era ovvio che molti pensassero che la sua folgorante carriera fosse dovuta più alla sua parentela illustre che non ai suoi effettivi meriti.

Jordan si sentì stranamente un intruso per quella presenza sul luogo di un delitto, anche se riguardava da vicino la sua vita privata. E, in qualche modo, aveva la sensazione che Burroni la pensasse nella stessa maniera.

«Salve, James.»

«Salve anche a te. Mi dispiace che ci rivediamo in un'occasione come questa.»

Jordan fece un gesto vago con la mano che sembrò assolvere l'imbarazzo di quel momento. Sapevano tutti e due come stavano le cose e che non erano cose troppo belle da sapere.

«Vieni dentro. Ti premetto che è un gran brutto spettacolo...»

Mentre seguiva il detective, Jordan non poté fare a meno di dare una rapida occhiata in giro. A parte il caos indescrivibile che regnava nel loft, al punto che pareva far parte più della costruzione che dell'arredamento, c'era nell'aria una luce primaverile chiara ed estranea, stranamente in pace in quel luogo da cui Jerry Kho aveva condotto la sua guerra contro se stesso e contro il mondo.

E poi lo vide.

Jordan fece di tutto per restare impassibile e freddo di fronte all'ennesima rappresentazione della ferocia umana, a questa nuova icona rappresentata da un ragazzo di nemmeno trent'anni che qualcuno aveva ucciso e deriso anche dopo la morte.

Si inginocchiò accanto al corpo di suo nipote, ai suoi occhi sbarrati, a quella vernice rossa da marionetta infernale che sottolineava lo scherno estremo della sua posizione. Burroni rispose alla domanda senza parole che c'era nel suo sguardo.

«Da un esame sommario pare che sia stato strangolato e poi messo in questo modo successivamente. La morte risale a qualche ora fa.»

Jordan indicò delle zone chiare sui polsi e sulle caviglie in cui la vernice si era staccata mostrando la pelle.

«Questi segni sembra siano stati lasciati da quello che hanno usato per immobilizzarlo. Forse del nastro adesivo.»

«È probabile. Faranno i rilievi durante l'autopsia.»

«E per il resto cosa dice la Scientifica?»

Burroni indicò con un gesto circolare l'appartamento.

«Hai visto cosa c'è qui dentro? Ci sono secoli di storia in questo posto. La pulizia è piuttosto approssimativa, come vedi. Qualsiasi cosa si trovi potrebbe appartenere a chiunque e a qualunque epoca.»

«E qui? Cos'è questa roba?»

Jordan indicò il dito della vittima infilato in bocca e la coperta che teneva premuta sull'orecchio. Burroni capì il senso della domanda.

«Colla. Ne hanno preso un campione e ci diranno qualcosa non appena l'avranno analizzata.»

«E la vernice?»

«Si è dipinto da solo. Il suo gallerista ha detto che era abbastanza normale che usasse questa tecnica per dipingere. Sai, tutte quelle stronzate di avanguardie e...»

Burroni parve ricordare la parentela con la vittima di chi gli stava di fronte e si bloccò di colpo.

L'arrivo di Christopher Marsalis stroncò sul nascere ogni eventuale tentativo di scuse. Quando entrò nell'appartamento, seguito dall'onnipresente factotum Ruben Dawson, suo fratello stava letteralmente facendo a pezzi il medico legale.

«...se mio figlio aveva deciso questo, allora lo avrà! Cristo, servirà ancora a qualcosa essere il sindaco di questa città di merda! Fate quello che dovete fare! Rimuovete in fretta il corpo.»

Sempre accucciato a terra, Jordan attese il momento in cui suo fratello avrebbe superato lo scaffale e avuto la possibilità folgorante di vedere in che stato avevano ridotto suo figlio.

E così accadde.

Mentre Christopher guardava il cadavere, Jordan guardava il suo viso e lo vide farsi di pietra e nello stesso istante franare. I suoi occhi divennero assurdamente opachi nella luce di quel posto così luminoso. Jordan ignorava quanto sarebbe vissuto ancora quell'uomo, ma seppe senza ombra di dubbio che era morto lì e in quel momento.

Chris si girò di scatto e sparì dietro il riparo provvido dello scaffale. Jordan si rialzò tenendo gli occhi fissi sulle spalle di suo fratello, che si intravedevano attraverso i ripiani carichi di barattoli di vernice. Lo vide nascondere il viso tra le mani. I suoi capelli spiccavano bianchi tra le macchie di colore acceso delle bombolette spray e dei ritagli di tela sporchi di tinta.

Si avvicinò e gli posò una mano sulla spalla. Christopher seppe che era lui anche senza vederlo.

«Gesù benedetto, Jordan, chi può aver fatto una cosa simile?»

«Non lo so, Chris, proprio non lo so.»

«Non ce la faccio nemmeno a guardarlo, Jordan. Non riesco a credere che quello sia mio figlio.»

Christopher si accostò alla parete e vi si appoggiò con un braccio, le spalle girate, la testa bassa, il soprabito che penzolava di fianco a un piede che si muoveva nervosamente e pareva voler scavare un buco fino al centro della terra. Rimase in quella posizione durante tutto il tempo necessario alla rimozione del corpo.

Ruben Dawson si avvicinò e fu in piedi di fianco al suo sindaco, pronto e in silenzio, come sempre. Il cadavere venne sollevato e infilato in una sacca di plastica cerata. Jerry Kho uscì dalla stanza su una barella con il rumore di una cerniera e un cigolio di ruote come marcia funebre. Sul muro, quel numero epitaffio rinchiuso nella sua assurda nuvola, l'espressione di un mondo infantile che in quel luogo e in quel momento suonava fuori luogo come una ninnananna.

Rimasero in quattro, quattro statue di sale di fronte al quesito che ogni delitto rappresenta. *Chi?* e *Perché?* sono le domande che ci si rivolge da sempre. E anche se la prima ha molte volte una risposta, la seconda resta, nonostante tutto, una questione irrisolta.

Il primo che si riscosse fu Christopher Marsalis. Nella voce risuonava una rabbia sotterranea, e forse proprio grazie a questa aveva recuperato il controllo di quello che c'era in superficie. Si avvicinò alla parete su cui era stato appoggiato fino a poco prima ciò che restava di suo figlio.

«Che cazzo significa questo numero?»

Quella domanda rimase appesa sulle loro teste con un filo sottile che si perdeva nel nulla.

Jordan fece un respiro profondo e si allontanò dagli altri. Un istante dopo non era già più con loro. Aveva scoperto, a suo tempo, di essere in possesso di un potere di visualizzazione enorme. Quando ancora era all'Accademia di polizia, durante dei test attitudinali, la psicologa che conduceva le analisi era rimasta stupita dalla sua capacità di descrivere tutte le suggestioni che gli venivano date con una quantità e una chiarezza di particolari addirittura impressionante.

Seguendo quell'istinto, fissò gli occhi sul muro fino a quando il muro scomparve.

Ora stava vedendo il cadavere di Gerald che veniva trascinato e appoggiato alla parete e composto in quella postura assurda e la mano che tracciava la nuvola e…

«È un codice T9», disse come se non potesse essere altrimenti.

Tre teste di scatto si girarono verso di lui. Ruben Dawson ritrovò il proprio ruolo istituzionale di portavoce del sindaco.

«E che cos'è un codice T9?»

Jordan infilò la mano in tasca e tirò fuori il cellulare. Iniziò a digitare velocemente alzando ogni tanto la testa per controllare i numeri. Quando ebbe conferma della sua intuizione, non cambiò espressione né tono di voce per evitare di assumere il ruolo di primo della classe.

«È un sistema di composizione degli SMS, i messaggi che si spediscono con il cellulare. Il software del telefono riconosce dai tasti premuti le possibili parole che si possono formare e le ricompone, senza essere costretti a digitarle lettera per lettera.»

Jordan si avvicinò al muro e indicò con le dita le ultime due cifre chiuse in un quadrato.

«Ecco, vedete? Gli ultimi due numeri stanno in un riquadro. Pensando alla posizione del corpo...»

Jordan era riuscito, facendosi forza, a non chiamare la vittima per nome. Chiamare la vittima per nome, nelle norme comportamentali della polizia, significava un eccessivo coinvolgimento dell'investigatore nella vicenda. E questo andava a scapito della lucidità nelle indagini.

«Vedendo la posizione del corpo e la scritta ho pensato che tra le due cose ci potesse essere un nesso. Ho digitato i numeri sul telefono secondo una certa modalità ed ecco che cosa è venuto fuori.»

Jordan tese verso il gruppo il cellulare aperto in due. Sul display colorato c'era una frase.

*the doctor is in*

Un gruppo di teste si sollevò con sorprendente sincronismo. Facce attonite rivolsero sguardi interrogativi verso Jordan. Quell'attimo di silenzio fu più eloquente di qualunque domanda.

Jordan proseguì per la sua strada. Chiunque lo conoscesse bene sarebbe stato in grado di capire che ora parlava più per se stesso che per gli altri.

«La vittima era messa in una posizione che vuole richiamare

la mania di Linus, il personaggio di Charles Schulz che si succhia il pollice tenendo la sua coperta-feticcio premuta sull'orecchio.»

Jordan indicò con l'indice della mano destra la frase che aveva composto sul piccolo schermo del telefono.

«Questa scritta è quella che usa un altro componente dei Peanuts quando espone la sua bancarella di psichiatra di strada.»

Burroni lo stava osservando con un'aria che voleva essere di sufficienza. Il tono della voce, invece, mascherava a malapena l'ammirazione.

«E questo cosa significa secondo te?»

Jordan infilò il cellulare nella tasca del giubbotto di pelle.

«Non penso che l'assassino fosse convinto che il messaggio lasciato sul muro sarebbe stato difficile da decifrare. Lo schema è talmente semplice che qualsiasi programma usato dalla polizia o dall'Fbi sarebbe in grado di decodificarlo in pochi secondi.»

Jordan infilò una mano nella tasca del giubbotto e tirò fuori una sigaretta senza estrarre il pacchetto. La accese e sbuffò contemporaneamente una boccata di fumo e la fine della sua storia.

«No, io penso che questo sia stato per l'assassino una specie di *divertissement*, un piccolo scherzo nella sua intenzione di indicarci...»

Jordan si interruppe bruscamente.

*Non sono più tenente, Rodriguez...*

«Nella sua intenzione di indicar*vi* le sue mosse future.»

Nessuno diede segno di essersi accorto di quella piccola precisazione, un sottile distinguo che per Jordan rappresentava la terra vista dalla luna.

Christopher si avvicinò di un passo. Burroni adesso era livido in viso.

«Spiegati meglio, Jordan.»

L'uomo che era stato un poliziotto e che secondo l'agente Oscar Rodriguez lo sarebbe rimasto per sempre indicò con un cenno della mano le cifre tracciate sul muro.

«È presto detto. Chiunque abbia ucciso la vittima l'ha trattata come Linus, uno dei Peanuts. È probabile che la prossima venga trattata con lo stesso identico criterio.»

Senza rendersene conto, Jordan aveva preso in pugno la situazione e adesso tutti pendevano dalle sue labbra.

«Non so chi sia questa sfortunata persona, ma se ho ragione io, ci sono due cose molto probabili: la prima è che si tratta di una donna...»

«E la seconda?» lo incalzò Christopher.

«La seconda è che nella sua mente contorta l'assassino la chiama Lucy.»

# 6

Lysa Guerrero accettò la soffice spinta in avanti del treno che si fermava con una leggera flessione del busto. Il soffio rugginoso dei freni significava Grand Central Station e quella stazione d'arrivo significava New York. Una città nuova, altra gente indifferente e un'altra casa piena di mobili che non aveva scelto lei. Ma questa volta rappresentava una scelta definitiva, un posto dove finire e un posto dove ricominciare.

Si alzò in piedi e prese il trolley bag dal portaoggetti sopra la testa. I lunghi capelli ondulati si mossero come se fossero vivi intorno al suo viso. Lysa colse con la coda dell'occhio un'espressione sognante sul viso dell'uomo che per parte del viaggio era stato seduto di fronte a lei in compagnia di un bambino di circa otto anni, studiandola mentre pensava che lei non lo guardasse. Era un tipo con una faccia anonima da impiegato, il genere da cravatta con nodo finto e le maniche corte sotto la giacca. L'uomo pareva intimidito dalla sua bellezza, e l'unica volta che i loro sguardi si erano incrociati si era rifugiato con piacere nelle risposte che le domande del figlio esigevano.

Lysa gli strizzò l'occhio.

Lo vide arrossire come un gambero e rivolgere di colpo la sua attenzione allo zainetto che il figlio stentava a indossare da solo.

Lysa scese dal treno, percorse il binario e seguì le indicazioni, indifferente agli sguardi che la precedevano e la seguivano e la spingevano come un vento d'occhi verso l'uscita. Non c'era nessuno ad aspettarla e in quel momento della sua vita lei non voleva essere attesa da nessuno.

Si ritrovò nell'enorme atrio della Grand Central Station, un monumento fatto di marmo, legno, scale e di film già visti e rivisti.

Quel soffitto così alto non era altro che un cielo di città, un pezzo di recente storia che Jacqueline Kennedy aveva salvato dalla distruzione e che era rimasto come testimonianza di un tempo passato da poco in mezzo a palazzi che già facevano parte del futuro.

Trascinando il suo trolley, prese a destra e si diresse verso il sottopasso seguendo le indicazioni per la Subway.

Sapeva che nel piano inferiore della Grand Central Station c'era un ristorante molto famoso, l'Oyster Bar, dov'era possibile trovare tutti i tipi di ostriche che la natura e l'uomo avevano creato per il piacere dei palati fini. Decise che era il caso di celebrare l'avvenimento e festeggiare in modo istituzionale il suo arrivo in città. Ostriche e un bicchiere di champagne per inaugurare la sua nuova vita. E magari anche per dimenticarla, per impedire che diventasse via via un ricordo troppo pesante...

*Ci sei Lysa, un po' di coraggio ed è fatta.*

Per tutta la vita aveva cercato un posto tranquillo dove rifugiarsi. Quello che desiderava di più al mondo era la serenità delle cose che per la maggior parte della gente rappresentavano invece una specie di incubo da cancellare con ogni mezzo. Il suo maggiore desiderio era passare inosservata, e invece aveva avuto in dono un aspetto fisico che era lontano mille milioni di miglia da ottenere quell'effetto. Aveva passato la sua esistenza con decine di occhi puntati addosso che avevano una sola muta domanda scritta dentro. Aveva avuto decine di risposte sempre uguali alle *sue* domande, che erano sempre diverse.

E infine si era arresa.

Se il mondo che la circondava la voleva così, così sarebbe stata. Però quella bandiera bianca che aveva deciso di sventolare sarebbe costata molto cara per tutti coloro che avessero avuto il desiderio di scoprire il prezzo.

Percorse il piano inclinato che portava verso il basso e si trovò di fronte al ristorante che cercava.

Passò la porta a vetri dell'Oyster Bar con indifferenza ma nessuno dei presenti fu indifferente a quell'ingresso.

Due yuppie un po' attempati, seduti al bancone del bar posto proprio di fronte all'entrata, smisero di parlare e a un tipo bene in carne seduto due sedili più in là cadde l'ostrica che stava mangiando sul tovagliolo che teneva in grembo.

Un cameriere con la divisa del locale, camicia bianca e gilet scuro, le venne incontro e l'accompagnò per la grande sala quadrata a un tavolo d'angolo, apparecchiato per due su una tovaglia a quadretti rossi e bianchi.

Lysa si sedette, ignorando quel posto vuoto, e sistemò contro il muro alla sua sinistra la borsa e la valigia. Il cameriere, cortese e indifferente, le mise davanti il menu che aveva stampato sul fronte il logo del locale.

Lei lo respinse con la mano e con uno dei suoi migliori sorrisi, che riuscì a dissolvere l'indifferenza e la cortesia del cameriere per lasciare posto alla simpatia.

«Non mi serve. Vorrei solo una selezione delle migliori ostriche che avete e una mezza bottiglia di champagne molto fredda.»

«Ottima scelta. Pensa che una dozzina andrebbe bene?»

«Penso che due dozzine andrebbero meglio.»

Il cameriere prese nota e poi si chinò verso di lei con aria complice.

«Se le mie aderenze con il maître sono rimaste tali, penso che riuscirò a farle avere un'intera bottiglia di champagne al prezzo di quella mezza. Benvenuta a New York, signorina.»

«Come fa a sapere che non sono di qui?»

Il cameriere fece la smorfia di chi sa che non potrebbe essere altrimenti.

«Ha una valigia e sorride. Non può essere di New York.»

«Anche quelli che partono hanno una valigia.»

Lysa aveva stuzzicato ed ebbe come risposta l'inevitabile.

«Sì, ma quelli che vanno via da questa città il sorriso lo ritrovano solo quando sono molto lontani.»

Il cameriere si allontanò con la sua piccola filosofia apocalittica da *newyorker* e Lysa rimase da sola.

Nell'angolo della sala opposto a quello dove stava seduta lei c'era un tavolo con una mezza dozzina di uomini. Di certo anche loro non erano di quelle parti. Lysa lo era stata troppe volte e troppo a lungo per non riconoscere al primo sguardo i forestieri. Li aveva osservati a tratti, coperta dal cameriere, mentre faceva la sua ordinazione. Da quando era arrivata e si era seduta, un fermento da rissa di gatti fra i cespugli li aveva investiti.

Lysa prese tempo cercando qualche cosa nella borsa, e subito dopo ci fu la provvidenziale interruzione del cameriere che arrivava con un vassoio di ostriche disposte in modo elegante sul ghiaccio e una bottiglia che spuntava dal bordo di una *frappeuse* cromata.

Gli uomini al tavolo attesero che fosse servita, ma infine successe puntualmente quello che Lysa si aspettava. Dopo aver confabulato con gli amici, uno di loro, un tipo alto e stempiato con una prominenza da bevitore di birra sotto la giacca chiara, si alzò dal tavolo e venne nella sua direzione.

Arrivò alla sua altezza proprio mentre Lysa si stava servendo una grossa Belon.

«Ciao, bella. Mi chiamo Harry e sono del Texas.»

Lysa sollevò per un istante gli occhi dal piatto e subito dopo iniziò a condire la sua ostrica. Parlò senza guardare l'uomo in viso.

«Questo fa di te un uomo speciale?»

Preso dalla sua ansia guerriera, Harry non si era accorto del punto interrogativo alla fine della frase e la accettò come un riconoscimento delle proprie qualità.

«Ci puoi scommettere.»

«Lo avevo immaginato.»

Senza essere invitato, l'uomo si sedette nel posto libero di fianco a lei sulla panca rivestita in pelle.

«Come ti chiami?»

«Qualunque cosa tu voglia propormi, ti avverto che non mi interessa.»

«Oh, andiamo. In un uomo come me c'è sempre qualche cosa che può interessare una donna del tuo calibro.»

Era talmente lanciato al galoppo sui cavalli bradi della conquista da non accorgersi dell'espressione di insofferenza che era comparsa sul viso della sua preda. Era una mosca e non sapeva di esserlo. Lysa si appoggiò allo schienale, spinse leggermente in fuori il seno e lo guardò con occhi che gli fecero tremare le gambe.

Senza alcun preavviso sorrise, e in quell'espressione c'era un oceano di promesse.

«Vedi, Harry, c'è una cosa che io adoro in un uomo. L'intraprendenza. Io credo che tu ne abbia da vendere e che per questo tu sia un tipo sveglio. Molto sveglio.»

Harry sorrise a sua volta e si vestì di quello stesso sorriso per pavoneggiarsi di fronte ai suoi amici. A Lysa non sfuggì la fugace occhiata in tralice che lanciò verso il tavolo dove erano seduti.

«Non riesci nemmeno a immaginare quanto.»

«Lo avevo capito. Allora è giusto che tu sappia che sono un tipo sveglio anch'io. Guarda la mia mano.»

Lysa fece scorrere lentamente la mano sinistra sul tavolo. Gli occhi di Harry seguirono affascinati il disegno delle unghie sul tessuto a quadretti bianchi e rossi della tovaglia. Era un semplice movimento in punta di dita, ma l'espressione di quella donna riusciva a renderlo sensuale in modo innaturale. Il suo pomo d'Adamo ebbe un guizzo mentre inghiottiva un nodo di saliva.

«Vedi quello che sto facendo sulla tovaglia? Pensa che potrei farlo a te, sulla tua schiena, fra i tuoi capelli, sul tuo petto, altrove...»

Quell'*altrove* arrivò sul suo viso portato da un soffio di fiato caldo e gli spalancò esaltanti prospettive sull'abisso. Lysa socchiuse gli occhi e continuò nella sua lusinga.

«Ci pensi?»

L'espressione di Harry, per quanto limitata potesse essere la sua fantasia, significava che ci stava pensando. La donna seduta davanti a lui cambiò di colpo atteggiamento. Smise di guardarlo e la sua voce divenne un sospiro leggero e noncurante.

«E adesso pensa cosa potrei fare con l'altra mano.»

Indicò con un'occhiata un punto sotto il piano del tavolo. Harry abbassò lo sguardo e quello che vide lo fece sbiancare. La mano destra della donna stringeva un appuntito e affilato coltello a scatto.

E quel coltello era puntato direttamente sui suoi testicoli.

«Ora hai una scelta, Harry. O torni dai tuoi amici con le palle o ci torni senza.»

Harry cercò rifugio in una smorfia ironica, che non riuscì a mascherare il disagio che c'era nella sua voce.

«Non ne avresti mai il coraggio.»

«Dici?»

Ci fu un attimo di stallo. Per un paio di secondi l'unico movimento del mondo parve essere una gocciolina di sudore che scendeva verso il basso sulla fronte di Harry. Poi, grazie a Lysa, il motore del tempo riprese a girare.

«Ti concedo una chance.»

«Quale?»

«Visto che non sei cattivo ma sei solo un coglione, voglio fare una cosa per te. Adesso tu infilerai una mano nel taschino della giacca e mi darai un tuo biglietto da visita. Io lo prenderò e ti sorriderò. I tuoi amici vedranno questa scena e tu potrai raccontare loro quello che vuoi. Magari stasera puoi uscire da solo, andare al cinema e domani spiegare che fantastica scopata ti sei fatto con me. Non mi interessa. L'unica cosa che voglio è che tu ti levi dai piedi e mi lasci finire il mio cibo.»

Harry si alzò dal tavolo sfilandosi con cautela da sotto quella stalattite d'acciaio che pendeva sulla sua virilità.

Lysa riportò la mano destra sul tavolo, che adesso era vuota. Con un gesto preciso e molto allusivo prese in mano la grossa ostrica che aveva nel piatto e risucchiò con un leggero rumore il mollusco.

Harry cercò di recuperare parte del suo orgoglio. Ma lo fece dando le spalle al tavolo dove stavano i suoi amici.

«Sei solo una puttanella da due soldi.»

Il sorriso angelico che gli fu rivolto pareva incompatibile con la figura di una bellissima donna che fino a pochi istanti prima con aria indifferente aveva tenuto un coltello puntato sui suoi attributi sessuali. La mano della ragazza di nuovo scivolò sotto il piano del tavolo.

«Se pensi veramente questo, perché non torni a sederti qui?»

Harry si girò senza aggiungere altro e si diresse verso la parte opposta della sala. Lei lo seguì con uno sguardo e un sorriso. Mentre si sedeva fra i suoi amici, Lysa prese la flûte piena di champagne e accennò un brindisi nella sua direzione. Nessuno, nel gruppo di uomini seduti intorno a lui, fece caso al sorriso tirato con cui l'uomo rispose al suo cenno.

Poi, con calma, Lysa tornò a rivolgere la sua attenzione a un'enorme ostrica del Maine che troneggiava sul vassoio di metallo.

Tre quarti d'ora più tardi, un taxi depositò Lysa all'indirizzo che gli aveva dato.

54 West, sulla 16esima Strada, fra la Quinta e la Sesta Avenue, nel quartiere di Chelsea.

Uscì dalla macchina e, mentre l'autista scaricava la sua valigia dal bagagliaio, alzò gli occhi fino a raggiungere il tetto del palazzo e poi scese a cercare le finestre dell'appartamento d'angolo al terzo piano. Infilò la mano nella borsa, tirò fuori un mazzo di chiavi, afferrò la valigia e si diresse verso i cristalli dell'ingresso.

Non sapeva per quanto tempo, ma quel posto, per adesso, significava casa.

# 7

Jordan entrò con la moto in Carl Schurtz Park e imboccò il breve vialetto in salita che portava a Gracie Mansion, la residenza ufficiale del sindaco di New York. Suo fratello aveva deciso di abitare lì durante il suo mandato, nonostante avesse uno splendido attico sulla 74esima. Jordan ricordava perfettamente il discorso di insediamento, quando aveva dichiarato con il suo miglior tono di voce attira-voti che «il sindaco di New York deve vivere dove i suoi cittadini hanno deciso che debba vivere perché è lì che lo cercheranno quando avranno bisogno di lui».

Si fermò davanti al cancello e si tolse il casco, mentre l'agente di guardia, un ragazzo con un residuo di acne giovanile sulle guance, si avvicinava per il riconoscimento.

«Sono Jordan Marsalis. Il sindaco mi sta aspettando.»

«Posso avere un suo documento?»

Senza parlare, Jordan infilò la mano nella tasca del giubbotto e tirò fuori la patente.

Mentre attendeva l'esito del controllo, vide delle macchine della polizia che stazionavano lì intorno e un certo numero di agenti che presidiavano la casa. La cosa era comprensibile. Il figlio del primo cittadino era appena stato ucciso e non era possibile escludere del tutto che l'assassino potesse avercela anche con il padre.

Il poliziotto gli restituì il documento.

«Bene. Le apro immediatamente.»

«Grazie, agente.»

Se quel ragazzo conosceva lui e la sua storia non lo diede a vedere. Tornò nella guardiola e il cancello automatico iniziò ad aprirsi.

Jordan andò a parcheggiare la moto nel piccolo spiazzo di fronte all'ingresso principale di Gracie Mansion. Mentre si avvicinava, la porta si aprì e sulla soglia comparve un impeccabile maggiordomo, molto simile nella forma e nella fisionomia al miglior John Gielgud.

«Buongiorno, signor Marsalis. Mi segua, per favore. Il sindaco l'attende nello studio piccolo.»

«Non è necessario che mi accompagni, conosco la strada, grazie.»

«Molto bene, signore.»

Il maggiordomo si dileguò discretamente. Jordan imboccò il corridoio che portava al lato opposto della costruzione, affacciato sull'East River.

Quando avevano lasciato l'appartamento di Gerald, Christopher lo aveva pregato di raggiungerlo a Gracie Mansion. Fuori dal palazzo, Jordan si era sottratto all'assalto dei giornalisti usando di nuovo la barriera protettiva del casco. L'espediente si era rivelato utile ma non indispensabile, perché subito dopo era uscito Christopher. I giornalisti erano letteralmente esplosi in un brusio di eccitazione e si erano scaraventati verso di lui con la frenesia attonita di formiche a cui è stato distrutto il formicaio.

Jordan aveva raggiunto la Ducati, l'aveva accesa e se n'era andato senza girarsi a guardare.

E ora era lì, davanti a una porta alla quale non aveva nessuna voglia di bussare. Batté leggermente le nocche sul legno lucido e senza attendere autorizzazione entrò nella stanza.

Christopher era seduto alla scrivania e stava parlando al telefono. Con la mano gli fece segno di venire avanti. Ruben Dawson era in disparte, su una poltrona, con le gambe accavallate, elegante, composto e asettico come sempre. Al suo ingresso fece un cenno quasi impercettibile con la testa.

Invece di sedersi, Jordan preferì superare la scrivania e rimanere in piedi davanti al calore dei vetri della finestra che dava sul Roosevelt Channel. Fuori, stesa sull'acqua, era riflessa la stessa luce che illuminava Water Street. Una chiatta scendeva lenta il West Channel diretta verso sud. Un uomo passava sul lungofiume tenendo due bambini per mano, forse diretto verso il campo giochi del parco. Due ragazzi si baciavano appoggiati alla ringhiera.

Tutto normale. Davanti agli occhi aveva una qualunque banale bella giornata di primavera.

E alle spalle la voce fredda di suo fratello al quale avevano appena ucciso il figlio.

«No, ti dico. Quello che è successo non deve essere strumentalizzato. Niente foto del padre distrutto dal dolore o cose di questo genere. Ci sono dei ragazzi americani in guerra, in questo momento, in diverse parti del mondo. La perdita di uno qualunque di loro è importante come quella di mio figlio, il dolore di un idraulico di Detroit non vale meno di quello del sindaco di New York. Tutto quello che ti posso concedere è che questa città stia piangendo la perdita di un grande artista.»

Una pausa.

Jordan non sapeva con chi stesse parlando suo fratello ma sapeva che stava dando indicazioni al suo ufficio stampa su come gestire quella vicenda. Ripensò al viso di Christopher quando aveva avuto in un solo gelido colpo d'occhio la visione del corpo di Gerald.

Adesso invece...

«Va bene, in ogni caso consultatemi prima di prendere iniziative.»

Il rumore della cornetta che veniva riappesa si confuse con quello della porta d'ingresso che si apriva. Nella stanza entrò Maynard Logan, il capo della polizia, portando sul viso la sua miglior faccia di circostanza.

«Christopher, mi dispiace infinitamente per quello che è successo. Sono venuto appena ho sap...»

L'uomo seduto alla scrivania lo interruppe senza il minimo accenno di aver ascoltato anche solo il suono di quelle parole.

«Siediti, Maynard.»

Jordan non lo aveva mai visto così imbarazzato. Anzi, si stupì che potesse essere vittima di un simile stato d'animo. Quando poi si accorse della sua presenza nella stanza, l'imbarazzo aumentò in maniera esponenziale.

Logan si accomodò sulla sua sedia di spine. Christopher si inclinò in avanti, appoggiò i gomiti sul piano di legno e puntò il dito indice verso di lui.

«Maynard, voglio che chi ha ucciso mio figlio in quel modo venga preso. Lo voglio rinchiuso a Sing Sing. Voglio che gli altri detenuti lo pestino a sangue ogni giorno e voglio essere io quello che premerà gli stantuffi delle siringhe quando sarà il momento di spedirlo a fare in culo...»

Christopher Marsalis era un politico, e come tutti gli uomini politici sapeva il modo di menare la danza davanti a una platea di gente che rappresentava automaticamente una platea di elettori. Nel privato, talvolta, il suo linguaggio non era forbito come quello che la gente di solito abbinava alla sua immagine pubblica.

«E voglio che questa indagine la conduca Jordan.»

Rimasero tutti e tre immobili. Jordan vicino alla finestra, suo fratello con il dito puntato e Ruben Dawson che pareva guardare con interesse il cinturino dell'orologio che portava al polso. Solo il capo della polizia passava alternativamente gli occhi da uno all'altro e all'altro.

«Ma Christopher, io non...»

«"Io non" un cazzo, Maynard!»

Il capo della polizia cercò di recuperare un po' di quel terreno che sentiva franare sotto i piedi.

«Okay, ragioniamo un istante. Umanamente parlando, io non ho assolutamente nulla contro Jordan. Sappiamo tutti quanto sia in gamba. Ma non è il solo a essere un buon poliziotto, e perdipiù ci sono delle procedure a cui nemmeno io...»

Logan sembrava destinato a non finire mai una frase. Jordan vide suo fratello avventarsi su quelle parole come un falco su un pollaio.

«Non me ne frega niente delle procedure. La maggior parte dei tuoi uomini non riuscirebbe a trovare il proprio culo nemmeno con un manuale di anatomia in mano.»

«Io ho dei doveri di fronte alla comunità. Come faccio a far rispettare le regole se sono il primo a trasgredirle?»

«Maynard, qui non siamo a un congresso di polizia. Lo so benissimo come gira la giostra. La metà dei poliziotti di questa città prende mazzette e all'altra metà girano le palle quando non riesce a farlo, con continuo passaggio di gente da un cinquanta per cento all'altro. Le regole si fanno e si disfano secondo necessità.»

Logan cercò di attaccare la cosa da un altro lato. Ma era l'ultima spiaggia e lo sapeva benissimo.

«Jordan è coinvolto emotivamente nella vicenda e potrebbe non avere la serenità di giudizio necessaria.»

«Maynard, abbiamo visto tutti cosa è successo oggi. Se Jordan ha avuto la freddezza di arrivare a decifrare quel cazzo di numero anche dopo...»

Christopher fece una pausa e per un istante ritornò a essere l'uomo che Jordan aveva visto davanti al cadavere di suo figlio. Ma fu un istante e, con la stessa scansione di tempo, passò.

«Se ci è riuscito anche dopo aver assistito a quello spettacolo, non penso proprio che abbia difficoltà a proseguire le indagini.»

Maynard Logan aveva l'espressione di chi deve spostare una montagna con un cucchiaio.

«Io non so...»

Christopher non gli diede tregua.

«Io sì che lo so. O meglio, so benissimo che cosa voglio. Quello che mi devi dare tu è una mano per realizzarlo.»

Per la prima volta da quando era entrato, Jordan fece sentire la sua voce.

«Non pensate che il mio parere possa contare qualche cosa in tutta questa discussione?»

Maynard e Christopher lo guardarono come se fosse apparso dal nulla in quel momento. Sul viso esangue e impassibile di Ruben Dawson apparve l'ombra di un sorriso, subito recuperato.

Jordan abbandonò il suo posto alla finestra e si portò di fronte alla scrivania.

«Io sono fuori dai giochi, Christopher. Dio sa quanto mi dispiace per Gerald, ma a quest'ora avrei dovuto essere a centocinquanta miglia almeno da qui.»

Suo fratello alzò verso di lui gli occhi azzurri a cercare il confronto e il conforto dei suoi.

«La strada sarà ancora lì ad aspettarti quando tutto sarà finito, Jordan. Mi fido solo di te.»

Poi il sindaco si rivolse con una improvvisa quanto interessata gentilezza al suo capo della polizia.

«Ci puoi scusare un istante, Maynard?»

«Certamente.»

«Ruben, vuoi fare compagnia al signor Logan e offrirgli qualcosa da bere?»

Dawson si alzò senza mutare espressione o atteggiamento e i due uscirono dalla stanza, probabilmente lieti di quella pausa. Jordan fu contento che il tatto di suo fratello si fosse esteso anche al suo inseparabile collaboratore.

Si sedette sulla sedia di legno in perfetto stile New England che fino a pochi attimi prima era stata occupata da Logan. Ebbe fino all'ultimo la sensazione che l'avrebbe trovata rovente.

Christopher si sporse dalla scrivania e il suo tono di voce divenne complice per cercare di essere persuasivo.

«Logan farà quello che gli dico io. Ti posso dare tutto l'appoggio che ti serve. Basta che tu lo chieda e avrai a disposizione tutti i mezzi d'indagine che è possibile avere. Ufficialmente non apparirà nulla, ma l'inchiesta la condurrai tu, a tutti gli effetti. Se vuoi, quel Burroni sarà ai tuoi ordini per quanto riguarda la parte ufficiale.»

«Non credo ne sarà entusiasta.»

«Ho saputo che in questo momento ha un problema con la Dia. Lo diventerà quando glielo risolveremo e gli faremo luccicare davanti agli occhi una significativa accelerazione della sua carriera.»

Jordan rimase in silenzio. Il tono complice sconfinò nella supplica.

«Jordan, devi farlo.»

Rispose con una domanda che serviva per tutti e due.

«Perché?»

«Perché stamattina hanno ucciso tuo nipote. E poi perché fare il poliziotto è la tua vita.»

Jordan chinò gli occhi a terra come se stesse riflettendo. In realtà aveva provato una fitta di rabbia con se stesso per non aver trovato niente di valido da ribattere. E c'era un motivo. Quello che suo fratello aveva appena detto era rigorosamente vero.

*Non sono più tenente, Rodriguez...*

Prese la sua decisione in un attimo, come aveva sempre fatto nella sua vita. Qualche volta se n'era pentito, altre no. Sperò che la situazione contingente appartenesse a questa seconda casistica.

«D'accordo, lo faccio. Fammi avere al più presto una copia delle deposizioni, il risultato dell'autopsia e di tutte le analisi della Scientifica. Ho bisogno di muovermi a modo mio. Ti farò sapere di volta in volta che appoggio mi serve e dove.»

«Tutto quello che vuoi. Ruben ha già il verbale dell'interrogatorio di LaFayette Johnson e un primo responso per la parte forense. L'autopsia è in corso ora. È probabile che prima che tu te ne vada arrivi un referto provvisorio.»

«Molto bene. Ti terrò al corrente degli sviluppi.»

Jordan si alzò in piedi e si diresse verso la porta. La voce di suo fratello lo bloccò con la mano sulla maniglia.

«Grazie, Jordan, so che lo fai per me e...»

In questo caso fu lui a essere interrotto. Ed era una cosa a cui Christopher Marsalis non era abituato.

Jordan lo fissò e il tono della sua voce dissolse di colpo quel rapporto di precaria solidarietà che si era instaurato per un attimo fra di loro.

«Una volta tanto permettimi di essere egoista. Non lo faccio per tacitare il tuo senso di colpa. Lo faccio per mettere a tacere il mio.»

«Qualunque sia il motivo, ti ringrazio. Non me ne dimenticherò.»

Jordan si ritrovò suo malgrado con una smorfia amara sul viso.

«Mi pare non sia la prima volta che ti sento dire questo.»

Vide un'ombra passare sul viso di Christopher a quelle parole. Quando richiuse la porta della stanza, augurò a suo fratello di non avere una coscienza. Restare fra quattro mura, da solo, in compagnia di quella feroce presenza, sarebbe stato una prova molto dura persino per lui.

# 8

«Ecco qui. Nero, ristretto e senza zucchero, come piace a te.»

Annette depositò una tazza di caffè espresso sul tavolo davanti a Jordan.

«Grazie, Annette. Mi fai il conto?»

«Ha detto il boss che offre la casa.»

Jordan guardò verso Tim Brogan, che stava dietro la cassa. Lo ringraziò con un gesto della mano. La cameriera indicò con un cenno del capo il televisore posizionato all'angolo opposto del locale. In quel momento era senza audio e sintonizzato su un film della HBO. Sul video c'era Harry Potter che svolazzava su una scopa, impegnato in un'accanita partita di Quidditch. Annette abbassò leggermente la voce e quel salto di tono li isolò per un istante dal resto del mondo.

«Abbiamo sentito il notiziario, Jordan. Mi dispiace molto per quel ragazzo. Brutta storia. E io di brutte storie me ne intendo.»

«La vita è una gran brutta storia, Annette. Poco più di dodici ore fa pensavo che questo avrebbe smesso di essere per me il solito ristorante. E invece...»

Alzò la tazza verso di lei e accennò un brindisi amaro come il caffè che c'era dentro.

«Ai viaggi mancati.»

Annette capì che cosa nascondeva in realtà quella frase e gli sorrise. Jordan lesse la sincerità nei suoi occhi.

«Ai viaggi rimandati, Jordan. Solo rimandati.»

Un tipo grosso e calvo con un segno di ketchup su una guancia si stava sbracciando a un tavolo dietro di loro. Annette fu costretta a rientrare nel mondo al quale apparteneva per otto ore al giorno. Più gli straordinari, come quella sera.

«Vengo subito.»

La donna se ne andò lasciando a Jordan la compagnia di pensieri che condivideva. A parte la componente emotiva, era davvero una brutta faccenda. Da gestire con le molle, sotto ogni aspetto. E se lui aveva visto giusto, la situazione poteva diventare ancora più incandescente, ammesso che fosse possibile. Quando aveva chiuso la porta dello studio di suo fratello a Gracie Mansion, il referto dell'autopsia non era ancora arrivato. Aveva preferito andarsene e lasciare Christopher ai suoi sentimenti di padre e ai suoi doveri di sindaco. Jordan non sapeva quale dei due ruoli in quel momento fosse il peggiore.

Aveva telefonato a Burroni e gli aveva dato appuntamento per l'ora di cena, nella tavola calda all'angolo con la Sesta Avenue. Aveva appena finito di prendere il caffè quando il poliziotto comparve nel riquadro della prima vetrina e le costeggiò a una a una, apparendo e scomparendo, fino ad arrivare alla porta.

Indossava la stessa giacca di camoscio e portava lo stesso cappello nero a tesa tonda che gli aveva visto in testa al mattino. Entrò e lasciò girare lo sguardo per il locale. Quando lo individuò, si diresse verso il tavolo con quella sua strana camminata con il baricentro un po' basso, da giocatore di *soccer*. Aveva in mano un quotidiano sportivo piegato in due da cui spuntava una cartellina gialla.

Lo raggiunse e rimase in piedi davanti a lui. Aveva dipinto in viso il desiderio di essere altrove e con un'altra persona.

«Salve, Jordan.»

«Siediti, James. Che prendi?»

Jordan fece un gesto a una cameriera che stava passando. La ragazza si fermò per prendere l'ordinazione.

«Una Schweppes. *Sono in servizio*.»

Jordan incassò senza battere ciglio il tono allusivo con cui Burroni aveva sottolineato le ultime parole. Il detective si lasciò cadere sulla sedia di fronte. Appoggiò il giornale sul piano del tavolo. La cartellina scivolò fuori leggermente e Jordan riuscì a intravedere le lettere NYPD sul frontespizio.

«Mettiamo subito le cose in chiaro, Marsalis.»

Jordan tornò a guardarlo con l'espressione più irritante di cui era capace.

«Non chiedo di meglio.»

«Probabilmente io non ti piaccio ma questo è assolutamente ininfluente ai fini della classifica. Il vero problema è che tu non piaci a me. E soprattutto non mi piace questa situazione. Sono addolorato per tuo nipote, però...»

Jordan alzò le mani dal tavolo e bloccò sul nascere un discorso che già sapeva dove sarebbe andato a parare.

«Ferma tutto. Io non so cosa ti hanno detto e non mi interessa. Però mi sembra molto importante che *tu* ascolti quello che ti dico io.»

Burroni si tolse il cappello e lo mise sulla sedia libera di fianco a lui. Si appoggiò allo schienale e incrociò le braccia sul petto, in attesa.

«Lo sto facendo.»

«Non credo tu possa essere addolorato per mio nipote. Secondo te era uno sballato che ha fatto la fine che meritava e di cui il mondo non sentirà la mancanza. Questi sono problemi tuoi e non pretendo che tu capisca. Ma penso che al resto dovrai adeguarti. Non dobbiamo fare progetti matrimoniali, James. Abbiamo solo un lavoro da fare insieme, anomalo fin che vuoi, ma sempre un lavoro. Tu per i tuoi motivi, io per i miei. Ognuno avrà i propri vantaggi...»

Burroni si appoggiò di scatto con i gomiti sul piano del tavolo e lo guardò negli occhi. Jordan ebbe la netta sensazione di sentire un rumore di sonagli.

«Se ti riferisci a quella faccenda della Divisione affari interni, sappi che io...»

Jordan non lo lasciò finire.

«Lo so che *tu*. Lo so di te e di molta altra gente. L'ho sempre saputo in tutti gli anni in cui sono stato *in servizio*, come hai detto prima. Ma ho sempre pensato che un buon poliziotto, anche se a volte cade vittima di qualche piccola debolezza, in fatto di bilancio finale dà molto di più di quanto prende. Se le debolezze sono grandi smette di essere un buon poliziotto e diventa una canaglia. Problemi suoi e di un giudice. Però c'è un fatto nuovo e *questo* ha una grossa influenza sulla classifica.»

«Vale a dire?»

«Vale a dire che adesso non me ne frega più un cazzo, James. Per motivi miei, voglio mettere la parola fine a questa storia. In tutti i sensi. E il fatto che la vittima sia mio nipote c'entra solo in parte. Dopo potrò finalmente partire per un viaggio che sarebbe dovuto iniziare stamattina.»

La cameriera arrivò, depose un bicchiere di liquido chiaro pieno di bollicine sul tavolo e se ne andò in silenzio. Jordan fece una pausa. Burroni ne approfittò per bere un sorso della bibita.

«Questo per quanto mi riguarda. Per contro, tu sarai il detective che ha arrestato l'assassino del figlio del sindaco. Un eroe. Così saprai finalmente come ci si sente a essere una star. E potrai smettere di preoccuparti per le mazzette che hai preso e andare a cercarne delle altre.»

Indicò con la mano il giornale sportivo che Burroni aveva appoggiato sul tavolo.

«Scommetti sulle corse o sul football?»

«Sei un figlio di puttana, Marsalis.»

Jordan fece un piccolo gesto con la testa e un vago sorriso.

«Probabilmente è un dono di famiglia.»

Cadde un attimo di silenzio in cui ognuno dei due fece il conto dei morti e dei feriti. Jordan decise che, se era necessaria una tregua, quello poteva essere il momento giusto per sventolare, se non una bandiera, almeno un fazzoletto bianco. Indicò la cartellina che spuntava in mezzo al giornale.

«Che hai lì?»

Il detective la tirò fuori, la aprì e la spinse verso di lui. Jordan si rese conto che spostare di pochi centimetri quei fogli di carta era stato per Burroni un percorso enorme.

«Una copia dei verbali. C'è tutto quello che per adesso è stato rilevato. L'autopsia è stata fatta a tempo di record, come pure le prime analisi. Leggitela con calma.»

Jordan decise che una piccola gratificazione all'amor proprio di Burroni poteva essere un ottimo lubrificante per gli ingranaggi rugginosi di quella collaborazione forzata.

«Preferisco che mi dica tu.»

Il tono di voce dell'altro si distese leggermente.

«Dall'autopsia risulta confermato che la vittima è stata strangolata. Per bloccare il dito, gli hanno riempito la bocca di colla a presa forte. La stessa che è servita per incollare la coperta e la mano all'orecchio. Dall'esame merceologico, sembra sia una marca molto diffusa. Si chiama Ice Glue e la si trova un po' dappertutto su scala nazionale. Per cui, da lì, nessuna indicazione. Inoltre, pare che avessi ragione tu sulla dinamica del delitto. C'erano delle tracce di nastro adesivo sui polsi e sulle caviglie. Anche quello di diffusione tanto ampia da non servire a niente. Probabilmente l'assassino lo ha prima immobilizzato e poi lo ha ucciso quando non era in grado di reagire. Sul corpo non ci sono segni di lotta a parte gli ematomi sul collo.»

Senza accorgersene, a mano a mano che parlava Burroni era entrato nella condizione mentale dell'investigatore. Jordan ricordava benissimo quel particolare stato di grazia che aveva una sua satanica beatificazione nel momento in cui il detective arrivava sul luogo del delitto. Il momento in cui diventava il solo punto di riferimento e tutti i presenti facevano un passo indietro, in attesa delle sue disposizioni.

La voce di Burroni lo riscosse da quel flashback improvviso.

«La testimonianza di quel...»

Girò il foglio verso di sé per leggere il nome.

«La testimonianza di quel LaFayette Johnson non è stata di

grande utilità, per ora. Ha detto la verità su quello che è successo e si è comportato secondo le regole. C'è un tabulato che testimonia la telefonata della vittima al suo cellulare più o meno all'ora che ci ha indicato. Quando ha scoperto il corpo ha chiamato la polizia. Per il momento non lo si può escludere dai sospetti, però...»

L'ipotesi rimase in sospeso e Jordan concluse per lui.

«Però tu non pensi che avrebbe ammazzato la sua principale fonte di sostentamento.»

«Esatto. C'è un solo particolare nella sua deposizione che può aprire un piccolo spiraglio.»

«Cioè?»

«Mentre entrava nel palazzo, si è quasi scontrato con un tipo vestito da jogging che ne stava uscendo. Non è riuscito a vederlo in faccia ma ha detto che se ne è andato correndo con un'andatura strana, leggermente claudicante, come se avesse un ginocchio più debole dell'altro. Abbiamo fatto ricerche nella casa e in quelle vicine. Non ci abita nessuno che abbia queste caratteristiche.»

«Penso che sia una pista da non trascurare. C'è altro?»

«Siamo riusciti a rintracciare la ragazza che ha passato la notte con tuo nip... con la vittima. Non appena ha saputo dell'omicidio dai notiziari si è presentata spontaneamente. Quando sono uscito dalla centrale la stavano interrogando.»

«Com'è?»

«Una come tante. Scialba direi. E un po' avvizzita. Il tipo che si fa affascinare dalla personalità estrosa di un pittore di grido. Fa la segretaria presso un editore di cui non ricordo il nome sulla Broadway.»

«Può essere stata lei a strangolarlo?»

«Per come l'ho vista fisicamente, nemmeno se ci si mettevano in due.»

«E la Scientifica che dice?»

«Sono con le mani nei capelli. Migliaia di impronte, migliaia di fibre, peli, capelli, colori. Ci vorrebbero dei mesi e il doppio dei mezzi per classificarle tutte.»

«E questo è tutto quello che abbiamo, per il momento...»

Non c'era rassegnazione nel commento di Jordan ma semplicemente constatazione. Sapeva per esperienza che quasi tutte le indagini avevano come punto di avvio l'inconsistenza assoluta.

Come sempre si fa in questi casi, Burroni gettò un'ipotesi sul tavolo delle possibilità.

«Che ne dici di un serial killer?»

«Non so. È presto per dirlo. La scritta cifrata sul muro e la modalità dell'omicidio lasciano uno spazio più che sufficiente per ipotizzare l'opera di uno psicopatico. Però la vittima frequentava gente o aveva dei fan a cui si può riferire un episodio isolato di questo genere, senza che necessariamente debba ripetersi. L'omicidio di John Lennon insegna...»

«Che si fa, allora?»

«Non sarà una cosa edificante ma bisogna scavare a fondo nella vita di Gerald Marsalis. Tutto. Amici, donne, clienti, spacciatori di droga...»

Jordan lesse l'espressione di Burroni e alla domanda che conteneva diede la risposta che occorreva.

«James, lo so benissimo chi era mio nipote e in che tipo di vita era infognato. Questo non cambia le esigenze dell'indagine. Voglio sapere ogni cosa. Il resto è un problema mio.»

«Mi sembra la scelta migliore.»

A Jordan sembrò di cogliere una sfumatura di rispetto nel tono svagato di quella considerazione.

«Hai gente a disposizione?»

«Ovviamente, in questo caso quanta ne voglio.»

«Allora metti anche qualcuno dietro a Johnson. Non credo che ne salterà fuori qualcosa, non in questa direzione, almeno. Se però dovesse uscire qualche elemento per sbatterlo in galera, la società non ci rimetterà di certo.»

«Okay. È tutto?»

«Per ora mi sembra di sì. E speriamo che io mi sia sbagliato e non si arrivi mai a dover sapere chi è Lucy.»

Burroni si alzò, prese il cappello e se lo mise in testa.

«Buonasera, Jordan. Grazie per il drink.»

«Ci sentiamo.»

Il detective gli girò le spalle e facendo lo slalom tra i tavoli raggiunse la porta a vetri. Jordan lo seguì con lo sguardo. Senza voltarsi indietro uscì a confondere i suoi passi tra i milioni che stavano camminando in quel momento a New York.

Jordan rimase solo, con la sensazione poco piacevole di essere una persona che non esisteva in un mondo pieno di gente che si accontentava di esistere. Si guardò intorno. Nel locale c'erano facce, gesti, movimenti, colori, cibo nei piatti e liquidi nei bicchieri, cose dette e cose ascoltate. Niente di nuovo, niente di strano. Tutti portavano la loro divisa, anche chi si illudeva di non averne. Dopo il rabbioso monologo di Edward Norton ne *La 25ª ora* di Spike Lee, non restava molto da dire sulla gente di New York.

Qualcuno aveva cambiato programma e adesso il televisore sul fondo del locale era sintonizzato sul notiziario della CNN. Dopo un breve reportage sulla guerra in Iraq, l'attenzione si spostò sulle immagini dell'omicidio di Jerry Kho, che era il caso del giorno. Dal suo posto non riusciva a sentire il commento, ma nel servizio vide suo fratello all'uscita della casa di Gerald, subito assalito da un'orda di giornalisti. Nessuno, né al mattino né adesso, aveva fatto caso a un uomo con un casco in testa che usciva defilato dal portone approfittando del diversivo. La ripresa in campo lungo fu sostituita da una ripresa ravvicinata di Christopher Marsalis che risaliva in macchina, lasciando dietro di sé un intreccio frenetico di domande senza risposta. L'auto che si allontanava portandosi via suo fratello gli ricostruì nella mente la stessa immagine in un'altra auto, in un altro luogo, in un'altra sera. Nel momento esatto di quasi tre anni prima in cui tutto era cominciato.

O finito.

*Era stato ospite per tutto il weekend nella casa di campagna di Christopher. Il tempo era bello e avevano deciso di fermarsi anche il lunedì in quella splendida villa in legno, sasso e grandi vetrate che si affacciava sulla riva dell'Hudson, nei dintorni di Rhinecliff. La proprietà era completata da un enorme parco, un imbarcadero privato e una dépendance per i custodi e gli agenti del servizio di sicurezza. La casa e il suo interno erano stati progettati da un architetto europeo che sapeva il fatto suo sia in termini di progettazione sia in termini di parcelle. Pareva fatta apposta per sottolineare le loro disparità caratteriali, con il tocco d'artista che il caso aveva riservato alla differenza di una dozzina d'anni d'età. L'esistenza disinvolta del padre in comune li aveva come infilati in una specie di complicato labirinto delimitato da siepi basse. Riuscivano a vedersi e parlarsi ma solo raramente a incontrarsi.*

*Christopher era quello ricco, Jordan quello giovane e atletico. Christopher era per natura un leader e come tale aveva bisogno della gente. Jordan si bastava. Era un cane sciolto e preferiva, quando poteva, passare basso e rasente al muro in posti dove di gente non ce n'era. Christopher faceva saltare la cassaforte, Jordan l'apriva con la sensibilità e la delicatezza di tocco.*

*Quella sera, dopo cena, Christopher aveva ricevuto una telefonata. Jordan lo aveva sentito parlare smozzicando monosillabi attraverso la porta aperta dello studio. Poi si era presentato nel salone indossando il suo cappotto di cachemire cammello da tremila dollari. Jordan aveva visto il riflesso verdastro di un paio di mazzette di banconote sparire al volo nelle tasche.*

*«Devo uscire. Tu mettiti comodo e fai quello che vuoi. Io torno presto.»*

*«Ci sono problemi?»*

*Christopher aveva finito di allacciarsi i bottoni e questo gli aveva permesso di rispondere senza guardarlo in faccia.*

*«Mi devo vedere con LaFayette Johnson.»*

*«Vuoi dire che quello viene da New York fino a qui?»*

*Christopher aveva masticato allo stesso tempo una risposta e una maledizione.*

*«Per i soldi quel pezzo di merda sarebbe disposto ad accettare un appuntamento sul* Titanic, *anche dove si trova adesso.»*

*«Vuoi che venga con te?»*

*«Non è necessario. Basta lui a proteggermi.»*

*Jordan sapeva il motivo di quell'incontro. Buona parte dei quadri che Gerald vendeva era Christopher stesso a comperarli, attraverso i maneggi di quel discutibile soggetto che era il suo gallerista. Però non aveva mai capito quanto di tutto questo fosse per tenere il figlio fuori da guai peggiori e quanto per tacitare il suo senso di colpa.*

*Christopher era uscito di casa lasciandosi alle spalle il rumore della porta che si chiudeva. Poco dopo, Jordan aveva sentito le ruote della sua Jaguar scricchiolare sulla ghiaia del cortile e il rumore del motore perdersi in dissolvenza.*

*Era rimasto solo il silenzio.*

*Jordan era abituato al perenne macinare di sottofondo della metropoli, quella specie di battito sotterraneo che pareva essere il propulsore di tutto quanto a New York si agitava in superficie. Ogni volta che era in quella casa riceveva la totale assenza di suoni come assenzio sullo zucchero.*

*Fuori c'era l'inverno e il freddo e le acque a senso unico dell'Hudson che scorrevano scure in una notte ancora più scura. Jordan si era ritagliato un momento caldo e soffice, illuminato dalle fiamme senza legge e senza regole del camino.*

*Aveva acceso la televisione e si era accomodato su un divano davanti all'apparecchio sintonizzato sulla ABC per il Monday Night Football. Il collegamento era con il Giants Stadium per la partita dei New York Giants con i Dallas CowBoys. Aveva accanto a sé una bottiglia del prezioso whisky torbato invecchiato diciotto anni confezionato appositamente per Christopher Marsalis e, senza accorgersene, ne aveva bevuta una mezza bottiglia. Non aveva nemmeno visto finire la partita. Lì, sul divano, era scivolato in un son-*

*no placido e rilassato con delle immagini di vita tranquilla a fargli compagnia.*

*Il suono del telefono era arrivato a ricordargli di essere solo. Aveva sollevato il cordless sul tavolino di fianco a lui.*

*«Pronto?»*

*Alla sua voce impastata di sonno aveva fatto da contrappunto la voce concitata del fratello.*

*«Jordan, sono nei casini.»*

*«Che ti succede?»*

*«Ho ucciso un uomo.»*

*«Che significa "ho ucciso un uomo"?»*

*«Esattamente quello che ho detto. Stavo tornando a casa dopo l'incontro con LaFayette. A un incrocio questo tipo è arrivato sparato senza dare la precedenza. Anch'io ero un po' veloce e l'ho centrato in pieno, ma non è stata colpa mia.»*

*«Sei sicuro che sia morto?»*

*«Cristo, Jordan, non sono un medico ma sono stato in guerra. So capire quando uno è morto.»*

*«Ci sono testimoni?»*

*«A quest'ora e d'inverno? Sono in aperta campagna. In questo posto passeranno tre macchine alla settimana.»*

*«Dove sei?»*

*«Verso High Falls, sull'altra riva dell'Hudson, a sud. Sai dov'è?»*

*«Sì, non c'è problema. Salgo in macchina e vengo. Tu non fare niente. E soprattutto non toccare niente sull'altra macchina. Mi hai capito? Se ci sono guai chiamami sul cellulare.»*

*«Jordan... fai in fretta.»*

*«Okay. Arrivo.»*

*Era uscito di casa afferrando al volo un giaccone e si era messo per strada con la sua Honda. Aveva acceso il navigatore satellitare e seguendo le indicazioni del GPS aveva raggiunto il luogo dell'incidente. Quando era sceso dalla macchina, un'occhiata era stata sufficiente per rendersi conto della situazione. La Jaguar stava nel fosso a lato della strada, oltre l'incrocio rispetto alla direzione da cui era arrivato lui. La parte anteriore sinistra era accartocciata e una sospensione rotta lasciava uscire una ruota sbilenca dalle lamiere. Sull'altro lato della strada c'era un vecchio pick-up con le lamiere nelle stesse condizioni e il muso rivolto nel senso opposto. Attraverso il parabrezza scheggiato si intravedeva la silhouette di un corpo riverso sul volante. Dai segni sull'asfalto si leggeva quello che era successo. C'era la traccia di frenata della Jaguar e l'attrito delle ruote dell'altro veicolo che l'urto violento aveva mandato in testa-coda. A terra erano rimasti vetri e pezzi di fanale e plastica e nell'aria il languore malato dell'ineluttabilità.*

*Si era avvicinato al pick-up e aveva toccato il collo dell'uomo di mezza età che pareva addormentato sul volante. Non aveva sentito nessuna pulsazione. Aveva girato lo sguardo intorno. Di Christopher non c'era traccia.*

*«Sono qui, Jo...»*

*Era sbucato da una macchia di cespugli che costeggiava quel lato della strada, le mani infilate nelle tasche del cappotto. Il fiato si era fatto fumo quando gli aveva parlato.*

*«Non ero sicuro che fossi tu e ho preferito togliermi dalla strada. Adesso che facciamo, Jordan?»*

*Il suo atteggiamento non era quello di un uomo impaurito. Era quello di un uomo arrabbiato.*

*Jordan in un attimo aveva deciso e per lui era stato come puntare il trentasette alla roulette.*

*«Prendi la mia macchina e vai a casa. Non muoverti da lì.»*

*«Ma cosa stai dicendo? Ti rendi conto di quello che significa?»*

*«Nella scala dei valori è molto più importante un buon sindaco che un buon poliziotto. Fai come ti dico.»*

*Erano rimasti in piedi un istante a guardarsi negli occhi, quegli occhi azzurri che erano in realtà l'unica cosa che avessero in comune. Poi Christopher era salito in macchina e aveva avviato il motore. Prima di andarsene da quell'incrocio e da quel momento, si era sporto dal finestrino.*

*«So cosa stai facendo, Jordan, e non lo dimenticherò.»*

*Era rimasto in piedi a osservare le luci dell'auto che diventavano piccole, sempre più piccole, sparivano. Dopo, Jordan aveva chiamato l'ufficio dello sceriffo di Rhinecliff. Era andato ad accendere i lampeggianti delle due macchine e poi aveva aspettato vicino alla Jaguar semidistrutta, con la sola compagnia dei suoi pensieri e di un uomo morto.*

*Aveva acceso una sigaretta.*

*tlack...tlack...tlack*

*Il silenzio e il buio erano scalfitti dal lampeggiare ritmico delle frecce delle auto.*

*tlack...tlack...tlack*

*La sigaretta era finita, come si concede a ogni uomo in attesa. L'aveva sbriciolata accuratamente con il piede sull'asfalto.*

*tlack...tlack...tlack*

*Mentre ascoltava le sirene delle macchine in avvicinamento, si era reso conto che quel suono e quelle luci intermittenti nella notte sarebbero rimasti a lungo nella sua memoria. Al vicesceriffo che si era occupato del verbale aveva dato le sue generalità e dichiarato di essere lui al volante della macchina che apparteneva a Christopher Marsalis. Era stato sottoposto agli inevitabili accertamenti sul suo stato di lucidità e la mezza bottiglia di whisky che aveva bevuto era saltata fuori.*

*Fortunatamente le cose si erano messe bene perché l'autopsia fatta alla vittima aveva diagnosticato il decesso per infarto del miocardio. In pratica, il guidatore aveva perso il controllo perché era già morto al momento della collisione, per cui non c'erano state conseguenze dal punto di vista penale.*

*Rimaneva un particolare. E il particolare era rappresentato da un tenente della polizia di New York coinvolto in un incidente mortale mentre guidava un'auto in stato di forte alterazione alcolica. Come se non bastasse, questo tenente era Jordan Marsalis, il fratello minore del sindaco. I media avevano montato un caso che dalla cronaca era scivolato immediatamente nella politica. La pressione dell'opposizione si era fatta insostenibile e lo stesso partito di Chri-*

*stopher, in via ufficiosa ma a chiare lettere, aveva segnalato la pericolosità di quella situazione. Così, in un mattino azzurro come quello appena trascorso, aveva rassegnato le sue dimissioni e restituito la pistola e il distintivo.*

*Da quel giorno non aveva più bevuto un goccio d'alcol e non aveva più guidato una macchina. E non aveva in pratica più sentito Christopher fino a quando non gli aveva telefonato per dirgli che Gerald era stato ucciso.*

Jordan sorrise con una punta d'amarezza a una tazza sporca di caffè e a un bicchiere percorso da svogliate bollicine. La storia si stava ripetendo. Nel pomeriggio, suo fratello lo aveva ringraziato con le stesse parole che aveva usato quella sera.

*So cosa stai facendo, Jordan, e non lo dimenticherò...*

E, invece, aveva dimenticato.

# 9

Jordan uscì dal ristorante, attraversò la strada e si diresse verso casa. Per una ristrutturazione in corso, intorno all'edificio di fianco al suo era stato eretto un ponteggio. I teli di protezione creavano una zona d'ombra che pareva avvolgere in modo minaccioso l'ingresso del palazzo. Ne entrò e ne uscì, tornando a ricevere sul viso la luce che proveniva dall'ingresso attraverso la porta a vetri. Cambiò di mano il casco per cercare in tasca le chiavi di casa. In quel momento sentì alle sue spalle una musica fortissima che si avvicinava.

Senza un motivo preciso, Jordan ebbe il sospetto che quella musica significasse grane. Si girò e il sospetto divenne certezza. Vide una Mercedes scura e lucidissima che stava parcheggiando davanti a lui su quel lato della strada. Dal finestrino aperto dell'auto usciva a un volume altissimo il rimbombo elettronico della cassa in quattro di un pezzo techno. Le portiere si spalancarono e ne scesero due neri che vennero verso di lui con la loro camminata indolente e carica di minaccia. Indossavano entrambi tute sportive dai colori accesi e scarpe da jogging. Uno portava in testa un berretta di lana da rapper e l'altro una bandana nera. Jordan pensò che erano due perfette icone del modo di essere di certa gioventù di colore.

Uno dei due, quello col berretto, non l'aveva mai visto. L'altro lo riconobbe immediatamente. Non ricordava il nome ma era conosciuto da tutti con il soprannome di Lord. Lo aveva messo dentro un po' di tempo prima per detenzione e spaccio di eroina. Durante l'arresto aveva fatto resistenza e ferito due agenti.

«Salve, Lord. Com'è che ti hanno fatto uscire?»

«Ho fatto il bravo bambino. Sei mesi scontati per buona condotta, tenente.»

«Non sono più tenente, Lord. E vorrei fosse l'ultima volta che lo dico, per oggi.»

«Oh, lo so, *tenente*. Ti hanno cacciato a calci nel culo. E adesso sei un privato cittadino. Esattamente come noi, vero Hardy?»

Il silenzioso Hardy non diede conferme né vocali né gestuali, e comunque Lord non ne aveva bisogno. In quel momento gli bastava sentirsi spalleggiato.

«Lo sai cosa vuol dire tre anni chiuso in galera? Ci sei mai stato tu?»

Non lasciò a Jordan il tempo di una replica che d'altronde non gli interessava. Quello che voleva era solo proseguire il suo show. Si rivolse al suo amico con il sarcasmo beffardo di chi condivide con la compagnia un particolare imbarazzante.

«Ah, dimenticavo. Che scemo sono. Il tenente Marsalis in prigione non ci va, nemmeno quando fa secco un poveraccio mentre guida sbronzo come un maiale. Il signor fratello del sindaco al massimo riceve una ramanzina e poi è libero di andare in giro e mandare al creatore altra gente.»

«Non girare intorno al cespuglio, Lord. Che vuoi?»

Era una domanda oziosa, formulata con il solo scopo di guadagnare tempo. Jordan sapeva benissimo darsi una risposta anche da solo. Si guardò in giro mentre impugnava la mentoniera del casco integrale per usarlo come arma.

Lord fece un passo indietro e con un movimento rapido fece scorrere la chiusura lampo della giacca della tuta. Se la tolse e rimase in canottiera. Lasciò cadere la blusa a terra e portò le braccia in alto, gonfiando i bicipiti e i muscoli ipertrofici del torace in una posa da culturista.

«Li vedi questi, tenente? Me li sono guadagnati facendomi il culo quattro ore al giorno, per ognuno dei mille e più giorni che ho passato in galera. E sai a cosa pensavo mentre sollevavo pesi?»

«No. Fammi una sorpresa.»

«Pensavo al momento in cui mi sarei trovato davanti a te senza che tu avessi la protezione di un distintivo.»

Jordan vide le ombre stagliarsi nel riquadro che la luce sull'asfalto ritagliava attraverso il cristallo alle sue spalle. Non ebbe il tempo di voltarsi che la porta si aprì e due persone uscirono dall'androne e lo presero da dietro, bloccandogli le braccia dietro la schiena. Sentì il rumore del casco che gli sfuggiva di mano e rotolava sull'asfalto.

Lord si avvicinò lentamente a quel gruppo statuario.

«Pensavo a *questo* momento.»

Quando Jordan era entrato in polizia, sapeva che a volte per un rappresentante della legge si presentano momenti difficili. La perfetta ironia della vita lo aveva infilato in uno di questi proprio adesso che un poliziotto non lo era più. Appoggiandosi alla presa dei due che stavano dietro di lui, inarcò il bacino e stampò i piedi sulla faccia di Lord. Sentì distintamente il suono secco della cartilagine del naso che si spezzava e lo vide sparire dal suo campo visivo. Mentre cercava di liberarsi dalla stretta che lo immobilizzava, il silenzioso Hardy si animò improvvisamente. Assunse una classica guardia da pugile e gli sferrò un uno-due al plesso solare. Jordan sentì il rigurgito acido del cibo salirgli in bocca e subito dopo vide come al rallentatore il velocissimo pugno di Hardy diretto verso il suo viso. Quando lo colpì, prima ancora di sentire il dolore i suoi occhi furono attraversati da un lampo accecante di luce gialla. Il contraccolpo lo spinse all'indietro e la presa dei due fece da leva. Al dolore del viso corrispose quasi istantaneamente il dolore della spalla destra lussata che usciva dalla sua sede.

Lord intanto si era rialzato e si stava avvicinando minaccioso e sibilante, con il sangue che scendeva dal naso rotto ad arrossare i denti digrignati.

«Brutto stronzo succhiacazzi, adesso ti...»

Non ebbe modo di spiegare che cosa *adesso ti*. Dall'altra parte della strada, appena oltre l'angolo, una macchina della polizia si era fermata davanti al ristorante e un agente era sceso per entrare nel locale. Jordan sentì una voce allarmata alle sue spalle.

«Ehi, ci sono gli sbirri. Forse è meglio che filiamo.»

Lord si avvicinò al punto che le sue parole rabbiose lo raggiunsero al viso sporche di saliva e sangue.

«Per adesso finisce così. Ma non finisce qui, pezzo di merda.»

Gli sferrò un manrovescio che fece girare la testa di Jordan verso l'alto, come se avesse la curiosità di seguire con lo sguardo la mano che lo aveva colpito. Sentì la stretta allentarsi e cadde in ginocchio, mentre i quattro risalivano veloci in macchina e sparivano in uno sbattere di portiere, rumore di motore e stridio di pneumatici sull'asfalto.

Sentiva le orecchie che gli ronzavano per i colpi e un dolore sordo alla spalla. Vide delle macchie di sangue sulla pietra del gradino e capì che era il suo. Si rialzò in piedi e andò a prendere il casco, tenendolo con la mano sinistra. Poi si infilò nell'atrio e si avvicinò a una colonna. Si sistemò contro il muro e cercò un appoggio dove fare leva. Tirò un lungo respiro e diede un colpo secco, soffocando un gemito di dolore per l'articolazione della spalla che tornava al suo posto. Sentì alcune gocce di sangue cadere sul petto a imbrattare il giubbotto e la camicia. Tirò fuori un Kleenex e si tamponò le narici. Prese l'ascensore e salì mettendosi in modo da non vedere la sua immagine malconcia nello specchio.

Arrivò davanti alla porta, entrò e accese la luce. Ritrovò ad attenderlo la sua vecchia casa e seduta sul divano la sua vecchia vita. Ci appoggiò di fianco il casco e si diresse verso il bagno. Vide una lama di luce filtrare da sotto la porta. Probabilmente l'aveva dimenticata accesa quel mattino. In quel momento aveva altro da pensare che non le sue piccole distrazioni.

Spinse il battente e nella luce ambrata del bagno si trovò davanti una donna completamente nuda. Ed era la più bella donna che avesse mai visto in vita sua.

Gli dava le spalle ed era riflessa fino alla vita dallo specchio che aveva di fronte. Si stava strofinando i capelli con un asciugamano e al suo ingresso si era bloccata. Non aveva avuto la minima reazione né di sorpresa né di paura e non aveva fatto il minimo tentativo di coprirsi.

«Devo ritenere la sua presenza nel mio bagno un pericolo?»

La sua voce era dolce e tranquilla nella stessa situazione in cui Jordan era rimasto senza parole. Quell'apparizione imprevista, ma soprattutto quella bellezza senza collocazione e senza tempo, lo avevano reso del tutto inerme. Non riusciva a fare altro che restare lì, in piedi sulla soglia, a far parte di quelle due figure vicine nello specchio e a premere sul naso un assurdo e patetico fazzoletto macchiato di sangue.

«No, scusi, io...»

«Allora le dispiace chiudere la porta e attendere fuori intanto che mi vesto?»

Jordan accostò con delicatezza il battente sentendosi un ragazzino sorpreso a spiare dal buco della serratura. Si rifugiò nel bagno della stanza degli ospiti. Accese la luce e nello specchio impietoso questa volta si ritrovò da solo. Osservò la sua faccia e fu costretto a constatare che Lord e Hardy avevano fatto un buon lavoro. L'occhio si stava gonfiando e la bocca e il naso erano sporchi di sangue rappreso a metà. Aprì il rubinetto e si lavò sentendo il piacere del contatto dell'acqua fredda con il viso tumefatto.

Si tolse la camicia e usò la parte pulita per asciugarsi. Mentre percorreva il corridoio per tornare nel soggiorno, dall'interno dell'altro bagno sentì arrivare il ronzio soffiato di un asciugacapelli. Jordan andò ad aprire l'armadio a muro dove al mattino aveva infilato la sua sacca. La prese e tirò fuori una camicia pulita. Intanto che si cambiava, non riusciva a smettere di pensare alla donna che aveva trovato in bagno. Per quanto cercasse un precedente nella sua memoria e nelle sue esperienze, non riusciva a trovare un riferimento vivente che potesse anche solo lontanamente avvicinarsi al fascino di quella creatura. Prese la sua sacca e andò ad appoggiarla sul divano di fianco al casco.

Quando lei lo raggiunse, indossava un accappatoio in microfibra azzurro. I capelli scuri ancora un po' umidi mettevano in risalto un viso così particolare da sfuggire a ogni regola o da infrangerla direttamente con la sua bellezza. Gli occhi grandi e liquidi che teneva puntati su di lui erano di una incredibile tonalità nocciola dorato. Jordan pensò che l'oro, per potersi definire davvero prezioso, avrebbe dovuto avere quel colore.

«Bene, posso sapere a cosa devo l'onore della sua presenza?»

«Io abito in questa casa.»

«Strano, pensavo di averla appena presa in affitto. Forse c'è qualche particolare che mi sfugge.»

Jordan riprovò di nuovo la sensazione di inadeguatezza che aveva provato poco prima in bagno.

«A questo punto credo di essermi espresso male. Io *abitavo* in questa casa.»

«Lei è Jordan Marsalis?»

«Esatto. E lei penso sia la signora Guerrero...»

«Non proprio, anche se questa definizione in qualche modo mi comprende. Mi chiamo Lysa.»

Jordan strinse la mano che gli veniva tesa. Era calda e morbida. Un profumo delicato che sapeva di vaniglia arrivò a circondare quella piacevole sensazione tattile.

«Mi avevano detto che sareste arrivati fra tre giorni.»

«In effetti quello era il programma, ma ho deciso di anticipare perché dall'agenzia mi hanno avvertita che lei sarebbe partito oggi.»

«Così doveva essere, ma poi...»

Jordan fece un gesto con la mano che rappresentava in modo molto esauriente l'impotenza di un uomo contro l'imponderabile.

«Come vede i programmi sono fatti per essere cambiati. Le chiedo scusa per averla spaventata. Sono veramente imbarazzato.»

«Lei perde sempre sangue dal naso quando è imbarazzato?»

Jordan portò una mano al viso e la ritrasse macchiata di rosso. La ferita aveva ripreso a sanguinare. Si avvicinò alla porta della cucina cercando con lo sguardo qualcosa per tamponare il flusso.

«Mi scusi. Oggi ho avuto una giornataccia.»

«Non vorrei sembrarle presuntuosa, ma mi pareva di averlo capito. Si sieda sul divano. Torno subito.»

Lo lasciò solo e quando tornò aveva in mano un beauty-case che aveva tutta l'aria di essere un set di pronto soccorso. Lo posò sul sofà di fianco a Jordan e ne tirò fuori del cotone dal colore giallastro.

«Non si preoccupi. Nella mia vita ho fatto anche l'infermiera. In ogni caso, non credo che riuscirei a conciarla peggio di così.»

Si mise in piedi davanti a lui. Di nuovo quel suo profumo che sapeva di vaniglia e buoni pensieri. Gli tastò delicatamente il naso e l'occhio, poi gli pose una mano sotto il mento e gli sollevò il capo.

«Ecco, pieghi leggermente la testa all'indietro. Questo le brucerà un po'.»

Il profumo di Lysa fu interrotto da un odore pungente e da un leggero bruciore quando applicò l'emostatico. Poco dopo arretrò leggermente e gli lanciò uno sguardo professionale.

«Ecco fatto, il sangue si è fermato. Se le interessa, il naso non è rotto. Sarebbe un peccato perché è un bel naso. Questa parte del viso le diventerà livida, ma con l'azzurro degli occhi non dovrebbe stonare.»

Jordan sentì il suo sguardo entrargli dentro fino a raggiungere quel posto segreto dove gli uomini nascondono le lacrime.

«Lei ha l'aria di un uomo che ha avuto qualcosa di più che non una semplice giornataccia.»

«Molto di più, credo. Oggi hanno assassinato una persona che conoscevo.»

«Poco fa alla tv ho visto un notiziario e parlavano della morte di Gerald Marsalis, il figlio del sindaco. È un suo parente?»

*Gerald è una storia passata. È un nome che non mi appartiene più...*

«Era mio nipote. Christopher Marsalis è mio fratello.»

Jordan non riusciva capire come mai quella donna riuscisse a tirare fuori da lui le cose che aveva dentro e farlo sembrare una fatto naturale.

«Mi dispiace molto.»

«Era un ragazzo difficile con una vita altrettanto difficile alle spalle. Evidentemente non era destino che ne avesse anche una migliore davanti.»

Lysa capì che quel discorso in apparenza cinico nascondeva molto di più e non chiese altro. Jordan si alzò in piedi e prese il casco e la sacca.

«Bene, credo di averla disturbata a sufficienza. Buonasera e mi scusi ancora.»

Si stava avviando verso la porta quando la voce calda e calma di Lysa lo fermò.

«Ascolti, mi sento in colpa a vederla andare via in questo stato. Se vuole si può sistemare qui per questa notte. La casa la conosce. Ci sono due camere da letto e due bagni e non ci daremo fastidio. Domani deciderà cosa fare.»

«Suo marito non se ne avrà a male se resto a dormire qui?»

Jordan guardava sempre gli occhi della gente. Riusciva a capire quando una persona mentiva o diceva la verità, quando ostentava uno stato d'animo o correva a nasconderlo. Eppure non riuscì a dare un nome a quello che vedeva ora in quelli di Lysa.

«Considerando il fatto che mi ha visto *quasi* nuda, penso che completare l'opera possa servire in via definitiva a chiarire ogni equivoco tra di noi.»

Lysa scostò i lembi dell'accappatoio e questa volta fu del tutto senza veli davanti a lui. Il tempo era un pezzo di plastica trasparente. Jordan ebbe l'impressione che, se Lysa avesse lasciato cadere a terra l'accappatoio, questo si sarebbe bloccato come per magia a mezz'aria insieme al loro fiato. Quel momento finì con la malagrazia che solo il tempo può avere. Un attimo e Lysa era sparita di nuovo dentro i confini di quell'indumento leggero. La sua voce aveva la stessa aria di sfida che portava in volto.

«Come ha potuto constatare di persona, io sono nello stesso tempo la signora e il signor Guerrero.»

Jordan cercò con frenesia dentro di sé le parole adatte a quella situazione. Lysa sembrò leggergli nel pensiero.

«Non è il caso che aggiunga niente. Qualsiasi cosa possa dire l'ho già sentita almeno un centinaio di volte.»

Lysa allacciò la cintura dell'accappatoio e con un semplice e leggero nodo stritolò quel momento di debolezza. Si chinò a prendere un flacone di pastiglie dal beauty e andò ad appoggiarlo sul piano di granito della cucina.

«Buonanotte, Jordan. Se dovesse avere dolore prenda un paio di queste pastiglie.»

Sul suo silenzio, imboccò il corridoio e sparì verso la zona notte della casa. Jordan rimase da solo e la stanza dove prima si trovavano tornò a essere una semplice stanza. Si avvicinò alla finestra e oltre i vetri ci ritrovò quello che c'era sempre stato. La notte, le luci, le auto e quella pulsazione quasi sovrannaturale che portava tombini fumanti come gadget.

E, mescolata a tutto ciò, la gente che stava in quella città o che ci arrivava in cerca di qualcosa, senza sapere che qui non c'era, come non c'era da nessun'altra parte. Semplicemente, qui c'erano più posti dove cercare.

In fondo, quello che tutti volevano era soltanto un'illusione.

Dal piano di sotto, uno stereo troppo alto fece entrare dalla finestra aperta una canzone piena di rimpianto. A Jordan parve perfetta come colonna sonora di quel momento. Mentre ascoltava con un interesse nuovo il senso di quelle parole, si chiese quante volte anche Lysa avesse guardato il mare sentendosi morire dentro per qualcosa che le era stato negato.

*Adesso soltanto adesso*
*che il mio sguardo sposa il mare*
*faccio a pezzi quel silenzio*
*che mi vieta di sognare*
*file di alberi maestri e mille e mille nodi marinari*
*e tracce di serpenti freddi ed indolenti*
*con il loro innaturale andare*
*e linee sulla luna che nel palmo ognuna*
*è un posto da dimenticare*
*e il cuore questo strano cuore*
*che su una scogliera già sa navigare...*

# Parte seconda

# Roma

# 10

*...Adesso soltanto adesso*
*che il mio sguardo avvolge il mare*
*io capisco chi ha cercato le sirene*
*chi ha potuto il loro canto amare*
*dolce nella testa come il giorno*
*della festa i datteri col miele*
*e forte come il vento che si fa tormento*
*e spezza il cuore agli uomini e alle vele*
*e allora non c'è gloria o voglia*
*che si possa bere oppure masticare*
*né pietra di mulino a vento*
*che quel sasso al cuore possa frantumare...*

Il braccio nudo di un uomo emerse dalle coperte e si allungò sul letto come un serpente su un ramo. La mano si protese e raggiunse il quadro inserito nella parete che comandava lo stereo e la tv. Con una leggera pressione del dito sul pulsante interruppe il cammino della musica verso la finestra aperta. Il malinconico suono *d'antan* del bandoneon e degli archi si fermò appena un istante prima di raggiungere i tetti di Roma.

La testa arruffata di Maureen Martini sbucò fuori imbronciata dal viluppo di lenzuola.

«No, fammela sentire ancora una volta.»

Connor Slave rispose senza tirar fuori la testa da sotto la coperta. Nonostante la sordina delle coltri, la sua protesta suonò divertita e Maureen ci colse anche un pizzico di infantile compiacimento.

«Amore, hai idea di quante volte hai ascoltato questa canzone?»

«Sempre una di meno di quanto mi serve.»

«Non essere egoista. E soprattutto non farmi pentire di averla scritta. Pensa a quante volte l'ho ascoltata io...»

Finalmente la testa ricciuta di Connor emerse e sbadigliò e si stropicciò gli occhi esasperando volutamente un movimento che lo fece assomigliare a un gatto. Nonostante fosse un musicista, aveva una gestualità istintiva ed evocativa che sul palco sottolineava senza darlo a vedere e completava senza essere invadente l'intensità delle sue interpretazioni. Per contro, nel privato, a volte era un autentico pagliaccio. Con sua grande sorpresa, Maureen aveva a poco a poco scoperto la faccia allegra di quel pianeta misterioso che era Connor Slave e che riusciva a farla ridere fino alle lacrime quando le faceva l'imitazione di un felino intento a leccarsi il pelo.

«Dai, fallo!»

«Oh, no.»

«Ti prego, solo un attimo.»

«No, altrimenti con una giornata così mi immedesimo e dovrai venirmi a recuperare in giro per i tetti.»

Maureen scosse la testa e finse un'aria immusonita mentre lui si alzava dal letto e, completamente nudo com'era, andava ad affacciarsi alla finestra. La ragazza ammirò il suo corpo magro e definito, un corpo che avrebbe potuto essere quello di un ballerino o di qualunque sportivo dedito a un'attività aerobica. Dal suo posto nel letto lo vide diventare una silhouette scura disegnata dal controluce e vide i suoi capelli muoversi ondeggiando mentre sgranchiva pigramente i muscoli del collo. La ragazza pensò che quello, in realtà, era Connor Slave: la personificazione di un'ombra. Apparteneva a quella categoria di persone che non è possibile valutare con il metro impreciso e soggettivo dei canoni estetici. Era un tutto radiante che emanava un fascino che prescindeva dai tratti somatici, dal corpo e dai movimenti e dal colore e dalla forma dei capelli.

Maureen uscì dal letto e nuda anche lei andò ad abbracciarlo da dietro. Respirò il suo profumo che sapeva di musica e di uomo e di loro due, e mentre lo faceva il suo odore si mescolò all'aria quasi strafottente di quella primavera romana così orgogliosa di sé e Maureen in quel momento era felice e nonostante tutto non pensava a niente.

Appoggiò la testa alla sua spalla e rimase a odorare e adorare quel piccolo miracolo rappresentato dalla propria pelle contro quella di lui. Le piaceva immaginare che qualcuno, forse un alchimista geniale e ruffiano, avesse fabbricato di proposito le loro epidermidi con elementi fatti apposta per funzionare l'uno da richiamo per l'altro. Poi, aveva atteso paziente il loro incontro per avere la conferma del successo della sua opera. Il suo sorriso di trionfo era diventato il loro sorriso. Fra lei e Connor c'erano parole e rispetto e ammirazione e talvolta una forma di pudore di fronte alle rispettive collocazioni nel mondo, però Maureen non poteva fare a meno di rabbrividire di piacere a ogni abbraccio, che aveva dentro di sé quella perfezione che solo la casualità può creare.

«C'è una cosa che volevo chiederti da sempre.»

«Dimmi.»

«Com'è scrivere una canzone?»

Connor rispose senza voltarsi e la sua voce parve arrivare direttamente dal panorama assolato che gli stava di fronte.

«Non ti so spiegare. È una sensazione strana. Prima c'è qualcosa che non esiste, o che forse esiste già nascosta da qualche parte al buio e vuole solo essere trovata e portata alla luce. Io non so quello che provano gli altri. Per me è una cosa senza preavviso, che arriva da dentro, e anche se non la conosco ancora, so già che dopo non ne potrò fare a meno. Ci sono cose che uno crede di gestire e invece arrivano a dominarti completamente. È come...»

Si girò e la guardò come se solo adesso, posando gli occhi su di lei, avesse trovato la definizione perfetta. La sua voce divenne fiato.

«Scrivere una canzone è come innamorarsi, Maureen.»

Dal momento in cui era iniziata la loro relazione, lei era sempre stata restia a definirla in qualche modo, per timore che un sostantivo o un aggettivo potessero attribuire a quella storia una consistenza che non aveva. Ora, il suo nome mescolato a quelle parole diedero alla ragazza un senso di debolezza senza paura che si decise finalmente a definire amore.

Rimasero abbracciati, a guardare il sole che illuminava quella cartolina di Roma fatta del rosso dei tetti e dell'azzurro del cielo. Maureen abitava in via della Polveriera, all'ultimo piano di una vecchia casa appartenuta a suo nonno. Ristrutturata a dovere, si era trasformata in uno splendido e grande attico su due livelli. Dal terrazzo, che occupava una porzione di tetto, c'era una vista incredibile a trecentosessanta gradi sull'orizzonte di Roma. Di sera si poteva addirittura cenare senza altra illuminazione che il riverbero del Colosseo immerso in un alone di luce gialla che lo tingeva d'oro fuso.

Connor tornò a girarsi verso la finestra, pur cercando ancora l'abbraccio di lei.

«Perché in nessun altro posto al mondo si riesce a provare una sensazione come questa?»

Per un poco rimasero in silenzio, appoggiati pelle contro pelle a guardare il giorno, sicuri. Sentivano che l'Italia e l'America e tutto il resto del mondo potevano solo arrivare al limite di quella stanza, ma non entrarci.

Maureen si ritrovò così a pensare al momento di stupore rappresentato dal giorno in cui si erano conosciuti. Connor Slave era in Italia per un tour di sei concerti dopo l'uscita del suo ultimo album, «Le bugie del buio». La tournée era organizzata dall'agenzia di spettacolo Triton Communications e la promoter della società era la sua migliore amica, Marta Coneri. In occasione della data di Roma, con il turbinio di gesti e vestiti che caratterizzava il suo modo di essere, era piombata a casa di Maureen e l'aveva trascinata al concerto quasi tirandola per un braccio. Marta aveva il dono di metterla di buonumore e, dote assolutamente impagabile, era una delle poche donne della vita pubblica romana che non si rivolgesse a chiunque chiamandolo «amore».

«Maureen, se avessi una casa come questa penso che anch'io uscirei poco. Ma fra poco e mai c'è una bella differenza. E poi questo ragazzo vale la pena di un viaggio molto più lungo che non da qui al Teatro Olimpico.»

Non aveva accettato scuse e Maureen aveva capito che ne sarebbero occorse di veramente valide per convincere Marta. E lei, su due piedi, non era riuscita a improvvisarne nemmeno una. Si era trovata seduta in una poltrona del Teatro Olimpico, di fianco a un posto vuoto. In sala si respirava quel senso di promiscuità anonima che compone un pubblico, anche se era presente tutta la Roma che conta e quella che faceva di tutto per contare.

Marta l'aveva raggiunta poco prima dell'inizio e si era lasciata cadere sulla poltrona libera alla sua destra.

«Molto bene. Adesso il lavoro è finito. Ora godiamoci questa delizia.»

Maureen non aveva avuto modo di rispondere, perché le luci si erano spente a poco a poco, zittendo gradatamente il brusio di sottofondo che da sempre percorre ogni teatro prima dell'inizio di uno spettacolo.

Nel buio assoluto, era iniziato un arpeggio di chitarra così delicato da essere addirittura sensuale, un suono addomesticato da un *delay* che pareva farlo ruotare circolarmente lungo le pareti della sala. Seduta lì, in quel buio, Maureen aveva avuto l'impressione di sentirlo risuonare direttamente nella testa. Poi, una luce dall'alto aveva colpito il centro del palcoscenico e in quel fascio così bianco da sembrare fluorescente era apparso Connor, in un abito scuro con il collo alla coreana dal rigore quasi monastico. Teneva la testa china verso il pubblico e le braccia abbandonate con noncuranza lungo il corpo. Nelle mani aveva un violino e un archetto.

Al suono della chitarra si era improvvisamente aggiunto un *pad* elettronico basso e limaccioso, una vibrazione che pareva arrivare dal terreno direttamente nello stomaco degli spettatori.

Dopo quella svolta armonica, in quella posizione, Connor Slave aveva cominciato a cantare e ad alzare lentamente il viso. Il fascino rarefatto della sua voce roca aveva di colpo fatto passare in secondo piano ogni sottofondo musicale. Era come lo sfregare di due fogli di carta vetrata su uno strato di miele. La delicatezza e la consistenza con cui quell'uomo sapeva comunicare avevano dato a Maureen l'assurda sensazione che quel canto fosse dedicato esclusivamente a lei. Poi aveva fatto scorrere lo sguardo nella penombra della sala e si era resa conto dalle espressioni degli spettatori che ognuno dei presenti in teatro forse provava la stessa sensazione.

Era una canzone intitolata *Il cielo sepolto*, una musica delicata con un testo sofferto che qualche critico in odore d'incenso aveva stigmatizzato e definito al limite del blasfemo. Parlava di Lucifero, l'angelo ribelle che nell'oscurità degli inferi piange se stesso e le conseguenze della sua colpa, che era stata non tanto il ribellarsi a Dio ma l'aver avuto il coraggio di pensare.

Maureen aveva ascoltato quella musica e sentito quelle parole e si era chiesta cosa potesse agitarsi nell'animo di chi le aveva scritte.

*Mi sembra strano di indicarne uno*
*e dire ecco, il giorno è proprio quello là*
*che un giorno solo è un battito di ciglia*
*sopra il viso immoto dell'eternità*
*il giorno che gonfiandomi di malamore*
*cambiai le regole di ogni errore.*

*Mi sembra strano fossi io il migliore*
*a dire «Adesso il cielo non fa più per me»*
*con l'orizzonte che si mangia il sole*
*e che trascina il buio tutto intorno a sé*
*il giorno che fidandomi di un dio più uomo*
*scambiai le tenebre con il perdono.*

Nell'inciso, alla voce di Connor Slave si era aggiunta quella pura come cristallo di una bellissima vocalist, che era emersa dalla penombra del palcoscenico a dividere con lui la luce e l'attenzione del pubblico. Erano due voci totalmente differenti come timbro e colore, eppure erano fuse insieme da un'armonizzazione così perfetta e delicata da farle sembrare una sola. In quell'unione vocale sincronizzata alla sillaba c'era il senso perfetto di quello che stavano cantando, la luce e l'ombra, il rimpianto e l'orgoglio, il senso disperato dell'addio per una scelta senza possibilità di ritorno.

*L'angelo che volevi accanto a te*
*l'angelo è volato via*
*è volato via di qua.*

C'era il dolore del male e il sollievo della sua cura.

Senza sapere la ragione, Maureen aveva provato d'istinto qualcosa di cui si era subito vergognata. Le era nato, stupido e acuto, un senso di gelosia per la ragazza dalla voce limpida che stava dividendo un frammento di vita e di musica con quell'uomo sul palco, con una dedizione e un trasporto che faceva fatica a immaginare si potessero fingere.

Come era arrivato, quel momento era stato subito inghiottito come una medicina, perché proprio in quell'istante Connor Slave aveva smesso di cantare e aveva portato il violino alla spalla. Quando aveva iniziato a suonare, Maureen aveva visto la musica apparire e lui di colpo sparire. Il suo corpo era lì, davanti a tutti, ma lui era sicuramente altrove, in qualche universo parallelo, e teneva aperta una breccia in modo che chiunque fosse in grado di seguirlo ci potesse entrare. Forse indotta dal testo della canzone che aveva appena sentito e da quel talento innaturale, Maureen si era convinta che, se il diavolo veramente esisteva, in quel momento stava davanti a lei e suonava il violino. Il concerto era continuato e finito e per tutto il tempo Maureen non era più riuscita nemmeno per un attimo a sottrarsi al fascino indefinibile di quell'artista che pareva avere il dono di essere dappertutto. Era con il pubblico che lo ascoltava e con l'orchestra che lo accompagnava e con la musica che suonava ed era di chiunque volesse andare con lui e nel contempo non era da nessuna parte e non apparteneva a nessuno.

Mentre lo osservava ricevere la ricompensa impagabile dell'applauso, dall'espressione del suo viso Maureen si era trovata a pensare che per lui il lavoro non fosse terminato, ma stesse iniziando proprio allora. Era come se per Connor Slave il vero lavoro fosse la vita di tutti i giorni e la sola possibilità di vita vera consistesse in quelle poche ore di musica violate dalla luce accondiscendente di un palcoscenico.

Poi, come sempre succede, la magia era finita con il calare di un sipario. La luce che di solito illumina il mondo normale si era accesa e ogni spettatore era uscito da quella forma di ipnosi collettiva per riacquistare la propria identità in un groviglio indefinibile di giacche, cravatte e vestiti colorati.

Marta si era girata verso di lei con un'espressione di trionfo.

«Che ti dicevo? È grande o no?»

«Assolutamente straordinario.»

«E c'è di più. Una piccola sorpresa. Per questo volevo che ci fossi anche tu. Indovina dove andiamo a cena ora?»

«Marta, non penso che...»

Marta l'aveva interrotta con la voce e il viso di chi considera l'ovvio e ne trae le conclusioni.

«E dove se no? Tuo padre è il proprietario di uno dei migliori ristoranti di Roma se non d'Italia. È così famoso che ne ha persino uno a New York. Tu sei mia amica e, congiunzione astrale incredibile, stasera sono pure riuscita a convincerti a uscire. Secondo te dove potevo portare un geniale americano affamato, in tutti i sensi, della vecchia Europa?»

Marta non aveva accettato obiezioni e aveva saldamente preso in mano la direzione dei lavori.

Avevano atteso fuori dal camerino che Connor finisse di cambiarsi e dopo le presentazioni li aveva guidati verso una Lancia Thesis scura che li aspettava davanti all'ingresso. Si era sistemata di fianco all'autista lasciando Maureen e Connor seduti vicini nella penombra del sedile posteriore. Loro due avevano iniziato a parlare e conoscersi mentre si spostavano nel traffico di Roma verso il ristorante di suo padre, a via dei Gracchi.

«Com'è che parli inglese in modo perfetto? Sembri più americana di me.»

«Mia madre è di New York.»

«Ed è così fortunata da avere te come figlia e contemporaneamente abitare qui a Roma?»

«Non più. Per tutt'e due le cose, direi. Lei e mio padre sono divorziati ed è tornata a vivere negli Stati Uniti.»

Dal sedile anteriore Marta si infilò nella conversazione con il suo folkloristico inglese dall'accento romano.

«Forse la conosci, sua madre. È un avvocato molto famoso. Si chiama Mary Ann Levallier.»

Connor si era girato verso di lei e l'ombra aveva nascosto il viso a favore del tono di voce.

«*Quella* Mary Ann Levallier?»

«Già, quella...»

Dalla sua risposta laconica, Connor aveva capito in qualche modo che era un argomento da non approfondire. Aveva aperto un poco il finestrino della macchina come per farne uscire quel momento di piccolo disagio. Quella sua sensibilità lo aveva fatto salire di un gradino nella scala di considerazione di Maureen. In precedenza aveva conosciuto altra gente dello spettacolo, in particolare musicisti. Non se ne era mai sentita attratta in modo particolare. Suo malgrado, aveva dovuto constatare che certi uomini non sanno essere grandi quanto la loro musica.

Connor aveva sorriso.

«Be', quello che faccio io mi pare che sia più che evidente. E tu che fai nella vita?»

L'entusiasmo vorticante di Marta aveva cercato di rispondere per lei.

«Oh, Maureen è...»

Dal sedile posteriore, l'aveva bloccata al volo con un'occhiata di stop prima che partisse per una delle sue televendite d'amicizia.

«Maureen è... una ragazza in gamba.»

L'arrivo al ristorante aveva posto fine a quel brano di conversazione. All'interno, Maureen e i suoi amici erano stati avvolti dalla simpatia e dalla professionalità di Alfredo, il maître storico del locale, che la conosceva fin da bambina. Secondo un loro vecchio scherzo, l'abbracciò e la salutò pronunciando il suo nome con le regole rigorose della parlata romana.

«Ciao, *Maurinne*. Che sorpresa. Averti qui è un fatto da telegiornale. Si vede che non ti piace il nostro cibo. Peccato che tuo padre non ci sia. Pare che sia in Francia a scegliere del vino. Spero che accetterete in cambio questo povero signore anziano...»

Marta si era infilata fra quelle parole ronzando come un'ape nel fiore.

«Alfredo, la storia del signore anziano non attacca con noi. Anche se ha messo al mondo due figlie, mia zia Agata ancora sospira e giura che non ti ha mai scordato.»

Non c'era nessuna zia Agata e non c'era nessun signore veramente anziano, ma solo l'allegria di chi è giovane e di chi aveva saputo rimanere tale. Maureen di colpo si era sentita felice per aver deciso di seguire Marta, quella sera.

Così, accompagnati al tavolo da Alfredo, si erano trovati di fronte, lei e Connor. Lui l'aveva guardata con l'aria interrogativa di chi non aveva capito nulla della loro conversazione in italiano.

«*Maurinne*?»

«Alfredo considera l'inglese e me due cose *molto* particolari.»

Era arrivato il cibo e durante la cena avevano continuato a parlare. I loro sorrisi si erano fatti sempre più evidenti e sempre più frequenti. Marta, l'impagabile e incoercibile Marta, a poco a poco aveva saputo diventare invisibile e muta. Maureen ricordava il momento esatto in cui Connor l'aveva conquistata definitivamente. Era stato quando, incuriosita, gli aveva chiesto che genere di musica ascoltasse.

«La mia.»

«Solo quella?»

«Sì.»

In quel monosillabo c'era tutta la tranquillità del mondo. Maureen lo aveva guardato cercando la vanità e la presunzione nei suoi occhi. E ci aveva trovato lo sguardo pulito di un uomo cosciente di possedere tutto ciò di cui ha bisogno.

«Eppure non è una musica facile.»

«Niente è facile. Forse nemmeno io lo sono.»

«Allora il tuo successo dimostra che la gente non è stupida come si crede.»

Connor aveva sorriso divertito, come per uno scherzo che dentro di lui continuava da molto tempo.

«Non è stupida come si crede e non è mai intelligente come vorremmo.»

Maureen aveva accettato e fatta sua la luce e il divertimento di quel sorriso e da quel momento, anche se non sempre erano stati insieme, non si erano più lasciati.

Come ora, che stavano lì come due nuvole abbracciate a guardare Roma dall'alto. Il telefono li sorprese e li costrinse a ricordare che, sotto quei tetti che parevano non finire mai, c'era ancora un mondo che aveva una fine e un fine. A malincuore, Maureen si sciolse da quell'abbraccio. Andò a prendere il cordless dal tavolino da notte e premette il pulsante che attivava la comunicazione.

«Pronto?»

«Ciao, Maureen, sono Franco.»

Maureen sospirò. Il mondo non poteva essere chiuso fuori a lungo da stanze felici. Esattamente ora, con quella telefonata, il mondo aveva sfondato la barriera della finestra e alla fine ce l'aveva fatta a entrare.

«Ciao, Franco. Dimmi.»

«Hanno fissato l'udienza. È per giovedì mattina.»

«Così presto?»

«Temo che il tuo caso sia stato troppo sulle prime pagine per poter essere anche solo ipotizzato un rinvio maggiore. Nel frattempo ti hanno sospesa?»

«Ufficialmente no. Però sono stata aggregata all'Accademia di via Piero della Francesca con funzioni di consulenza. In pratica sono una specie di bidella.»

«Lo so che è dura, Maureen. Però, se ne hai la possibilità, dovresti passare da me oggi. Ci sono delle deleghe che ho bisogno di farti firmare.»

«Va bene fra un'ora?»

«Perfetto, ti aspetto e...»

Dall'altro capo del telefono ci fu una frazione di secondo di pausa. Maureen attese per tutto il secolo che durò.

«Be', voglio dire, non ti preoccupare.»

«No, non sono preoccupata.»

«Va tutto bene, Maureen.»

«Certo, va tutto bene.»

Posò delicatamente l'apparecchio sul tavolino con la voglia di fracassarlo sul ripiano di vetro.

*Va tutto bene.*

E invece non andava bene per niente.

Non andava bene per quello che aveva sempre fatto con passione e voglia di verità e notti di sonno interrotte da una telefonata. Non andava bene per le persone che in passato le avevano confermato ad alta voce la loro totale fiducia e che ora si nascondevano in un silenzio incredulo. Non andava bene per quel tramonto, per quell'uomo meraviglioso che era con lei, per la sua incrollabile attesa che una persona così arrivasse infine nella sua vita.

Non andava bene né per la donna che era né per il commissario Maureen Martini, in forza al Commissariato Casilino della Questura di Roma, che appena quindici giorni prima aveva ucciso un uomo.

# 11

Maureen si infilò nella penombra del garage a un centinaio di metri da casa, dove teneva l'auto. Quando la vide arrivare, Duilio, il gestore dell'autorimessa, uscì dal suo bugigattolo a vetri e le venne incontro. Era un tipo che l'età poneva al di sopra di ogni sospetto, ma che in modo simpatico e affettuoso aveva sempre dichiarato di avere un debole per lei. Maureen aveva accettato quel corteggiamento fittizio che durava da tempo, senza arrivare mai a essere invadente o allusivo.

«Se vuole gliela prendo io la macchina, dottoressa Martini. È sempre un piacere guidare un gioiello come quello.»

Maureen gli tese le chiavi.

«E sia. Vada e si diverta.»

Duilio sparì ingoiato dal buio della discesa. Mentre attendeva di sentire il rumore della sua Boxster risalire la rampa, Maureen non poté fare a meno di considerare quanto, in condizioni normali, potesse definirsi una ragazza fortunata. La sua famiglia possedeva il Ristorante Martini praticamente da sempre e col tempo suo padre Carlo, grazie a una gestione illuminata, aveva saputo trasformarlo dalla semplice trattoria che era agli esordi in uno dei punti di riferimento della grande cucina italiana. Quando aveva conosciuto sua madre e si erano sposati, l'avventura era proseguita anche oltreoceano e ora esisteva a New York il famoso Martini's, dove non era difficile trovare a cena di tanto in tanto qualche star del cinema o della televisione. Sua madre nel frattempo era diventata uno dei migliori penalisti della città e così, poco per volta, il loro matrimonio si era sfilacciato per via delle distanze sempre maggiori e sempre più frequenti. Distanze di tempo, di spazio, di mentalità e di carattere.

Ma soprattutto, la distanza incolmabile dell'amore finito.

Il rapporto di Maureen con la madre non era mai stato veramente degno di essere considerato tale. D'altronde, il temperamento freddo e pragmatico di Mary Ann Levallier lasciava poco spazio a una complicità affettuosa e divertita come quella che invece c'era con il padre. Così, al momento del divorzio, aveva scelto di rimanere a vivere con lui a Roma e dopo la laurea in Giurisprudenza aveva deciso di entrare nella Polizia di Stato.

Maureen ricordava benissimo quanto l'avesse presa male sua madre quando le aveva comunicato la sua decisione. Erano sedute nel ristorante in giardino dell'Hilton, dove alloggiava quando veniva a Roma. Mary Ann era come al solito perfetta e formale nel suo completo Chanel e nella cura maniacale del proprio aspetto fin nei minimi particolari.

«Polizia, dici? Che sciocchezza. Pensavo piuttosto per te un futuro a New York. Nel mio studio trattiamo molti casi a cavallo con l'Italia. Ci potrebbe essere un grosso avvenire per un avvocato bilingue con la tua preparazione.»

«Una volta tanto, mamma, non riesci a mettere quello che tu desideri per me al secondo posto rispetto a quello che *io* desidero per me?»

«In base a quello che mi hai appena detto, dubito che tu possa avere le idee chiare a proposito delle tue intenzioni.»

«Oh, no. Purtroppo per te ce le ho chiarissime. È una questione di atteggiamento. Io desidero un lavoro che mi consenta di prendere dei criminali e farli finire in galera, a prescindere da quello che guadagno. Il tuo lavoro consiste nell'esatto contrario: aiuti dei criminali a uscire di galera in funzione di quello che guadagni.»

Sua madre l'aveva una volta tanto stupita con un linguaggio molto esplicito.

«Sei una stronza, Maureen.»

Maureen si era permessa finalmente il lusso di un sorriso angelico.

«Solo un po', per parte di madre...»

Si era alzata e se n'era andata, lasciando Mary Ann Levallier alle prese con un cocktail di scampi che probabilmente la irritava perché non era in *nuance* con la sua camicetta.

Duilio portò la Porsche con la capote aperta fuori dal piano sotterraneo del garage e si fermò di fianco a lei. Scese dalla macchina e le tenne la portiera aperta.

«Ecco qui. Fine del sogno proibito.»

«Quale sogno proibito?»

«Un bel giro per Roma con una macchina come questa, in una giornata come questa, con una bella donna come lei.»

Maureen si sedette e gli sorrise mentre allacciava la cintura.

«A volte bisogna osare, Duilio.»

«Dottoressa, alla mia età? Quando ero giovane avevo il timore che le donne mi dicessero di no. Adesso ho il terrore che mi dicano di sì.»

Maureen fu costretta a ridere anche se in quel momento non rientrava nel suo stato d'animo.

«Buona giornata, Duilio.»

«A lei, dottoressa.»

La Porsche era un regalo di suo padre. Quel dono le aveva fatto un piacere infinito ma, senza dubbio, era uno status symbol che la classificava tra le persone agiate. Maureen era per natura dotata della riservatezza endemica di ogni persona sicura di sé. Non aveva mai usato molto quella macchina e in special modo per andare al commissariato. Per motivi di convivenza, preferiva non offrire ai suoi colleghi la possibilità di considerarla una ragazza ricca che aveva scelto di entrare nella polizia per snobismo.

Si infilò nel traffico e guidò con calma per un intreccio di stradine fino a imboccare via dei Fori Imperiali. Nascosta dagli occhiali da sole, cercava di ignorare gli sguardi dei guidatori delle auto che l'affiancavano ai semafori. Alcuni ammiccanti, alcuni curiosi, molti invidiosi.

Mentre scendeva verso il Lungotevere, il cellulare posato sul sedile di fianco si mise a suonare.

Allungò la mano e infilò l'auricolare. La sorprese la voce di Connor.

«Ciao. Sono un uomo solo vicino al cielo. Quando torni?»

«Ma se sono appena uscita.»

«Non ci crederai, ma è la stessa scusa che ha propinato Ulisse a Penelope quando è arrivato a casa, vent'anni dopo.»

«Allora è il caso che sincronizziamo gli orologi. Non sono passati neanche venti minuti.»

«Menti. Ne saranno passati almeno ventuno.»

Maureen gli fu grata per l'allegria che riusciva a trasmetterle. Non la trovava per niente fuori luogo. Connor sapeva benissimo dove stava andando e con che stato d'animo. Era il suo modo per non farla sentire sola in quel momento delicato.

«Perché non te ne vai a fare un bel giro per Roma a fare il gaccione con le ragazze e fra, diciamo, un'ora e mezza non mi raggiungi sotto l'ufficio dell'avvocato?»

«Promettimi che dopo andremo a scroccare una cena a tuo padre.»

«Non sei ancora stufo di mangiare lì?»

«Non finché è gratis.»

Maureen gli diede l'indirizzo dove raggiungerla e riattaccò. Nonostante la sua ultima battuta, se c'era una cosa che non rientrava nelle preoccupazioni di Connor era proprio il denaro. Anche se i suoi dischi iniziavano a rendere parecchio, Maureen aveva la sensazione che non sapesse nemmeno quanto denaro avesse in banca. Quando era uscita di casa, lui era al telefono con Bono, il cantante degli U2, e stava parlando di un progetto futuro con gli occhi che gli brillavano come quelli di un ragazzino.

Percorse con calma il Lungotevere e accettò i barbagli intermittenti del sole attraverso le fronde degli alberi che costeggiavano la strada. Senza fretta, con il tettuccio aperto e l'aria calda della primavera nei capelli e un piccolo senso di gelo nel cuore. Alla sua sinistra il letto del fiume era un riflesso indeciso oltre il muro che lo delimitava. Era una strada d'acqua sporca che tagliava in due una città non molto più pulita.

Lei che aveva passato la sua vita a cavallo fra l'Italia e gli Stati Uniti, riusciva a capire l'entusiasmo di Connor per Roma. Lì, a ogni passo, si respirava il profumo di quello che gli americani avevano con ostinazione cercato di costruirsi: un passato. Nessuno aveva considerato che il passato non si può costruire a proprio piacimento ma a volte viene imposto da fatti estranei a qualunque volontà. Ora, purtroppo per loro, chiunque si trovasse davanti alle rovine di Ground Zero poteva capire come ci si sentisse passando di fianco a quello che restava del Colosseo.

Rovine. Solo rovine.

E il ricordo del dolore che a poco a poco sbiadiva e le rendeva immagini da cartolina.

Per quanto riguardava Connor, non aveva ritenuto opportuno spiegargli che quella città era solo fumo negli occhi. Roma era la donna di Fellini nel manifesto del film. Era una maîtresse colorata, ammiccante, ruffiana, che ti accoglieva a braccia aperte ansiosa solo di venderti le sue puttane. E solo in piccola percentuale lo erano nel vero senso della parola.

Nel frattempo era passata davanti al ministero della Marina e a piazza delle Belle Arti girò a sinistra sul Ponte del Risorgimento. Imboccò viale Mazzini e, appena superata la piazza, con un colpo di fortuna trovò un parcheggio proprio sotto lo studio dell'avvocato penalista Franco Roberto.

Maureen arrivò davanti all'ingresso del palazzo, premette il pulsante sul citofono e le rispose lo scatto d'apertura del portone in legno perfettamente restaurato. Salì a piedi la rampa di scale fino al primo piano, dove c'era l'ufficio del suo legale difensore.

Anche se faceva parte delle eventualità del suo lavoro, non avrebbe mai immaginato di averne bisogno così presto.

Quando la vide entrare nel suo ufficio introdotta dalla segretaria, Franco si alzò dalla scrivania e attraversò la stanza per venirle incontro. Era un uomo alto e magro, bruno di carnagione e di occhi, con dei capelli così neri da avere dei riflessi blu, a volte. Non poteva definirsi bello, ma aveva la luce dell'intelligenza che gli illuminava lo sguardo e il viso. Era stato un suo geniale compagno ai tempi dell'università e dopo la laurea a pieni voti stava instaurando un nuovo corso della tutela legale non solo a Roma ma in tutta Italia. Maureen aveva il sospetto che all'epoca degli studi non gli sarebbe dispiaciuto che la loro amicizia diventasse qualcosa di più. L'atteggiamento amichevole e nulla più di Maureen lo aveva consigliato di accantonare con discrezione le sue intenzioni, se c'erano, e il sospetto era rimasto tale.

Franco si avvicinò e la baciò affettuosamente sulle guance.

«Ciao, commissario. Tutto bene?»

«Qualcosa sì e qualcosa no. E mi spiace che tu in questo momento sia costretto a rappresentare il *qualcosa no*.»

«Faremo in modo che si trasformi in un *tutto sì*.»

Tornò dietro la scrivania e aprì un faldone che teneva sul piano del tavolo. Di certo lo aveva studiato parecchio già prima del suo arrivo. Maureen si sedette davanti a lui in una delle due eleganti poltroncine in cuoio.

«La situazione è un po' ingarbugliata ma credo che una persona con il tuo stato di servizio possa affrontare questo dibattimento con serenità.»

«Franco, tu sei per natura un uomo positivo e io non sono per natura una persona negativa. Ma non credo di sbagliare se definisco la situazione molto più che ingarbugliata.»

«Ti va di parlarne di nuovo?»

Maureen si strinse nelle spalle. Quella storia le stava rovinando l'esistenza e non era ancora nemmeno incominciata. Il pomeriggio con Connor era di colpo lontano, le sembrava un frammento di vita del quale si era appropriata scassinando una porta e che in realtà, come tutte le cose rubate, non le apparteneva.

«Va bene.»

Franco si alzò e andò ad appoggiarsi di spalle al davanzale della finestra aperta.

«Prova a riassumere i fatti.»

«C'era quell'albanese, Avenir Gallani. È sbucato a Roma dal niente e ha iniziato ad andare in giro con macchine di lusso, a frequentare i posti trendy e il mondo dello spettacolo definendosi produttore discografico e cinematografico. Il suo atteggiamento e il denaro che aveva a disposizione hanno iniziato a dare nell'occhio. Ci è arrivata dall'alto la segnalazione di tenerlo sotto controllo, in base a dei sospetti che fosse legato in qualche modo alla mafia albanese e in particolare a un grosso giro finalizzato al traffico di stupefacenti. Abbiamo accertato che in patria aveva una fedina penale molto significativa. Lo abbiamo messo sotto sorveglianza per quasi un anno e tutto quello che è saltato fuori è stato il sospetto che Avenir Gallani fosse un perfetto idiota. Con molto denaro a disposizione, di cui non era chiara la provenienza, ma sempre un perfetto idiota. E invece era un furbo. Ma come tu sai, il limite dei furbi è che non riescono a esimersi dall'esibire i frutti della loro furbizia, prima o poi. E lui è caduto proprio in questa trappola. Aveva iniziato una specie di relazione con una stellina della televisione, una di quelle disposte a tutto ai fini della carriera. Gallani si è innamorato e ha cercato ogni modo di farsi bello agli occhi della sua donna. Noi avevamo messo delle cimici a casa sua e una sera l'abbiamo sentito vantarsi con lei che entro pochi giorni avrebbe concluso un affare da molti milioni di euro. Dopo avrebbe prodotto un film per lanciarla definitivamente. Abbiamo intensificato i controlli e lo abbiamo pedinato ventiquattro ore al giorno. Siamo riusciti finalmente a scoprire che alla foresta di Manziana, a nord di Roma, sulla Braccianese, ci sarebbe stata una grossa consegna di droga che Avenir avrebbe poi smistato attraverso i suoi canali. Abbiamo messo in piedi l'operazione in collaborazione con la polizia di Viterbo. Siamo arrivati sul posto e li abbiamo sorpresi sul fatto. Tutte le persone coinvolte sono state bloccate, meno Gallani. Quando ci ha visti arrivare è riuscito a sfilare le maglie del cordone di agenti ed è scappato. Io l'ho inseguito e correndo attraverso il bosco siamo arrivati in una piccola radura dove c'era posteggiata una Bmw. Lui è arrivato alla macchina, ha aperto la portiera e si è chinato a prendere qualcosa dentro. Quando si è rialzato aveva una pistola in mano, me l'ha puntata contro e mi ha sparato.»

«Quanti colpi?»

«Uno.»

«E tu che cosa hai fatto?»

«Gli ho risposto.»

Le parole di Maureen risuonarono secche nella stanza come quel colpo di pistola.

«E lo hai ucciso.»

Il tono era quello di una constatazione e non di una domanda.

Maureen rispose con un monosillabo che pareva la sua firma su una confessione.

«Sì.»

«E dopo che cosa è successo?»

«Ho sentito un rumore che veniva dai cespugli sulla mia destra. Mi sono riparata dietro a un albero e poi mi sono inoltrata nella foresta. Ho controllato in giro ma non ho visto o sentito nessuno. Mi sono convinta che quel rumore fosse stato provocato da qualche animale spaventato dallo sparo.»

«E dopo che cosa hai fatto?»

«Sono tornata vicino alla macchina.»

«E cosa ci hai trovato?»

«Il corpo di Avenir Gallani nella stessa posizione in cui era caduto.»

Maureen non avrebbe mai potuto dimenticare quel momento. Era la prima volta che uccideva un uomo. Era rimasta in piedi come fissata nel marmo a guardare quel corpo steso a terra con la bocca spalancata come se da lì se ne fosse fuggita la vita e non dal foro secco e slabbrato che aveva all'altezza del cuore e da cui il sangue era fluito a formare una pozza sull'erba umida. Intorno c'erano luci che lampeggiavano, grida, ordini lanciati imperiosamente, macchine in arrivo e gomme sulla ghiaia di macchine in partenza. Riusciva solo a restare lì, la mano che ancora stringeva la pistola abbandonata lungo un fianco, sola di fronte all'immensa responsabilità di aver troncato una vita umana. Qualcuno avrebbe detto che Avenir Gallani si era ampiamente cercato e meritato quello che gli era successo. In effetti, da dietro le spalle aveva sentito dei passi ed era arrivato il lapidario commento di uno della squadra.

«Quando vivi cercando di rompere il culo al mondo, è inevitabile che prima o poi il mondo rompa il culo a te.»

Ancora adesso riusciva a sentire la voce nelle orecchie, ma non riusciva a ricordare a chi appartenesse.

La voce professionale dell'avvocato Franco Roberto si sovrappose a quella del ricordo.

«E la pistola?»

Maureen cancellò quell'immagine dalla mente e ritornò nella stanza.

«La pistola non c'era più.»

«Non c'era più o non c'è mai stata?»

Maureen si alzò in piedi di scatto.

«Ma che razza di domande mi fai?»

Franco scosse la testa. Maureen capì di avere appena fallito un esame.

«Questo non è quello che ti chiedo io. È quello che ti chiederà il pubblico ministero. E non credo che la tua sia esattamente la reazione giusta.»

Maureen si lasciò ricadere nella poltrona.

«Scusami, Franco. Ho i nervi a pezzi.»

«Lo capisco. Ma non è proprio questo il momento adatto per perdere il controllo.»

Maureen si ribellò all'atteggiamento paternalistico del suo amico.

«Franco, quell'uomo *aveva* una pistola e l'ha usata contro di me. Non sono pazza e nemmeno bugiarda. E soprattutto non sono stupida. Perché dovrei continuare a insistere su questa versione anche con te?»

Il silenzio del suo interlocutore la spinse nell'abbraccio viscido dello sconforto.

«Ma tu mi credi?»

«Non è importante quello che credo io, Maureen. Io sono pagato per pensare e per far pensare. E quello che devo studiare ora è come far pensare a dei giudici che quella pistola c'era.»

Maureen fu costretta a rilevare che in realtà non aveva risposto alla sua ultima domanda. Si chiese come Franco potesse convincere chiunque della sua innocenza se non ne era convinto lui per primo.

Il legale forse vide quei pensieri sul suo viso e cercò di alleggerire la tensione.

«Vedrai che tutto andrà bene. Voglio proprio levarmi la soddisfazione di incassare un bell'assegno con il timbro della Polizia di Stato.»

Qualunque rappresentante della legge che si trovi a uccidere un uomo in uno scontro a fuoco durante un'azione di polizia deve essere sottoposto a procedimento penale. Nel caso sia assodata la legittimità del fatto e dichiarata la sua innocenza, la Polizia di Stato è tenuta a sobbarcarsi l'onere delle spese legali.

Franco le fece firmare le deleghe e le procure che gli servivano, e quel tuffo nella burocrazia non fece altro che ispessire l'atmosfera inesorabile che a Maureen pareva di respirare in quell'ufficio. Finalmente le formalità a cui era legata la sua vita futura si conclusero con l'ultima firma. Si alzò dalla sedia e andò ad affacciarsi alla finestra. Sotto di lei c'era il traffico di una sera romana, lento, caotico e rissoso. Dall'alto, vide la testa ricciuta di Connor che risaliva il viale e si avvicinava al ritmo del suo passo.

Lo vide arrivare sotto di lei e alzare il viso per controllare il numero civico del palazzo.

Maureen, per la prima volta da quando era entrata in quell'ufficio, sorrise.

Franco le si affiancò e seguì la direzione del suo sguardo.

«Quella persona ha tutta l'aria di essere qui per te.»

«Credo proprio di sì.»

«Non so dare un nome al modo in cui me l'hai detto, ma penso valga la pena farti sapere che non ho più bisogno di te.»

Maureen si girò e gli appoggiò un bacio leggero sulla guancia.

«Grazie, Franco. Grazie di tutto.»

«Vai. Nessuno merita il supplizio di aspettarti.»

Nella sua ansia felice capì il senso elegante di quelle parole solo quando era già fuori dalla stanza. Imboccò le scale verso l'uscita con un senso di liberazione. I fatti e i ricordi con cui aveva dovuto confrontarsi fino a poco prima le avevano creato come un vuoto pneumatico nello stomaco per la mancanza di Connor.

Con lui si sentiva altrove. Con lui si sentiva al sicuro. Maureen sorrise con l'incredulità di ogni innamorato per la bizzarria di quella sensazione. Sentirsi protetta da un uomo che affrontava la vita completamente disarmato. Forte di chi avrebbe trovato fuori ad aspettarla, fece scattare l'apriporta, tirò verso di sé il battente e uscì in strada. Quello che successe subito dopo, se lo sarebbe ricordato per tutta la vita con la sequenza ritmica delle immagini di un proiettore di diapositive.

Il rumore legnoso del portone che si chiudeva.

Il viso di Connor, che l'aspettava in piedi sotto un albero, dall'altra parte del viale.

Il sorriso con cui ricambiò il suo, mentre attraversava la strada per raggiungerla.

La luce nei suoi occhi che la guardavano come aveva sempre desiderato che un uomo la guardasse.

La distanza di un passo.

Lo stridio dei pneumatici del Voyager con i vetri fumé che arrivava a velocità sostenuta e che si fermava di fianco a loro.

E le persone che scesero correndo dalla macchina.

Quattro uomini che, in quella sera così pronta a diventare magica, misero loro un cappuccio nero in testa e li trascinarono via.

# 12

Buio.

Il vago sentore di muffa del panno che le racchiudeva la testa in un'oscurità polverosa. I sobbalzi e gli scarti della vettura che si muoveva per le strade di Roma. Il passaggio rumoroso delle ruote in una zona lastricata a pavé. Un laccio appiccicoso era subito arrivato a bloccarle i polsi e qualsiasi tentativo di urlare era stato frustrato sul nascere da un bavaglio che le aveva spinto sulle labbra la stoffa ruvida del cappuccio. Ogni sua possibile reazione era stata bloccata da una voce percorsa da un leggero accento straniero che le aveva sussurrato all'orecchio.

«Non muoverti o il tuo uomo muore.»

A conferma della minaccia, Maureen aveva sentito la punta acuminata di un coltello appoggiarsi alla pelle sensibile della gola. Immaginò che qualcun altro avesse fatto e detto la stessa cosa a Connor e la paura della sua paura le calò nella testa una disperazione più scura del buio in cui era imprigionata.

Rimase immobile e muta per tutto il tempo del viaggio. Confortato dalla sua mancanza di reazione, a un certo punto l'uomo di fianco a lei aveva allentato la pressione della lama. In un primo tempo Maureen aveva cercato dei segni di riferimento per riconoscere il percorso, ma la durata si era protratta talmente a lungo da rendere vano ogni tentativo di memorizzazione.

Dalla graduale diminuzione di quelle che aveva interpretato come fermate ai semafori, Maureen capì che si stavano allontanando dal centro. Quando il viaggio divenne scorrevole e senza interruzioni, ipotizzò che fossero usciti dalla città e stessero viaggiando verso una destinazione fuori Roma.

Dopo un percorso che sembrò interminabile il Voyager si fermò con una frenata che concluse una sterzata brusca. Sentì le portiere aprirsi e braccia robuste la strapparono dal sedile. Le stesse braccia forti e impietose quasi la sollevarono da terra trasportandola per quei pochi passi ciechi che riuscì a compiere. Il bavaglio che aveva sulla bocca allentò la pressione. Le venne tolto il cappuccio e tornò a respirare come un profumo buono l'aria fresca della sera. La prima cosa che le colpì gli occhi, dopo tutto quel buio, furono i colori. Il rosso della terra e il verde della vegetazione. Tre macchine disposte a raggiera illuminavano con la luce azzurrata dei fari allo iodio una specie di vasta grotta scavata nel terreno argilloso, con due ampi ingressi contrapposti sporcati dalla macchia impolverata degli arbusti. Quasi al centro della volta c'era un foro dal quale, nel buio lasciato intatto dai fari, si intravedevano poche stelle sbiadite.

Sul lato opposto a lei, Connor stava in ginocchio nella luce impietosa che illuminava la scena. Aveva la camicia e il viso sporchi di terra. Maureen immaginò che l'uomo in piedi dietro di lui lo avesse spinto con violenza al suolo, per obbligarlo a calcare quel piccolo palcoscenico improvvisato dove si rappresentava il miserabile trionfo della forza sull'umiliazione di un uomo indifeso.

Nello spazio che la divideva da Connor, in piedi in mezzo alla grotta, c'era un uomo di spalle.

Era alto e di corporatura robusta ma non pesante. La parte del cranio rivolta verso di lei era sfumata dall'ombreggiatura dei capelli praticamente rasati a zero. Da sotto il collo della giacca di pelle che aveva indosso, il disegno di un tatuaggio saliva dalla schiena verso l'orecchio destro come un'edera su un muro. Accese una sigaretta e Maureen vide il fumo galleggiare nella luce dei fanali.

Rimase ancora un poco immobile in quella posizione, poi, come se si fosse ricordato solo in quel momento della sua presenza, si voltò verso di lei. Maureen si trovò davanti un viso dai lineamenti marcati, avvolto nella barba incolta che ne faceva un naturale proseguimento dei capelli cortissimi.

Gli occhi freddi e infossati fissi su di lei erano perfettamente in sintonia con il taglio crudele della bocca. Al suo orecchio sinistro pendeva uno strano orecchino, una croce stilizzata con al centro un minuscolo brillante che accompagnava i movimenti della testa riflettendo e rifrangendo la luce. Maureen vide che mentre la guardava l'uomo continuava a muovere il capo come in un muto e docile assenso a delle considerazioni che sentiva solo lui. Quando fece sentire la sua voce, aveva lo stesso accento di quella dell'uomo che le aveva parlato in macchina puntandole il coltello alla gola.

«Eccoci qui, commissario. Spero che i miei amici non vi abbiano strapazzati troppo durante il viaggio.»

«Chi sei?»

«Ogni cosa a suo tempo, dottoressa Martini. O posso chiamarti Maureen?»

«Ripeto, chi sei e cosa vuoi?»

L'uomo ignorò la sua domanda e in cambio ne propose un'altra.

«Sai dove siamo?»

«No.»

«Strano. Pensavo che tu avessi riconosciuto il posto.»

L'uomo fece un gesto verso uno degli ingressi della grotta.

«A poche centinaia di metri in quella direzione poco tempo fa tu hai ucciso un uomo.»

Il silenzio si posò per un istante su quella scena come un epitaffio. L'uomo chinò la testa e mosse con il piede la terra come se sotto ci fosse sepolto il corpo di quell'uomo.

«Già. Siamo nella foresta di Manziana. Che strana la vita nell'organizzare i nostri ritorni in certi luoghi, vero?»

Sollevò di scatto la testa, quasi a dare maggior forza alla sua rivelazione.

«Mi chiamo Arben Gallani.»

Quel nome rimase sospeso con il suo suono straniero ed era nello stesso tempo la distanza tra di loro e il legame che li univa.

«Sono il fratello di Avenir Gallani, l'uomo che tu hai assassinato.»

«Io non ho assassinato nessuno. Tu non puoi sapere come è andata.»

Arben lanciò il mozzicone della sigaretta oltre il cono di luce dei fari. L'ultimo fumo uscì dalla sua bocca come una sentenza.

«Certo che lo so. Io c'ero.»

Infilò una mano sotto la giacca e da dietro la schiena estrasse una pistola che aveva infilata nella cintura. La mostrò a Maureen tenendola di piatto in modo che potesse vederla bene.

«Ecco qui. La riconosci questa?»

«Non l'ho mai vista in vita mia.»

«Oh, invece l'hai vista, anche se solo per un istante. Era quella che Avenir teneva in mano quando gli hai sparato.»

Lasciò cadere il braccio lungo il fianco come se la pistola fosse diventata di colpo troppo pesante.

«Stavo con lui, quel giorno. Non ero d'accordo su quell'operazione e lui lo sapeva. Nonostante questo mi aveva chiesto di accompagnarlo e io non sono riuscito a negarmi. Si è sempre deboli nei confronti delle persone a cui si vuole bene, vero Maureen?»

Il suo sguardo si spostò per un istante su Connor. Maureen per la prima volta in vita sua comprese che cosa significasse la parola paura.

«Lo stavo aspettando in macchina ed ero entrato nel bosco per pisciare. Ho sentito il casino, ho immaginato che qualcosa fosse andato storto e ho deciso di non uscire. Poi dall'altra parte siete arrivati voi.»

Tirò fuori un pacchetto di sigarette dalla tasca e ne accese una. Parlava con calma, come se le cose che stava raccontando riguardassero non lui ma un'altra persona.

«Avenir era un ragazzo impulsivo. Troppo, a volte. Forse la colpa è anche mia. Avrei dovuto tenerlo un po' più sotto controllo, lasciarlo meno libero di fare cazzate.»

Arben fece una pausa. Aveva gli occhi puntati su di lei ma Maureen capì che non la stava vedendo. Stava rivivendo la scena di quel giorno, esattamente come lei l'aveva rivissuta nella mente decine di volte.

«Ho tirato un sasso in mezzo alla boscaglia in modo che tu ti distraessi. Quando ti sei allontanata, sono uscito, ho preso la pistola e sono tornato a nascondermi. So che hai avuto qualche guaio per questo, ma non sono problemi miei.»

Le sorrise con dolcezza e Maureen ebbe la certezza che quell'uomo era pazzo. Pazzo e pericoloso.

«E ora siamo arrivati al motivo di questo nostro incontro. Pensi che voglia ucciderti? No, mia cara...»

Parlando, Arben Gallani si era avvicinato lentamente a Connor.

«Credo che sia ora che anche tu provi cosa significa perdere una persona che ami.»

*Oh, no.*

Maureen iniziò a urlare, senza rendersi conto che lo stava facendo solo nella sua mente.

*no no no no no no no no no no no no no no no no no no no...*

Arben Gallani sollevò di scatto la mano che reggeva la pistola e la puntò alla tempia dell'uomo inginocchiato ai suoi piedi.

*no no no no no no no no no no no no no no no no no no no...*

Al contatto con la canna fredda Connor chiuse istintivamente gli occhi. Maureen vide o le parve di vedere la nocca di Arben sbiancarsi mentre premeva il grilletto.

*no no no no no no no no no no no no no no no no no no no...*

Uno sparo e la testa di Connor esplose. Uno schizzo di sangue misto a materia cerebrale arrivò fino alla macchina di fianco a sporcare la luce dei fari che li illuminavano. La disperazione di Maureen spinse finalmente la sua voce a farsi strada attraverso la gola secca di polvere e di orrore. L'urlo infinito con cui accompagnò il corpo senza vita di Connor che cadeva a terra racchiudeva dentro di sé il ferro rovente e la rabbia e l'addio disperato di ogni donna impotente di fronte alla morte dell'uomo che ama. Connor si accasciò sollevando uno sbuffo di terra leggero ma grande a sufficienza da seppellire in una fossa comune i loro sogni e i loro progetti e la vita dentro di lei.

Arben si girò e la guardò con un sopracciglio leggermente arcuato. Maureen maledisse l'espressione di malata misericordia che aveva stampata sul viso.

«È brutto, vero?»

Maureen vedeva la sua figura scomposta dalle lacrime avvelenate che le uscivano dagli occhi.

«Ti ucciderò per questo.»

Gallani si strinse nelle spalle.

«È possibile. Tu vivrai, invece. Per ricordare. E non solo questo...»

Lasciò cadere la pistola a terra. Il terreno la accolse e la costrinse a sporcarsi del sangue dell'uomo che aveva appena ucciso. Arben si mosse con indolenza verso di lei e quando le arrivò di fronte la colpì senza preavviso con un manrovescio al volto. Maureen cadde all'indietro e si stupì di non aver sentito male, come se tutta la sua capacità di soffrire fosse stata assorbita in un istante dalla morte dell'uomo che aveva amato e che adesso era steso nella polvere in una pozza di sangue. Sentì le mani della persona che stava dietro di lei sorreggerla e offrirla ancora alla furia del suo capo. Gallani non le concesse nemmeno la dignità dei pugni. Continuò a colpirla con schiaffi al viso fino a che Maureen non vide le sue mani macchiate di sangue. Il dolore arrivò a esigere il suo credito di colpo. Maureen sentì che le gambe le stavano cedendo e qualcosa di caldo e vischioso copriva gli occhi tumefatti e colorava le sue lacrime. Arben Gallani a quel punto fece un cenno di assenso con la testa. L'uomo che la teneva in piedi la lasciò scivolare a terra e subito si mise in ginocchio in modo da bloccarla al suolo. Altri due uomini arrivarono a dargli manforte. Ognuno dei due le si accovacciò di lato per impedirle qualsiasi movimento delle gambe.

Arben estrasse un coltello dalla tasca e lo scatto della lama ebbe un riflesso di luce che per un attimo fu di diamante come quello del suo orecchino. Si chinò su di lei e iniziò a tagliarle i pantaloni. Maureen sentiva il rumore della stoffa lacerata accompagnarsi al senso di fresco sulla pelle a mano a mano che la lama la denudava. Attraverso il velo di sangue e dolore che le oscurava a tratti la vista, vide l'uomo in piedi tra le sue gambe. Lo vide slacciare la cintura e sentì il rumore della lampo che si apriva come quello di una spada che scivola fuori dal fodero.

Arben si inginocchiò e si sdraiò su di lei. Sentì il peso del suo corpo, le sue mani che la frugavano e la spalancavano e la violenza di una penetrazione ruvida e rabbiosa, dolorosa come se nel degrado di quell'unione si fosse insinuata tra i loro corpi della sabbia. Maureen si rifugiò nel ricordo delle cose belle che aveva avuto, cercando di dimenticare che le aveva perse per sempre. Lasciò che un dolore ben più grande la anestetizzasse contro quella violazione fisica che nulla poteva toglierle che non fosse già morto dentro di lei. Mentre i colpi al basso ventre la scuotevano e l'annullavano, a pochi centimetri dal suo viso lo strano orecchino a forma di croce continuava a muoversi ritmicamente riflettendo la luce dei fari e scintillava scintillava scintillava scin…

Non arrivò a provare il disgusto di sentirsi invasa dal piacere maledetto del suo aguzzino. La pietà del caso le concesse infine un rifugio sicuro. Mentre tutto diventava buio, Maureen Martini si trovò a pensare quanto faceva male morire.

# 13

Ancora buio.

Poi, poco per volta, il risveglio portò il ricordo e il ricordo la maledizione del risveglio.

Ebbe la percezione del suo corpo steso fra lenzuola leggermente ruvide e, dal leggero odore di disinfettante che c'era nell'aria, arrivò la consapevolezza di essere in una stanza d'ospedale. In quel galleggiare tra nuvole e bambagia che era il suo corpo, provava uno strano senso di oppressione al viso. Cercò di muovere il braccio destro e avvertì il debole rumore della cannula di una flebo che sbatteva contro il ritto di sostegno. Sollevò con fatica l'altra mano e se la portò agli occhi. Fece scorrere le dita sulla consistenza soffice delle garze sostenute da un cerotto. Lontane, da qualche parte, in questo mondo o in quell'altro, delle voci che bisbigliavano parole senza suono. Subito quel dialogo sussurrato divenne l'eco breve di un passo e poi la voce di suo padre piena di un'ansia che nemmeno l'affetto poteva mascherare.

«Maureen, sono io.»

La sua risposta fu insieme un saluto e un sollievo e un lamento.

«Ciao, papà.»

«Come ti senti?»

*Come mi sento? Vorrei che questo buio sparisse per sempre e non vedere più proiettate nella memoria le immagini di Connor che cade a terra. O vorrei essere io a sparire per sempre.*

Mentì.

«Sto bene. Dove sono?»

«Sei al Policlinico Gemelli.»

«Da quanto tempo?»

«Ti hanno portata qui che stavi molto male. Ti hanno mantenuta in coma farmacologico per due giorni.»

«Come avete fatto a sapere dov'ero?»

«Quando vi hanno presi, Franco, il tuo avvocato, era alla finestra e ha visto tutto. Ha avvertito immediatamente la polizia. Purtroppo non è riuscito a prendere il numero della targa e così le ricerche sono state limitate alla tipologia di macchina che ha descritto. Poi è arrivata la telefonata...»

«Che telefonata?»

«Un uomo con un accento straniero ha chiamato il tuo commissariato e ha avvertito dove potevamo trovarti.»

Di colpo le ritornò alla mente il viso di Arben Gallani. La sua voce che le sussurrava

*è brutto, vero?*

dopo il rumore dello sparo. E quell'orecchino a forma di croce che dondolava e scintillava davanti ai suoi occhi mentre...

Fece la domanda che le urgeva dentro insieme alla stupida illusione che niente di quello che aveva vissuto fosse vero.

«E Connor?»

«Connor purtroppo è morto. Le autorità americane sono intervenute e dopo le formalità necessarie lo prenderanno in consegna. Fra pochi giorni sarà trasferito negli Stati Uniti. Non so se quello che sto per dirti possa esserti di consolazione...»

«Cosa?»

«Connor è già diventato un mito. E come tutti i miti vivrà per sempre.»

Maureen fece fatica a non mettersi a urlare.

*Non è giusto che viva per sempre. Aveva diritto di vivere il suo tempo e io avevo diritto di passare quel tempo con lui.*

E in compagnia di quel pensiero arrivò la percezione agghiacciante di essere la causa di tutto, perché il giorno in cui aveva sparato ad Avenir Gallani, con lo stesso proiettile aveva in pratica ucciso anche Connor. Girò istintivamente la testa da una parte per non mostrare le lacrime invisibili che stava piangendo sotto le garze e che il leggero tessuto bevve come sangue. Pianse per sé e per quel ragazzo meraviglioso che l'aveva sfiorata solo il tempo sufficiente a dirle addio. Pianse per il male che chiunque è in grado di fare e chiunque è costretto a ricevere. Pianse in silenzio aspettando che dal cielo o dall'inferno le arrivasse il dono fragoroso della rabbia.

Poi il suo corpo di donna si arrese a quel dolore infinito e anche le lacrime finirono.

«Quando mi toglieranno le bende?»

Una seconda voce, bassa e profonda, si unì a quella di Carlo Martini.

«Dottoressa, sono il professor Covini, il primario del reparto di oftalmologia dell'Ospedale Gemelli. Lei è una persona forte, per cui le parlerò con estrema franchezza. Temo di doverle dare una brutta notizia. Probabilmente sussisteva in precedenza una debolezza congenita di cui non era al corrente, ma le violenze che ha subito le hanno provocato quello che si chiama in termini medici un leucoma aderente post-traumatico. In parole povere e molto crude, dei danni irreversibili alle cornee.»

Maureen ci mise un attimo a realizzare quello che il medico le aveva appena detto.

Poi, il furore la prese di colpo con una violenza con cui nessun uomo su questa terra sarebbe mai stato in grado di possederla.

*No.*

Non lo avrebbe permesso.

Non avrebbe permesso ad Arben Gallani di privarla oltre che della vista anche della vendetta. La sua voce, una voce che finalmente riconosceva, le uscì dalla bocca filtrata dalle mascelle contratte.

«Sono cieca?»

«Tecnicamente sì.»

«Che significa "tecnicamente sì"?»

Maureen fu lieta di non vedere l'espressione del viso che immaginò corrispondere al tono di voce del medico.

«Esiste la possibilità di intervenire chirurgicamente con un trapianto. È una cosa che è già stata fatta con una ragionevole certezza del risultato. Nel suo caso purtroppo c'è un problema. Cercherò di spiegarle come funziona. La cornea di un donatore è in ogni caso un corpo estraneo che si inserisce artatamente nell'occhio di chi la riceve. Per questo motivo deve essere utilizzata quella che viene definita una cornea tipizzata, vale a dire compatibile con la tipologia genica del ricevente. In caso contrario, nel momento in cui la nuova cornea viene innestata o impiantata sull'occhio ricevente e non viene riconosciuta e accettata dall'organismo si manifesta quella reazione comunemente chiamata rigetto. Abbiamo rilevato dagli esami del sangue e istogenetici che lei è una chimera tetragametica.»

«Che cosa significa?»

«Lei è il prodotto di due cellule uovo e di due spermatozoi. In pratica, due distinte uova di sua madre sono state fecondate da due distinti spermatozoi di suo padre. A uno stadio molto precoce del loro sviluppo i due embrioni si sono fusi, dando origine a un solo embrione in cui coesistono due tipi di cellule geneticamente diverse. Purtroppo, nel suo caso esiste un fortissimo problema di compatibilità. In parole povere, le persone che hanno questa caratteristica fanno parte di una percentuale molto vicina allo zero.»

Il professor Covini fece una piccola pausa.

«E come le ho già detto, questa era la cattiva notizia.»

«Dopo tutto questo ce ne può essere una buona?»

«Sì, c'è.»

Alla voce professionale del medico si sovrappose quella caritatevole di suo padre.

«Ho chiamato tua madre, a New York. Quando l'ho avvertita di quello che è successo e le ho spiegato le tue condizioni, si è messa subito in movimento. Tra le sue conoscenze c'è un medico.

Si chiama William Roscoe. Praticamente, per una patologia come la tua, in questo momento al mondo non c'è niente di meglio.»

Tornò la voce del professor Covini a contendere a quella di suo padre il compito di rinfrancarla.

«Questa è la buona notizia di cui le parlavo. Il discorso scientifico è lungo e complesso per cui non starò a tediarla con dati che forse le sarebbero incomprensibili. L'unica cosa che conta è che la possibilità di un trapianto esiste. Ho consultato personalmente il professor Roscoe. È uno dei più grandi esperti che esistano in microchirurgia oculare e perdipiù è un ricercatore che ha fatto progressi incredibili nel campo delle colture e degli impianti di cellule staminali embrionali. Purtroppo bisogna per forza andare negli Stati Uniti perché qui in Italia, in base alla legge sulla fecondazione assistita che vieta la coltura e l'uso di quel tipo di cellule, un intervento del genere è vietato. Col professore abbiamo parlato a lungo al telefono e ne è saltata fuori una cosa più unica che rara.»

«Vale a dire?»

«Abbiamo un donatore che potrebbe essere compatibile. Il professor Roscoe è in grado di indurre cellule staminali embrionali a differenziarsi in cellule linfocitarie capaci di inibire selettivamente la risposta immune contro le cornee del donatore, in modo da evitare un possibile rigetto.»

La voce di Carlo Martini concluse al posto del medico quella staffetta della speranza.

«L'unica condizione è che bisogna fare presto. Un grosso cliente dello studio di tua madre ci ha messo a disposizione il suo jet privato. Domani partiamo per l'America e dopodomani ci sarà l'intervento. Sempre se tu sei d'accordo e se te la senti...»

Rispose docile alla preghiera e alla speranza che sentiva nella voce di suo padre.

«Certo che me la sento», disse.

*Certo che me la sento*, pensò.

*Me la sentirei anche se dovessi patire le pene dell'inferno.*

Il professor Covini pose fine a quel momento così fragile e tornò a imporre la cura impietosa del medico a favore del paziente.

«Bene, molto bene. Ora è meglio che la lasciamo riposare, signor Martini. Per oggi penso che sia sufficiente.»

«Va bene, professore.»

Sentì su una guancia le labbra di suo padre e la sua voce all'orecchio come se quel saluto fosse un segreto fra loro due.

«Ciao, tesoro. Ci vediamo dopo.»

Una mano magra e sconosciuta si appoggiò per un istante sulla sua.

«Le faccio i miei migliori auguri, signorina. E mi creda, non è una formula di circostanza. Nessuno dovrebbe patire quello che ha patito lei.»

Maureen sentì armeggiare intorno al sostegno della flebo e poi il loro passo che si allontanava dal letto. Il rumore della porta che si apriva e si chiudeva la lasciò sola nel silenzio della stanza. Probabilmente il medico aveva inserito un sedativo nel liquido che le fluiva nelle vene perché cominciò ad avvertire una leggera sonnolenza che a poco a poco divenne il desiderio di lasciarsi scivolare nel sonno.

Mentre attendeva di riuscire per qualche ora a non pensare, si disse che avrebbe fatto qualsiasi cosa le fosse stata chiesta. Avrebbe fatto tutto quello che doveva e altro ancora per avere in cambio anche un solo minuto di vista.

Non chiedeva altro.

Un minuto solo.

Il tempo sufficiente ad avere per sempre negli occhi e nella memoria il viso beffardo di Arben Gallani e vederlo sparire nella voragine di un colpo di pistola.

E buio sia.

# Parte terza

# New York

# 14

Jordan guidò a velocità moderata la Ducati sulla rampa d'accesso che portava al ponte di Brooklyn. Il traffico era tranquillo a quell'ora del giorno e, nonostante l'agilità permissiva della moto, accettò di accodarsi senza fretta alla fila di auto che percorrevano con ordine quella striscia di metallo e asfalto sospesa nel vuoto.

Per la latitanza di Dio, gli uomini non potevano più dividere le acque e allora erano costretti a costruirci dei ponti. Jordan lo percorse come un simbolo, come un tragitto obbligato per arrivare a una riva opposta, quale che fosse. Alle sue spalle c'era One Police Plaza. Quando si era trovato la costruzione sulla sinistra, non aveva degnato neppure di uno sguardo la centrale di polizia che per anni era stata il suo posto di lavoro.

Nello stesso modo aveva lasciato dietro di sé il New York City Hall, quell'imitazione della Casa Bianca in scala ridotta dove suo fratello gestiva e subiva il potere che la città gli aveva assegnato.

In quel momento, proprio sotto di lui c'era il piccolo canyon cittadino di Water Street. Se avesse girato la testa verso destra, avrebbe visto il tetto della casa dove un ragazzo di nome Gerald Marsalis aveva scambiato la propria vita con il nulla e il nessuno, al punto tale da morire con addosso un nome che non era il suo.

E l'uomo che aveva ucciso Jerry Kho era ancora libero.

Jordan tenne lo sguardo fisso davanti a sé, immaginando il riflesso dell'altra parte del ponte sulla visiera a specchio del suo casco integrale. Lo fece non per indifferenza, ma solo perché non aveva bisogno di guardare quei posti per sapere che esistevano. Nella sua memoria non mancava nulla. Ogni ricordo era lucido e nitido come se fosse stato appena costruito e portava ancora attaccato in bella vista il cartellino del prezzo che era costato.

Ci sono persone che soffrono di più a negare se stesse che non a pagarne le conseguenze. Jordan Marsalis era una di queste. Non si era mai chiesto se fosse una forza o una debolezza.

Era e basta.

Jordan lo aveva capito tanto tempo prima, quando Ted Kochinscky, un suo amico, gli aveva chiesto in prestito mille dollari. Jordan sapeva che gli servivano come l'aria che respirava e sapeva anche che con tutta probabilità non glieli avrebbe mai potuti restituire. Nonostante questo gli aveva dato quei soldi, perché ciò che avrebbe provato nel dire no, nella sua testa e in quel caso, sarebbe stato peggio della perdita di mille dollari.

Questo era il motivo per cui, in una notte di tre anni prima, aveva preso il posto del fratello in quella macchina sfasciata a un incrocio e si era assunto le colpe di un incidente in cui non c'entrava per nulla.

Dopo, era rimasto deluso e amareggiato dal comportamento di Christopher, ma anche in quel caso per Jordan valeva la «regola Kochinscky»: non era solo una storia tra lui e suo fratello, era qualcosa con cui sapeva avrebbe fatto i conti ogni volta che si fosse guardato in uno specchio. Aveva pagato parte di un debito che sentiva di avere nei suoi confronti e che per lui aveva contratto Jakob Marsalis, il genitore che avevano in comune. Christopher era cresciuto circondato dal denaro e dal disprezzo per il padre, Jordan era cresciuto circondato dal suo amore. Per questo motivo sentiva, a torto o a ragione, di dovergli qualche cosa. Vivendo nei diversi posti che il caso e la vita avevano loro assegnato, ognuno sapeva dell'esistenza dell'altro. Quando si erano conosciuti, la loro strada era già tracciata da tempo. L'unica cosa che li univa veramente erano gli occhi azzurri e quella figura di uomo che aleggiava su di loro. E che nel ricordo ognuno vedeva con occhi diversi.

Non avevano mai affrontato a fondo l'argomento. Tutti e due sapevano che ignorarlo non significava cancellarne l'esistenza. Tuttavia, come per un tacito accordo, lo avevano sempre lasciato incombere dall'alto come una spada legata a un filo, senza sapere sulla testa di chi fosse sospesa.

Il mondo era pieno di gente che non faceva altro che andarsene sognando un ritorno a casa. Jordan si era reso conto adesso che il suo viaggio, quello che credeva di aver rimandato, in realtà era iniziato molto tempo prima. La sua vita a New York era solo una lunga, temporanea sosta, necessaria a chiudere i conti in sospeso prima di ripartire.

*E il cuore questo strano cuore che su una scogliera già sa navigare...*

Jordan ripensò ai versi evocativi di quella canzone. Lo aveva capito Connor Slave, un ragazzo che al contrario di Jerry Kho aveva affrontato la montagna dal versante più difficile da scalare, non perché fosse l'unico a disposizione ma perché sentiva che non poteva essere che quello, per lui.

Una Volvo davanti a Jordan frenò bruscamente e il guidatore si sporse dal finestrino per protestare con quello dell'auto che lo precedeva. Guidò agile la moto sulla sinistra e superò nello stesso tempo quel momento di stasi nel traffico e nei suoi pensieri.

Scese dal ponte e imboccò Adams Street e la seguì fin dopo l'incrocio con Fulton Street, lasciando alla sua sinistra Brooklyn Heights, un nuovo quartiere per ricchi dalle vecchie case perfettamente ristrutturate e la vista irripetibile sulla skyline di Manhattan.

Passò Boerum Place e proseguì verso sud fino a raggiungere la zona dove abitava James Burroni, il detective che affiancava nell'indagine sull'omicidio Marsalis, come ormai lo chiamavano i media.

Gli aveva telefonato dopo l'ennesimo colloquio avuto con Christopher, a Gracie Mansion. Jordan aveva sempre pensato che gli uomini politici vivessero in un loro mondo a parte, una sfera privata e blindata nella quale, nonostante tutte le loro esternazioni, le esigenze della gente che amministravano non riuscivano a far breccia in quella che era la direttiva primaria del loro lavoro: continuare a essere uomini politici.

Ora, mentre parlava con il fratello, per la prima volta si era chiesto se fosse davvero un buon sindaco o se semplicemente fosse stato il più bravo a diventarlo.

Da quando aveva visto il cadavere di suo figlio seduto come una caricatura sul pavimento del loft dove viveva, Christopher sembrava una belva in gabbia e Jordan non riusciva a capire se era per il suo rancore di padre o per la dimostrazione di impotenza che stava dando come primo cittadino di New York.

In ogni caso, le indagini frenetiche sulla morte di Gerald dopo quindici giorni erano arrivate a un punto morto. Avevano rovistato la sua vita in tutti i sensi e avevano messo a nudo ogni genere di cose ma non ne era uscita nessuna traccia utile. I giornali e i canali televisivi avevano inzuppato con avidità il loro biscotto in tutto il liquame di notizie che era venuto fuori. Avevano riesumato persino la vecchia storia dell'incidente d'auto insieme alla parentela con Jerry Kho, il *peintre maudit*.

Poi, quando gli argomenti erano finiti, l'informazione era diventata invenzione.

Per fortuna erano riusciti a bloccare LaFayette Johnson prima che facesse dei danni grazie all'improvvisa popolarità che gli era piovuta addosso. Christopher lo aveva irretito e convinto a tacere con i media grazie all'unico incentivo che quell'uomo poteva considerare tale: il denaro. Grazie a questo e alle possibili conseguenze sui responsabili di indiscrezioni, in quel caso particolare non c'era stata una vera e propria fuga di notizie e tutto si era arenato nel mare basso delle sole illazioni.

Purtroppo, anche da parte loro.

Jordan parcheggiò la moto davanti alla casa di Burroni, la prima di una fila di villette a schiera con giardino che costeggiava fino in fondo una strada senza uscita in una zona popolare. Dopo un'accelerata, spense il motore della Ducati e rimase un attimo a guardare la costruzione dall'altro lato della strada. Jordan rimase spiazzato da quello che vedeva. In base all'idea che si era fatto, si aspettava se non qualcosa di meglio qualcosa di diverso.

Davanti alla casa era parcheggiato un Cherokee bianco, piuttosto vecchio come modello. In quel momento la porta d'ingresso si aprì e ne uscì una donna tenendo per mano un bambino sui dieci anni. Lei era bionda, alta, con un viso non bello ma espressivo, dall'aria dolce. Il bambino era la copia sputata di Burroni, al punto tale che Jordan si trovò a pensare che una richiesta di prova del Dna sarebbe stata presa con una risata da parte di qualunque medico.

Subito dopo si trovò in imbarazzo per la leggerezza di quel pensiero. Il bambino portava alla gamba destra un tutore metallico e camminava zoppicando leggermente mentre parlava infervorato con la madre. Burroni emerse dalla porta di casa dietro di loro, portando due valigie.

Alzò la testa e vide l'uomo con il casco in testa seduto sulla moto dall'altra parte della strada. Si fermò in mezzo al vialetto del giardino per un istante. Jordan capì che lo aveva riconosciuto. Nel frattempo la donna e il bambino avevano raggiunto l'auto e avevano aperto il portellone posteriore.

Burroni sistemò le due valigie sul piano di carico. Jordan attese che salutasse la moglie e che si chinasse a terra per sistemare a dovere sulla testa del ragazzo un berretto da baseball. Sentì che gli diceva: «Ciao, campione», e mentre lo abbracciava vide che guardava dalla sua parte.

Madre e figlio salirono in macchina e il bambino si sporse dal finestrino per un ultimo saluto al padre che era rimasto in piedi sull'erba del giardino. Jordan seguì con lo sguardo l'auto fino all'incrocio. Quando vide accendersi gli stop e la freccia lampeggiare per la curva a destra, appoggiò la moto al cavalletto laterale, si tolse il casco e attraversò la strada.

Mentre si avvicinava al detective James Burroni, notò che c'era imbarazzo sul suo viso e quell'imbarazzo divenne subito anche il suo. Gli sembrò di averlo colto in un momento privato di debolezza e di averlo costretto con la sua presenza a condividere per forza una situazione in cui invece spettava a lui decidere se, quando e con chi.

«Ciao, Jordan. Che vuoi?»

L'atteggiamento era guardingo, il tono di voce non brusco ma nemmeno cordiale. Nonostante tutto, Burroni faceva ancora fatica a chiamarlo Jordan. Il loro rapporto non era né migliorato né peggiorato nel corso delle indagini: semplicemente non si poteva definire un rapporto. Per tutti e due era rimasto fino a quel momento una condizione temporanea di lavoro forzato.

Jordan decise che, come aveva lanciato la prima pietra, poteva anche fare il primo passo.

«Ciao, James. Volevo parlarti. Da solo e in privato. Hai un attimo?»

Il detective fece un cenno verso il punto in cui era scomparso il Cherokee.

«Mia moglie e mio figlio sono andati in vacanza da mia cognata, sulla costa, verso Port Chester. Ho addirittura quindici giorni.»

Jordan scosse la testa.

«Temo che non li abbiamo, quindici giorni. Né tu né io.»

«A questo punto, siamo?»

«Già.»

Solo allora Burroni parve ricordare che erano ancora in piedi in mezzo al giardino.

«Ti va di entrare e bere qualcosa?»

Senza attendere un cenno da parte di Jordan, si girò e lo precedette all'interno. Una volta dentro, Jordan si diede uno sguardo in giro. Era una normale casa americana, che raccontava storie di saluti fra vicini andando e tornando dal lavoro e di piscine gonfiabili sul retro e di barbecue e di birra in lattina la domenica.

La tranquillità, se non la felicità.

Su un mobile basso di fianco alla porta c'era una foto di Burroni con suo figlio. Il bambino brandiva verso l'obiettivo una mazza da baseball. Jordan si trovò a pensare che a volte bastavano le poche bacchette metalliche di un tutore per mettere in gabbia sia l'una sia l'altra.

*Ciao, campione...*

Burroni notò la direzione del suo sguardo. Jordan non avrebbe voluto sentire quella sottile incrinatura che aveva nella voce.

«Mio figlio è fuori di testa per il baseball.»

«Yankees?»

«E chi se no?»

Il padrone di casa indicò un divano del salotto che si apriva direttamente sull'ingresso.

«Siediti pure. Che ti va di bere?»

«Una Coca può andare bene.»

«Okay.»

Si allontanò e tornò poco dopo con un vassoio, due lattine di Diet Coke e relativi bicchieri. Li appoggiò sul tavolino davanti a Jordan e si sedette su una poltrona in pelle alla sua sinistra, un po' consumata ma dall'aria comoda.

«Dimmi pure.»

«Hai novità?»

Il detective scosse la testa mentre apriva la sua lattina.

«Nemmeno mezza. Ho provato anche con i nostri informatori, quelli che bazzicano gli ambienti intellettuali che frequentava tuo nipote. Niente. Un sacco di...»

Fece una pausa per bere e valutare quello che stava per dire. Jordan lo tolse dal disagio.

«Posso immaginare cosa. Un sacco di porcherie sotto il tappeto, ma niente che ci possa essere utile.»

«Esatto. I risultati dell'autopsia li sai anche tu. E dalla Scientifica continua a non arrivare niente di nuovo. Lo sai com'è. Troppe tracce, nessuna traccia.»

Anche Jordan fu costretto a un piccolo e personale tragitto con il capo coperto di cenere.

«Nemmeno io sono riuscito a combinare più di tanto. Ho fatto ogni tipo di ricerca e congettura sui Peanuts, ho cercato di capire quale relazione ci possa essere tra mio nipote e Linus e quella che il messaggio trovato sul muro ci indica come Lucy. E invece non ci ho capito assolutamente niente. Inoltre mi sto chiedendo quanto ci metteranno i giornalisti a scoprire quello che finora siamo riusciti per miracolo a mantenere riservato. Compreso il mio coinvolgimento in questa storia.»

«E il sindaco che dice?»

«Non può dire niente, perché è proprio lui che ha voluto che me ne occupassi io, anche se in via ufficiosa. Ma credo che stia subendo le sue belle pressioni. A parte i sentimenti personali, la sua posizione non è delle migliori. Il concetto è facile: come può difendere i nostri figli se non è stato capace di difendere il suo? La politica è una brutta bestia, James.»

«L'ho sempre pensato anch'io. Per questo sono ancora sul pezzo, invece di stare dietro una scrivania in qualche ufficio.»

Questa volta fu Jordan a buttare giù un sorso della sua bibita, in cerca del modo giusto per dire quello che aveva da dire. Non era il motivo principale per cui era venuto fin lì, ma nel frattempo lo era diventato.

«C'è una cosa che vorrei dirti, James. Per quanto riguarda questa faccenda e il tuo coinvolgimento, ci tenevo a farti sapere che farò in modo che quello che ti è stato promesso venga mantenuto, qualsiasi esito abbia l'indagine.»

Burroni rimase in silenzio. Guardava la sua lattina come se sopra ci fossero scritte le parole che intendeva dire.

«Quelle cose che ti ho detto l'altra sera al ristorante sotto casa tua, io...»

«Non preoccuparti. Anch'io non ci sono andato leggero. Succede, ogni tanto. Si dicono cose di cui ci si pente.»

Lo sguardo di Burroni si spostò per una frazione di secondo

sulla foto con suo figlio, pronto a ricevere il lancio di una palla che non sarebbe mai arrivata. Fu un attimo, ma Jordan se ne accorse.

*Ciao, campione…*

«Sai, la vita a volte non è facile come sembra.»

«Ti ho detto che va tutto bene. Non hai bisogno di darmi spiegazioni.»

Si guardarono. Quando Burroni parlò, lo fece da uomo che capiva a un uomo che aveva capito.

«Deve essere stata dura per te, Jordan.»

Jordan si strinse nelle spalle.

«È dura per tutti.»

Prese il casco dal divano e si alzò in piedi. Burroni lo imitò. Era più basso di Jordan ma più robusto, tuttavia, in casa sua, senza l'eterno cappello nero in testa, pareva stranamente esposto e fragile.

«Ci vediamo, James.»

«Credo proprio che ci toccherà», rispose laconico il detective.

Nonostante il senso delle parole, Jordan avvertì dalla sua voce che non era sulla difensiva mentre lo diceva.

Poco dopo, intanto che avviava la moto e guardava attraverso il filtro della visiera la figura di James Burroni in piedi sulla porta di casa, si disse che probabilmente venendo lì aveva fatto la cosa giusta.

Quello che gli aveva appena detto era vero.

Era stata dura. Era dura per tutti. Per Burroni, per Christopher, per lui.

Ma se non si davano da fare, lo sarebbe stato ancora di più per una donna che aveva un viso e un nome che non conoscevano e che in quel momento era in giro come un bersaglio nei pensieri di qualcuno che la chiamava Lucy.

# 15

Chandelle Stuart si alzò in piedi di scatto, con un movimento della testa che portò i capelli neri e lisci a nascondere un viso di colpo alterato dalla collera. L'elegante vestito scuro di Versace che indossava si sollevò a sufficienza sulle lunghe gambe magre per mostrare ai due uomini che erano seduti sul divano di fronte a lei la striscia di pelle lasciata libera dalle calze autoreggenti.

«Ma cosa dannato cazzo state dicendo?»

Il tono di voce era quello altezzoso di chi è abituato al comando senza tuttavia essersene guadagnato il diritto. Fronteggiò per un istante i suoi interlocutori, quindi si girò e con un solo movimento insofferente prese un pacchetto di sigarette da una mensola alle sue spalle. Ne accese una come se con quel gesto volesse in realtà incendiare il mondo. Si avvicinò alla grande vetrata che dava su un terrazzo sospeso su Central Park. Rimase di spalle a divorare la sua sigaretta e a lasciarsi divorare dalla rabbia.

Fuori dai vetri, nel cielo sopra la città, nubi da temporale estivo si stavano posizionando con accuratezza per prendere pieno possesso della luce del sole.

L'avvocato Jason McIvory girò lo sguardo verso Robert Orlik, l'altro cinquanta per cento della McIvory, Orlik & Partners, uno studio legale che si occupava di gestioni patrimoniali con sede in un elegante edificio a downtown, di fronte a Battery Park. L'occhiata d'intesa che si scambiarono era quella di persone esposte da troppo tempo ai capricci e al linguaggio da trivio della donna che avevano davanti.

E stanche di sopportarli.

Tuttavia, per il momento si limitarono a sistemarsi meglio sul divano e attesero con calma che anche quell'ennesimo attacco d'ira si calmasse.

McIvory accavallò le gambe e Chandelle Stuart, se si fosse girata in quel momento, avrebbe sorpreso un leggero sorriso di soddisfazione sul suo viso alla Anthony Hopkins, dai capelli bianchi pettinati all'indietro e i baffi sottili e ben curati. Quando l'avvocato ritenne di aver accordato alla donna un tempo ragionevole per riprendersi, continuò il discorso che quell'isterico attacco di turpiloquio aveva interrotto.

«Le stiamo dicendo esattamente quello che ha capito, signorina Stuart. Lei non ha più un soldo. O quasi.»

Di nuovo Chandelle si girò come una furia e di nuovo i suoi capelli neri si mossero intorno alla sua testa con lo sventolio minaccioso di una bandiera pirata.

«Ma com'è possibile tutto ciò, razza di deficienti?»

McIvory indicò con una mano la valigetta di pelle che stava a terra davanti ai suoi piedi, appoggiata a un basso tavolino di cristallo che costava diverse centinaia di dollari a centimetro. Chandelle Stuart era troppo accalorata per accorgersi di quanta ineluttabilità e di quanto gelo ci fosse in quel gesto.

«I rendiconti sono tutti lì. I documenti delle operazioni sono tutti firmati da lei e in alcuni casi, se si ricorda bene, le abbiamo richiesto anche uno scarico di responsabilità per certi suoi... come dire... investimenti non proprio ortodossi dal punto di vista finanziario.»

Chandelle Stuart spense la sigaretta nel posacenere con l'accanimento che avrebbe volentieri applicato ai due uomini che aveva davanti. La sua voce aveva il sibilo del serpente ingannatore che si trova ingannato.

«E chi mi dice che non mi abbiate imbrogliato proprio voi, in tutti questi anni?»

Robert Orlik, che per tutto il tempo era rimasto in silenzio, prese la parola. La sua voce era stranamente simile a quella del suo socio, come se tanti anni di lavoro in comune li avessero loro malgrado assimilati l'uno all'altro.

«Signorina, per l'amicizia che mi legava a suo padre, farò finta di non aver sentito quello che ha appena detto. Sono stato disposto per anni a sopportare il suo atteggiamento capriccioso e il suo pittoresco linguaggio da rodeo, ma non sono, anzi non siamo in grado di tollerare alcuna ipotesi meno che riguardosa sulla correttezza e sull'onestà del nostro modus operandi. Detto questo, per facilità di comprensione nostra e sua, vorrei fare un passo indietro e riassumere i fatti. Quando suo padre Avedon Lee Stuart è morto, sette anni fa, le ha lasciato un patrimonio personale che fra immobili, pacchetti azionari, obbligazioni e liquidità ammontava a circa cinquecento milioni di dollari...»

La donna lo interruppe con la foga di un prete che sente bestemmiare in chiesa ma con il livore di chi lo sta facendo.

«Di dollari ne avevamo decine di miliardi e quel figlio di puttana li ha sperperati tutti in giro con le sue cazzate.»

«Temo di doverla contraddire. I miliardi erano solo cinque e quel denaro non è stato sperperato, come dice lei. Suo padre ha semplicemente destinato la maggior parte del vostro patrimonio familiare a una serie di fondazioni benefiche che in qualche modo legassero il nome degli Stuart a un ricordo positivo e destinato a durare nel tempo.»

«E voi casualmente siete stati nominati amministratori di questo patrimonio.»

La donna aveva abbassato la voce e pronunciato quelle parole con apparente dolcezza, con lo scopo di essere più pungente e allusiva. Riuscì solo a essere melliflua e la sua insinuazione rimase senza consistenza.

La luce negli occhi dell'avvocato Orlik era quella del professionista. Chandelle Stuart era semplicemente una persona che aveva provato il desiderio di giocare e si era seduta al tavolo sbagliato.

«Il nostro ruolo di fiduciari è un aspetto della questione che non la riguarda. Come il motivo per cui suo padre ha lasciato a lei solo una parte dell'eredità, che è legato a fatti di cui noi non siamo a conoscenza e che penso non stia a noi valutare.»

«La beneficenza e il nome degli Stuart sono tutte palle. Quel megalomane lo ha fatto solo perché in realtà mi odiava. Mi ha sempre odiato, quel pezzo di merda.»

*Se questo è vero, impossibile dargli torto. E mi stupisco che non ti abbia strangolato nella culla, brutta stronza!*

Il viso di Robert Orlik, avvocato anziano e perciò vecchio giocatore, non fece trasparire nulla di questo pensiero molto in linea con il linguaggio abituale della sua cliente. Mise quell'ennesimo commento fra i tasselli che componevano il quadro generale della sua vita e in particolare del suo rapporto con il loro studio. La gestione patrimoniale dei legati testamentari del defunto e delle attività personali di Chandelle Stuart rappresentava un grosso numero di ore fatturate che avevano il loro bel peso nelle cifre di bilancio annuale della McIvory, Orlik & Partners. Ora che la quota riguardante la signorina seduta di fronte si trovava di colpo a essere azzerata, la loro disponibilità e la loro capacità di sopportazione avevano subito un autentico crollo verticale.

«Se lasciare a una figlia cinquecento milioni di dollari significa odiarla, avrei voluto che anche mio padre fosse animato dagli stessi sentimenti nei miei confronti.»

Si chinò e prese un fascicolo abbastanza voluminoso dalla ventiquattr'ore. Lo appoggiò delicatamente sul piano di cristallo come se il peso di quello che conteneva avesse il potere di infrangerlo.

«In ogni caso, qui c'è il resoconto dettagliato di tutte le sue attività in questi anni e le conseguenze di certe sue scelte.»

«È tutta colpa vostra. Voi avreste dovuto consigliarmi.»

«Lo abbiamo fatto, ma devo ricordarle che non ci ha mai voluto dare retta. La sua attività di produttrice cinematografica e teatrale...»

Dopo la concitazione dell'ira, la nera realtà che Chandelle Stuart si stava trovando di fronte aveva come tinto di grigio l'abituale pallore del suo viso. La sua pelle sembrava quella di una vecchia. Nonostante ciò ebbe l'ultimo guizzo di alterigia, un abbozzo di sdegno quasi patetico.

«Ho studiato regia. M'intendo di cinema. Che c'è di male nel produrre dei film?»

«Infatti, non c'è nulla di male a impegnare dei soldi nella produzione di film. C'è una sola questione da tenere presente. Se questi film incassano denaro con un margine di utile ragionevole, diventa un lavoro. Se non succede, rimane un hobby molto dispendioso. Nel suo caso troppo, direi.»

«Come vi permettete di parlare di arte? Che ne sapete voi?»

«Molto poco, lo ammetto. Ma le cifre sono il mio mestiere e quelle le capisco bene.»

Prese il fascicolo dal tavolino, lo appoggiò sulle ginocchia e iniziò a sfogliarlo. Quando trovò la pagina che cercava, tirò fuori un paio d'occhiali cerchiati d'oro dal taschino della giacca e se li sistemò sul naso.

Era alla lettera la resa dei conti.

«Ecco qui. Prendiamo, *ibis redibis*, il romanzo di quel Levine. Lei ha pagato quattro milioni di dollari solo per strappare i diritti alla Universal, che fra l'altro non era nemmeno interessata a fondo nell'acquisizione. Un gioco al rialzo da parte dell'agente dell'autore che le ha fatto pagare una fortuna per una cosa che avrebbe potuto avere per duecentomila dollari. Se ben ricorda le avevamo consigliato di stare alla finestra e attendere. Invece lei, se permette, dalla finestra ci si è addirittura tuffata.»

«Era un romanzo fantastico. Non potevo lasciarmelo scappare.»

«E infatti non le è scappato. Solo che con quella cifra poteva avere la produzione di tutta la vita di Scott Levine. E poi il film che ci ha tirato fuori. Vogliamo parlarne?»

«Era un grande film. Alla prima a Los Angeles è stato un bagno di folla.»

«Ma al botteghino è stato un bagno di sangue. Lei ha speso centocinquanta milioni di dollari per un film che ne ha incassati a malapena diciotto, se non sbaglio. E vogliamo parlare di *Clowns*, il musical che doveva essere il nuovo *Cats*? Una produzione da decine di milioni che non ha mai avuto l'onore di essere rappresentato una sola volta. Scritto e diretto da lei con le musiche di un pianista da piano-bar incontrato su una nave da crociera.»

«Quell'uomo era un genio!»

L'avvocato fece un gesto che escludeva di fatto la sua cliente dal mondo del possibile.

«Se lo è, solo lei lo ha compreso. Il resto del mondo si ostina a farlo suonare su una nave.»

Orlik chiuse il fascicolo e lo rimise sul tavolino.

«Penso che sia inutile continuare. Episodi come questi ce ne sono altri. Troppi e troppo determinanti. È tutto qui documentato, nero su bianco, a disposizione di qualunque altro parere legale lei voglia richiedere.»

Chandelle ebbe un attimo di sbandamento e per un istante assunse le sembianze di un essere umano. Piegò le spalle e sembrò sconfitta, umiliata, soprattutto consapevole di quello che sue scelte avevano avuto come conseguenza.

«Quanto mi resta?»

McIvory ritornò a essere il protagonista della conversazione.

«Dobbiamo saldare le tasse arretrate e chiudere gli ultimi debiti con le banche. Se si vendono tutte le opere d'arte che ci sono qui dentro, penso che le possa rimanere questo appartamento e... diciamo... duecentomila dollari. Credo tuttavia di poter affermare, alla luce dei fatti emersi, che questa sia una casa che non si può più permettere.»

I nervi di Chandelle Stuart saltarono definitivamente. La voce le uscì strozzata dalla gola spalancata, in un viso reso paonazzo dal tentativo di urlare il più forte possibile.

«Questa è casa mia. Questo è lo Stuart Building, il palazzo della mia famiglia. Io non me ne posso andare di qui. Non me ne andrò mai, capite? Mai!»

McIvory temette per un istante che le si spezzassero le corde vocali. Il suo urlo isterico divenne tanto acuto da sconfinare quasi negli ultrasuoni. Il legale sollevò il braccio e consultò l'ora sul suo elegante Rolex «Stelline», per evitare di sostenere lo sguardo di quegli occhi iniettati di sangue.

«Noi sì invece. Dobbiamo, anzi. Penso che lei abbia la necessità di rimanere un po' da sola e riflettere su quello che le abbiamo comunicato. Buonasera, signorina Stuart.»

I due avvocati si alzarono. Il desiderio che avevano covato per anni di prendere a schiaffi morali quella ragazza saccente e boriosa, adesso che si era realizzato aveva un retrogusto amaro. Non si sentivano responsabili del tracollo finanziario della loro cliente, che nonostante i loro consigli era stata un esempio adamantino di autolesionismo. Si sentivano sconcertati per il vuoto assoluto che per l'ennesima volta si erano trovati di fronte, anche ora che le avevano sbattuto in faccia che la sua vita, come l'aveva sempre concepita, era finita per sempre.

Jason McIvory e Robert Orlik si girarono e si diressero verso l'ascensore che si apriva direttamente nel salone. Vedendoli andare via, Chandelle si sentì perduta. L'ira divenne sgomento e lo sgomento fu di colpo qualcosa di viscido e gelato nello stomaco. Per la prima volta nella sua vita sentì che non era più lei a dominare il mondo, ma che quell'ombra scura che sentiva addosso e dentro era quella del mondo che incombeva su di lei.

Con pochi passi frenetici si frappose tra i due avvocati e l'ascensore. Bloccò Orlik afferrandolo per un braccio. Mai i due legali avrebbero pensato di sentire una voce implorante uscire dalla bocca di quella donna.

«Aspettate. Forse possiamo parlarne. Domani vengo in studio da voi e penso che riusciremo a mettere tutto a posto. Se vendiamo la casa di Aspen e magari il ranch con tutti i terreni...»

Nonostante l'assuefazione all'indifferenza che anni di lavoro gli avevano procurato, l'avvocato Robert Orlik fu tentato per un attimo di provare un accenno di compassione per quella bambina ricca e viziata, che per sua fortuna si era trovata a nascere nel paradiso terrestre e che per stupidità lo aveva distrutto con le sue stesse mani.

«Signorina, lei non ha più una casa ad Aspen e nemmeno un ranch con tutti i terreni. Sono stati venduti su suo ordine per finanziare qualche film o qualche altra impresa sballata. Non so come ripeterglielo, Chandelle. Lei non ha più niente.»

La furia tornò e fu di nuovo tempesta dopo la breve pausa calma nell'occhio del ciclone.

«È tutta colpa vostra, maledetti ladri rotti in culo. Ve la farò pagare, succhiacazzi che non siete altro. Voi e il vostro studio pieno di froci di merda. Avete capito cosa vi ho detto? Vi farò radiare dall'albo. Vi farò finire tutti in galera.»

Quella nuova esplosione di rabbia fece crollare la fragile parete di canne e di compassione dei due avvocati. Tutto quello che di umano Chandelle Stuart poteva suscitare, venne abbattuto dal soffio feroce del lupo.

La porta dell'ascensore infine si aprì scivolando davanti a loro. Mentre Orlik entrava, McIvory si trattenne un attimo sulla soglia e si girò verso la donna che li guardava con il viso sfigurato da una collera impotente.

«C'è una cosa che desidero dirle da anni. Lei non è più una ragazzina e perciò mi conceda, per un istante, di adeguarmi al suo linguaggio abituale.»

Il suo sorriso era cortese e professionale. Il tono di voce quasi impalpabile, come si conviene a ogni oculata, gratificante e sospirata perfidia.

«Lei ce l'ha profondamente nel culo, signorina Stuart. E se devo essere onesto, non è nemmeno un bel culo.»

Chandelle Stuart rimase per un istante senza fiato. La sua bocca disegnò una O perfetta nello stupore del suo viso. I suoi occhi si spalancarono come alla ricerca di quelle parole che la voce non riusciva a trovare.

Dall'interno dell'ascensore, l'ultima cosa che Jason McIvory e

Robert Orlik videro, prima che gli scorrevoli si chiudessero, fu la figura di una donna simile a un'arpia che si precipitava verso il grande pianoforte a coda che c'era alle sue spalle, alla disperata ricerca di qualcosa da scaraventare su di loro.

Quando la cabina iniziò la sua discesa, i due rimasero in silenzio ma entrambi si stavano chiedendo quanto potesse valere il vaso cinese che Chandelle Stuart teneva in mano e che avevano appena sentito infrangersi contro le porte in radica dell'ascensore.

# 16

Chandelle Stuart si trovò sola con il nulla di fatto della sua collera.

Le sue scarpe di Prada sembravano le più indicate a prendere a calci i cocci di un vaso cinese del quale ignorava del tutto il valore, come aveva ignorato il valore della vita che con regolarità sistematica aveva gettato al vento. L'ironia necessaria per cogliere il senso di quel gesto era molto lontana dal suo stato d'animo di quel momento.

L'ira pareva aver moltiplicato le sue forze. Frenetica e cieca nella sua furia, si strappò letteralmente di dosso il leggero vestito che indossava. Gettò i brandelli con violenza contro le pareti.

Rimase con addosso soltanto un reggiseno e un paio di mutandine di pizzo nero, oltre le calze autoreggenti. Il suo corpo magro, dal pallore innaturale, nonostante la giovane età mostrava la pelle un po' cadente di chi fa una bella vita ma conduce una pessima esistenza.

Iniziò a camminare per casa, torcendosi le mani.

Tutto quello che riusciva a ricordare, la sola immagine che aveva davanti a sé, come proiettata su uno schermo, era l'espressione ammuffita di quei due cosiddetti avvocati.

Prese a parlare da sola, sottovoce, quasi senza muovere le labbra ridotte a un taglio violaceo dal rossetto, mormorando un rosario non di preghiera ma di maledizione.

Jason McIvory e Robert Orlik, due bastardi fottuti nati dal culo di quella grande troia che era la loro madre. Li aveva sempre odiati, fin da quando se li era trovati di fianco all'apertura del testamento di suo padre. Aveva odiato il loro sorriso viscido quando avevano saputo dalla bocca del notaio che lei era stata in pratica diseredata. Neri e funesti come due avvoltoi, appollaiati col becco adunco sulle loro sedie in attesa di spolpare la carogna ancora calda di quell'altro immenso bastardo che era stato suo padre.

Se lo vedeva ancora davanti, con i suoi soldi e la sua patetica pretesa di figura paterna e tutti gli strizzacervelli con i loro Freud e Jung e la loro voce calma che era stata costretta a sopportare per anni, mentre lui si scopava tutte le zoccole che gli capitavano a tiro.

Maledetto anche lui per l'eternità.

Chandelle alzò la testa verso il soffitto, verso una figura che aleggiava nel suo ricordo e che solo la sua mente vacillante poteva sentire come una presenza vera. Iniziò un dialogo urlato con il nulla, una recita che se fosse stata una finzione sarebbe risultata la migliore interpretazione della sua vita.

«Mi senti, Avedon Lee Stuart? Mi senti, brutto finocchio? Spero che tu riesca a udirmi anche dall'inferno dove ti ho spedito. Spero che tu ti sia accorto che sono stata io a farti crepare. Lo spero vivamente. Lo desidero al punto che mi viene voglia di uccidermi per venirtelo a dire di persona. Ma non avrai questa soddisfazione da me. Mi capisci? Brucia sereno all'inferno finché puoi, perché quando ci arriverò io ti sembrerà il paradiso.»

Persa in quella specie di delirio isterico, Chandelle si era mossa camminando a scatti attraverso l'appartamento, continuando a spogliarsi in modo forsennato fino a rimanere con le sole calze. Aveva raggiunto la sua camera da letto, una stanza che come tutto il resto della casa parlava di denaro speso con leggerezza e di una vita dissipata nello stesso modo. La nudità non bastò a placarla, né l'immagine nel grande specchio di fronte a lei, che le presentò il riflesso di una donna scarna, con un seno piccolo e un po' avvizzito, dalla magrezza quasi anoressica e con il pube completamente rasato. C'era un senso di innaturale e blasfema innocenza nel suo corpo nudo, una fragilità che il suo viso sconvolto dallo sguardo alterato e da una traccia di saliva biancastra agli angoli della bocca sottile negavano.

«Volevi che io fossi all'altezza della nostra famiglia, vero? Mi chiedevi di vivere... com'è che dicevi?»

Allargò le gambe, appoggiò le mani sui fianchi e spinse in fuori il bacino. Cercò di cambiare la voce stridula in una voce più profonda e la sua nudità divenne il grottesco tentativo d'imitazione di una figura maschile.

«Ah, sì... Vivere secondo i principi che sono da sempre i fondamenti dell'immagine pubblica degli Stuart.»

La sua voce ritornò a essere fatta di parole annegate in una risata isterica.

«Lo sai cosa ho fatto io, invece? Mi sono fatta scopare da tutti, tutti quelli che ho voluto, tutti quelli che mi sono piaciuti. Mi senti, grande signor Stuart? Spero che quello sguardo che mi hai lanciato prima di morire sia stato perché hai capito che sono stata io a spedirti in quel lago di merda in cui stai nuotando adesso. Io, tua figlia, sono una puttana. Io, tua figlia, sono quella che ti ha ucciso.»

Quest'ultimo grido di Chandelle si spense come se l'energia messa a disposizione da quella crisi di nervi si fosse esaurita di colpo. Si lasciò cadere di schiena sul letto con le braccia e le gambe aperte, sfinita, placata, crocifissa dalla sua stessa disperazione alla vita che la fortuna le aveva steso davanti come un tappeto rosso e che si era rivelata una trappola senza scampo.

Il contatto con la superficie del copriletto di raso la fece rabbrividire, sentì i capezzoli raggrinzirsi per quel senso di fresco che divenne subito un senso di freddo. Allungò una mano, sollevò un lembo della coperta e ci si avvolse.

Quello che era un ricordo della sua vita passata divenne la sua unica rivalsa contro il presente. Abbassò le palpebre e, in quel posto scuro che erano i suoi occhi e la sua anima, iniziarono a scorrere i fotogrammi di ciò che sette anni prima aveva fatto a suo padre.

Quando sua madre Elisabeth era morta in un incidente d'auto nei paraggi della loro casa di montagna, suo padre aveva avuto l'ottima idea di farsi venire un ictus. Non per il dolore della perdita, ma perché nelle lamiere contorte della macchina avevano trovato, oltre al cadavere della donna, anche quello di un giovane maestro di sci di Aspen, seduto al posto di guida con i calzoni abbassati. Persino un cieco o uno stupido avrebbe capito che l'auto era uscita di strada perché la passeggera in quel momento stava facendo un pompino al guidatore. E il giornalista accorso sul luogo dell'incidente non era né l'uno né l'altro. Aveva scritto un reportage che era stata la sua fortuna e la causa del colpo secco che per poco non schiantava l'ultimo ignaro rappresentante della dinastia degli Stuart. Tutta la New York della finanza e non solo aveva riso alle spalle di Avedon Lee Stuart e dei suoi tanto invocati principi che da sempre erano stati il fondamento dell'immagine pubblica della loro famiglia.

Era stato ricoverato d'urgenza e salvato in extremis, anche se era rimasto paralizzato quasi interamente dalla parte destra. Quando era stato giudicato fuori pericolo, aveva deciso di trascorrere la convalescenza nel loro appartamento, accudito da uno stuolo di onnipresenti e strapagate infermiere che si davano il cambio perché avesse il massimo dell'assistenza.

Chandelle aveva vissuto la morte della madre con assoluta indifferenza, anche se ai funerali era riuscita a indossare l'espressione di circostanza che si conviene a una figlia addolorata. La malattia del padre, ridotto a una figura sghemba, quasi cubista, l'aveva invece riempita di fastidio e di repulsione. Si era trovata in casa quella specie di uomo, steso in un letto, nutrito con flebo perché la bocca piegata da una parte gli impediva di ingerire qualsiasi cosa, con un perenne filo di bava che colava da un lato.

Non aveva mai amato suo padre, ma adesso quell'essere in cui si era trasformato le faceva letteralmente schifo. Il suo ribrezzo e la sua mente perversa erano entrati in stretto contatto e l'idea era nata di conseguenza. Chandelle non si era posta il minimo problema morale. L'aveva accolta come un fatto perfettamente normale, l'unica soluzione in grado di risolvere una volta per tutte i suoi problemi. Dopo poche significative ricerche, aveva iniziato una personale cura per quello che dentro di sé definiva con scherno il *caro convalescente*.

Si era trasformata di colpo in una figlia devota e apprensiva.

Con la scusa di assistere personalmente il padre, aveva più volte dato il cambio alle infermiere, molto più attaccate al loro assegno che al loro impegno. Aveva scoperto che la vitamina kappa aveva la funzione di aumentare in modo esponenziale la coagulazione del sangue. Ogni volta che era rimasta sola con lui, approfittando dei momenti in cui si assopiva, aveva iniettato massicce quantità di quella specifica vitamina nella cannula della flebo che lo alimentava.

Chandelle ricordava benissimo la notte in cui, dopo l'ennesima dose, suo padre aveva spalancato gli occhi e l'aveva vista in piedi accanto al letto con la siringa in mano. Un attimo, poi il suo sguardo si era perso nel vuoto di chi vede davanti a sé la fine di tutto e non può fare altro che accettarla per cancellare infine la paura eterna della morte.

Chandelle aveva seguito affascinata le variazioni del diagramma che rappresentava il battito del cuore del malato su un monitor di fianco al letto. L'aveva visto rallentare con una progressione sempre più significativa, finché non aveva visto con i suoi occhi il cuore cessare il disegno ad angolo acuto dei suoi battiti.

Con lo sguardo di suo padre ancora negli occhi, Chandelle era uscita dalla grande stanza e aveva chiuso con delicatezza la porta.

«Dorme», aveva sussurrato all'infermiera seduta fuori con una rivista in mano.

La donna aveva scambiato il suo sorriso per quello di una figlia intenerita, senza sapere che era invece quello di una persona che si sente finalmente libera.

Anche adesso, stesa sul letto, ripensando a quella sera, senza che se ne accorgesse le era comparso sul viso lo stesso sorriso.

La sfuriata e il ricordo l'avevano completamente placata. Si sentiva svuotata e piena di un languore che andava coltivato e appagato. A modo suo, nei termini del suo desiderio e della sua costante ricerca del piacere. Di McIvory e Orlik, dei loro volti odiosi e dei loro discorsi di aride cifre, non era rimasta traccia né memoria.

Sempre tenendosi avvolta nella coperta, si girò su un fianco, verso il tavolino da notte. Prese il telefono e compose un numero.

Appena sentì la voce rispondere non si curò nemmeno di precisare il suo nome alla persona che aveva chiamato.

«Pronto, Randall? Ho voglia di divertirmi un poco. Mi serve un'esperienza un po' frizzante, questa sera. Una macchina non molto appariscente sarebbe meglio. Verso mezzanotte, direi.»

Non aspettò conferme né si aspettava obiezioni, che d'altronde alla persona con cui aveva parlato non erano concesse. Aveva anche lui il suo tornaconto. Gli dava tutti i mesi una bella quantità di denaro e a volte, quando le andava, anche qualche cosa di più fisico e soddisfacente…

Aprì un cassetto proprio sotto il telefono. Infilò una mano e la mosse finché non sentì sotto le dita un sacchetto, fermato con del nastro adesivo contro la parte superiore del mobile.

Staccò con delicatezza lo scotch e tirò fuori un piccolo involto di plastica pieno di polvere bianca. Lo aprì, ci tuffò le dita e ne prese un pizzico. Lo avvicinò direttamente alle narici e aspirò con forza, prima una e poi l'altra. Appoggiò il sacchetto sul comodino, senza curarsi di riporlo di nuovo. Quella sera sentiva che ne avrebbe avuto bisogno, molto bisogno…

Si distese e sorrise inebetita a un soffitto bianco come la polvere che aveva appena inalato.

Rimase in attesa della scarica lasciva della cocaina, così simile all'orgasmo perfetto del dolore. Su di lei la droga aveva sempre avuto un effetto erotico, e pensando alla serata che l'attendeva si sentì illanguidire ancora di più.

Infilò con calma una mano strisciante sotto le coperte. Aprì le gambe mentre faceva scorrere le dita dal seno all'ombelico e poi ancora più giù fino a raggiungere la fessura glabra.

Quando l'aprì con le dita e la trovò già umida, chiuse gli occhi, immaginò l'ignoto e rabbrividì di piacere.

# 17

Quando guardò di nuovo l'ora, vide che erano quasi le nove. Quel piccolo anticipo di piacere che si era concessa invece di svuotarla del tutto le aveva messo in corpo delle energie nuove. Decise che aveva fame e che aveva voglia di cibo giapponese. Si alzò dal letto e, appoggiando le mani sulla schiena, stirò ad arco il corpo magro osservandosi compiaciuta nello specchio. Si era completamente ripresa dalla crisi di poco prima. Era di nuovo lei, era di nuovo fredda e salda in sella come era sempre stata.

Lo aveva capito, suo malgrado, quella testa di cazzo di suo padre.

Lo avrebbero capito anche quelle due sanguisughe dei suoi avvocati.

Glielo avrebbe fatto vedere lei chi era Chandelle Stuart.

Adesso avrebbe fatto una doccia calda e poi avrebbe chiamato Randall Haze e gli avrebbe chiesto di anticipare l'orario e di prenotare al Nobu. In attesa che venisse l'ora di realizzare i suoi progetti, poteva andare a sentire un po' di musica in qualche locale sulla Bowery o qualsiasi altra cosa le fosse venuta in mente.

Entrò in bagno e si infilò nella vasca multifunzione con doccia idromassaggio shiatsu. Mentre accettava la pressione benefica dei getti sulla pelle, pensò che doveva essere bella e profumata per apparire come una visione irraggiungibile alle persone sconosciute che avrebbe incontrato quella sera. Voleva leggere sui loro visi l'incredulità e subito dopo veder dipinto su quei visi il desiderio e il piacere che solo un sogno che diventa reale può disegnare.

Si asciugò con calma i capelli lisci e lucidi che avevano i riflessi bluastri di quelli degli Inuit. Si passò uno stick deodorante sotto le ascelle depilate e cosparse il corpo nei punti giusti di un'essenza aromatica costruita apposta per lei da una profumeria artigianale di Canal Street.

Si truccò in modo un po' più appariscente del solito e passò dalla stanza da bagno alla cabina armadio. Indossò della biancheria intima nera e di nuovo delle calze autoreggenti, che amava in modo particolare per l'effetto che avevano sull'immaginario maschile ma ancora di più perché erano molto comode e pratiche.

Utilissime per approfittare in qualunque posto di ogni inaspettato e improvviso attacco di libidine.

Fra i vestiti appesi scelse un abito nero da mezza sera leggermente corto che secondo la sua intenzione avrebbe esaltato la sua figura slanciata e le sue gambe lunghe.

Aveva appena indossato il vestito e si stava concedendo un secondo sniffo di coca prima di chiamare Randall, quando sentì suonare il cicalino del videocitofono.

Si chiese chi potesse essere a quell'ora.

Le guardie della sicurezza avevano una loro linea diretta con l'appartamento e nel primo pomeriggio aveva lasciato il resto della giornata libera alle persone di servizio per non avere nessuno in giro per casa al momento del colloquio con i suoi legali.

Si avvicinò al piccolo video piazzato per comodità anche nella camera da letto. Quando aprì la comunicazione, il viso di chi aveva suonato apparve sullo schermo, inquadrato dalla telecamera posta sopra la porta del suo ascensore privato, nell'ala sinistra dell'enorme ingresso lucido di marmo dello Stuart Building.

Chandelle rimase sorpresa di vederlo lì e soprattutto di vederlo vestito in quel modo. Aveva un cappuccio sulla testa che pareva, nell'immagine che il contrasto rendeva un po' confusa, quello di una tuta sportiva. Era molto tempo che non si incontravano e quella sera si trovava dell'umore meno adatto per farlo, nonostante quello che lui avesse significato per lei.

La sua voce uscì leggermente intubata dal piccolo altoparlante.

«Ciao. Sei tu, Chandelle?»

«Sì, sono io. Che vuoi?»

Il suo tono brusco e privo di cordialità non parve impressionare il viso dell'uomo in attesa nel riquadro luminoso.

Le sorrise ineffabile dallo schermo.

«Posso salire? Devo parlarti un attimo.»

«Proprio ora? Stavo per uscire.»

«Mi bastano pochi minuti. Ho delle novità per te che potrebbero essere piuttosto interessanti.»

«Va bene. Ti mando giù l'ascensore. Non fare niente, lo comando io da qui.»

Mentre attraversava i mille e trecento metri quadri del suo appartamento per arrivare al salone in cui si apriva la porta del *lift*, Chandelle continuò a chiedersi quanto potesse essere così importante quello che aveva da dirle per indurlo a venire a casa sua a quell'ora.

Dopo tutto quel tempo, soprattutto.

Vista la sua tenuta, pensò che fosse venuto a correre al Central Park e passando davanti al palazzo dove abitava lei avesse pensato di salire di persona.

Impostò i comandi che facevano aprire la cabina al piano terreno. L'ascensore serviva solo il suo appartamento e poteva essere manovrato da lì per le persone in arrivo e dall'ingresso mediante una serratura con un codice alfanumerico che conosceva solo lei.

Mentre attendeva, sperò di riuscire a sbrogliarsela con poche parole. Subito si rese conto che era una bugia che stava cercando di spacciare a se stessa. Si sforzò di rimanere calma, anche se la persona che stava salendo continuava a darle una sorta di sadica e perversa emozione. L'aveva provata subito appena l'aveva incontrato e dopo di allora ogni volta che si era trovata in sua presenza, per il gusto beffardo che provava da sempre nello spiare senza essere vista, nel sapere senza che gli altri sapessero, nel poter disporre il fragore della sua volontà nel silenzio dell'impotenza generale.

E nel rischio di offrirsi completamente alla casualità dei fatti.

Se soltanto lui avesse potuto sapere...

Per un momento fu tentata di fare un salto in camera da letto e fare un altro tiro di cocaina.

Il fruscio delle porte scorrevoli che si aprivano la bloccò in mezzo alla stanza. Al centro della cabina in radica, nella luce che pioveva dall'alto, c'era un uomo. Indossava una tuta da jogging con il cappuccio alzato che proiettava un'ombra da meridiana sul suo sorriso e teneva le mani sprofondate nelle tasche della giacca.

Fece un passo verso di lei. La donna alta e magra in piedi in mezzo al salone col suo vestito nero da mezza sera per la prima volta si accorse di quanto potesse essere freddo un sorriso.

«Ciao, Chandelle. Scusa se ti disturbo qui a casa tua. Ma vedrai, come ti ho detto prima non ci vorrà più di un attimo.»

Con una perfetta scelta di tempo, le nubi che avevano sorvegliato New York per tutto il pomeriggio divennero il temporale che promettevano. Ci fu un lampo, un tuono e poi lo scroscio della pioggia, così forte da rimbalzare dalle piastrelle del terrazzo fin sul bordo inferiore delle vetrate.

L'uomo continuò a camminare nella sua direzione. Arrivato di fronte a lei, tirò fuori la mano destra dalla tasca. Chandelle pensò che volesse stringerle la mano e invece si trovò a constatare con un brivido che nel pugno stringeva una pistola.

Era così occupata a guardare il foro nero della canna da non accorgersi che il sorriso era scomparso dal volto dell'uomo, da non riuscire a percepire il tono beffardo del suo commento.

«Solo un attimo, anche se ho l'impressione che per te sarà piuttosto lungo.»

L'uomo fece una pausa. La sua voce divenne soffice come il velluto.

«Mia dolce Lucy...»

Chandelle Stuart alzò di scatto la testa. Non avrebbe mai saputo che il suo sguardo aveva la stessa identica luce di quello che le aveva lanciato suo padre dal letto di morte.

Ci fu un altro tuono per le orecchie e, dietro i vetri, un altro lampo per gli occhi, che disegnò sul muro l'ombra di una donna inutile che stava per morire.

# 18

Fuori, nel buio, pioveva a dirotto.

In piedi, accanto alla finestra che dava sulla 16esima Strada, Jordan guardava le gocce cadere dritte dal cielo su quella città che di cielo ne possedeva ben poco. Una pioggia che scivolava su tutte le luci e le meraviglie di New York senza riuscire a farne parte, per finire malamente imprigionata nei tombini come semplice acqua di seconda mano.

Una volta aveva visto un vecchio film con Elliot Gould, intitolato *L'impossibilità di essere normale.* Nei titoli di testa, grazie a un trucco cinematografico, il protagonista camminava in una strada affollata avanzando in modo normale mentre le macchine e la gente procedevano all'indietro, come succede in una pellicola proiettata al contrario.

Esattamente come si sentiva lui in quel frangente.

Jordan non sapeva se il suo modo di procedere fosse o no quello giusto, ma era certo che lui e la gente che gli stava intorno non andavano nella stessa direzione. Non poteva fare a meno di pensare a se stesso come a un corpo estraneo inserito a forza in un contesto di cui aveva fatto parte e che adesso non gli apparteneva più.

Quale dei due avesse rifiutato l'altro non aveva nessuna influenza sul senso del viaggio.

Si staccò dalla finestra e si avvicinò al tavolino di fronte al divano. Prese il telecomando e accese il televisore. L'immagine arrivò sintonizzata su Eyewitness Channel, la stazione televisiva che trasmetteva notizie ventiquattro ore al giorno. Stava andando in onda un servizio registrato nel pomeriggio. In primo piano c'era un reporter di cui non ricordava il nome con un microfono in mano. Alle sue spalle un'enorme vetrata attraverso la quale si intravedevano degli aerei e uno scorcio lucido di pioggia della pista di un aeroporto.

«Un grande numero di persone ha accolto all'aeroporto il feretro con la salma di Connor Slave, il cantante rapito a Roma e barbaramente ucciso una settimana fa mentre era in compagnia della sua fidanzata Maureen Martini, un commissario della polizia italiana. Verrà allestita una camera ardente per l'ultimo saluto dei suoi fan che erano ormai diventati centinaia di migliaia in tutto il Paese. I funerali sono previsti per...»

Jordan tolse l'audio e lasciò il campo al linguaggio delle immagini e al sonoro della pioggia fuori dai vetri. Un altro ragazzo che non sarebbe mai invecchiato. Che avrebbe sorriso per sempre con un viso senza rughe da una fotografia in porcellana piazzata su una lapide.

*...e linee sulla luna che nel palmo ognuna è un posto da dimenticare...*

La poesia di quello sfortunato artista divenne l'amarezza di Jordan. Con quel sesto senso da pioggia battente che si trascinava da ore, non fu sorpreso quando il telefono di casa si mise a suonare. Jordan rimase a guardarlo, indeciso se rispondere o no. I suoi dubbi furono risolti dalla figura di Lysa che usciva in vestaglia dal corridoio e gli tendeva il cordless.

«È per te.»

Jordan si avvicinò e appoggiò all'orecchio l'apparecchio ancora caldo della pelle di Lysa.

«Jordan, sono Burroni. Purtroppo credo che ci siamo.»

«Cos'è successo?»

«Temo che abbiamo per le mani Lucy.»

«Cristo. Chi è?»

«Tieniti forte. Chandelle Stuart. L'hanno trovata in casa sua stamattina.»

«Dove?»

«Allo Stuart Building, sulla Central Park West.»

Jordan sentì le mani sudate, come se l'umido della pioggia che cadeva cieca sui vetri fosse riuscita a entrare nella stanza.

«Merda. Speravo che quel bastardo ci avrebbe lasciato un po' più di tempo.»

«Sto andando lì. Vuoi che ti passi a prendere?»

«Sarebbe meglio. Con questa pioggia non mi sembra il caso di usare la moto.»

«Okay. Sono già in strada. Fra cinque minuti sono da te.»

«Mi vesto e scendo.»

In piedi in mezzo alla stanza, Lysa lo stava guardando mentre si infilava la giacca di pelle.

«Mi dispiace che ti sia svegliata, Lysa. Non capisco come mai non mi abbiano chiamato al cellulare.»

«Non fa niente, non stavo dormendo. Problemi?»

«Sì, hanno ucciso un'altra persona e tutto fa pensare che il delitto sia collegato all'omicidio di mio nipote.»

«Mi dispiace.»

«Dispiace anche a me. Spero solo che questa volta ci sia modo di trovare qualcosa che ci aiuti a fermare questo pazzo.»

Erano in piedi uno di fronte all'altra in una casa che non apparteneva a nessuno dei due e Lysa aveva gli occhi lucidi.

«Jordan, non sono sicura di sapere cosa si dice in questi casi.»

«Me lo hai detto tu poco tempo fa. Non è necessario dire niente. Qualsiasi cosa si dica è già stata detta centinaia di volte.»

Uscì e accostò delicatamente il battente, come se il rumore della porta che si chiudeva potesse frantumare il senso di quelle parole. L'ascensore non era al piano e decise di scendere le scale a piedi. Dall'appartamento al piano di sotto non usciva musica. Superò la porta con il pensiero pietoso di Connor Slave, che d'ora in avanti avrebbe cantato solo quando qualcuno avesse premuto il tasto PLAY di uno stereo.

Si trovò sull'uscita proprio mentre la Ford di servizio con

Burroni al volante accostava sull'altro lato della strada. Uscì sotto la pioggia e, mentre attraversava la strada di corsa, lo vide chinarsi per aprire la portiera dalla sua parte. Si infilò nella macchina che sapeva di moquette umida e di finta pelle e chiuse lo sportello.

Attraverso il parabrezza percorso dai tergicristalli gli arrivò il riquadro luminoso dove, dietro il vetro, c'era immobile in controluce la figura di Lysa. Una presenza e un'assenza nello stesso tempo. Burroni aveva seguito il suo sguardo e raggiunto con gli occhi la finestra illuminata.

«È casa tua, quella?»

«Sì.»

Burroni non chiese altro e lui altro non voleva dire. Mentre la macchina si staccava dal marciapiede e dallo sguardo di Lysa, Jordan pensò a quando si era svegliato il mattino successivo alla sera in cui l'aveva conosciuta.

Aveva aperto gli occhi con qualcosa che non era abituato a sentire, almeno in casa sua: l'aroma di un caffè che non si era fatto da solo. Si era alzato e aveva infilato i jeans e una T-shirt. Prima di uscire aveva controllato il suo aspetto nello specchio del bagno e ci aveva trovato tutto quello che pensava di trovarci. Il viso di un uomo che la sera prima aveva fatto un frontale con un discreto numero di cazzotti.

Si era lavato la faccia, era uscito dalla stanza e aveva raggiunto Lysa Guerrero nel soggiorno. Di nuovo aveva provato quella sensazione di aria rarefatta entrando in una stanza dove c'era…

*Lei o lui?*

Ricordava ora questo pensiero con lo stesso imbarazzo che aveva provato in quel momento. Sul viso di Lysa e nella sua voce, al contrario, non c'era traccia della loro conversazione della sera prima.

Solo un sorriso.

«Buongiorno, Jordan. Io posso solo vedere il suo occhio e il suo naso come vanno. Lei come se li sente?»

«Non li sento proprio. O meglio, li sento ma cerco di non ascoltarli.»

«Ottimo. Vuole un caffè?»

Si era seduto al tavolo apparecchiato per due.

«Merito questo privilegio?»

«È il primo giorno della mia prima volta a New York. Lo merito anch'io. Come le vuole le uova?»

«Ho diritto anche alle uova?»

«Certo. Altrimenti che bed and breakfast sarebbe?»

Lysa aveva portato in tavola i piatti e avevano fatto il resto della colazione quasi in silenzio, sull'equilibrio sottile di un ghiaccio che forse era incrinato ma non rotto del tutto, ognuno portando sulla testa la nuvola invisibile dei propri pensieri.

Lysa aveva chiuso quel piccolo momento di pace aprendo la porta a quello che c'era fuori.

«Poco fa hanno parlato di suo nipote, in televisione.»

«Lo immagino. Questa storia scatenerà l'inferno.»

«E lei che farà, adesso?»

Jordan aveva risposto con un gesto che comprendeva tutto al mondo e niente al mondo.

«Prima di tutto mi cercherò un posto dove stare. Non voglio andare da mio fratello a Gracie Mansion. Troppo in vista. Sarei sotto gli occhi di tutti e io invece preferisco essere defilato il più possibile. C'è un albergo sulla 38esima che...»

«Senta, le faccio una proposta. Visto che ormai mio marito non è più un problema...»

Una vampata allo stomaco. Jordan aveva sperato che non corrispondesse a un'uguale vampata sul viso. Lysa aveva continuato come se niente fosse.

«Sono appena arrivata in città e voglio fare un po' la turista prima di guardarmi intorno per un lavoro. Di conseguenza, sarò fuori la maggior parte del tempo. Per quanto riguarda lei, sicuramente questa storia prima o poi finirà e sarà libero di andarsene. Nel frattempo si può fermare qui, se vuole.»

Aveva fatto una pausa e piegato leggermente la testa di lato. Un lampo di sfida divertita aveva come fuso per un attimo l'oro antico dei suoi occhi.

«A meno che questo non sia un problema per lei...»

«Certo che no.»

Jordan aveva risposto un po' troppo in fretta e subito si era dato dell'idiota per questo.

«Bene, con questo nuovo corso direi che potremmo iniziare a darci del tu.»

Jordan aveva capito che non era una proposta ma l'acquisizione di un dato di fatto. Lysa si era alzata in piedi e aveva iniziato a sparecchiare.

«Coraggio, fuori dai piedi.»

«Vuoi una mano?»

«Per l'amor di Dio, no. Penso che tu abbia cose molto più importanti da fare.»

Jordan aveva guardato l'orologio.

«Infatti. Vado a fare una doccia e poi mi metto in movimento.»

Si era avviato verso la sua stanza ma la voce di Lysa lo aveva bloccato.

«Jordan...»

Si era fermato di spalle all'ingresso del corridoio.

«Prima hanno parlato anche di te, in quel servizio che ho visto in tv. Hanno detto che sei stato uno dei migliori poliziotti che New York abbia mai avuto.»

«Si dicono tante cose...»

«Hanno detto anche il motivo per cui non lo sei più.»

Si era girato e Lysa lo aveva guardato con quegli occhi che sembravano il posto in cui si realizzano tutti i desideri. La risposta di Jordan era volata in mezzo alla stanza come un asciugamano sporco di sangue in mezzo a un ring.

«Un motivo o quell'altro, che importanza ha?»

«...stanotte dalla sua guardia del corpo.»

La voce di Burroni lo riportò in quella macchina battuta dalla pioggia che viaggiava sospesa tra le luci in alto e i suoi riflessi sotto le ruote.

«Scusami, James, ero distratto. Ti spiace ripetere?»

«Ho detto che il delitto è stato scoperto stanotte dalla sua guardia del corpo. Ha chiamato la centrale e ci ho parlato io. Da quello che mi ha riferito sommariamente e dal modo in cui è posizionato il cadavere potrebbe essere quello che ti ho detto.»

«Mio fratello lo sa?»

«Certo. È stato avvertito subito come aveva chiesto. Ha detto di informarlo se le cose stanno come sembrano.»

«Avremo modo di verificarlo fin troppo presto.»

Non dissero altro per il resto del viaggio, ognuno in compagnia di pensieri che avrebbe volentieri lasciato a casa.

Jordan conosceva lo Stuart Building, un palazzo un po' sinistro di una sessantina di piani, ornato ai livelli alti da *gargouilles* che ricordavano molto il Crysler Building. Occupava l'intero isolato fra la 92esima e la 93esima sulla Central Park West, affacciato su Central Park all'altezza del Jackie Onassis Reservoir. Il nome Stuart significava denaro, quello vero, importante. Il vecchio Arnold J. Stuart aveva accumulato una grossa fortuna con l'acciaio e il pelo sullo stomaco ai tempi dei Frick e dei Carnegie. Successivamente gli interessi della famiglia si erano espansi e gli Stuart avevano investito un po' in tutti i rami fino a farli diventare autentici tronchi. Quando i suoi erano morti, prima uno e poi l'altro, qualche anno prima, Chandelle Stuart si era trovata unica erede di una fortuna quantificabile con una cifra composta da molti, molti zeri.

E adesso, nonostante tutti i suoi soldi, anche lei era finita a far parte di questi zeri.

Quando arrivarono sul posto, Burroni parcheggiò la macchina subito dietro al furgone della Scientifica. Spense il motore ma non diede segno di voler scendere subito. I tergicristalli smisero di pulire il vetro e l'acqua che cadeva iniziò il suo lavoro di smeriglio.

«Jordan, c'è una cosa che è opportuno che tu sappia. Dopo quello che mi hai detto oggi, *più* che opportuno mi sembra giusto.»

Jordan attese in silenzio. Non sapeva quello che Burroni stava per dirgli, ma sentiva che non doveva essere una cosa facile da dire.

«Sai, è per quella storia della Divisione affari interni. Li ho presi, quei soldi. Mi servivano. Kenny, mio figlio, lui ha...»

Jordan fermò quella confessione con un gesto della mano. La sua risposta appannò il vetro del parabrezza davanti a lui.

«Va bene così, James. Credo che sia stata dura anche per te.»

Si guardarono un istante, i visi resi spettrali dalla luce aranciata dei lampioni e dai riflessi delle gocce sul vetro all'interno della macchina.

Poi Jordan fece scattare la serratura e impugnò la maniglia sulla portiera.

«Forza, andiamo a calpestare un poco di questa merda.»

Aprirono le porte quasi in sincrono e uscirono allo scoperto. Si avviarono di corsa verso l'ingresso del grattacielo, segnando il marciapiede con i loro passi di uomini che la pioggia cercava invano di pulire.

# 19

La prima cosa che videro, entrando nell'appartamento, fu la figura immobile di donna seduta vicino al pianoforte. Lo strumento era uno Steinway gran coda, lucido e nero, che da solo valeva un patrimonio. Lei stava su uno sgabello da bar alto a sufficienza da mantenerle la schiena appoggiata all'ansa in modo che la cassa del piano le facesse da sostegno. Aveva i gomiti posati sul ripiano laccato e le mani morbidamente appoggiate al vuoto. Il viso era girato verso la tastiera, come se stesse ascoltando rapita una musica senza suono eseguita da un invisibile suonatore che solo lei riusciva a sentire e a vedere.

Indossava un abito nero da mezza sera, scollato ma sobrio, e non si riuscivano a distinguere i lineamenti mascherati dai capelli lunghi e lisci che erano scesi a coprirle il volto. Le gambe erano accavallate e il vestito corto lasciava intravedere quel punto pieno di mistero costituito dal leggero *shading* del nylon dove le cosce si sovrapponevano. All'altezza delle ginocchia, una sostanza lucida era scesa lungo la linea del polpaccio a imbrattare il tessuto aereo delle calze.

Era una donna composta in quell'immagine impietosa dallo scatto in bianco e nero di un fotografo senza pudore, che l'aveva sorpresa e bloccata per sempre nel momento intimo della sua morte. Jordan si trovò senza volerlo a parlare con un tono di voce più basso di quello che avrebbe usato normalmente, come se l'incanto maligno di quel concerto silenzioso non potesse essere da niente interrotto.

«Proprio come Lucy con Schroeder.»

«Chi è Schroeder?»

«È un personaggio minore dei Peanuts, un piccolo genio della musica, fanatico di Beethoven. Charles Schulz lo ha sempre e solo disegnato davanti al suo piccolo pianoforte. Lucy è innamorata di lui e lo ascolta suonare seduta esattamente in questa posizione.»

Si avvicinarono lentamente al cadavere. Burroni indicò i gomiti appoggiati a sostenere il corpo, uniti alla lacca nera del pianoforte da una massa di colla. La parte posteriore del dorso era incollata nello stesso modo allo schienale dello sgabello. Per mantenerle in quella posizione, le gambe accavallate erano state bloccate all'altezza delle ginocchia da uno strato di sostanza adesiva in eccesso che era scivolato in parte verso il basso.

«È incollata, proprio come tuo nipote. Però questa volta il nostro *cartoonist* ha fatto le cose in grande.»

«Già. E scommetto che si tratta anche della stessa marca. Ice Glue.»

Jordan indossò i guanti di lattice che Burroni gli porgeva, poi sollevò i capelli della vittima e scoprì il viso.

«Cristo santo...»

Nel viso magro e pallido gli occhi spalancati della vittima, fissi verso la tastiera, erano vetrificati dalla medesima colla che il suo carnefice aveva usato per bloccare il resto del corpo. Jordan indicò a Burroni i lividi che portava intorno al collo come graffiti pagani di un sacrificio umano.

«È stata strangolata anche lei.»

Jordan lasciò andare i capelli che tornarono con la pietà di un sipario a nascondere quegli occhi sbarrati nel loro innaturale chimico stupore. Girò intorno al pianoforte per osservare il corpo da un'altra angolazione. Quello che vide spostandosi gli fece salire alle labbra un'imprecazione che riuscì a bloccare a stento. Il coperchio della tastiera era aperto e sulla piccola ribalta dove di solito si appoggiano gli spartiti c'era un foglio bianco con una scritta in corsivo.

*Era una notte buia e tempestosa...*

Si sentì invadere dallo sconforto. Conosceva fin troppo bene il senso passato e futuro di quella scritta. Era una battuta famosa dei Peanuts ma, nello stesso tempo, per qualcuno rappresentava una sentenza di morte. Quando Burroni arrivò dietro di lui, a Jordan parve di sentire il suo sguardo passargli sopra la spalla con il fruscio di una freccia e conficcarsi nel foglio e nel suo significato.

«Oh no, cazzo!»

«Oh sì, purtroppo. Questo è un altro avvertimento. Se non ci sbrighiamo a trovare questo figlio di puttana, presto ci toccherà occuparci anche di qualche poveraccio che lui chiama Snoopy.»

Jordan si spostò dal pianoforte e si diede finalmente uno sguardo intorno. Quando si erano aperte le porte dell'ascensore che arrivava direttamente nell'attico di Chandelle Stuart, la prima cosa che si erano trovati davanti agli occhi era stato lo spettacolo agghiacciante del suo cadavere, composto in quella specie di ikebana umano dalla ferocia applicata alla fantasia di un pazzo. Ora riusciva finalmente a rendersi conto in pieno del luogo in cui si trovavano. L'appartamento comprendeva in pratica tutto l'ultimo piano dello Stuart Building e, almeno nella parte che si poteva vedere, era arredato nel più puro stile minimalista, con mobili in wengè e alluminio anodizzato e divani e tendaggi composti da tessuti dai colori tenui, nelle tonalità dal sabbia al tabacco. Tutto quello che avevano intorno parlava di ricchezza, quella congenita, noncurante, che fa maneggiare come spiccioli somme che avrebbero cambiato in una lunga vacanza la vita grama del novanta per cento del mondo. C'erano quadri e oggetti d'arte che raccontavano la lunga storia della famiglia Stuart attraverso la loro autenticità e la loro unicità. La lunga parete alla sua destra, posta di fronte alle vetrate che lasciavano intravedere un enorme terrazzo affacciato su Central Park, era interamente occupata da un dipinto e niente lasciava sospettare che non si trattasse di un originale. Era uno studio preparatorio de *La zattera della Medusa* di Gericault, in grandezza naturale, sette metri per quattro, la stessa del dipinto definitivo esposto al Louvre.

La presenza, in quel posto, proprio di quel quadro, costrinse Jordan a constatare, per l'ennesima volta, il tocco beffardo che l'ironia del fato applica alle vicende indifese degli uomini.

Gericault. Jerry Kho.

Due pittori, due nomi dal suono simile e uniti dalla stessa violenta disperazione, ognuno con la sua personale zattera da dipingere e da navigare. E ora, su quel fragile guscio senza speranza stava andando alla deriva anche l'anima di Chandelle Stuart.

Si mosse verso il quadro e notò un paio di cose che non aveva considerato prima. Sparsi sul pavimento di fianco all'ascensore c'erano i frammenti di un vaso che pareva esser stato lanciato contro la porta. Il pannello che ricopriva le ante scorrevoli ne portava il segno evidente. In giro per il salone c'erano dei brandelli di quello che pareva essere stato un vestito.

Il medico legale sbucò da dietro l'angolo oltre la parete occupata dal quadro. Jordan e Burroni lo attesero e, quando arrivò di fronte a loro, il patologo rispose senza preamboli alla domanda che leggeva nei loro sguardi.

«Per ora non vi posso dire quasi niente, se non che la vittima è stata strangolata e che il decesso si può far risalire a un'ora grossomodo compresa fra le ventuno e le ventitré.»

Jordan indicò al coroner i cocci vicino all'ascensore e i brandelli di tessuto a terra.

«Da quello che si vede, sembra che ci sia stata lotta, mentre mi pare che sulla vittima non ce ne sia traccia.»

Il medico indicò senza guardarlo il cadavere appoggiato allo Steinway alla sua destra.

«In queste condizioni non è possibile esaminare meglio il corpo. Anzi, mi chiedo come faremo a staccarlo dal piano e a trasportarlo via. Dio mi perdoni, se non ci fosse la presenza di un cadavere, direi che stiamo nel mezzo di una gag di Mister Bean.»

Nonostante nel corso della sua carriera avesse visto quasi tutte le variazioni che la morte poteva offrire, anche lui pareva piuttosto scosso dallo spettacolo che si era trovato di fronte.

«Ci faccia sapere i risultati dell'autopsia appena possibile.»

«Potete esserne certi. Per quel che posso capire, credo che fra poco mi arriverà una telefonata e qualche pezzo grosso mi dirà che questo caso ha la precedenza assoluta.»

Li lasciò e raggiunse i due addetti alla rimozione del corpo che, a conferma delle sue parole, stavano davanti al pianoforte con un'espressione perplessa.

«Che ne pensi, Jordan?»

«Onestamente non so ancora cosa pensare. E questo mi preoccupa un poco.»

«È un serial killer, secondo te?»

«Tutto lo farebbe supporre, eppure c'è qualcosa che non mi convince in questa faccenda. Sicuramente si tratta di una persona non molto in ordine con il cervello e c'è una simbologia che faremo bene a sottoporre a un esperto, ma mi sembra tutto un po' troppo elaborato, macchinoso...»

Burroni capì che Jordan, come già aveva fatto a casa di Gerald Marsalis, stava parlando per se stesso, come se avesse bisogno di sentire il suono della propria voce per concentrarsi meglio.

«Di solito i serial killer al momento del contatto con la vittima sono più frenetici, caotici, meno concentrati. Non so. Forse è meglio che intanto facciamo due chiacchiere con questa guardia del corpo.»

Burroni fece un cenno all'agente che li aveva accolti nell'atrio e accompagnati fino all'appartamento rimasto in piedi vicino alla porta dell'ascensore. Il poliziotto, un nero con i baffi e di corporatura robusta appena mitigata dalla divisa blu scuro, lasciò il suo posto e li raggiunse.

«Dov'è la persona che ha trovato il cadavere?»

«Da questa parte.»

Facendosi largo tra gli esperti della Scientifica che ultimavano le loro rilevazioni, lo seguirono in un lungo percorso che non fece altro che confermare l'enormità e la ricchezza di quella casa, fino a un grande locale che poteva essere considerato una specie di studio. Alle pareti di sinistra e di destra c'erano degli alti scaffali pieni di libri raggiungibili mediante due scale metalliche che scorrevano su binari. Una grande portafinestra posta di fronte all'ingresso dava su un terrazzo che probabilmente era la prosecuzione di quello del salone.

Dietro una scrivania dalle linee high-tech occupata in parte dallo schermo e dalla tastiera di un computer, era seduto un uomo che quando li vide entrare si alzò in piedi. Era un tipo alto, con i capelli brizzolati pettinati all'indietro, dal fisico atletico e i lineamenti spigolosi. Una piccola cicatrice di fianco all'occhio destro glielo tirava leggermente all'indietro dando al suo viso un'asimmetria inquietante.

«Sono il detective Burroni e questo è un consulente della polizia, Jordan Marsalis.»

Un tempo Jordan avrebbe sorriso per quella definizione che significava tutto e niente. Adesso lo faceva sentire un intruso e gli faceva venire la tentazione di guardare da un'altra parte. La sua posizione attuale lo costringeva in situazioni come quella a restare un passo indietro, lasciando a Burroni la parte ufficiale dell'inchiesta.

«Immagino di aver parlato con lei al telefono, signor...?»

«Mi chiamo Haze. Randall Haze. Sì, sono io che vi ho chiamato quando ho scoperto cos'era successo.»

L'uomo uscì da dietro la scrivania e Burroni e Jordan strinsero a turno la mano che aveva teso verso di loro. Era un uomo forte e lo si percepiva. Era evidente nell'elasticità dei suoi movimenti e in tutta la sua persona quella durezza che proveniva da una lunga frequenza della strada e non dei *dojo* fasulli dove si insegnano le arti marziali o delle palestre dove si pompano i muscoli a forza di steroidi.

«Prima di tutto c'è una cosa che vi voglio dire. Penso che stiate rilevando le impronte in giro per la casa...»

«Mi sembra ovvio.»

«Per cui, ci sono anche le mie. Ve lo dico io prima che lo scopriate per conto vostro. Sono stato in prigione, un po' di tempo fa. Cinque anni per aggressione e tentato omicidio. Niente giustificazioni, solo una spiegazione. Ero un ragazzo un po' turbolento, ho fatto uno sbaglio e l'ho pagato. Da allora ho rigato diritto.»

«Okay, registrato. Si sieda pure, signor Haze.»

L'uomo andò ad accomodarsi in una delle due poltrone dal design azzardato piazzate di fronte alla scrivania. Prima di sedersi sistemò la piega dei calzoni dell'elegante vestito grigio scuro che indossava. Burroni andò verso la portafinestra e rimase per un attimo alle sue spalle a fissare il buio oltre i vetri.

«Da quanto tempo lavorava per la signorina Stuart?»

«Grossomodo cinque anni, mese più mese meno.»

«E le sue mansioni?»

«Guardia del corpo e segretario particolare.»

«E in cosa consisteva questa sua particolarità?»

«Il mio compito era accompagnare la signorina Stuart in situazioni personali che non desiderava rendere... come dire... pubbliche.»

Burroni per il momento non ritenne opportuno approfondire l'argomento.

«Allora, ci spieghi cos'è successo.»

«Questa sera mi ha chiamato Chand... la signorina Stuart.»

«A che ora?»

«Intorno alla otto e mezza, mi pare. In ogni caso mi ha chiamato sul cellulare. Dai tabulati della compagnia telefonica non vi sarà difficile appurarlo.»

Burroni si girò e sul suo viso passò per un istante l'insofferenza di chi si vede insegnare il proprio mestiere.

«Va bene. Se sarà il caso lo faremo. E cosa voleva?»

«Mi ha dato appuntamento verso mezzanotte perché intendeva uscire. Sono arrivato qui alle dodici meno un quarto, sono salito nell'appartamento e ho trovato il corpo. Allora ho preso il telefono e vi ho chiamato.»

«Era una cosa normale che le chiedesse di uscire a quell'ora?»

«In certi casi sì. La signorina Stuart era una persona...»

Randall Haze si interruppe, chinò la testa e rimase a guardare il pavimento come se tra le sue scarpe lucide si fosse di colpo aperto un buco. Jordan a quel punto decise di intervenire e andò a sedersi sulla poltrona di fronte.

«Signor Haze, mi ascolti. C'è per aria qualcosa che non capisco e quando questo succede mi sento stupido. A meno che non sia stupida la persona che ho di fronte. E non mi sembra che sia questo il caso. Dunque, c'è qualcosa che dobbiamo sapere?»

Haze si lasciò sfuggire un sospiro. A Jordan passò nella mente per un istante la curiosa immagine di una valvola di sicurezza che si libera di un eccesso di pressione.

«Vede, la signorina Stuart era malata.»

«Cosa intende per "malata"?»

«Non riesco a trovare un'altra definizione. Era malata nella testa. Aveva gusti molto pericolosi e la parte preponderante del mio lavoro era proteggerla mentre li soddisfaceva.»

«Vale a dire?»

«Chandelle Stuart era una ninfomane e le piaceva essere violentata.»

Jordan e Burroni si guardarono. Quello che Randall Haze aveva appena detto significava grosse complicazioni e il loro sguardo significava che tutti e due lo avevano capito.

La guardia del corpo continuò il suo racconto senza bisogno di ulteriori sollecitazioni. Aveva dipinto in faccia il sollievo di chi ha per troppo tempo tenuto sollevato il coperchio di un bidone della spazzatura e adesso può finalmente abbassarlo.

«L'ho accompagnata e protetta in situazioni che per la maggior parte delle donne apparterrebbero agli incubi più atroci. In certi quartieri, in certe sere, Chandelle si faceva prendere da dieci, anche dodici uomini insieme. *Homeless*, barboni, gente di tutte le razze, che facevano disgusto solo a guardarli. Ed erano rapporti completamente a rischio, con chiunque, senza nessun tipo di precauzione contro tutta questa merda di Aids che c'è in giro adesso. Altre volte dovevo stare nascosto in casa durante i suoi convegni per evitare che i sadici con cui si intratteneva calcassero un po' troppo la mano e le facessero del male veramente. E poi c'erano i filmati.»

«Che filmati?»

«Quelli che le facevo io. Tutto quello che succedeva qui o altrove lo dovevo riprendere con una videocamera digitale. Lei lo riversava su DVD e se lo guardava in un secondo tempo. La eccitava rivedersi in quelle situazioni di degrado. I dischi devono essere qui, da qualche parte.»

Fece un gesto che indicava la stanza o la casa o un qualunque altro brutto posto nel mondo. Burroni e Jordan si guardarono di nuovo.

«La signorina Stuart la pagava molto bene per questi suoi servizi, immagino.»

«Oh sì, certamente. Per quello che concerneva il denaro Chandelle Stuart era molto generosa. Quando voleva sapeva essere generosa in tutto...»

Quell'attimo di sospensione significava molte cose e non tutte si potevano raccontare guardando negli occhi la persona con cui si stava parlando. Randall Haze chinò di nuovo la testa verso il pavimento. Il buco in mezzo alle sue scarpe forse era diventato una voragine e adesso stava vedendo un cielo pulito dall'altra parte della terra.

«Ancora poche domande e poi la lasciamo libero. Le pare che in casa manchi qualcosa?»

Burroni fece questa domanda per dovere d'ufficio. Sia lui sia Jordan sapevano benissimo che le probabilità di un omicidio a scopo di rapina erano praticamente nulle. Era più che altro un sistema per uscire da quel momento di impasse.

«A prima vista direi di no. Mi pare che tutto sia a posto.»

«E ha notato qualcosa o qualcuno in particolare che l'abbia messa in sospetto in questi ultimi tempi? Qualcosa di strano, intendo.»

«No, a meno che non vogliate considerare strane le situazioni per le quali io venivo convocato.»

Jordan inserì una domanda che gli premeva particolarmente.

«Le risulta che la signorina Stuart frequentasse o conoscesse un certo Gerald Marsalis? Era anche conosciuto con il nome di Jerry Kho.»

«Chi, il figlio del sindaco, quello che è stato ucciso poco tempo fa? Ho visto le sue foto sui giornali. Per quel che ne so io mi risulta di no. O meglio, una volta che l'ho accompagnata al Pangya, una discoteca sulla Lafayette, lui era lì. Si sono incrociati e si sono scambiati un semplice saluto con la mano. Questo significava che si conoscevano, ma per tutto il tempo che ho lavorato per lei non l'ho mai sentita fare il suo nome o posso dire che si siano in qualche modo frequentati.»

Jordan fece un impercettibile cenno di assenso a Burroni. Il detective infilò una mano in tasca e tirò fuori un biglietto da visita e lo tese all'uomo seduto sulla poltrona.

«Bene, signor Haze, credo che per adesso possa bastare. Mi farebbe piacere continuare questa chiacchierata nel pomeriggio, a One Police Plaza. Quando arriva chieda di me.»

Randall Haze prese il biglietto e lo infilò nella tasca della giacca. Si alzò con un movimento fluido e lasciò un augurio di buonanotte che Jordan e Burroni sapevano non si sarebbe avverato.

Attesero il tempo necessario per far allontanare la guardia del corpo ormai disoccupata di Chandelle Stuart, poi il detective staccò il ricevitore del walkie che teneva appeso alla cintura.

«Sono Burroni. Sta scendendo una persona. Capelli brizzolati e vestito scuro. Si chiama Randall Haze. Mettetegli qualcuno alle costole, ventiquattro ore su ventiquattro. Mi raccomando, che sia un lavoro molto discreto. Il tipo in questione è uno che sa il fatto suo.»

Restarono soli e rifecero a ritroso e in silenzio la strada che li aveva portati fino allo studio. Camminavano e pensavano finché non arrivarono nel salone, dove il corpo era stato rimosso. Sulla lacca lucida del pianoforte erano rimasti i segni della colla e le tracce bianche poste dalla Scientifica a indicare i punti dove erano appoggiati i gomiti.

«Che ne dici, Jordan?»

«Dico che siamo in un pasticcio tremendo. Abbiamo due vittime. Due personaggi estremamente discutibili sotto certi punti di vista ma appartenenti a famiglie molto in vista. E una stessa modalità di esecuzione che li collega. Per ora siamo riusciti miracolosamente a non far trapelare niente. Ma adesso, quanto credi che ci vorrà perché tutta questa storia venga allo scoperto, compreso il mio coinvolgimento nelle indagini?»

«Credo che questo significhi che dobbiamo fare maledettamente presto.»

«Già. E per un sacco di motivi. Il più importante è che, se non ci sbrighiamo, fra poco di vittime ne avremo tre.»

«E a proposito di quel Randall Haze cosa ne pensi?»

«Hai fatto bene a mettergli qualcuno alle costole, ma vedrai che non ne caveremo niente. Anche per lui vale il concetto che avevamo espresso per LaFayette Johnson.»

«Cristo, che storia. Cosa non si arriva a fare per denaro.»

Jordan scosse la testa. Fissò per un attimo il pianoforte che non conservava memoria del concerto mortale di cui era appena stato testimone e protagonista.

«Non è solo una storia di denaro. Anzi, direi che in questo caso il denaro non c'entra quasi per niente. La vita è un posto curioso, James. Davvero un posto curioso...»

Burroni ebbe di nuovo l'impressione che Jordan Marsalis stesse parlando solo per se stesso.

«Ti potrà sembrare incredibile dopo quello che ci ha raccontato, ma sono convinto che Randall Haze *amava* Chandelle Stuart.»

Il detective si girò a guardare Jordan.

Era in piedi in mezzo alla stanza, davanti all'enorme quadro appeso alla parete e guardava *La zattera della Medusa* come se proprio in quel momento si fosse reso conto della presenza a bordo di un nuovo passeggero.

# 20

Alcuni agenti entrarono nell'ascensore portando delle scatole di cartone piene di materiale. I poliziotti avevano setacciato l'intero appartamento e requisito tutto quello che ritenevano potesse essere utile per le indagini. Erano cose di tutti i giorni, frammenti di vita, anche quando erano costosi come quelli di Chandelle Stuart. Erano agende, documenti, floppy disk, DVD, tutti particolari che potevano raccontare il mistero di quell'esistenza assurda e che ora erano chiamati a spiegare il mistero di quell'assurda morte.

Il ricevitore appeso alla cintura di Burroni emise il doppio *bip* che rappresentava una chiamata. Il detective lo staccò e lo avvicinò all'orecchio.

«Detective Burroni.»

Jordan era a qualche passo di distanza e non sentì altro che una scarica e poche parole gracchiate attraverso il microfono poco attendibile dell'apparecchio.

«Va bene, scendiamo.»

Burroni rimise al suo posto il walkie e si girò verso Jordan.

«È arrivato il responsabile della sicurezza dello Stuart Building. Ti va di parlarci?»

«No, vai tu, per ora. Se non ti dispiace vorrei rimanere qui per qualche minuto da solo.»

Burroni annuì. Non comprendeva ancora fino in fondo i metodi di indagine di Jordan Marsalis, ma li aveva accettati. A istinto aveva capito che non si trattava di semplice esperienza o di forte inclinazione, ma di autentico talento. Adesso sapeva che la sua fama non era per niente usurpata. In sede di bilancio, doveva chiedersi chi ci avesse rimesso di più: se lui a perdere la polizia o la polizia a perdere lui. Il detective si infilò nell'ascensore e i battenti si chiusero senza rumore sull'immagine di Jordan, fermo in mezzo al salone con un'espressione assorta.

Jordan rimase nell'appartamento da solo, in attesa che la casa gli parlasse. C'era sempre sulla scena di un delitto recente qualche cosa che rimaneva ad aleggiare nell'aria, un segno invisibile che non era possibile rilevare con la polvere per le impronte o con il Luminol o qualsiasi altro mezzo a disposizione degli investigatori e degli esperti della Scientifica. Jordan l'aveva avvertito spesso, e ogni volta si era sentito accapponare la pelle. Era come se il senso narcisistico della morte non fosse mai pienamente appagato e lasciasse dietro di sé una scia per strappare un ultimo implacabile applauso. Avrebbe voluto fare la stessa cosa nel loft di Gerald ma non era stato possibile. Troppa gente e troppi ricordi personali.

In quel frangente, la casa di Jerry Kho gli avrebbe detto solo bugie.

Con calma, cercando di lasciarsi convincere al massimo da quella logica contro ogni logica, rifece il percorso verso lo studio nel quale avevano interrogato Randall Haze. Entrò in tutte le stanze che prima avevano solo sfiorato e ascoltò, attraverso le sensazioni che la casa gli trasmetteva, una storia di estrema povertà in quel posto che parlava solo di denaro e di noia e di malessere e della battaglia persa nel tentativo di sconfiggerli. Dopo qualche giro vizioso in quell'ambiente sterminato, raggiunse finalmente lo studio dove Haze aveva rivelato loro la parte nascosta della signorina Stuart.

Jordan sapeva che, mentre parlava con la guardia del corpo, qualcosa lo aveva colpito ma non riusciva a ricordare cosa. Per quel motivo era lì da solo, in attesa di una risposta che solo lui poteva sentire. Si sedette sulla poltrona che aveva occupato durante l'interrogatorio e lasciò girovagare gli occhi per la stanza.

Alle sue spalle una libreria carica di volumi. Alla sinistra la portafinestra che dava su un terrazzo proiettato verso le luci della città. Di fronte a lui, appeso alla parete dietro alla scrivania, un Mondrian con le sue linee e i suoi quadrati e i suoi colori dagli equilibri perfetti. Ai lati del mobile ancora due tratti di libreria uguali a quelli sulla parete opposta.

Sullo scaffale del lato sinistro c'erano...

Ecco che cosa. Jordan si alzò in piedi e si avvicinò ai quattro volumi con rilegatura rosso scuro che stavano allineati uno di fianco all'altro sul ripiano all'altezza dei suoi occhi. Sul frontespizio c'era un logo e sotto una scritta in oro.

«Vassar College – Poughkeepsie.»

Conosceva quel college. Fin verso la fine degli anni Sessanta era riservato al sesso femminile e con altri sei istituti faceva parte di una specie di lobby chiamata «Le sette sorelle». Era ritenuto molto esclusivo e la retta si aggirava intorno ai centomila dollari l'anno. Successivamente, un occhio ai bilanci aveva consigliato la presidenza di aprire la scuola anche ai maschi. L'indirizzo dei corsi di laurea privilegiava i settori creativi, come l'arte figurativa, la scrittura e diversi altri livelli di comunicazione.

Jordan prese uno dei volumi e lo aprì. Era un annuario che conteneva le foto di tutti gli allievi di un corso di regia teatrale e audiovisiva. Continuò a sfogliare le pagine stampate in carta patinata finché non trovò la foto che cercava.

Racchiusa nella sua istantanea a mezzo busto, una Chandelle Stuart molto più giovane e molto meno curata lo guardava senza sorriso dalla pagina lucida. Gli occhi scuri e leggermente aggrottati rivelavano in pieno il suo carattere difficile, in parte nascosti da un paio di occhiali che forse avevano lo scopo di aggiungere alla persona un'aria intellettuale. Jordan non poté fare a meno di paragonare quello sguardo all'immagine che aveva ancora nella mente: gli stessi occhi fissi e spalancati da uno strato di colla, come abbagliati dal flash improvviso della morte.

Poi fu attratto da un particolare sul fondo della pagina.

E rimase folgorato.

Appuntata sul petto di Chandelle c'era una spilla. Era uno di quei *pins* di latta che avevano furoreggiato nella metà degli anni Settanta. Era bianca e i tratti in nero portavano il segno inconfondibile della grafica di Charles Schulz.

E raffigurava la faccia di Lucy.

Jordan si trovò in corpo e nella testa quello che non provava da tempo. L'eccitazione di una traccia, quel senso esaltante che nella sua mente visualizzava come la spinta di un trapano che fora la parete di una stanza buia per lasciar entrare un raggio di luce.

Non lo aveva mai confessato a nessuno, ma era fermamente convinto che ogni investigatore che si gettava sulle tracce di un criminale in realtà lo facesse solo per se stesso, che la motivazione della giustizia fosse un pretesto e che il fine ultimo fosse solo la ricerca di quell'esaltazione che scivolava nella tossicodipendenza.

Si era chiesto sovente se ognuno degli assassini a cui aveva dato la caccia fosse stato invaso e circondato dalla stessa aura nel momento insanguinato del delitto. E se lui stesso non fosse altro che un potenziale criminale a cui il caso aveva messo addosso una divisa.

Prese il cellulare e compose il numero privato di suo fratello a Gracie Mansion. Rispose immediatamente, il che significava che era già sveglio. O forse lo era ancora.

«Pronto.»

«Chris, sono Jordan.»

«Finalmente. Come va?»

«Male. Sono a casa di Chandelle Stuart.»

«Lo so. Che cosa mi dici?»

«Ci siamo di nuovo. È lo stesso di Gerald, secondo me. La vittima era incollata a un pianoforte in un modo che richiama Lucy, il personaggio dei Peanuts.»

«Merda.»

«Non poca. E per il momento nessuna traccia degna di questo nome. Adesso stiamo aspettando i risultati dell'autopsia e delle rilevazioni della Scientifica.»

«Ho già chiamato per ordinare che il tutto si svolga con la massima velocità possibile. Sono tutti al lavoro. Fra poco avrai i primi risultati.»

Jordan si congratulò mentalmente con il medico legale per la sua preveggenza.

«C'è una cosa che volevo chiederti. Più che altro una conferma.»

«Dimmi.»

«Mi risulta che Gerald abbia frequentato il college, per un paio d'anni. Non era per caso il Vassar a Poughkeepsie?»

«Sì, perché?»

«Penso che dovresti fare una telefonata al rettore e avvertirlo che presto andrò a fargli alcune domande. E vorrei andarci da solo.»

«Non c'è problema. Mi muovo subito. Hai qualcosa di preciso?»

«Forse sì e forse no. Ho una mezza idea, ma prima di parlarne voglio esserne sicuro.»

«Va bene. Tienimi informato e qualsiasi cosa ti serva la avrai. Ci mancava solo un altro dannato maniaco in giro per questa città.»

«Va bene, ci sentiamo dopo.»

Jordan spense il telefono e lo mise in tasca.

In quel momento, preceduta da un leggero cigolio di scarpe nuove su un pavimento di legno, sulla porta si materializzò la figura di un agente.

Jordan lo guardò senza parlare. Il suo silenzio autorizzò il poliziotto a farlo.

«Il detective Burroni ha detto di chiederle se può scendere. C'è qualcosa che desidera che lei veda.»

Jordan seguì l'agente e il pigolio da passero delle sue scarpe. In silenzio si infilarono nell'ascensore e nello stesso silenzio attesero che la cabina raggiungesse senza scosse il piano terreno. Le porte davanti a Jordan si aprirono frusciando, come si conviene all'ascensore di una casa di lusso. L'ingresso principale dello Stuart Building aveva una forma a T, con la parte più larga, quella rivolta verso la strada, percorsa da ampie vetrate. Il soffitto era altissimo e dava un senso di spazio che alleggeriva la tipologia fortemente rétro del palazzo. Attraversarono l'ala di sinistra camminando su un pavimento di marmo che un architetto dell'epoca aveva usato senza limitazioni di sorta. Al centro, di fronte alle due porte girevoli d'accesso, sotto l'immancabile bandiera americana, era piazzato il banco della security e delle informazioni. In quel momento c'era seduto un uomo con una divisa nera che li guardò passare con curiosità, forse frastornato da tutto quel fermento.

Si infilarono in una porta dietro alla postazione della sicurezza e salirono due rampe di scale, fino a raggiungere un grande locale che dava su una balconata dalla quale si dominava tutto l'ingresso. Davanti a una fila di schermi televisivi inseriti in un ampio bancone in modo da avere una visione panoramica, era seduto di spalle un altro uomo in divisa nera. Di fianco a lui, Burroni e un tipo di mezza età, alto e stempiato, che Jordan conosceva bene. Si chiamava Harmon Fowley e pure lui era un ex poliziotto. Quando era andato in pensione, era entrato come consulente nella Codex Security, una società per la quale a fasi alterne aveva lavorato anche Jordan, dopo che era uscito dalla polizia.

Se Fowley fu sorpreso di vederlo lì non lo diede a vedere. La mano che gli tese era senza imbarazzo.

«Ciao, Jordan. Sono contento di vederti.»

«Anch'io, Harmon. Come ti va?»

«Vivo. Di questi tempi è già un lusso.»

Jordan lesse per un istante sul viso di Fowley la sua stessa insoddisfazione. Come molte debolezze umane, quell'istante passò veloce, ma senza fare prigionieri.

«Mi è spiaciuto molto per tuo nipote. Una brutta storia. E se ho capito bene, quello che è successo qui stasera ha qualcosa a che vedere con quel fatto.»

Jordan guardò negli occhi Burroni e ci trovò un consenso. Fowley sapeva che cosa significasse la riservatezza in un caso come quello e poteva essere un valido aiuto se non lo trattavano come un intruso. Senza entrare nei dettagli, lo mise al corrente della gravità della situazione.

«Sì. Pensiamo che le due cose siano collegate. In che modo ancora non lo sappiamo, ma dobbiamo lavorarci in fretta, altrimenti presto ci sarà un'altra vittima.»

Burroni intervenne a ratificare quello che aveva appena detto Jordan.

«Maledettamente in fretta, direi. Ti spiace se riguardiamo quello che abbiamo visto prima?»

Si spostarono alle spalle dell'uomo seduto davanti agli schermi, mentre Fowley spiegava un meccanismo operativo che Jordan conosceva bene.

«Come puoi vedere, l'ingresso è ripreso giorno e notte da telecamere a circuito chiuso. La registrazione viene effettuata direttamente su un DVD riutilizzabile. Le conserviamo per un mese e poi il supporto viene rimesso nel ciclo. Nel palazzo ci sono sostanzialmente negozi, uffici, ristoranti, e ai piani alti molte abitazioni private, serviti da una serie di ascensori ai due lati dell'atrio. L'unica eccezione è rappresentata dalla signorina Stuart, che ha un ascensore personale, comandato dall'appartamento e provvisto di serratura con codice alfanumerico e di videocitofono.»

«Non consente registrazioni la telecamera del citofono?»

«No. Non è stato ritenuto necessario in quanto la zona è già ripresa dalle telecamere di servizio.»

Burroni indicò con la mano la serie di schermi.

«E guarda cosa hanno ripreso questa sera.»

Fowley appoggiò una mano sulla spalla dell'uomo seduto.

«Vai pure, Barton.»

L'uomo premette un pulsante e sullo schermo centrale, più grande degli altri, iniziarono a scorrere delle immagini. Era la ripresa di una telecamera disposta frontalmente rispetto all'ingresso. All'inizio, videro la figura di un uomo in giacca e cravatta percorrere la vetrata di sinistra e avvicinarsi di buon passo alla porta girevole. Mentre stava per entrare, una figura attraversò di corsa la strada e arrivò alle sue spalle. Indossava una tuta sportiva con il cappuccio completamente alzato e teneva la testa bassa in modo da non mostrare il viso.

Jordan si aggrappò al bordo del mobile. Di colpo ebbe l'assurda sensazione che nell'ombra di quel tessuto leggero non ci fosse un volto umano ma il teschio ghignante e le orbite vuote della morte.

Le immagini, intanto, avevano continuato a scorrere sullo schermo. L'uomo si era infilato nella porta girevole e per tutto il tempo si era mosso avendo cura di tenere il più possibile fra sé e le telecamere la persona che era entrata prima di lui. Nonostante questo e malgrado la precarietà dell'immagine, si vedeva che zoppicava in modo abbastanza vistoso dalla gamba destra. Quando i due furono nell'atrio, l'uomo in tuta, camminando piuttosto veloce, uscì di campo alla sinistra dello schermo.

La prospettiva cambiò di colpo perché l'inquadratura era passata a un'altra telecamera.

Adesso l'uomo era ripreso di spalle e teneva le mani in tasca. Lo videro con la sua andatura claudicante raggiungere l'ascensore privato di Chandelle Stuart. Lo videro suonare e nonostante la distanza poterono notare con chiarezza che aveva usato la manica della tuta per non lasciare impronte sul pulsante del citofono. Dai movimenti della testa capirono che stava parlando con qualcuno nell'appartamento. Poco dopo le porte dell'ascensore si aprirono e l'uomo si infilò dentro. I battenti si richiusero sulla sua figura ancora girata di spalle.

La voce di Jordan infranse il silenzio quasi catatonico con cui avevano osservato quel film di una morte annunciata.

«Che ora è?»

Fowley indicò il time code sullo schermo.

«Sono le dieci meno dieci.»

Jordan si spostò di fianco all'agente che manovrava i lettori DVD. Sentiva il vento freddo del disagio soffiare nella stanza. Nonostante tutta una letteratura di assassini molto fantasiosi, in genere i criminali in carne e ossa erano abbastanza prevedibili e commettevano molti errori, per emotività, per stupidità, per presunzione o per inesperienza. Questo sembrava molto più freddo e determinato, e soprattutto molto più intelligente della norma. Il disagio divenne angoscia e subito si trasformò in rabbia.

«Brutto bastardo. Sapeva che c'erano le telecamere di controllo. Ha atteso che entrasse qualcuno e lo ha usato come schermo per non essere visibile al cento per cento mentre attraversava l'atrio. E poi si è mantenuto costantemente di spalle.»

Fowley aggiunse il suo pensiero ed era la stessa cosa che stava pensando Jordan.

«C'è un'altra considerazione da fare. Siamo proprio di fronte a Central Park e la maggior parte delle persone che abita qui ci va a correre regolarmente e a qualunque ora. Se vi faccio vedere altre registrazioni, di figure come questa ce ne sono a decine. Inoltre, vedendo che da sopra gli hanno aperto, l'agente di guardia non ha avuto alcun sospetto.»

Burroni si appoggiò al bancone e si chinò verso l'uomo che aveva mostrato loro il filmato.

«Barton, come si chiama di nome?»

«Woody.»

«Bene, Woody, ora le chiedo due cortesie. La prima è di farci una copia di questo video. La seconda, se vuole darci un'altra grossa mano, è di mantenere la massima riservatezza su quello che ha visto e sentito stasera. Da questo può dipendere la vita di altre persone.»

Barton, un tipo dalle sopracciglia spesse aggrottate e un'aria da uomo di poche parole, con un cenno del capo confermò che aveva capito la situazione. Fowley intervenne a garanzia del suo uomo.

«Non ci sono problemi per questo. Mi prendo io la responsabilità per lui. Barton è un tipo a posto.»

Jordan iniziò a provare un po' d'insofferenza. Da quando era arrivato lì non aveva fatto altro che immagazzinare dati e adesso sentiva il bisogno di mettersi tranquillo da qualche parte ed elaborarli con calma. Probabilmente Burroni provava la stessa necessità, perché tese la mano verso Fowley in segno di commiato.

«Ti ringrazio. Ci sei stato di grande aiuto.»

«A vostra disposizione. In bocca al lupo, Jordan.»

«Crepi fra atroci tormenti. Buonanotte, Harmon.»

Scesero le scale, attraversarono l'atrio e si ritrovarono nell'aria fresca della strada. La pioggia adesso era solo qualche goccia indecisa da un cielo livido. Tutto quello che ne restava era un po' d'acqua da marciapiede sotto le loro scarpe. Si ritrovarono in piedi davanti alla macchina. Burroni disse per primo quello che tutti e due stavano pensando.

«È la stessa tipologia di persona che LaFayette Johnson ha detto di aver incontrato entrando da tuo nipote.»

«Si direbbe di sì. O lui o il suo fratello gemello. Questo ci mette di fronte a due ovvie considerazioni, forse tre.»

«Le dici tu o le dico io?»

Jordan fece un cenno verso il detective James Burroni.

«Vai pure.»

«La prima è che la persona che ha ucciso Gerald Marsalis è la stessa che ha ucciso Chandelle Stuart. La seconda è che lei conosceva personalmente il suo assassino, altrimenti non gli avrebbe aperto. La terza è che, con ogni probabilità, anche la prima vittima lo conosceva.»

«Esatto. E ne resta una quarta, ma più che una considerazione, a questo punto diventa un'ossessione...»

Burroni aggrottò le sopracciglia in una muta domanda. Jordan gli comunicò la sua ipotesi.

«Con ogni probabilità, anche quella che ci è stata indicata come terza vittima conosce la persona intenzionata a ucciderla. E noi dobbiamo scoprire chi sono sia l'una che l'altra, prima di trovarci davanti al cadavere di Snoopy, magari incollato alla sua cuccia.»

# 21

Quando Jordan aprì la porta di casa, fuori stava salendo il sole.

Le nuvole di pioggia se ne erano andate volubili seguendo il vento e adesso una luce accesa di rosso si stava calando dai muri dei grattacieli a stanare le ombre sul fondo delle strade. Per New York, un'altra notte da dimenticare. Non era stata l'unica e non sarebbe stata l'ultima. Jordan avrebbe solo voluto che fosse l'ultima a cui era costretto ad assistere. Chiuse le sue riflessioni fuori dall'uscio e si lasciò accogliere dalla leggera fragranza di vaniglia che aleggiava persistente nell'aria dall'arrivo di Lysa in quella casa e nella sua vita.

Nel soggiorno deserto trovò la tv accesa, con l'audio quasi al minimo. Fece alcuni passi verso il centro della stanza e la vide. Lysa era stesa sul divano di fronte al televisore e dormiva d'un respiro soffice, con un leggero plaid in pile gettato addosso. Mentre la osservava in quel momento di intimità indifesa, Jordan non poté fare a meno di sentirsi un intruso.

Spense il televisore come se con quel gesto potesse spegnere nello stesso tempo il disagio. Il cambio di sonorità nella stanza svegliò Lysa. Avvertì la sua presenza in piedi dietro al divano e aprì per un istante gli occhi. Jordan si affacciò dall'alto su quello sguardo e si trovò a osservare un abisso con i piedi appoggiati su un pavimento di vetro. Il colore dei suoi occhi era il tesoro scintillante dei pirati, era l'ombra cangiante delle nubi al vento su un campo di grano, era avere di fronte qualcosa che, prima d'ora, nemmeno sapeva fosse possibile sognare.

Era sentirsi stupido mentre si lasciava attraversare da questi pensieri.

Lysa richiuse gli occhi e si girò su un lato e si rannicchiò con il sorriso pigro e calmo di una persona che finalmente si sente al sicuro.

«Oh, bene, sei a casa.»

La naturalezza con cui la sua voce assonnata aveva pronunciato queste poche parole e la familiarità che contenevano entrarono come uno stiletto nelle giunture della corazza di Jordan. Era un uomo che aveva passato tutta la vita da solo e, quando una voce gli aveva chiesto il senso di quella solitudine, aveva preferito ignorarla. In passato, la sua vita aveva attraversato più volte il corso di altre vite. Erano uomini con i quali aveva incrociato parole e gesti d'affetto e di fiducia e donne arrivate con la promessa di qualcosa che avevano scambiato per amore. In definitiva, a tutti aveva permesso solo di seminare un po' di vento e ognuno se ne era andato raccogliendo e lasciandosi alle spalle la sua piccola tempesta.

Lysa aprì di nuovo gli occhi e si riscosse, come se l'arrivo di Jordan l'avesse colta di sorpresa in una situazione di inconsapevole dormiveglia. Si mise a sedere sul divano e subito fu in piedi davanti a lui.

«Che ora è?»

«Sono le sei e mezza.»

«Cos'è successo stanotte?»

«È morta un'altra persona.»

Lysa non chiese ulteriori spiegazioni e Jordan le fu grato per questo.

«Stavo guardando la televisione per vedere se ne parlavano e mi sono addormentata.»

«Strano a dirsi ma questa volta siamo riusciti a non far calare i barbari dell'informazione. Roma, per quel che ne resta, è salva. Per ora, almeno.»

Lysa si diresse verso la cucina. La sua voce gli arrivò insieme al rumore del frigorifero che si apriva.

«Vuoi un caffè?»

«No grazie, ho già fatto colazione alla tavola calda qui davanti. Tutto quello che mi serve adesso è una doccia che mi renda di nuovo un essere umano.»

Lasciandosi alle spalle i presagi di un buon aroma di caffè, Jordan raggiunse la stanza degli ospiti e si spogliò, gettando i vestiti alla rinfusa sul letto. Mentre lo faceva fu costretto ad ammettere la minuscola e ben confezionata assurdità di quella situazione.

*In fondo, non è cambiato niente.*

Ma gli era bastato spostarsi di pochi metri all'interno della sua casa ed ecco che era diventato un ospite. Si infilò nella stanza da bagno e ritrovò nello specchio la sua immagine di sempre, che non riusciva tuttavia a contenere del tutto in quella definizione. Non era più la stessa persona che poco più di due settimane prima si aggirava in quell'appartamento con un casco in mano e un viaggio davanti e un punto interrogativo in fondo alla strada.

Le cose erano cambiate.

La voglia di fuggire c'era ancora, ma adesso aveva timore di sapere da cosa.

Aprì l'acqua e si infilò sotto la doccia. Si insaponò la pelle con l'illusione di togliersi dalle narici il sentore acuto e dolciastro della colla e il senso di sporco attaccaticcio che ogni volta la presenza sul luogo di un delitto gli creava sulla pelle.

Iniziò il suo solito gioco con il miscelatore dell'acqua.

Calda. Fredda.

*Gerald. Chandelle.*

Calda. Fredda.

*Linus. Lucy.*

Calda. Fredda.

*La coperta. Il pianoforte.*

E Lysa…

*Calda. Fredda.*

Con un gesto stizzito spinse la leva e fermò il getto. Uscì gocciolando sul tappeto e si infilò l'accappatoio. Si asciugò e si fece velocemente la barba. Subito dopo, il liquido fresco dell'aftershave divenne il solito piacevole e confortante bruciore. Mise alcune gocce di collirio negli occhi arrossati per la mancanza di sonno e controllò la sua immagine allo specchio. Si sorprese per un secondo a cercare di osservarsi attraverso gli occhi di Lysa. Nell'istante successivo si ritrovò a sorprendersi di quel secondo, per quello che era sempre stato lui e per quello che era lei.

Lo squillo del cellulare lo tolse dall'imbarazzo. Andò a prendere l'apparecchio sul letto e attivò la comunicazione mentre iniziava nello stesso tempo a vestirsi.

«Pronto.»

«Salve, Marsalis, sono Stealer, il medico legale.»

«Che prontezza.»

«Glielo avevo detto come sarebbero andate le cose. Forse avrei dovuto fare il profeta invece che il patologo. Comunque, l'autopsia non è ancora conclusa ma penso che ci siano un paio di cose che le sarà utile sapere.»

«L'ascolto.»

«A parte la conferma che la morte è avvenuta per asfissia da strangolamento, la prima è che la vittima ha avuto un rapporto sessuale. E da quello che ci risulta lo ha avuto *dopo* che è stata uccisa.»

«Vuol dire che l'assassino prima l'ha strangolata e poi l'ha violentata?»

«Esatto. Abbiamo trovato traccia del lubrificante di un preservativo. Spero che quello che sto per dirle sia del tutto casuale, altrimenti non posso pensare fino a che punto di derisione e di follia si possa spingere quell'individuo.»

Jordan attese con calma la conclusione del patologo.

«Il profilattico era un tipo di quelli che hanno effetto ritardante per l'uomo e stimolante per la donna.»

«Cristo santo, ma con che razza di bastardo malato abbiamo a che fare?»

«Con un bastardo malato ma molto sfortunato. È successo un

fatto piuttosto increscioso. Per lui, intendo. Il preservativo che ha usato era fallato.»

«E allora?»

«Una minima quantità del suo liquido seminale è rimasta nella vagina di Chandelle Stuart. Piccola ma sufficiente per effettuare l'analisi del Dna. Ho già richiesto l'esame.»

Jordan tenne il telefono contro il viso con la spalla e si sedette sul letto per infilarsi i calzini.

«Questo è un bel colpo.»

«Già. Non succede tutte le volte che un assassino lasci il suo biglietto da visita.»

«Già. Peccato che non si riesca a leggere il nome, il cognome e l'indirizzo.»

«Questo temo sia un problema vostro.»

Jordan capì che non c'era sarcasmo da parte di Stealer, ma solo la dichiarazione dei suoi limiti.

«Purtroppo sì. Segni sul corpo?»

«Tracce di colla sui polsi. Probabilmente è stata legata con del nastro adesivo.»

Jordan non si stupì più di tanto. In qualche modo, lo aveva dato per scontato. Allo stesso modo in cui aveva dato per scontato che la colla usata per attaccare il corpo di Chandelle Stuart al piano fosse la stessa con cui era stata fissata la coperta all'orecchio di Gerald.

«Altri particolari?»

«A parte i lividi sul collo, niente. Nonostante le apparenze non c'è segno di lotta. L'unico particolare curioso è che sotto le unghie abbiamo trovato dei minuscoli frammenti di fibra. La Scientifica ha rilevato che è uguale a quella del vestito stracciato trovato per terra.»

«Quasi come se il vestito se lo fosse stracciato di dosso da sola.»

«Esatto. Per il resto ci sono solo alcuni lividi sparsi, ma sono parecchio antecedenti alla data della morte.»

Basandosi sul racconto di Randall Haze, Jordan non fece fatica a immaginare come Chandelle Stuart se li fosse procurati.

«Un'ultima cosa, che non so quanto possa servire.»

«A questo punto, tutto può servire. Dica pure.»

«Sull'inguine c'è il segno di un leggero intervento di chirurgia plastica. Penso che sia stato fatto per cancellare un tatuaggio. Per il momento è tutto quello che le so dire.»

«Mi pare più che sufficiente. La ringrazio, Stealer.»

«Buona giornata.»

«Se lo diventerà, sarà anche per merito suo.»

Jordan riattaccò e gettò il cellulare sul letto. Aprì l'armadio e scelse una camicia pulita. Mentre finiva di vestirsi, sentiva spingere dentro di lui la forza corroborante di un piccolo ottimismo. Si mise l'orologio e guardò l'ora. Erano quasi le sette e nonostante la notte insonne si sentiva sveglio e vitale. Le scariche di adrenalina dell'eccitazione per i nuovi indizi avevano sostituito con efficacia le ore che avrebbe passato a rigirarsi tra le lenzuola, a caccia di un'intuizione che stentava a lasciarsi catturare.

Prese il casco e il giubbotto della tuta. Decise che poteva essere un'ottima giornata per un giro in moto. Fino a Poughkeepsie, magari. Era più o meno a metà strada fra New York e Albany, e con la Ducati ci sarebbe arrivato in poco tempo. Tornò nel salone. Nel frattempo anche Lysa si era cambiata e stava in piedi di fronte alla finestra. Oltre i tetti, il sole aveva smesso di essere una promessa e adesso era una realtà luminosa in un cielo azzurro e limpido d'inizio estate.

Quando sentì i suoi passi sul pavimento di legno si girò verso di lui. Quello che disse vedendolo entrare nella stanza sembrava più un pensiero ad alta voce che una considerazione vera e propria.

«Hai gli occhi dello stesso colore.»

«Di cosa?»

«Del cielo.»

«In questo momento è l'unica cosa che ci accomuna.»

Rimasero un istante in silenzio. Poi, lo sguardo di Lysa cadde sul casco e la tuta che teneva in mano.

«Esci?»

«Sì. C'è una cosa che devo fare.»

Jordan fu contento di quel cambio repentino di argomento che gli permise di scansare l'imbarazzo che da sempre gli apprezzamenti sul suo aspetto fisico gli creavano. Lysa continuava a fissare il casco integrale come affascinata.

«Com'è andare in moto?»

«È pericoloso, sempre. E veloce, se vuoi. Ma come ricompensa ogni volta c'è la libertà, se ne sei capace.»

Lysa adesso lo guardava di nuovo in silenzio. Jordan aveva imparato a conoscere quei suoi momenti, in cui il sorriso scivolava ironico da una parte della bocca e gli occhi avevano l'espressione sorniona di un gatto annoiato.

Quando parlò, la sua voce era provocazione mascherata d'innocenza.

«Tu pensi che io lo sia?»

Jordan rispose d'istinto.

«C'è solo un modo per saperlo. Io devo andare in un posto qui vicino. Ti va di venire con me?»

Quando capì il senso di quello che aveva detto, oramai le parole erano saldate fra di loro e non si poteva più dividerle una dall'altra.

«Non ho un casco.»

Jordan si trovò nei panni del giocatore costretto a rilanciare per cercare di rifarsi. D'altronde, era stato lui a far girare la ruota e a lanciare la pallina. Adesso era obbligato ad attendere il numero che inevitabilmente sarebbe uscito.

«Non c'è problema. Dall'altra parte della strada, sulla Sesta, c'è un negozio di accessori dove di solito compro le mie cose da moto. Mentre scendiamo possiamo prenderne uno anche per te.»

«A quest'ora sarà chiuso.»

«Il proprietario è un mio amico e dorme sul retro. Non ne sarà felice ma si sveglierà.»

«Okay. Dammi un secondo.»

Lysa sparì nel corridoio e Jordan iniziò a vestirsi. Poco dopo lei si presentò indossando un paio di jeans, un giubbotto imbottito in pelle e degli stivali dall'aria vagamente country. Aveva legato i capelli in una coda di cavallo e a Jordan parve più luminosa della giornata che avrebbero trovato fuori.

«Pronta.»

Jordan non era del tutto sicuro di poter dire altrettanto. Ma siccome era solo un uomo, in quel momento fece l'unica cosa che poteva fare: mentì.

«Sono pronto anch'io.»

Mentre scendevano le scale, tuttavia, Jordan si sentì bene come non gli succedeva da parecchio tempo. Come tutti gli esseri umani, anche lui sprecava molta più fantasia per trovarsi delle scuse di quella che usava di solito per vivere. Così, preferì attribuire quel senso del tutto nuovo all'eccitazione dell'indagine piuttosto di ammettere che era per la prospettiva di una giornata in compagnia di Lysa.

# 22

La moto era il viaggio senza bisogno di parole.

Jordan ricordava che da un certo punto della sua vita in poi non era stato né facile né difficile rifiutare il conforto di un tetto sulla testa o la danza ipnotica dei tergicristalli o la cortesia di un posacenere. Era stato naturale come innaturali sarebbero state quelle due ruote in più. La moto era l'attesa sotto un cavalcavia con lo sguardo rivolto verso l'alto aspettando che la pioggia passasse. Era l'occhio di un ciclope acceso nella notte. Era velocità quando serviva ma, come aveva detto a Lysa, era soprattutto la libertà, che non è mai a sufficienza. Anche adesso, che libero non lo era affatto. *Soprattutto* adesso che, come in tutte le piccole ipocrisie umane, girava lo sguardo altrove per non doverne capire il motivo.

All'Amazing Race, il negozio sotto casa, avevano comperato un casco integrale anche per Lysa. Jordan aveva visto il suo viso sparire nel rituale della vestizione, che in qualche modo riportava ogni biker a qualche cosa di epico, a quando la tecnologia era rappresentata solo da un'armatura piegata a mano dal martello di un fabbro. Era il desiderio d'avventura che non si piegava mai o forse la necessità inconfessata di nascondersi con la scusa di proteggersi.

Di Lysa era rimasto il dettaglio degli occhi, inquadrati nella feritoia del leggero casco in kevlar che avevano scelto. Jordan li aveva visti sparire nella plastica scura della visiera abbassata e subito li aveva rimpianti.

Aveva acceso in fretta la moto perché il rumore del motore coprisse quel pensiero.

Adesso sentiva la sua passeggera muoversi in sincrono perfetto con le esigenze della guida e della strada, che esigono di non fuggire dalle proprie paure ma piuttosto di lanciarsi verso di esse e vincerle per la sicurezza dell'andare. Lysa pareva sapere per istinto che in moto la cosa più giusta era la cosa che risultava meno naturale. Lasciarsi pendere nel vuoto era il solo modo per evitare che quel vuoto, che aveva asfalto in corsa come pavimento, li inghiottisse.

Era la compagna di viaggio ideale.

*Il compagno di viaggio ideale.*

Jordan si impose questo piccolo pensiero cattivo per ricordare a se stesso chi era e che cos'era lui ma soprattutto per non perdere di vista chi era e cosa *non* era Lysa.

Si attaccò all'acceleratore come un alcolista alla bottiglia.

Sentì la spinta del motore e il senso di gravità compressa dell'accelerazione. Aveva strada davanti, sotto e dietro alle spalle, e nonostante tutto Lysa era ancora lì, docile e arrendevole nelle pieghe delle curve, presente e assente, tuttavia incollata a lui per ricordargli suo malgrado che esisteva. Anche se ora il vento della corsa perdeva dietro di loro il suo profumo di vaniglia.

Erano usciti da New York e avevano imboccato la West Side Highway che saliva verso nord e poi Jordan aveva scelto come percorso la Route 9, che per certi tratti costeggiava la ferrovia in riva all'Hudson. Passarono l'Accademia di West Point a picco sulle acque del fiume, arroccata sulla riva come nei suoi principi e nelle sue regole. Passarono il carcere di Sing Sing, tagliato in due dalla ferrovia, dove persone chiuse in un cortile ascoltavano la libertà del fischio del treno oltre le mura spinate, prima che diventasse il fischietto delle guardie che le riportavano in cella.

Furono accolti a braccia aperte dal verde cangiante di vegetazione di quella tarda primavera, che ogni volta rinasceva come stupita di se stessa e forse per questo riusciva sempre a stupire.

Superarono case, costeggiarono piccoli porti con barche alla fonda sotto il sole, pronte a risalire e a scendere il fiume durante l'estate. A tratti furono invischiati da piccoli ingorghi di traffico per poi superarli con un balzo di quegli stivali dalle sette leghe che erano le due ruote su cui correvano.

Jordan si sentiva in pace e non pensava a niente e avrebbe voluto che quel viaggio durasse per sempre.

Purtroppo, quando si crede di toccare il polso al tempo, finisce ogni volta che è il tempo a mostrare il polso. E indossa sempre un orologio.

Così, anche quel viaggiò finì come era iniziato.

Veloce.

Arrivarono a Poughkeepsie direttamente dal fiume e passarono di fianco alla stazione, un edificio in mattoni rossi dove in quel momento sonnecchiava un solo taxi. Entrarono in città e Jordan vide sfilare di fianco alle strade un tipico modello della provincia più agiata. Percorsero una delle tante Raymond Avenue d'America e superarono chiese e associazioni di veterani e un numero imprecisato di semafori e ristoranti. Dopo un incrocio si trovarono davanti un basso muro di cinta. Attraverso i tronchi di alberi ad alto fusto di un parco si intravedeva a distanza una costruzione dall'aria imponente.

Jordan non ebbe bisogno di ulteriori indicazioni per capire che erano arrivati al Vassar College.

Girò a destra seguendo la direzione e, mentre percorrevano per un lungo tratto la strada cittadina che costeggiava il campus, si rese conto che l'area su cui si sviluppava doveva essere immensa.

Proseguirono finché il muro non divenne una costruzione più alta, dal vago sapore medioevale ma dall'architettura che Jordan non riuscì a definire. Qui si aprivano tre archi, il più ampio dei quali era l'ingresso carraio del college, dov'era piazzata la guardiola dell'agente di sicurezza.

Jordan si fermò nell'ombra e tolse il casco. Si trovò di fianco a un guardiano che indossava un'uniforme nocciola e aveva dei capelli cortissimi su un viso rubicondo che ricordava Palla di lardo, il marine sovrappeso di *Full Metal Jacket*.

«Buongiorno. Sono Jordan Marsalis. Ho un appuntamento con il rettore Hoogan.»

Christopher conosceva personalmente Travis Hoogan, il rettore del Vassar College. Il comportamento della guardia gli confermò che la telefonata richiesta a suo fratello c'era stata e aveva avuto il suo effetto. Dalla sua postazione rivolse a Jordan e alla sua passeggera un sorriso che lo classificava tra le persone simpatiche a prima vista.

«Buongiorno, signor Marsalis. Sono stato avvertito del suo arrivo. Il rettore credo sia sul campo da golf. La prega di attenderlo nella zona refezione mentre l'avverto con il cercapersone.»

L'agente si sporse fuori dal suo piccolo fortino e indicò con la mano un punto davanti a loro.

«Percorra il viale e in fondo prenda a destra. Ci sono i cartelli con tutte le indicazioni. Si troverà il campo di golf sulla destra. Di fronte c'è la sala mensa. Può parcheggiare la moto nella piazzola che troverà subito dopo il refettorio.»

Jordan infilò il braccio nell'apertura del casco e, tenendolo all'altezza del gomito, spinse la Ducati ad andatura moderata per il largo viale alberato costeggiato da aiuole e un invidiabile prato inglese.

Davanti a loro c'era la sagoma enorme del Vassar College, un edificio dell'aspetto severo, in mattoni scuri, con grandi finestre bianche, costituito da una parte centrale e due ali che si allungavano a destra e sinistra e che sembravano costruite in epoca leggermente successiva.

Sulla facciata, due targhe ricordavano che il college era stato eretto nell'Anno Domini 1881 e che era dovuto alla munificenza e all'ingegno di Matthew Vassar, il fondatore.

Nel punto più alto del tetto, fissata a un'asta bianca, sventolava una bandiera americana. Pareva che lo scopo primario fosse quello di ricordare ai ragazzi che frequentavano il college cosa significava quel posto per loro e per il Paese a cui appartenevano.

La conoscenza e la sicurezza di un'identità nello stesso tempo.

Una volta, come tutti, anche Jordan aveva avuto le sue certezze. Sapeva dov'era, chi era e a cosa apparteneva. Poco per volta la sua identità era diventata una probabilità e poi si era sciolta nella semplice e continua difficoltà di capire.

Presero la strada a destra e seguirono le indicazioni del guardiano. Sfilarono di fianco a loro altre costruzioni indicate di volta in volta come teatro, piscina, palestra, campo da tennis. La presenza di un campo da golf costrinse Jordan a convenire che la retta di centomila dollari l'anno aveva una sua giustificazione.

Raggiunsero l'area di parcheggio e Jordan spense la moto.

Appena scesa, Lysa tolse il casco e piegò il busto in avanti. I capelli scuri divennero una cascata d'acqua sotterranea che cercava di nuovo la sua sede naturale mentre la mano li scompigliava per fare in modo che ritrovassero la loro forma.

Sollevò la testa di scatto e i capelli tornarono a piovere sulle sue spalle, lucidi e pigri come serpenti nella luce del sole. Jordan per un istante ebbe il sospetto assurdo che, quando si fosse girata, avrebbe dovuto guardare il suo viso in uno specchio per non essere trasformato in pietra. In effetti, quando Lysa si girò verso di lui, pensò che il suo sorriso e i suoi occhi brillavano in un modo che avrebbe tramutato in sasso persino la Medusa.

Lysa si guardò intorno. A Jordan sembrò felice.

«Che bello.»

«Che cosa?»

Lysa fece un gesto che forse indicava il mondo o la vita o forse solo quel momento.

«Tutto. Questa giornata, il sole, il viaggio, la moto. Questo posto assurdo. E pensare che è una scuola. Conosco gente che sarebbe contenta anche solo di passarci una settimana di vacanza.»

«Be', temo che dovremo accontentarci di un giorno. Se non altro è gratis.»

Jordan si incamminò verso il basso edificio che stava a poche decine di metri, delimitato e seminascosto dalla loro parte da un'alta siepe di vegetazione mista, curatissima per dare l'impressione di essere incolta. Lysa si mise al suo fianco e percorsero in silenzio il tragitto fino alla mensa.

Una ragazza li superò, passando veloce accanto a loro. Aveva dei fuseaux colorati e una T-shirt verde e portava un paio di scarpe da jogging legate per le stringhe gettate sulla spalla. Ai piedi aveva un paio di ciabatte infradito di quelle alla giapponese. I capelli tinti di rosso parevano distribuiti sulla testa a manciate casuali. Presa e portata via da quel contesto, poteva dare l'impressione di una giovane *homeless* in attesa di capire come e dove passare la giornata. Lì era solo un'originale ragazza di ottima famiglia in un college dalla retta proibitiva. Jordan si ritrovò a pensare a suo nipote, in giro nello stesso posto, nello stesso modo, qualche anno prima.

Forse quella ragazza, a modo suo, una *homeless* lo era davvero.

La seguirono per una breve scalinata e attraverso una porta a vetri affacciata sul parco entrarono nel self-service, un grande locale con le pareti verniciate a smalto giallo chiaro. Alcuni ragazzi stavano lavorando nella zona di servizio, altri erano seduti ai tavoli e parlavano fra di loro.

Si respirava un'aria di *understatement,* anche se alla parete sulla sinistra c'era in bella vista uno sportello Bancomat. La ragazza con i capelli rossi ci si diresse spedita e infilò la sua tessera nella feritoia della macchina. Jordan sorrise fra sé. Casual, hiphop, artisti *bohémiens*, ma con gradite carte di credito gentilmente offerte dalle famiglie e magari accettate con sufficienza.

Al loro ingresso, tutte le teste dei maschi presenti si erano girate verso Lysa con un sincronismo perfetto. Il piccolo brusio di conversazione che li aveva accolti si era zittito di colpo. Se Jordan non fosse stato tanto impegnato a notare questo fatto, si sarebbe accorto che anche gli sguardi di molte ragazze si erano appuntati su di lui nello stesso modo.

In quel momento dalla porta a vetri di fianco a loro entrò un uomo che portava sulle spalle una sacca da golf con dentro alcuni ferri. Era alto quasi quanto Jordan, sulla sessantina, con i capelli dal colore indefinibile un po' radi sulla testa e tenuti più lunghi del normale. Gli occhi erano nascosti da un paio di lenti senza montatura e aveva l'aria di un tipo che sa molte cose e al quale bastava saperle per essere sereno. Un uomo tranquillo, che dalla vita aveva avuto tutto quello che desiderava, supportato dalla certezza che quello che non desiderava in realtà non gli serviva.

Si avvicinò a loro con un sorriso.

«Jordan Marsalis, immagino. Sono Travis Hoogan, il rettore di questo luogo di perdizione.»

Jordan strinse la mano che gli tendeva.

«Piacere di conoscerla. Lei è Lysa Guerrero.»

Gli occhi di Hoogan si illuminarono di contenuta malizia mentre teneva un istante più del dovuto la mano di Lysa.

«Signorina, vedere lei è un incanto. La sua presenza su questa terra dice a noi comuni mortali che i miracoli esistono. Per cui non voglio perdere la speranza riguardo alle mie possibilità di miglioramento nel gioco del golf.»

Lysa rise gettando indietro le testa.

«Se lei è bravo sul campo da golf come a costruire i complimenti, penso che presto la vedremo ai Masters.»

Il rettore accennò un'alzata di spalle.

«Oscar Wilde diceva che il problema non è che di fuori si invecchia, ma che dentro si resta giovani. Ma mi creda, saperlo non serve a nulla. Grazie, in ogni caso.»

Jordan non aveva spiegato a Lysa il motivo della loro presenza a Vassar. Dopo quei convenevoli, con il suo tatto, Lysa gli dimostrò di aver capito che doveva essercene uno importante. E che forse i due uomini dovevano affrontarlo da soli.

«Penso che voi abbiate qualche cosa da dirvi. Mentre parlate spero che lei non abbia niente in contrario se mi do un'occhiata in giro.»

Hoogan con un gesto le concesse un'ipotetica chiave del college.

«Se l'avessi, temo che i membri maschi del consiglio d'amministrazione chiederebbero le mie dimissioni.»

Lysa si diresse verso la porta e uscì all'aperto. Due ragazzi che stavano entrando si fecero da parte per farla passare. Rimasero un istante sulla soglia, si guardarono e poi si girarono per seguirla.

Hoogan sorrise mentre la accompagnava con lo sguardo.

«Forse non è un miracolo vero e proprio, ma è qualcosa che ci va molto vicino. Lei è un uomo fortunato, signor Marsalis.»

Jordan avrebbe voluto dire al rettore che anche Lysa era un uomo e che proprio per questo lui non era per niente fortunato.

Finita quella breve schermaglia, Travis Hoogan fece capire a Jordan che era consapevole della gravità della situazione in cui si trovavano.

«Quando mi ha preannunciato la sua visita, Christopher mi ha detto che siete in una condizione molto precaria dopo la morte di Gerald. Mi è dispiaciuto molto per quel ragazzo e spero che venendo qui lei trovi qualche cosa che possa esserle utile per scoprire chi lo ha ucciso.»

«Lo spero vivamente anch'io.»

«Vogliamo salire nel mio ufficio? Credo che lì possiamo parlare senza che nessuno ci disturbi.»

Mentre seguiva Hoogan fuori dal refettorio, attraverso le vetrate Jordan vide Lysa in piedi sotto un albero, con il casco in mano, intenta a fare gesti a uno scoiattolo dalla lunga coda che stava a guardarla incuriosito dall'alto di un ramo.

Lysa sorrideva e di nuovo a Jordan sembrò felice.

# 23

L'ufficio del rettore del Vassar College era esattamente come Jordan se l'era immaginato. Sapeva di cuoio e di legno e c'era in aria un leggero aroma di tabacco da pipa. Jordan si chiese quanto fosse vero e quanto ispirato dalla suggestione di quella stanza che pareva tirata fuori di netto da un'illustrazione del «Saturday Evening Post». I mobili che costituivano l'arredamento avrebbero fatto la fortuna di un qualunque commerciante di modernariato. L'unica nota fuori contesto era rappresentata dallo schermo a cristalli liquidi e dalla tastiera di un computer.

Hoogan si sedette alla grande scrivania posta di fronte alla finestra, affacciata sul viale che Jordan e Lysa avevano percorso poco prima. In precedenza aveva tirato le tende per evitare di risultare in un fastidioso controluce per la persona che si sarebbe seduta davanti a lui. Entrando, aveva chiesto alla sua segretaria, una ragazza dall'aria sveglia e il sorriso malizioso, di non passargli telefonate. La ragazza aveva preso nota e prima che scomparissero oltre la porta aveva trovato il tempo per lanciare un'occhiata compiaciuta a Jordan.

La leggerezza di poco prima era completamente scomparsa dall'atteggiamento di Travis Hoogan. Jordan capì che era un uomo su cui si poteva contare e che non rubava lo stipendio del posto che occupava. Adesso che lo vedeva seduto nella stanza dei bottoni ebbe la conferma della buona impressione che gli aveva fatto a prima vista.

Jordan si chiese quante volte dei ragazzi si fossero trovati sulla sedia dove stava seduto lui adesso, in attesa di un discorso del rettore di Vassar. Forse anche Gerald, suo nipote, era stato lì e aveva atteso con aria annoiata di parlare con il rettore Travis Hoogan.

«La risposta è sì.»

«Prego?»

«Lei si stava chiedendo se suo nipote è stato in questo ufficio. La risposta è sì, più di una volta.»

Hoogan approfittò dello stupore di Jordan per togliersi gli occhiali e pulirli con una salvietta imbevuta che aveva tirato fuori da un cassetto. Quando se li rimise, Jordan notò che aveva gli occhi grigi.

«Suo padre praticamente mai, invece.»

Lo disse non come un'accusa, ma come un dato di fatto. Questo non toglieva una nota dolente dalla sua voce. Hoogan si appoggiò allo schienale della sedia.

«Vede, signor Marsalis, tra i ragazzi che arrivano qui a studiare, solo alcuni meritano veramente di farlo, perché *vogliono* farlo davvero. Questo evoluto giro di parole sta a indicare che la maggior parte degli studenti è rappresentata da persone... come dire... parcheggiate qui dalle rispettive famiglie. A volte per un tacito accordo. *Do ut des.* Non starmi fra i piedi che io non ti sto fra i piedi.»

«E Gerald a che categoria apparteneva?»

«Suo nipote probabilmente era pazzo, signor Marsalis. O se non lo era, aveva costruito il suo personaggio molto bene.»

Jordan fu costretto ad ammettere che quella descrizione così stringata si adattava perfettamente a quello che sarebbe diventato Jerry Kho. Hoogan continuò il suo discorso in un modo per cui lo ringraziò mentalmente di essere rimasto seduto alla scrivania e di non essere salito in cattedra.

«La direzione degli studi al Vassar College riguarda diversi campi artistici, come le arti figurative, la scrittura, la regia. Sono campi in cui non si può comperare il talento ma dove è possibile rimandare l'accettazione della sua assenza. Gerald, invece, questo talento ce l'aveva. E forte anche. Ma era convinto che dovesse essere accompagnato per forza a scelte di vita altrettanto forti. Non so che cosa abbia scatenato in lui quest'idea, ma posso dirle che la professava come un dogma. E poi c'è un'altra cosa. Quello che le ho detto prima a proposito della latitanza di suo fratello...»

Fece una pausa come se avesse bisogno di un momento per attingere idee chiare da un ricordo un po' appannato.

«Era Gerald che sfuggiva a qualunque visita del padre. Credo che lo odiasse. Ho il sospetto che questo sia uno dei motivi per cui si comportava in quel modo. Ogni sua intemperanza pareva essere un segnale, un desiderio di presenza continua e maligna nella vita di Christopher. Penso che lui abbia fatto carte false per nascondere al mondo il carattere di suo figlio. Poi, oltre un certo punto, non sono più bastate.»

A Jordan venne in mente l'immagine di Burroni con suo figlio.

*Ciao, campione...*

Forse, se Gerald avesse avuto qualcuno che gli diceva una frase del genere in quel modo, non sarebbe mai diventato Jerry Kho. Jordan fu costretto dalla sua amarezza ad archiviare l'ipotesi fra quelle che non avrebbero mai avuto una conferma.

«Gerald aveva degli amici quando stava qui?»

Hoogan fece un gesto e una smorfia che erano l'espressione del suo rammarico.

«Oh, quanto a questo, avrebbe potuto averne a decine. In un suo modo dannato, era una specie di idolo. Ma era troppo occupato a dimostrare di non aver bisogno di nessuno. Nemmeno di noi.»

Il rettore appoggiò i gomiti sul piano della scrivania e si sporse leggermente verso Jordan.

«Ho seguito la sua vita, quando se ne è andato. Se mi consente un momento di sincerità, cinica se vuole, sono stato molto addolorato della sua morte violenta ma non me ne sono stupito.»

*Nemmeno io, purtroppo.*

Jordan aveva accettato quel preambolo sulla figura di Gerald più che altro per aver modo di verificare la statura di Hoogan. Ora che aveva constatato che era all'altezza della situazione, gli sembrava il momento giusto per quantificare il motivo del suo viaggio a Poughkeepsie.

«C'è una cosa che forse non sa, signor Hoogan. Ha sentito qualche notiziario?»

«No, sono stato tutto il tempo sul campo da golf.»

«Stanotte Chandelle Stuart è stata assassinata nella sua abitazione di New York. Anche lei aveva studiato qui al Vassar. Più o meno nello stesso periodo di Gerald.»

Nelle parole di Jordan, oltre a un'altra enunciazione di un dato di fatto, era nascosta una piccola speranza. Il rettore, da parte sua, sembrò di colpo addolorato e confuso. Tornò a pulire un paio di occhiali che non ne aveva assolutamente bisogno.

«Sì, lo so, me la ricordo benissimo. Com'è successo?»

«Signor Hoogan...»

Il rettore lo bloccò con un gesto della mano.

«Chiamami Travis, ti prego.»

Jordan fu contento di quell'apertura, perché dava maggior peso al seguito del discorso che doveva fare.

«Va bene, Travis. Quello che ti dirò adesso è del tutto confidenziale. Finora siamo riusciti per miracolo a non far trapelare nulla e finché dura non vorremmo perdere questo piccolo vantaggio. Le modalità sono tali da farci collegare il suo omicidio con quello di mio nipote.»

«Che elementi avete per dedurre questo, se posso saperli?»

Nonostante tutto, Jordan si sentì un poco a disagio mentre spiegava a Hoogan la tipologia dei delitti. Ogni Peter Pan che si rispetti lo prova.

«Ti sembrerà incredibile, ma la persona che li ha uccisi ha disposto i loro corpi in un modo che richiama due personaggi dei Peanuts.»

«Intendi dire Charlie Brown e via dicendo?»

«Esatto. Gerald era seduto contro un muro con una coperta incollata a un orecchio e Chandelle era vicino a un pianoforte. Linus e Lucy.»

La mancata richiesta di chiarimenti da parte di Travis confermò a Jordan che il rettore conosceva bene i personaggi di quelle strisce.

«E a casa della Stuart abbiamo trovato una traccia che ci fa pensare che la prossima vittima sarà Snoopy.»

Travis Hoogan, il rettore del Vassar College di Poughkeepsie, uomo che aveva fatto delle parole la sua vita, in quel momento pareva faticare a trovarne anche solo una.

«Cristo santo. Ma è pazzesco.»

«Credo sia la parola giusta. Questo fatto ti dice qualcosa?»

«Assolutamente niente. Non solo a proposito dei fumetti, ma anche di una possibile relazione fra Gerald e Chandelle. Questo è un mondo piccolo e si sa tutto di tutti, figurati in un caso in cui entrano in gioco due caratteri così particolari. Non ho notizie di un qualsiasi rapporto fra tuo nipote e quella povera ragazza.»

«Cosa ricordi di lei?»

«Ricca e insopportabile. Con l'aggiunta di una componente morbosa. Il fatto che sia morta non cambia il ricordo che ho di lei.»

«Frequentava qualcuno?»

«Vale nel suo caso la stessa cosa di tuo nipote, però con una prospettiva diversa. Gerald non voleva nessuno, Chandelle non *la* voleva nessuno. L'unica persona con la quale ha avuto un accenno di rapporto è stata Sarah Dermott, credo.»

Jordan sentì che stavano avanzando, che qualcosa si stava aprendo, maglia dopo maglia, spiraglio dopo spiraglio.

«Che tipo era questa ragazza?»

Hoogan si girò verso lo schermo del computer e digitò per qualche istante sulla tastiera. Rimase un attimo a leggere quello che era apparso.

«Ecco qui. Sarah Dermott, di Boston. Era qui con una borsa di studio. Faceva parte di quella piccola percentuale di cui ti parlavo prima. Era intelligente, dotata e molto ambiziosa.»

Il leggero accento sulla parola «molto» fece capire che Sarah Dermott lo doveva essere in modo considerevole.

«Lei e Chandelle frequentavano lo stesso corso di regia. Penso che l'abbia sopportata per un breve periodo perché era convinta che un membro della famiglia Stuart le potesse essere utile, ma a un certo punto si sia vista costretta a gettare la spugna. Chandelle era troppo perfino per un'ambizione come la sua.»

«Dove posso trovare questa Sarah Dermott?

«A Los Angeles. Fa la regista a Hollywood. Mi pare abbia un contratto con la Columbia. È stata qui recentemente a un convegno di ex allievi.»

«Penso sia utile che io le parli.»

«Non c'è problema.»

Hoogan prese un cordless che stava appoggiato alla scrivania e premette un tasto.

«Signorina Spice, mi chiama Sarah Dermott a Los Angeles, per cortesia? Me la passi direttamente sulla mia linea.»

Nemmeno un minuto dopo il telefono squillò.

Hoogan lo prese e lo portò all'orecchio.

«Sarah, sono Travis Hoogan, ti chiamo dal Vassar.»

Una pausa strettamente necessaria per la risposta che arrivava dall'altra parte dell'America.

«Molto bene, grazie. C'è qui con me una persona che ha bisogno di parlarti e credo sia una cosa piuttosto importante.»

Jordan si sporse e afferrò il cordless che Hoogan gli tendeva.

«Signora Dermott, buongiorno. Sono Jordan Marsalis della polizia di New York.»

Pensò che in fondo quella non era una bugia ma solo una mezza verità, cercando di dimenticare che il fatto di non appartenere *più* alla polizia cambiava molto il senso di quello che aveva appena affermato. La voce che trovò nei fili era quella di una donna molto indaffarata. Precisa e concisa. Cortese per quanto era consentito a una donna in carriera.

«Che posso fare per lei?»

«Mi spiace disturbarla ma è successo un fatto estremamente grave. Chandelle Stuart è stata assassinata.»

La notizia lasciò in sospeso per qualche istante la carriera di Sarah Dermott.

«Oh mio Dio, quando?»

«Stanotte. E non solo. Premetto che le sto rivelando delle informazioni riservate che affido alla sua discrezione.»

Mentre pronunciava queste parole, Jordan si chiese quanto tempo ci avrebbe messo quella storia a diventare di dominio pubblico se continuava a parlarne in giro con chiunque. Si augurò che la rottura delle uova avesse come risultato almeno una frittata.

«Abbiamo tutti i motivi di ritenere che la persona che ha commesso il crimine sia la stessa che poco tempo fa ha ucciso Gerald Marsalis. Non so se è a conoscenza della sua morte.»

«Sì. Ho sentito di Gerald alla CNN.»

Solo allora Sarah Dermott parve rendersi conto del nome con cui Jordan si era presentato.

«Aspetti un momento. Lei è un parente?»

«Esatto. Gerald era mio nipote.»

«Mi dispiace molto. Gerald era un ragazzo difficile ma mi dispiace che sia finito così.»

L'urgenza di Jordan non gli concesse pause a costo di farlo sembrare indifferente.

«Lo conosceva?»

La risposta fu istintiva, senza necessità di riflessione.

«Nessuno lo conosceva davvero. Si avvertiva in lui il talento ma era un ragazzo del tipo *borderline*. Chiuso, introverso e ribelle, a volte violento. E solo.»

Jordan pensò che quella definizione era un altro tassello al ritratto perfetto di Gerald.

«E Chandelle Stuart?»

«Stessa cosa, ma senza il supporto del talento. Io credo di essere stata l'unica con cui si sia aperta un poco. A Vassar non aveva rapporti praticamente con nessuno, anche se giravano voci attendibili che fuori dal campus avesse una vita movimentata in modo un po' eccessivo. Se sta indagando su di lei credo che sappia cosa voglio dire.»

«Perfettamente. Cosa può dirmi sui rapporti fra di loro?»

Ci fu un attimo di pausa dall'altro capo del filo. I ricordi di Sarah Dermott divennero una risposta ma non una certezza assoluta.

«Normali. Per quanto mi ricordo, però, all'interno del college ognuno stava per conto suo. Gerald era troppo ostile e Chandelle troppo ricca per poter legare davvero fra di loro.»

«Le farò una domanda che potrebbe sembrarle strana, ma la prego di riflettere attentamente prima di rispondere.»

«Dica.»

«Non ha mai sentito Chandelle o Gerald fare riferimento a qualcosa che riguardasse i Peanuts? Linus, Lucy o qualcosa del genere.»

«Non mi pare che... No, adesso che ci penso, una volta è successa una cosa.»

Il cuore di Jordan fece un doppio salto mortale. Si augurò per il bene di tutti che atterrasse in piedi.

«Un giorno sono entrata nella sua stanza. Chandelle stava sotto la doccia. Mentre aspettavo che uscisse mi sono avvicinata allo scrittoio e sopra c'era un biglietto scritto a mano.»

«Ricorda cosa diceva la scritta?»

«Certo. Le parole esatte erano *È per domani. Pig Pen.*»

«Lei non ha idea di chi potesse essere questa persona che si firmava Pig Pen?»

«No.»

Quel monosillabo per Jordan divenne una croce su una speranza.

«E poi che è successo?»

«Subito dopo Chandelle è uscita dal bagno e mi ha vista guardare il biglietto. Lo ha tolto dalla scrivania e lo ha stracciato. Poi è tornata in bagno. Penso che sia andata a gettare i frammenti nella tazza perché subito dopo ho sentito lo scroscio dello sciacquone.»

«Non le è sembrato strano come atteggiamento?»

«Con Chandelle Stuart tutto era strano.»

Jordan la conosceva solo da poche ore eppure non faceva alcuna fatica a crederlo.

«Non le viene in mente nient'altro? Qualche particolare.»

«No. Però se crede posso darmi da fare.»

La voce dall'altra parte adesso sembrava eccitata. Jordan ricordò che stava parlando con una persona che lavorava nel mondo del cinema, sempre a caccia di nuove idee.

*Se pensi di cavarci un film, Sarah Dermott, facci sapere in anticipo come va a finire.*

«Qualsiasi altra cosa ricordi non può che essere utile. Prenderò il suo telefono dal rettore Hoogan e mi farò risentire.»

«D'accordo. In bocca al lupo e mi saluti Travis.»

«Lo farò. Buona giornata e grazie ancora.»

Chiuse la comunicazione e riconsegnò il cordless all'uomo dall'altra parte della scrivania. Si alzò in piedi, come faceva sempre quando aveva bisogno di riflettere.

«Qualche novità?»

«Un altro personaggio dei Peanuts. Pig Pen.»

«Questo non lo conosco. Chi è?»

«Un personaggio minore, che a un certo punto è praticamente scomparso. È un ragazzino che ha la caratteristica di attirare la polvere. È sempre così sporco che l'unica volta che si è presentato a una festa tutto pulito non l'hanno fatto entrare perché non l'hanno riconosciuto.»

«Adesso che me lo dici mi è venuto in mente. Te ne ha parlato Sarah?»

«Già. E questo invece di risolvere le cose non fa che aumentare la confusione.»

Hoogan allargò le braccia in segno d'impotenza.

«Mi dispiace ma non posso aiutarti più di quanto ho fatto.»

«Ogni piccolo passo avvicina alla meta.»

Jordan si rese conto della forma orrenda con cui aveva appena espresso quel concetto.

«A parte questa frase da Biscotti della Fortuna, ti ringrazio davvero molto. Dico anche a te quello che ho detto alla Dermott. Qualsiasi cosa ti venga in mente fammela sapere.»

«Contaci.»

A quel punto Hoogan fece la sola cosa che poteva fare. Si alzò e guardò l'orologio.

«Credo sia ora di colazione. Ti invito in via ufficiale, ma se accetti un consiglio, rifiuta cortesemente ma con fermezza. La mensa del Vassar per quanto buona non è all'altezza della tua compagna. E certi professori sono di una noia mortale. Tornate verso New York, adesso?»

«Sì.»

«C'è un ottimo ristorante a qualche miglio da qui. Senza nemmeno deviare troppo dalla strada per il ritorno. È un vecchio rimorchiatore ormeggiato lungo la riva del fiume. Molto suggestivo. È il posto dove io andrei se fossi in compagnia di una persona come Lysa.»

Jordan raccolse il casco dalla sedia dove l'aveva appoggiato. Proseguendo il suo discorso, Hoogan uscì da dietro la scrivania.

«Quella ragazza ha gli occhi più incredibili che abbia mai visto. Chiunque porti in giro occhi di quel genere non può essere una persona cattiva. Forse può anche succedere che faccia dei danni, ma solo se davanti a lei si sente il bisogno di abbassare per primi lo sguardo.»

Non c'era presunzione paternalistica in quelle parole, ma solo la manifestazione della sua sensibilità. Con un sorriso, quell'uomo straordinario gli tese la mano.

«Buona fortuna, tenente Marsalis. Sei un uomo in gamba ma penso che in ogni caso tu ne abbia bisogno.»

«Credo anch'io. Ti saluto, Travis. Non è necessario che mi accompagni. Ricordo la strada.»

Jordan lasciò l'ufficio del rettore e fece al contrario il percorso che lo aveva portato fin lì dalla mensa. Quando ci tornò, il locale era pieno di ragazzi in coda mentre altri erano già seduti ai tavoli e stavano mangiando. Gli bastò seguire gli sguardi di alcuni di loro per sapere dove trovare Lysa.

Era in piedi subito fuori dalla porta a vetri, appoggiata al muretto di fianco alla scalinata, e guardava assorta gli alberi del parco. Arrivò al suo fianco senza che se ne accorgesse.

«Eccomi.»

Lysa voltò la testa verso di lui.

«Tutto bene? Hai trovato quello che ti aspettavi?»

Cercò di essere positivo.

«Alcuni pezzi. Mi sa che dovrò ancora darmi da fare per trovare l'intero. Nel frattempo credo che ci siamo meritati un pranzo come si deve.»

«Dove?»

Jordan divenne propositivo aggiungendoci un leggero tocco di mistero.

«Un amico mi ha consigliato un posto, qui vicino...»

Poco dopo vide gli occhi di Lysa sparire di nuovo dietro la visiera del casco. Mentre indossava il suo, non riuscì a lasciare fuori da quella barriera protettiva le parole di Hoogan.

*Chiunque porti in giro occhi di quel genere...*

# 24

Il ristorante consigliato da Travis Hoogan era un vecchio rimorchiatore restaurato, appoggiato a un attracco protetto da un braccio di cemento proteso nell'Hudson a formare un piccolo porto. Era una barca che la pazienza e la dedizione di qualcuno aveva ricondotto a una forma e uno splendore forse addirittura superiori a quelli originali. Nella tranquillità del suo riparo, fra piccoli yacht dalla linea snella e filante, quella corta e tozza imbarcazione che era stata in grado di trascinare enormi piroscafi dava l'impressione di un gigante in quiete, un grande leone placato che guarda benevolo giocare dei cuccioli.

Quando Jordan fermò la moto e vide come si chiamava il locale, fu contento di poter nascondere la smorfia di un sorriso storto sotto la visiera del casco.

«Steamboat Willie.»

Era il titolo di uno dei primi cartoni animati di Walt Disney. In quel momento i fumetti parevano incombere su di lui, come disegnati dal caso a essere i protagonisti della sua vita. Forse era la sua vita stessa che si stava lentamente trasformando in un fumetto. La sua e quella di ogni persona coinvolta in quella storia assurda. E si ritrovavano tutti ignari e muti, con la testa coperta di nuvole parlanti piene di dialoghi che qualcuno stava scrivendo per loro e che nessuno pareva avere il potere di cambiare.

Scesero dalla Ducati e Jordan assistette di nuovo al rituale dei capelli di Lysa che uscivano dal casco come animati da una vita propria. Per sua comodità personale preferì attribuire al nervosismo di quel frammento particolare della sua esistenza ciò che provava ogni volta che assisteva a quel gesto così naturale.

Si avvicinarono alla passerella di legno appoggiata al blu scuro dello scafo. Salirono a bordo con il senso di precarietà ondeggiante di quel breve ponte sospeso sull'acqua, per entrare nella penombra del ristorante che sapeva di legno lucidato a cera e, per una strana suggestione, di mare. L'arredamento era realizzato con mobili rigorosamente in stile marina, con ottoni tirati a lucido e tavoli coperti da tovaglie in tela grezza blu come il colore della barca.

Un cameriere piuttosto giovane venne subito verso di loro con una camminata che a Jordan ricordò il movimento di una molla. Aveva un'aria simpatica e un viso abbronzato che lo faceva sembrare più il mozzo di una barca in navigazione che non il cameriere di un ristorante su un vecchio rimorchiatore incatenato alla riva di un fiume.

«Buongiorno, signori. Preferite mangiare all'interno o, visto che è una bella giornata, volete accomodarvi a un tavolo in coperta?»

La sua aria professionale si stemperò immediatamente in un tono amichevole e complice.

«Se posso darvi un consiglio, fuori c'è una vista migliore e non c'è nessuno.»

Un Jordan indeciso guardò Lysa lasciandole il compito di scegliere.

«Credo che fuori sarebbe perfetto.»

Seguirono il ragazzo e si ritrovarono seduti a un tavolo all'ombra di un pergolato in legno lamellare ricavato verso prua. Il cameriere appoggiò due menu ricoperti da una fodera in tela cerata sul tavolo e li lasciò soli per dar loro il tempo di decidere.

Jordan ne prese uno e lo aprì. Mentre fissava le parole che descrivevano i cibi, il suo sguardo passò oltre, raggiunse il posto dove stavano i suoi pensieri e ci rimase prigioniero.

Ripensò a quello che era successo nell'ufficio di Travis Hoogan e alle cose che gli aveva rivelato Sarah Dermott al telefono. Stando alle regole, avrebbe dovuto telefonare a Burroni e avvertirlo immediatamente delle novità, ma aveva preferito prendersi un po' di tempo per metabolizzare quello che aveva appena scoperto.

Che ruolo aveva questo quarto personaggio dei Peanuts, dopo Linus, Lucy e Snoopy? I primi due avevano rivelato la loro identità nel momento in cui erano morti. Snoopy, chiunque fosse, correva lo stesso rischio, se già in quel momento non stava ricevendo una visita da un uomo con il volto nascosto dal cappuccio di una tuta da jogging e che zoppicava leggermente dalla gamba destra.

*È per domani. Pig Pen…*

Che cosa sarebbe successo domani? Chi era Pig Pen?

Per ora quello era solo il nome di una figura a due dimensioni, disegnata a china dal genio di un *cartoonist* di nome Charles Schulz. Inoltre, quel *domani* era già stato da tempo scomposto in troppi ieri per avere una facile risposta. E riguardava da vicino la quarta dimensione, che era quella a loro più ostile: il tempo.

«Se mi dici dove sei, posso provare a raggiungerti o almeno a fare una telefonata.»

La voce di Lysa arrivò da fuori e ridargli l'unità di tempo e di luogo. Jordan appoggiò il menu sul tavolo e si trovò davanti il sorriso ironico della sua compagna di viaggio e il cameriere che lo guardava con una penna e un taccuino in mano.

Jordan si rese conto di essere rimasto cieco e sordo per tutto il tempo in cui Lysa aveva fatto la sua ordinazione.

«Scusami. Stavo riflettendo e credo di essermi perso qualcosa. Tu hai già scelto?»

«Da diversi minuti.»

«Allora, per sveltire le pratiche, quello che va bene per te va bene anche per me.»

Il cameriere era un tipo comprensivo. Fece un cenno di assenso con la testa e uno scarabocchio sul suo notes.

«Molto bene, allora serpente fritto per tutti e due.»

Il ragazzo rivolse alla sorpresa di Jordan un largo sorriso disarmante.

«Non si preoccupi, signore, è una specialità della casa. Lo chef lo cucina in un modo che diventano morbidi persino i sonagli.»

Sulla risata di Lysa si girò e si allontanò percorrendo il ponte con un suo bizzarro passo elastico. Jordan e la sua compagna rimasero soli nell'ombra di una tettoia, sulla tolda di una nave che non avrebbe mai più navigato. Jordan girò la testa alla sua sinistra. Vista da lì, la riva opposta del fiume era un posto lontano e diverso, popolato di gente futura, come ogni altro orizzonte che si rispetti. La sensazione di essere visto nello stesso modo dalla gente che stava dell'altra parte rappresentava l'estrema volatilità di ogni punto di osservazione.

Tornò a posare lo sguardo su Lysa.

*Chiunque porti in giro occhi di quel genere...*

Jordan si rese conto di non sapere nulla di lei. Non sapeva nulla della sua vita e del motivo della sua presenza a New York. Non riuscì a decidere se non le aveva mai chiesto niente per il timore di essere indiscreto o per il timore di quello che Lysa avrebbe potuto dire.

Durante il breve periodo della loro vita in comune sotto lo stesso tetto, si erano in realtà sempre e solo incrociati, ognuno preso dalle direttive che intendeva impartire o che era costretto a ricevere dalla propria esistenza. Di qualunque genere fossero le sue, Lysa pareva in possesso di un'arma invidiabile. Un carattere solare ma determinato e un'ottimistica ironia da contrapporre a ogni cosa poco piacevole avesse trovato sulla sua strada.

Solo una sera che era rientrato tardissimo, mentre attraversava in punta di piedi il corridoio, passando davanti alla sua stanza gli era parso, nel silenzio della casa, di sentirla piangere. Ma quando si erano rivisti al mattino, di quel pianto, se c'era stato, sul suo viso non era rimasta traccia.

«Com'è che tu e Christopher avete una differenza di età così marcata?»

Jordan rispose cercando di dare alla sua voce la leggerezza del lapalissiano.

«Oh, è una storia molto semplice. Mio padre era un bel ragazzo senza un soldo e giocava molto bene a tennis. La madre di Christopher era una bella ragazza molto ricca e giocava molto male a tennis. Si sono conosciuti e si sono innamorati. C'era solo un piccolo particolare. Lui era un ragazzo con delle qualità che in certi ambienti sono considerati difetti, lei era una ragazza nata e cresciuta proprio in uno di quegli ambienti. Prima del matrimonio i genitori di lei fecero firmare a mio padre un contratto prematrimoniale che pareva un elenco del telefono. Le cose andarono avanti per un bel po' ma successe quello che era inevitabile. Mio padre si rese conto poco per volta che sua moglie faceva sempre più parte del suo ambiente e lui sempre meno. Quando le chiese di seguirlo e di farsi una vita loro, si ritrovò in possesso di un netto e inorridito rifiuto mentre il suocero aveva già steso una passatoia rossa che portava verso una porta aperta. Mio padre uscì da quella casa come c'era entrato. Senza un centesimo in tasca e con difficoltà sempre maggiori di vedere suo figlio. Poi ha conosciuto mia madre, e dodici anni dopo Christopher sono nato io. La prima volta che ci siamo incontrati, lui era già avviato alla carriera politica e io ero appena uscito dall'Accademia di polizia. Per colpe non nostre eravamo due fratelli che si trovavano di fronte senza sentimenti fraterni. E la cosa, nonostante tutto, è andata avanti così fino a oggi.»

Jordan sapeva che quel discorso era l'apertura a una domanda successiva di Lysa. Riguardava il motivo per cui, in una notte di qualche anno prima, aveva preso un posto che non era il suo su una macchina sfasciata. Non era pronto a rispondere e accettò con sollievo l'arrivo del cameriere con due piatti in mano.

Il cibo che Lysa aveva ordinato non era serpente fritto ma un ottimo pesce cotto in una salsa delicata a base di basilico e latte di cocco. Mentre iniziavano a mangiare, Jordan si decise ad attaccare un argomento che fino a ora aveva evitato.

«Credo che tutto sommato la mia vita non sia poi così interessante. Tu invece, non mi hai ancora detto niente di te.»

Lysa fece un'espressione accompagnata da un gesto con la mano che non era molto in sintonia con l'ombra che le era passata per un istante negli occhi. Un'ombra veloce ma sufficiente a oscurare tutto il sole e l'ottimismo che potessero contenere. Si nascose dietro un sorriso che tuttavia non era uno schermo sufficiente per velare l'amarezza.

«Oh, per quanto mi riguarda tutto è molto semplice. Basta dire che niente è stato semplice per me.»

Lysa fece una piccola eterna pausa.

«Mai.»

Imbarazzato dalla cruda naturalezza di quel monosillabo, Jordan rivolse di nuovo lo sguardo verso l'altra riva dell'Hudson. E di nuovo si trovò davanti all'eterno gioco delle due sponde. Il posto in cui si trovava Lysa era quello del *mai* e sull'altra sponda c'era il miraggio del *sempre*. Purtroppo nel suo caso significavano la stessa cosa.

La voce di Lysa raccontava a lui e raccontava a se stessa.

«Sono nata in un piccolo centro in mezzo alla campagna il cui nome non ti direbbe assolutamente niente. Sai, un posto di quelli dove tutti sanno tutto di tutti, per intenderci. Mio padre era un pastore metodista e mia madre era il tipo di donna che poteva essere solo la moglie di un uomo del genere. Devota, silenziosa e servizievole. Riesci a immaginare l'imbarazzo di un uomo ossessionato dal pensiero di Dio che vede crescere con orgoglio il suo unico figlio maschio finché non si rende conto che a quattordici anni gli stanno spuntando i seni? Sono stata nascosta come una punizione per i peccati suoi e del mondo finché in lui l'amore per Dio è stato superiore all'amore per suo figlio, maschio o femmina che fosse. A sedici anni, quando me ne sono andata di casa, senza nemmeno toccarla ho visto la porta che si chiudeva da sola alle mie spalle.»

Jordan non era sicuro di voler sentire altro. Per tutta la vita aveva vissuto nel mondo del bianco e nero che escludeva ogni possibile sfumatura intermedia. Dopo quello che gli era successo era stato suo malgrado proiettato fra ogni possibile sfumatura di grigio. Le persone stesse che aveva incontrato ultimamente lo stavano mettendo di fronte allo spazio sterminato delle possibilità. E Lysa era una di queste.

Tuttavia, adesso finalmente riusciva a dare un nome all'attrattiva che esercitava su di lui. Raramente la bellezza è sinonimo di carattere. Il carattere deriva dalla sofferenza, e una persona bella di solito non ha mai dovuto faticare per conquistare niente, perché trovava sempre un sacco di altre persone disposte a farsi in quattro pur di regalarglielo. Questo valeva per gli uomini e per le donne. Avrebbe potuto valere anche per Lysa, che era vissuta a cavallo dell'esatta linea di demarcazione. Salvo una differenza che prima poteva solo intuire ma che ora gli stava confermando.

Per lei niente era stato semplice.

*Mai.*

Quelle tre lettere parlavano di ferro e di roccia ma anche di qualcosa estremamente fragile nascosto sotto.

«Il resto è stato un posto dietro l'altro. La storia di sempre. Io che inseguo te che insegui lei che insegue lui. Sfuggire a persone che mi cercavano quando scoprivano che sono così e veder fuggire per lo stesso identico motivo persone che cercavo io.»

«Non c'è mai stato nessuno?»

«Oh, sì. Come in tutte le storie di delusione che si rispettino, c'è stato un attimo di illusione. C'era un uomo nel posto dove stavo prima. Era allegro e simpatico. Faceva l'attore. Avrei dovuto saperlo che quando si vive fingendo l'amore è facile vederlo anche dove non c'è. Però quando stavamo insieme mi faceva ridere fino alle lacrime.»

«E poi cos'è successo?»

«Quello che succede sempre. Le risate sono finite e sono rimaste le lacrime.»

Lysa cambiò di colpo espressione e diede alla voce un tono leggero, per pudore o per timore di essersi troppo scoperta. Ritornò a essere quella di sempre, allegra e nascosta. Jordan ebbe la visione fugace di una vita passata a fuggire e a cercare. Da cosa e che cosa, solo lei lo poteva sapere.

«Così, eccomi qui. Conosci la storia del sognatore, del pazzo, e dello psichiatra?»

«No.»

«Oh, è solo una storiella ma è molto efficace come esempio. Il sognatore costruisce castelli in aria, il pazzo ci abita e lo psichiatra riscuote l'affitto. Questo è il motivo per cui alla fine sono arrivata a New York. Sono stanca di costruire e abitare, adesso vorrei riscuotere qualche affitto.»

Jordan si rese conto di colpo che doveva parlare chiaro con quella ragazza. E non gli piaceva quello che aveva intenzione di dirle, perché sapeva che non sarebbe piaciuto nemmeno a lei.

«C'è una cosa che devo dirti.»

Lysa stuzzicò delicatamente con il coltello una parte del pesce che aveva nel piatto.

«Ti ascolto.»

«Penso che dovrò cercarmi un altro posto dove stare.»

«Capisco.»

Secca, breve, allusiva ma quasi indifferente.

Jordan scosse il capo.

«No, non credo che tu capisca.»

Appoggiò le posate sul piatto. Non voleva distrarre Lysa o essere distratto da qualunque altro gesto che non fosse la sua voce.

«Quando ero bambino, con i miei abitavo nel Queens. Nella casa di fianco abitava un altro ragazzino, Andy Masterson. Ovviamente, giocavamo spesso insieme. Un giorno i suoi genitori gli regalarono una piccola automobile elettrica. Me lo ricordo mentre andava in giro seduto su quella macchinetta di plastica rossa con gli occhi che gli brillavano dalla gioia. Io sapevo che non potevo averne una e restavo a guardarlo con il desiderio di farci almeno un giro, cosa che non è mai successa.»

«Il tuo amico Andy non era un bambino generoso.»

«Penso di no. Ma non è questo il fatto.»

Jordan fissò gli occhi in quelli di Lysa.

«Ricordo il modo in cui ho desiderato quella piccola automobile rossa. L'ho desiderata disperatamente, con tutta la fantasia di cui ero in possesso. L'ho desiderata con la forza e l'intensità e la malinconia che solo un bambino può avere.»

«Penso che per un bambino sia stato un grosso problema.»

Jordan tirò il fiato, come prima di un'apnea profonda.

«No. Quello era un piccolo problema. Il grosso problema è che adesso io desidero te molto di più di quell'automobile.»

Subito dopo si rese conto di non aver seguito il consiglio del rettore Hoogan. Mentre pronunciava quelle parole, aveva sentito il bisogno di abbassare lo sguardo.

Quando li rialzò, trovò Lysa che lo guardava dal profondo dei suoi occhi senza cambiare espressione. Poi il suo viso si indurì e si alzò dal tavolo. Sapeva che il discorso non era finito e cercò di anticipare quella fine.

Parlò senza guardarlo con la stanchezza del déjà vu nella voce.

«Penso che tu abbia ragione. Forse è meglio che ti cerchi un altro posto dove stare. Credo di non avere più fame. Se vuoi scusarmi, ti aspetto alla moto.»

Si allontanò con i capelli che danzavano sulla sua spalla per il passo e per la brezza che arrivava dal fiume. Jordan rimase solo come non si era mai sentito in vita sua, solo con i suoi piccoli rimorsi e le sue piccole vergogne che riuscirono a farlo sentire un uomo piccolo.

Attese qualche istante e poi chiamò il cameriere e saldò il conto. Il ragazzo capì dalla sua espressione che nel frattempo qualcosa era cambiato fra quei due. Accettò la mancia ringraziandolo senza incursioni nel suo abituale buonumore.

Jordan si ritrovò a scendere la passerella cercando Lysa con lo sguardo. Pochi passi più in là c'era la macchia rossa della Ducati, e accanto la sua figura con il viso già nascosto dal casco. Come era successo in precedenza, ebbe subito nostalgia del suo volto, ma sapeva che in quel momento sotto la visiera scura non c'era sorriso. Per lui e per nessuno.

Senza dire nulla, Jordan si rifugiò a sua volta nella protezione del casco, raggiunse la moto e la accese, attendendo di sentire dietro di sé la presenza della sua passeggera.

Quando capì dal leggero contraccolpo del telaio che si era sistemata, mise la marcia e avviò la moto. Iniziarono il loro muto viaggio di ritorno verso New York, lasciando pronunciare al vento le parole che loro non erano capaci di dirsi, quel vento che con lo stesso gesto distratto disperde le nuvole e i profumi.

# 25

Maureen Martini si svegliò con una forte sensazione di prurito agli occhi. Si passò con delicatezza le dita sulle garze sorrette da cerotti, come se quel gesto leggero potesse in qualche modo alleviare il fastidio. Era stata avvertita che sarebbe successo, ma questo da solo non bastava a far cessare quel formicolio irritante.

Dopo l'operazione, le micro-ferite lasciate dall'intervento si erano cicatrizzate con una rapidità che aveva sorpreso anche il professor Roscoe, il chirurgo che aveva eseguito il trapianto. Tempi di recupero così accelerati avevano accentuato il buon umore generale. E quello era il giorno in cui avrebbe scoperto se avevano torto o ragione. Alle undici in punto le bende sarebbero cadute e l'avrebbero lasciata sola davanti al futuro.

Un futuro che avrebbe potuto vivere ma che forse avrebbe dovuto percorrere a tentoni.

Per questo motivo durante la notte aveva dormito poco e male. Buio e lenzuola e un rincorrersi a ostacoli fra ottimismo e pessimismo, un alternarsi continuo di stati d'animo che erano compresi nello spazio angusto tra il forse sì e speriamo di no. Il sonno aveva a suo modo il compito di ristabilire le giuste proporzioni, per poche ore la univa al resto del mondo in un posto senza colore dove si sarebbe ritrovata da sola al sorgere del giorno.

In uno dei pochi istanti in cui era scivolata in una specie di appiccicoso dormiveglia, si era trovata immersa in uno strano sogno, che l'aveva colpita per la straordinaria nitidezza delle immagini e che ancora adesso, dopo essersi svegliata, non aveva nel ricordo la frammentaria sequenza a scatti di certe esperienze oniriche.

Il posto dove si trovava era la stanza di un bambino. Non era la camera della sua infanzia a Roma perché non riconosceva i mobili e dalla finestra si scorgeva della vegetazione e la riva di un fiume. Nel sogno, stava seduta a una scrivania e vedeva le sue mani che stavano disegnando. Il disegno rappresentava un uomo e una donna. La donna era appoggiata a un tavolo e l'uomo stava in piedi dietro di lei. Nonostante il tratto infantile della grafica, il disegno era molto preciso e si capiva che i due stavano facendo l'amore. Poi una porta alla sua sinistra si era aperta e un uomo con i baffi era entrato nella stanza. Lei gli aveva mostrato il disegno con l'orgoglio e il candore che solo un bambino può provare. L'uomo lo aveva guardato e poi si era arrabbiato moltissimo. Vedeva le labbra muoversi senza parole e il viso arrossarsi nell'impeto dell'ira mentre agitava il foglio davanti ai suoi occhi. Aveva stracciato il disegno, poi l'aveva presa per mano e strattonandola l'aveva infilata in un ripostiglio. Maureen ricordava con ricchezza di particolari il viso dell'uomo che spariva divorato dall'oscurità della porta che si richiudeva.

Poi si era svegliata viscida di sudore e aveva ritrovato lo stesso buio.

Era a Manhattan, nell'appartamento di sua madre, all'ultimo piano di un palazzo in mattoni scuri al numero 80 di Park Avenue, poco lontano dalla Grand Central Station. Maureen avrebbe preferito andare a stare nell'appartamento che suo padre possedeva a downtown ma era evidente, nelle sue condizioni, che durante la convalescenza sarebbe stata necessaria l'assistenza di una donna.

Così, dopo l'operazione, aveva accettato a denti stretti di trascorrere quel periodo a casa di Mary Ann Levallier. Nonostante la naturale preoccupazione di sua madre per quello che le era successo, Maureen aveva deciso di non farsi eccessive illusioni sulla natura del loro rapporto, che nel suo pensiero poteva essere riassunto con poche sintetiche parole: insofferenza contro sufficienza. C'era senz'altro fra di loro un affetto atavico, genetico, quasi istituzionale, ma un sentimento dalle parti dell'amicizia pareva non essere contemplato.

Attutiti dal filtro dei doppi vetri, le arrivavano dal basso i rumori del traffico di New York. Era la città che conosceva meglio, dopo Roma. E in quelle due città, fra milioni di esseri umani, un giorno ne aveva trovato uno che èra riuscito finalmente a conoscere lei. La sua era stata da sempre una storia sospesa tra due mondi diversi: faceva parte di entrambi eppure non apparteneva davvero a nessuno. L'unica persona in grado di farle da tramite era uno che provasse la stessa cosa, spinto da una musica che aspirava al cielo mentre era costretto a stare su questa terra. Una persona che aveva descritto le bugie del buio e che in quel buio era diventato l'unica verità.

Una sola unica persona.

E adesso...

Da quando si era svegliata al Policlinico Gemelli, dopo la loro livida esperienza, la sua vita era stata un veloce susseguirsi di sensazioni monocromatiche. L'oscurità che le fasciava gli occhi insieme alle bende aveva demandato a tutti gli altri suoi sensi il compito di capire per approssimazione quello che stava succedendo intorno a lei. Anche il viaggio da Roma a New York era stato una serie di emozioni frammentate, non sorrette dalla fluidità che le immagini attribuiscono a ogni percorso intanto che ne costituiscono l'ossatura del ricordo.

Solo adesso che non l'aveva più, era costretta a riconoscere il peso determinante della vista. Gli spostamenti erano diventati rumori di motori e turbine di aerei, gli aromi e gli odori delle strade incidenti di percorso. Le persone erano solo voci e profumi. A volte un contatto di pelle a cui affidava il suo sentirsi ancora un essere umano. In quell'oscurità priva di pareti l'orecchino di Arben Gallani ancora continuava il suo dondolio scintillante e il corpo insanguinato di Connor non aveva smesso per un solo istante di cadere nella polvere.

E in tutto quel tempo, nella sua mente, Maureen non aveva smesso un solo istante di urlare.

La voce del professor William Roscoe, il chirurgo che l'avrebbe operata, era solo una voce in più che per un momento aveva sovrastato quel lungo urlo silenzioso. Bassa, baritonale, piacevole, infondeva sicurezza al suono di un accento morbido che non era riuscita a individuare ma che non era quello secco e acuminato di New York. Percepiva la sua presenza accanto al letto. Sapeva di camice pulito e di uomo appena rasato.

«Signorina Martini, l'intervento a cui verrà sottoposta è relativamente semplice e ha un decorso post-operatorio piuttosto veloce. Le verranno impiantate due nuove cornee e utilizzerò la coltura di cellule staminali in mio possesso per evitare qualsiasi problema di rigetto legato alla sua peculiarità genetica. Penso che nel giro di pochi giorni saremo in grado di levare le fasciature e sulla possibilità che lei torni a vedere le posso anticipare che rasenta in pratica la certezza. L'unica complicazione è che dovrà sottoporsi successivamente a un paio di lievissimi interventi che serviranno a integrare con altre cellule staminali la stabilità definitiva delle nuove cornee. Inoltre, temo che dopo l'intervento dovrà circolare per un po' di tempo con gli occhiali scuri, ma questo non farà che aggiungere un tocco di mistero al suo fascino abituale. Sono stato esauriente o c'è qualcosa che desidera che io le chiarisca?»

«No, tutto estremamente chiaro.»

«Stia tranquilla. Come le ho detto, al massimo fra una settimana tornerà a vedere.»

Maureen aveva offerto ottimismo in cambio dell'ottimismo del medico.

«Certo che tornerò a vedere», aveva risposto pacatamente.

*Certo che tornerò a vedere. Non per quello che voglio vedere ma per quello che* devo *vedere. E sarà un viso davanti alla canna di una pistola…*

L'operazione non era stata altro che il cigolio di ruote di una barella, degli altri odori di disinfettante, delle voci in una sala operatoria piena di luci delle quali sentiva solo il calore, la puntura di un ago nel braccio e poi un soffice niente. Tutto sommato, l'anestesia era stata un semplice salto in un buio più profondo, durante il quale aveva potuto permettersi il lusso di non pensare.

Quando si era svegliata dalla narcosi, aveva trovato ad attenderla le voci e le mani di suo padre e sua madre. E il profumo di lei, discreto ed esclusivo. Maureen aveva provato a immaginarsela, seduta di fianco al letto, elegante nonostante tutto e curata nei minimi particolari. Un misto di classe e autocontrollo. In altri momenti l'avrebbe definita freddezza, ma ora, in quel frangente, voleva concederle il beneficio del dubbio. Tuttavia, avrebbe desiderato che l'amnesia di un'ansia materna le avesse fatto trascurare per una volta la simmetria delle pieghe del suo foulard.

Decise di non accendere la radio che le avevano messo come compagnia sul tavolino di fianco al letto. Un po' per evitare di comunicare a sua madre e alla cameriera che si era svegliata, ma soprattutto per evitare di incappare in un programma in cui c'era un dee-jay qualunque impegnato in un'impietosa celebrazione della vita e della musica di Connor Slave.

Aveva sentito un paio di giorni prima che si stava cercando di organizzare alla Carnegie Hall un evento straordinario. Grazie alla tecnologia digitale e a un sofisticato programma di grafica computerizzata, era possibile manipolare le immagini dei video e delle apparizioni televisive di Connor e creare una sua figura tridimensionale. Una serie di proiettori olografici a cascata l'avrebbe mossa sul palcoscenico, sincronizzando l'immagine virtuale a un concerto reale di un'orchestra composta da uomini in carne e ossa.

Era un supplizio al quale Maureen non si sarebbe mai sottoposta.

Vederlo sul palco con la consistenza di un fantasma, sapere che era solo una specie di burattino animato dai fili di una macchina e, nonostante questo, provare l'istinto di salire di corsa e abbracciarlo e tuffare le mani tra i suoi capelli con la certezza che avrebbe stretto solo aria tinta d'illusione.

Il prurito agli occhi si era calmato e sentì il desiderio di andare in bagno. Questo bisogno così fisico e banale la fece sentire viva. Non voleva chiamare sua madre e nemmeno voleva sottoporsi alle attenzioni di Estrella, la donna di servizio di origine ispanica che la accudiva con un fiume di parole confuse da un morbido accento latino alternate a termini in spagnolo.

Anche quella piccola ostinazione verso l'autosufficienza aggiungeva vita a vita. Conosceva la stanza, anche se non benissimo. L'aveva vista in altri momenti, quando non aveva ancora imparato a usare la memoria da pipistrello da cui era costretta a farsi guidare adesso.

Si alzò dal letto e servendosi della precognizione delle mani si diresse verso il bagno con passo leggero e attento. Evitò un mobile al tatto e aggirò una poltroncina. Arrivò a sovrapporre la mano al freddo e liscio encausto del muro e la fece scorrere fino a raggiungere la superficie laccata della porta della toilette. Cercò la maniglia e la girò fino a sentirla libera. Spinse il battente e guidandosi con quello aiutò il suo corpo a seguirlo verso l'interno. Un solo passo incerto e di colpo…

*…c'è luce e il viso di una donna tinto di blu sotto di me. Siamo sdraiati a terra e sul pavimento intorno a noi è tutto bianco e ci sono macchie di colore e io sono sul suo corpo e sento una parte che non sapevo di possedere muoversi dentro e fuori da lei calda e umida e vedo il suo viso reso livido dal colore che si sta smarrendo a poco a poco. La vedo ma non mi arriva la sua voce. La osservo mentre si perde con un gemito che non posso sentire nelle volute di fumo odoroso dell'orgasmo e anch'io di colpo sono in piedi e sotto di me c'è la sorpresa di un pene che afferro e scuoto*

*e vedo gocce di sperma schizzare tutto intorno mentre anch'io cado nella trappola senza fondo di un piacere forte e sconosciuto. Dopo sono a terra e...*

*...sono in piedi davanti allo specchio e il mio viso mi guarda, un viso rosso come se fosse ricoperto dal sangue di mille ferite. Mi osserva dal riquadro lucido che dà sul versante di un altro mondo, che pare aver fatto della follia la sua regola elementare. Le mie labbra si muovono mentre punto un dito come una pistola verso la mia immagine e...*

*...sto andando verso la porta sul fondo di questa enorme stanza così luminosa e la apro e nell'ombra del pianerottolo c'è una figura immobile che adesso avanz...*

Maureen si ritrovò inginocchiata a terra con le mani strette alle tempie, di nuovo immersa nel buio. Si sentiva esausta, come dopo un incubo o dopo un orgasmo. Era anzi proprio quest'ultima sensazione a ottenere il sopravvento. Era svuotata come se il piacere che aveva provato in quel momento di deliquio fosse vero ma con la percezione innaturale di averlo vissuto dalla parte di un uomo. La mano che aveva sentito scivolare sul pene era la sua e aveva sentito allo stesso modo lo schizzo di liquido seminale dentro di lei scivolare fuori per uscire prepotente e presuntuoso da una parte del corpo che non doveva e non *poteva* avere.

Piegò il busto lentamente in avanti finché non posò una fronte calda come di febbre sul sollievo del marmo del pavimento.

*Non è possibile. Non è possibile...*

La porta della stanza si aprì un istante prima che scivolasse nel panico, quello che fa del buio il posto migliore dove tendere i suoi agguati.

«*Madre de Dios*, che succede signorina? Aspetti che l'aiuto.»

Sentì la voce allarmata e il passo morbido di Estrella avvicinarsi a lei. Da una parte lontana dell'appartamento le arrivò il rumore ritmico dei tacchi di sua madre.

Poi, il conforto di due mani forti e per fortuna collegate a occhi sicuri.

«Signorina, venga, si appoggi a me. L'accompagno a stendersi sul letto.»

Estrella la aiutò a rialzarsi e la guidò attraverso la stanza appoggiandola al suo corpo robusto mentre lei non riusciva a riconquistare un battito meno occasionale per il suo cuore. La voce organizzata di Mary Ann Levallier le sorprese a mezza strada.

«Che c'è, Maureen? Ti sei fatta male?»

Eccola, insofferenza contro sufficienza.

«Non è niente, mamma. Ho inciampato e sono caduta.»

«Estrella, ma com'è possibile? Credevo di essere stata chiara. La signorina non deve essere lasciata sola nemmeno un attimo.»

Maureen scosse la testa.

«Lei non c'entra. È tutta colpa mia. Ho voluto andare in bagno da sola e sono scivolata a terra. Sto bene, adesso.»

Passata l'ansia, nella voce di sua madre percepiva una leggera stizza che riusciva a scavalcare il sollievo.

«Mi sorprende che nelle tue condizioni tu abbia ancora voglia di esibirti in questa specie di bravate. Non ci riesco a credere. Che senso ha?»

Avrebbe voluto davvero spiegarle il senso di quelle che lei da sempre definiva bravate. Aveva cercato tante volte di farlo, fin da quando era bambina, ma ogni volta Mary Ann Levallier aveva rifiutato di baciare il rospo che sua figlia le tendeva orgogliosa in mano. Per lei era solo un animale schifoso e non avrebbe mai avuto la possibilità di diventare un principe.

Le favole erano e restavano favole.

Maureen pensò che era inutile cercare di farglielo capire adesso. La lasciò al suo scetticismo e alle sue parcelle e cambiò argomento.

«Che ora è?»

«Sono le nove e mezza. Penso che sia ora che tu ti prepari. Sai che abbiamo appuntamento con il professor Roscoe alle undici.»

*E come potrei dimenticarlo? Mentre ci pensavo ho sentito passare ogni secondo di ogni minuto.*

«Va bene, adesso mi vesto.»

«Perfetto. Io vado a prenotare una macchina per le dieci e mezza. Estrella, stia qui lei e questa volta state attente a quello che fate.»

La discussione con sua madre e la breve sosta sul letto l'avevano distolta dall'angoscia in cui era precipitata dopo il flash improvviso di quelle immagini provenienti dal nulla. Si alzò e cercò l'appoggio della cameriera, più per darle un senso di utilità dopo le parole della padrona di casa che non per un'effettiva precarietà di equilibrio.

Si lasciò guidare in bagno e accettò i commenti latini di Estrella mentre l'aiutava a spogliarsi.

«Che bel corpo ha, signorina. Non un filo di grasso. Sembra una star del cinema.»

Maureen rimase in silenzio e visualizzò la silhouette abbondante della donna e il suo viso di mezza età che doveva essere stato bello, un tempo. Aprì il miscelatore e accettò acqua tiepida in cambio della doccia gelata che le era caduta addosso poco prima. Sempre avvolta dalla cura cauta di Estrella, si costrinse a parlare con lei per non pensare più a quello che era successo e a quello che sarebbe successo entro poco.

Si asciugò con un telo da bagno che era solo un tessuto senza tinta e si vestì con abiti che aveva imparato a riconoscere al tatto e si pettinò i capelli con mani non sue accettando il giudizio di occhi diversi dai suoi.

«Ecco fatto, signorina. Si fidi di me. È bellissima.»

Le parole di Estrella le ricordarono stranamente Duilio, il responsabile del garage dove teneva la macchina a Roma. Chissà se quell'uomo esisteva ancora, oltre la soglia dell'immensa stanza scura in cui era confinata. Chissà se esisteva ancora Roma. Chissà se esisteva ancora il mondo.

*Chissà se esisto ancora io...*

Quando sua madre con la voce e i tacchi di sempre venne per avvertirla che la macchina li stava aspettando in strada, la seguì per avere una risposta a questa domanda.

Uscì di casa per andare a scoprire se aveva riacquistato la vista, cercando di lasciare chiuso nella stanza alle sue spalle il terrore di aver perso la ragione.

# 26

Maureen accettò il sedile e il fruscio della sedia a rotelle come uno scarico di responsabilità per il suo senso dell'equilibrio. Appena scese dalla macchina, sua madre e lei erano state accolte da un infermiere in attesa del loro arrivo. Adesso un altro uomo sconosciuto che indossava un profumo dolciastro e un alito di dentifricio la stava spingendo per i corridoi dell'Holy Faith Hospital, l'istituto dov'era stata operata. Maureen non era ben sicura di avere in mente l'architettura dell'edificio. Gli ospedali di solito si guardano per un istante e si rimuovono subito per dimenticare che esistono. Conosceva New York abbastanza bene per ricordare che l'Holy Faith era situato nel Lower East Side, poco sotto la macchia verde del Tompkins Square Park. Parecchie volte durante la sua breve degenza si era chiesta se dalla sua finestra si vedessero spuntare le cime degli alberi. E ogni volta si era risposta che forse non avrebbe mai più visto le cime degli alberi spuntare oltre una cosa qualunque.

Dopo le chiacchiere con Estrella, Maureen aveva fatto tutto il viaggio in silenzio, lasciando a sua madre il compito di dirigere l'autista, che parlava inglese con un forte accento russo e che per lei era solo una voce in più fra le tante.

Aveva cercato di immaginare che viso potesse avere.

Quella cadenza ondeggiante e lastricata di vuoti gutturali gliene aveva richiamata alla memoria un'altra, legata senza via di scampo all'immagine di un orecchino a croce con un piccolo diamante al centro. Maureen aveva cercato di cambiare pensiero come si cambia un discorso, ma quando si dialoga con la propria mente non è quasi mai possibile. Il ricordo era scivolato sull'anomala esperienza di poco prima e subito aveva trovato di fronte la paura. Era stata in dubbio se parlarne o meno con il professor Roscoe, ma alla fine aveva deciso di non farlo. In quel teatro che era diventata la sua testa, la scena si muoveva chiara e nitida come quella specie di allucinazione che l'aveva sorpresa sulla porta del bagno. Immaginava il chirurgo, a cui aveva attribuito un viso provvisorio, immerso in un imbarazzo clinico mentre cercava le parole adatte per consigliarle il supporto di un bravo psicologo. E l'ultima cosa di cui lei aveva bisogno, in quel momento, era avere intorno a sé persone corrose dal dubbio che quell'esperienza avesse in qualche modo intaccato il suo raziocinio.

Avanzarono per i corridoi in un silenzio ovattato interrotto solo dai passi di qualcuno

*un medico? un infermiere? un altro cieco come me?*

che incrociavano e da qualche saltuario e breve sentore di medicinale. L'Holy Faith era un piccolo ospedale e non aveva un pronto soccorso, per cui non c'era un interfono con chiamate d'urgenza da medici in prima linea. Si trattava soprattutto di un istituto di ricerca avanzata, provvisto di un reparto ospedaliero dalla capienza limitata. Le cure e gli interventi che si praticavano con le tecniche più sofisticate riguardavano esclusivamente il settore dell'oculistica. E il professor William Roscoe era uno dei più grandi specialisti al mondo in questo campo. Nonostante l'età ancora giovane, secondo alcuni le sue ricerche sulle cellule staminali totipotenti lo stavano avvicinando a passi da gigante al premio Nobel.

E, se tutto fosse andato come lui aveva predetto, a trovare un posto d'onore fra i santi del piccolo paradiso privato di Maureen Martini.

La sedia a rotelle venne frenata dolcemente e le mani esperte di chi la spingeva le fecero fare una curva stretta verso destra. Il rumore di una porta che si apriva e la carrozzella spinta all'interno e subito la mano di suo padre che era già in attesa nello studio a sfiorarle la guancia. Nemmeno dopo un secolo di corsi di recitazione sarebbe riuscito a mascherare l'ansia che aveva nella voce.

«Ciao, tesoro.»

«Ciao, papà.»

«Vedrai che andrà tutto bene.»

La voce del professor Roscoe si mescolò con quella di Carlo Martini, uguale se non nel timbro almeno nell'intenzione.

«Sono assolutamente d'accordo, signorina. Come sta?»

«Bene, direi.»

«Scommetto che non ha dormito molto stanotte.»

Maureen si chiese come mai il sorriso si avverta così bene in una voce, anche se non si vede chi sta parlando.

«Temo che abbia vinto.»

«È normale che sia un po' agitata. Signora Wilson, le dia un ansiolitico.»

«Se è possibile, preferirei di no.»

«In medicina non esiste democrazia, signor commissario. E visto che io preferirei di sì, penso che farà bene a prenderlo.»

La voce di sua madre arrivò a dare man forte al medico.

«Ti prego, Maureen, fai quello che il professore ti dice.»

Sentì il passo di una persona che si avvicinava. L'infermiera le mise in mano un bicchierino di plastica contenente una pastiglia e un bicchiere uguale pieno d'acqua e l'aiutò mentre inghiottiva.

La voce di Roscoe pareva soddisfatta.

«Molto bene. Signora Wilson, vuole essere così gentile da abbassare le tapparelle e accendere al minimo quella piccola luce sulla mia scrivania?»

Maureen sentì il rumore dello sgabello che il medico stava avvicinando per mettersi di fronte a lei.

«Molto bene. E adesso andiamo a vedere che cosa abbiamo combinato.»

Una pressione sotto il mento le sollevò il viso verso l'alto e subito dopo sentì due mani esperte che staccavano delicatamente i cerotti.

Prima uno...

*signoretipregosignoretipregosignoretiprego*

...poi l'altro.

*signoretipregosignoretipregosignoretiprego*

Arrivò dunque per Maureen un senso di liberazione e l'aria fresca sul leggero sudore delle palpebre chiuse. Il tempo era come sospeso in quel momento. Allo stesso modo, il suo respiro. Le pareva che tutti gli abitanti del mondo fossero fuori dalla finestra a spiare il gioco di destino che si stava praticando in quella stanza.

«Ecco, signorina, adesso apra lentamente gli occhi.»

Maureen lo fece.

*signoretipregosignoretipregosignoretiprego!*

E vide ancora il buio.

Sentì il cuore esplodere nel petto in un battito enorme, come se avesse voluto dare un ultimo fragoroso segno della sua presenza prima di smettere di pulsare per sempre.

Poi da quel buio arrivò una luce improvvisa e vide una figura d'uomo china su di lei con le mani alzate verso il suo viso. Un solo istante. Com'era arrivato, quel chiarore da miracolo si chiuse su se stesso, come nella sequenza di un film proiettato al contrario.

E fu di nuovo il nero della pece e dell'anima.

Maureen sentì la voce uscire dalla sua bocca inaridita senza alcuna spinta di fiato. Anche la sua muta preghiera era stata inghiottita dalla notte.

«Non ci vedo.»

La voce del professor Roscoe arrivò luminosa con un messaggio di calma e di speranza.

«Attenda un attimo. È normale. Deve dare ai suoi occhi il tempo di abituarsi alla luce.»

Maureen chiuse di nuovo le palpebre, infastidita da un leggero bruciore, come un senso di sabbia fine negli occhi.

Quando li riaprì vide l'alba più bella del mondo. Vide una luce rosata e tenue sorgere sull'incanto di uno studio medico e un uomo con lo stesso viso di prima chino su di lei con un camice bianco e la macchia colorata dei quadri sulle pareti chiare e una piccola abat-jour benedetta accesa come un faro su una scrivania e un'infermiera con i capelli rossi sul fondo della stanza e sua madre con un completo blu e suo padre con una giusta speranza in volto e la solita cravatta regimental al collo e finalmente riuscì a concedersi, dopo tutto quello che era successo, il lusso sfrenato di poche, preziose lacrime di gioia.

L'uomo con il camice bianco le sorrise e le parlò e finalmente il professor Roscoe oltre a una voce ebbe anche un viso.

«Come va adesso, signorina?»

Rimase un istante in silenzio prima di capire che quel rimbombo che sentiva alle orecchie proveniva da qualche punto dentro il suo petto.

Ma sorrise anche lei.

«Professore, le hanno mai detto che lei è un uomo bellissimo?»

William Roscoe si rialzò e fece un passo indietro. Una smorfia nel viso abbronzato lo macchiò d'ironia.

«Più di una volta, Maureen, più di una volta. Ma è la prima volta che una donna lo fa *dopo* essere stata in cura da me. Di solito, appena mi vedono bene non lo dicono più. Mi scusi la confidenza, ma di fronte a certi risultati ho ancora la tendenza a entusiasmarmi un po'.»

Mary Ann Levallier e Carlo Martini erano rimasti in silenzio con l'espressione di chi vede ma non capisce quello che sta succedendo. Quando assimilarono il senso di quel dialogo tra Maureen e il medico, si precipitarono insieme a stringerla fra le braccia, senza rendersi conto del fatto che si stavano abbracciando anche fra di loro.

Maureen lasciò che la loro commozione diventasse la sua. Una piccola storia da bambini questa volta si era avverata. Aveva baciato il rospo e il rospo era diventato un principe e lei riusciva finalmente a vederlo.

«Bene, signori, dopo questo comprensibile slancio, posso continuare a fare il mio lavoro?»

Roscoe si fece largo tra quelle sei braccia e tese una mano a Maureen.

«Venga, mi faccia dare un'occhiata in modo un po' più serio. Si alzi lentamente. Potrebbe provare un leggero capogiro, dopo tutto questo tempo senza vista.»

L'aiutò a raggiungere un complesso macchinario che stava sul fondo dello studio. La fece sedere su uno sgabello all'interno e le fece appoggiare il mento su un supporto.

«Stia tranquilla. Fa un po' impressione ma non è doloroso.»

Roscoe si sedette di fronte a lei e iniziò un esame accurato, fatto di brevi luci azzurre e attrezzi che le sfioravano gli occhi lasciandole un leggero prurito e provocando una naturale lacrimazione.

«Molto, molto bene.»

Roscoe si alzò e l'aiutò a uscire da quella postazione vagamente fantascientifica.

«Come le ho detto, dovrà portare gli occhiali scuri ancora per un po' di tempo. Il senso di fastidio che prova si attenuerà gradatamente. La signora Wilson le darà un antibiotico in gocce e un collirio che dovrà mettere con la posologia che le ho scritto sulla ricetta. Niente computer e poca televisione. Cerchi di non stancarsi troppo, dorma il più possibile e torni da me fra una settimana per un controllo. A seconda del tempo di recupero stabiliremo quando inserire la seconda tranche di cellule.»

Allargò le mani in un gesto che era un *oplà* del circo dopo un doppio salto mortale.

«Signori, ecco fatto. Per quel che mi riguarda, potete andare.»

Mentre si svolgeva il rituale dei saluti e dei ringraziamenti, Maureen si prese un attimo di tempo per fissare definitivamente nella memoria la figura del professor William F. Roscoe. Era alto una decina di centimetri più di lei e il suo viso era quello di un uomo non bello ma affascinante, dalle tempie leggermente brizzolate e il colorito sano di chi fa molta vita all'aria aperta. Non si sarebbe stupita di vederlo con il suo fisico asciutto al timone di una barca a vela. E inoltre era dotato di un sorriso contagioso e di una naturale capacità di comunicare.

Uscirono dallo studio. Il percorso contrario fu per Maureen uno spettacolo fantastico. Le piastrelle di un verde tenue dell'Holy Faith Hospital le sembrarono i mosaici di Piazza Armerina e il sole che trovò ad attenderla fuori aveva la luce delle Maldive e l'autista della limousine che le aveva accompagnate era soltanto un sereno signore di mezza età con un curioso accento russo.

Salutò con un abbraccio suo padre che ora poteva tornare a Roma con uno stato d'animo completamente diverso da quello del viaggio di andata. Il tragitto verso Park Avenue fu per Maureen una rivalsa della vista. Mary Ann Levallier rimase in silenzio mentre sua figlia centellinava i colori e le immagini e filtrava ogni altro stimolo esterno attraverso quel senso a lungo mortificato. A Maureen sembrò di *vedere* i rumori del traffico e gli odori e i profumi della città mentre percorrevano la Bowery, e l'orologio elettronico di fianco al Virgin Store in Union Square sembrava un'opera d'arte e non un semplice monumento al tempo che passa e la Grand Central Station era un posto magico con treni in partenza per chissà dove.

Quando entrarono nell'appartamento furono accolte dalla gioia e dalla commozione di Estrella, che la seguì apprensiva fino alla sua stanza, come se ancora avesse bisogno di una guida. Maureen chiese e ottenne di rimanere sola. Pregò Estrella di abbassare le tapparelle prima di uscire.

Nonostante non condividesse i gusti di sua madre in fatto di arredamento, quella camera nella penombra le sembrò fantastica. Il rilascio della tensione di colpo la fece sentire esausta. Si sedette sul letto e iniziò a sfilarsi le scarpe. Si stese e decise di concedersi una piccola breve trasgressione, dopo un periodo di voci senza faccia alla radio.

Prese il telecomando, accese il televisore e lo sintonizzò su Eyewitness Channel.

«Continuano le indagini sulla vicenda del misterioso omicidio di Chandelle Stuart, unica erede della fortuna dei magnati dell'acciaio, trovata morta due giorni fa nel suo appartamento allo Stuart Building sulla Central Park West...»

Sullo schermo in dissolvenza apparve l'immagine di una ragazza dai capelli scuri e dal viso affilato. La bocca aveva una piega dura che le conferiva un'aria lasciva.

«Nonostante l'estremo riserbo mantenuto dalle autorità sulla vicenda, fonti accreditate collegano questo delitto a quello di Gerald Marsalis, meglio conosciuto come Jerry Kho, il pittore figlio del sindaco trovato ucciso nel suo studio tre settimane fa. Una conferenza stampa pare sia...»

Le parole dello speaker si smarrirono nel limbo dal quale Maureen era appena riemersa. Sul video era apparso il viso di un uomo e quel viso cancellò di colpo tutte le buone sensazioni che quegli ultimi istanti le avevano regalato.

Maureen conosceva quel volto.

Lo aveva visto proprio quella mattina, durante quella che lei aveva scambiato per un'allucinazione.

Era l'uomo che le aveva offerto la sensazione innaturale di possedere un pene e le aveva imposto il suo sorriso crudele da uno specchio affacciato su un mondo senza altrove, con un viso da dèmone rosso come se fosse coperto dal sangue di mille ferite.

# 27

Il taxi si fermò in fondo a Carl Schurtz Park, all'altezza di Gracie Mansion. Dopo aver pagato il prezzo della corsa a un autista con il turbante che pareva aver fatto dell'aglio il suo unico alimento, Maureen scese con sollievo dalla vettura e imboccò il vialetto asfaltato in leggera salita che portava all'abitazione ufficiale del sindaco di New York. Dalla sua destra arrivavano le grida di bambini nel campo giochi del piccolo parco. Sotto di loro c'era la piazzola con la statua di Peter Pan che era stata usata centinaia di volte come location di film. Le venne in mente che in realtà New York era tutto un enorme set cinematografico, pieno di posti che ognuno aveva visto così tante volte da aver perso la voglia di provare a conoscerli davvero.

Con questa riflessione in testa, Maureen raggiunse una panchina e si sedette, con la sensazione estraniante di essere guidata oltre la sua volontà a raggiungere il posto che qualcuno le aveva assegnato in una storia di pazzi. Vista dall'esterno, sembrava solo una bella ragazza nel parco alla ricerca di un attimo di pausa prima di scivolare nel resto della giornata.

Ed era esattamente quello che Maureen avrebbe voluto essere in quel momento. Una persona normale con una vita normale, senza ricordi e soprattutto senza ricordi non suoi. La scoperta che aveva fatto il giorno precedente, dapprima l'aveva lasciata sconvolta. Le immagini violente che le erano arrivate come messaggi da un altro posto sconosciuto e poi la scoperta successiva che forse arrivavano da un luogo dove era stato commesso un delitto.

E di nuovo la vittima era lei.

Di nuovo e ancora.

Prima attraverso i suoi occhi e ora attraverso gli occhi di un altro, che, in un modo senza senso e per un motivo che non riusciva a spiegare, adesso erano i suoi.

Maureen si tolse gli occhiali e li appoggiò di fianco a sé sulla panchina, per il privilegio di piangere poche lacrime senza ostacoli nel rifugio sicuro delle mani appoggiate al viso. Quando aveva visto alla televisione l'immagine di quel ragazzo assassinato e aveva scoperto chi era e cosa gli era successo, aveva impiegato parecchi minuti a uscire dalla pietra che pareva averla circondata. Poi, la sua razionalità era arrivata in soccorso e ci si era aggrappata come a una corda di salvezza tesa su un baratro.

Aveva preso il telefono e aveva chiamato il professor Roscoe all'Holy Faith Hospital. Quando aveva sentito la sua voce al telefono, aveva provato un senso di sicurezza, come la presenza confortante di un amico in una situazione disperata.

«Salve, Maureen. C'è qualcosa che non va? Si sente bene?»

C'era un'ansia nella voce del medico che Maureen aveva ritenuto giusto rassicurare.

«No, tutto bene. Nessun problema fisico, se è questo che intende. Volevo semplicemente chiederle una cosa, se è possibile.»

«Dica.»

«Lei conosce l'identità del donatore? Sa a chi appartenevano le cornee che mi ha impiantato?»

Un attimo di riflessione dall'altra parte. Maureen non era riuscita a interpretarne il senso. Forse Roscoe le avrebbe detto quello che non sapeva, forse sapeva quello che non le avrebbe detto.

«No. Noi riceviamo la comunicazione che ci sono degli organi disponibili e la tipologia genica del donatore, ma la sua identità ci è assolutamente sconosciuta. L'espianto viene fatto altrove e per motivi che può facilmente comprendere è coperto da una riservatezza assoluta.»

Maureen era rimasta perplessa. Probabilmente come medico si era già trovato di fronte a richieste di quel genere, sia da una parte sia dall'altra. Persone che volevano sapere chi fosse il donatore, a volte parenti che chiedevano di conoscere l'identità di chi aveva beneficiato della scomparsa di un figlio, un marito, un fratello ricevendone un organo, per illudersi che almeno una parte di lui fosse ancora viva.

«Maureen, so quello che sta provando. È comprensibile per chiunque, ancora di più per lei che ci è arrivata attraverso un'esperienza terribile. Non è questo l'atteggiamento giusto. Cerchi di non pensare a nient'altro che a se stessa. I ricordi a volte sono bestie feroci. Sta a lei e al tempo la possibilità di domarli giorno dopo giorno.»

Maureen di nuovo era stata tentata di parlare con lui dell'esperienza che aveva appena vissuto. Provava il desiderio della liberazione che una confidenza del genere poteva dare ma aveva il sospetto che sarebbe invece passata da una gabbia all'altra, circondata da persone che la credevano un'allucinata e che di quelle gabbie avrebbero avuto in mano la chiave.

No, era una cosa che per il momento doveva maneggiare da sola.

«Forse è come dice lei.»

«È *sicuramente* come dico io. Non per presunzione, ma per esperienza. Si lasci andare e accetti quello che la vita ha in serbo per lei. E se non le piace, di sicuro troverà dentro di sé la forza per cambiarlo.»

Aveva salutato il professor William Roscoe, la persona che senza saperlo l'aveva salvata da un incubo e l'aveva infilata in un altro. Aveva riappeso il telefono. Aveva girato lo sguardo per la stanza e aveva chiesto a se stessa con gli occhi di chi la stesse guardando. Si era ritrovata, per motivi differenti, nell'identico stato d'animo del giorno prima, quando era in attesa di sapere se avrebbe riacquistato la vista o no.

Con una sola differenza.

Questa volta era riuscita a vedere oltre i vetri il cammino cangiante della notte verso l'alba, senza sogni perché non aveva dormito nemmeno un istante. Per tutto il tempo aveva vagato fra i suoi pensieri come in una foresta impenetrabile, e ogni volta che si era illusa di aver imboccato una via d'uscita, si era ritrovata davanti la delusione e la derisione del punto di partenza.

Infine, l'irrazionale l'aveva portata ad aggrapparsi alla sola cosa che le restava di razionale. Era un poliziotto e aveva la possibilità di contribuire alla soluzione di un delitto. Come, non lo sapeva ancora. E nemmeno con chi.

Le sue paure delle reazioni di chi si sarebbe trovata di fronte esistevano ancora, ma era un rischio che doveva correre. Era la sola strada che le restava. O perlomeno era l'unica che si sentiva di percorrere, per non diventare pazza davvero. Questo cra il motivo per cui in quel momento si trovava seduta su una panchina tinta di verde nel parco davanti a Gracie Mansion. Sapeva che il sindaco Marsalis conosceva bene sua madre e sperava che questo, oltre a qualunque informazione avesse chiesto sul suo stato di servizio in Italia, avrebbero un poco mitigato l'enormità di quello che intendeva esporgli.

Ma ora che stava per arrivare al dunque, non trovava il coraggio per alzarsi ed entrare in quel posto e dire quello che aveva da dire.

Si chiese se un colpevole prima di andarsi a costituire si sentisse nello stesso modo. Allora prese gli occhiali e se li infilò per concedersi almeno il riparo fittizio che in effetti erano. Si alzò in piedi e si diresse verso il cancello e il vuoto che c'erano davanti a lei.

# 28

«Ma è possibile che non si riesca a trovare uno straccio di indizio in questa storia di merda?»

Christopher Marsalis si alzò dalla scrivania del suo ufficio e rimase in piedi come se non sapesse bene che epilogo dare a quello scatto improvviso di nervi. Aveva le maniche rimboccate a mostrare gli avambracci robusti e il colletto della camicia slacciato. La cravatta era una macchia di colore sulla giacca scura gettata distrattamente sullo schienale della sedia.

Si passò una mano tra i capelli bianchi e fece correre lo sguardo sui due uomini che lo guardavano in silenzio seduti davanti a lui. Tornò a sedersi con un'espressione desolata.

«Scusate. Credo di essere un poco nervoso.»

Jordan non disse nulla. Non aveva mai sentito suo fratello scusarsi di una qualunque cosa. Era abbastanza significativo che lo facesse proprio in quel momento.

Il detective James Burroni si sentì invece chiamato in causa.

«Signor sindaco, le garantisco che ogni possibile strada è stata percorsa. Da quando Jordan ha avuto quell'intuizione su Chandelle Stuart, un piccolo passo avanti l'abbiamo fatto. Alcuni uomini del dipartimento stanno interrogando con discrezione i docenti che facevano parte del corpo insegnanti del Vassar College all'epoca dei fatti. Stiamo indagando anche alla United Feature Syndicate, la casa editrice dei Peanuts. Tramite loro è iniziata anche una ricerca presso gli eredi di Charles Schulz per vedere se tra gli appunti e le carte in loro possesso non possa saltare fuori qualche cosa di utile.»

Christopher allontanò la sedia dalla scrivania per essere più comodo. Aveva gli occhi cerchiati. Guardandolo, Jordan si rese conto che non doveva aver dormito molto da quando quella storia era iniziata.

«Detective, sono certo che state facendo tutto il possibile. Quello che mi manda in bestia è sapere che noi siamo qui a girarci i pollici e nel frattempo c'è un maledetto serial killer che sta progettando un nuovo omicidio.»

Jordan fece sentire finalmente la sua voce mentre si alzava dalla sedia.

«Questa teoria è attendibile ma non mi convince del tutto. Quella categoria di psicopatici in genere ama la pubblicità, vuole che il proprio operato sia pubblico per avere dai media la gratificazione che cerca. Nel nostro caso non c'è il minimo accenno a un qualunque tentativo di forare il segreto che finora siamo riusciti a mantenere sulle modalità dei delitti.»

«Forse è come dici tu, ma non riesco a trovare una definizione migliore per uno che va in giro a uccidere la gente usando come ispirazione delle *strips* che invece sono nate per divertire.»

«La chiave di tutto è proprio lì, secondo me. Solo che non riesco a capire come.»

Usando il verbo al singolare praticamente si era addossato la responsabilità di quel momento di stasi e Burroni gli fu grato per questo. Da quando era entrato in quella stanza non era riuscito a togliersi di dosso un leggero disagio. Non capitava tutti i giorni che un semplice poliziotto fosse ammesso nel *sancta sactorum* del sindaco e questa cosa, oltre alla mancanza di risultati, era la componente principale del suo stato d'animo.

Jordan iniziò a camminare per la stanza, immerso in quel suo modo di riflettere a voce alta che Burroni ormai aveva imparato a riconoscere e a tenere in considerazione. Assistette in silenzio alla sua fredda analisi dei fatti, impersonale come se una delle vittime non fosse stato suo nipote e non fosse in presenza del padre.

Il detective riusciva per istinto a capire il costo elevato di quella capacità di concentrazione.

«Ragioniamo. Abbiamo una persona che compie dei delitti ispirandosi a dei fumetti. La prima vittima è un personaggio importante. È un pittore famoso ma nello stesso tempo è anche il figlio del sindaco di New York. Per qualche motivo ignoto, potrebbe essere anche un gesto di vendetta verso di lui, ma le modalità del delitto in qualche modo lo escludono. Poi arriva una seconda vittima. Una donna, questa volta, anche lei appartenente a una famiglia molto in vista in città. E il nuovo omicidio ha lo stesso richiamo del precedente. Una striscia di fumetti, popolare in tutto il mondo, che è stata pubblicata in questo Paese fra le strisce giornaliere e domenicali di almeno centocinquanta quotidiani: i Peanuts.»

Jordan fece una pausa, come se stesse inseguendo il lampo di un'idea che si era affacciata per un istante e subito era scomparsa.

«Ogni volta ci troviamo di fronte un'indicazione sul personaggio che sarà colpito successivamente, ma è sempre diversa e non pare contenere in sé un elemento degno di rilievo. Il primo omicidio è legato alla figura di Linus, nevrotico e cerebrale, con la sua eterna coperta attaccata all'orecchio nei momenti di panico. E proprio così viene composto il corpo. Vicino alla scena del delitto viene notato un uomo che indossa una tuta sportiva e che zoppica leggermente dalla gamba destra. Per il secondo delitto si tratta di Lucy, sorella di Linus, che ha una cotta per Schroeder, il genietto della musica. Anche nel suo caso succede la stessa cosa, per quanto riguarda la posizione del corpo. E ancora si scopre in loco la presenza dello stesso uomo. Emerge che tutt'e due le vittime hanno studiato nello stesso posto e che probabilmente tutt'e due conoscono la persona che le ha uccise. Viene da chiedersi se anche la terza vittima, che ci è stata segnalata come Snoopy, sia stata un allievo o un'allieva del Vassar e se conosca un uomo che indossa una tuta da jogging e zoppica leggermente dalla gamba destra e del quale, non dimentichiamolo, possediamo un elemento importantissimo. Per colpa della sua distrazione e del caso abbiamo un campione del Dna.»

Jordan guardò Burroni e Christopher come se solo in quel momento si fosse accorto della loro presenza nella stanza.

«Ma soprattutto dobbiamo avere ben presente che ora abbiamo un ulteriore, piccolissimo vantaggio sull'assassino. Esile, ma ce l'abbiamo.»

Christopher insinuò una speranza fatta a cuneo nel rigore di quel ragionamento.

«Quale?»

«Abbiamo un nome. Pig Pen. Un altro personaggio dei Peanuts, meno popolare degli altri tre. E la persona a cui stiamo dando la caccia non sa che lo abbiamo. Ripeto, è solo una candela ma rispetto al buio dove stavamo prima è già una luce.»

Cadde per qualche istante il silenzio, una pausa durante la quale ognuno ebbe il tempo di assimilare ed elaborare quanto Jordan aveva appena detto.

Burroni si riscosse per primo e si alzò dalla sedia, come galvanizzato da quella considerazione.

«Signor sindaco, se mi permette vorrei fare un salto in centrale, per controllare i rapporti dei miei uomini dal college e vedere se ci sono novità nell'ottica di quanto ci siamo detti.»

Christopher gli porse la mano.

«La ringrazio, detective. Nonostante il brutto momento, so che state facendo un buon lavoro e non me ne scorderò al momento opportuno.»

Mentre Burroni stringeva la mano che il sindaco gli aveva teso, Jordan girò la testa verso la finestra per nascondere la sua reazione istintiva a quelle parole. Nessuno meglio di lui poteva sapere quanto labile fosse la memoria di suo fratello. Però questa volta a favore di Burroni giocava un fatto importante. Questa volta ci sarebbe stato lui a ricordargli le promesse.

«Ciao, Jordan. Ci vediamo.»

«Sì. Tienimi al corrente.»

Il detective uscì dalla stanza e richiuse con delicatezza l'uscio alle sue spalle. Jordan e Christopher rimasero soli. Nemmeno il tempo di scambiare una sillaba che la porta si aprì di nuovo e comparve sulla soglia Ruben Dawson, l'impeccabile factotum e consigliere del sindaco.

«Che c'è, Ruben?»

Jordan fu sorpreso di cogliere una parvenza di indecisione nel comportamento di Dawson. Arrivò fino davanti alla scrivania, prima di dare una risposta precisa alla domanda.

«C'è un fatto nuovo. E strano, se mi permette. Mi ha appena chiamato la guardia all'ingresso. Dice che c'è una donna che chiede di parlare con lei. Si è presentata come un commissario della polizia italiana.»

«E che vuole?»

La parole di Ruben Dowson caddero come grandine sul selciato.

«Ha detto che potrebbe avere notizie sull'omicidio di suo figlio.»

# 29

In piedi davanti a un cancello color panna, Maureen attendeva.

Attraverso le sbarre, si intravedevano nel piccolo cortile delle berline scure parcheggiate e accanto alle auto la macchia rosso acceso di una moto appoggiata al cavalletto laterale. Una moto italiana, le sembrò di vedere.

La scena che si era costruita nella testa si era puntualmente avverata. Quando era arrivata alla sua altezza, il poliziotto di servizio, un tipo dalla mascella quadrata e con una camminata che sembrava adatta a un qualunque mezzogiorno di fuoco, era uscito dalla guardiola ed era venuto verso di lei.

«Buongiorno, signorina. Come posso aiutarla?»

«Buongiorno, agente. Mi chiamo Maureen Martini e sono un commissario della polizia italiana. Sono anche cittadina americana. Ho necessità urgente di parlare con il sindaco.»

Aveva teso all'agente il suo distintivo e il suo passaporto. Per pura cortesia il poliziotto aveva preso in mano i documenti ma non aveva fatto il minimo accenno ad aprirli.

«Temo sia un brutto momento per parlare con il sindaco.»

Maureen se l'era aspettata questa reazione. Nonostante il fastidio, aveva tolto per un istante gli occhiali da sole e fissato l'agente dritto negli occhi.

«Questo lasciamolo decidere a lui. Lei gli dica solo che sono in possesso di informazioni sull'omicidio di suo figlio.»

Il tono e il significato delle sue parole avevano sciolto come un getto d'acqua calda l'espressione glaciale del suo interlocutore.

«Attenda qui un attimo.»

L'agente in divisa blu era entrato nella sua postazione e Maureen lo aveva visto attraverso i vetri prendere il telefono e intanto controllare il distintivo e il passaporto. Aveva scambiato qualche parola con un interlocutore all'altro capo del filo.

Adesso, mentre ascoltava la risposta, Maureen vide che annuiva con il capo.

Poco dopo, l'agente tornò da lei e le tese i documenti.

«Entri pure. Una persona verrà a riceverla.»

Maureen passò il cancello e attraversò il piccolo cortile. Si diresse verso la porta d'ingresso che si apriva sul ballatoio che occupava tutta la facciata principale. Mentre stava salendo i gradini, il battente si aprì e un maggiordomo dall'aria molto anglosassone comparve sulla soglia.

La voce con cui l'uomo la invitò a entrare non poteva essere altro che quella.

«Prego, signorina, il sindaco l'attende. Da questa parte, le faccio strada.»

Maureen era così tesa che non prestò la minima attenzione all'ambiente che la circondava. Quasi non si accorse di un tipo con una giacca di camoscio e un cappello tondo e nero che le passò di fianco e le rivolse un'occhiata di curiosità. Il suo sguardo si era fissato su un granello bianco che sulla giacca nera del maggiordomo spiccava come una luce di Times Square. Alla fine di un corridoio, l'uomo si fermò davanti a una porta. Bussò leggermente e, senza attendere un segnale dall'interno, spinse l'uscio e si fece da parte.

«Prego, signorina.»

Maureen fece un paio di passi e si trovò in un ambiente che aveva tutta l'aria di essere un piccolo studio. La porta si chiuse senza rumore alle sue spalle.

Nella stanza c'erano due persone.

In piedi tra lei e la finestra c'era un uomo alto con i capelli sale e pepe. Aveva i più incredibili occhi azzurri che avesse mai visto e, d'impatto, il viso e l'atteggiamento di un uomo che si desidera avere accanto in un momento di pericolo. L'altro, parecchio più anziano, era seduto alla scrivania e aveva l'atteggiamento sicuro che l'abitudine al potere porta con sé e sul viso i segni del logorio che il potere si lascia dietro. Aveva gli stessi occhi azzurri dell'altro ma erano come spenti e il suo corpo appesantito raccontava di troppe cene ufficiali e troppo poco movimento.

Al suo ingresso nello studio, si alzò come si conviene in presenza di una signora, ma nello sguardo con cui la stava valutando c'era apprensione, curiosità e diffidenza.

La sorprese offrendole una mano asciutta.

«Buongiorno, signorina. Sono Christopher Marsalis. E questo è mio fratello Jordan.»

L'uomo alto non si mosse e non disse nulla. Si limitò a un semplice gesto di saluto con il capo.

«Buongiorno, signor sindaco. Mi scusi se mi presento in questo modo forse inopportuno. Sono un commissario della polizia italiana.»

«Lei parla inglese in un modo perfetto. E ha un'aria familiare. Non ci siamo già visti prima?»

Maureen sorrise e propose una parentela che non avrebbe mai citato al di fuori delle circostanze che l'avevano portata a Gracie Mansion.

«Credo che lei conosca mia madre. È un avvocato penalista, qui a New York. Si chiama Mary Ann Levallier. Dicono tutti che ci somigliamo molto.»

*Ma lo dice solo chi non ci conosce davvero.*

Sul suo viso e nella sua voce non c'era traccia di questo pensiero. Preferì evitare qualsiasi ulteriore commento e si presentò per riportare il discorso in quella stanza.

«Mi chiamo Maureen Martini.»

Solo quando disse il suo nome parve attirare l'attenzione dell'uomo che le era stato presentato come Jordan Marsalis. Fece un passo verso di lei e negli occhi aveva la stessa discreta domanda che espresse con la voce.

«Mi scusi, signorina. Forse la mia è una richiesta che può avere un risvolto doloroso. Lei è la fidanzata di Connor Slave?»

Maureen lo ringraziò mentalmente per aver parlato di Connor come se ci fosse ancora, perché era con esattezza il modo in cui lo pensava lei in ogni istante.

«Sì, sono io.»

Di certo anche il sindaco conosceva la sua storia, ma il commento che aggiunse era più da discorso ufficiale che da vera e propria partecipazione. Maureen non poteva sapere che aveva definito nello stesso modo la morte di suo figlio.

«È stata una grande perdita.»

Subito dopo, il silenzio dell'attesa e quattro occhi da terzo grado puntati su di lei.

Maureen capì che era giunto il momento. Cercò di esprimere in poche parole un fatto che forse gliele aveva tolte tutte per sempre.

«Vengo subito al dunque. Vedo che conoscete le circostanze in cui io e Connor siamo stati coinvolti. In quell'occasione ho subito delle lesioni che hanno reso necessario il trapianto delle cornee. Per un problema legato a una serie di incompatibilità genetiche, la percentuale di possibili donatori era molto vicina allo zero. Nonostante questo, ne è stato trovato uno.»

Maureen fissò gli occhi nell'attonito sguardo azzurro di Christopher Marsalis. In qualche modo sapeva come sarebbe finito il discorso e nello stesso tempo aveva timore di saperlo.

«Ho seri motivi per ritenere che questo donatore sia stato Gerald Marsalis.»

«È possibile. Io stesso ho autorizzato l'espianto degli organi quando ho saputo che era iscritto a un'associazione di donatori. Se è così, sono lieto che grazie a questo lei abbia riacquistato la vista. Ma tutto ciò che rilevanza può avere ai fini dell'indagine sulla sua morte?»

Maureen si tolse gli occhiali da sole. La luce di taglio della finestra era una lama per i suoi occhi, ma le sue parole sarebbero state molto più acuminate. Pensò che fosse giusto offrire al suo interlocutore anche un'espressione oltre che una voce.

«So che quanto sto per dirle le sembrerà impossibile. In effetti lo è anche per me. È pazzesco ma continuo a essere ossessionata da visioni ricorrenti della vita di suo figlio.»

Subito dopo, Maureen avvertì il silenzio della compassione cadere nella stanza. Il sindaco guardò il fratello a cercare la complicità del suo sguardo. Le parlò con un disagio che cercò di nascondere fra le pieghe di un tono di voce calmo e pacato, cercando con difficoltà di continuare a guardarla dritta negli occhi.

«Signorina, io credo che l'esperienza che lei ha avuto non vada sottovalutata. So che a volte non è facile accettare certi avvenimenti senza pagarne le conseguenze. Glielo dico per esperienza personale. Sua madre è una persona capace e una buona amica. Ora, io penso che lei dovrebbe permettermi di...»

Maureen se l'era aspettata quella reazione. Era entrata in quella stanza con l'assoluta convinzione che, quando avesse riferito ciò che le stava succedendo, la risposta non poteva essere che quella. Non poteva dar loro torto. Lei stessa avrebbe accolto nello stesso modo chiunque le si fosse presentato con una storia simile.

Nonostante questi pensieri, continuò per la strada che aveva scelto di percorrere.

«Signor sindaco, con il dovuto rispetto, non mi sarei presentata se non avessi una ragionevole certezza che quanto le dico sia vero. Mi rendo conto che la parola "ragionevole" in questo caso possa sembrare fuori luogo. Sono un poliziotto e sono stata addestrata a basarmi su dei fatti reali e non su delle congetture esoteriche o extrasensoriali. Creda che ho riflettuto a lungo prima di venire qui, ma adesso che ci sono non mi sentirei di cambiare la mia versione neanche di fronte a un collegio di psichiatri.»

Si alzò in piedi sentendosi nuda e indifesa davanti al giudizio di quei due uomini. Fu costretta ad ammettere che era stata proprio lei a dar loro i mezzi per farla sentire in quel modo. Rimise gli occhiali scuri e disse quello che le restava da dire tutto d'un fiato, senza guardare in faccia nessuno in particolare.

«Io abito per un certo periodo di tempo a casa di mia madre. Se pensa che sono pazza, chiami lei. Se pensa di offrirmi il beneficio del dubbio, chiami me. Signori, vi chiedo scusa del disturbo.»

Si girò e si avviò verso la porta, lasciando alle sue spalle un silenzio che sapeva di stupore, imbarazzo e compassione.

Mentre stava per impugnare la maniglia, il suo sguardo cadde su una foto appesa in una cornice di legno di fianco alla porta. Due uomini si stringevano la mano e sorridevano verso l'obiettivo. Uno lo conosceva benissimo. Era Ronald Reagan, il presidente degli Stati Uniti. Si rese conto che l'altro era un Christopher Marsalis con i baffi e i capelli scuri, molto più giovane e magro di come si presentasse adesso. Non lo aveva riconosciuto subito perché rispetto alla foto era molto cambiato, ma i suoi occhi azzurri erano inconfondibili. Maureen si rese conto con una vampata di calore che lo aveva già visto, non con l'aspetto che aveva adesso, ma con quello della foto.

*Era lo stesso uomo che nel sogno era entrato nella sua stanza e le aveva stracciato un disegno.*

Si irrigidì e parlò senza girarsi, per il timore di leggere la reazione sul viso dei due uomini che aveva lasciato interdetti alle sue spalle.

«Molto tempo fa suo figlio stava facendo un disegno. Era lo schizzo infantile ma molto preciso di un uomo e una donna che facevano l'amore, appoggiati a un tavolo. Lei è entrato nella sua stanza e lui glielo ha mostrato. Lei si è arrabbiato, molto. Ha stracciato il foglio di carta e come punizione ha chiuso suo figlio in uno sgabuzzino.»

Solo alla fine di questo discorso Maureen si girò. Come in un effetto grafico al computer, vide l'espressione di circostanza sciogliersi sul viso di Christopher Marsalis e diventare di colpo stupore. Lo seguì con lo sguardo mentre si alzava senza parlare e andava a guardare fuori dalla finestra. Maureen per l'ennesima volta si stupì di quante diverse connotazioni potesse assumere il silenzio, come se l'assenza di parole avesse più possibilità di espressione delle parole stesse. La voce del sindaco di New York arrivò da un angolo della stanza ma pareva sfilacciata da un lungo viaggio nel tempo e nel ricordo.

«È vero. È successo molti anni fa. Gerald era un bambino. A quel tempo mia moglie era ancora viva anche se aveva iniziato a entrare e uscire da un ospedale all'altro. Io ero molto più giovane di adesso e a causa della sua malattia da più di un anno non avevo rapporti con lei. C'era questa cameriera molto carina che lavorava in casa e io...»

Fece la pausa che Maureen si aspettava. L'attimo d'incertezza prima della liberazione di una confessione, piccola o grande che sia.

«Be', successe in cucina. Fu una cosa istintiva e non si è più ripetuta. Gerald deve averci visto senza che noi ce ne accorgessimo. Quando mi ha mostrato il disegno era tutto orgoglioso e non aveva capito nulla di quello che stavamo facendo. Per lui contava solo la gioia della sua piccola opera d'arte. Io ho avuto timore che potesse mostrare quel disegno a qualche estraneo e l'ho stracciato. Poi l'ho fatto giurare che non ne avrebbe parlato con nessuno e per fargli capire che aveva fatto una cosa sbagliata l'ho chiuso nello stanzino. Era solo un bambino, ma ho la sensazione che non me l'abbia mai perdonato.»

Maureen rivide la porta che si chiudeva sul suo viso rosso di rabbia. Immaginò un bambino immerso nell'oscurità dello sgabuzzino, solo con le bugie del buio, quello che trasformava in mostri della fantasia la verità degli occhi e le forme inequivocabili della luce.

Jordan Marsalis venne in soccorso del fratello e si frappose tra lei e il suo momento di debolezza.

«Signorina Martini, come ha detto prima, lei è un poliziotto, con tutto quello che comporta. Anch'io lo sono stato, dunque sappiamo tutti e due di cosa stiamo parlando. Ammetterà che in questa situazione ci sono degli elementi anomali e di non facile classificazione. Per essere espliciti, qualunque cosa di questo genere venisse riportata in un tribunale varrebbe a ognuno di noi l'obbligo di due sedute di analisi la settimana. Tuttavia sono costretto a prendere in considerazione quello che mi ha detto. C'è qualcos'altro che lei ha...»

Maureen si rese conto che stentava a trovare una definizione plausibile per un concetto che lei stessa aveva difficoltà a esprimere a parole.

«Lei mi sta chiedendo se ho *visto* qualcos'altro?»

«Esatto.»

Quella parola sembrò farsi strada a fatica dalla gola e tra i denti di Jordan.

Maureen, con lo stesso senso di liberazione che aveva messo a nudo il sindaco poco prima, uscì dalla solitudine in cui quell'esperienza l'aveva confinata e riferì le immagini che aveva ancora stampate nel cervello. La donna sotto di lei, il viso tinto di blu, il viso di Gerald tinto di rosso che aveva visto nello specchio, la figura minacciosa di un uomo avvolto dall'ombra delle scale, che impugnava una pistola e che non era riuscita a vedere in volto.

Era così presa dal racconto che non ebbe modo di vedere i contraccolpi delle sue parole sugli uomini con cui stava dividendo la sua angoscia. La fine della storia cadde in un silenzio che lasciò nella stanza come un vuoto pneumatico. Maureen non si sarebbe stupita se di colpo gli oggetti si fossero messi a galleggiare a mezz'aria.

Fu il sindaco a parlare per primo, e la sua voce fu il diapason che infrangeva il cristallo.

«È pazzesco.»

Maureen capì che quel commento non era rivolto a lei. Stava solo rilevando l'assurdità della situazione che lo obbligava suo malgrado a cancellare ogni incredulità. Non c'era una spiegazione, ma anche se ci fosse stata non avrebbe cambiato nulla dell'indefinibile testimonianza di cui avevano appena sentito il racconto.

Jordan sembrava il meno scosso. Si sedette sulla sedia di fronte a lei e si appoggiò con calma allo schienale.

«Credo che a questo punto sia il caso di ipotizzare una linea d'azione. Abbiamo due vittime. Le modalità della loro morte ci fanno pensare che gli omicidi siano collegati fra di loro da qualche elemento che non riusciamo a definire. L'unica cosa che siamo riusciti a trovare che leghi Gerald Marsalis e Chandelle Stuart è che entrambi hanno studiato al Vassar College di Poughkeepsie.»

Prese alcune foto a colori che stavano sul piano del tavolo accanto a lui e le spinse verso Maureen.

«Questo college.»

Maureen allungò un braccio e tirò le foto verso di sé. Ne prese una in mano e…

*…sono in un viale che taglia in due un grande prato verde e sto camminando e incrocio dei ragazzi che mi guardano senza salutarmi e neanch'io li saluto e davanti a me c'è una grande costruzione austera piena di vetrate e io alzo il braccio a guardare l'ora e di colpo accelero il passo e mi metto a correre verso l'ingresso e…*

*…sono in una stanza e il mio campo visivo è ristretto come se le immagini mi arrivassero attraverso dei buchi e oltre a me nella stanza ci sono altre due persone, un uomo e una donna vestiti di scuro che indossano delle maschere di plastica che raffigurano due personaggi dei Peanuts. Una è Lucy e l'altra è Snoopy. Il cuore mi batte e giro la testa seguendo la direzione dello sguardo degli altri due…*

*…e c'è la schiena di un uomo di spalle chino sul tavolo dove si intravede un corpo steso, sembra un bambino, e di colpo l'uomo solleva le braccia verso l'alto e nella mano destra stringe un coltello tutto rosso di sangue e ancora sangue che cola dalle mani a macchiare le maniche della giacca e anche se non lo sento so che l'uomo di spalle con la testa rivolta al soffitto sta urlando e io…*

*…sono ancora con l'uomo e la donna vestiti di scuro che indossano la maschera di Lucy e Snoopy ma siamo altrove e l'uomo si ap-*

*poggia alla parete e si leva la maschera e mostra invece un viso giovane e bruno di ragazzo che è rigato di lacrime e subito dopo lo nasconde tra le mani e scivola contro il muro fino a trovarsi seduto a terra e lei...*

Maureen fu risucchiata nel luogo in cui si trovava prima e si ritrovò inginocchiata a terra. Vide davanti agli occhi un nodo piantato nel pavimento di legno in mezzo a due scarpe sportive da uomo. Comprese che le braccia forti che la stavano sorreggendo erano quelle di Jordan Marsalis.

Anche la voce era quella di Jordan, ma pareva chilometri lontana dal posto in cui stavano le sue scarpe.

«Che succede, signorina?»

Maureen sentì un'altra voce arrivare da altrettanto lontano. In qualche modo riuscì a realizzare che era la sua.

«Un omicidio. C'è stato un omicidio.»

«Di cosa sta parlando? Che omicidio?»

Non ebbe modo di sentire quest'ultima domanda. Il suo corpo si fece pesante e svenne, approfittando di quella pausa come di una zattera di salvataggio lanciata da una mano pietosa, prima che arrivasse la certezza gelata del terrore.

# 30

Quando Maureen tornò in sé, la prima cosa di cui si rese conto fu di essere distesa a terra e che una mano le stava sorreggendo la testa. Subito dopo, quel senso di sabbia fine agli occhi provocato dalla luce. Li richiuse con una smorfia di fastidio.

«Gli occhiali.»

Allungò una mano e sentì sotto il palmo la superficie lucida del pavimento di legno. Li cercò a tentoni di fianco a lei, immaginando che le fossero caduti quando si era sentita scivolare in avanti. Percepì un movimento alle sue spalle, sentì le stanghette scivolare con delicatezza dietro alle orecchie e poi il provvido refrigerio delle lenti scure. Aprì gli occhi e fu lieta che gli altri non vedessero mentre lo faceva perché erano lucidi di piccole lacrime. Cercò di recuperare il suo respiro normale e un battito del cuore meno responsabile.

La voce di Jordan arrivò da fuori a infrangere quell'aura che stava cercando di ricostruirsi intorno.

«Tutto bene?»

«Sì», disse.

*No*, pensò.

*Non va bene per niente. Se questo è il prezzo che devo pagare per vedere, preferisco tornare nell'oscurità di prima insieme alle immagini dei* miei *incubi e non assistere da spettatrice impotente a quelli di un altro.*

«Vuole bere qualcosa?»

Maureen fece cenno di no con la testa. Le immagini di quello che aveva visto stavano sparendo dai suoi occhi come le tessere di un puzzle decostruito pezzo per pezzo. Solo l'ansia restava indistruttibile nello stomaco come una lama fatta di ghiaccio e d'acciaio. Cercò di mettersi a sedere e si ritrovò davanti il viso di Jordan. Sentì l'odore del suo alito. Sapeva di uomo buono e sano e solo in fondo si avvertiva un leggero aroma di tabacco. Di certo era stato lui a sorreggerla e adagiarla sul pavimento prima che ci cadesse da sola.

«Mi aiuti a rimettermi in piedi, per favore.»

Jordan le infilò le mani sotto le ascelle e con delicatezza ma senza sforzo apparente la sorresse mentre si rialzava. La guidò a sedersi di nuovo sulla sedia dove stava quando...

«Tutto okay?»

«Sì, sto bene adesso. È andato.»

«Cos'è successo?»

Maureen si passò una mano sulla fronte. Nonostante quello che aveva raccontato ai due uomini poco prima, non poté fare a meno di provare un senso di vergogna per questo nuovo...

*questo nuovo... che cosa?*

Maureen decise infine di definirlo «episodio». Nemmeno dentro di lei voleva usare la parola «attacco».

«Ho visto una cosa.»

Christopher Marsalis emerse dall'angolo della stanza in cui si era rifugiato per lasciare spazio al suo improvviso mancamento. Si sedette sulla sedia davanti a lei dall'altra parte della scrivania.

«Che cosa?»

Maureen indicò le foto che stavano sparpagliate sul tavolo.

«Ho visto il Vassar College. Però non com'è adesso, ma com'era parecchio tempo fa.»

«E come fa a saperlo?»

Maureen indicò con un dito degli alberi ai lati del viale che portava alla grande costruzione sullo sfondo.

«Questi alberi erano più piccoli nel momento in cui li ho visti.»

«Vada avanti.»

Una breve esitazione. Poi lo slancio e la discesa ripida del racconto.

«Ero lì e stavo correndo per un viale verso l'edificio che c'è nella foto. Poi di colpo ero in un altro posto. Con Lucy e Snoopy.»

Ancora in preda ai fumi di quello a cui aveva assistito nella sua mente o dove non sapeva dire, Maureen non vide il sobbalzo di Christopher Marsalis e l'occhiata di sgomento che lanciò a suo fratello. I due parlarono quasi all'unisono.

«Lucy e Snoopy?»

Maureen non colse l'affanno nella loro voce ma solo la sorpresa. Si affrettò a spiegare nei dettagli quello che aveva visto.

«Non sono fuori di testa. Intendo dire che ero con due persone che indossavano delle maschere dei Peanuts che raffiguravano Lucy e Snoopy. Anch'io portavo una maschera...»

Jordan si sedette davanti a lei e le prese le mani.

«Maureen, scusi se la interrompo...»

Maureen fu lieta di quel contatto senza malizie. Fu lieta di sentirsi chiamare per nome.

Era familiare, era protettivo, era... umano.

Quello che stava provando lei, invece, non lo era per niente. E non era sicura di essere in grado di affrontarlo. Aveva il terrore che la sua mente la tradisse e scivolasse in qualche abisso dal quale non sarebbe mai più riuscita a riemergere. La cosa a cui si trovava di fronte non era fatta di incursioni in quel posto senza terra e senza tempo dove nascevano le forme fittizie dei sogni o degli incubi. Era sprofondare in un'ovatta nera popolata da immagini che arrivavano direttamente dal luogo peggiore che possa esistere: la realtà.

Gli occhi azzurri di Jordan riuscirono a superare anche lo schermo polarizzato delle lenti.

«C'è una cosa che non le ho detto. E quello che è successo ora credo che possa fugare ogni perplessità residua. Lei conosce i Peanuts?»

«E chi non li conosce?»

«Bene. Chi ha ucciso Gerald e Chandelle ha lasciato i corpi in una posizione che richiama proprio due di quei personaggi. Mio nipote aveva una coperta incollata a un orecchio e un dito in bocca come Linus. Chandelle Stuart era invece addossata a un pianoforte come Lucy quando ascolta il piccolo Schroeder suonare. E abbiamo avuto dall'assassino un'indicazione che la prossima vittima sarà proprio Snoopy.»

La voce di Jordan era calma e irradiava fiducia e Maureen lo ammirò per come riusciva a mascherare il tempo veloce che sicuramente sentiva scandire dentro.

«Lei prima ha parlato di un omicidio.»

«Sì. Nella stanza dove eravamo c'era una persona in piedi davanti a un tavolo. Sul piano era steso un corpo piccolo, un bambino o una bambina, forse. Non sono riuscita a vedere bene perché l'uomo era di spalle e mi copriva la vista. Poi ha sollevato le braccia verso l'alto e nella mano destra c'era un coltello insanguinato.»

«E poi?»

«Poi di colpo mi sono trovata in un altro posto. E c'erano ancora i due con le maschere e la persona che indossava quella di Snoopy se l'è tolta e piangeva.»

«E lei l'ha visto in faccia?»

«Sì.»

«E lo saprebbe riconoscere?»

«Credo di sì.»

«Cristo santo.»

Jordan si alzò di scatto e subito divenne le parole che volavano nei fili del telefono, la corrente elettrica che ronzava nei cavi dell'alta tensione. Puntò il dito indice verso suo fratello, che era rimasto a guardarli senza voce in gola.

Gli chiese di ritrovarla.

«Christopher, chiama subito il rettore Hoogan. Digli che abbiamo bisogno con urgenza assoluta di entrare nel database di Vassar e che ci serve la password d'accesso.»

Christopher si attaccò immediatamente al telefono. Con una

frase Jordan risolse l'espressione interrogativa di Maureen e le comunicò la sua speranza.

«La sola cosa che abbiamo come probabile è che anche questo Snoopy fosse uno degli studenti del Vassar. Se è così, attraverso l'archivio del college possiamo cercare di individuarlo e metterlo sotto protezione, se siamo ancora in tempo.»

La voce concitata di Christopher Marsalis che stava parlando al telefono superò di tono la loro eccitazione.

«Travis, ti dico che è questione di vita o di morte. Non me ne frega un fico secco della privacy. Fra un quarto d'ora ti faccio avere un intero volume di mandati. Ma ora mi serve quello che ti ho chiesto. E mi serve subito.»

Attese alcuni istanti e poi riattaccò. Il calore della conversazione gli aveva provocato due leggere chiazze rosse sulle guance.

«Ho dato a Hoogan il mio indirizzo di posta elettronica privato. Fra un istante ci invia il link dell'archivio con la password per entrare.»

«Molto bene. Maureen, come te la cavi con il computer?»

La situazione in cui si trovavano contribuì a sveltire le pratiche fra di loro. Erano due sconosciuti ma erano anche e sempre due poliziotti.

«Ho fatto uno stage approfondito sui crimini informatici. Non sono al livello di un hacker ma fino a quel punto ci posso arrivare.»

«Benissimo.»

Trainati dalla forza magnetica che Jordan sembrava emanare, si trasferirono in un altro studio nell'ala opposta della casa, un ambiente più grande e pieno di materiale elettronico. C'erano computer con schermi al plasma, stampanti, scanner, fax e fotocopiatrici.

Ruben Dawson, inappuntabile come sempre e come sempre laconico, era seduto su una poltrona davanti a una tastiera. Il loro ingresso non cambiò la sua espressione. Jordan si domandò per un istante che cosa al mondo potesse increspare la superficie di quel lago gelato che era il segretario del sindaco.

Le parole concitate di Christopher furono un altro nulla di fatto contro la sua impassibilità.

«Ruben, apri la mia posta personale. Ci deve essere un'e-mail dal Vassar College di Poughkeepsie. Poi lascia libera la postazione.»

Dawson lanciò il programma e subito sullo schermo apparve una serie a cascata di scritte in grassetto che indicavano la posta non ancora letta. Si alzò e lasciò il posto a Maureen senza una piega, né sul viso né sull'abito.

Maureen tolse gli occhiali e si sedette davanti alla tastiera. Individuò il messaggio che proveniva dal Vassar College. Lo aprì e subito dopo proseguì per il sito indicato dal link. Quando si aprì e il banner di richiesta d'accesso comparve, inserì lo user name e la password che il rettore aveva allegato.

Ottennero l'accesso a una videata con una sequenza di date che corrispondevano ad altrettanti anni accademici. La lista sembrava interminabile.

«E adesso?»

Jordan si rivolse a suo fratello continuando a tenere gli occhi fissi sullo schermo.

«Christopher, in che anni Gerald è stato al college?»

«Nel '92 e nel '93, mi pare.»

Quel «mi pare» lasciato cadere in quel modo la diceva lunga sui rapporti fra padre e figlio.

In alto a sinistra c'era una piccola finestra con gli strumenti per impostare i criteri di ricerca.

«A occhio e croce direi di andare a vedere il periodo fra il 1992 e il 1994. C'è un criterio discriminatorio? È possibile dividere i maschi dalle femmine?»

Maureen si strinse nelle spalle.

«Temo di no. È il database di un college, non un programma a uso investigativo. C'è la possibilità di arrivare a una scheda conoscendo il nome, ma credo che qualsiasi percorso inverso sia un po' difficile.»

Jordan posò le mani sulle spalle della ragazza. Non era un gesto di confidenza, era un gesto di solidarietà.

«E allora temo che dovremo vedere un bel po' di facce da adesso in poi. Sperando che quella che cerchiamo sia tra quelle che vedremo.»

E iniziò un lungo elenco di visi. Ragazzi e ragazze che ormai erano da qualche parte, diventati uomini e donne, distribuiti nelle loro vite e nei loro spazi dalle casualità dell'esistenza, trasformati in quello che avevano scelto di essere o a dibattersi in quello che erano stati costretti a diventare. C'era il senso del tempo in quel lungo interminabile susseguirsi di volti, e della sua ineluttabilità. C'era ancora quello scorrere di sabbia fine agli occhi che Maureen provava per le emanazioni luminose dello schermo, la stessa che per quei ragazzi era scivolata in una clessidra fino a trasformarli in quello che erano adesso. Vedendo sfilare in quella parata silenziosa e senza gioia anche i volti di Gerald Marsalis e Chandelle Stuart, Maureen si costrinse a non pensare che per alcuni di loro la sabbia era finita, per non tornare suo malgrado al pensiero di Connor.

Si concentrò sulla lunga litania senza fine apparente di Alan e Margaret e Jamie e Robert e Allison e Scarlett e Loren e...

«Eccolo! È lui!»

Un ragazzo con i capelli castano rossicci e i lineamenti delicati rivolgeva loro un sorriso timido, imprigionato in una foto vecchia di dieci anni. Maureen rabbrividì pensando che in quel momento la versione adulta di quell'immagine stava da qualche parte, ignara del fatto che loro stavano lottando contro il tempo per salvargli la vita.

La voce di Jordan arrivò dalle sue spalle.

«Alistair J. Campbell, nato a Philadelphia il...»

La voce di Christopher Marsalis interruppe sul nascere quell'esposizione di dati anagrafici.

«Ma sì. È il figlio di Arthur "Eagle" Campbell, il campione di golf. Suo padre è inglese ma vive negli Stati Uniti da anni. Penso che ormai abbia addirittura la cittadinanza americana. Adesso sta in Florida e gira nel circuito senior.»

Maureen integrò la scheda biografica del ragazzo che continuava a osservarli dallo schermo con il suo sorriso appena abbozzato.

«Sì, ma Alistair Campbell è anche uno scrittore. È stato un paio di anni fa nella lista dei best-seller con un romanzo che ha anche creato un certo scalpore. *Il sollievo di un uomo finito*, mi pare che si intitolasse. L'ho anche letto. Credo sia stato pubblicato da Holland & Castle.»

Fu Jordan a dire a voce alta quello che tutti stavano pensando.

«E la frase che ho trovato sul pianoforte a casa di Chandelle Stuart richiama proprio Snoopy quando si atteggia a scrittore.»

Ci fu un attimo di pausa immobile, il breve lasso di tempo attonito fra il lampo e il tuono. Poi Jordan estrasse il cellulare dalla tasca come se di colpo fosse diventato rovente.

Compose un numero. Nell'esposizione dei fatti fu veloce senza essere concitato.

«Burroni, sono Jordan. Ascoltami e prendi nota. Abbiamo un altro nome. È un ex studente del Vassar College. Fa lo scrittore. Si chiama Alistair Campbell e pubblica con un editore che si chiama Holland & Castle. Suo padre è Arthur Campbell, un fuoriclasse del golf che vive in Florida. Forse è lui Snoopy. Hai capito tutto?»

Rimase in ascolto e poi annuì soddisfatto dalla risposta.

«Perfetto. Rintraccialo ma discretamente e senza creare allarmismi. Dobbiamo trovarlo noi prima che lo trovi il nostro uomo.»

Jordan rimise il telefono in tasca. Il silenzio cadde nella stanza. Si sentiva solo il leggero ronzio di uno schermo e dei loro pensieri. Adesso che la macchina era in moto con un piccola speranza come carburante, non restava che attendere, sperando che fosse sufficiente a portarli a destinazione. Sapevano tutti che era un viaggio in cui avrebbero scoperto se all'arrivo ci fosse ad attenderli un altro cadavere o no.

Maureen si alzò dalla sedia e si girò verso Jordan. Istintivamente lo aveva considerato fin da subito il suo unico referente, come un animale da caccia a cui basta il fiuto per riconoscere il suo simile. Forse anche Jordan provava la stessa cosa. Allineò gli occhi con i suoi e sembrò leggere i suoi pensieri. Poi, quasi a conferma, lanciò a voce alta l'ipotesi che tutti e due avevano in testa.

«Forse il legame che unisce le vittime è proprio quello che hai detto tu. Sono stati tutti testimoni di un omicidio. E se non riusciamo a trovare Alistair Campbell in tempo, forse non sapremo mai quale.»

Maureen non rispose. Si rimise gli occhiali scuri per il fastidio agli occhi e la difficoltà di sentirsi protagonista in quel momento e in quel modo. Con quel gesto rimase sola e chiusa e impermeabile agli sguardi della gente presente in quella stanza. Ed ebbe una risposta a una domanda che non aveva mai fatto. Non lo aveva mai chiesto a Connor, ma adesso sapeva che situazione gelida fosse a volte essere davanti al calore di un applauso.

# 31

«West Village, all'angolo fra Bedford e Commerce.»

Alistair Campbell diede all'autista del taxi l'indirizzo di casa e si rilassò contro uno schienale che aveva visto tempi e molle migliori. L'autista si staccò dal terminal del JFK Airport dove l'aereo era appena atterrato e la sua macchina divenne una in più nella fila di auto gialle dirette verso la città.

Le luci di New York erano accese ma non avevano ancora realmente iniziato la loro battaglia contro il buio. Dopo tutto il tempo passato nella sua casa di Saint Croix, alle Isole Vergini, ritrovarsi nei bagliori colorati della città come sempre lo intimoriva e lo stupefaceva. Ogni ritorno era un sollievo e un'angoscia nello stesso tempo. Alistair Campbell era un uomo e nello stesso tempo uno scrittore. Ma era un uomo privo di coraggio, e questo faceva di lui uno scrittore fragile e insicuro. E come tutte le persone insicure aveva bisogno di continue conferme. Quella città illuminata che si stava avvicinando come per inghiottire la macchina su cui viaggiava pareva l'unica in grado di dargliene. Quando le conferme e le lusinghe avevano finito il loro potere taumaturgico e diventavano avvenimenti incalzanti e oggetto di nuove paure, capiva che era arrivato il momento di tornarsene sulla sua isola.

Nel suo posto in riva al mare la notte era notte e il giorno significava sole e la possibilità di alzarsi e dopo venti passi nella sabbia avere l'oceano come tazza per pisciare.

Il cellulare nella tasca si mise a suonare con un tono soffuso di campanelli. Lo spense senza nemmeno guardare il display. Aveva programmato le funzioni dell'apparecchio in modo che gli segnalasse la scadenza oraria delle diverse pastiglie che doveva prendere nell'arco della giornata. Fece scorrere la cerniera dello zaino che aveva con sé e prese dallo scomparto interno un piccolo portapastiglie di plastica dal quale estrasse una compressa di amiodarone. Il suo cuore aveva da tempo manifestato una tendenza alla fibrillazione atriale e solo con quel tipo di farmaco poteva tenerla a bada.

Mise in bocca la capsula e per la lunga abitudine riuscì a inghiottirla senza bisogno d'acqua.

Aveva dovuto fare i conti con la sua cardiopatia fin da quando si era rivelato un bambino esile e facile da affaticare. C'era stato un momento in cui addirittura i medici avevano temuto che fosse afflitto da una cardiomiopatia dilatativa, una patologia degenerativa che porta il cuore a ingrandirsi progressivamente fino a precludere quasi del tutto il battito e rendere necessario un trapianto.

Suo padre Arthur Campbell, il grande «Eagle» Campbell, l'uomo che aveva fatto più *big shots* nella storia del golf, nel momento in cui aveva capito che suo figlio non sarebbe mai stato un campione né nel suo sport né in qualunque altro, lo aveva come archiviato fra le varie ed eventuali. D'altronde, era così occupato a coltivare la sua leggenda da non avere molto tempo per curarsi delle misere realtà di chi gli stava intorno, anche se si trattava di suo figlio.

Sua madre Hillary si era comportata nel modo esattamente opposto e aveva fatto, se possibile, danni ancora peggiori. Lo aveva preso sotto la sua soffocante ala protettrice e gli aveva insegnato la paura e la fuga.

E da quel momento Alistair non aveva fatto altro che avere paura e fuggire.

Il cellulare suonò di nuovo, questa volta con lo squillo imperioso della richiesta di comunicazione. Aprì il guscio del Samsung e vide stampato sul piccolo schermo il nome e la foto di Ray Migdala, il suo agente letterario.

«Pronto.»

«Ciao, Alis. Dove sei?»

«Sono appena sbarcato. Adesso sono su un taxi e sto arrivando verso casa.»

«Molto bene.»

«Hai letto il materiale che ti ho mandato?»

«Certo. Ho finito proprio ieri sera.»

«Che ne dici?»

Ci fu un istante di silenzio che fu un lontano campanello d'allarme per l'impazienza e l'entusiasmo di Alistair.

«Penso che ci dovremmo vedere.»

«Cazzo, Ray, quanti misteri. Ti è piaciuto o no?»

«È proprio di questo che ti volevo parlare, quando ci vediamo. Ti va bene domani mattina o sei stanco per il viaggio?»

«No, parliamone pure adesso. E parla chiaro, una volta tanto, se ci riesci.»

Ray Migdala prese quelle parole come una piccola istigazione a delinquere e non fece fatica a mettersi in linea con la provocazione.

«Benissimo, come vuoi tu. Ho letto il tuo nuovo romanzo. Fa cagare. Penso di essere stato chiaro, questa volta.»

«Ma che cosa stai dicendo? Lo hai letto bene? Io lo trovo bellissimo.»

«Allora è meglio che tu sappia che sei l'unico a trovarlo bellissimo. Ho parlato a lungo con Haggerty, il tuo editor alla Holland & Castle e anche lui è del mio stesso parere.»

Ray forse in quel momento si ricordò delle condizioni di salute di Alistair e si accorse di essere stato troppo duro. Cambiò tono e cercò di spalmare un poco di balsamo sulle ferite.

«Alis, lo dico per il tuo bene. Se esci con questa roba i critici ti massacreranno.»

«Lo sai benissimo anche tu com'è la critica, Ray. Sul risultato commerciale non conta nulla.»

«Di questo non sarei così sicuro. Ti informo in ogni caso che

Ben Ayeroff, il direttore editoriale, non è intenzionato a verificare questa tua affermazione.»

Una lontana avvisaglia di panico. Adesso la città in avvicinamento non sembrava più un posto dove avere le conferme e le lusinghe che gli servivano, ma un posto minaccioso dove il fallimento era sempre in agguato e ogni volta severamente punito. Il Queens Midtown Tunnel che stavano per imboccare pareva una voragine senza possibilità di uscita, un verme della sabbia del pianeta Dune.

Alistair rispose cercando come poteva di tenere salda la voce.

«Cosa intendi dire?»

«In parole povere che non hanno intenzione di pubblicare il tuo libro. Sono anche disposti a rinunciare all'anticipo che ci hanno già dato.»

«E chi se ne frega. Ci sono altri editori al mondo. Knopf, Simon & Schuster e...»

Una fiammata d'orgoglio senza convinzione e subito spenta dal getto di poche parole fatte d'acqua.

«Lo so, ma questa volta sono io che non ho intenzione di andare a proporglielo. Non voglio ammazzarti con le mie mani.»

Quella precisazione divenne subito un piccolo battito anomalo nel petto di Alistair Campbell. Leggendo tra le righe, era chiaro che Ray in quel frangente era molto più preoccupato della *sua* reputazione che non di quella del suo cliente.

«Forse è il caso che facciamo un passo indietro, Alis. E scusami se sono brutale. Hai pubblicato il tuo primo romanzo con Holland & Castle perché contemporaneamente tuo padre ha accettato *obtorto collo* di pubblicare per loro una sua biografia. Il tuo romanzo era onestamente molto mediocre e non se l'è filato nessuno, ma l'editore è rientrato con abbondanti interessi delle spese con le vendite dell'altro libro. Sei consapevole di questo?»

Alistair lo era fin troppo. Ricordava l'umiliazione quando sua madre lo aveva informato dell'accordo e lo aveva convinto che era solo un passaggio necessario per arrivare a farsi conoscere.

«Certo che sono consapevole, ma che c'entra? Il primo lavoro era un'opera giovanile e come tale andava vista.»

«Infatti. Questo è il motivo per cui sei riuscito a far leggere la seconda. Quando sei arrivato con quel piccolo capolavoro che era *Il sollievo di un uomo finito*, come hai potuto vedere il successo è arrivato. E con il favore della critica...»

Ray lasciò volutamente in sospeso il concetto, che esprimeva una palese polemica sul parere precedente di Alistair a proposito delle recensioni letterarie.

«Non so come dirtelo. Questo tuo terzo romanzo non sembra nemmeno scritto dalla stessa persona che ha scritto *Il sollievo di un uomo finito*.»

Fu una fortuna che Ray dall'altra parte del telefono non potesse vedere l'espressione di Alistair. Se fossero stati uno di fronte all'altro, forse il suo agente avrebbe capito quanta verità c'era in quello che aveva appena detto.

*Non sembra nemmeno scritto dalla stessa persona...*

Se ne fosse stato capace, Alistair Campbell avrebbe riso.

Nella grande casa nel Vermont dove stavano quasi sempre soli lui e sua madre, c'era una specie di factotum che avevano in pratica ereditato dal proprietario precedente. Si chiamava Wyman Sorhensen e abitava in una dépendance in fondo al parco. Da quando se lo ricordava Alistair, era rimasto costantemente uguale a se stesso. Un uomo con i capelli bianchi, alto e magro, che pareva essere nato vecchio dentro a dei vestiti che sul suo corpo sembravano sempre di una taglia in più.

Ma aveva la voce calma e il sorriso e gli occhi più sereni del mondo.

Per Alistair era diventato il solo, vero punto di riferimento, con una presenza paterna sempre più evanescente e una madre che lo aveva isolato del tutto da tutti, coprendolo con la rete mimetica del suo affetto e della sua preoccupazione. Wyman era l'unica persona che non lo trattasse da malato ma come un bambino normale e che fosse un sollievo al divieto di giocare e sudare e ridere con altri ragazzi.

Gli aveva insegnato tutto quello che sapeva, con la complicità di due naufraghi nei confronti del resto del mondo, che ad Alistair era precluso e che a Wyman non interessava per niente. Sembrava un personaggio di certi romanzi di Steinbeck, un uomo che si era costruito una residenza confortevole in un suo personale Pian della Tortilla.

Da lui aveva appreso l'amore per i libri e la lettura, gli aveva fatto scoprire un universo alternativo fatto di evasione e viaggio, senza muoversi un palmo dalla sua sedia piazzata sotto il porticato della piccola casa in fondo al parco. Grazie a lui aveva capito l'importanza della parola e della fantasia, anche se non aveva mai avuto molta dimestichezza né con l'una né con l'altra. Grazie a lui, tanto tempo prima, aveva maturato l'idea di iscriversi al Vassar College per indirizzarsi verso la scrittura, e quella era stata la prima, vera decisione presa autonomamente in contrasto con il volere della madre.

Il vecchio era morto tranquillo nel suo letto quando lui aveva quattordici anni, passando dalla vita alla morte attraverso il filtro indolore della notte e del sonno. Ancora adesso Alistair pensava con tenerezza che il vecchio Wyman Sorhensen si era abbondantemente meritato quel privilegio.

Non aveva avuto il permesso di partecipare al suo funerale perché secondo Hillary Campbell poteva essere un'emozione troppo forte e mal tollerata dalla costituzione gracile del figlio. Quel mattino aveva girovagato per il parco sentendosi per la prima volta veramente solo. Era arrivato fino alla casa dove abitava il suo amico e aveva trovato la porta aperta. Era entrato sentendosi leggermente a disagio, come se violasse l'intimità e la fiducia di una persona che non poteva più difendersi. Nonostante tutto aveva cominciato a curiosare fra le cose di Wyman, chiedendosi che fine avrebbe fatto tutta quella roba, visto che il vecchio non aveva parenti.

Poi, aveva aperto quel cassetto.

Sul piano di legno c'era un pesante fascicolo con la copertina nera legata sul davanti con uno spago rosso. Sulla copertina, un'etichetta adesiva bianca con un titolo scritto a penna.

*Il sollievo di un uomo finito.*

L'aveva tirato fuori e l'aveva aperto. All'interno, centinaia di fogli numerati, scritti a mano con una calligrafia nervosa e minuta. Sembrava persino impossibile che nell'era dei computer qualcuno avesse potuto scrivere a mano tutta quella mole di pagine, con la pazienza e con la dedizione di un tempo che non esisteva più.

Alistair aveva preso quel fascicolo e lo aveva portato in camera sua e lo aveva tenuto nascosto fra le sue cose più intime. Aveva letto il romanzo che il manoscritto conteneva e che Wyman aveva scritto in tutti quegli anni senza mai parlarne a nessuno. Alistair non era riuscito a capirlo completamente ma lo aveva custodito al pari di un segreto prezioso, dapprima come la reliquia della sua più grande amicizia e successivamente come un piccolo tesoro da spendere in futuro.

E lo aveva speso, infatti.

Dopo l'indifferenza del pubblico e della critica verso il primo romanzo, aveva deciso di pubblicarlo a suo nome, apportando solo alcune piccole modifiche necessarie per adeguare la storia al suo tempo e al suo modo di esprimersi.

L'ingresso nel tunnel del Queens segnò la perdita del segnale e fece cadere la linea. La scomparsa della voce di Ray nell'apparecchio lo riscosse dai suoi pensieri. Attese di arrivare dall'altra parte prima di riprendere una conversazione che aveva atteso con ansia e che adesso lo atterriva.

Quando sbucarono all'aperto premette il simbolo di chiamata del cellulare come se fosse seduto sulla sedia elettrica e quello fosse il pulsante che l'azionava.

Ray rispose dopo il primo squillo.

«Scusa, siamo entrati nel tunnel ed è caduto tutto.»

«Ti stavo dicendo che adesso non è il caso di preoccuparsi.

Ayeroff è stato duro ma non drammatico. Penso che se mi do da fare siano anche disposti a concedere il tempo necessario per avere un romanzo scritto come sai fare tu.»

*No, io non lo so fare. La persona che lo sapeva fare è morta da tanto tempo e* io *adesso sono un uomo finito, ma senza alcun sollievo.*

Questo avrebbe voluto gridare fino a staccarsi le corde vocali nel microfono, e invece rimase in silenzio, nascosto, come aveva fatto quasi sempre nella sua vita.

«Vedrai che si sistema tutto. Ci sono cose peggiori. Hai sentito che casino è successo qui a New York?»

«No, lo sai che quando sono a Saint Croix stacco la spina completamente.»

«Be', una cosa da fuori di testa. Hanno ammazzato il figlio del sindaco, il pittore. E anche Chandelle Stuart.»

Alis Campbell ebbe una serie impressionante di extrasistole e di colpo un velo di sudore gelato gli coprì la fronte. Sentì la mano che avvolgeva il cellulare inumidirsi come se dal telefono fosse uscito del vapore di ghiaccio secco.

Fece una domanda della quale sapeva già la risposta, inseguendo suo malgrado la chimera dell'illusione.

«Chi, la figlia di quelli dell'acciaio?»

«Proprio lei. Non se ne sa quasi niente ma sembra che sia stata la stessa persona. Potrebbe essere un bello spunto per un thriller.»

Alistair Campbell si ritrovò di colpo senza voce e la lingua era una lima nella ruggine di una bocca secca e asciutta.

«Ci sei ancora?»

«Sì, sono qui. Com'è successo?»

«Ti ripeto, buio assoluto. Non è trapelata la minima indiscrezione. Solo quello che ti ho detto. È comprensibile, visto che c'è di mezzo il figlio di Christopher Marsalis.»

La voce di Ray Migdala espresse finalmente una leggera preoccupazione per il cambiamento del suo tono di voce.

«Che c'è, Alis, ti senti bene?»

«Scusa, sono solo un po' stanco. Tranquillo, sto bene.»

E invece non stava bene per niente.

Aveva ritrovato di colpo il gusto d'aceto della paura e l'illusorio placebo della fuga come rimedio. Avrebbe voluto dire al guidatore del taxi di invertire la marcia e tornare all'aeroporto e tornare alla quiete immobile della sua isola. Solo la certezza che fino al giorno dopo non ci sarebbero stati aerei in grado di riportarlo a casa lo trattenne dal farlo.

«Okay, ci sentiamo domani e facciamo il punto della situazione.»

«D'accordo, a domani.»

Chiuse la comunicazione mentre il taxi svoltava dalla First Avenue per imboccare la 34esima Strada e si appoggiò al sedile. Da quel momento in poi, per i suoi occhi sbarrati verso un finestrino sporco che non riuscivano a vedere, il tragitto fino a casa fu una serie di immagini fuori fuoco e scie di insegne luminose e macchine in movimento.

Sentì una fastidiosa pulsazione alla tempia e subito andò a ritrovare il portapastiglie in plastica nello zaino. Prese nello stesso modo ruvido di prima una compressa di Ramipril per la pressione senza nemmeno attendere il segnale orario del telefono.

Due nomi continuavano a rimbalzare nella sua testa come uno screen saver 3D di un computer impazzito.

*Gerald e Chandelle.*

E una parola.

*Assassinati.*

Non ebbe il tempo di abbandonarsi del tutto ai ricordi e al panico che potevano provocare. Il taxi si fermò davanti a casa sua quasi senza che si fosse accorto del percorso compiuto. Pagò il prezzo della corsa e scese dalla macchina. Mentre cercava le chiavi nello zaino, si diresse verso la bassa casa in legno chiaro dall'aspetto accogliente, con tre gradini che salivano al portoncino d'ingresso in noce e al suo battente in ottone.

Bedford Street era una strada stretta e breve, in pratica una traversa leggermente defilata della Hudson, e a quell'ora era tranquilla e spenta. L'unica luce accesa era quella di un anacronistico negozio di sartoria all'angolo con Commerce Street, opposto a quello dove stava casa sua. C'era la luce accesa, segno che qualcuno stava ancora lavorando, ma Alistair Campbell era così assorto in quel momento che non ci fece caso. Non fece caso nemmeno a una vecchia e macilenta macchina parcheggiata un centinaio di metri più indietro che si metteva in moto e lentamente si avvicinava alle sue spalle con i fari spenti. Non sentì e non vide l'auto fermarsi con la portiera lasciata aperta e l'uomo che ne usciva e veniva verso di lui con passo malfermo. Indossava una tuta da jogging con il cappuccio alzato e zoppicava leggermente dalla gamba destra. Alistair Campbell aveva appena salito i gradini e stava infilando la chiave nella serratura quando vide un braccio entrare nel suo campo visivo. Subito sentì un tessuto umido premere il naso e la bocca. Cercò di divincolarsi ma il suo aggressore lo teneva in una morsa soffocante stringendogli l'altro braccio intorno al collo.

Cercò di respirare ma gli arrivò alle narici un odore acuto di cloroformio. Sentì un leggero bruciore agli occhi e la vista appannarsi, mentre le gambe a poco a poco gli cedevano. Il suo corpo esile si accasciò tra le braccia del suo aggressore, che lo sostenne senza fatica.

Un attimo dopo la sua figura fu lasciata sul sedile posteriore di una sgangherata Dodge Nova. Un uomo con il viso scuro dell'ombra di un cappuccio si mise al posto di guida e, senza accendere i fari, la macchina si staccò dal marciapiede e andò a confondersi senza fretta con le luci e la casualità del traffico.

# 32

Alistair Campbell era nudo e terrorizzato.

Il suo corpo intirizzito era circondato dal buio di scatola del baule di una macchina che sapeva di calzini usati e di fogna e che procedeva veloce con la durezza alle costole delle sospensioni distrutte. Dopo l'aggressione davanti alla porta di casa, non era svenuto completamente ma era rimasto invischiato in uno strano torpore che gli aveva reso il corpo pesante come se le ossa si fossero di colpo trasformate in piombo.

Le prime brusche curve compiute dal guidatore lo avevano subito fatto scivolare dal sedile consunto al pavimento della macchina. Avevano percorso un tratto di strada che gli era parso interminabile, con l'odore polveroso della moquette sotto il naso, vedendo dal basso le luci della città scorrere riflesse sopra e dentro i suoi occhi fino a svanire quasi del tutto. A un certo punto si erano fermati in una zona deserta, con poche luci alte e lontane sull'orizzonte umano del finestrino di un'auto.

C'era un bagliore che lampeggiava giallo e intermittente in distanza. Forse era un faro eretto per indicare la rotta del porto ai marinai o un segnale di pericolo per gli aerei o semplicemente le sue lacrime di uomo atterrito che velavano a tratti un'indifferente stella tremula della sera.

Aveva sentito lo scatto della portiera anteriore che si apriva e subito dopo la ventata fresca dell'apertura di quella dalla sua parte. L'aria sapeva di ruggine e di alghe, e nel suo intorpidimento, per la prima volta, era riuscito ad avere un pensiero lucido. Aveva realizzato che dovevano trovarsi in qualche posto affacciato sull'acqua anche se non sarebbe mai riuscito a capire o ricordare quale.

Nel suo campo visivo appannato dal narcotico e dall'oscurità era comparso un uomo vestito con una tuta in felpa da pochi dollari e con il viso coperto da un passamontagna con aperture dalle quali si intravedevano solo gli occhi e la bocca. Lo aveva afferrato con mani dai guanti neri, lo aveva tirato su con la facilità di un fagotto senza peso e lo aveva messo a sedere sul sedile posteriore con le gambe che sporgevano verso l'esterno. Alistair aveva sentito le sue gambe penzolare nel vuoto con la consistenza innaturale del pupazzo di un ventriloquo completamente in balia della persona che lo sta animando.

Senza altra reazione possibile che non fosse la paura, aveva visto il suo aggressore cavare dalla tasca un rotolo di nastro adesivo e un grosso *cutter*. Non sapeva dove, ma in quella semioscurità da chiarori lontani la lama aveva trovato luce a sufficienza per uno scintillio minaccioso, mentre con pochi gesti rapidi e precisi l'uomo gli applicava sulla bocca un pezzo di nastro e nello stesso modo gli bloccava le mani con le braccia tese davanti al corpo.

Lo aveva preso e sorretto senza fatica intanto che lo trascinava verso la parte posteriore della macchina. Aveva puntellato il suo prigioniero appoggiandolo al corpo duro e solido e lo aveva mantenuto in quella posizione sorreggendolo con un braccio intorno alla vita, mentre con la mano libera apriva la serratura del baule.

Alistair era stato scaraventato senza cura all'interno e aveva sentito la mano del suo rapitore che gli sollevava le gambe e le guidava a seguire il resto del corpo dentro il vano scuro. La luce di una torcia elettrica lo aveva abbagliato. L'aveva osservata incombere dall'alto come qualcosa di mortale, alieno, una luce soprannaturale che arrivava direttamente dal luogo maledetto dove nascono tutti gli incubi che la follia degli uomini decide di far diventare reali.

Aveva visto la lama della taglierina entrare nel cono illuminato davanti agli occhi. Il suo cuore impazzito non aveva lasciato il minimo spazio alla vergogna, mentre il suo corpo si liberava dai freni inibitori e si orinava e defecava addosso.

Aveva emesso finalmente un mugolio disperato che l'uomo aveva ignorato completamente, come aveva accettato senza voce la larga macchia scura che si era allargata sui suoi pantaloni. Con calma ma con destrezza, aveva iniziato sistematicamente a tagliare i vestiti leggeri che il suo prigioniero portava addosso. Alistair aveva sentito un brivido non solo di freddo ogni volta che la lama veniva a contatto con la sua pelle.

Lacrime senza esito di pietà per il suo destino continuavano a uscire dai suoi occhi. Colpo dopo colpo, sussulto dopo sussulto, goccia dopo goccia, era rimasto nudo di fronte a quella luce sterile, circondato da quegli stracci puzzolenti di piscio e di merda e di paura che ormai erano diventati i suoi abiti. La chiusura della porta aveva aggiunto buio a buio e lo aveva lasciato solo in compagnia del suo terrore e del suo fetore.

Nel silenzio, altri rumori di portiere in chiusura e poi l'avviamento del motore gli avevano segnalato che quella era stata solo una sosta ma non la loro destinazione finale. L'auto si era rimessa in movimento e adesso lui stava viaggiando chiuso nel rullio sgangherato della macchina e dei suoi pensieri.

*Chi era quell'uomo?*

*Che cosa voleva da lui?*

Gli tornarono in mente le parole di Ray che poco prima

*un'ora? un secolo?*

aveva ascoltato uscire dal telefono con il rumore del ghiaccio che si spezza sotto i piedi.

Gerald Marsalis e Chandelle Stuart erano morti.

Quelli che lui una volta conosceva come Linus e Lucy erano stati assassinati da qualcuno che li aveva raggiunti e portato con sé le loro vite. E ora lui era chiuso e legato e nudo nel baule di una macchina che stava viaggiando forse verso la stessa meta.

Sentì che i denti iniziavano battere il ritmo incontrollabile della sua paura sotto la pellicola del nastro adesivo che gli copriva la bocca. La sua anima di vigliacco, per qualcosa che era successo tanto tempo prima, aveva programmato il rimorso allo stesso identico modo in cui lui aveva programmato il suo cellulare per ricordargli le scadenze giornaliere delle sue pastiglie.

Bastava che si svegliasse e trovava il ricordo lucido e vivo nella mente come se tutto quello che era avvenuto stesse succedendo proprio in quel momento davanti ai suoi occhi. Per anni aveva voluto raccontarlo senza trovare il coraggio di farlo. In un certo modo traslato aveva cercato di farlo nei sui libri, con la mediazione delle parole scritte sulla carta, un *confiteor* letterario nascosto nell'ombra della metafora, pur sapendo che quei segni non significavano la libertà della confessione e meno che meno la lontana eventualità di potersi assolvere nel tribunale dello specchio.

Dopo un po' di tempo

*un'ora? un secolo?*

Alistair sentì la macchina fermarsi con un sobbalzo, come se fosse salita su un marciapiede. Per il contraccolpo, le sue mani legate andarono a battere con dolore contro i testicoli.

Nel ronfare scarburato del motore al minimo, ci fu il rumore di una portiera che si apriva. Subito dopo, un secco rumore metallico e poi un altro come di una catena d'àncora che scorre e poi il cigolio di un cancello che si apriva su cardini mai oliati.

Ancora la portiera chiusa e ancora il movimento, con l'automobile che percorreva lentamente una strada dal fondo approssimativo e pieno di buche. Dopo un breve tragitto, l'auto si arrestò definitivamente e il motore fu spento.

Alistair sentì un'altra volta il cigolio vecchio della portiera aperta e poi un rumore dei passi sulla ghiaia e ogni passo era un tonfo del suo cuore. Il coperchio del baule si aprì e la luce della torcia elettrica puntata questa volta verso il basso gli permise di intravedere la sagoma dell'uomo che stringeva con la mano destra un lungo tronchese, tenendolo appoggiato alla spalla per bilanciarne il peso. Diede una breve occhiata verso il suo passeggero illuminando per un istante l'interno del vano di carico e poi, come soddisfatto di quello che aveva visto, richiuse lo sportello lasciando una macchia gialla negli occhi di Alistair come unico ricordo della luce nell'oscurità della sua piccola prigione.

Tutti i rumori dall'esterno arrivavano al prigioniero attraverso il filtro della pulsazione che sentiva alle orecchie. Il battito forsennato sotto le costole, dopo una serie che pareva interminabile di extrasistole, divenne di colpo il parossismo della fibrillazione, che Alistair aveva imparato nel tempo a riconoscere e a temere. Sentì il fiato farsi corto e il respiro sembrò da quel momento in poi non riuscire ad arrivare compiutamente nei polmoni per portare il suo indispensabile carico di ossigeno.

In condizioni normali si sarebbe messo a respirare dalla bocca, succhiando con avidità l'aria che gli serviva per sopravvivere, ma in quel frangente, con il nastro adesivo che glielo impediva, aveva solo il canale delle narici a cui attingere la vita. La polvere e la puzza dei suoi stessi escrementi erano come una pellicola che poco per volta si era sommata a stringere i sottili meati attraverso i quali l'atmosfera stagnante e viziata del suo luogo di prigionia veniva convogliata all'interno della sua cassa toracica.

Il cuore era adesso un susseguirsi rimbalzante di contrazioni corte e disperate senza il familiare conforto del battito sistolico.

*pa-tuc pa-tuc pa-tuc pa-tuc pa-tuc pa-tuc*

Un sudore acido iniziò a scendere dalla fronte fino a raggiungere il bruciore degli occhi. Cercò di sollevare le braccia per asciugarsi il viso, ma la posizione in cui si trovava e il nastro adesivo che gli serrava i polsi gli impedivano di compiere il movimento.

Da fuori arrivò un nuovo rumore secco e metallico, come quello di un lucchetto che viene tranciato, e poi lo stridere di una porta scorrevole.

Il passo sulla ghiaia che si avvicinava questa volta avrebbe dovuto essere al ritmo di una corsa molto veloce per tener dietro al battito forsennato del cuore.

*pa-tuc pa-tuc pa-tuc pa-tuc pa-tuc pa-tuc*

Sentì la serratura del baule scattare e il portello fu aperto un'altra volta. Nel momento stesso in cui una lama di luce penetrava all'interno, Alistair sentì un grido soffocato e vide il suo assalitore portare il braccio sinistro a sorreggere quello destro come se il coperchio del baule, aprendosi, lo avesse in qualche modo ferito.

Alla luce della torcia che aveva appoggiato sul tetto della macchina per avere le mani libere, l'uomo, con un gesto istintivo, sollevò la manica della tuta per controllare l'importo della ferita. Un segno rosso di sangue solcava la pelle lungo tutto il percorso dal polso al…

Dal suo punto di osservazione Alistair spalancò gli occhi per la sorpresa.

Sull'avambraccio destro del suo rapitore spiccava un grosso tatuaggio colorato che rappresentava un dèmone con un corpo maschile e delle eteree e variopinte ali di farfalla.

Alistair conosceva quel tatuaggio e conosceva chi lo portava. Sapeva quando era stato fatto, dove era stato fatto e chi ne aveva uno uguale.

E sapeva pure che la persona che ne aveva uno uguale era morta.

L'effetto del liquido che aveva inspirato ormai era svanito del tutto. Con gli occhi ridotti a due grandi inutili monete che non potevano pagare il prezzo della sua vita, iniziò a mugolare e strattonare e scalciare in un attacco isterico mentre il cuore

*pa-tuc pa-tuc pa-tuc pa-tuc pa-tuc pa-tuc*

era ormai un battito ininterrotto pieno di spine nella gola e nel petto.

Come se fosse stato sorpreso dal suo stesso gesto, l'uomo abbassò frettolosamente la manica della tuta e chiuse in parte il baule appoggiandosi alla macchina con il corpo. Attraverso la fessura rimasta aperta, Alistair lo vide chinarsi stringendo il braccio come se il dolore fosse molto forte mentre una macchia rosso sangue si allargava a impregnare la manica della tuta.

In quel momento da un punto imprecisato nel buio del luogo in cui erano arrivò una voce.

«Ehi, che succede qui? Chi siete? Come avete fatto a entrare?»

Il peso sul baule si alleggerì e la lamiera si sollevò leggermente, liberata dal corpo dell'uomo. Un sobbalzo delle sospensioni e la torcia elettrica cadde dal tetto della macchina e si spense.

Alistair sentì il rumore dei passi di qualcuno che si avvicinava in velocità, immediatamente seguiti dal suono di ghiaia del suo rapitore che si allontanava dall'auto.

«Ehi, tu. Fermati dove sei.»

Di fianco alla macchina sfilò la presenza veloce di un uomo in corsa che inseguiva il suo aggressore in fuga. L'eco dei passi dei due uomini si fece più debole e svanì in lontananza.

Silenzio.

Una breve attesa e dopo anni ancora silenzio.

Alistair sollevò la testa e spinse con la fronte il cofano socchiuso verso l'alto. Il coperchio si spalancò del tutto e gli permise di lanciare lo sguardo verso il posto in cui si trovava. Era un enorme piazzale, immerso nella semioscurità concessa da poche luci lontane. Alla sua sinistra, in lontananza, forse dall'altra parte del fiume, le luci familiari di New York. Alla sua destra, al limite del suo sguardo, si intravedevano dei lampioni e delle case e una strada che costeggiava un confine segnato da una rete metallica.

Quelle luci e quelle case significavano che c'erano macchine, c'era gente, c'era aiuto.

C'era la vita.

Puntando le gambe contro le pareti del baule, riuscì con fatica a girarsi e a mettersi seduto. Sollevò le mani legate e le portò come poteva a strappare il nastro che gli chiudeva la bocca. Incurante del bruciore alle labbra, succhiò come il seno della madre l'aria umida della sera mentre il cuore ancora batteva la sua danza guerriera nel petto. Gli pareva che da un momento all'altro dovesse esplodere e trasformare il suo corpo nudo in una pioggia di frammenti insanguinati che sarebbe caduta a nutrire i pochi arbusti stentati che si intravedevano nei pressi della macchina.

*pa-tuc pa-tuc pa-tuc pa-tuc pa-tuc pa-tuc*

Cercando di non battere la testa nel coperchio di lamiera che dondolava su di lui, Alistair si girò e si mise in ginocchio. Puntellandosi con le mani sul bordo del baule, riuscì a uscire da quel vano lasciandosi dietro dei vestiti sporchi e stracciati come testimonianza della sua misera umanità di fronte alla presenza della morte.

Mosse pochi passi esitanti verso le luci lontane, incurante delle asperità della strada sterrata che si trovava a percorrere. Non si curò di osservare il grande capannone industriale davanti al quale la macchina, una Nova vecchia di quindici anni dalla carrozzeria malamente rabberciata con approssimative tracce di stucco, si era fermata. Lasciò alle spalle la porta spalancata sull'oscurità piena e totale che c'era all'interno della costruzione, attirato come una falena dall'illusione dei chiarori che aveva davanti e che in quel momento rappresentavano la sua sola speranza di sopravvivere.

Rivide come in un lampo il tatuaggio insanguinato sotto la luce debole della torcia elettrica e la figura minacciosa dell'uomo che lo portava. Alistair sapeva chi era e sapeva cosa sarebbe stato capace di fargli se fosse ritornato, anche se non ne conosceva il motivo.

Questo pensiero aggiunse terrore a terrore e il suo cervello a questo attinse l'energia nervosa che gli serviva per ordinare alle sue gambe intorpidite di muoversi.

Iniziò a correre verso quelle luci alla fine del mondo con passi che erano figli del panico e un dolore sordo nelle orecchie e nel petto

*pa-tuc pa-tuc pa-tuc pa-tuc pa-tuc pa-tuc*

senza curarsi dei suoi piedi nudi che, come in una fiaba dell'orrore, iniziarono quasi subito a lasciare macchie di sangue dietro di lui a segnare la sua corsa sulla ghiaia.

# 33

La Ford Corona bianca e blu della polizia scese lentamente la rampa del Williamsburg Bridge e piegò a destra, lasciandosi alle spalle un piazzale pieno di autobus addormentati sui pneumatici. Quella zona era prevalentemente abitata da ebrei ortodossi con i loro cappelli neri e le barbe e i lunghi capelli arricciati ai lati del viso, ma a quell'ora non c'era in giro quasi nessuno. Le insegne dei negozi, delle macellerie e dei supermercati che vendevano carne e prodotti rigorosamente *kasher* erano spente e le saracinesche erano abbassate, occhi per non vedere, orecchie per non sentire.

Manhattan con tutti i suoi colori era lontana quel tanto che bastava a farla sembrare un luogo inventato. Quella zona, in quel momento, era attraversata solo dai fari terreni di poche automobili, dalle onde radio dei satelliti dirette verso il basso che si incrociavano con le preghiere delle sinagoghe che salivano verso l'alto.

L'agente Sereena Hitchin, una bella ragazza di colore di ventinove anni, era al volante e Lukas First, il suo partner, era seduto al suo fianco con corpo proteso in avanti. Con la testa girata verso il posto di guida stava sorridendo e battendo con le mani un ritmo approssimativo come tempo e come fantasia sul cruscotto di plastica della vettura.

«Tu che te ne intendi, vado bene così?»

Sereena aveva da qualche tempo avviato una relazione con un componente del cast di *Stomp*, un musical ormai mitico, tutto composto da quadri di percussioni, che era in scena da diversi anni all'Orfeus, un teatro sulla Seconda Strada, nell'East Village. Lukas sapeva quanto importante fosse quella storia per la sua compagna ma non perdeva occasione per stuzzicarla alla luce del buon rapporto che c'era fra di loro.

La ragazza rise al tentativo maldestro del suo compagno di essere competitivo.

«Sei una chiavica, Luke. La musica non è proprio il tuo forte.»

Lukas intonò una voce e una faccia di sufficienza mentre tornava ad appoggiarsi contro lo schienale.

«Strano, da piccolo cantavo gli inni sacri nel coro della chiesa.»

«È stato in quel momento che Dio è apparso durante la funzione, ti ha indicato col dito e ha detto: "In questo posto, o io o lui".»

Lukas si girò verso di lei con gli indici incrociati come se Sereena fosse un vampiro.

«Taci, blasfema. Se questo fosse realmente successo, l'Onnipotente mi avrebbe additato a tutti e avrebbe detto: "Eccolo, il mio capolavoro. Un giorno quest'uomo sarà grande".»

Sereena rise mettendo in mostra denti bianchi e regolari.

«Sei proprio un fanatico. Ci pensi ancora, eh?»

«Certo che ci penso. E vedrai che prima o poi succederà. Il mio nome a Broadway in un'insegna luminosa e io che vengo al distretto con una macchina che per la bile vi farà diventare tutti verdi come ramarri. Guarda cos'è successo al capitano Shimmer...»

Lukas First era un ragazzo molto attraente e specialmente all'interno della divisa faceva una gran bella figura. Per passione, aveva frequentato con un certo talento tutta una serie di corsi di recitazione e ogni tanto gli succedeva di fare delle piccole parti come generico in qualche fiction. Al distretto tutti ricordavano ancora l'orgoglio con cui aveva annunciato la sua partecipazione a un film di Woody Allen. Aveva trascinato tutti al cinema, e quando era finalmente arrivata la scena in cui era stato inquadrato di schiena per due soli secondi, lo sfottimento era andato avanti per giorni.

Lukas confermò il suo pensiero annuendo col capo, mentre apriva un finestrino per accendersi una sigaretta. Per un tacito accordo con la sua compagna, gli era consentito di farlo solo in quel modo e quando nessuno li vedeva.

«Il capitano sì che l'ha fatta giusta. E ha avuto la sua bella botta di culo.»

Il capitano Shimmer di cui parlava Lukas era il protagonista di una specie di storia di Cenerentola all'interno del dipartimento di polizia di New York. Aveva iniziato dapprima un lavoro di consulenza con il cinema e, quando era andato in pensione, ancora piuttosto giovane, era stato risucchiato da quell'ambiente e ora compariva sovente come attore nel ruolo del poliziotto in film e fiction televisive. Era un punto di riferimento in un posto dove tutti sognavano il colpo grosso, vincente, quello che cambia la vita.

«La tua botta di culo è stata entrare nella polizia, Luke. Scommetto che non lasceresti mai questo lavoro. Ti piace troppo.»

Lukas lanciò la sigaretta fuori dal finestrino facendola seguire dall'ultima boccata di fumo. Poi si girò verso la ragazza e assunse un atteggiamento volutamente pomposo.

«Certo. Io sono *nato* per essere un poliziotto. Ma mi piace anche l'idea di essere nato per vincere un giorno l'Oscar. Ne approfitterò per ringraziare la mia ex partner Sereena Hitchin, che con la sua fiducia e il suo sostegno mi ha aiutato a raggiungere il mio obiettivo.»

Era una sera tranquilla, erano affiatati e contenti della loro vita e di quello che facevano e non c'era nessun motivo valido per non scherzare fra di loro.

Ma come sempre succede, il motivo valido si presentò immediatamente.

La radio iniziò a gracchiare e subito dopo ne uscì una voce nella quale, nonostante la fedeltà approssimativa delle casse, suonava netto un timbro ufficiale.

«Attenzione. Comunicato per tutte le auto di pattuglia. C'è una segnalazione di massima allerta da One Police Plaza. Si tratta di un rapimento. La vittima è un uomo di razza bianca, età sui trent'anni, altezza circa sei piedi, magro e castano di capelli. Si chiama Alistair Campbell. È possibile che l'uomo che l'ha sequestrato sia il responsabile dell'omicidio di Gerald Marsalis e Chandelle Stuart. Il rapitore si è allontanato alla guida di una Dodge Nova molto vecchia con evidenti tracce di stucco sulla carrozzeria. Ripeto, massima allerta.»

Lukas emise un fischio fatto di solo fiato.

«Cazzo. Con tutta la riservatezza che c'è stata a proposito di questa storia, un comunicato del genere sulla frequenza normale con il rischio di essere intercettati dai media significa proprio che i pezzi grossi hanno il pepe al culo.»

«Ce l'avresti anche tu se fossi il sindaco di New York e ti avessero ammazzato il figlio in quel modo.»

«Già, penso proprio di sì.»

Il momento leggero era passato. Era già successo tante volte e sarebbe successo ancora. C'era sempre qualcosa che arrivava non chiamato a ricordare che cosa significava percorrere le strade con addosso una divisa blu in una macchina con la sigla NYPD. Ma l'avevano accettato e ci dovevano convivere, allo stesso modo in cui l'avevano accettato tanti loro colleghi che adesso non erano più in grado di raccontarlo.

Mentre parlavano, all'inizio di Robling Street avevano piegato a destra per la strada che scendeva verso l'East River. Incrociarono White Avenue e si trovarono in fondo a Clymer Street, davanti all'insegna del Brooklyn Navy Yard.

Oltre la rete di recinzione ferruginosa che delimitava l'area, si intravedevano le sagome di vecchi vagoni della metropolitana ammassati in attesa della demolizione. Nel buio, alcune alte costruzioni in mattoni scuri, molte delle quali fatiscenti e abbandonate, incombevano sulla strada guardandola con occhi di vetrate sfondate, pronte tanto a una ristrutturazione residenziale come a diventare un reperto significativo di archeologia industriale.

Sereena svoltò a sinistra e la macchina si avviò ad andatura moderata per Kent Avenue, diretta a sud, verso Brooklyn Heights. Costeggiarono il deposito dove stavano parcheggiate le macchine sequestrate e che a scadenze fisse sarebbero state messe all'asta.

Lukas si distrasse un attimo, mentre guardava assorto sfilare tutte quelle vetture in attesa di un nuovo proprietario dopo essere in qualche modo state tradite da quello precedente.

«Cristo santo. E quello chi cazzo è?»

Sentendo la voce allarmata di Sereena, l'agente tornò a girare la testa di scatto verso la strada.

Nella luce approssimativa dei lampioni, un uomo era uscito da un cancello aperto nella rete di recinzione e si stava dirigendo di corsa verso di loro con le mani alzate. A parte alcuni brandelli di vestiti che gli ballonzolavano attorno alle spalle, era completamente nudo e si muoveva come se ogni passo gli costasse una fatica enorme. Quando li vide e capì che si trattava di una macchina della polizia, si bloccò di colpo, con un'espressione di sollievo e sofferenza dipinte insieme sul viso. Si portò le mani al petto e scivolò lentamente in ginocchio. Rimase immobile come in un fermo immagine sull'asfalto in mezzo alla carreggiata.

Sereena bloccò la macchina e lei e Lukas scesero lasciando le portiere aperte. Mentre si avvicinavano, la ragazza notò con la coda dell'occhio che il suo compagno aveva estratto la pistola dalla fondina.

Arrivarono di fronte all'uomo in ginocchio che respirava a fatica e li guardava con occhi dai quali scendevano le lacrime incredule di chi assiste a un miracolo. Alla luce dei fari, riuscirono finalmente a distinguere con chiarezza i suoi lineamenti.

«Sereena, i connotati corrispondono a quelli che ci hanno appena segnalato.»

«Okay, stai in campana, Luke.»

Mentre Lukas restava in piedi a controllare i dintorni con la pistola spianata, la ragazza si inginocchiò a terra di fianco all'uomo che la guardava in silenzio, con entrambe le mani premute sul petto. Il suo respiro era una specie di rantolo e aveva addosso un forte odore di escrementi. Sereena Hitchin chinò lo sguardo verso l'interno delle cosce, sporco di una sostanza che dalla consistenza e dal fetore poteva essere benissimo di natura fecale.

«Lei è Alistair Campbell?»

L'uomo fece uno stanco cenno di assenso con il capo, poi chiuse gli occhi e scivolò lentamente a terra. Vincendo il disgusto per l'odore pungente, mentre cercava di respingere la nausea, Sereena gli sorresse con prontezza la testa per evitare che battesse sull'asfalto.

Gli appoggiò le dita sul collo. Il battito che trovò era quello di un cuore impazzito.

«Sta avendo una crisi cardiaca. Ha le pulsazioni a mille. Deve essere in fibrillazione. Serve un'ambulanza.»

Sempre mantenendo l'atteggiamento vigile, Lukas iniziò a indietreggiare verso la macchina. Poco dopo Sereena sentì la sua voce mentre si metteva in contatto con la centrale e chiedeva assistenza medica e rinforzi.

Tornò a rivolgere la sua attenzione al misero mucchietto di paura e vergogna e dolore in cui qualcuno aveva trasformato Alistair Campbell.

L'uomo sollevò le palpebre. La sua voce era un soffio malato che usciva con difficoltà dal corpo, passando accanto al tamburo di un cuore in piena crisi.

Sereena lo sentì sussurrare delle parole, a un volume troppo basso per poterle decifrare.

«Che cosa hai detto? Non ho capito.»

La persona identificata come Alistair Campbell sollevò leggermente la testa, e quel gesto sembrò frutto di uno sforzo enorme. Sereena gli infilò una mano sotto il capo per sorreggerlo e si avvicinò per accostare l'orecchio alla sua bocca.

Le sue parole fioche quasi si persero nel rumore del passo di Lukas che si avvicinava di corsa.

«Tra poco dovrebbe arrivare l'amb...»

Sereena lo mise in attesa con un gesto deciso della mano.
«Taci un attimo.»

Subito dopo tornò a chinarsi sull'uomo sdraiato a terra, ma vide i suoi occhi contagiati a poco a poco dal buio che c'era oltre la rete metallica dall'altra parte della strada, quasi che l'oscurità lentamente salisse a far parte di lui, come fa d'inverno la nebbia dal fiume. Dalla bocca semiaperta, le sue ultime parole erano uscite vestite dell'ultimo fiato, insieme alla vita.

L'agente capì subito l'inutilità di ogni soccorso. Avvertì sotto le dita il battito veloce e frammentato del cuore rallentare, indebolirsi, sparire. Un attimo dopo aveva sotto le dita la carne tiepida di un corpo dove il sangue sarebbe rimasto immobile per sempre.

Sereena Hitchin, come ogni volta che era costretta ad assistere allo spegnersi di una vita, provò un senso di perdita che, ne era certa, gli anni di servizio non avrebbero mai attenuato. Alzò una mano, chiuse gli occhi al morto e sperò che una qualunque delle preghiere che si levavano in quel momento intorno a lei avesse fede a sufficienza per accompagnare l'anima di quel poveraccio nel posto giusto.

# 34

La vera lotta era contro il tempo, come in ogni luogo e come sempre.

Seduto sul sedile del passeggero di una macchina che percorreva le strade di New York col lampeggiante acceso sul tetto, Jordan guardava dritto davanti a sé, sentendo sfilare le luci e le ombre al suo fianco come se fossero loro in movimento e non il mezzo su cui stavano viaggiando. Aveva la sensazione di essere in uno di quei primitivi effetti speciali inventati da Mack Sennett per dare il senso del movimento all'epoca del cinema muto, quando le persone e le cose restavano ferme e dietro a loro scorreva un enorme cilindro con un panorama disegnato.

E forse così era, in effetti.

Ogni persona coinvolta in quella faccenda credeva di procedere in avanti, mentre era il mondo che scorreva rapido di fianco a loro, finto e ingannevole, con un senso di derisione per la loro incapace immobilità.

Burroni guidava concentrato e i riflessi della strada sul suo viso ne deformavano a tratti i lineamenti con un alternarsi di chiaro e scuro, dando a Jordan l'idea di una persona in continuo mutamento, mentre sapeva benissimo che dentro di lui c'era un solo stato d'animo: la certezza di avere fallito.

Sul sedile di dietro c'era Maureen Martini, silenziosa e sola. Jordan era ammirato dalla forza d'animo di quella ragazza, divisa a metà fra la ragione del tangibile e qualcosa che non aveva nessuna spiegazione razionale. E che non era possibile ipotizzare potesse averne in futuro. Poche persone avrebbero saputo accettare quello che le stava succedendo, sorretta solo dalla incrollabile certezza di non essere pazza.

Grazie a lei avevano identificato Snoopy. Quando era successo, ognuno aveva troppa fretta e troppo imbarazzo per fermarsi a riflettere sul come. Avevano chiamato la casa di Alistair Campbell ma nessuno rispondeva. Anche il cellulare intestato a suo nome era spento. In una rapida ricerca su Internet avevano recuperato il nome del suo agente letterario. Avevano raggiunto Ray Migdala, il quale li aveva messi al corrente dell'ultima telefonata di Campbell, che poco prima era atterrato al JFK e si stava dirigendo verso casa. Avevano avvertito Burroni e subito dopo lui e Maureen si erano precipitati con la macchina della polizia che stava fissa a Gracie Mansion verso l'indirizzo che Migdala aveva fornito loro.

Durante il viaggio, era arrivata la notizia.

La radio di bordo si era messa a gracchiare e l'agente alla guida aveva staccato il ricevitore dal supporto.

«Agente Lowell.»

«Sono il detective Burroni. C'è a bordo con te Jordan Marsalis?»

Per una volta, la voce era uscita stranamente chiara dalle casse. E Jordan aveva sentito dal tono che c'erano brutte nuove in arrivo. Aveva preso il microfono che il poliziotto gli porgeva.

«Sono io, James. Dimmi.»

«Sono arrivato sul posto e ci ho trovato una pattuglia. Erano qui perché poco fa un tipo che ha una sartoria di fronte alla casa della persona in oggetto ha segnalato al 911 di aver assistito a un rapimento.»

Jordan provò un senso di gelo, come se la temperatura dell'aria condizionata, nella macchina su cui stava viaggiando, di colpo si fosse abbassata sotto lo zero. Non aveva ritenuto opportuno proseguire quella conversazione via radio.

«Sto a due minuti. Ci parliamo lì.»

Quando poco dopo erano arrivati all'angolo tra la Bedford e

Commerce Street, davanti alla casa di Alistair Campbell erano parcheggiate una macchina di pattuglia e l'auto di servizio di Burroni. Il detective era sul marciapiede di fronte con un tipo di mezza età alto e bruno, con una carnagione da creolo, vestito in un modo che ricordava la Londra di Carnaby Street negli anni Settanta.

Erano scesi dall'auto proprio davanti a loro. Burroni aveva guardato sorpreso Maureen e subito dopo aveva girato lo sguardo verso Jordan con aria interrogativa.

«È tutto okay, James. Lei è Maureen Martini, un commissario della polizia italiana. Ti spiegherò dopo.»

Quasi nello stesso momento, Jordan si era chiesto perplesso *che cosa* gli avrebbe spiegato dopo. Burroni non aveva replicato. Aveva fatto un semplice cenno della testa in direzione della ragazza e si era girato di nuovo verso la persona che stava davanti a lui.

«Signor Sylva, ripeta anche a loro quello che ha visto, per favore.»

L'uomo dalla carnagione olivastra iniziò il suo racconto colorato di un accento sudamericano che Maureen identificò come portoghese. Indicò con un gesto della mano la vetrina illuminata alle sue spalle.

«Ero nel mio negozio e stavo lavorando. Si è fermato un taxi e Alis è sceso.»

«Per Alis intende Alistair Campbell?»

«Sì. Lo conosco da anni e gli amici lo chiamano così.»

«Vada avanti.»

«Ha pagato la corsa e si è diretto verso il portone d'ingresso. Dietro a lui è arrivata una macchina e quel tizio ha aperto la portiera...»

Burroni lo aveva interrotto, lanciando uno sguardo significativo verso Jordan.

«Gli descriva bene com'era.»

Ancora prima che il signor Sylva parlasse, Jordan sapeva già cosa avrebbe detto.

«Non l'ho visto in faccia perché portava una tuta di felpa e aveva il cappuccio alzato, ma posso dire che era di statura un poco superiore alla media e zoppicava leggermente dalla gamba destra.»

«E poi che è successo?»

«È sceso dalla macchina, è arrivato alle spalle di Alis e lo ha aggredito. Gli ha messo un braccio intorno al collo come per strangolarlo e lui dev'essere svenuto, perché quell'altro lo ha sorretto e lo ha caricato in macchina, sul sedile posteriore. Poi si è rimesso al posto di guida ed è ripartito.»

«Non ha preso il numero di targa?»

«Non ho fatto a tempo. Come vedete non c'è molta luce qui e lui è andato via con i fari spenti. Ma la macchina la ricordo bene. Era una Dodge Nova molto malandata, dal colore indefinibile. Aveva la carrozzeria piena di macchie di stucco.»

La fine del racconto aveva riportato per Jordan, Maureen e Burroni il silenzio che c'è alla fine di ogni speranza. Si erano ritrovati senza parole e senza gesti, con l'unica risorsa residua di lanciare un appello via radio per segnalare la macchina del rapitore.

E questo avevano fatto.

Pochi minuti dopo era arrivata la segnalazione di una pattuglia a Williamsburg che Alistair Campbell era stato trovato.

Morto.

Jordan si aggrappò al sostegno della portiera mentre la macchina girava a sinistra per imboccare Kent Avenue e puntare verso le luci intermittenti che si intravedevano oltre la linea delle transenne. Secondo le istruzioni, la strada era sbarrata da tutte le possibili vie di accesso. Sulle loro teste si sentiva il rumore delle pale di un elicottero ma non riuscirono a capire se fosse della polizia o un mezzo di qualche canale televisivo.

Quasi tutte le case affacciate su Kent Avenue avevano le finestre aperte, piene di gente affacciata sulla curiosità che da sempre lo spettacolo d'arte varia della morte esercita sugli esseri umani. Jordan pensò con amarezza che mai come quella volta aveva trovato così pertinente il termine «scena del delitto».

Quando arrivarono davanti alle barriere, un poliziotto fece un cenno a due suoi colleghi e le transenne furono spostate quel tanto che bastava per permettere alla macchina di passare.

Proseguirono lentamente e fermarono l'auto dietro a una macchina della polizia posteggiata in mezzo alla strada. Poco davanti al muso dell'auto, steso sull'asfalto nella luce dei fanali c'era un lenzuolo bianco sotto il quale si indovinava la sagoma di un corpo umano.

A Maureen la luce cruda dei fari allo iodio e il riflesso azzurrato sul lenzuolo riportarono alla mente altre macchine, altri fari, un'altra scena, successa a migliaia di chilometri di distanza ma nella sua testa a pochi minuti di tempo.

*È brutto, vero?*

Sì. Era brutto. Era orribile sempre e per sempre vedere un essere umano ucciso da un altro essere umano, steso sulla strada con addosso unicamente la sottile pietà di un drappo di cotone.

Un agente giovane e atletico era in piedi nei pressi della macchina. Quando li vide scendere dall'auto si diresse verso di loro.

«Sono l'agente First. Ero di pattuglia con l'agente Hitchin. Siamo noi che abbiamo segnalato il contatto.»

«Detective Burroni. Sono io che mi occupo del caso.»

Il detective non si diede pena di presentare le persone che erano con lui. In parte perché non era necessario, ma soprattutto perché non sapeva bene in che modo quantificare la loro presenza sul luogo di un delitto.

«Era già morto quando l'avete trovato?»

L'agente scosse la testa. Un ciuffo di capelli fece un piccolo gioco d'aria sulla sua fronte.

«No. È uscito di corsa da quel cancello e si è diretto verso di noi. Era completamente nudo e sembrava terrorizzato. Quando ci ha visti è caduto in ginocchio, quasi svenuto. In base ai connotati abbiamo ipotizzato che potesse essere la persona che ci era stata segnalata poco prima. Lo abbiamo chiesto a lui e ha confermato con un cenno del capo. Poi presumo che abbia avuto un attacco cardiaco. Il cuore era in fibrillazione quando ci ha raggiunti.»

Jordan si era allontanato di qualche passo dal gruppo e si stava guardando in giro come se la cosa non lo interessasse. Burroni aveva imparato a conoscerlo e sapeva che invece non gli sfuggiva nulla di quello che l'agente stava dicendo.

«Ha detto qualcosa prima di morire?»

«Non lo so. Quando è spirato, io stavo alla macchina a chiedere rinforzi e l'ambulanza. La mia partner era con lui al momento della morte.»

Jordan si avvicinò e per la prima volta fece sentire la sua voce.

«Dov'è la tua partner in questo momento?»

L'agente First fece un segno con la mano verso i lampeggianti oltre la recinzione metallica, accesi a bordare di luce i capannoni industriali sullo sfondo.

«L'agente Hitchin è sul posto dove è stata trovata l'auto usata per il rapimento.»

Jordan si staccò e si diresse verso il corpo steso a terra sotto il lenzuolo. Si inginocchiò e sollevò un lembo di tessuto. L'agente First, Maureen e Burroni lo raggiunsero e rimasero in piedi alle sue spalle.

«Povero ragazzo. L'hanno conciato male.»

Maureen si inginocchiò di fianco a Jordan. Sporse la mano e sollevò il lenzuolo fino a scoprire quasi del tutto il cadavere.

«Doveva essere veramente spaventato. Questo sembra odore di escrementi e ci sono tutti i motivi per pensare che siano i suoi.»

Nella sua voce ferma c'era pietà ma non c'era traccia di quello che era appena successo. Jordan dovette ammettere a se stesso che la sua ammirazione per quella ragazza stava aumentando in maniera esponenziale.

«Già. Per essere arrivato a questo e a un attacco cardiaco, deve aver provato terrore allo stato puro. Credo sia il caso di dare un'occhiata alla macchina.»

Risalirono sulla loro auto lasciando l'agente First di guardia al corpo, in attesa della Scientifica e del medico legale. Percorsero a velocità moderata la penombra del tratto di strada sterrata, mista a un asfalto approssimativo, che portava al capannone. Lasciarono alle loro spalle la scena del delitto, la gente attonita alle finestre, l'attesa morbosa per un bis che la morte concedeva sempre. Di fianco alle portiere sfilarono le macchie di pochi arbusti di città, cresciuti in quel posto avverso nonostante tutto, più forti dello smog e delle piogge acide.

Quando arrivarono in fondo al viottolo, si trovarono di fronte la sagoma di un capannone posto sul lato sinistro dell'enorme piazzale, proprio di fianco al cantiere di una nuova struttura in costruzione. Qui, davanti a una porta scorrevole aperta sul buio che c'era all'interno, due macchine della polizia erano parcheggiate di fianco alla Nova che Sylva aveva descritto come il mezzo su cui il rapitore di Alistair Campbell era fuggito. Il baule era aperto e un poliziotto lo stava ispezionando con una torcia elettrica. Quando Burroni, Maureen e Jordan scesero dalla macchina e arrivarono alle sue spalle, si fece da parte per permettere ai nuovi arrivati di vedere quello che stava guardando lui e anche per sottrarsi all'odore pungente che ne usciva.

«Trovato niente?»

«Qui ci sono solo degli stracci che puzzano da dare il vomito. Il baule era già aperto quando siamo arrivati. Nell'auto non abbiamo ancora guardato perché aspettavamo voi.»

«Molto bene.»

Burroni tirò fuori di tasca dei guanti in lattice e li porse a Jordan.

«Credo che spetti a te questa operazione.»

Quel gesto non era una resa ma un'accettazione. Jordan lo ringraziò con un cenno del capo che sperò non fosse inghiottito dal buio.

Mise i guanti, si fece dare la torcia dall'agente e aprì la portiera posteriore della macchina. Un cigolio accolse l'ingresso della luce su un interno in finta pelle che il tempo e gli uomini che vi si erano seduti avevano ridotto a una specie di ragnatela. Nell'auto c'era odore di umido e di polvere.

Jordan fece vagare senza esito il fascio di luce finché, a terra dietro al sedile del passeggero, vide che c'era un sacchetto di plastica trasparente che conteneva qualche cosa. Si abbassò appoggiandosi al sedile consunto, lo afferrò con la mano sinistra e riemerse dalla macchina.

Tese la torcia a Burroni.

«Fammi luce, per favore.»

Infilò una mano nel sacchetto e tirò fuori un panno rosso avvolto intorno a qualcosa che stava all'interno. Svolse con delicatezza il viluppo e ne uscirono un paio di vecchi occhiali dalla foggia strana, che avevano un elastico sfilacciato al posto delle stanghette, e una cuffia di cuoio imbottito dalla fattura vetusta. Rimase un attimo a osservarli, appoggiati come reperti dal mondo delle ipotesi sul panno colorato che teneva in mano e che si era rivelato una sciarpa di lana.

Jordan alzò la testa di scatto.

«Cosa c'è all'interno del capannone?»

Gli rispose un altro poliziotto che era arrivato in quel momento alle loro spalle.

«Non siamo ancora entrati. Gli interruttori non funzionano. Ho mandato l'agente Hitchin a far allacciare la luce.»

Come a conferma del buon operato dell'agente Hitchin, una serie di esausti tubi al neon si accese in sequenza esitante all'interno della costruzione. Un gruppo di persone si affacciò sulla soglia e ognuno di loro rimase a bocca aperta.

Il capannone era pieno di relitti di aerei d'epoca, evidentemente parcheggiati lì in attesa di essere restaurati. C'erano due Hurricane, uno Spitfire, un Messerschmitt che recava visibili le insegne della Luftwaffe, uno Zero giapponese con l'insegna del Sol Levante. Seminascosto dai più recenti apparecchi, sul fondo, si intravedeva un vecchio biplano che a Jordan sembrò un Savoia Marchetti.

Un rigurgito acido di rabbia gli uscì suo malgrado dalle labbra.

«Brutto figlio di puttana.»

Agitò gli oggetti che ancora teneva in mano come sterile rivalsa verso la sua impotenza di fronte a quello che aveva appena realizzato. Burroni e Maureen si girarono verso di lui.

Jordan indicò con il dito la sagoma del biplano.

«Questo è un vecchio berretto da aviatore e questi sono occhiali della stessa epoca. E poi c'è la sciarpa. Quel bastardo voleva piazzare Alistair Campbell su un aereo, truccato come Snoopy quando gioca a fare l'asso della prima guerra mondiale.»

Burroni si rese conto di aver perso un giro e che c'erano diverse cose che li avevano portati fino lì di cui non era al corrente.

«Sì, ma perché nudo?»

La bocca di Jordan si piegò in un sorriso che era amaro e colpevole insieme.

«Questa credo sia l'ennesima finezza del nostro uomo, James. Snoopy è un cane e, a parte alcuni elementi distintivi, nelle strisce dei fumetti non indossa mai vestiti.»

In quel momento, da dietro al capannone arrivò il rumore di un passo in avvicinamento sulla ghiaia. Poco dopo, dal buio oltre l'angolo sbucò una bella ragazza di colore in divisa blu che lanciò un'occhiata curiosa all'interno del capannone ma subito proseguì verso di loro.

Burroni attese che arrivasse alla loro altezza. Jordan lo lasciò parlare perché capiva che James aveva bisogno di riconquistare un poco della sua sicurezza.

«Lei è l'agente Hitchin?»

«Sì, signore.»

«È lei che ha assistito Alistair Campbell quando lo avete trovato?»

«Sì.»

«Ha detto qualcosa prima di morire?»

«Sì, ha mormorato alcune parole.»

Jordan vide accendersi nella sua mente la luce azzurra di una piccola speranza.

«Che cosa ha detto?»

«Ha pronunciato un nome. Julius Whong.»

«Solo quello? Nient'altro?»

La ragazza sembrava imbarazzata. Lanciò una rapida occhiata ai suoi colleghi, come se quello che stava per dire potesse essere oggetto di scherzo nei tempi a venire.

«Ecco, io credo di aver capito male, perché non ha molto senso.»

«Agente, questo lo lasci giudicare a noi. Lei ci dica solo quello che ha sentito.»

«Prima di morire Alistair Campbell ha detto un'altra cosa...»

La ragazza fece una pausa. La sua voce cadde nel silenzio della loro attesa col fragore di un fuoco d'artificio.

«Subito dopo quel nome ha pronunciato le parole *Pig Pen*.»

# 35

Adesso il tempo era di nuovo l'avversario da battere.

La macchina di Burroni era per l'ennesima volta un segnale luminoso mosso dalla frenesia della casualità sulla mappa stradale di New York. In quel momento loro potevano solo correre e sperare di avere una piccola voce in capitolo nell'assordante clamore di tutto quel caos. La rivelazione dell'agente Hitchin sulle ultime parole di Alistair Campbell aveva spalancato con una spallata una porta che sembrava ormai chiusa e sbarrata davanti ai loro occhi. Ora, sapevano benissimo chi era Julius Whong, ma non sapevano *perché* Julius Whong fosse Pig Pen.

E stavano andando a casa sua per scoprirlo.

Nonostante il suono lacerante delle sirene, Jordan riuscì a sentire squillare il cellulare nella tasca.

Premette il pulsante ed ebbe l'impressione che la voce di suo fratello gli arrivasse prima ancora che la comunicazione fosse attivata.

«Jo, sono Chris. Novità?»

«Sì, e non sono buone. Alistair Campbell è morto.»

Ci fu un attimo di silenzio durante il quale a Jordan sembrò di sentire passare nel microfono il soffio soffocato e rabbioso di una bestemmia.

«Stessa mano?»

«Sembrerebbe di sì, ma questa volta qualche cosa è andato storto al nostro uomo. Per un motivo che non sappiamo, Campbell è riuscito a scappare. Doveva avere il cuore in disordine perché l'emozione gli ha provocato un attacco che è stato fatale. Ma prima di morire ha fatto in tempo a darci un'indicazione.»

«Vale a dire?»

«Si può ipotizzare dalle ultime parole che la prossima vittima sia Julius Whong. Stiamo andando a casa sua.»

«Julius Whong? Cristo santo, Jordan. Ma lo sai chi è suo padre?»

«Certo che lo so. E so anche chi è lui.»

Ci fu un veloce attimo di riflessione dall'altra parte. Una rapida analisi dei fatti e poi il sindaco di New York non poté far altro che accettare la situazione.

«Va bene. Però tu fai attenzione a come ti muovi. E manda avanti Burroni.»

«Ricevuto. Ti terrò al corrente.»

Jordan chiuse il telefono e se lo rimise in tasca.

La preoccupazione di Christopher era più che giustificata. Non per niente gli aveva dato l'avvertimento di tenersi un passo indietro rispetto a Burroni. Il suo timore legittimo era, non avendo Jordan una collocazione effettiva, che qualsiasi cosa fosse successa potesse essere vanificata da un vizio di procedura.

Julius Whong era il figlio unico di Cesar Whong, e questo faceva ufficialmente di lui un rappresentante del jet-set newyorkese. Per contro, in realtà il ragazzo era una specie di vizioso psicopatico al quale solo il denaro, il potere del padre e una serie di avvocati molto costosi avevano evitato più volte la galera. Fra le altre cose, un paio di ragazze avevano sporto contro di lui denuncia per stupro e percosse, denuncia che era stata prontamente ritirata prima del processo, quando erano intervenuti elementi non meglio identificati ma che potevano essere ricondotti a Mister Whong senior.

Denaro, minacce o quant'altro.

La facciata di Cesar Whong era quella di un facoltoso uomo d'affari impegnato in diversi settori dell'economia, con particolare interesse verso la grande distribuzione e la speculazione edilizia. In realtà, anche se nessuno era mai riuscito a provarlo, aveva le mani in pasta in affari molto meno edificanti come la droga e il traffico di armi. La sua immensa fortuna era iniziata quando ancora era un giovane con molta fantasia e pochi scrupoli, grazie a un brillante stratagemma di riciclaggio del denaro sporco attraverso le boutique cinesi di Canal Street. In seguito era stata incrementata nello stesso modo disinvolto fino a fargli raggiungere una posizione di potere assoluto. Cesar Whong poteva contare su coperture invulnerabili e si diceva che avesse sul suo libro paga un numero imprecisato di senatori. Tutto questo, però, al momento faceva parte delle illazioni. La sola certezza consisteva nel fatto che non era proprio la persona adatta a cui pestare i piedi. E che qualunque cosa fosse successa a suo figlio, il responsabile l'avrebbe pagata molto cara.

Le parole di Christopher rappresentavano la piena conferma di questa teoria.

La macchina di Burroni si fermò con un rimbalzo di sospensioni davanti a una costruzione di tre piani nella zona West della 14esima Strada, in pieno Meat Market District. L'auto di Lukas First e Sereena Hitchin si accodò alla loro, subito seguita da quella di altri due agenti che avevano trovato sul posto, a Williamsburg.

Il Meat Market si chiamava così perché fino a poco tempo prima era riservato ai depositi dei grossisti di carne che servivano tutta la città. Adesso era un quartiere in corso di ristrutturazione e in piena rivalutazione. Infatti, alle loro spalle, sul lato opposto di Jackson Square, si innalzavano due edifici avvolti da ponteggi tubolari dominati dal braccio di una gru, inquietante nel riflesso delle luci della città sullo schermo nero del cielo.

Il bisogno di esteriorità di New York si espandeva a macchia d'olio e i ceti meno abbienti venivano spostati sempre di più verso l'estrema periferia. La povertà, l'eterna rivale della cupidigia, era lentamente ma inesorabilmente respinta e ricacciata in mare.

In quel tratto di strada, il contrasto fra l'essere e il desiderio di mostrarsi era ancora più evidente. Da una parte c'erano i depositi di carne con le saracinesche spalancate. A quell'ora diversi camion stavano parcheggiati con gli enormi portelloni posteriori aperti contro le rampe di scarico e uomini guidavano quarti di bue agganciati con uncini di metallo su nastri trasportatori che li stivavano all'interno.

C'era un fascino cannibalesco in quello spettacolo, un rito di sangue e lussuria da sottosuolo, riflessi di torce sui muri, Vulcano e i suoi aiutanti nella profondità della terra costretti a nutrirsi mentre forgiano le armi di Achille destinate a provocare nuovo sangue.

Di fronte, a poche decine di metri, sul marciapiede di palazzi appena ristrutturati, la beffa delle boutique di Stella McCartney, Boss e altri stilisti famosi, con le vetrine spente, impazienti che quel commercio di carne davanti ai loro occhi chiusi finisse per tornare a spalancarli domani sulla stessa realtà ma su una diversa apparenza.

Ma in quel frangente Maureen, Jordan e Burroni, spinti dall'ansia che portavano dentro, non avevano il tempo di considerare quello che stava loro intorno. Scesero dalla macchina come se di colpo si fosse riempita di gas nervino.

Si avvicinarono al portone d'ingresso di quella che avevano individuato come la casa di Julius Whong. Era una struttura leggera in alluminio anodizzato e cristalli anti-sfondamento. Il piccolo atrio che si vedeva attraverso i vetri era fresco di make-up e quasi del tutto occupato dalle porte dell'ascensore e da un'enorme dracena come unica pianta ornamentale.

Si avvicinarono alla parete di destra dove stava la placca dei campanelli supportata da un videocitofono. Dopo una rapida occhiata, Jordan premette il tasto contrassegnato con una J.

Nessuno rispose.

Jordan suonò ancora, ma ancora il videocitofono rimase cieco e muto. Provò di nuovo, tenendo premuto a lungo il pulsante. Finalmente arrivò per le loro orecchie il suono melodioso del microfono che frusciava, subito seguito da una voce sgarbata.

«Chi è?»

Burroni avvicinò il distintivo alla telecamera e poi si mise in modo da essere inquadrato nel modo più chiaro possibile.

«Polizia. Detective Burroni. Lei è Julius Whong?»

«Sì. Che cazzo volete?»

«Se ci fa entrare glielo spieghiamo.»

«Avete un mandato?»

«No.»

«Allora andatevene a fare in culo.»

La mascella di Burroni si indurì. Jordan sapeva che avrebbe volentieri sferrato un pugno sulla bocca dalla quale usciva quella voce dal tono insolente. Invece riuscì a parlare con voce piena di una calma che sicuramente non provava.

«Signor Whong, non ci serve un mandato. Non siamo qui per arrestarla o per fare una perquisizione.»

«Allora ripeto la domanda, nel caso il cerume vi avesse turato le orecchie. Che cazzo volete?»

Jordan scostò con delicatezza Burroni e si mise davanti all'occhio freddo del video.

«Signor Whong, abbiamo seri motivi per credere che qualcuno abbia intenzione di ucciderla. Vuole che entriamo a parlarne o preferisce che la lasciamo solo a rivolgere la stessa domanda al suo assassino quando si presenterà con una pistola in mano?»

Il ronzio del microfono cessò di colpo e ci fu un attimo di silenzio. Anche se non lo riteneva probabile, Jordan sperò che per giustizia divina Julius Whong a quelle parole si fosse cagato addosso come quel poveraccio di Alistair Campbell.

Poi finalmente la serratura scattò e Burroni aprì la porta. Jordan gli mise una mano sul braccio.

«James, forse è meglio che Maureen e io rimaniamo fuori da questa faccenda.»

Burroni non aveva sentito le parole di Christopher, ma assimilò subito il senso di quelle di Jordan.

«Sì, forse è meglio.»

Si rivolse agli agenti che stavano alle loro spalle. Indicò Lukas First e Sereena Hitchin.

«Voi due venite con me. Voialtri date un'occhiata in giro e tenete gli occhi aperti.»

I due poliziotti scelti da Burroni seguirono il detective all'interno e sparirono imboccando a piedi le scale. Gli altri due si mossero per controllare i paraggi.

Jordan e Maureen rimasero soli in mezzo alla strada. Per qualche tempo gli uomini che stavano scaricando i quarti di carne si erano interessati alla loro presenza, ma in mancanza dell'azione che l'arrivo della polizia aveva promesso erano tornati al loro lavoro.

Sul lato opposto della strada, verso l'angolo con la Undicesima Avenue, fermi sul marciapiede, c'erano i buttafuori in abito grigio dell'High Noon, una discoteca molto famosa frequentata da fotomodelle e gente della moda, che accentuava ancora di più il bisticcio formale di quella zona.

Jordan guardò il viso di Maureen e vide che aveva l'aria stanca e gli occhi cerchiati. Sperò per gli anni a venire che potesse dimenticare tutto quello che le era successo o che almeno, per la sua serenità, riuscisse a dargli un nome.

«Non riesco a capire che cosa succede, Jordan. Troppe cose in troppo poco tempo. E se devo essere sincera, ho paura. Una paura dannata.»

Jordan sentì la sua voce affievolirsi mentre pronunciava l'ultima frase. Poi la vide chinare il viso a terra, come se si vergognasse di quell'attimo di debolezza. Le si avvicinò e le sollevò il mento con la mano.

«Anch'io avrei paura, se fossi al posto tuo.»

«Ma almeno tu sai che cosa significhi in mezzo a questa storia. Io non so più niente.»

Jordan scosse la testa e le offrì un sorriso appena accennato come patto d'amicizia.

«Maureen, nemmeno io so bene quale parte ho in questa vicenda. Adesso che ne fai parte anche tu, capisco che sia difficile accettare il motivo. Però sei una donna formidabile e sono certo che sei stata e sarai di nuovo un ottimo poliziotto.»

Maureen guardò senza rispondere quegli occhi di un azzurro incredibile.

Conosceva quell'uomo da poche ore ma sentiva di potersi fidare di lui. In un modo che non conosceva ma percepiva, era cosciente del fatto che a distanza di chilometri avevano passato le stesse esperienze e che quelle esperienze erano alla base del rapporto istintivo che era nato fra di loro.

Si alzò in punta di piedi, mentre un luccichio di lacrime rifletteva la notte che c'era intorno e dentro ai suoi nuovi occhi. Jordan sentì il calore umido delle labbra di Maureen sulla guancia. Nemmeno per un istante pensò che potesse esserci la minima allusione sensuale in quel bacio. Era solo un modo senza parole per dire *mi hai capito* e *ti ho capito*.

«Andrà tutto bene, Maureen», disse.

Avvolse le braccia intorno al corpo agile e snello della ragazza e accettò il significato del viso di lei appoggiato sul suo petto. Attese che per Maureen arrivasse il beneficio delle lacrime a iniziare il suo piccolo lavoro di riparazione.

«Andrà tutto bene», ripeté.

Rimasero immobili nel riquadro di luce proiettato sull'asfalto dalla porta a vetri, a scambiarsi quel messaggio di consapevolezza.

Quando Jordan alzò gli occhi, dall'altra parte della strada, ferma accanto a una grossa berlina Bmw parcheggiata, c'era Lysa che lo guardava.

*Chiunque porti in giro occhi di quel genere…*

Dopo il loro viaggio a Poughkeepsie e la loro conversazione nel ristorante sul fiume, Jordan si era trasferito con le sue poche cose in un albergo sulla 38esima Strada e non si erano più sentiti né incontrati. Quando Lysa si accorse che Jordan l'aveva vista, girò la testa di scatto verso un gruppo di persone, uomini e donne che erano appena usciti dalla discoteca e che la stavano raggiungendo. Gli amici arrivarono alla sua altezza e si distribuirono ridendo sulla Bmw e sulla Porsche Cayenne parcheggiata subito dopo. Lysa prese posto nella grossa berlina, sul sedile di fianco al guidatore.

La macchina si mise in moto e si allontanò e lei rimase per tutto il tempo a guardare un punto fisso davanti a sé, lasciando nella mente di Jordan l'immagine del suo silenzio e del suo profilo.

Dopodiché, non ebbe tempo di pensare a nulla perché, quasi in contemporanea, la porta dell'ascensore nel vestibolo si spalancò rivelando tre figure nella luce al neon della cabina.

Una era l'agente Lukas First.

L'altra era Burroni.

La terza persona era un ragazzo di poco più di trent'anni, alto quasi quanto il detective, dai lineamenti perfetti resi ancora più affascinanti da una lontana origine asiatica, persa in un paio di generazioni americane. Solo la bocca, sottile e dal taglio crudele, inquinava la perfezione di quel viso. Aveva il fisico snello e i capelli lisci e lucidi tipici dei popoli orientali.

Indossava una camicia bianca, dei jeans scuri, e i polsi erano bloccati sul davanti da un paio di manette.

Burroni lo spinse fuori dall'ascensore appoggiandogli una mano sul gomito. Julius Whong si divincolò come se il poliziotto fosse un appestato.

«Non mi toccare, sbirro di merda. Faccio da solo.»

«Va bene, fai pure da solo, ma fai.»

Controllato da Burroni, il ragazzo aprì la porta a vetri e seguì la direzione che il detective gli indicava. Si girò un istante a guardare con aria sprezzante il mondo intorno a lui, come se avesse appena ricevuto e accettato una sfida. Nonostante l'ira, Jordan vide che i suoi occhi erano torbidi e portavano il segno del vizio e della depravazione.

Il detective rivolse a Jordan e Maureen una smorfia che era una risposta silenziosa alla domanda che avevano scritta sul viso.

E suggeriva di restare fuori da tutto quello che stava succedendo davanti a loro.

Mentre Burroni e il suo prigioniero si avvicinavano alla macchina parcheggiata pochi metri più avanti, Jordan ebbe modo di osservare che Julius Whong zoppicava in maniera molto accentuata dalla gamba destra.

# 36

Lysa Guerrero si tolse la lunga T-shirt che aveva usato per la notte e rimase nuda davanti allo specchio del bagno. La superficie argentata le rimandò la sua immagine, tagliata alla vita dal mobile con il top di marmo bianco. Il chiarore riflesso della pietra contrastava in modo sensuale con la sua pelle olivastra da donna latina, ma in quel momento Lysa non aveva né mente né occhi per prendere piacere da questa considerazione. Sollevò le braccia, mosse con un gesto occasionale i lunghi capelli scuri e poi scese con le mani a coprire con le dita il capezzolo bruno sui seni sodi, alti, della misura perfetta per essere contenuti nella palma della mano di un uomo. Il suo sospiro creò un piccolo alone umido sul vetro dello specchio. Se fosse stata una sognatrice, avrebbe pensato che da un momento all'altro Jordan Marsalis avrebbe aperto la porta alle sue spalle con la camicia rossa di sangue e la faccia stupita per la sua presenza.

E avrebbe potuto ricominciare tutto da capo.

Ma quella era e sarebbe rimasta solo una fantasia.

Lysa Guerrero da tempo non aveva più potuto permettersi il lusso dei sogni, solo qualche affannato desiderio che la maggior parte delle volte era rimasto a galleggiare a mezz'aria nel posto senza forma delle ipotesi.

Si accostò allo specchio e si guardò da vicino gli occhi. Ci trovò un colore spento e le tracce arrossate della notte appena passata, durante la quale aveva dormito poco e male.

Quando era rientrata la sera prima, si era spogliata, si era messa a letto e aveva spento la luce con l'illusione di affogare nel buio la realtà che la circondava. Era rimasta stesa nell'oscurità, gli occhi aperti, con l'esile corazza di un lenzuolo a fronteggiare la sua paura e la sua amarezza. Attraverso la finestra aperta, dal piano di sotto era salita in volute lente la beffa della musica, la solita canzone suonata dallo sconosciuto fan di Connor Slave che ne inseguiva ostinato il ricordo.

*...e allora non c'è gloria o voglia*
*che si possa bere oppure masticare*
*né pietra di mulino a vento*
*che quel sasso al cuore possa frantumare...*

In quella musica dolce e nel significato del testo, continuava a muoversi l'immagine di Jordan abbracciato alla ragazza, fissi in un momento partecipe, uno di quelli in cui due persone diventano una sola. E con lo scherno che il destino a volte applica alle vicende umane, proprio davanti a *quella* casa...

Quando era uscita dalla discoteca in compagnia di un gruppo di persone che per lei non rappresentavano nulla, diretti verso un nuovo posto che non la interessava, si era avviata con passo leggero verso le macchine parcheggiate cercando di illudersi che il mondo le sorrideva, che tutto quello che le stava intorno era suo o poteva averlo senza fatica.

Poi, li aveva visti e aveva definito in un attimo e per sempre il concetto di normalità.

Quella.

Un uomo nato tale che abbracciava una donna nata tale.

Non c'erano vie di mezzo, aggiustamenti possibili, se non per le vie traverse che a nessuno veramente appartenevano. I maschi degli animali scelgono sempre femmine della loro specie. È l'istinto stesso che li guida. Nel caso degli uomini, c'era anche la ragione a innalzare muri, e per farsi beffe di loro li costruiva di vetro. Era possibile a volte trovare piccole zone d'ombra, che tuttavia non costituivano un vero rifugio nel sole accecante del viaggio, ma solo una condanna per chi nell'ombra è costretto a nascondersi per tutta la vita.

Si allontanò dallo specchio, dimenticando il suo viso, per non dover vedere anche lì quello che aveva dentro. Si avvicinò alla doccia e fece scorrere l'acqua. Entrò subito sotto il getto, senza attendere che diventasse calda, per nascondere le sue lacrime fra milioni di altre gocce fredde e tutte uguali, che non avrebbero saputo riconoscerle.

Questa volta non era il mondo che l'aveva respinta, era stata lei a farlo.

Si era innamorata di Jordan in un attimo, forse nel momento stesso in cui era sbucato con il naso sanguinante dalla porta del bagno e con i suoi incredibili occhi azzurri spalancati nello stupore l'aveva sorpresa nuda.

*Nudo*, disse con rabbia a se stessa, per ricordarsi la sua identità e quello che poteva rappresentare nella vita dei comuni mortali. Un elegante e bellissimo scherzo della natura, che non bada a spese quando deve mettere in scena le sue finzioni. E poi ride per l'imbarazzo di un essere umano quando si trova di fronte all'improbabile scelta se entrare nel bagno degli uomini o delle donne.

Aveva offerto a Jordan di continuare a vivere in casa sua. Lo aveva fatto d'istinto, col solo desiderio di stargli vicino, sapendo bene che era una cosa sbagliata. E aveva fatto quell'altra cosa, nascondendosi dietro tutti gli alibi che per la sua decisione era riuscita a trovare, sapendo tuttavia nella sincerità dell'intimo che anche quella era una scelta sbagliata.

Ricordò la determinazione di quando era arrivata a New York, il pranzo rituale a base di ostriche e champagne, quando era stata importunata da uno stupido uomo di nome Harry e lo aveva trattato come aveva deciso di trattare tutti da allora in poi. Quando era partita vedeva davanti a sé una terra di conquista in tutto il suo splendore, per arrivare ora alla desolata conclusione che in realtà non c'era nulla che valesse la pena di essere conquistato. Era successo pochi giorni prima e le sembravano avvenimenti vecchi di anni.

Per tutta la vita non aveva chiesto altro che di nascondersi, di passare rasente al muro, senza alcuna ambizione di conquistarsi il centro della strada. Lo aveva desiderato con tutte le sue forze, come aveva desiderato una persona gentile, che la volesse e la accettasse per quello che era. Cercava le cose di tutti, le poche certezze possibili e qualche ragionevole modesta illusione.

Lo aveva sognato e aveva provato a guadagnarselo, ma non le era stato permesso.

Per via del suo aspetto fisico, tutti gli uomini che incontrava la cercavano e la corteggiavano, ma quando scoprivano *chi* e *che cosa* era, i visi sorridenti che venivano verso di lei si trasformavano in schiene e nuche di gente che si allontanava.

Salvo telefonare alle due di notte, le sillabe un po' impastate dall'alcol, dicendo che si trovavano per caso nei paraggi e chiedendo se potevano salire un attimo a bere una cosa e promettendo che se l'avesse fatto non se ne sarebbe pentita.

Così, aveva capito che il mondo, quando era al riparo dalle convenzioni, desiderava quelle o quelli come lei. Di nascosto, in segreto, ma li cercava. C'era un'intera schiera di appassionati, per non definirli deviati, che non chiedevano di meglio che passare qualche ora ben retribuita con ragazze del suo genere, per poi tornare alla docilità di una vita normale, con una donna per moglie e dei maschi per figli e delle femmine per figlie.

E ancora aveva continuato la sua strada, stringendo i denti e ricacciando le lacrime, a volte spingendole a forza in gola con il pungolo dell'ironia.

Poi, un giorno aveva ricevuto una busta. E all'interno c'era quella proposta misteriosa, folle e perversa, decisiva e offensiva. Ma retribuita in modo incredibilmente allettante...

Così, si era arresa.

Si era detta che se quello volevano da lei, quello avrebbero avuto. Centomila dollari potevano essere un buon inizio, un ragionevole prezzo per acquistare una coscienza oltre che un corpo.

Due al prezzo di uno.

Ma fra lei e quel suo discutibile obiettivo, che a un certo punto aveva deciso di non discutere più, si era messo Jordan. Lo aveva sentito giorno dopo giorno avvicinarsi sempre di più a lei, attratto suo malgrado in quella danza eterna tra fiamma e falena. Poi, al ristorante sul fiume, dopo un viaggio in cui lui, lei e la moto avevano corso a velocità folle in un tempo che pareva immobile, le aveva detto quelle parole bellissime. Mentre parlava, Lysa lo aveva visto cedere ma non lo aveva *sentito* accettare.

E la titubanza di Jordan era diventata per lei, invece che tenerezza, un'apparenza di forza. Si era indurita e nascosta e come sempre era fuggita. Lo aveva allontanato per il timore esausto di una nuova illusione, un nulla di fatto reso ancora più doloroso da quello che provava per quell'uomo e che non aveva mai provato prima, con quella forza e quella violenza.

E adesso era rimasta sola per l'ennesima volta, con accanto la compagnia indesiderabile della vergogna.

Chiuse l'acqua e si sporse dalla cabina per afferrare l'accappatoio. Indossò l'indumento e iniziò a strofinare i capelli con il cappuccio mentre posava i piedi sul tappetino di spugna davanti a lei. Lo specchio era coperto di vapore e la sua immagine era solo un movimento indistinto e senza forma dietro una cortina di fumo immobile.

Così rimase anche lei per un attimo, immobile, indecisa se asciugare lo specchio e cercarsi di nuovo sotto quel velo d'acqua sottile.

Poi girò la testa e finì di asciugarsi. A piedi nudi, uscì dal bagno e raggiunse la camera da letto. Si vestì rapidamente con un jeans e una maglietta comoda, indossò un paio di scarpe sportive e andò ad aprire l'armadio a muro. Tirò fuori la più grande delle sue valigie e la gettò sul letto. Prese gli abiti appesi alle grucce e li depose accanto al grande trolley nero. Iniziò a posizionare i vestiti all'interno, veloce ma con estrema precisione.

Lysa era brava a fare le valigie.

Era una cosa che aveva fatto troppe volte per non saperla fare bene.

Era rimasta tutto il giorno in casa, stesa nel letto, a guardare il suono di passi dall'appartamento del piano di sopra, alzandosi solo quando aveva sentito la necessità di andare in un bagno che una volta tanto non le imponeva scelte.

Adesso, fuori dalle finestre le ombre della sera si stavano arrampicando su per i palazzi. Entro poco sarebbero arrivate a osservare le loro rivali, le luci di New York, dall'alto dei grattacieli, per essere ricacciate il giorno dopo dal sole nei parcheggi sotterranei, nelle cantine e nei seminterrati.

Lysa aveva deciso che non sarebbe stata più lì per vedere quello spettacolo.

Prese sul tavolino da notte il telecomando e lo puntò verso il televisore. Lo accese e sintonizzò l'apparecchio sul canale di NY1, per avere una compagnia qualunque mentre faceva i bagagli. Le apparve sullo schermo l'immagine di uno studio televisivo con una scenografia da notiziario e due conduttori, un uomo e una donna che Lysa non conosceva, seduti dietro a una scrivania.

«...e dunque per questo fatto restiamo in attesa di ulteriori informazioni che vi forniremo se arriveranno nel corso del programma. Mentre pare ci siano importanti sviluppi sulla vicenda dell'omicidio di Gerald Marsalis, il pittore figlio del sindaco meglio conosciuto come Jerry Kho. Peter Luzdick per noi da One Police Plaza. Ci sei Peter?»

L'inquadratura cambiò e comparve un cronista con un microfono in mano ripreso in piano americano. Alle sue spalle c'era l'inconfondibile monumento astratto di colore rosso fiammante posto davanti all'ingresso della centrale di polizia.

«Sì, Damon. Sono qui e devo confermare che il fermo di Julius Whong effettuato stanotte per l'omicidio di Gerald Marsalis è stato poco fa tramutato in arresto. Da alcune indiscrezioni, sul suo capo penderebbe anche l'accusa dell'assassinio di Chandelle

Stuart e del rapimento dello scrittore Alistair Campbell, avvenuto ieri sera, che ne ha causato la morte per attacco cardiaco.»

Lysa sentì di colpo un proiettile gelato colpirle lo stomaco e da lì proseguire attraverso le vene come un'infezione a trasformare in ghiaccio tutto il suo sangue. Si sedette sul letto prima che le gambe si trasformassero in un ricordo lontano, con un viso che aveva lo stesso pallore latteo del marmo della stanza da bagno.

Dallo schermo, il cronista continuò la sua professionale esposizione dei fatti.

«Come detto in precedenza, stiamo parlando sulla base di indiscrezioni, ma pare che gli inquirenti siano in attesa di una prova definitiva del Dna, che verrà eseguita a tempo di record. Sembrerebbe che sul corpo della Stuart siano state rinvenute delle tracce di liquido seminale che dovrebbero corrispondere a quelle del suo assassino. Per il momento non sono trapelati altri particolari ma come tutti attendiamo il risultato delle analisi e della conferenza stampa che ne seguirà per chiarire gli aspetti ancora oscuri di questa vicenda.»

L'inquadratura cambiò di nuovo. Apparve una foto a colori, mantenendo la voce dello speaker in sottofondo.

«Julius Whong, figlio di Cesar Whong, non è nuovo alle cronache giudiziarie. Già alcuni anni fa...»

Lysa premette il tasto e tolse l'audio dal televisore.

Rimase immobile a fissarlo con gli occhi sbarrati.

L'immagine di Julius Whong la fissava fredda e silenziosa da dietro lo schermo, riflessa sul suo viso, che adesso pareva stampato nello stesso vetro.

# 37

Jordan sollevò le braccia dal tavolo e si appoggiò allo schienale della sedia, per consentire al cameriere in giacca scura di appoggiare davanti a lui il piatto che teneva in mano. Mentre l'uomo che li aveva serviti si faceva da parte e discretamente si allontanava, rimase a guardare la composizione che aveva davanti con aria perplessa.

«Che cos'è?»

Maureen sorrise dall'altra parte del tavolo apparecchiato con bicchieri di cristallo e un'elegante tovaglia di lino bianco. Anche lei aveva davanti un piatto che conteneva la stessa colorata fantasia di cibo.

«Petto di piccione cotto con cacao e salsa d'uva.»

Jordan accostò la sedia al tavolo e impugnò le posate.

«Il titolo fa di questo piatto una cosa importante. E ha anche l'aria di essere buono.»

«Mio padre dice sempre che la cucina è come la letteratura. Non hai altro limite che la tua fantasia. È convinto che il cibo debba soddisfare quanti più sensi possibile. Il gusto con il sapore, l'olfatto con l'aroma e la vista con la presentazione.»

Jordan sollevò ironico un sopracciglio.

«Un uomo che ha pensieri così profondi dovrebbe avere delle cariche politiche, non dei ristoranti.»

Tagliò un piccolo pezzo del cibo che aveva nel piatto e lo portò alla bocca. Iniziò a masticarlo lentamente, senza alcuna frenesia da divoratore di bistecche.

Dopo averne assaporato il gusto, dipinse sul viso una plateale espressione estatica.

«Fantastico. Devo dire che la fama del Martini's non è per niente usurpata. Questo locale rappresenta un autentico bisticcio di competenze.»

«Vale a dire?»

«Il cuoco è un diavolo e cucina piatti che arrivano dal paradiso.»

Maureen rise. Per la prima volta dopo tanto tempo, rise.

«L'hai fatto.»

«Che cosa?»

«Hai riso. Non te l'avevo ancora visto fare. Dovresti frequentare di più questo posto.»

«O te.»

Jordan afferrò il bicchiere di vino rosso che il cameriere gli aveva appena versato, proveniente dalla riserva personale di Carlo Martini, e toccò il bicchiere di Maureen.

«È il primo alcolico che bevo dopo tanto tempo, ma penso che tu sia una persona per cui valga la pena di contravvenire a un fermo proposito.»

A Jordan tornò in mente un altro brindisi, appena accennato, fatto con una tazza di caffè amaro in presenza di Annette, la cameriera della tavola calda davanti a casa.

*Ai viaggi mancati*, aveva detto.

*Ai viaggi rimandati, solo rimandati*, aveva risposto lei.

Jordan bevve un sorso di quell'ottimo vino, gustandolo ma sapendo bene che il tempo del viaggio non era ancora arrivato. E senza la certezza adesso di desiderarlo ancora nello stesso modo.

Maureen lo aveva invitato a cena nel ristorante di suo padre, un'elegante palazzina d'epoca a due piani sulla 46esima Strada, fra la Ottava e la Nona Avenue, poco lontano dalle luci di Times Square e dai cartelloni pieni di visi famosi dei teatri di Broadway. Jordan aveva realizzato solo quando glielo aveva detto che lei era la figlia di uno dei più noti ristoratori di New York e aveva accettato l'invito come un piccolo privilegio.

Maureen lo aveva visto arrivare in moto, via il casco e una

ravviata veloce ai capelli sale e pepe, con quel modo di essere fuori dalle regole, non per quello che guidava o per quello che indossava, ma per quello che si portava dentro. Si era avvicinato al suo tavolo con la camminata agile che era la sua impronta sul suolo e un sorriso che poche volte gli aveva visto sul viso e negli occhi contemporaneamente.

Maureen aveva notato con piacere che Jordan si era affidato al menu degustazione del ristorante, senza chiedere di avere sul tavolo una bottiglietta di ketchup.

Adesso, in apparenza, stavano celebrando la felice conclusione di un'indagine alla quale ufficialmente nessuno dei due aveva partecipato e alla quale nessuno dei due avrebbe voluto partecipare. In realtà, il vero motivo della loro presenza lì e insieme era la cosa informe ma solida che li aveva legati fin dall'inizio, alla quale nessuno dei due sapeva dare un nome o una collocazione.

Forse era solo il desiderio di porre fine a una brutta storia, spalleggiandosi a vicenda perché nessuno di loro ne aveva una bella da portare in sostituzione. Tutti e due avevano un percorso difficile davanti e ognuno a suo modo fingeva di non saperlo, come viatico e augurio di buona fortuna.

Maureen continuò senza parere a osservare Jordan mentre finiva di mangiare. Notò la delicatezza e la precisione con cui usava le posate e per la prima volta si accorse che aveva delle belle mani. C'era in lui qualcosa che le ricordava Connor, anche se i due erano lontani mille miglia l'uno dall'altro, sia come personalità sia come aspetto fisico.

Connor era la vibrazione della creatività, un folletto che possedeva la magia della musica. Jordan era la forza, la forma e il silenzio costruttivo, che della musica è parte integrale.

Connor aveva belle e lunghe mani che fremevano dal desiderio di impugnare un violino, Jordan aveva mani da uomo che, ora lo capiva, non avrebbe mai voluto ci fosse la necessità di impugnare una pistola.

E nonostante questo, lo aveva fatto.

Si chiese se in altro tempo o in un altro luogo fra lei e Jordan sarebbe potuto nascere qualcosa. Preferì non dare una risposta inutile a una domanda inutile. Continuò a guardarlo ogni tanto e a godere di quel momento piacevole e del senso di pausa che la presenza di quell'uomo le dava.

Era successo tutto così in fretta, in quel susseguirsi da diapositiva fra luce e buio. Nel buio aveva continuato a vedere immagini di morte che non riusciva a cancellare dal ricordo. Quando la luce era tornata, con lei erano arrivate, senza possibilità di scelta, anche le immagini che qualcun altro non riusciva a dimenticare nemmeno dopo la morte.

Jordan parlò senza alzare gli occhi dal piatto. La sua voce calma la sorprese nel bel mezzo di questi pensieri.

«Ho passato l'esame?»

Maureen si diede della stupida. Avrebbe dovuto immaginarlo che quell'attenzione eccessiva non sarebbe sfuggita a Jordan.

Scosse la testa e sorrise, per scusarsi con lui e con se stessa.

«Perdono. Non c'era nessun esame. E se ci fosse stato, tu l'hai superato da tempo.»

Sincronizzato dal caso per risolvere quello spigoloso istante di imbarazzo, Jordan sentì il telefono portatile vibrare nella tasca dei pantaloni. Aveva tolto la suoneria per non disturbare i clienti del locale, ma d'accordo con Maureen non lo aveva spento. Dopo l'arresto di Julius Whong, quando tutto si doveva muovere con i crismi rigidi dell'ufficialità, per ovvi motivi erano rimasti tagliati fuori. Sarebbe stato difficile spiegare il ruolo di Jordan e soprattutto di Maureen, adesso che i mezzi d'informazione erano entrati con violenza a richiedere il loro tributo di verità. Erano costretti a seguire la storia da lontano, senza la possibilità di partecipare agli interrogatori e di avere notizie fresche, salvo quelle che potevano arrivare da Burroni o da Christopher.

Adesso tutti e due guardavano il cellulare, sperando che fosse uno di loro.

Jordan vide che sul piccolo schermo del display non era apparso nessun numero. Attivò la comunicazione, ignorando alcune teste che si erano girate verso il loro tavolo con un'aria di riprovazione per quella che ritenevano una mancanza di tatto.

«Pronto?»

«Jordan, sono James.»

Jordan alzò gli occhi verso Maureen e con un cenno del capo confermò l'ipotesi che aveva sul viso.

«Ci sono novità?»

«Eccome. È lui, Jo. Hanno fatto l'esame del Dna, alla velocità del lampo. Corrisponde perfettamente. Ben oltre i punti minimi richiesti per legge. Inoltre non è riuscito a fornire uno straccio di alibi per uno qualsiasi dei giorni in cui sono stati commessi i delitti. E nemmeno per il fatto di ieri. Dice di essere rimasto in casa da solo tutta la serata. Adesso non ci sono più dubbi, anche se sul resto non si riesce a cavargli una sola parola. Il nostro uomo è un tipo duro. Ma dopo qualche anno a Sing Sing nel braccio della morte si ammorbidirà.»

Jordan rimase in silenzio ad assimilare queste notizie, e questo permise a Burroni di continuare per un'altra strada.

«Jordan, non so come hai fatto per arrivare dove siamo arrivati. E non so nemmeno cosa c'entri l'italiana in tutta questa storia. Ci sono troppo cose che non riesco a capire.»

Jordan non poteva dargli torto. D'accordo con Christopher, avevano deciso di tenere Burroni all'oscuro a proposito delle novità portate da Maureen nel corso nelle indagini. E soprattutto sul modo in cui le avevano ottenute.

«Se ti può interessare, nemmeno io.»

«Quello che voglio dire riguarda un altro aspetto, Jordan. Sotto un profilo strettamente personale, sono contento di aver lavorato con te. E non lo dico solo perché grazie a questo i miei guai sembrano finiti. Adesso trovo veramente che sia uno scandalo quello che ti è successo.»

«Va bene così, James. Non ti preoccupare. Tienimi informato e salutami tuo figlio.»

Jordan chiuse la comunicazione e riferì all'ansia che Maureen aveva sul viso quello che gli aveva appena detto Burroni.

«Sembra sia lui. L'esame del Dna lo ha inchiodato. Per Julius Whong è finita.»

Rimasero un attimo a guardarsi in silenzio. Poi Jordan disse quello che stavano pensando tutti e due.

«Tu lo sai che però non è finita per *noi*, vero?»

Maureen rispose a bassa voce, poche sillabe che rimasero sospese tra di loro con il tono di un'ammissione di colpa.

«Sì, lo so.»

«Tu hai visto qualcosa che ci ha portato fino a Julius Whong. Non ho la più pallida idea di come sia potuto succedere, ma tu e io sappiamo che è vero. Allora anche l'omicidio a cui dici di avere assistito quando i ragazzi indossavano le maschere dei Peanuts deve essere vero. Tu pensi possa essere Whong la persona che hai visto con il coltello in mano?»

«Non lo so, Jordan. L'ho visto solo per un istante e di spalle. Ora che l'ho incontrato di persona, la corporatura potrebbe corrispondere.»

Maureen fece un cenno con la mano a un cameriere che si stava avvicinando per sparecchiare. L'uomo capì, girò su se stesso e si allontanò, lasciandoli soli.

Jordan proseguì il suo discorso che Maureen sapeva benissimo dove sarebbe finito.

«Adesso che la storia dei Peanuts è diventata di pubblico dominio, lasciamo che di questo aspetto se ne occupino gli investigatori qualificati per farlo. Noi invece dobbiamo sapere che cosa è successo in quella stanza, anche se non sappiamo dove, quando e perché. Questo potrebbe essere alla base del movente degli omicidi, ma nello stesso tempo non ne possiamo parlare con nessuno, perché chiunque, Burroni compreso, ci riderebbe in faccia o chiamerebbe l'unità psichiatrica più vicina.»

Maureen sentì un senso di panico avvolgerle lo stomaco. Ricordando la sera prima, ebbe la forza di non chinare la testa, ma Jordan vide un luccichio comparirle negli occhi.

«Non so se ce la faccio ancora, Jordan.»

Jordan allungò una mano e la posò sulla sua. Maureen trovò incredibile come un gesto così tenue, fatto da quell'uomo, potesse essere così rassicurante.

«Sì che ce la fai, Maureen. Sei una donna forte e non sei sola, adesso. E soprattutto non sei pazza. Io so e ti credo. Vedrai che prima o poi tutto questo finirà.»

Maureen non ebbe tempo di rispondere, perché in quel momento un uomo snello che indossava un perfetto abito scuro si avvicinò al tavolo e si rivolse a Jordan.

«Signore, se questa incantevole creatura che ha davanti le sta dicendo che lei è bellissimo, non le creda. Lo dice a tutti gli uomini che incontra.»

Jordan non riusciva a capire, ma quando vide un sorriso fiorire sulla bocca di Maureen fu lieto di quel diversivo che portava un piccolo lieto fine a un momento difficile.

«Jordan, questo è il professor Roscoe, il chirurgo che mi ha operata. È grazie a lui se adesso io vedo. William, questo è Jordan Marsalis, un carissimo amico.»

Roscoe tese la mano a Jordan e gliela strinse con una presa salda che gli diede la sensazione di un uomo sincero e sicuro di sé.

«Mi dispiace di avervi disturbati, ma deve sapere che noi medici siamo un po' delle dive. Ci piace godere dei nostri successi. A volte è inopportuno ma umanamente comprensibile.»

Roscoe tornò a rivolgere la sua attenzione su Maureen.

«Tutto bene agli occhi, commissario?»

«Tutto benissimo. Non so ancora come fare a ringraziarla.»

Il chirurgo non si accorse di quanto fosse finto l'entusiasmo di Maureen e non vide l'ombra che passò sul viso della ragazza mentre pronunciava quelle parole. Jordan invece se ne avvide benissimo e si chiese quale sarebbe stata la reazione di Roscoe se avesse saputo degli effetti collaterali che l'operazione le aveva provocato.

«Maureen, credo che il tuo intervento sia stato uno dei più grossi affari della mia vita. A parte la soddisfazione professionale, mi ha spalancato le porte di uno dei *sancta sanctorum* della cucina di New York. Ho scoperto che tuo padre mi ha aperto un credito giornaliero praticamente illimitato, del quale sono imbarazzato ad approfittare...»

Si strinse nelle spalle e abbozzò un sorriso innocente.

«Per cui mi limito a venire un giorno sì e un giorno no.»

Jordan indicò la sedia libera accanto al suo posto.

«Noi abbiamo quasi finito, ma se si vuole accomodare...»

Il viso di William Roscoe si fece serio. Indicò con un'occhiata un tavolo alle sue spalle dove stavano seduti due uomini di mezza età, eleganti, compassati e un po' rigidi.

«Quei due baroni della medicina seduti al tavolo laggiù non me lo perdonerebbero mai. È incredibile come la scienza riesca a far emergere nelle persone la mancanza di senso dell'umorismo.»

Si staccò dal tavolo con un'aria di complicità. Forse aveva travisato il senso della loro presenza insieme in quel posto, ma né Jordan né Maureen ritennero opportuno un chiarimento.

«Va bene, ragazzi. Siate felici, voi che potete.»

Si girò, e con un'andatura elegante sorretta da un abito altrettanto elegante raggiunse il tavolo dove lo attendevano i suoi colleghi con il viso immerso in un grande menu rilegato in cuoio.

Jordan e Maureen non ebbero il tempo di commentare la figura del professor Roscoe, perché il telefono che Jordan aveva appoggiato sul tavolo emise di nuovo il ronzio della vibrazione.

Questa volta sul display comparve il numero e Jordan lo riconobbe immediatamente. Era quello del telefono fisso di casa sua. Provò un senso di vuoto perché sapeva chi c'era dall'altro capo di quel telefono. Per un istante provò la tentazione di respingere la chiamata. Si guardò intorno, a disagio.

Maureen capì il suo imbarazzo e indicò il cellulare con la mano.

«Rispondi, potrebbe essere importante.»

*Non sai quanto. E non sai quanto temo che possa esserlo.*

Accettò la chiamata e subito dal microfono dell'apparecchio uscì la voce che desiderava e che temeva.

«Jordan, sono Lysa.»

Non aveva dimenticato il suo sguardo quando la sera prima lo aveva visto abbracciato a Maureen. Non poteva, perché non aveva dimenticato quello che aveva provato lui nel vederla. Rispose in modo quasi telegrafico, non perché non avesse parole, ma perché aveva timore a pronunciarle.

«Dimmi.»

«Ho bisogno di parlarti. È una cosa molto importante.»

«Va bene. Domani mattina ti chiam...»

«No, Jordan. Non mi sono spiegata bene. È molto importante e molto urgente. Ho bisogno di parlarti *ora*. Altrimenti domani non avrò più il coraggio di farlo.»

Jordan guardò Maureen. La ragazza capì e gli fece un cenno affermativo con il capo.

Adesso Jordan non aveva più nulla dietro a cui nascondersi. Guardò istintivamente l'orologio. Calcolò mentalmente il tempo che avrebbe impiegato in moto per il tragitto fino alla 16esima Strada.

«Va bene. Posso essere lì in venti minuti.»

Chiuse la comunicazione e rimase un attimo a guardare il telefono come se fosse un oracolo e da un momento all'altro sul piccolo schermo a cristalli liquidi potesse apparire la soluzione a tutti i suoi problemi.

La voce di Maureen lo riportò nel luogo in cui era e lo distolse per un attimo dal pensiero del luogo in cui doveva andare.

«Guai?»

«Non del tutto. Una faccenda personale, che non ha niente a che vedere con questa storia.»

«Bene, vai allora. Non farti problemi. Io sono di casa qui. Approfitterò dell'assenza di mio padre per fare un po' il boss.»

Jordan si alzò dal tavolo. Era alto e forte ma in quel momento Maureen gli vide in viso lo smarrimento di un ragazzino.

«Ci sentiamo domani. Penso che ci dovremo vedere per metter a fuoco una strategia, come si dice di solito in questi casi.»

«Okay. Adesso vattene, che dei tuoi venti minuti ne sono già passati tre.»

Mentre lo osservava raggiungere il guardaroba e ritirare il giubbotto di pelle e il casco, alla luce di un intuito femminile, Maureen si disse che quando un uomo ha quell'espressione sul viso quasi sempre riguarda problemi di cuore. Per cui non faceva nessuna fatica a credere che fosse qualcosa che non aveva niente a che fare con quella storia.

Né lei né Jordan potevano sapere quanto fosse sbagliata quest'ultima affermazione.

# 38

Jordan fermò la Ducati davanti all'ingresso di casa, spense il motore e appoggiò la moto sul cavalletto. Si tolse il casco e rimase nell'ombra a guardare il cristallo luminoso della porta d'ingresso, come se da un momento all'altro una magia gli avesse concesso di leggere il suo futuro sulla superficie lucida. Non aveva con sé la chiave e d'altronde, anche se l'avesse avuta, non se la sarebbe sentita di salire e aprire la porta come se niente fra lui e Lysa fosse cambiato.

Smontò dalla moto e si avvicinò al quadro dei campanelli con il casco appeso alla mano.

Lì, esattamente in quel posto e grosso modo a quell'ora, non molto tempo prima, lo aveva usato come arma per difendersi dall'aggressione di Lord e dei suoi amici, quando poi era salito in casa con un occhio pesto e il naso che gocciolava sangue sulla camicia. E ci aveva trovato Lysa, con la sua tranquillità davanti all'imprevisto e la sua ironia di fronte allo stupore di quell'intruso per la sua presenza nuda nel bagno.

*Lei perde sempre sangue dal naso quando è imbarazzato?*

Ricordava benissimo le sue parole, il suo viso, i suoi occhi e quello che c'era sotto l'accappatoio quando l'aveva aperto, e avrebbe preferito che tutto questo non fosse successo.

Invece, le cose succedono.

Si dicono parole che lasciano dietro conseguenze e significati. Si fanno gesti che possono ferire, per volontà espressa o per leggerezza.

O per il semplice timore di essere feriti.

Questo era stato lui con Lysa e questa era stata Lysa con lui. Chi dei due avesse fatto il primo passo, di fuga o di avvicinamento, non aveva importanza in quel momento.

Jordan era un uomo che aveva visto la morte, stesa a terra o schizzata di sangue sui muri, aveva sparato a degli altri uomini e altri uomini avevano sparato a lui.

Aveva ucciso.

Eppure adesso, mentre premeva il pulsante accanto alla targhetta con scritto il suo nome, si sentiva inerme di fronte alle cose che non aveva capito di Lysa, ma soprattutto alle cose che non aveva capito e accettato di se stesso.

Si decise e pigiò il pulsante. Forse lei lo aveva visto arrivare dalla finestra perché la risposta fu quasi istantanea.

«Scendo.»

Jordan suo malgrado si sentì sollevato. Da un punto di vista emotivo trovava soffice e calda l'idea di essere in casa solo con lei, ma la sua parte istintiva lo riportava per natura al livello di un qualunque animale, che quando può scegliere preferisce sempre la fuga.

Jordan sentì lo scatto della serratura e poco dopo Lysa apparve nel modo in cui Jordan l'aveva sempre vista.

Bella, sensuale e dietro un vetro.

Solo un attimo e poi Lysa uscì dalla porta e da quella sua povera metafora e divenne bellissima e vicina.

«Ciao», disse lei semplicemente.

«Ciao», rispose.

Jordan vide che contrariamente a quanto faceva di solito, Lysa evitava di guardarlo in viso. Aveva l'aria stanca, un viso da poco sonno e troppi pensieri. E gli occhi, quegli occhi che avevano il colore dell'immaginario, sembravano spenti mentre inseguivano punti che solo lei pareva vedere.

«Hai già mangiato?»

«Sì, ero a cena quando mi hai telefonato.»

*Eri a cena con lei?*

Questo avrebbe voluto chiedere Lysa ma si mangiò la voce, sentendo in bocca il gusto amaro di quelle parole non dette.

«Mi dispiace di averti disturbato.»

«Non fa niente. Avevo finito.»

Lysa indicò con la testa le vetrine illuminate della tavola calda, dall'altra parte della strada.

«Ti va un caffè?»

Jordan fu contento di quella proposta. In casa si sarebbero sentiti soli, fra la gente potevano avere l'illusione di essere insieme.

«Un caffè sarebbe perfetto.»

Attraversarono uno di fianco all'altro, nella penombra, in silenzio. Jordan con in mano il peso del casco e Lysa con il peso di quello che si portava dentro, qualunque cosa fosse. Mentre si avvicinavano, la luce dalle finestre del locale restituì loro a poco a poco i lineamenti, un viso, una figura, dopo quel piccolo tragitto nell'anonimato dell'ombra della strada.

Poi, tutto accadde veloce.

Jordan sentì il motore di una moto e subito dopo, dallo schermo del palazzo, al lato dell'incrocio alla loro sinistra, apparve la sagoma di una Honda con la carenatura blu e bianca e con a bordo due persone che indossavano caschi integrali.

Il guidatore frenò bruscamente e Jordan vide la carena ondeggiare per l'escursione secca sulle forcelle anteriori. La persona che stava dietro alzò un braccio lucido della pelle del giubbotto verso di loro.

Anche senza vedere la sagoma della pistola, Jordan capì subito quello che stava per succedere e si mosse veloce. Sentì nelle orecchie e nello stomaco il rumore inimitabile dello sparo mentre afferrava Lysa e la spingeva a terra. Si sdraiò su di lei per coprirla con il suo corpo.

Poi ci furono altri due spari in rapida successione.

Jordan avvertì qualcosa fischiare sopra la sua testa e calcinacci piovere su di loro dal muro sbrecciato dalle pallottole.

Poi il rombo di un motore in violenta accelerazione e lo stridere dei pneumatici sull'asfalto, mentre la moto faceva un'inversione che provocò la frenata secca e il clacson furioso di un paio di macchine che stavano arrivando dalla parte opposta.

Jordan rialzò la testa, stordito dal silenzio dopo il fragore degli spari. Sentiva la camicia umida e appiccicosa sulla parte destra del petto. Si sollevò e si fece di lato per permettere a Lysa di respirare.

«Tutto a posto?»

Lysa sollevò per quanto poteva la testa da terra, cercando di raggiungere con lo sguardo un punto del suo corpo. Jordan seguì la direzione dei suoi occhi e vide una macchia rossa che si stava allargando nella parte sinistra del torace, scendendo come una mano scarlatta ad accarezzarle il seno.

«Jordan, io...»

In un attimo fu in ginocchio accanto a lei. Cercò di trovare dentro di sé il tono più rassicurante che riusciva a trovare.

«Silenzio, non parlare. Va tutto bene.»

Jordan aprì la camicetta e vide che la pallottola aveva colpito la parte inferiore della spalla, poco sopra il cuore. Avvicinò il viso a quello di Lysa. Per la magia oscura del dolore, nei suoi occhi era tornato il colore ma si stava perdendo la luce.

«Lysa, riesci a capirmi? Non è grave, ce la puoi fare. Resisti. Adesso arriva un'ambulanza.»

Lysa non riusciva a parlare ma fece un cenno di assenso chiudendo e riaprendo gli occhi.

In quel momento Annette uscì di corsa dal ristorante con un tovagliolo in mano. Jordan ebbe il pensiero veloce e grato che in tutto quel casino era stata la sola che avesse avuto il coraggio di farlo. Strappò il tovagliolo dalle mani della donna, lo appallottolò e lo premette sulla ferita di Lysa, che gli restituì una smorfia di dolore.

«Annette, vieni qui, fai quello che sto facendo io. Bisogna bloccare l'emorragia.»

Jordan si rialzò da terra, tirò fuori dalla tasca il cellulare e lo mise nell'apertura anteriore del grembiule verde della cameriera.

«Chiama il 911 e racconta quello che è successo. Io mi faccio sentire appena riesco.»

Jordan raccolse il casco e se lo infilò senza allacciarlo mentre raggiungeva di corsa la Ducati. La mise in moto, inserì la marcia e partì con un urlo d'accelerazione facendo sbandare la ruota posteriore. Uscì dall'incrocio sparato come un proiettile, scartando un pulmino verde con il logo di un catering il cui guidatore fu costretto a una brusca sterzata verso il marciapiede.

Jordan si inserì nel traffico, cercando di ragionare mentre continuava ad accelerare.

Era abbastanza improbabile che i due con la Honda avessero preso una qualunque delle traverse in direzione est. Significava infilarsi in una scacchiera di incroci e una sfilza di semafori senza soluzione di continuità. Passarne qualcuno con il rosso o percorrere quelle strade a velocità sostenuta voleva dire avere alle spalle in poco tempo una macchina della polizia.

Era più probabile che gli aggressori avessero proseguito verso sud e che avessero imboccato l'Undicesima Avenue, dove il traffico era più agile e la velocità concessa molto più permissiva. Il vantaggio che i due avevano su di lui era praticamente incolmabile, ma Jordan sperava in quello che pareva impossibile e che talvolta il caso si degna di realizzare, sia nel bene che nel male.

Si immise nella grande arteria che costeggiava il fiume Hudson scendendo verso downtown all'altezza della 14esima Strada, dove solo la sera prima avevano posto fine a una serie di morti con l'arresto di Julius Whong.

La Ducati rossa correva a 150 chilometri all'ora scartando macchine con l'agilità della muleta di un torero e Jordan la guidava masticando ansia e rabbia.

La vista della macchia rossa che si allargava sulla camicetta di Lysa, succhiandole la vita da dentro per offrirla all'asfalto, lo aveva sconvolto. Non sapeva chi fossero i due sulla Honda, ma era abbastanza chiaro che ce l'avevano con lui e che per colpa di questo era stata colpita una persona che non c'entrava niente.

All'altezza del Pier 40 trovò una strettoia per dei lavori in corso segnalata da cartelli progressivi di avvertimento e da una fila di dissuasori in plastica gialla. Si era formato un piccolo intasamento e, mentre si avvicinava all'ingorgo, con gli occhi della speranza Jordan vide il fanale posteriore di una moto che si faceva strada con un agile scodinzolare tra la fila di macchine.

Con ogni probabilità, trovandosi di fronte quell'interruzione, il pilota della moto si era mantenuto sul lato sinistro e le macchine che confluivano nel passaggio obbligato a destra lo avevano bloccato, costringendolo alla gimkana a base di freno e acceleratore che Jordan stava osservando attraverso la visiera del casco.

Se avesse preso la stessa direzione, quel colpo di fortuna sarebbe stato vanificato, perché sarebbe stato rallentato in ugual modo. Certe cose succedono una volta sola in una giornata e sarebbe stato troppo richiedere il bis a quel piccolo miracolo.

In un istante prese una decisione.

Frenò bruscamente fino quasi a fermare la Ducati, totalizzando maledizioni dagli automobilisti in arrivo che sarebbero bastate per sette generazioni. Sterzò con decisione verso destra e di colpo accelerò a sufficienza perché la moto, sotto la spinta dei cavalli, si impennasse leggermente sollevandosi alla ruota posteriore.

Appoggiò quella anteriore sul marciapiede e accettò il contraccolpo del cerchione che superava il gradino, controllando la leggera sbandata che ne seguì bilanciandola con uno spostamento del corpo.

Riaprì il gas e la rabbia del motore fece eco a quella di Jordan, mentre si lanciava a tutta velocità sulla camminata pedonale del lungofiume pregando dentro di sé che il pneumatico posteriore non si fosse danneggiato nell'urto contro il dislivello del marciapiede.

Grazie alla maggiore velocità, raggiunse la moto che adesso stava ritrovando la strada libera. Fino a quel momento non era stato del tutto certo che si trattasse di loro, lo aveva solo sperato. Ma quando vide i colori bianchi e blu della Honda alterati dalla luce giallastra dei lampioni, non poté fare a meno di lanciare un grido di esultanza che si perse nella cupola dell'elmetto.

«Sì, brutti figli di puttana.»

Accelerò ancora.

Uno *jogger* serale che stava arrivando di corsa in senso contrario si spaventò e salì con un salto sul parapetto. Le sue imprecazioni si persero nel rumore e furono scomposte in sillabe senza senso dallo spostamento d'aria della moto che lo superava.

Jordan non provava nessuna paura. Dopo, forse, sarebbe arrivata a presentare il conto, ma adesso era un uomo drogato di adrenalina per la caccia, la velocità e il desiderio di far pagare a quei due la camicetta di Lysa macchiata di rosso.

Quando entrò nel suo campo visivo, il pilota della Honda percepì con la coda dell'occhio il lampo scarlatto della Ducati che correva sul marciapiede alla sua destra e girò la testa verso Jordan. Immediatamente capì e tornò ad accelerare in pieno, con la moto che segnava con dei brevi sobbalzi il cambio rapido delle marce.

Ora le due moto correvano appaiate.

Jordan vide il passeggero sollevare il braccio destro nella sua direzione e questa volta ebbe modo di indovinare la sagoma massiccia della pistola. Con perfetta scelta di tempo, scartò sulla sinistra nel preciso istante in cui l'uomo premeva il grilletto. Vide il lampo ma il suono dello sparo si perse nel rumore dei motori.

Approfittando di un passo carraio, Jordan riuscì a scendere di nuovo sull'asfalto e si accodò alla Honda tenendosi sulla sinistra, in modo che l'uomo seduto sul sedile del passeggero, che impugnava la pistola con la destra, si trovasse in difficoltà nel prendere la mira.

Nonostante questo, Jordan fu costretto di nuovo a scartare violentemente dalla parte opposta quando l'uomo cambiò la mano con cui reggeva la pistola ed esplose verso di lui due colpi quasi alla cieca.

Jordan non era riuscito a capire che arma impugnasse il suo

aggressore, per cui non poteva sapere quanti colpi avesse ancora nel caricatore. Ne aveva sparati tre davanti al ristorante e adesso ancora tre contro di lui. Se era nella media delle automatiche, doveva avere nove o dieci colpi, per cui adesso gliene restavano almeno tre di troppo, secondo il pensiero di Jordan.

Nel frattempo, le due moto quasi affiancate avevano percorso a velocità folle un lungo tratto di strada verso sud, dondolando tra le macchine che viaggiavano in strada come due palline impazzite tra i *bumpers* di un flipper.

Il fiume era sparito alla vista e adesso stavano costeggiando il Financial Center, con gli edifici della Merryl Lynch e dell'American Express sulla destra e a sinistra le luci di Ground Zero puntate verso il cielo a illuminare un vuoto desolato. Per la prima volta i riflettori non servivano per mostrare quello che c'era, ma per ricordare quello che non c'era più.

Jordan vide una macchina di pattuglia che procedeva in senso inverso con il lampeggiante acceso fare una rapida inversione di marcia all'altezza di Albany Street e lanciarsi al loro inseguimento. Non se ne stupì più di tanto. Due moto sparate a canna lungo l'Undicesima, con uno dei passeggeri che continuava a sparare all'impazzata verso quell'altra, nel pensiero di ogni cittadino era una motivazione più che plausibile per chiamare la polizia.

Jordan non si curò dell'auto che li seguiva al suono di sirene che non riusciva a sentire. Continuò a guidare e a evitare le macchine che incrociavano, con gli occhi fissi sulla moto che lo precedeva. Solo la sagoma della moto che inseguiva era nitida, il resto intorno era un caos di scie colorate e striate dalla velocità, che adesso era appena più moderata ma sufficiente a rendere imperdonabile la minima distrazione.

Anche il guidatore della Honda si doveva essere accorto di essere sotto scorta, perché alla fine della lunga arteria puntò diretto verso Battery Park e si infilò negli stretti viottoli asfaltati del parco. Era un ottimo pilota e con tutta probabilità si fidava di questa capacità per mettere in difficoltà i suoi inseguitori. Nei ghirigori della zona alberata la macchina della polizia non sarebbe riuscita a entrare e probabilmente grazie alla sua abilità pensava di riuscire a seminare Jordan senza eccessivi problemi.

Passarono con tutta la velocità che la strada consentiva di fianco alla costruzione circolare di Castle Clinton, ci girarono intorno e Jordan vide il pilota della Honda esibirsi con facilità in una sbandata controllata, cosa molto difficile da realizzare considerando che erano in due sulla moto.

Si disse che doveva trovare il sistema di bloccarlo in qualche modo. Lui era uno bravo a portare la moto, ma quello gli era decisamente superiore. Se fosse caduto o se quell'altro avesse preso vantaggio a sufficienza per uscire dal parco dalla parte opposta a quella in cui erano entrati, con ogni probabilità non li avrebbe più raggiunti.

Mentre formulava questo pensiero, la Honda scartò sulla destra e si diresse verso la zona degli imbarchi per Ellis Island. Passò veloce, evitandole con agilità, di fianco alle piccole costruzioni dei venditori di souvenir, che a quell'ora erano chiuse.

Jordan lo vide puntare il muso della moto in direzione dell'acqua e accelerare violentemente. Capì immediatamente cosa voleva fare. Il parco era delimitato verso il mare da una striscia di camminamento che portava ai terminal dei ferry-boat per Staten Island, più bassa come livello, alla quale si accedeva scendendo alcuni scalini.

Il pilota della Honda intendeva saltarli.

Era una manovra estremamente difficile, perché doveva essere compiuta in diagonale, dato che la larghezza del lungomare non avrebbe permesso di fermare la moto in tempo per evitare il parapetto dall'altra parte. Se fosse riuscito, Jordan non lo avrebbe più raggiunto, perché non si sentiva per niente in grado di fare la stessa cosa.

Vide la Honda sollevarsi sulla ruota posteriore mentre il pilota la impennava per evitare che il peso del motore la inclinasse in avanti durante il salto.

Un attimo dopo, con un urlo di motore, la moto era sospesa nel vuoto.

Fu il passeggero, quello con la pistola, a compromettere la manovra. Forse per paura o forse per inesperienza, non si mosse in sincrono con il pilota e il suo peso fece sbandare la moto al momento dell'atterraggio. Una breve scodata e poi la moto, per l'effetto elastico, rimbalzò e cadde sul fianco opposto. Il passeggero venne sbalzato dalla sella e dopo un breve volo cadde di schiena sul bordo superiore del pontile, costituito da una grossa sbarra di metallo. Jordan vide il suo corpo piegarsi in un angolo innaturale prima che il peso del busto gli facesse sollevare le gambe verso l'alto e lo portasse a scivolare in mare con una perfetta capovolta. Il pilota rimase invece imprigionato sotto la carenatura e seguì il mezzo che scivolava sulla pavimentazione fino a restare schiacciato dal peso della Honda contro la base in cemento del parapetto.

Jordan aveva frenato in tempo e, usando sia il freno posteriore che quello a doppi dischi sul davanti, riuscì a fermare la moto a pochi centimetri dai gradini dove i due della Honda avevano tentato la loro sfortunata evoluzione. Aprì il cavalletto, lasciò la 999 e scese gli scalini correndo verso il punto dell'impatto.

Quando alla luce incerta dei lampioni ebbe modo di vedere l'uomo steso sotto la moto accartocciata, dalla posizione della testa rispetto al corpo capì che non avrebbe mai più sparato a nessuno. Non ebbe nemmeno bisogno di controllare la pulsazione della gola per capire che era morto.

Si tolse il casco, lo appoggiò a terra e si chinò sull'uomo.

In quel momento, sentì un rumore di passi in corsa alle sue spalle e la luce di una torcia elettrica arrivò a inquadrarlo da dietro, subito seguita da una voce che conosceva.

«Ehi tu, alzati con le mani dietro alla testa, subito! Poi girati lentamente, sdraiati a terra e restaci.»

Jordan immaginò la scena. Uno dei due agenti che puntava verso di lui il fascio di luce e l'altro poco di fianco, con la pistola spianata, pronto a sparare al minimo accenno di reazione da parte sua.

Ubbidì agli ordini e si rialzò tenendo le mani appoggiate alla nuca. Era la prima volta che subiva quello che tante volte aveva imposto ad altri.

«Non sono armato.»

La voce che conosceva si ripeté, imperiosa come gli avevano insegnato all'Accademia di polizia.

«Fai come ti ho detto, stronzo. Ricordati che sei sotto tiro. Un movimento falso e ti stendo.»

Jordan si girò e permise al cono luminoso di frugargli il viso. Si rivolse alla voce nascosta nel buio, proprio dietro al fascio di luce.

«Se era destino che succedesse, sono felice che sia tu ad arrestarmi, Rodriguez.»

La luce rimase ancora un attimo a perlustrare il viso di Jordan, poi il fascio luminoso scese a inquadrare la moto sfracellata contro il parapetto e quello che si intravedeva del corpo incastrato sotto. Tornò la voce, ma questa volta l'efficienza era stata sostituita dalla meraviglia.

«Cazzo. Il tenente Marsalis.»

*Non sono più tenente, Rodriguez...*

Questa volta Jordan non ritenne opportuna la precisazione.

«Posso abbassare le mani?»

I due poliziotti misero via le armi. Jordan li vide avvicinarsi, soldati blu nella luce ambrata dei lampioni.

«Certo. Ma cos'è successo? Ci hanno segnalato due moto che stavano facendo una specie di gara sulla...»

Jordan lo interruppe a costo di sembrare sgarbato.

«Rodriguez, per favore, prestami il tuo cellulare e dammi solo un attimo. Faccio una telefonata e dopo ti spiego tutto quello che c'è da sapere.»

Quando arrivarono vicino a lui, il poliziotto gli tese il suo telefono. Jordan compose il numero come se i tasti del portatile scottassero. Il cellulare che aveva infilato nella tasca di Annette si mise a suonare e lei gli rispose subito.

«Pronto.»

«Sono Jordan. Dove siete?»

«Al Saint Vincent's Hospital, sulla Settima Avenue, all'altezza della 12esima.»

«Sì, lo so dov'è. Lei come sta?»

«L'ambulanza è arrivata subito. È ancora in sala operatoria, adesso.»

«Che dicono i medici?»

«Finora niente.»

Jordan fu lieto della penombra grazie alla quale i due poliziotti non videro i suoi occhi farsi di colpo lucidi a quella notizia.

«Io sono in un casino. Arrivo appena posso.»

«Stai tranquillo. Ora come ora, qui non potresti fare molto di più di quello che sto facendo io.»

«Se ci sono novità, chiama il numero che ti è apparso sul display.»

«D'accordo.»

«Ti ringrazio, Annette. Troverò un modo per sdebitarmi.»

«Sono io che lo sto facendo, Jordan. E mi dispiace che sia in questo modo.»

Jordan chiuse la comunicazione e tornò indietro a restituire il telefono a Rodriguez. Durante la chiamata, senza accorgersene, si era perso nella sua ansia e si era allontanato di qualche decina di metri dal luogo dell'incidente.

L'altro poliziotto, che Rodriguez gli presentò come l'agente Bozman, era inginocchiato vicino alla moto e stava illuminando due occhi senza riflesso in un viso dalla pelle scura che spuntava dalla feritoia del casco.

«Questo è andato», disse mentre si rialzava.

«Vi conviene chiamare la polizia fluviale e dire che vengano con dei sommozzatori. Ce n'era un altro che è stato sbalzato dalla sella ed è finito in mare. Dalla botta che ha preso contro la ringhiera, non dovrebbe essere piazzato meglio di questo.»

Rodriguez si allontanò per andare a chiedere il supporto che serviva e Bozman si sporse oltre il parapetto per illuminare con la torcia le acque scure che si agitavano tra i piloni del molo.

Jordan si accucciò di nuovo accanto al corpo dell'uomo steso sotto la moto. Per abitudine, approfittando del fatto che nessuno si occupava di lui, lo perquisì velocemente, come di solito fa un poliziotto in un caso come quello. Nelle tasche non c'era niente. Aprì la chiusura lampo del giubbotto in pelle e nella tasca interna ci trovò una busta bianca, senza indirizzo o scritte di sorta.

Senza riflettere, la prese e la infilò nel taschino della camicia.

Gli slacciò il casco e, quando lo sfilò, non fu eccessivamente sorpreso di scoprire gli occhi spalancati di Lord, rivolti verso l'alto, fissi verso un cielo scuro come il posto dove forse stava adesso. Non appena la sua faccia uscì dal casco, subito si disassò come se una parte delle ossa, sotto la pelle, si fosse sciolta e stesse scivolando verso il basso. Jordan capì che era l'effetto dell'elmetto rigido, che aveva contenuto in qualche modo le fratture del cranio fino al momento in cui lo aveva addosso. Ebbe voglia di prendere a calci quel viso, per finire del tutto quello che Lord si era cercato e meritato.

*Brutto pezzo di merda figlio di puttana.*

Glielo aveva promesso e lo aveva fatto.

E per colpa della pessima mira del suo compare, Lysa aveva preso la pallottola destinata a lui.

Mentre attendevano i supporti che avevano chiesto via radio, Jordan spiegò a Rodriguez e al suo partner quello che era successo. Poco dopo l'arrivo dei sommozzatori, il cadavere del passeggero venne ripescato in mare. Lo avevano trovato subito sotto il parapetto, ancorato al fondo dal peso del casco che si era riempito d'acqua. Emerse grondante e disarticolato, con la schiena spezzata che lo faceva sembrare un pupazzo di stracci che un bambino aveva distrattamente fatto cadere in mare.

Per quanto riguardava Lord, l'ultima immagine che ebbe di lui fu il suo viso che scompariva sotto la cerniera di una cerata scura mentre lo infilavano nell'ambulanza. Gli occhi erano sbarrati nel vuoto e nemmeno un agente si era preso la briga di chiuderglieli. Jordan sperò che nessun altro lo facesse mai, perché quel bastardo continuasse a guardare per l'eternità il coperchio della sua bara.

## 39

Seduto su una sedia imbottita in una saletta dell'ospedale, Jordan aspettava.

Quando aveva fermato la Ducati davanti a una scritta rossa che indicava l'ingresso delle ambulanze, si era trovato sotto a un'insegna bianca, azzurra e oro, messa lì per ricordare ai passanti che si trovavano di fronte al Saint Vincent Catholic Medical Center.

Jordan aveva fatto istintivamente una smorfia di sconforto di fronte a quella precisazione.

Nello stesso posto, l'impotenza degli uomini e il potere di Dio.

Jordan aveva pensato a Cesar Whong e a Christopher Marsalis, due uomini molto ricchi e molto influenti che, nonostante tutto questo, non erano riusciti a evitare che i loro figli uccidessero o fossero uccisi.

E quanto al potere di Dio…

A poche decine di metri dal Saint Vincent, appese con ordine alla rete metallica di un'area di parcheggio dismessa, c'erano centinaia di piccole targhe colorate fatte dai bambini delle elementari in ricordo delle vittime dell'11 settembre.

Davanti a simili testimonianze, era difficile per lui credere all'ipotesi di un Dio infinitamente buono, che amava gli uomini come suoi figli. Quante persone si erano trovate in una sala d'attesa di quella costruzione in mattoni scuri, pregando con tutta la loro fede per la sorte di una persona cara e ottenendo come risposta alle loro preghiere un medico che usciva scuotendo la testa da una sala operatoria?

Jordan aveva parcheggiato la moto in strada, nonostante la

quasi certezza che non l'avrebbe più trovata al suo ritorno. Quando aveva raggiunto l'ingresso, la porta a vetri automatica si era aperta con garbo davanti a lui e Jordan l'aveva superata mentre si toglieva il casco, tornando a offrire il viso allo sguardo degli uomini senza preoccuparsi oltre di quello degli dèi, quali che fossero.

Una suora gli era passata davanti con il suo piccolo passo cinese, bianca come i muri delle pareti, proveniente da non si sa dove e diretta nello stesso posto, persa nella sua umanità alla ricerca della santità.

Jordan l'aveva seguita con lo sguardo mentre cercava di orizzontarsi e, quando la figura immacolata era uscita dal campo visivo, seduta in una poltrona alla sua destra ci aveva trovato la macchia bordeaux in campo chiaro di Annette, ancora vestita con la divisa del ristorante.

La cameriera si era alzata e si era avvicinata, rispondendo alla domanda muta che Jordan aveva scritta negli occhi.

«Ancora niente.»

Jordan si costrinse ad aderire alla filosofia spicciola del nessuna nuova, buona nuova.

«Ti ringrazio, Annette. Vai pure che resto qui io, adesso.»

La donna aveva indicato con un gesto timido la reception, dove un'impiegata con un tailleur blu era seduta dietro al bancone con il monitor di un computer di fianco.

«Credo che ci siano delle faccende burocratiche da mettere a posto. Mi hanno chiesto delle cose che non sapevo.»

«Tranquilla, ci penso io.»

Jordan abbassò il tono di voce e fece la domanda senza guardarla negli occhi, non per timore, ma per darle il modo di reagire come meglio riteneva opportuno.

«Ti hanno detto che è un uomo?»

Le parole e la titubanza di Jordan si persero senza effetto sul viso di Annette, che era quello di una persona che non si stupisce più di niente.

«No, non mi hanno detto nulla. Ma se le cose stanno così, ti posso dire che come uomo è la più bella donna che io abbia mai visto.»

Poi aveva infilato una mano nella tasca della gonna e gli aveva restituito il telefono.

«Li hai presi, almeno? Quelli che vi hanno sparato, voglio dire.»

«Sì. E ti posso dire che non spareranno mai più a nessuno.»

«Amen», aveva commentato laconica Annette.

C'era stato un piccolo momento di stallo e Annette l'aveva risolto sollevando un braccio per guardare l'orologio.

«Bene, credo sia ora che io vada.»

Jordan aveva tirato fuori del denaro.

«Annette, permettimi almeno di darti i soldi per il taxi.»

Lei aveva fermato il suo gesto bloccandogli il braccio con la mano.

«Jordan, nemmeno se dovessi farmela a piedi da qui a Brooklyn. Credo che la metropolitana possa andare bene, come sempre.»

Si era avviata verso la porta, ma poi ci aveva ripensato. Si era girata con un sorriso malizioso ed era la prima volta che Jordan le vedeva quell'espressione sul viso. Era tornata presso di lui.

«Casomai, come ricompensa, se un giorno avrai un attimo di tempo, potresti portarmi a fare un giro su quella tua bella moto.»

Jordan aveva risposto con un altro sorriso, appena accennato ma tinto di stupore assoluto. Annette aveva fatto un gesto molto eloquente con la mano nella sua direzione.

«Ah, uomini...»

Aveva rifinito la sua intenzione scrollando la testa con ironia disarmata di fronte alla sua sorpresa.

«Ragazzo mio, a questa età io sono fuori dai giochi, ma proprio per questo lascia che ti dica una cosa. E ho il sospetto che tu potresti essere tanto al di sopra di queste faccende da non saperla nemmeno...»

«Che cosa?»

«*Anche tu* come uomo sei uno dei più belli che io abbia mai visto. In bocca al lupo a te e a quella povera ragazza.»

Senza aggiungere altro, si era girata e se n'era andata. Jordan era rimasto a guardarla finché la porta a vetri non si era richiusa dietro di lei.

Subito dopo si era diretto alla reception. All'impiegata, una donna di mezza età gentile e dall'aria fine che il badge sulla giacca scura identificava come la signora Franzisca Jarid, aveva fornito le generalità di Lysa, delle quali Annette non sapeva nulla. Anche se era al corrente del bisticcio fra l'aspetto fisico e i dati anagrafici di Alexander Guerrero, l'impiegata non aveva dato segno di curarsene più di tanto.

Jordan ignorava se Lysa avesse o meno un'assicurazione privata. Per il momento aveva lasciato all'amministrazione la sua carta di credito, ripromettendosi di andare a cercarla il giorno dopo nel suo appartamento.

La gentile Franzisca Jarid aveva guardato per un istante quel tagliando di plastica colorata, poi lo aveva osservato in viso e gli aveva indicato la fila di poltrone alla sua sinistra, deserta a quell'ora. Lo aveva pregato di accomodarsi lì e attendere, assicurandolo che sarebbe stato avvertito non appena ci fossero state novità.

Questo aveva fatto e ancora stava facendo.

In quel momento, la storia di tempesta che stava attraversando su un guscio di noce era lontana da lui come la stella più lontana dalla terra. Jordan aveva in mente solo gli occhi smarriti di Lysa stesa sull'asfalto e la sorpresa e la paura che avevano dentro quando avevano cercato i suoi.

Si diede uno sguardo in giro, avvolto dal leggero odore di disinfettante che era il sottofondo olfattivo di tutti gli ospedali. Immaginò l'arrivo dell'ambulanza, il flacone di plasma che diventava un ago infilato in una vena, la fretta efficiente degli infermieri, la corsa di una barella con sopra Lysa che, se ancora era cosciente, vedeva con gli occhi semichiusi sorgere e tramontare uno via l'altro i piccoli soli delle luci di un soffitto.

Si rese conto che loro due non avevano mai parlato. L'unica volta che l'avevano fatto non avevano raccontato altro che frammenti addomesticati di se stessi: lui era troppo coinvolto nella sua vicenda di morte e lei troppo imprendibile nella sua tattica di guerriglia, che la faceva mostrare solo a tratti e nascondere la maggior parte del tempo.

Non avevano mai discusso di un libro, commentato una commedia uscendo da teatro, non avevano mai ascoltato musica, a parte quella imposta dall'inquilino del piano di sotto, ultimamente quasi ossessivo nella sua personale commemorazione di Connor Slave.

*Io desidero te molto di più di quell'automobile...*

Quelle parole che le aveva detto quel giorno al ristorante sul fiume l'avevano fatta fuggire. Jordan capiva solo adesso che non era scappata via da lui, ma dalla sua paura di fronte a quello che lei rappresentava.

Nel corridoio alla sua destra, confuse dal vetro acidato delle porte, comparvero due sagome vestite di bianco. Dal dondolio dei battenti uscirono due giovani infermiere che delusero il tuffo al cuore che Jordan aveva provato. Passarono davanti a lui dirette verso il lato opposto dell'ingresso, parlando delle loro cose di ragazze. Si allontanarono senza smettere di chiacchierare, lasciando Jordan alla sua attesa e alla nessuna curiosità di sapere che cosa avrebbe fatto la più alta con Robert in quel weekend e che cosa c'era scritto sul biglietto che le aveva mandato per il suo compleanno.

Quel frammento di discorso, per associazione di idee, gli fece ricordare una cosa.

Si passò una mano sul petto e sentì nella tasca della camicia il fruscio della busta, quella che aveva preso senza nemmeno sapere il perché dalla giacca di Lord. La tirò fuori e la esaminò. Era una semplice busta bianca senza nessuna scritta, e tenendola in mano in un primo tempo Jordan ebbe l'impressione che fosse vuota.

La aprì e scoprì all'interno un piccolo tagliando di carta colorata. Lo tirò fuori e rimase sorpreso a guardare un assegno a copertura garantita di venticinquemila dollari, emesso dalla Chase Manhattan Bank, tagliato più o meno a metà con una sforbiciata netta, in diagonale. L'intestazione non era completa, in quanto parte del nome era rimasto sulla parte mancante, ma sufficiente per Jordan a risalire all'identità dell'intestatario.

*...ay Lonard*

DeRay Lonard, meglio conosciuto come Lord, che qualcuno in quel momento stava infilando nel freezer di un obitorio. Quel pezzo di merda rappresentava per Jordan l'unico motivo valido che aveva per credere in Dio e nel Paradiso: la speranza che il Padreterno gli avesse riservato un posto in prima fila tra le sofferenze del suo peggior inferno.

Si ritrovò seduto su una sedia, con i gomiti appoggiati alle ginocchia a guardare quel pezzo di carta colorato che teneva tra le dita, senza riuscire a capire come e perché.

Sull'orizzonte limitato del pavimento spuntarono due scarpe verdi di plastica, di quelle che portano i chirurghi in sala operatoria.

«Mi scusi, lei è Jordan Marsalis?»

Jordan sollevò di scatto la testa e si trovò davanti un medico che indossava ancora la divisa e la cuffia della sala operatoria. Era piuttosto giovane, aveva una corporatura minuta, ma gli occhi scuri trasmettevano efficienza e tranquillità. Jordan si alzò, sovrastandolo di tutta la testa ma con l'impressione di essere molto più piccolo di lui.

«Sì.»

«Mi chiamo Melwyn Leko e sono il chirurgo che ha appena finito di operare la sua amica.»

«Come sta?»

«La pallottola è entrata e uscita senza danneggiare organi vitali. Se crede ai miracoli, questa è l'occasione per raccontarne uno. Ha perso parecchio sangue e ci vorrà il solito giorno canonico prima di sciogliere la prognosi, ma la paziente è in ottima salute e credo di poterle dire con ragionevole certezza che se la caverà.»

Jordan espirò aria e sollievo nello stesso tempo. Cercò di non rendere troppo evidente la sua impazienza.

«Posso vederla?»

«Per il momento sarebbe meglio di no. È nella zona post-operatoria e sta uscendo dall'anestesia, ma penso che la terremo in stato di narcosi farmacologica e terapia intensiva fino a domattina.»

Il medico subito dopo uscì dallo specifico clinico e divenne un uomo che parlava con un altro uomo per rassicurarlo, confermando l'impressione positiva che Jordan aveva avuto di lui fin dal primo istante che se l'era trovato di fronte.

«Mi creda, non c'è niente che lei possa fare qui, adesso. Se vuole può andare a casa. Stia tranquillo che è in buone mani.»

Con una serie di cenni del capo, Jordan fece intendere al dottor Leko che aveva capito e che si fidava di lui.

Gli tese la mano e il medico la strinse.

«Grazie», disse semplicemente.

«È il mio lavoro», rispose il dottor Leko con altrettanta semplicità.

Il dottore si allontanò con le mani dietro la schiena e Jordan raccolse il casco che aveva appoggiato sulla poltroncina di fianco a quella fatta di carboni ardenti dov'era rimasto seduto finora. Arrivò all'ingresso e uscì, accettando la cortesia della porta automatica. Appena fuori, si trovò di fronte al secondo piccolo miracolo della serata: la sua moto c'era ancora. Lo prese come un buon auspicio e alla luce delle buone notizie che Leko gli aveva appena comunicato si concesse una piccola considerazione ironica.

Mentre indossava il casco, si chiese con un sorriso nascosto chi avrebbe risolto il problema se ricoverare Lysa nel reparto femminile o in quello maschile.

# 40

Maureen si svegliò con la sensazione di essere più stanca di quando si era addormentata. La sera prima aveva preso una pastiglia di sonnifero e nonostante questo aveva avuto un sonno agitato, popolato di sogni e d'angoscia, senza nemmeno la consolazione di sapere con certezza che le immagini create nel suo subconscio in quella frammentata attività onirica erano completamente ed esclusivamente sue.

*Non sono nemmeno più padrona dei miei sogni.*

Guardò l'orologio digitale appoggiato sul piano di marmo grigio del tavolino da notte. Le cifre rosse indicavano che era quasi mezzogiorno.

Scostò il lenzuolo tutto stropicciato, si alzò dal letto, prese gli occhiali scuri e indossò le lenti prima di aprire le tende pesanti che oscuravano la stanza. Scostò anche le cortine leggere alla finestra e lasciò entrare la luce piena del sole. Park Avenue era sotto di lei, lastricata dal mosaico multicolore dei tetti delle macchine bloccate in un ingorgo. Maureen si trovò a invidiare tutta quella gente che guidava le auto, camminava sui marciapiedi, si muoveva per la città e che girando gli occhi si vedeva circondata esclusivamente dalle immagini di un mondo che per loro era lì e ora, senza nessun messaggio da un posto incomprensibile e sconosciuto che solo per lei rappresentava allora e altrove.

Dopo la scoperta inconfutabile che i frammenti che a tratti si sovrapponevano alla sua vista erano appartenuti alla vita di Gerald Marsalis, quasi per un atto dovuto si era premurata di andare a vedere le opere di Jerry Kho a una mostra retrospettiva organizzata in una galleria di Soho. Aveva camminato per i saloni da sola, con calma, stranamente fredda, senza provare la sensazione di averli già visti ma aspettandosi da un momento all'altro un nuovo episodio di

*di che cosa? che nome ha quello che mi sta capitando?*

e invece non era successo niente. Mentre si soffermava a lungo davanti alle macchie di colore dei quadri, a poco a poco un senso di disagio si era impossessato di lei. Dentro e dietro a quelle tele, ci aveva visto la notte e la distruzione, le ferite a larghi squarci e l'urlo di dolore di una mente divorata dagli incubi, come il corpo di un uomo fra i piranha in un ribollire d'acqua.

Jerry Kho, come Connor Slave, era un artista scomparso anzitempo, probabilmente nel pieno della sua stagione creativa, ucciso dalla follia umana. Ma Connor era anche un uomo, quell'altro forse aveva rifiutato di esserlo. Probabilmente Gerald era già morto molto tempo prima che la morte fisica gli arrivasse da parte di un altro ragazzo che si trovava nella stessa identica situazione.

Si staccò dalla finestra e le tende leggere caddero morbide a ripristinare una sottile cortina sfocata tra lei e il mondo al di fuori. Si avvicinò alla poltrona di fianco alla finestra e, mentre indossava i calzoni di una tuta in microfibra, sentì il telefono squillare, in qualche parte della casa.

Per non disturbare il suo riposo, Mary Ann Levallier aveva dato ordine di staccare la suoneria dell'apparecchio nella camera dove dormiva. Poco dopo la porta si aprì senza rumore e il viso bruno di Estrella fece capolino nella stanza.

«Ah, signorina, è sveglia. Se solleva il telefono, c'è una chiamata per lei dall'Italia.»

Maureen si avvicinò al tavolino da notte in radica stile impero che era di fianco al letto e prese la comunicazione, chiedendosi chi potesse essere. Avvicinò dubbiosa la cornetta all'orecchio.

«Sì?»

La sorprese la voce rassicurante e positiva di Franco Roberto, suo amico e suo avvocato.

«Come sta il più bel commissario della polizia italiana?»

Maureen lo conosceva troppo bene per non sapere quanto fosse sensibile e attento alle parole. Il suo tono leggero non rappresentava una mancanza di tatto nei suoi confronti, ma un eccesso di affetto.

«Ciao, Franco, non dirmi che sei ancora al lavoro a quest'ora.»

«Certo che sono ancora al lavoro. Ho passato tutta la giornata e penso che passerò buona parte della notte a rivedere gli appunti per un'udienza importante che si terrà domani. Come tu sai, sono un uomo che si deve guadagnare la pagnotta.»

«Se ricordo bene le tue parcelle, si tratta di pagnotte sontuosamente imbottite, direi.»

Maureen si allineò al tono disimpegnato di quella conversazione, coinvolta suo malgrado da quell'ottimismo che le arrivava da seimila chilometri di distanza.

«Bugie bugiarde e false falsità, se mi concedi il duplice realistico ossimoro. Invece, parlando di cose serie, mi sono tenuto in contatto con tuo padre e ho seguito le buone notizie. Mi ha detto che l'operazione è riuscita perfettamente.»

*Già, anche se te lo spiegassi, non riusciresti nemmeno lontanamente a capire quanto...*

Non ebbe bisogno di fare alcun commento. Dall'altra parte, Franco continuò per conto suo, preso dal motivo della sua telefonata.

«Quindi, volevo darti anch'io una buona notizia. Il processo nei tuoi confronti per la storia di Avenir Gallani sarà una mera formalità. In base alla tua testimonianza dopo quello che è successo, si è mobilitata mezza polizia di Roma. Hanno fatto una battuta al millimetro nella foresta di Manziana e hanno trovato in un albero un proiettile, che alla perizia balistica è risultato uguale a quelli estratti dal corpo di Connor. Questo conferma al cento per cento la tua versione dei fatti e significa che io sto per realizzare due obiettivi con un colpo solo.»

«Vale a dire?»

«Far dichiarare la tua innocenza e incassare un assegno con il timbro della Polizia di Stato. Forse non lo verserò nemmeno. Lo terrò inquadrato nel mio studio come un ex voto.»

Maureen rimase un attimo in silenzio.

«Che c'è? Non mi sembri contenta.»

«Certo, è una notizia bellissima.»

Perlomeno, avrebbe *dovuto* esserlo. Poco tempo prima, in quella situazione, avrebbe preso il primo aereo che la portasse da Connor, per abbracciarlo e dividere quella gioia con lui. Ora come poteva essere contenta, se quel risultato lo aveva ottenuto al prezzo della sua morte?

Franco parve intuire quei pensieri, perché il suo tono di voce divenne d'un tratto consapevole e confortante come solo lui sapeva essere.

«Bene. Sappi che tutto qui ti attende. Non sono così sciocco da pensare che tutto potrà essere come prima, né da cercare di farlo credere a te. Ma se mi concedi una considerazione per niente originale, affidati al tempo e alle persone che ti vogliono bene. Non serve a cambiare le cose, ma aiuta a sopportarle. Se ti servo, sai che io sono qui.»

«Lo so, Franco, e non sai quanto ti sono grata per questo. In bocca al lupo per la tua udienza.»

Maureen riappese il telefono. Sapeva quanta verità ci fosse nelle parole di Franco.

Era giovane.

Qualcuno diceva che era bella.

Qualcun altro diceva perfino che era bella e intelligente.

Però solo una volta la presenza di una persona l'aveva fatta sentire la donna più bella, più intelligente e più desiderata del mondo.

E ora la sua assenza faceva di lei una donna sola e costretta a nascondersi.

Il mondo non accetta volentieri le persone che soffrono senza pudore. Ognuno vuole solo illudersi che il male non esiste e così nessuno accetta di dividere troppo a lungo con qualcuno la testimonianza del contrario.

Maureen decise che una tazza di caffè non avrebbe potuto rendere la giornata più amara di quanto già fosse. Solo un poco più calda. Estrella sarebbe stata ben lieta di portarglielo, se glielo avesse chiesto, ma preferì uscire dalla stanza e andare a prepararselo da sola.

La casa era piuttosto grande, disposta su una superficie di quasi quattrocento metri quadri, con una netta divisione fra la zona giorno e la zona notte, rappresentata da un vasto ingresso che corrispondeva verso l'interno all'area della cucina. Per la lunga permanenza in Italia, sua madre aveva assimilato del tutto il gusto europeo e l'arredamento era un morbido susseguirsi di pezzi dal design più avanzato e mobili antichi spagnoli e francesi che si integravano perfettamente ai tendaggi e alle tinte tenui delle pareti.

In linea con il carattere di Mary Ann Levallier, nulla era lasciato al caso.

Mentre avanzava nel corridoio a piedi nudi diretta verso la cucina, sentì delle voci provenire dall'altra parte della casa. Una sembrava la voce di sua madre. Trovò strana la cosa, perché di solito a quell'ora era in studio, un ufficio tutto legni e vetrate che occupava la metà di un piano nelle Trump Towers.

Quando sbucò nell'ingresso, si trovò di fronte sua madre in compagnia di due persone.

Uno era un tipo alto e gonfio di muscoli, con i capelli a spazzola e un collo contenuto a stento dal colletto della camicia, portata aperta e senza cravatta. Indossava un abito nero e Maureen non riuscì a vedere il colore dei suoi occhi perché erano nascosti da un paio di occhiali scuri.

L'altro era un uomo sulla sessantina, più basso e molto più snello, curatissimo in un doppiopetto scuro dalla fattura impeccabile. Aveva i capelli striati di bianco pettinati all'indietro e gli occhi leggermente allungati, tipici degli asiatici anche dopo ripetuti incroci con esponenti di altre razze. La sua carnagione lucida ricordò stranamente a Maureen una statua nel museo delle cere di Madame Tussaud.

La voce con cui stava parlando a sua madre era bassa e profonda, stranamente in contrasto con la corporatura esile.

«Signora Levallier, non so come ringraziarla per aver accettato di ricevermi in casa sua invece che nel suo ufficio. Per motivi miei, ritenevo opportuno parlarle di persona in un luogo meno… come dire… ufficiale.»

«Non c'è nessun problema. Oggi stesso inizierò a occuparmi del caso.»

Si accorse della presenza di Maureen e fece un passo verso di lei.

«Oh, Maureen, eccoti. Signor Whong, questa è mia figlia Maureen.»

L'uomo sorrise. Il taglio degli occhi si accentuò ancora di più e il sorriso divenne una gelida contrazione di labbra, nonostante il calore che cercava di dare alla sua voce. Quello che voleva essere un complimento rimase un esercizio formale di etichetta.

«Lei è una donna fortunata e sua figlia una donna fortunata per lo stesso motivo.»

L'uomo che le era appena stato presentato come il signor Whong si avvicinò e le tese la mano. Mentre gliela stringeva, Maureen fu sorpresa di non sentire sotto le dita le scaglie di un serpente.

«Buongiorno, signorina. Sono lieto di conoscerla di persona. Mi chiamo Cesar Whong e questo alle mie spalle è il signor Hocto. È un uomo di poche parole, ma come potrà immaginare non lo tengo alle mie dipendenze per la sua eloquenza. Sua madre ha accettato di ricevermi e di aiutarmi in una faccenda che mi sta molto a cuore.»

Maureen lanciò una rapida occhiata verso Mary Ann e la vide irrigidirsi. Tornò a guardare il viso di cera di Cesar Whong e si adeguò alla sua compostezza.

Gli rivolse il migliore dei suoi sorrisi.

«Sono certa che lei sia in possesso dei requisiti necessari per trovare in mia madre la persona giusta per aiutarla a risolvere il suo problema.»

Cesar Whong non si accorse o fece finta di non accorgersi del gesto istintivo di stizza che aveva mosso la mano di Mary Ann. Accennò un piccolo inchino con la testa.

«Sono certo che sarà così. La saluto, signora Levallier. E molti auguri a lei, Maureen. Immagino che come tutti ne avrà bisogno.»

Durante tutto quel tempo, Hocto era stato una presenza muta alle loro spalle. Quando capì che la conversazione era finita, si mosse e aprì la porta a Cesar Whong. Maureen era convinta che con la stessa indifferenza con cui aveva compiuto quel gesto così normale avrebbe spezzato il collo alle donne che erano davanti a lui, se il suo capo glielo avesse chiesto. Uno dopo l'altro, i due uscirono. Quando chiusero la porta alle loro spalle, a Maureen sembrò che di colpo la temperatura nella stanza si fosse alzata di un paio di gradi.

Mary Ann Levallier la prese per un braccio e la guidò verso la cucina. Parlò a mezza voce, come se avesse timore che ancora i due uomini potessero sentirla. Il tono basso, invece di smorzarla, sottolineò ancora meglio l'ira che le lampeggiava negli occhi.

«Ma sei impazzita?»

«E perché? Non mi pare di aver detto niente che non corrisponda alla realtà. Se ho capito bene, si è appena realizzato un triangolo perfetto. Quello è un uomo molto ricco, suo figlio ha ucciso tre persone e tu sei un avvocato.»

Mary Ann aveva riacquistato del tutto il suo autocontrollo, quella freddezza e quella lucidità che avevano fatto di lei uno dei migliori penalisti dello Stato di New York.

«Vedi Maureen, esiste una sostanziale differenza tra noi due.»

«Una sola?»

Mary Ann fece finta di non aver sentito.

«Come hai detto giustamente tu, io sono un avvocato. Per me, fino a quando non viene provato il contrario, ogni persona è innocente. Tu sei un poliziotto e per te vale la regola esattamente opposta.»

Se non ci fosse stata sua madre dall'altra parte di quel fossato che c'era tra di loro, Maureen avrebbe riso. Lei, proprio lei, incaricata della difesa dell'uomo che sua figlia aveva contribuito a far arrestare. Per un istante le venne voglia di raccontarle tutto, per osservare da vicino come avrebbe reagito il cervello logico e pragmatico di Mary Ann Levallier se l'avesse messa al corrente del suo coinvolgimento in quella vicenda e soprattutto del modo in cui c'era arrivata.

Si limitò a sorridere e a scuotere la testa.

«Ti sembra che ci sia da ridere?»

«Da ridere no. Da sorridere, senz'altro. E se anche tu vivessi cent'anni, non riusciresti a credere al motivo.»

«È tutto quello che riesci a dire?»

«No. Posso aggiungere che avevo voglia di un caffè. Adesso credo che andrò a prenderlo fuori.»

Maureen girò le spalle e lasciò sua madre in piedi in mezzo alla stanza, bella, elegante e lontana, a osservarla mentre si allontanava lungo il corridoio.

Mentre apriva la porta della sua camera, capì che stava per succedere di nuovo.

Ormai aveva imparato a conoscere la ragione di quel lungo brivido che arrivava da lontano e che non era di freddo anche se ogni volta riusciva a gelarle la schiena. Prima che si completasse il senso di stordimento che provava quando stava per cedere i suoi occhi a un'altra vista, riuscì con pochi passi incerti a raggiungere il letto.

Si era appena seduta sul bordo del materasso, sforzandosi di non cedere al desiderio di urlare, quando...

*...sono seduto vicino a una grande vetrata al tavolo di quella che sembra una mensa scolastica e intorno a me ci sono dei ragazzi*

*e delle ragazze e una di loro è seduta dall'altra parte della sala e mi guarda e con un segno quasi impercettibile con la testa mi fa segno di seguirla e poi si alza dal tavolo e va verso l'uscita e io...*

*...sono in un altro posto e sento intorno al viso la pressione dei bordi rigidi di una maschera di plastica e attraverso i buchi all'altezza degli occhi vedo molte persone con le mani alzate che mi guardano terrorizzate. Capisco che sto gridando delle parole ma non riesco a sentirle e nella mano c'è il peso di una pistola e io la agito verso quella gente che inizia a sdraiarsi a terra e...*

*...una figura vestita di scuro che impugna un fucile a pompa e regge un sacco di tela e che indossa una maschera stampata con il viso di Pig Pen mi passa vicino e mi afferra per una spalla e dalla vena in rilievo sulla sua gola percepisco che mi sta urlando qualcosa e...*

*...c'è una giovane donna di colore con i capelli corti e un viso molto bello seduta su una sedia al centro di una stanza e ha immensi occhi scuri sbarrati dalla paura e la bocca chiusa da un nastro adesivo e le braccia dietro alla schiena e alle sue spalle c'è una figura vestita di scuro che indossa una maschera di Lucy che sta finendo di legarla e...*

Maureen di colpo si ritrovò di nuovo nel suo tempo e nel suo spazio, sdraiata supina sul letto, con il collo e le ascelle della maglietta fradici di sudore e quel senso di spossatezza smarrita che ogni volta quella *cosa* le lasciava nel corpo e nella mente. Avrebbe voluto girarsi, prendere in ostaggio il cuscino e mettersi a piangere fino a quando la sua vita non le fosse stata restituita.

Invece si allungò, prese il telefono e compose il numero che aveva imparato a memoria perché apparteneva all'unica persona che accettava di avere al suo fianco in quel momento. Quando sentì che la linea era stata aperta, riversò in quel varco tutta la sua paura e il suo sollievo.

«Jordan, sono Maureen. È successo di nuovo.»

Le arrivò da quella voce un senso di preoccupazione sincera che riuscì a non farla sentire del tutto sola e disperata.

«È passato adesso? Stai bene?»

«Sì, è tutto a posto.»

«Hai visto qualcosa di nuovo?»

«Sì.»

Maureen sapeva che quel monosillabo sarebbe bastato da solo ad aprire a Jordan un orizzonte di nuove prospettive. Nonostante questo, non c'era eccitazione espressa in lui, solo e di nuovo cura per le sue condizioni.

«Se ce la fai, penso che dovremmo vederci.»

«Sì, penso che ce la faccio. Dove ci vediamo?»

«Se vuoi posso venire io da te. O se preferisci, possiamo incontrarci a casa mia.»

Maureen pensò d'istinto alla difficoltà di giustificare agli occhi di sua madre la presenza di Jordan Marsalis in quella casa.

«Meglio da te. Dammi l'indirizzo.»

«54 West, 16esima Strada, fra la Quinta e la Sesta.»

«Perfetto. Dammi il tempo di arrivare.»

Maureen riappese il telefono, si alzò dal letto e si mosse a passi ancora incerti verso il bagno e la promessa di pulizia della doccia. Sentiva il sudore scivolarle come un dito freddo e sudicio per la schiena e, mentre regolava il miscelatore, provò nel suo intimo il desiderio di sciogliersi come una statua di sale sotto la forza del getto caldo e mescolarsi con l'acqua e con l'acqua scomparire per sempre, giù fino in fondo alla terra.

# 41

Quando era arrivata la telefonata di Maureen, Jordan aveva appena chiuso dietro di sé la porta del suo appartamento. Aveva risposto alla chiamata e ascoltato le sue parole con una sensazione elettrizzante di scoperta, ma era riuscito a contenersi e aveva cercato, per quanto gli era possibile, di trasmettere a quella ragazza un senso sicurezza che nemmeno lui era sicuro di provare. Era il minimo che potesse fare, sapendo il prezzo che ogni volta costavano a Maureen quelli che dentro di sé definiva *contatti*.

Mise il telefono in tasca e si guardò intorno.

Lysa doveva aver noleggiato dei mobili per integrare quelli che lui aveva affidato alla custodia della ditta di magazzinaggio. La casa era più completa, abitata, portava traccia del suo gusto, nei limiti in cui poteva esprimersi con dei mobili presi in affitto.

C'erano dei poster colorati appesi alle pareti e nell'aria il suo profumo alla vaniglia, sospeso nel tempo come la tazzina abbandonata sul tavolo e la T-shirt appoggiata allo schienale di una sedia. Aleggiava un senso di attesa per una persona che era uscita per un breve incontro e invece in quel momento si trovava stesa in un letto d'ospedale, attaccata a un monitor e con dei tubi infilati nelle vene che governavano la sua vita.

Esattamente nel punto dove stava adesso, un giorno che pareva appartenere a un secolo prima, aveva firmato la ricevuta che un uomo con addosso una tuta gialla e un'invidia dello stesso colore gli tendeva.

Avevano fatto dei discorsi di viaggi e di libertà.

Avrebbe voluto che ora quell'uomo fosse lì per offrire un sollievo alla sua delusione, per potergli confermare che la libertà nella realtà non esisteva, che era solo un'illusione da bravi prestigiatori, una parola che riempiva troppo le bocche dell'eloquenza e poco la vita dei comuni mortali.

Jordan era salito nell'appartamento a cercare la polizza di assicurazione, se mai Lysa ne avesse avuta una. Fino a poco tempo prima quella era stata casa sua, tuttavia adesso non poteva fare a meno di sentirsi un intruso.

Quando era in servizio alla polizia, aveva fatto decine di perquisizioni, ma allora era giustificato dalla necessità e dal fine. Nemmeno per un istante si era posto il problema di violare l'intimità di qualcuno, come stava facendo in quel caso. Perdipiù di una persona come Lysa, che aveva fatto della propria intimità un posto barricato, chiuso e insonorizzato, per non sentire i rumori che arrivavano dall'esterno e per non farsi sentire tutte le volte che aveva voglia di urlare.

Jordan si chiese dove potessero essere i suoi documenti.

Decise di iniziare dalla camera da letto. Anche qui, pur senza sostanziali cambiamenti, si avvertiva il tocco di una mano delicata. Il nuovo copriletto azzurro, a terra due stuoie di rafia in una nuance dello stesso colore, i paralumi delle abat-jour rinnovati da una pulizia accurata. Jordan cercò di non farsi coinvolgere dalla calma luminosa che quella stanza cercava di trasmettergli e ritornò al motivo della sua presenza in quell'appartamento.

Di solito era abituato a condurre le perquisizioni tenendo presente che doveva cercare qualcosa che altri avevano tentato in tutti i modi più fantasiosi di nascondere. In questo caso era abbastanza probabile che il posto più ovvio potesse essere anche quello giusto.

Aprì l'armadio a muro di fronte al letto ed ebbe fortuna al primo colpo.

Sul ripiano più in alto, a sinistra, di fianco a una pila di maglie leggere, c'era un grosso portadocumenti in cuoio che dal colore a Jordan sembrò essere di Cartier. Non riuscì a capire se fosse autentico o solo una delle perfette riproduzioni in vendita a Canal Street, ma in quel momento la cosa era del tutto al di fuori del suo interesse.

Si sedette sul letto e aprì la cartella.

Dentro era piena di fogli e documenti disposti in modo ordinato, esattamente come ci si poteva aspettare da una donna come Lysa. Nel suo pensiero, Jordan si rese conto di avere usato d'istinto la parola «donna» e ammise con se stesso che non era altro che la definizione giusta.

*In bocca al lupo a te e a quella povera ragazza...*

Ricordò le parole di Annette, quando uscendo dal Saint Vincent aveva continuato a parlare di lei in quel senso, anche dopo aver saputo la verità. Se quello Lysa si sentiva di essere, era giusto che lui e chiunque altro la pensassero in quel modo.

Jordan iniziò a spulciare i documenti a uno a uno, senza tirarli fuori del tutto, obbligandosi a non essere curioso per non trovarsi a scivolare suo malgrado nella morbosità.

Fra due biglietti d'auguri di compleanno, trovò una foto a colori, un poco sbiadita.

Nonostante i suoi propositi, la fece scivolare fuori e la tenne con delicatezza tra le dita, come se un movimento brusco potesse in qualche modo fare male alle persone fissate da quello scatto. Un bambino bellissimo, con un timido accenno di sorriso, era in piedi tra un uomo e una donna dall'abbigliamento austero che guardavano verso l'obiettivo con un'espressione corrucciata. Sullo sfondo si intravedeva una costruzione rivestita di legno verniciato di bianco, che dava tutta l'impressione di essere una chiesa.

Controllò all'interno del contenitore. Non c'era nessun'altra foto. Tutto il passato di una persona era racchiuso in quel solo rettangolo di carta plastificata che il tempo avrebbe scolorito sempre di più. Ripensò a quello che Lysa gli aveva detto al ristorante sul fiume, quando aveva parlato della sua famiglia.

*Quando me ne sono andata di casa, senza nemmeno toccarla ho visto la porta che si chiudeva da sola alle mie spalle...*

E alla luce rivelatrice del poi, sul viso di quel bambino dalla bellezza innaturale c'era già l'inizio di quella storia che sarebbe finita con il cigolio dei cardini di una porta che si chiudeva.

Rimise la foto dove l'aveva trovata e ricominciò a passare i documenti. Finalmente in una cartellina di plastica trasparente trovò la tessera della Previdenza Sociale e un contratto d'assicurazione che portava sul frontespizio il nome anagrafico di Lysa.

Prese l'involucro lucido tra le dita e, quando lo tirò fuori dalla cartella, sul copriletto cadde una busta, non sigillata ma semplicemente chiusa ripiegando l'aletta verso l'interno.

Jordan la prese e la girò per guardala sul davanti. Era una semplice busta bianca, senza scritte, del tutto simile a milioni di altre buste che in quel momento giacevano sugli scaffali o nei cassetti di migliaia di negozi sparsi in tutta l'America.

Eppure Jordan, mentre l'apriva, aveva timore di quello che ci avrebbe trovato.

Sollevò la linguetta, allargò la busta e lanciò un'occhiata all'interno. Poi, tenendola per i bordi, fece cadere il contenuto sul letto.

Sul tessuto azzurro, sotto i suoi occhi, adesso c'erano quattro tagliandi colorati, divisi a metà da un deciso taglio diagonale che qualcuno aveva ricomposto come le tessere di un puzzle, fermandoli con una striscia di nastro adesivo trasparente. Con le mani non del tutto salde, li allineò uno per uno davanti a sé. Erano quattro assegni a copertura garantita, ognuno dell'importo di venticinquemila dollari, emessi dalla Chase Manhattan Bank e del tutto uguali al frammento che aveva trovato nella tasca del defunto DeRay Lonard, in arte Lord.

Solo che questi erano intestati ad Alexander Guerrero.

Senza accorgersene, Jordan si alzò in piedi e fece un passo indietro. Rimase a fissare allibito quei rettangoli di carta colorata disposti ordinatamente sotto il suo sguardo. Se mai nella sua vita aveva provato un senso di sorpresa, ciò che provava in quel momento lo allontanava da quell'esperienza come Plutone dal Sole.

Infilò la mano in tasca e tirò fuori il cellulare. Fece scorrere la rubrica fino a visualizzare sul display il nome di Burroni.

Il detective rispose al secondo squillo.

«James, sono Jordan.»

«Ciao. Ho saputo che hai fatto i fuochi d'artificio ieri sera.»

«Proprio così. Un figlio di puttana che avevo spedito in galera ha pensato di vendicarsi. Purtroppo ci è andata di mezzo una persona che non c'entra niente.»

«Ho sentito. Mi dispiace. Come sta?»

«Stazionaria. Per ora i medici non sciolgono la prognosi.»

Jordan non disse altro e Burroni altro non chiese.

«James, vengo al motivo della chiamata. Ho bisogno di un favore da te.»

«Tutto quello che vuoi.»

«Ti manderò un fax con la fotocopia di un pezzo d'assegno a copertura garantita emesso dalla Chase Manhattan Bank. Il nome del beneficiario non è completo ma si tratta di DeRay Lonard, il tizio che mi ha sparato ieri sera. Vedi se riesci a scoprire il nome della persona che ha richiesto l'emissione.»

Jordan per il momento preferì non parlare degli assegni che aveva trovato lì e che erano intestati a Lysa. Non si prese nemmeno la briga di inventare un motivo. Lo fece e basta.

«Sarà fatto. Altro?»

«Da parte mia no.»

«Allora ti offro io qualche novità a proposito di Julius Whong. Stanno venendo fuori sul suo conto cose che non immagini nemmeno. Forse tuo nipote aveva la follia del genio, questo è un verme psicopatico da manicomio a vita. Lui continua imperterrito a non parlare, ma abbiamo fatto delle indagini e siamo arrivati a scoprire un paio di cose perlomeno singolari, a livello di coincidenza.»

«Vale a dire?»

«Il 14 settembre del '93, a Troy, una cittadina vicino ad Albany, nella filiale di una banca locale, la Troy Savings Bank, quattro persone mascherate hanno compiuto una rapina portandosi via quasi trentamila dollari. E indovina con che cosa erano mascherate?»

«Con delle maschere di plastica che riproducevano i visi di personaggi dei Peanuts. Per la precisione Linus, Lucy, Snoopy e Pig Pen.»

Burroni rimase un istante senza parole.

«Jordan, se ti fai una plastica e accetti di andare in giro con la mia faccia, sarò lieto di cederti il mio posto nella polizia. È assurdo che un talento come il tuo vada sprecato. Però non è tutto.»

«Stupiscimi tu, adesso.»

«Cercherò. Fra le altre cose, abbiamo setacciato a tappeto il territorio intorno a Poughkeepsie, per un raggio di dieci chilometri. Il proprietario di un pub ha riconosciuto Julius Whong dalle foto che gli sono state mostrate, asserendo di aver assistito nel suo locale, più o meno una decina di giorni dopo la rapina, a un'accesa discussione fra lui e altre tre persone, due uomini e una donna, che non è degenerata in una rissa solo perché li ha cacciati minacciandoli con una mazza da baseball. E ha aggiunto che una di queste tre persone era sicuramente tuo nipote.»

«Per cui, oltre a tutto il resto che inchioda Whong, questa potrebbe essere la traccia per arrivare all'unica cosa che ancora ci mancava, il movente. Sei un drago, James.»

«Se c'è un drago al telefono, non sono io, Jordan. Vorrei solo avere per ogni indagine lo stesso numero di uomini che ho avuto per questa. Ti garantisco che in un mese in questa città il peggior delinquente sarebbe un ragazzino che si infila le dita nel naso.»

«Ci credo. Peccato che le cose non vadano così.»

«Le cose non vanno mai così. Però, nonostante tutti i miei guai, non invidio tuo fratello o Cesar Whong, non so se capisci cosa intendo dire.»

Jordan lo capiva benissimo. Per un istante visualizzò la figura di Burroni che sistemava il berretto da baseball sulla testa di suo figlio.

*Ciao, campione...*

Mentre parlava con il detective, Jordan si era spostato verso il soggiorno, dove la ricezione era migliore. Dalla finestra vide un taxi fermarsi accanto al marciapiede. Il tempo di pagare e Maureen uscì dalla portiera, alzando subito il viso verso l'alto a guardare il palazzo attraverso gli occhiali scuri. Jordan si sporse e le fece segno con le dita di premere il pulsante del terzo piano. Poi si avvicinò al citofono per aprire la porta d'ingresso.

«James, ho da fare adesso. Tienimi informato su tutto quello che succede.»

«Okay, ci sentiamo.»

Jordan chiuse la comunicazione e aprì la porta che dava sul pianerottolo sentendo il rumore dell'ascensore che scorreva su per il vano. Poco dopo, la figura di Maureen uscì come evocata dal movimento della porta automatica e venne verso di lui.

Jordan si fece di lato per farla entrare. Camminava con le spalle leggermente incurvate e anche con la maschera degli occhiali si capiva che sotto c'erano degli occhi stanchi di vedere quello che erano costretti a vedere.

Jordan le sorrise, non per cordialità ma per solidarietà.

«Ciao, Maureen, vorrei augurarti una buona giornata ma ho paura che non lo sia.»

«Per niente. Ma vediamo almeno che sia utile.»

Jordan le indicò il divano.

«Accomodati e parliamone.»

Si rese conto che Maureen non aspettava altro che di scaricarsi da quello che si era portata sulle spalle fino a lì e che solo a lui poteva confidare. Appena preso posto sul divano, iniziò subito a raccontare la nuova serie di frammenti che le erano arrivati dal loro posto nella vita di un altro.

Parlò tenendo gli occhi bassi e, a mano a mano che procedeva, non si accorse dei contraccolpi che le sue parole provocavano in Jordan, che era rimasto in piedi e in silenzio ad ascoltare il suo racconto.

Quando capì che aveva finito, si sedette sulla poltrona di fianco a lei e le prese una mano. Cercò di trasmetterle la sua eccitazione, come energizzante e come barriera contro le paure.

«Maureen, ho appena ricevuto una telefonata di Burroni che collima alla perfezione con quello che tu mi hai appena detto. La cosa che hai visto è stata una rapina in piena regola a cui hanno partecipato mio nipote, Julius Whong, Chandelle Stuart e Alistair Campbell. L'unica cosa che dobbiamo scoprire è l'identità di questa donna. Se loro erano vestiti nello stesso modo, deve essere collegata all'omicidio che dici di aver visto l'altra volta. Se Julius Whong è il responsabile, vorrei aggiungere anche questo all'elenco dei suoi crimini.»

Maureen si tolse gli occhiali e cercò i suoi occhi, anche se Jordan sapeva benissimo quanto la luce le desse fastidio.

«Questo creerà un ulteriore disagio nella mia vita.»

«Come mai?»

Jordan avrebbe preferito non vedere quella smorfia sul viso di Maureen Martini.

«Mary Ann Levallier è appena stata nominata da Cesar Whong avvocato difensore di suo figlio. E, nel caso che non te lo ricordi, quella donna è mia madre.»

Jordan le sorrise di nuovo e di nuovo fu un sorriso di solidarietà e di complicità.

«Quando mio fratello lo saprà, creerà qualche disagio anche nella sua, anche se sono pronto a scommettere che ne è già al corrente. In ogni caso lo scopriremo presto.»

«Cosa intendi fare?»

Jordan si sollevò dalla poltrona e le tese la mano per aiutarla a rialzarsi.

«Mio fratello sta a Gracie Mansion in questo momento. Ed è proprio il posto dove stiamo andando noi adesso.»

# 42

Jordan e Maureen scesero dal taxi e si avviarono per il vialetto che portava al cancello d'ingresso di Gracie Mansion. Jordan aveva preferito raggiungere Schurtz Park con una vettura pubblica per non costringere Maureen a uno spostamento sul sedile posteriore di una moto, che poteva essere rischioso se durante il tragitto avesse avuto un altro dei suoi contatti. Per contro, dopo quello che era appena successo, non se l'era sentita di lasciarla sola ad affrontare il percorso in macchina.

Avevano fatto gran parte del tragitto in silenzio. Maureen aveva guardato a lungo fuori dal finestrino, come ipnotizzata dalle immagini della città che le arrivavano filtrate attraverso le lenti scure. Jordan l'aveva osservata più volte, cercando di non farsi accorgere. Forse, alla luce di quello che le stava succedendo, stava pensando che da qualche parte esisteva un mondo alternativo, autentico, mentre tutto quello che si muoveva intorno a loro era solo apparenza, fumo colorato, dove niente era vero tranne quello che lei a volte aveva negli occhi.

Era stata proprio Maureen a rompere per prima il silenzio.

«C'è qualcosa, Jordan.»

Gli aveva parlato senza voltarsi a guardarlo, gli occhi rivolti verso la striscia colorata che correva fuori dal finestrino dell'auto come su uno schermo televisivo.

«Dove o a che proposito?»

«C'è qualcosa dentro di me. C'è qualcosa che sento dovrei sapere e che non riesco a focalizzare. È come se stessi guardando una persona dietro al vetro smerigliato di una doccia. So che c'è ma non riesco a vederla in viso.»

Maureen si era tolta per un attimo gli occhiali e subito se li era rimessi, sistemandoli con una cura eccessiva sul naso. Jordan aveva cercato di allungarle una presa sicura, prima che sprofondasse nelle sabbie mobili.

«Il sistema migliore è non pensarci. Arriverà da solo.»

«Non vorrei dirlo, ma è esattamente quello che temo.»

Maureen si era di nuovo rinchiusa nel silenzio e Jordan ne aveva approfittato per chiamare il Saint Vincent. Al centralino aveva chiesto del dottor Melwyn Leko. Non appena aveva sentito la sua voce, il chirurgo lo aveva subito riconosciuto.

«Buongiorno, signor Marsalis.»

«Buongiorno a lei. Come sono le condizioni della signorina Guerrero?»

«Buone tendenti all'ottimo, visto quello che le è successo. Adesso è in uno stato di dormiveglia ma credo che possiamo senz'altro sciogliere la prognosi.»

Jordan lasciò che un sospiro di soddisfazione inondasse liberamente la sua voce.

«C'è qualcosa che posso fare?»

«Per adesso no.»

«La ringrazio e se non le è di troppo disturbo la pregherei di tenermi informato di qualunque novità.»

«Certo, se ce ne saranno gliele comunicherò.»

Aveva chiuso la comunicazione in perfetto sincronismo con la macchina che accostava al marciapiede alla fine della corsa.

E adesso stavano passando davanti alla panchina dove Maureen si era seduta il giorno in cui era andata a Gracie Mansion, prima di trovare il coraggio di presentarsi davanti a delle persone sconosciute, a chiedere loro di accettare per vero qualcosa che lei per prima non aveva il coraggio di accogliere come tale.

Tutto intorno a lei sembrava un replay di quel giorno.

Gli alberi, le macchie luminose sull'erba del sole che filtrava fra i rami, le grida dei bambini dal campo giochi, e nella piazzetta sotto di loro la statua in bronzo di Peter Pan, che nessuna polvere magica sarebbe mai riuscita a far volare.

Anche l'agente di servizio nella guardiola a vetri era ancora quello con la camminata da sceriffo. Li fece passare senza chiedere niente ma, dall'occhiata che le lanciò, Maureen capì che l'atteggiamento nei suoi confronti non era cambiato.

Tutto sembrava uguale, solo loro non erano più gli stessi.

Il maggiordomo di Gracie Mansion che li accolse alla porta li lasciò liberi di fare da soli il percorso, dopo aver ricordato che il sindaco era temporaneamente impegnato nello studio in una riunione informale con due esponenti del suo partito.

In fondo al corridoio Jordan e Maureen piegarono a sinistra e arrivarono nella stanza dove Ruben Dawson era seduto alla postazione dei computer in compagnia di un altro operatore. Il segretario del sindaco, come al solito, li accolse impeccabile e impassibile. Jordan era convinto che quell'uomo, anche nel caldo più torrido, non avesse bisogno di aria condizionata ma che all'interno fosse refrigerato per conto suo.

«Ruben, avremmo bisogno di fare un giro su Internet...»

Lasciò la frase in sospeso e lanciò uno sguardo significativo verso l'altra persona presente nella stanza, un uomo robusto sulla trentina che era seduto dando loro le spalle davanti allo schermo a cristalli liquidi di un Macintosh.

Ruben capì al volo ma la sua espressione non cambiò.

«Martin, ci vuoi scusare un attimo, per favore?»

«Certo, signor Dawson.»

In attesa che Martin si alzasse e uscisse dalla stanza, Jordan andò alla fotocopiatrice e, nascondendo quello che stava facendo con il corpo, tirò fuori dalla tasca della giacca l'assegno che aveva trovato addosso al cadavere di Lord. Ne fece una copia, la infilò nel fax e la spedì al numero di Burroni.

Poi si girò e si rivolse a Dawson, che ancora stava seduto davanti al computer.

«Ruben, ti risulta che la città di Troy abbia un giornale locale?»

«Non so, ma possiamo saperlo in un attimo.»

Ruben lanciò la videata di Explorer e dopo una rapida ricerca si appoggiò allo schienale della poltrona indicando lo schermo.

«Eccolo qui. "The Troy Record".»

«Dovresti telefonare e chiedere se hanno un archivio in digitale. Nel caso, se è consultabile on line. Non penso che faranno problemi se la richiesta arriva dall'ufficio del sindaco. Di' che è molto importante.»

Ruben si alzò e si diresse al telefono. Prima di comporre il numero si fermò con la cornetta sollevata.

«Vi ricordo che si tratta di un giornale. Se è una cosa che deve rimanere riservata, rivolgersi a loro è il sistema peggiore per mantenerla tale.»

Jordan fu costretto ad ammettere che Christopher, scegliendo lui come collaboratore, non aveva riposto la sua fiducia a casaccio.

«Va bene lo stesso. Non è così importante, a questo punto.»

Ruben Dawson compose il numero e si fece passare il direttore del quotidiano. Mentre parlava, Maureen si sedette alla scrivania e si posizionò sul sito del «Troy Record». Jordan si mise alle sue spalle e appoggiò le mani allo schienale della poltrona.

Ruben salutò la persona con cui stava parlando e riappese il telefono.

«Fatto. L'archivio è in parte computerizzato e retrospettivo fino a dodici anni fa. La password è "Connor Slave".»

Jordan sentì Maureen irrigidirsi ma non disse nulla per quella coincidenza. Ancora una volta fu costretto a constatare che il caso è addirittura spietato quando decide di ricordare agli esseri umani le loro sofferenze.

Maureen aprì il banner indicato sul sito come «Archivio» e alla richiesta impostò la password. Sotto il logo del giornale, apparve sullo schermo un motore interno di ricerca.

Sentì la voce di Jordan arrivare dalle sue spalle.

«Il fatto è successo il 14 settembre del '93, per cui penso che ci convenga andare a controllare l'edizione del 15.»

Maureen impostò la data e apparve sullo schermo il numero del «Troy Record» che Jordan le aveva richiesto. Nel silenzio reso perfetto dalla loro ansia, il computer iniziò a sfogliare per loro le pagine di un quotidiano senza il familiare fruscio della carta. Sullo schermo scorrevano parole vecchie, già scritte e già dette molte volte, che si sarebbero potute riscrivere e ridire senza soluzione di continuità, cambiando soltanto i nomi e i luoghi, tanto la vita costruita dagli uomini è monotona nella sua ripetitività.

Solo il male ha una fantasia senza limiti.

Trovarono la notizia nella cronaca cittadina. L'articolo, firmato da un giornalista di nome Rory Cardenas, era il protagonista assoluto della pagina.

DOLLARI E NOCCIOLINE
Charlie Brown rapina una banca

Nella giornata di ieri una rapina è stata compiuta nella sede della Troy Savings Bank, sulla Columbia Turnpike, a East Greenbush. Tre persone con il volto nascosto da maschere di carnevale che riproducevano le facce di alcuni dei Peanuts, si sono introdotte nei locali della banca e minacciando con pistole e un fucile a pompa i clienti e il personale si sono appropriate dell'intero deposito che in quel momento ammontava a trentamila dollari. Linus, Lucy e Pig Pen si sono allontanati su una Ford bianca che attendeva fuori con il motore acceso, guidata da una persona che indossava la maschera di Snoopy. Pare che i rapinatori abbiano avuto un colpo di sfortuna, in quanto la Ford è stata ritrovata abbandonata una decina di chilometri più a sud con il motore in avaria. Nonostante questo, sono riusciti a far perdere le loro tracce. Non ci sono stati feriti tra le persone che hanno assistito alla rapina. Solo una donna anziana, Mary Hallbrooks, di 72 anni, forse a causa dell'emozione, è stata colta da malore ed è stata prontamente ricoverata presso il Samaritan Hospital dove si trova tuttora in osservazione, anche se le sue condizioni non destano preoccupazione. È la prima volta che una sede della Troy Savings Bank viene presa di mira da...

L'articolo era integrato dalla foto del direttore e da immagini dei locali della banca, con gli agenti nel corso del sopralluogo. Maureen sentì la pressione delle mani di Jordan allentarsi e alleggerire il peso sullo schienale della poltrona. Se lo trovò di fianco, lontano dallo schermo al quale si era avvicinato per leggere meglio l'articolo.

«Bene, queste sono cose che sappiamo già. Se quello che hai visto è vero, è probabile che sia successo quasi in contemporanea con questo fatto. Se è così, la notizia dovrebbe essere nell'edizione della stessa giornata.»

Infatti, due pagine dopo, in fondo a destra, c'era l'articolo che stavano cercando.

Jordan indicò con il dito la zona e Maureen la circondò con un reticolo e applicò lo zoom, ingrandendo la parte evidenziata. Sullo schermo del computer apparve una porzione di pagina con due fotografie di spalla. Una raffigurava una donna di colore, con la pelle piuttosto chiara, i capelli corti e un viso molto bello, che sorrideva composta dal suo riquadro. L'altra, un bambino con occhi scuri e pelle poco più chiara di quella della madre. Aveva l'aria sveglia e guardava verso di loro con un'espressione divertita.

Nonostante l'avesse vista in condizioni molto differenti, Maureen riconobbe subito la donna. Anche questa le sembrò una replica del giorno in cui avevano scoperto l'identità di Snoopy e sullo schermo era comparsa la faccia da ragazzo di Alistair Campbell. Appoggiò una mano sul polso di Jordan e lo strinse leggermente, senza parlare.

NEMMENO L'ESPERIENZA DI UN'INFERMIERA
RIESCE A SALVARE LA VITA DEL FIGLIO

Thelma Ross, infermiera professionale presso il Samaritan Hospital di Troy, è stata vittima di una tragica serie di fatalità che sono costate la vita al figlio, il piccolo Lewis di cinque anni. Il bambino, giocando nel giardino di casa, è stato punto da un numero considerevole di calabroni. Il violento shock anafilattico che ne è conseguito ha provocato un edema laringeo che in brevissimo tempo ha completamente occluso le vie respiratore. Nemmeno la prontezza della madre, che grazie alla sua lunga pratica in sala operatoria ha effettuato una tracheotomia d'emergenza al piccolo Lewis, è riuscita a salvargli la vita. Quando sono arrivati i soccorsi, il medico dell'ambulanza non ha potuto far altro che constatare il decesso del bambino. A Thelma Ross esprimiamo l'affetto solidale di una comunità alla quale ha dato molto e che in questa triste circostanza è giusto senta stringersi commossa intorno a lei.

Jordan appoggiò la mano sulla spalla di Maureen, per un'eccitazione che la voce non riusciva a mascherare.

«C'è qualcosa che non torna. La notizia, com'è riportata qui, non corrisponde per niente a quello che...»

Si interruppe prima di finire la frase. Anche se Ruben non aveva capito a cosa volesse riferirsi, Maureen lo aveva inteso alla perfezione.

Sentì le dita di Jordan esercitare una piccola pressione urgente sulla spalla.

«Cercami il numero del Samaritan Hospital di Troy.»

Maureen andò ad aprire il sito delle Pagine Gialle e dopo pochi istanti i numeri di telefono e l'indirizzo dell'ospedale apparvero sullo schermo.

Subito dopo, Jordan sollevò il telefono e compose il numero. L'operatrice rispose immediatamente.

«Samaritan Hospital, cosa posso fare per lei?»

«Avrei bisogno di parlare con l'ufficio del personale.»

«Attenda un attimo in linea, prego.»

Dopo qualche istante della solita musichetta da centralino, una voce decisa prese possesso della linea.

«Michael Stills.»

«Buongiorno, signor Stills, sono Jordan Marsalis e chiamo per conto del sindaco di New York.»

«Certamente. Scusi se l'ho fatta aspettare, ma avevo in linea il presidente degli Stati Uniti.»

Jordan ammirò la prontezza di riflessi della risposta e non se ne ebbe a male. Anche se in un modo meno ironico, se l'era aspettata una reazione del genere.

«Signor Stills, capisco la sua perplessità. Sarei venuto di persona ma è una cosa della massima urgenza. La pregherei di farsi passare dal suo centralino il numero di Gracie Mansion e chiedere di me. Sono il fratello del sindaco.»

«Non importa. Il suo tono mi ha convinto. Dica pure.»

«Mi servirebbe un'informazione su una vostra dipendente. È un'infermiera che si chiama Thelma Ross. Avrei bisogno di sapere se lavora ancora lì e nel caso se posso parlarle o avere il suo indirizzo.»

Dall'altra parte ci fu una pausa sottolineata da un sospiro.

«Ah, Thelma. Quella povera ragazza...»

Jordan intervenne per prevenire il racconto di fatti che aveva appena letto.

«Sono al corrente di quello che è successo a lei e a suo figlio. Vorrei sapere dove posso trovarla adesso.»

Jordan nella mente diede un viso provvisorio a Michael Stills e se lo immaginò perso nei propri ricordi personali.

«Qui tutti le volevano bene. Era una persona molto dolce e un'infermiera straordinaria. Dopo la disgrazia purtroppo non si è più ripresa. È caduta in una depressione che si è aggravata sempre di più fino a portarla in uno stato semicatatonico. Attualmente è ricoverata presso un istituto di igiene mentale.»

«Ricorda come si chiama?»

«Non ne sono certo, ma mi pare che il nome sia The Cedars o The Oaks, qualcosa del genere. So da colleghe che ogni tanto vanno a trovarla che è subito fuori Saratoga Springs, verso nord. Mi risulta che sia l'unica clinica del genere in quella zona.»

«Non potrei parlare con il marito?»

«Thelma non è sposata. O perlomeno quando è arrivata qui non lo era più.»

«La ringrazio, signor Stills. Lei mi è stato di grande utilità.»

Jordan riattaccò e rimase in silenzio con la mano appoggiata alla cornetta, come se non volesse staccarsi da quella conversazione fino a quando non ne avesse assimilato il senso.

«Thelma Ross è attualmente ricoverata presso un istituto per malattie mentali dalle parti di Saratoga Springs. Non so quanto ci possa servire, ma credo proprio che dovremo andare a farle una visita.»

Dal tono di Jordan, Maureen capì che la loro visita a Gracie Mansion era finita. Christopher era ancora impegnato e l'idea di andarsene senza vederlo e dover spiegare il motivo della loro presenza non diede fastidio a nessuno dei due.

Salutarono Ruben, aprirono la porta e si avviarono in silenzio per il corridoio, verso l'uscita.

Dawson rimase nella stanza da solo, in piedi sulla soglia, a guardarli mentre si allontanavano fino a quando non li vide scomparire dietro l'angolo. Subito dopo rientrò, prese il cellulare dalla tasca e compose un numero che sull'elenco telefonico corrispondeva al nominativo di un'associazione benefica.

Come ottenne la comunicazione, non si diede nemmeno la pena di dire il suo nome. Nonostante la sua proverbiale freddezza, non riuscì a fare a meno di abbassare leggermente il tono di voce.

«Riferite al signor Whong che sono in possesso di un paio di notizie che potrebbero interessarlo molto...»

# 43

L'elicottero sorvolava l'Hudson diretto verso nord a una quota di duemila piedi.

Dal suo posto vicino al finestrino Jordan poteva vedere l'ombra del velivolo seguirli scivolando flessibile sulla superficie increspata del fiume, lanciata al loro inseguimento come se fosse ansiosa di ricongiungersi all'oggetto che l'aveva creata. Christopher, su precisa richiesta di Jordan, senza fare eccessive domande, aveva messo a disposizione il suo elicottero, un Agusta-Bell AB139 che era decollato dal Downtown Manhattan Heliport con destinazione Saratoga Springs. In precedenza si erano messi in contatto con The Oaks, la clinica in cui era ricoverata Thelma Ross. Dopo aver parlato con Colin Norwich, il direttore, Jordan aveva optato per quella soluzione quando erano venuti a conoscenza che l'istituto era provvisto di una pista di atterraggio per gli elicotteri.

Adesso lui e Maureen erano seduti uno di fianco all'altra sul sedile dietro al pilota. Nonostante il *cockpit* fosse insonorizzato, avevano seguito il suo consiglio e avevano indossato delle cuffie Peltor con interfono, per potersi parlare durante il viaggio senza il fastidio delle pale del rotore.

Jordan premette il pulsante che escludeva il pilota dalla loro conversazione e si rivolse a Maureen, che stava appoggiata allo schienale con la testa leggermente sollevata e piegata all'indietro, come se si fosse assopita e avesse gli occhi chiusi sotto gli occhiali scuri.

«C'è una cosa che non riesco a capire.»

La sua risposta pronta fece capire a Jordan che era sveglia e che stava riflettendo, esattamente come lui.

«Vediamo se è la stessa cosa che mi chiedo io.»

«Considerati i precedenti, niente ci fa pensare che quello che hai visto non sia vero. Se le cose stanno così e se Julius Whong ha ucciso il figlio di Thelma Ross, come mai lei non ha sporto denuncia?»

«Proprio così.»

«Speriamo che lei riesca a dirci qualche cosa, anche se il medico con cui ho parlato mi è sembrato un po' vago al riguardo.»

Si guardarono. Stavano viaggiando a settecento metri dal suolo, ma si sentivano molto più sospesi di quanto non fossero in quella scatola d'acciaio e cristallo che dall'alto rompeva il silenzio immobile della campagna con il suo vento e il suo rumore.

Maureen tornò a osservare il paesaggio dalla sua parte, favorita dall'elicottero che adesso stava compiendo una virata verso destra. Nonostante questo, la sua voce arrivò alle orecchie di Jordan chiara e amara come un cattivo pensiero.

«Qualcuno ha posto gli esseri umani davanti al dubbio fra essere e non essere, qualcun altro davanti alla scelta fra essere e avere. Io, in questo momento, l'unica cosa che desidero è soltanto capire.»

La capacità di visualizzazione di Jordan senza preavviso lo riportò di colpo davanti a *La zattera della Medusa*, l'enorme dipinto che aveva visto in casa di Chandelle Stuart. Non si sarebbe stupito, andando a rivederlo *ora*, di trovare in mezzo a quella folla di naufraghi anche il viso suo e di Maureen.

Forse per il fatto che non era innamorato di lei, la sentiva vicina come raramente aveva sentito qualcuno nella sua vita. Quello che gli era successo due giorni prima, lo aveva incastrato ancora più a fondo nella storia di quella strana ragazza italiana, alla quale il destino aveva riservato delle prove così difficili da superare. Quando aveva visto Lysa stesa a terra, con quella macchia rossa di sangue che si allargava sulla camicetta succhiando colore dal suo viso, aveva capito che cosa Maureen doveva aver provato nella sua terribile esperienza con Connor Slave.

*Lysa…*

La sera prima, dopo la visita a Gracie Mansion, nonostante la telefonata al dottor Leko, Jordan era passato lo stesso al Saint Vincent per vedere Lysa. Quando gli avevano permesso per un istante di entrare in punta di piedi nella sua camera, l'aveva trovata addormentata, con i capelli sparsi sul cuscino, pallida e bella come se invece di essere in un letto d'ospedale si fosse trovata su un set di un servizio fotografico. Il battito del cuore, visualizzato da una linea verde in movimento sul monitor, era regolare, molto più del suo.

Mentre era ritto di fianco al letto, Lysa aveva aperto un attimo gli occhi e lo aveva guardato, con lo sguardo appannato dal torpore dei medicinali. A Jordan era sembrato che un leggero sorriso fosse emerso per un istante a galleggiare sulle sue labbra, ma subito dopo era stata risucchiata nel posto senza dolore in cui i farmaci le permettevano di rifugiarsi. Jordan era uscito come era entrato, in silenzio perfetto, lasciando Lysa a un sonno profondo che lui per tutta la notte non era riuscito a trovare.

Il pilota alzò la mano destra, riportandolo a un altro tipo di volo. Fece un gesto verso il basso, indicando sotto di loro la superficie lucida del Lago Saratoga.

Jordan ripristinò la comunicazione.

«Ecco il lago. Il posto che cerchiamo è sulla punta nord.»

Di nuovo il veloce e liquido gioco del riflesso sul pelo dell'acqua mentre l'elicottero virava ancora e scendeva di quota. Il sistema di navigazione satellitare guidò il pilota verso le coordinate del punto d'atterraggio e finalmente l'ombra riuscì a incollarsi di nuovo a quello strano oggetto sospeso nel cielo a cui aveva dato la caccia per tutto il viaggio senza sapere di esserne solo la copia.

Durante le fasi dell'atterraggio, Jordan aveva osservato dall'alto due costruzioni, inserite in un tratto di parco che sembrava appartenere al complesso ospedaliero e che presentava zone di prato inglese di un verde incredibile alternate con cura ad aree di bassa vegetazione e alberi d'alto fusto. Uno degli edifici era più piccolo, piazzato poco oltre la pista d'atterraggio. Il secondo, spostato sulla destra, era molto più grande e davanti aveva un ampio cortile che proseguiva con un giardino fiorito.

Il pilota spense i motori. Jordan e Maureen scesero dall'apparecchio, chinandosi d'istinto in avanti per l'aria provocata dal rotore e per la minaccia sibilante che rappresentava sopra le loro teste. Imboccarono un vialetto costeggiato da una siepe di agrifoglio e si avviarono incontro a un uomo che si stava muovendo nella loro direzione. Ora che aveva modo di vederla dal basso, Jordan rimase ammirato dalla splendida costruzione chiara con inserti in pietra e grandi vetrate dalla quale era uscita la persona che adesso era arrivata alla loro altezza.

Jordan gli tese la mano, alzando la voce per sovrastare il *fut-tza fut-tza fut-tza* sempre più lento delle pale che si stavano fermando.

«Buongiorno. Sono Jordan Marsalis e lei è Maureen Martini, un funzionario della polizia italiana.»

Mentre stringeva loro la mano, l'uomo, un tipo dall'aria informale alto quasi quanto Jordan, che aveva capelli castani portati piuttosto lunghi e un'aria efficiente, si presentò a sua volta.

«Benvenuti. Sono Colin Norwich, il direttore di The Oaks. Ci siamo parlati al telefono.»

«Esatto. La ringrazio di aver accettato di riceverci e di farci incontrare la sua paziente.»

Mentre tornavano verso la direzione da cui Norwich era appena arrivato, il direttore si strinse nelle spalle.

«Mi ha detto che si tratta di una cosa della massima importanza. Non so cosa vi aspettiate dalla signora Ross, ma temo che non possa esservi di grande aiuto.»

«In che senso?»

«I motivi sostanzialmente sono due. Il primo è che Thelma, a causa del trauma che ha subito, per dirla in termini comprensibili, si è come creata intorno una barriera oltre la quale non va quasi mai. Abbiamo dovuto faticare a lungo per aiutarla a raggiungere un equilibrio. Ora, a periodi alterni, passa intere giornate in silenzio. Quando è arrivata qui sapeva solo urlare.»

«E il secondo motivo?»

Il dottor Norwich si fermò e guardò prima Jordan e poi Maureen con aria seria.

«Anche se a prima vista non sembra, questo è un ospedale, io sono un medico e lei è una mia paziente. Io ne sono responsabile. Se dovessi vedere che la vostra presenza in qualche modo va a compromettere questo equilibrio, mi vedrò costretto a chiedervi di concludere *ipso facto* la vostra visita.»

Parlando, erano arrivati nel cortile semicircolare tracciato sul davanti dell'edificio. Norwich indicò un giardino curato all'inverosimile che si intravedeva oltre un basso muro di cinta in mattoni rossi. Alcune donne stavano passeggiando liberamente per i vialetti, da sole o in gruppi. Altre, sedute su sedie a rotelle, erano spinte da infermiere in divisa bianca.

«Quelle sono alcune delle nostre pazienti. Come potete vedere, l'istituto è solo femminile.»

Jordan comprese tutto quello che li circondava in un solo gesto delle braccia.

«Dottor Norwich, mi pare di capire che questo posto sia riservato a persone in grado di sostenere una retta piuttosto alta.»

«Detto in questo modo il concetto è un po' crudo, ma in effetti è così.»

«Ora, la signora Ross era un'infermiera. Com'è possibile che possa permettersi il ricovero in un istituto come questo?»

«Per quel che ne so, disponeva di un patrimonio personale di quasi un milione e mezzo di dollari. So che viene gestito da una banca e che frutta a sufficienza per sostenere le spese.»

«Non le sembra strano che una semplice infermiera fosse in possesso di una somma di denaro così elevata?»

«Signor Marsalis, io sono uno psichiatra, non un agente del fisco. Per me le stranezze sono quelle che stanno nella testa delle mie pazienti, non quelle che stanno nel loro conto corrente.»

L'arrivo di un'infermiera bionda piuttosto sovrappeso ma con un bel viso tolse Jordan dall'imbarazzo di trovare una risposta adeguata. La donna si fermò di fianco a loro, irreprensibile nella sua divisa bianca ma guardando Jordan con occhi che esprimevano golosità pura. Maureen se ne accorse e nascose un sorriso dentro di sé, mentre la immaginava rivolgere lo stesso sguardo alla sua doppia porzione di fragole con la panna.

Norwich le diede le istruzioni che spiegavano il motivo della presenza di quei due sconosciuti a The Oaks.

«Carolyn, accompagna il signor Marsalis e la signorina Martini da Thelma. Assicurati che tutto vada bene.»

A Jordan non sfuggì come Norwich avesse leggermente calcato la voce sulla sua ultima frase. L'infermiera si decise a staccare gli occhi da Jordan.

«Molto bene, direttore.»

«Andate pure con Carolyn. Se volete scusarmi, io ho una persona che mi attende in ufficio. Verrò dopo a salutarvi.»

Lo psichiatra si girò e si incamminò deciso verso l'ingresso dell'edificio. Maureen e Jordan seguirono il passo sciolto dell'infermiera, agile nonostante la figura non certo da silfide. Carolyn li guidò per i vialetti di quel giardino pieno di colori così particolari che a Maureen sembrò di addentrarsi a poco a poco in un dipinto di Manet. Le pazienti che incontrarono avevano tutte l'aria docile e sorpresa di chi vive in un mondo tutto suo. Jordan avrebbe voluto commentare ora la considerazione che Maureen aveva fatto sull'elicottero. In quelle persone, la parte più fragile della mente aveva operato una scelta per conto suo. Tra essere o non essere, tra essere e avere, aveva concesso loro il dono dell'indifferenza.

Thelma Ross era seduta in posizione composta su una panchina di pietra sotto un gazebo completamente coperto da rami di rose rampicanti che un giardiniere aveva invitato a salire verso l'alto fino a formare un tutt'uno con il terreno. Indossava una gonna grigia e un twin-set rosa di fattura un poco antiquata ma che contrastava piacevolmente con la sua carnagione scura. Era più anziana di come appariva nella foto sul giornale ma la pelle era morbida e senza rughe. Era ancora una donna molto bella, come se il destino, pago di aver colpito la sua mente, avesse deciso di usare misericordia con il suo aspetto esteriore.

Quando avvertì i rumori dei passi sulla ghiaia, la donna sollevò verso di loro gli occhi. Maureen ebbe un piccolo brivido d'inverno in quella giornata di sole. Erano occhi neri e tranquilli, nei quali tuttavia si avvertiva che la ragione era stata messa in fuga dalla violenza di qualcosa di terribile.

Era la prima volta che Maureen si trovava a stretto contatto con una delle persone che aveva visto in una delle sue allucinazioni. Se qualche dubbio era rimasto, ora bastava che allungasse una mano e toccasse la spalla di Thelma Ross per rendersi definitivamente conto che quelle immagini forse erano un'illusione nel presente, ma erano state realtà nel passato.

L'infermiera si avvicinò alla donna che era stata una sua collega e le parlò con voce dolce.

«Thelma, c'è una piccola sorpresa. Guarda questi signori, sono venuti a trovarti.»

La donna guardò prima lei e poi Jordan come se non esistessero. Infine il suo sguardo si spostò su Maureen.

«Sei un'amica di Lewis?»

Aveva una voce incredibilmente morbida e regalava un senso di ingenuità. Maureen si accucciò davanti a lei con la tenerezza che si prova per una persona indifesa.

«Sì, sono un'amica di Lewis.»

Thelma sollevò una mano a sfiorarle i capelli. Maureen la rivide imbavagliata, gli occhi sbarrati dal terrore, mentre una stupida ragazza che indossava una maschera di Lucy la stava legando a una sedia.

Sorrise e il suo sorriso illuminò l'ombra.

«Sei bella. Anche il mio Lewis è bello. Adesso studia al college. Sarà un veterinario, un giorno. Io avrei preferito che scegliesse medicina, ma lui ama tanto gli animali.»

Maureen sollevò la testa e incontrò lo sguardo di Jordan. Tutti e due avevano dentro la stessa pietà che divenne certezza di aver fatto un viaggio inutile. Tuttavia prese con delicatezza le mani che la donna teneva in grembo.

«Signora Ross, ricorda cos'è successo a Lewis quando è stato punto dai calabroni?»

La domanda non raggiunse il luogo dove la mente della donna si era rifugiata.

«Lewis gioca anche molto bene a pallacanestro. È il più bravo e corre molto veloce. Il suo allenatore dice che diventerà un grande playmaker.»

Jordan tirò fuori dalla tasca le foto di Julius Whong e delle sue vittime. Le porse a Maureen, che era in quel momento il tramite del mondo con Thelma Ross.

«Thelma, conosce alcune di queste persone?»

Maureen fece passare a una a una le fotografie davanti al viso sereno della donna. La sua espressione non cambiò mentre osservava scorrere davanti agli occhi i volti delle persone che l'avevano costretta a sedere su quella panchina di pietra, a costruire nella sua testa un futuro per un bambino che non sarebbe mai più cresciuto.

Jordan infilò la mano nella tasca interna della giacca e ne estrasse dei fogli ripiegati in due. Quando li aprì e glieli passò, Maureen vide che sul primo era riprodotta la figura di Snoopy. Le fece un cenno impercettibile con la testa.

Maureen tese il primo foglio alla donna seduta davanti a lei e glielo appoggiò in grembo.

«Signora, ha mai visto questo personaggio?»

Thelma Ross prese in mano la pagina e la guardò dapprima con gli stessi occhi senza presenza con cui aveva accolto le loro domande e con cui aveva osservato le foto precedenti.

Poi, di colpo, il suo respiro si affrettò.

Maureen fece scorrere davanti al suo viso le immagini di Linus, Lucy e Pig Pen e per la prima volta nella sua vita capì cosa fosse veramente il terrore. Gli occhi di Thelma Ross a poco a poco si spalancarono mentre si ritraeva scuotendo la testa con brevi movimenti isterici, inspirando dalla bocca aperta tutta l'aria di cui era capace. Per un attimo ogni cosa sembrò immobile e poi dalla gola della donna uscì quell'urlo lacerante, che era al tempo stesso paura, dolore e ricordo improvviso, così straziante alle orecchie che Maureen si trovò in piedi quasi senza accorgersene.

L'infermiera si mosse rapida. Tirò fuori dalla tasca un cercapersone e premette un pulsante. Poi, con un unico gesto rude, scostò Maureen e Jordan e si avvicinò alla donna immersa in quell'urlo che pareva senza fine.

«Thelma, calmati, va tutto bene.»

Le circondò le spalle con le braccia per tentare di immobilizzarla mentre lei con movimenti convulsi afferrava e tirava il tessuto leggero del golfino, cercando di strapparselo di dosso come se di colpo fosse diventato rovente.

«Allontanatevi, voi due.»

Jordan e Maureen uscirono dal riparo del gazebo giusto in tempo per vedere arrivare di corsa il dottor Norwich seguito da due infermiere, anche loro piuttosto robuste. Una delle due reggeva una siringa. Si precipitò verso la panchina e aiutata dalle colleghe sollevò la manica del golf e immerse l'ago nel braccio di Thelma Ross.

Norwich prese Jordan per il gomito e lo girò con forza verso di lui, furioso.

«E dire che mi ero raccomandato. Adesso sarete orgogliosi di quello che avete fatto. Signori, per quello che mi riguarda la vostra presenza qui non è più gradita. Avete fatto abbastanza danni per oggi.»

Girò loro le spalle e raggiunse le infermiere presso la sua paziente che, per effetto di quello che le avevano iniettato, adesso iniziava a calmarsi senza tuttavia smettere di urlare.

Jordan e Maureen rimasero soli.

In quel posto, erano tra le poche persone in possesso della ragione e tutti e due in quel momento si chiedevano se ne valesse la pena.

Ritornarono alla piazzola d'atterraggio senza avere il coraggio di guardarsi in viso. Poco dopo, mentre erano seduti uno di fianco all'altra, immobili e silenziosi nell'elicottero che li stava portando a New York, Jordan non riusciva a smettere di pensare a quello che era appena successo, al viso sconvolto di Thelma Ross e a quell'urlo che avrebbe sentito nelle orecchie ancora per tanto tempo.

La reazione della donna quando aveva visto le figure dei Peanuts significava che la notizia sul giornale non riportava la realtà dei fatti e c'era una connessione tra quello che era successo tanti anni prima e quello che aveva visto Maureen.

Si chiese il motivo per cui, quando si era trovata davanti due persone che desideravano comunicare con lei, quella donna d'istinto aveva scelto di parlare proprio con Maureen.

Girò per un attimo la testa a guardare il suo profilo regolare disegnato dal controluce del finestrino e gli venne in mente quello che aveva pensato il giorno prima, durante il breve viaggio in taxi verso Gracie Mansion.

Forse la risposta giusta era quella.

Anche per Thelma, come per Maureen, tutto intorno non c'era niente di vero tranne quello che avevano visto i suoi occhi.

# 44

Quando aprì la porta della camera, Lysa aveva gli occhi chiusi ma era sveglia.

I capelli bruni, tirati indietro e legati in una coda di cavallo, mettevano in risalto la perfezione dei lineamenti. I suoi occhi si aprirono sul cuscino con la stessa timidezza della porta da cui era entrato Jordan. Aveva ancora il tubo di una flebo infilato in vena ma il monitor di fianco al letto era spento e sullo schermo opaco non c'erano più i battiti verdi del suo cuore.

«Ciao, Jordan.»

«Ciao, Lysa.»

C'era in quello scarno saluto l'animazione sospesa di un momento che tutti e due avevano atteso e che temevano nello stesso tempo. Lysa era bella e pallida e Jordan si sentiva goffo e impacciato e infine si trovò a dire quello che dicono tutti.

«Stai bene qui? Hai quello che ti serve?»

Indicò con un gesto la stanza, confortevole al punto da non sembrare nemmeno una stanza d'ospedale. C'erano tinte pastello alle pareti, con il letto di fronte alla porta e sul lato sinistro una grande finestra con le tende aperte, dalla quale entrava il sole a disegnare un riquadro sul pavimento, come un piccolo tappeto fatto di luce.

«Certo. Il personale è fantastico e poi è venuta quella donna, Annette, a portarmi le mie cose. È una persona molto buona.»

Jordan annuì. Aveva chiesto alla sua amica l'ennesimo favore e l'aveva mandata su in casa pregandola di scegliere tutte le cose che potessero servire a una donna in un'occasione come quella. Si sentiva meno imbarazzato nel farlo fare a lei che a farlo di persona.

Nonostante questo, non poteva fare a meno di provare un piccolo senso di colpa, che non riusciva a nascondersi dietro a quello molto più grande di essere la causa della presenza di Lysa al Saint Vincent.

«Scusami. Lo so che non è piacevole avere degli estranei che mettono mano nelle proprie cose, ma io non avevo idea...»

«Un'idea l'hai avuta. Una bella idea, direi.»

Lysa indicò il tavolo di fianco alla finestra. Sopra c'era un grande mazzo di fiori avvolto in una confezione molto originale, fatta con carta da pacchi e spago grossolano.

Quando Jordan glielo aveva mandato da un negozio sulla Hudson, aveva rigirato a lungo il biglietto fra le mani senza sapere cosa scrivere. Qualsiasi cosa gli venisse in mente gli sembrava inadatta o puerile. Alla fine si era deciso e aveva apposto una semplice «J» al centro del cartoncino, sperando che da quella traccia così tenue Lysa risalisse a tutto quello che lui non era capace di dire.

«Sono bellissimi e mi hanno fatto molto piacere. Ti ringrazio moltissimo.»

«Non fa niente. Tu piuttosto, come ti senti?»

Lysa pallida sorrise.

«Non lo so. Qui dicono bene. Io non ho preso molte pallottole nella mia vita e non ho una grande esperienza.»

«Non sai quanto mi dispiace, Lysa.»

«E perché? Credo che tu mi abbia salvato la vita.»

«No. Credo invece di essere proprio io ad averla messa in pericolo. Hai preso un colpo di pistola che era destinato a me.»

Raccontò a Lysa quello che era successo e le disse della sua storia pregressa con Lord, l'uomo che aveva arrestato e che aveva cercato di vendicarsi. Non le disse della morte di quei due, né tantomeno fece cenno al mezzo assegno che aveva trovato in una tasca quando aveva perquisito il cadavere di Lord e di quelli che aveva trovato a casa sua.

Lysa lo interruppe e lo sorprese cambiando completamente argomento, come se quello che le stava raccontando fosse una storia già dimenticata. La sua mente aveva inseguito un altro pensiero e non le parole di Jordan.

«È molto bella.»

«Chi?»

«La ragazza con cui ti ho visto l'altra sera. È molto bella e di sicuro è quello che sembra. Una donna.»

«Lysa, Maureen è solo...»

«Non ha importanza, Jordan, credimi.»

Un sorriso tirato, una piccola ferita su un volto pallido, illuminato da occhi che parevano aver ricevuto gocce di dolore come collirio. Jordan non riuscì a capire se ci fosse più amarezza in chi lo aveva sul viso o in chi lo stava osservando.

«La sorte ha sempre pronta una risata di scherno per ognuno di noi, Jordan.»

Si girò verso la luce della finestra e gli occhi si accesero di un riflesso che non veniva da dentro ma da fuori.

«Il problema non è con chi ti ho visto, ma *dove* ti ho visto...»

Lysa indicò una sedia di alluminio che stava appoggiata contro la parete alla sinistra del letto, di fronte alla finestra.

«Siediti, Jordan. Ti devo spiegare il motivo per cui ti ho chiamato l'altra sera. Siediti e ascoltami e per favore non mi guardare mentre ti parlo, altrimenti non avrei il coraggio di farlo.»

Jordan si sedette e d'istinto lo sguardo si spostò verso il mazzo di fiori appoggiato sul tavolo dall'altra parte della stanza, contro lo sfondo della parete azzurra. Gli vennero in mente i colori del giardino di The Oaks, accesi per gente che forse non li vedeva nemmeno, e le parole di una vecchia filastrocca che gli recitava sua madre mentre insieme curavano le piccole aiuole davanti a casa.

*...una rosa scarlatta stretta come un pugno di seta intorno alla passione...*

«Ti premetto che quello che sto per dirti non è una giustificazione, ma soltanto una spiegazione. Sono arrivata a New York non per caso, ma con uno scopo preciso. Per tutta la mia vita avevo cercato di essere una persona normale, con una vita normale, senza sentirmi ogni volta che mi guardavo allo specchio uno scherzo della natura. Desideravo solo le cose che hanno tutti, la quotidianità, fare parte di qualcosa, svegliarsi al mattino e addormentarsi alla sera dopo una giornata piena di piccole cose come la precedente. Invidiavo alle donne che conoscevo persino la *noia* di una vita simile. Invece trovavo intorno a me solo uomini che mi evitavano di giorno e che io dovevo evitare di notte. Forse aveva ragione mio padre, il reverendo Guerrero, quando diceva che la mia bellezza era un dono di Satana. Poi un giorno, nel posto dove stavo prima, è arrivata quella maledetta lettera.»

*...un tulipano giallo per una gelosia così acuta da ferire gli occhi...*

«Conteneva un messaggio e mi chiedeva se avrei voluto guadagnare centomila dollari. La gettai nella spazzatura pensando che fosse uno scherzo. Il giorno dopo ne arrivò un'altra e il giorno successivo un'altra ancora. In tutte veniva ripetuto che non si trattava di uno scherzo e, se avessi deciso di sapere di cosa si trattava, di mettere un annuncio sul "New York Times" scrivendo semplicemente nel testo "LG Okay". Lo feci. Due giorni dopo la pubblicazione dell'annuncio, mi arrivò una nuova lettera che conteneva quattro assegni circolari da venticinquemila dollari l'uno, emessi dalla Chase Manhattan Bank e intestati a me, tagliati a metà da un colpo di forbice. Insieme agli assegni c'erano le istruzioni di cosa dovevo fare per ricevere l'altra metà degli assegni. Questa cosa ha fatto svanire tutte le remore che mi navigavano intorno.»

Lysa fece una pausa. Jordan capì che stava piangendo ma continuò a tenere lo sguardo fisso sui fiori.

*...un giro di margherite per l'amore e il non amore...*

«Quando ho capito di cosa si trattava, mi sono detta: perché no? In fondo era solo questo che il mondo voleva da me. Un corpo e un po' di tempo. Centomila dollari mi sembravano un buon prezzo per gettare tutti gli scrupoli alle spalle.»

*...un anemone bianco per le mille spine del cuore...*

«Sono arrivata a New York con la determinazione che da quel momento in poi sarei stata quello che mi si chiedeva di essere. Un giocattolo a ore da far pagare a caro prezzo. Ho portato a termine la mia missione e quando ho infilato quello che dovevo consegnare in una cassetta postale alla Pennsylvania Station, due giorni dopo ho trovato nella buca delle lettere di casa tua una busta bianca con dentro l'altra metà degli assegni. Il mio misterioso benefattore era stato di parola. In tutto questo non avevo fatto i conti con due cose. La prima è che in qualunque posto tu vada la tua coscienza ti segue sempre.»

*...e viola il fiore della perfidia e del dolore.*

«La seconda è che avrei incontrato te. Ho cercato di ignorarti, sono andata avanti per la mia strada pensando che saresti stata solo l'ennesima illusione e l'ennesima delusione. Invece non è successo. Ogni giorno, mentre scoprivo la persona che sei e anche la persona che non sai di essere, mi sono resa conto che non potevo più fare a meno di nessuna delle due. Così, quando ho capito che ti amavo, purtroppo non ero più la stessa persona che hai sorpreso nuda nel bagno. Per colpa mia ero un'altra, che per quante docce avesse fatto non sarebbe più riuscita a togliersi di dosso la sensazione di essere sporca. Per questo motivo ti ho cacciato di casa quando ho capito che ti stavi avvicinando a me.»

Jordan sapeva quanto quelle parole le stavano costando. Lo capiva dal tono della voce, dalle lacrime che scendevano dagli occhi e che sembravano arrivare a inumidire e sciogliere il suono delle parole. E nello stesso tempo era terrorizzato dalla conclusione, perché non sapeva quanto sarebbero costate a lui.

«Quando ho visto quel servizio alla televisione sull'assassino di tuo nipote e sulla prova del Dna che lo inchiodava, ho capito fino in fondo quello che avevo fatto, in che delirio mi ero andata a cacciare.»

Una pausa che strideva come le unghie su una lavagna, lasciando segni molto più profondi.

«Ho preso centomila dollari per avere un rapporto con un uomo e consegnare alla persona che me li ha dati un preservativo con il suo liquido seminale. E l'uomo è quell'essere abietto di Julius Whong.»

Jordan rimase impietrito con lo sguardo perso in quello stupido mazzo di fiori

*...e viola il fiore della perfidia e del dolore.*

che quasi non sentì le ultime parole di Lysa.

«E adesso ti prego, alzati da quella sedia e vattene. Vai a fare quello che devi fare ma vattene senza guardarmi, per favore.»

Jordan si alzò e si incamminò senza voltarsi per quel lungo viaggio che aveva come meta la promessa di una porta. Aprì il battente e lo richiuse con delicatezza alle sue spalle. Appena fuori dall'influsso ipnotico che Lysa, nel bene e nel male, esercitava su di lui, alla velocità del lampo la sua mente formulò un pensiero.

Subito, tirò fuori il cellulare dalla tasca ma si accorse che a quel piano non c'era campo.

Si avvicinò all'ascensore e, mentre premeva il pulsante di chiamata, continuò a rigirare quel pensiero acuto come un chiodo che si conficcava sempre più a fondo nel suo cervello.

Il viaggio fino all'atrio fu eterno.

Non era ancora fuori dalla cabina che già stava inviando la chiamata a Burroni.

«James, sono di nuovo Jordan.»

Il detective lo accolse con un'aria paternalistica da vecchio curato.

«Va bene, ti perdono, figliolo. Cosa posso fare per te?»

«Volevo sapere se hai delle novità per quella ricerca che ti ho chiesto l'altro giorno.»

«Oh, certo che sì. Aspetta un attimo.»

Jordan sentì filtrato dal telefono un rumore di carta sfogliata, come se Burroni stesse cercando un appunto perso nel caos che c'era sulla sua scrivania.

«Ecco qui. L'assegno è stato emesso dalla sede della Chase

Manhattan Bank all'angolo tra la Broadway e Spring. La richiesta non è appoggiata su un conto corrente ma il versamento relativo all'assegno è stato fatto in contanti.»

«Sei riuscito a risalire alla persona?»

«La richiesta è intestata a un certo John Rydley Evenge, ma l'impiegato che ha svolto la pratica non se lo ricorda. Quella sede della Chase è enorme e di assegni di quel tipo ne emettono a centinaia ogni giorno.»

«Ma non sono obbligati a una segnalazione sul riciclaggio in caso di contanti?»

«Certo, ma la somma in questione è relativamente bassa e rientra nella franchigia minima. Inoltre sull'assegno c'è il nome dell'intestatario. Sarebbero stati più fiscali se l'assegno fosse stato al portatore.»

Jordan aveva l'ansia che gli urlava dietro le orecchie le parole da riferire a Burroni.

«Sei un grande, James. Ora ti chiedo di essere grandissimo.»

«Dimmi.»

«Ho bisogno che tu faccia un paio di lavori per me, legali ma non ufficiali, non so se mi sono spiegato.»

«Perfettamente. Ti ascolto.»

«Hai due o tre ragazze sveglie fra i tuoi che possono mettere sotto protezione una persona fuori dell'orario di servizio?»

«Se dico che è per te, ne trovo a dozzine. A quanto pare, hai lasciato un ricordo indelebile da queste parti. Chi è la persona?»

«Stanza 307. Saint Vincent's Hospital, sulla Settima Avenue.»

«Lo conosco. Per quando ti serve?»

«Da mezz'ora fa.»

«*Roger*. Avevi detto un paio di lavori. Qual è l'altro?»

«Abbiamo dei giornalisti amici?»

«Certo. Ce ne sono alcuni che mi devono dei favori.»

«Allora dovresti chiedere loro di raccontare della sparatoria dell'altra sera in cui sono stato protagonista. Digli di riportare la notizia che nel fatto è stata colpita per errore la signorina LG e che è deceduta a causa delle ferite riportate. Pensi che sia possibile?»

«Non dovrebbero esserci problemi. Ti faccio sapere.»

Il detective riappese e Jordan rimase in piedi da solo in mezzo al viavai di gente nell'atrio, riflettendo su quello che Burroni gli aveva appena detto ma soprattutto su quello che lui non aveva detto a Burroni.

Non gli aveva parlato degli assegni che aveva trovato a casa di Lysa, uguali a quello su cui James aveva svolto quella piccola indagine. Per il momento preferiva non coinvolgerla in quella storia. Farlo, significava gettarla in pasto ai leoni del circo e al linciaggio della stampa. Come sovente era successo per le cose che la riguardavano, anche stavolta non si chiese il motivo.

Lo fece e basta.

C'era un aspetto molto più importante relativo a quello che Lysa gli aveva appena confessato. Un aspetto che aveva un doppio significato.

Non sapeva dare un senso alla cosa, ma Julius Whong con ogni probabilità era innocente dell'omicidio di Gerald, della Stuart e del rapimento di Campbell.

In secondo luogo, il passeggero di Lord, quando aveva sparato verso di loro, non aveva sbagliato la mira.

La pallottola non era destinata a lui, ma il bersaglio era proprio Lysa.

# 45

Il taxi scaricò Maureen davanti alla pensilina rosso scuro posta a riparare l'ingresso del numero 80 di Park Avenue. Pagò la corsa che l'aveva portata a casa dall'eliporto sull'East River e scese dalla macchina. Stava per entrare nell'atrio quando si trovò di fianco la figura massiccia del signor Hocto. Maureen aveva ancora negli occhi la reazione di terrore e il viso sconvolto di Thelma Ross, quella povera donna ospite della prigione dorata di The Oaks e prigioniera tra le sbarre arrugginite della sua mente. Presa dall'elaborazione dei dati inquietanti emersi in quella gita a Saratoga Springs, non l'aveva visto arrivare.

Hocto, con il solito abito scuro chiamato a contenere la sua corporatura da culturista, le comparve accanto e parlò con una voce morbida e gentile, appoggiata su un accento straniero che Maureen non riuscì a identificare. Sembrava che per un capriccio della natura lui e il suo boss, Cesar Whong, si fossero scambiate le voci.

«Signorina Martini, le chiedo scusa. Credo che il signor Whong abbia piacere di parlare con lei.»

Le fece un gesto con la mano e le indicò la grossa berlina scura alle loro spalle, che attendeva al lato del marciapiede con la portiera aperta.

«Prego.»

Senza dire nulla, Maureen seguì Hocto che le fece strada verso la macchina. D'istinto aveva pensato di rifiutare l'invito, ma la curiosità di sapere cosa volesse da lei il discusso e discutibile businessman aveva avuto il sopravvento.

Dopo avere chiuso la portiera, Hocto si mise al volante e lei scivolò sul sedile in pelle chiara di fianco a Cesar Whong, che l'accolse con la sua sobrietà da abiti su misura e il suo sorriso a taglio di coltello nel viso di cera.

«Buonasera, signorina Martini. La ringrazio infinitamente di avermi concesso questo colloquio, anche se so che non le sono simpatico.»

L'uomo prevenne con un gesto appena accennato della mano qualsiasi reazione di Maureen.

«Non è il caso che si giustifichi, so benissimo quello che sono e che cosa posso aspettarmi dalla gente. Fin da quando ero giovane ho sempre cercato di essere più temuto che amato. Questo forse è stato il mio errore. Soprattutto con Julius...»

L'affermazione non prevedeva commento e Maureen non ne fece. Si limitò ad ascoltare in silenzio il resto del discorso.

«Lei non ha figli, signorina. Sono costretto a cadere nel luogo comune di assicurarle che quando ne avrà, il mondo intorno a lei cambierà prospettiva, anche se si sforzerà di fare in modo che questo non accada...»

La frase rimase di nuovo in sospeso. Non c'era traccia d'emozione nella voce di Cesar Whong, ma adesso stava guardando fisso davanti a sé in modo eccessivo. Nel frattempo l'auto si era staccata dal marciapiede e si era infilata nelle luci e nelle ombre del traffico della sera. Probabilmente Whong aveva chiesto a Hocto di fare un giro intorno all'isolato per tutta la durata della conversazione.

L'uomo si girò verso la donna seduta alla sua destra e parlò con un tratto inatteso di precipitazione nella voce. Maureen si disse che, in fondo, era anche lui un essere umano.

«Mio figlio è innocente.»

Maureen si concesse un'aria ingenua e una domanda pertinente.

«Non lo sono forse tutti i figli?»

Whong abbozzò un sorriso.

«Quello che le ho appena detto non la deve trarre in inganno. Ho commesso molte azioni discutibili nella mia vita, ma mi illudo di averle fatte sempre con astuzia, se non con intelligenza. Il fatto che Julius sia mio figlio non mi ha tappato gli occhi su di lui.»

Estrasse dalla tasca della giacca un fazzoletto immacolato e si pulì gli angoli della bocca.

«So che è malato. Ha dei forti disturbi della personalità a proposito dei quali abbiamo avuto parecchi guai in passato. Sono riuscito a tenerlo fuori di prigione per miracolo in un paio di occasioni, ma non mi sembrava che potesse arrivare fino all'omicidio. In ogni caso mi sono premurato di averlo sotto controllo e per questo ho assunto il signor Hocto.»

Whong indicò con un cenno del capo l'uomo impegnato alla guida.

«Lui era incaricato di sorvegliare Julius da lontano, in modo che non si mettesse nei guai. Le sere in cui sono stati commessi gli omicidi, Julius era in casa. A parte che non sapeva di essere sorvegliato, potrebbe aver eluso Hocto una volta, ma tutt'e tre mi sembra parecchio improbabile.»

«Perché non lo fa testimoniare al processo, allora?»

Maureen vide arrivare sul viso del suo interlocutore l'espressione paziente di chi spiega la notte e il giorno a un bambino.

«Signorina, io sono quello che sono e il signor Hocto ha un passato di cui non può andare fiero. E tra le sue pecche di gioventù c'è anche una condanna per falsa testimonianza. Inoltre, è alle mie dipendenze. Per invalidare la sua deposizione in tribunale non serve un pubblico ministero, basta l'uomo che fa le pulizie nello studio legale di sua madre.»

Maureen non riusciva a capire dove volesse arrivare.

«Lei ha già scelto per suo figlio uno dei migliori avvocati su piazza. Io che cosa c'entro in tutto questo?»

Subito dopo Maureen si rese conto che Cesar Whong non stava in cima alla piramide per caso. La sua espressione si indurì e il taglio a coltello della sua bocca lasciò uscire una lama affilata.

«È esattamente la domanda che stavo per rivolgerle io.»

Quell'attimo di gelida determinazione passò quasi subito. L'uomo ritrovò il suo viso e la sua voce, si rilassò e cercò una posizione migliore contro lo schienale.

«Io so quasi tutto di lei, *commissario* Martini. So cosa le è successo in Italia e so il motivo per cui è venuta in America. Sono anche al corrente del fatto che lei è coinvolta nell'indagine che ha portato all'arresto di mio figlio, anche se al momento ignoro le modalità precise...»

Le parole di quell'uomo la fecero sentire esposta, nuda in una piazza affollata di gente sconosciuta. Con un sincronismo perfetto con la fine di quell'incontro, la macchina si fermò di nuovo davanti alla pensilina rosso scuro che aveva sui lati la scritta in oro «80 Park Avenue».

Cesar Whong puntò verso Maureen l'inchiostro gelato dei suoi occhi. Maureen non era in grado di scongelarlo, ma era capace di non provare freddo.

«Cosa posso fare per lei?» chiese senza abbassare lo sguardo.

«Nello stesso modo in cui ha collaborato a farlo arrestare, alla luce di quello che le ho detto, vorrei che contribuisse a provare la sua innocenza.»

«Forse lei mi sopravvaluta, signor Whong.»

«No, forse è lei che si sottovaluta, Maureen. Io conosco le debolezze delle persone. Su questa conoscenza ci ho costruito la mia fortuna. E in lei ne vedo poche.»

La voce di Cesar Whong si ammorbidì, e se Maureen non ci avesse colto la sincerità, l'avrebbe paragonata all'andatura sinuosa di un rettile sulla sabbia.

*...e tracce di serpenti freddi ed indolenti con il loro innaturale andare...*

«Mi aiuti, signorina. Non intendo offenderla con la lusinga del denaro, perché so che non ha nessuna importanza nelle sue scelte di vita. Tuttavia le garantisco che in qualche modo saprò sdebitarmi. Non so ancora come, ma le garantisco che lo farò.»

La parete della portiera dalla sua parte svanì e Maureen si trovò di fianco il grigio notturno del marciapiede. Hocto era in piedi e le teneva aperto lo sportello.

Maureen appoggiò un piede in strada.

«Non stento a crederle, signor Whong, anche se non sono in grado di arrivare a guadagnarmi la sua gratitudine. Non sono certa nemmeno di *volerlo* fare. Io non ho nulla contro suo figlio ma sono, per natura e per lavoro, una persona che cerca di arrivare alla verità, anche se a volte non è la cosa più semplice o più comoda. Terrò conto di quello che mi ha detto e anche di quello che non mi ha detto e di cui la ringrazio.»

«Vale a dire?»

Maureen scese dall'auto e si chinò perché l'uomo all'interno potesse vederla in viso alla luce dell'abitacolo.

«In tutta la nostra conversazione non ha citato nemmeno una volta un proverbio cinese. Buonasera, signor Whong.»

Maureen si allontanò dall'auto e in pochi passi arrivò all'ingresso di casa, che in quel momento era incustodito. Il servizio di portineria finiva alle sei e mezza e dovette armeggiare un poco con le chiavi prima di trovare quella giusta. Non conosceva bene il mazzo e in più era distratta dalla conversazione appena avuta. Senza logica e forse senza motivo, stava valutando in modo positivo quello che Cesar Whong le aveva appena detto.

Durante tutto il tragitto in ascensore continuò a riflettere su quell'incontro così difficile da decifrare. Non si chiese dove Whong avesse attinto le informazioni in suo possesso. Era un uomo attento e capace e sapeva che la conoscenza dei fatti ma soprattutto dei loro retroscena era essenziale in chi intendeva percorrere una strada come la sua. E il mondo era pieno di gente molto sensibile, come aveva detto lui stesso, alla lusinga del denaro.

Entrò in casa e la trovò deserta. Sua madre era fuori. Dato che non amava avere domestici fissi in casa, come ogni giorno alle sette Estrella aveva finito il suo lavoro e se n'era andata.

Rimase un attimo in piedi nell'ingresso dove aveva incontrato Cesar Whong per la prima volta. Poi, dopo un attimo di riflessione, si diresse verso lo studio di sua madre.

Non si fece impressionare dall'arredamento austero che in qualche modo celebrava il successo di Mary Ann Levallier nella sua attività professionale e si avvicinò all'elegante scrivania in legno posta al centro della stanza.

Sul piano in malachite trovò subito quello che cercava e che era certa sua madre avesse in casa: un grosso faldone con scritto in copertina il nome di Julius Whong. Maureen aprì la copertina in pesante plastica verde e constatò che conteneva tutta la documentazione necessaria a sua madre per studiare il modo migliore di impostare la difesa.

Maureen si sedette alla scrivania e foglio dopo foglio scorse il materiale relativo al caso. C'era copia dei verbali, dei referti medici e delle prove di laboratorio. Dopo circa un'ora, aveva esaminato tutti i documenti contenuti nel dossier. Se sua madre, come tutti gli avvocati, era una brava equilibrista, questa volta sul filo avrebbe dovuto farci i salti mortali per evitare la pena di morte al suo cliente.

Tutte le prove in mano alla polizia lo inchiodavano senza ombra di dubbio. La presenza sul luogo dei vari delitti di un uomo dalla gamba destra zoppicante, che lui aveva per un'operazione al menisco e ai legamenti subita poco tempo prima. Inoltre, la rapina compiuta a suo tempo insieme alle vittime e gli omicidi portati a termine con il filo comune dei Peanuts combaciavano perfettamente con il profilo psicologico di Julius Whong, accusato in diverse occasioni di violenze sessuali, percosse, pedofilia e al quale era riconosciuto un uso massiccio di alcol e di stupefacenti.

Infine, la prova del Dna, risultato uguale a quello del liquido seminale trovato nella vagina di Chandelle Stuart. Perfino il capannone dove aveva tentato di trasformare Alistair Campbell in una grottesca parodia di Snoopy apparteneva a suo padre e gli aerei che conteneva erano stati acquistati da lui per farne dono alla città e parcheggiati lì in attesa della ristrutturazione.

L'unica cosa nebulosa era il movente, non ancora del tutto chiaro. Gli inquirenti ipotizzavano che fosse una vecchia ruggine successiva alla rapina, forse per la spartizione del denaro, che nel profondo Julius Whong aveva covato fino a farla esplodere e vendicarsi.

Eppure...

*Mio figlio è innocente...*

Continuava a risentire la voce di Cesar Whong, ferma come un monolite nella sua certezza. Provava un senso di istintiva repulsione per le persone come suo figlio, ma uno dei primi obiettivi del lavoro che aveva scelto era quello di non farsi coinvolgere dalle valutazioni personali e di attenersi il più possibile ai fatti oggettivi.

*Mio figlio è innocente...*

C'era una possibilità su cento che fosse vero e mille possibilità su cento che Cesar Whong avesse mentito. Ripensò alle ultime parole che aveva scambiato con sua madre

*per me, fino a quando non viene provato il contrario, ogni persona è innocente*

e con un sospiro si alzò dalla scrivania e uscì dallo studio dell'avvocato Mary Ann Levallier.

Si diresse verso la sua camera e prima di imboccare il corridoio che portava alla zona notte restò un istante in forse davanti alla cucina. Si rese conto che non aveva voglia di mangiare e soprattutto non aveva voglia di mangiare da sola. Per un attimo rimase incerta se chiamare o no Jordan, per confidarsi con lui sull'incontro appena avuto con Cesar Whong e magari rifletterci insieme durante una cena. Tuttavia, non appena l'elicottero era atterrato, Jordan sembrava ansioso di schizzare via sulla sua moto, cosa che peraltro aveva fatto subito dopo. Ricordava fin troppo bene il suo comportamento furtivo la sera in cui avevano cenato insieme da Martini's, quando era arrivata quella telefonata. Ai tempi in cui era in servizio doveva essere stato un ottimo poliziotto, ma nelle sue cose personali Jordan le era parso trasparente come il vetro. Da donna, Maureen aveva capito subito che dietro il suo imbarazzo doveva esserci una storia che lo coinvolgeva molto dal punto di vista umano e affettivo. In fondo, Maureen non sapeva niente di lui, non sapeva se avesse una donna, una moglie o che cosa. Le piaceva quell'uomo, lo sentiva amico e non voleva creare imbarazzo nella sua vita privata con delle telefonate inopportune.

Arrivò nella sua stanza, si tolse le scarpe e a piedi nudi andò direttamente a sdraiarsi sul letto, godendo di quel momento di pigrizia. Rimandò il piacere di una doccia, negandoselo e limitandosi per ora a immaginarlo.

Rimase stesa sul copriletto in picchè a fissare il soffitto. Si sentiva stranamente calma, senza quel senso d'ansia in agguato che l'accompagnava da quando si era resa conto del dono scuro che portava come un corvo sulla spalla.

Era sveglia, vigile, serena.

Una per una, ripassò nella mente tutte le immagini che nel tempo le erano arrivate dalla vita sciagurata di Gerald Marsalis. Il corpo tinto di rosso, il volto da dèmone nello specchio, il viso della donna blu sotto di lei alterato dal piacere, la sensazione estranea di possedere un pene e di provare quanto è sbrigativo un orgasmo dalla parte di un uomo. Ripercorse le tracce fissate in modo indelebile nella memoria: il disegno innocente di un bambino, la furia di Christopher Marsalis, il viso sconvolto di Thelma Ross, l'uomo di spalle con il coltello insanguinato, la rapina e le maschere dei Peanuts e quella figura minacciosa nell'ombra del pianerottolo, che svaniva un attimo prima di uscire allo scoperto e mostrare il suo viso...

Erano immagini che l'avevano terrorizzata, che l'avevano fatta vacillare e sospettare di essere pazza, finché non aveva capito che non erano allucinazioni della sua mente malata ma attimi di vita rimasti nei suoi occhi a perpetuare il ricordo di chi li aveva vissuti prima.

Ora che parevano appartenerle da sempre, poteva disporle con ordine nella sua mente e osservarle senza paura. Anche se non era in grado di arrivare a una spiegazione, poteva arrivare all'accettazione.

Stesa sotto quel soffitto azzurro che faceva parte del mondo reale come tutto quello che c'era intorno a lei, infine e senza preavviso arrivò il lampo. Si trovò seduta sul letto con la sensazione che il materasso sotto di lei avesse mandato verso l'alto una sola enorme vampata di calore.

Di colpo aveva visualizzato quello che sapeva di portare dentro di sé come un'immagine scomposta al caleidoscopio e che ancora non era riuscita a ricostruire. Adesso tutto era chiaro e con il senno di poi fin troppo semplice. Maureen si diede della stupida per non averlo capito prima.

Anche se non arrivava a comprendere perché, sapeva chi aveva ucciso Gerald Marsalis e Chandelle Stuart e causato la morte di Alistair Campbell.

Nello stesso istante in cui le era arrivata questa intuizione, non aveva potuto fare a meno di valutare l'aspetto paradossale della cosa.

In realtà, lo aveva sempre saputo.

# 46

Il buio e l'attesa hanno lo stesso colore.

Maureen, seduta nell'oscurità come in una poltrona, ne aveva avuto a sufficienza dell'uno e dell'altra per averne paura. Aveva imparato fin troppo bene e a sue spese che la vista a volte non è un fatto esclusivamente fisico ma mentale. Improvvisamente, i fari di una macchina di passaggio disegnarono un riquadro luminoso che percorse le pareti con rapida furtiva curiosità, come alla ricerca di un punto immaginario. Poi, dopo la prigionia della stanza, quel ritaglio di luce ritrovò la libertà della finestra e tornò fuori, all'inseguimento della macchina che l'aveva generato. Oltre la cortina delle tende, oltre i vetri, oltre i muri, nel buio giallastro di mille luci e di mille neon, c'era ancora quella follia incomprensibile che chiamano New York, la città che tutti dicono di detestare e che tutti continuano ostinatamente a percorrere con l'unico scopo non dichiarato di capire quanto l'amano. E col terrore di scoprire quanto poco ne sono riamati. Così, si ritrovano a essere solo uomini, uguali a quelli che popolano tutto il resto del mondo, semplici esseri umani che si rifiutano di avere occhi per vedere, orecchie per sentire e una voce da contrapporre ad altre voci che gridano più forte.

Sul tavolino di fianco alla sedia su cui stava seduta Maureen c'era una Beretta 92 SBM, una pistola col manico di dimensioni leggermente ridotte rispetto al normale, appositamente costruita per adattarsi a una mano femminile.

Era di sua madre.

Sapeva che ne possedeva una e l'aveva presa dal cassetto dove la teneva, poco prima di uscire di casa.

L'aveva appoggiata sul piano di cristallo dopo aver inserito con un gesto deciso il colpo in canna e il rumore dell'otturatore era rimbalzato nel silenzio della stanza col suono secco di un osso che si spezza. A poco a poco i suoi occhi si erano adattati all'oscurità e riusciva ad avere la percezione del luogo in cui si trovava anche con le luci spente. Lo sguardo di Maureen era fisso sulla parete davanti a lei dove indovinava, più che vederla, la macchia scura di una porta. Una volta, a scuola, aveva imparato che guardando intensamente una superficie colorata, quando si distoglie lo sguardo resta impressa nelle pupille una macchia luminosa del colore esattamente complementare a quello fissato in precedenza.

Maureen sentì il proprio sorriso amaro fiorire nel buio.

I colori complementari sono quelli che mescolati insieme nella giusta quantità danno come risultato il grigio assoluto. Questo non può succedere con l'oscurità. Il buio genera solo altro buio. In questo momento, tuttavia, il buio non era il problema. Quando la persona che stava aspettando fosse arrivata, con il suo ingresso avrebbe di colpo dato luce alla stanza. Neanche questo era il problema, e nemmeno la sua soluzione.

Dopo una strada apparentemente infinita percorsa per uccidere o per non essere uccisi, dopo un lungo viaggio in quel tunnel dove solo poche ridicole luci indicavano la strada, ora due persone erano finalmente prossime a uscire nel sole. Ed erano le uniche in possesso di quella condizione mentale che rappresenta da sola la parola, l'udito, la vista: la verità.

Una era lei, una ragazza troppo spaventata per sapere di possederla.

L'altra, naturalmente, era la persona che stava aspettando.

Lui, l'assassino.

Un attimo dopo aver capito chi era, Maureen aveva subito telefonato a Jordan ma il cellulare era spento. Jordan era la sola persona alla quale poteva spiegare il meccanismo per cui era arrivata a intuire la verità. L'unico oltre a lui che sapeva quello che le succedeva era suo fratello, ma il sindaco Christopher Marsalis in quel momento era troppo teso nella sua ansia di vendetta verso l'assassino di suo figlio per accettare un'ipotesi astrusa che confutasse le prove schiaccianti che inchiodavano Julius Whong.

Qualunque altra persona coinvolta nelle indagini, Burroni per primo, messa al corrente del fatto, le avrebbe detto di non preoccuparsi e di aspettare dove si trovava e si sarebbe presentata poco dopo con degli infermieri e con una camicia di forza.

Aveva cercato sull'elenco telefonico un nome e ne aveva ricevuto in cambio un numero di telefono e un indirizzo a Brooklyn Heights. Aveva chiamato e lasciato suonare a lungo e invano, prima di riattaccare.

Era uscita di casa come se il mondo dovesse finire da lì a un attimo. Sulla porta aveva incrociato sua madre, bella e inappuntabile mentre rientrava a fine giornata come se fosse appena uscita di casa. L'aveva abbracciata, facendo attenzione che non sentisse l'ingombro solido della pistola infilata nella cintura dei jeans.

L'aveva baciata su una guancia e poi l'aveva guardata negli occhi.

«Avevi ragione tu, mamma.»

Un attimo e aveva già chiuso la porta dietro di sé, lasciando Mary Ann Levallier in piedi nell'ingresso, a guardare sua figlia come se fosse stata posseduta da una volontà aliena.

Per tutto il viaggio in taxi, Maureen aveva continuato senza esito a chiamare Jordan. Infine si era decisa a lasciargli un messaggio sulla segreteria telefonica, spiegando quello che era successo, dove stava andando e cosa aveva intenzione di fare.

L'autista l'aveva scaricata all'indirizzo che gli aveva dato, all'angolo fra la Henry e Pierrepoint Street. Appena scesa dal taxi, Maureen aveva cercato subito di rendersi conto della situazione. La Henry era illuminata per tutta la sua lunghezza da lampioni tondi dalla luce morbida e cremosa, ma nell'ultimo tratto, per un motivo che non riusciva a spiegarsi, erano spenti. Il primo lampione della perpendicolare era una decina di metri oltre il confine della casa e il traffico a quell'ora era in pratica inesistente.

Bene.

Se avesse potuto scegliere, non avrebbe potuto costruirsi da sola una situazione migliore.

In piedi, protetta dal bozzolo nero del buio, era rimasta a osservare a lungo la facciata principale della grande casa a due piani in mattoni rossi, resi cupi dall'oscurità, dalle intemperie e dalla pesante architettura neogotica. Maureen in un altro momento l'avrebbe giudicata eccessiva. Adesso, l'aspetto esteriore di quell'edificio le sembrava del tutto in linea con quella serie di avvenimenti assurdi, quella specie di Halloween rovesciato che invece del dolce per i bambini aveva avuto come unica ricompensa la morte.

L'ingresso era sormontato in tutta la sua lunghezza da una pensilina rettangolare, larga a sufficienza da offrire riparo anche dal temporale più violento. Salendo alcuni gradini si accedeva al portone in legno, che aveva nella parte superiore un riquadro di vetro molato con degli inserti che ricordavano quelli di certe cattedrali.

Passandoci le mani sopra, Maureen aveva scoperto che aveva una funzione puramente estetica e che non era anti-sfondamento. Questo semplificava molto le cose. Probabilmente il portone si apriva su un vestibolo dal quale si accedeva al resto della casa. Era piuttosto improbabile che fosse protetto da antifurto, perché qualunque imbecille in vena di scherzi avesse tirato un sasso contro il vetro l'avrebbe fatto suonare.

Maureen aveva tirato fuori dalla tasca posteriore dei jeans un astuccio di pelle, che a suo tempo aveva battezzato con ironia «Casa-kit» parafrasando il nome di una vecchia catena italiana di negozi d'arredamento. Glielo aveva regalato un certo Alfredo Martini, un anziano signore dall'aria molto distinta e dalla mano molto lunga, che non aveva niente in comune con lei, a parte l'omonimia e il fatto che periodicamente si incontravano al commissariato, quando veniva sorpreso in appartamenti nei quali non era stato invitato. Una volta, quando era ormai certo che il cancro se lo sarebbe portato via di lì a poco, Maureen gli aveva evitato l'ennesimo soggiorno in galera. In segno di gratitudine, le aveva regalato la sua attrezzatura e le aveva insegnato a usarla. La sua giustificazione era stata un vecchio proverbio, quello che insegna a imparare l'arte e a metterla da parte. E in quel momento Maureen era ben lieta di averlo fatto.

Di solito lo conservava in uno scomparto nel coperchio del beauty-case. Quando era partita dall'Italia, senza sapere nemmeno cosa fosse chi aveva fatto le valigie per lei lo aveva lasciato lì. Maureen aveva giudicato questo dettaglio un autentico colpo di fortuna.

Aveva tirato fuori gli attrezzi necessari e senza eccessiva fatica aveva aperto la serratura del portone, che all'apparenza prometteva molto più di quello che manteneva. Aveva aperto il battente con il fiato sospeso ma, come aveva ipotizzato, nessuna sirena d'allarme era scattata a segnalare la presenza di un intruso.

Si era trovata in un ingresso piuttosto ampio, dal soffitto alto, arredato con sobrietà. C'erano diverse piante ornamentali e dei quadri alle pareti che nella penombra non riusciva a distinguere. Sulla parete di fronte all'ingresso si intravedeva un tavolino fra due sedie e subito di fianco un tendaggio del quale non riusciva a capire il colore. Sulle pareti di destra e di sinistra, due porte dall'aspetto solido dalle quali si accedeva al resto della casa.

Mentre scassinava la serratura aveva continuato a ripetersi che quello che stava facendo non era prudente, non era logico, non era legale. Quando l'aveva richiusa alle sue spalle, si era detta che era umano e tanto bastava. Non si curava delle conseguenze: quello che la divorava, dopo aver scoperto chi, era il desiderio di sapere perché.

La stanza era rimasta completamente al buio. Senza problemi, Maureen aveva raggiunto la sedia e si era messa in attesa. Aveva con sé tutte le armi che le servivano: la pistola, la sorpresa e la verità.

Adesso, non mancava che lui.

Il tempo passava con la lentezza e la bava di una lumaca. Tuttavia, quell'attesa paziente si rivelò una scommessa vinta.

Annunciata da un chiarore nel vetro di fronte a lei, una macchina arrivò a fermarsi in strada proprio davanti all'ingresso. Il rumore di una portiera sbattuta e subito dopo la luce dei fari che si allontanavano, l'eco di un passo che saliva gli scalini dell'ingresso. Sentì il rumore di una chiave infilata nella toppa, poi lo scatto della serratura. Con la perfezione della casualità, un'auto passò a darc il suo contributo luminoso e nella trasparenza del vetro smerigliato Maureen vide una figura d'uomo stagliarsi incerta nel controluce. Era così che l'aveva sempre visualizzato nel suo immaginario, una forma vaga, scomposta dalla rifrazione, alla quale non era riuscita a dare un viso e un nome fino a quando la porta nella sua mente si era aperta.

Esattamente come stava per avvenire adesso.

Con calma, allungò la mano e prese la pistola sul tavolino, irrigidendo i muscoli del braccio per sopportarne il peso. L'arma la tranquillizzò: era solo un pezzo di metallo inerte, non era né buona né cattiva, ma era qualcosa di tangibile e terreno di cui in quel momento lei aveva bisogno, dopo tutti i suoi viaggi forzati nell'irreale.

Un'altra auto in strada e senza rumore la porta a vetri si aprì, disegnando l'ombra di un uomo nel quadrato di luce proiettato sul pavimento dai fari. Maureen vide quello spicchio luminoso arrivare a lambirle i piedi come un'onda, che subito si ritirò quando l'uomo entrò e chiuse la porta.

Luce e ombra, come in tutta quella storia senza ragione e senza spiegazione.

Dopo essere entrato, l'uomo non accese subito gli interruttori. Quando lo fece, era di spalle e non si accorse immediatamente della donna che stava seduta sulla sedia addossata alla parete di fronte alla porta. Maureen fu contenta di quell'attimo di pausa, che diede modo ai suoi occhi di abituarsi al cambio di luminosità.

Quando l'uomo si girò, la vide seduta di fronte a lui con una pistola in pugno e per un istante la sorpresa lo immobilizzò. Subito dopo, Maureen vide il suo corpo rilassarsi e il suo viso distendersi, come se stesse vivendo un momento che in qualche modo si era aspettato e che aveva preparato.

Era un assassino, tuttavia Maureen fu costretta a provare ammirazione per il suo sangue freddo. Quella semplice reazione fu sufficiente a confermarle che le sue supposizioni corrispondevano al vero.

L'uomo indicò con un cenno del capo la pistola e disse una sola parola incredula.

«Perché?»

Maureen, con la stessa semplicità e con la stessa voce tranquilla, rispose.

«È la stessa cosa che sono venuta a chiedere io.»

«Non capisco.»

«Gerald Marsalis, Chandelle Stuart, Alistair Campbell.»

L'uomo fece una serie di brevi cenni col capo per confermare che aveva capito. Poi si strinse nelle spalle e fu un gesto di resa all'evidenza.

«A questo punto, ha importanza?»

«Per me sì.»

L'uomo si concesse una divagazione in funzione di una piccola curiosità personale.

«Cosa c'entri tu in questa storia?»

«Non ci crederesti mai.»

L'uomo sorrise. Aveva gli occhi puntati su di lei ma Maureen capì che non la stava vedendo.

«Non hai idea delle cose che sono disposto a credere, ormai...»

Maureen capì che queste ultime parole le aveva dette più per se stesso che per lei. L'immagine che l'uomo aveva evocato nella mente, quale che fosse, come era arrivata se ne andò e fu di nuovo nella stanza, di fronte a lei.

«Da dove vuoi che cominci?»

«Dall'inizio è sempre la soluzione migliore.»

«Va bene. Vieni, andiamo di là. Staremo più comodi.»

Sempre tenendolo sotto mira con la pistola, Maureen si alzò in piedi e sentì che stava per accadere di nuovo. Arrivò il lungo brivido freddo che conosceva bene e la pelle si increspò come se di colpo fosse diventata troppo piccola per contenere il suo corpo e si sorprese in testa lo stesso pensiero inutile di un'altra sera

*dio non ora ti prego dio non ora non ora*

e poi quella sensazione familiare di qualcosa che stava arrivando rotolando e rotolando da lontano e il rumore metallico della pistola che cadeva sul pavimento e...

*...sono in piedi in mezzo a una grande stanza piena di luce che arriva da finestre poste alla sommità dei muri e sto camminando verso la parete di fondo e abbassando lo sguardo vedo i miei piedi rossi di colore contro le piastrelle chiare del pavimento e intanto mi avvicino alla porta che dà sulle scale e...*

*...sono in una stanza da letto dove Julius è steso sul corpo di Chandelle e la schiaffeggia mentre la sta scopando e c'è Alistair con i calzoni calati in attesa del suo turno che si sta facendo una sega e anch'io mi sto masturbando e...*

*...sono davanti a un'altra porta che si apre e c'è il viso bello e incredulo di Thelma Ross che appare nello spiraglio e subito dopo viene spinta dentro e cade a terra urlando e nel mio campo visivo entra una mano che sorregge una pistola e...*

*...sono di nuovo davanti alla porta socchiusa di questa stanza così luminosa e la apro e c'è una figura nell'ombra del pianerottolo che avanza verso di me e indossa una tuta sportiva e finalmente riesco a vederla in viso e capisco che mi parla anche se non riesco a distogliere lo sguardo dalla pistola che stringe in pugno e il suo volto è sorridente e...*

Come era arrivato, il momento passò.

Maureen si ritrovò se stessa, stesa a terra, senza forze come le era successo tutte le altre volte che gli spettri personali di Gerald Marsalis erano arrivati attraverso di lei a pretendere un altro poco di vita. Con il respiro ancora affrettato, facendo forza sulle braccia, si sollevò fino a trovarsi a quattro zampe sul pavimento. Rimase un attimo in quella posizione, con la testa abbassata, i capelli come salici piangenti al lato del viso, cercando di recuperare un ritmo normale per il suo cuore che sentiva battere alle orecchie con il suono ottuso di un tamburo taiko.

In quella visione definitiva, Maureen era riuscita a vedere in faccia la persona che aveva ucciso Jerry Kho, il pittore maledetto, nel preciso istante in cui era entrato in casa sua puntandogli una pistola.

Maureen alzò lentamente la testa verso l'alto.

Si ritrovò davanti agli occhi la stessa immagine di poco prima, quella arrivata durante il momento inopportuno in cui aveva perso il luogo e l'ora. Era lo stesso uomo quello che ora stava in piedi di fronte a lei e la guardava con la testa leggermente piegata di lato e un'espressione di perplessità dipinta sul viso. Era vestito in un modo diverso ma, come nel lucido frammento di poco prima, stava puntando verso di lei una pistola.

## 47

Harmon Fowley, il responsabile della Codex Security, attendeva Jordan in piedi davanti all'ingresso principale dello Stuart Building. Sembrava destino che dovessero vedersi solo in quel posto e a tarda sera. Quando Harmon capì che era Jordan l'uomo in sella alla moto rossa che stava accostando al marciapiede, si avvicinò e attese che la mettesse sul cavalletto e spegnesse il motore.

Rimase a un paio di metri in contemplazione della 999 mentre Jordan scendeva di sella.

«Italiana, eh? Bella bestia.»

Jordan si tolse il casco e si ravviò i capelli. Strinse la mano che l'altro gli tendeva.

«Già. Una bella bestia davvero.»

«Quanto fa?»

Jordan fece un gesto di noncuranza.

«Abbastanza perché la stradale non riesca a prendere il numero di targa.»

Harmon Fowley lo guardò incredulo come se di colpo gli fossero spuntate sulla testa un paio di antenne verdi.

«Ma non mi dire, il probo tenente Marsalis che infrange la legge.»

A Jordan venne in mente l'agente Rodriguez e la sua stima senza possibilità di scampo.

«Sembri uno dei miei ragazzi. Vuoi che lo ripeta anche a te che non sono più tenente?»

Fowley si fermò e alzò una mano per puntualizzare meglio quello che aveva da dire.

«Forse non ufficialmente, ma il vecchio fuoco cova ancora sotto la cenere. Credo di doverti fare dei complimenti. Nessuno ha fatto il tuo nome, ma penso che ci sia sotto il tuo zampino, se ti conosco bene. Ho sentito che l'avete beccato.»

Jordan si concesse un'espressione possibilista.

«Sembrerebbe di sì. Lo sai anche tu come vanno queste cose. Di solito la spiegazione più semplice è anche quella giusta.»

«Però, se sei qui, ho il sospetto che questa volta le cose non stiano in questo modo.»

«Esatto. Ho bisogno di controllare un particolare essenziale e lo posso fare solo tramite te. Ti ringrazio di avermi aspettato. Mi stai facendo un favore non da poco.»

Fowley minimizzò con un'alzata di spalle le parole di Jordan.

«Non c'è di che. Da quando ho divorziato mi ritrovo un sacco di tempo libero.»

«Com'è che dice la saggezza popolare? Quando il gatto non c'è, i topi ballano...»

Fowley gli propose di rimando un sorriso senza allegria.

«Mi sa che in questo momento sta ballando molto di più il gatto.»

«Ti manca?»

Fowley diede risposta a una domanda che forse aveva già rivolto a se stesso in più occasioni.

«Mah, che ne so... Ho passato gli ultimi tre anni sognando la libertà e adesso che c'è non provo nessuna soddisfazione a rientrare tardi con qualche birra di più in corpo. Il fatto di non dover cancellare i segni di rossetto dalla camicia toglie un sacco di pepe alle avventure.»

Mentre parlavano, avevano superato la porta girevole ed erano entrati nell'ingresso protetto dalle grandi vetrate dello Stuart Building. Visti da fuori, non erano altro che due figure troppo piccole per l'enorme televisore che le conteneva.

I convenevoli erano finiti e adesso toccava alle cose serie.

«Dalla tua telefonata mi è sembrato che avessi il fuoco al culo. Cosa posso fare per te?»

«Harmon, ho bisogno di dare un'altra occhiata ai DVD di quella sera. Pensi sia possibile?»

«Non c'è problema. Oltretutto sei fortunato. C'è in servizio Barton, quello dell'altra volta. È un mio uomo e con lui possiamo stare tranquilli.»

Mentre salivano la scala che portava alla postazione di controllo, Jordan rivisse la sera del sopralluogo a casa di Chandelle Stuart. Rivide il suo corpo magro incollato al pianoforte e l'amarezza di Randall Haze, un uomo che si credeva forte e che, come lui, aveva trovato la sua debolezza dove meno se l'aspettava. Il racconto di Lysa, durante il loro ultimo incontro, lo aveva ferito come la pallottola che aveva ferito lei. Per contro, aveva messo in moto il suo cervello alla velocità massima che il pensiero di un essere umano poteva raggiungere.

E qualche minuto dopo si era dato dell'idiota.

Quando nel filmato avevano visto la figura zoppicante di Julius Whong attraversare l'atrio dello Stuart Building, presi dallo zelo dei bravi investigatori, nell'esaltazione della traccia in loro possesso si erano fatti accecare dalle certezze e avevano scordato le altre possibilità. Come sovente succede, avevano percorso il sentiero delle congetture macchinose e avevano dimenticato le più semplici.

Una su tutte, ed era quella che Jordan non si perdonava di aver trascurato.

L'avevano visto entrare, ma non l'avevano visto uscire.

Quando era ancora un poliziotto a tutti gli effetti, era allenato a non cadere in queste trappole. Adesso che non lo era più, forse si era rammollito. O forse stava di nuovo dimenticando l'ipotesi più semplice e semplicemente non gliene fregava più un cazzo di essere un poliziotto.

Però doveva chiudere questa storia prima di...

*prima di cosa?*

Arrivarono davanti al bancone dove stava seduto Barton giusto in tempo per evitargli di dover dare un nome a un'incognita che in tutto quel tempo era rimasta tale.

Fowley si rivolse all'uomo seduto dietro al desk con il viso illuminato dal riflesso degli schermi.

«Barton, il mio amico vorrebbe esaminare i DVD della sera in cui fu uccisa la Stuart. Tutti gli ingressi. È possibile ora?»

«Certo. Venite con me.»

Barton si alzò dalla poltrona in pelle e li precedette in un ufficio sulla sinistra della postazione. All'interno, sulla parete di fronte alla porta c'erano degli scaffali sui quali erano disposti in bell'ordine i contenitori dei dischi registrati. Al centro della stanza c'era una scrivania con un monitor acceso e un computer collegato a quello che sembrava un lettore digitale.

«Questo è l'ufficio dove conserviamo i dischi e dove li formattiamo quando vengono rimessi nel circuito.»

Barton si avvicinò agli scaffali e poco dopo depositò sulla scrivania due astucci di plastica nera.

«Ecco qui. Queste sono le riprese di quella sera delle telecamere a tutti e due gli ingressi.»

Jordan si avvicinò a una poltrona da ufficio posta contro la parete e la fece scivolare fino alla scrivania.

«Molto bene. Credo che adesso me la caverò da solo. Non vi chiedo di stare qui con me, la cosa potrebbe essere lunga e non voglio rubarvi altro tempo.»

Sia Fowley sia il suo uomo capirono che Jordan preferiva rimanere a guardare i filmati per conto suo. Barton indicò il computer.

«Sa come funziona un programma di questo tipo?»

«Penso di sì.»

«Per la riproduzione dei filmati, più o meno è come un normale lettore di casa.»

Jordan si sedette sulla poltrona e accese il computer e il monitor.

«Credo che me la caverò.»

Dopo un cenno di assenso del suo capo, Barton si allontanò e uscì dall'ufficio. Fowley aveva capito che ormai Jordan stava già inseguendo la sua idea e non era più lì con loro. Gli pose una mano sulla spalla.

«Okay, Jordan, io vado. Qualsiasi cosa tu stia cercando, spero che la trovi o che non la trovi, a seconda di come ti dice meglio.»

Prima di continuare, mentre attendeva che il computer diventasse operativo del tutto, Jordan fece ruotare la sedia in modo da poterlo vedere in viso.

«Ti ringrazio, Harmon. Sei un amico.»

«Non c'è di che. Dirò a Barton che qualsiasi cosa ti serva te la faccia avere.»

Jordan rimase a guardarlo finché non chiuse la porta dietro di sé. Subito dopo si girò e prese la prima custodia, tirò fuori il disco e lo infilò nel lettore. Lanciò il programma segnato sul video con l'icona «DVD Player» e fece partire il filmato.

Per risparmiare tempo, esaminò con l'avanti veloce tutti e due i dischi. Per fortuna era un ottimo programma abbinato a un ottimo apparecchio e la visione procedeva senza la progressione a larghi scatti solita degli apparecchi domestici.

Dopo poco più di un'ora aveva finito.

Era stato grottesco e tragico insieme rivedere in quel modo la figura zoppicante dell'assassino, resa ridicola dalla riproduzione accelerata, mentre si avviava a compiere la sua missione di morte.

Aveva osservato con un'attenzione da farsi bruciare gli occhi i filmati della durata di dodici ore che ripetevano fino a tarda notte gli ingressi deserti, salvo qualche raro nottambulo che rientrava a casa dopo una serata di baldoria. Secondo l'ora segnata sul time code, solo verso mattina la scena iniziava ad animarsi.

*Runners* dell'alba diretti a Central Park, uomini in completo grigio con la ventiquattr'ore in mano, una coppia con valigie e l'aspetto di chi parte per una vacanza e come sottofondo altra varia e colorata umanità.

A mano a mano che si avvicinava l'ora d'apertura dei negozi e degli uffici, il traffico in entrata e in uscita si intensificava, fino a diventare quello solito di un centro come lo Stuart Building.

Jordan non trovò traccia di quello che cercava. Nessuna figura zoppicante, magari seminascosta da qualche altra, che cercava di sgattaiolare inosservata da uno degli ingressi.

Secondo quello che aveva appena visto, quell'uomo era entrato nel palazzo ma non ne era più uscito.

A meno che...

Jordan si impose di ricominciare tutto da capo. Ricominciò a proiettare il primo disco raddoppiando l'attenzione e a un certo punto il suo sguardo fu attratto da qualcosa che lo fece scattare a premere il pulsante di stop.

Tornò indietro e iniziò a riprodurre il filmato a una velocità normale. Controllò l'ora riportata sullo schermo. Le immagini che stava vedendo corrispondevano alle sette e trenta del mattino.

Una figura d'uomo in abito scuro stava percorrendo l'ingresso principale verso l'uscita avendo cura di dare sempre le spalle alla telecamera. Jordan lo aveva notato, nonostante fosse confuso tra la gente che iniziava ad affollare l'atrio, per il modo illogico in cui era costretto a procedere per conservare quella posizione.

E a un certo punto successe una cosa.

Un tipo robusto e calvo che procedeva in senso inverso e che stava parlando con una persona al suo fianco, distratto o forse ingannato da quel modo di procedere cauto ma imprevedibile, urtò con la spalla l'uomo con l'abito scuro che si stava dirigendo verso la porta girevole. Il contraccolpo lo fece girare su se stesso e offrire per un istante il viso alla telecamera.

Jordan mise subito in pausa il lettore e portò l'immagine indietro *frame* per *frame* fino ad avere quel viso al centro dello schermo.

Ci impiegò un istante a trovare nella barra degli strumenti la funzione dello zoom e, dopo un paio di tentativi a vuoto, riuscì a portare in primo piano la figura che aveva evidenziato. E nonostante la sgranatura dovuta all'ingrandimento, si trovò davanti un viso che conosceva.

Jordan ebbe un tuffo la cuore.

Se le cose stavano come sospettava, quella persona aveva atteso tutta la notte sulle scale per poter uscire inosservato, mescolandosi con la gente del mattino. Una cascata di piccoli riscontri e dettagli trascurati caddero a pioggia come lubrificante sul meccanismo che aveva in testa e che in quel momento macinava ipotesi e pensieri.

Per arrivare a una conclusione con ragionevole percentuale di credibilità, c'era ancora una cosa che aveva bisogno di controllare, e per farlo doveva salire nell'appartamento di Chandelle Stuart.

Uscì dall'ufficio e si avvicinò alla postazione piena di schermi televisivi che ripetevano immagini simili a quelle che aveva appena finito di vedere.

«Burton, ci sono ancora i sigilli nell'appartamento della Stuart?»

«No, li hanno tolti un paio di giorni fa.»

«Hai il codice?»

«Sì.»

«Avrei bisogno di farci un giro. Se non ti fidi manda su qualcuno con me, non voglio farti avere guai.»

Burton prese un post-it giallo sul piano davanti a lui, ci scrisse rapido un numero e glielo tese.

«Il signor Fowley ha detto *qualunque cosa*. A parte il mio culo, questo rientra nell'elenco.»

«Grazie, Barton. Sei una brava persona.»

Poco dopo, l'ascensore lo depositava con un piccolo rimbalzo pneumatico nell'appartamento di Chandelle Stuart. Entrò nel salone e si trovò subito di fronte ai segni bianchi tracciati dalla Scientifica per memorizzare la posizione del cadavere.

Aveva ragione il medico legale. Sembrava davvero di essere in una gag di Mister Bean.

Era la prima volta che sul luogo di un delitto vedeva una rilevazione che, insieme alla sagoma del corpo, comprendeva anche quella di un pianoforte. Si diede uno sguardo intorno. La casa era rimasta la stessa ma non c'era nessuna attesa nell'aria. Solo un leggero strato di polvere sui mobili che sarebbe aumentato sempre di più finché l'appartamento non fosse stato messo all'asta e incamerato fra il patrimonio della Fondazione Stuart.

Passò senza degnarlo di un'occhiata davanti al quadro di Gericault e si diresse verso lo studio e la zona notte.

Anche questa volta, quello che stava cercando era così normale che nessuno si sarebbe dato la pena di riporlo in qualche posto astruso, anzi si sarebbe premurato di averlo il più a portata di mano possibile. Iniziò dai bagni e poi passò alle camere da letto e in successione esaminò qualunque mobile della casa fosse provvisto di cassetti.

Niente.

E cercando quello che non trovava, trovò quello che non cercava.

In un cassetto dello studio c'era una serie di cartelle cliniche. Jordan rimase un attimo a osservarle, poi le prese e le appoggiò sul tavolo. Le esaminò a una a una. Erano principalmente referti di analisi e di check-up periodici ma, a sorpresa, se ne trovò in mano una che poteva spiegare molte cose.

Si era ricordato poco prima, in quella sua piccola orgia di *input*, che Chandelle Stuart nella foto sull'annuario del college indossava un paio d'occhiali, e dalla posizione si capiva che la sua era una lente graduata in modo piuttosto pesante. In casa, al momento attuale, non c'era traccia di occhiali o contenitori di lenti a contatto né di flaconi della soluzione salina che di solito si usa per lavarle.

E la cartella che aveva sotto gli occhi riportava gli esiti di un'operazione chirurgica per ridurre la miopia, effettuata con il laser presso l'Holy Faith Hospital.

Jordan era confuso e per chiarirsi le idee aveva bisogno di fare quattro chiacchiere con la persona che nel DVD aveva visto uscire dallo Stuart Building il mattino dopo la morte di Chandelle Stuart. Forse era solo una combinazione e c'era una varietà di spiegazioni possibili, tuttavia era curioso di sapere cosa ci facesse in quel posto, a quell'ora e proprio in quel giorno.

Era una domanda alla quale poteva rispondere solo lui, l'elegante e ironico professor William Roscoe, che con ogni probabilità era anche la persona che aveva richiesto una serie di assegni alla Chase Manhattan Bank con il nome di John Ridley Evenge. Poteva darsi che fosse un fatto casuale, ma scrivendo il secondo nome con l'iniziale puntata come era d'uso in America, diventava John R. Evenge.

*Revenge.*

Vendetta.

# 48

«Vendetta. Questo è il solo motivo. E credo che nessuno meglio di te mi possa capire.»

Maureen rimase in silenzio, cercando di non farsi attrarre e ipnotizzare dall'occhio nero della pistola puntata verso di lei.

La voce di William Roscoe si fece insinuante, descrittiva, perfida.

«Dimmi una cosa, Maureen. Quando quell'assassino ha ucciso Connor Slave sotto i tuoi occhi, con il dolore non ti sono nati dentro, subito dopo, l'odio feroce e il desiderio ossessivo di vendicarti? Non provi in questo momento stesso il desiderio di averlo davanti a te e fargli pagare di persona tutte le sofferenze che hai provato e che dovrai provare per il resto della tua vita?»

*Sì, con tutte le mie forze*, pensò.

«Sì, ma non è un compito che spetta a me», rispose mentendo.

Roscoe sorrise.

«Non sai mentire, Maureen. Si è accesa la luce dell'odio, nei tuoi occhi. La so riconoscere, perché conosco l'odio e perché quegli occhi te li ho dati io.»

Subito dopo averla avuta in sua balìa per un motivo che non era riuscito a capire, William Roscoe era rimasto qualche istante interdetto, come se stesse riflettendo sulla via da seguire, in attesa che Maureen si riprendesse completamente e si rialzasse da terra.

«Tutto bene?»

Anche in quel caso, nonostante la situazione, nella sua voce c'era intatta la premura del medico. Maureen aveva risposto con uno scarno cenno della testa, la voce ancora infilata nelle pieghe raspose della gola.

Quando si era rimessa in piedi, Roscoe le aveva indicato con la canna della pistola la tenda alle sue spalle.

«Di là.»

Maureen aveva scostato i drappeggi e aveva scoperto che, oltre la cortina di tessuto, la stanza in cui erano proseguiva in un corridoio più stretto verso il retro della casa. Aveva sentito la canna della pistola appoggiarsi dura alla schiena. Nella luce scarsa che arrivava dalle tende scostate, a Maureen parve di indovinare, all'altra estremità, la sagoma di una porta a vetri che si affacciava su una veranda. Non era riuscita ad averne la conferma, perché Roscoe le aveva ordinato di fermarsi davanti a un'altra porta sulla parete di sinistra, che anche nell'approssimazione della penombra rivelava una pesante blindatura.

Roscoe si era avvicinato a un apparecchio attaccato alla parete a lato dello stipite, aveva appoggiato il palmo aperto della mano su un display e la porta di sicurezza si era aperta verso l'interno. La luce si era accesa automaticamente, rivelando una scala abbastanza ripida che portava verso il basso.

Come prima, William Roscoe le aveva indicato la direzione.

«Scendi.»

Maureen lo aveva preceduto per due rampe di gradini che si avvitavano nel sottosuolo e infine erano sbucati in un enorme locale completamente piastrellato di bianco, che costituiva il seminterrato dell'intera casa. Quando si era affacciata sul piccolo ballatoio con ringhiera posto immediatamente dopo la porta, Maureen era rimasta impressionata. Illuminato dalla luce delle plafoniere che scendeva dall'alto, davanti a lei c'era un autentico laboratorio di ricerca, pieno zeppo di macchinari e strumenti che non sapeva a cosa servissero ma che davano l'idea di essere molto costosi e molto sofisticati. La parete di destra era occupata da un lungo bancone sul quale erano appoggiati diversi computer e un enorme microscopio elettronico collegato con dei monitor da cavi a fibra ottica. Al centro, come un'isola, un altro piano di lavoro occupato da un'intera serie di attrezzature a braccia snodate per il lavoro in ambiente sterile. La parete di sinistra era per metà della sua lunghezza composta da una vetrata opaca, oltre la quale si indovinava un ambiente refrigerato illuminato all'interno dalla luce bluastra dei neon.

«Il mio laboratorio privato, l'antro di Faust. Bello, vero?»

Dopo aver sceso gli ultimi scalini, Roscoe aveva indicato con un gesto della mano sinistra l'ambiente che avevano intorno. Nonostante questo, Maureen aveva notato che la direzione della pistola non si era spostata di un millimetro dal suo stomaco.

«È in posti come questo che si cerca di rivoluzionare la scienza. Anche se a volte si tratta di semplice fumo negli occhi.»

Aveva indicato la grande vetrata, oltre la quale anche la luce dei neon sembrava congelata.

«Questo che vedi, in realtà non è altro che un sofisticato frigorifero, alimentato con azoto liquido, dove vengono conservati gli embrioni surgelati a circa duecento gradi sotto zero. A questa temperatura una rosa si rompe come se fosse fatta di cristallo e un essere umano che inspirasse una boccata d'aria non sarebbe più vivo per ributtarla fuori.»

Maureen aveva notato, a lato del refrigeratore, alcune bombole pressurizzate sormontate da una serie di manometri, dai quali uscivano dei grossi tubi scuri che si infilavano di fianco al macchinario per proseguire all'interno, in modo da mantenere costante la temperatura. Continuando a parlare, avevano attraversato il laboratorio fino alla parete di fronte all'ingresso. Roscoe l'aveva costretta a sedersi su una poltrona a rotelle che stava davanti a un computer. Era scomparso dalla sua visuale, quando le aveva chiesto di passare le braccia dietro allo schienale e le aveva bloccato le mani con del nastro adesivo intorno ai polsi.

Maureen se l'era trovato di fronte con un'espressione di commiserazione sul viso per la pochezza del mondo.

«Tutti gli scienziati commettono un errore. Perseguono la conoscenza sperando che la scienza un giorno ci renda simili a Dio. Che stupidi.»

Roscoe l'aveva guardata negli occhi e Maureen per la prima volta aveva avuto la certezza di vederci la fiamma livida della pazzia.

«Ogni nuova acquisizione di sapere non fa altro che metterci di fronte a una nuova ignoranza. Una spirale senza fine. L'unica cosa che può arrivare a renderci addirittura superiori a Dio è la giustizia.»

Maureen lo aveva contraddetto prima di rendersi conto dell'opportunità delle sue parole.

«Purtroppo, quella degli uomini è l'unica che abbiamo a disposizione.»

«La sola cosa che gli uomini possono metterci a disposizione è la legge. E applicando la legge non sempre si ottiene giustizia.»

Si era appoggiato con noncuranza al bancone piastrellato alle sue spalle, tenendo la pistola nella mano destra, osservandola come fosse uno strano soprammobile più che un'arma. Quando infine Maureen gli aveva chiesto il motivo di tutte quelle morti assurde, la risposta era stata secca, puntuale, acuminata come il suo significato.

*Vendetta.*

E adesso era arrivata la resa dei conti, il momento magico in cui tutti e due avrebbero calato le carte e ognuno di loro avrebbe avuto la risposta che cercava.

Maureen voleva solo sapere perché e Roscoe voleva solo sapere come.

Fu lui a parlare per primo, con voce distratta, quasi indifferente.

«Chi sa che tu sei qui?»

«Nessuno.»

«Per che motivo dovrei fidarmi?»

«Il motivo è strettamente legato al modo in cui ho scoperto che sei stato tu a uccidere Gerald Marsalis.»

«Vale a dire?»

Maureen contava che prima o poi Jordan avrebbe sentito il suo messaggio e si sarebbe mosso di conseguenza. Roscoe era un assassino ma era pur sempre un medico e soprattutto uno scienziato. C'era solo un modo per guadagnare tempo: stuzzicare la sua curiosità raccontandogli la singolare esperienza che aveva vissuto e che era una diretta conseguenza dell'intervento eseguito su di lei.

«Ti sembrerà incredibile, ma ti ho visto mentre lo uccidevi.»

Roscoe la guardò un istante come se di colpo si fosse incendiata sotto i suoi occhi, poi scoppiò in una risata.

«Tu mi hai...? Ti prego, non farmi ridere.»

«L'hai appena fatto. Te l'ho detto che non mi avresti creduta. Ti ricordi quando ti ho telefonato per chiederti se conoscevi l'identità del donatore?»

«Sì, mi ricordo benissimo.»

«Credo che la persona alla quale sono state espiantate le cornee che hai utilizzato su di me fosse proprio Gerald Marsalis.»

«Cosa te lo fa pensare?»

«Il fatto che da quando ho aperto gli occhi ho iniziato a essere tormentata, è il termine esatto, da immagini della sua vita passata.»

«Mi prendi in giro? Pensi di essere in una puntata di *X Files*?»

«Purtroppo no. In quel caso mi sarebbe bastato spegnere il televisore per far cessare tutto. E invece non è stato così semplice.»

«Maureen, come scienziato sono costretto a credere solo a quello che tocco e a quello che vedo con i miei occhi.»

«Questa volta dovrai credere a quello che ho visto io con gli occhi di un altro. Sono qui e mi pare una prova sufficiente. Poco fa, quando sono caduta a terra davanti a te, sono precipitata proprio in uno di quei momenti. E ti ho visto di nuovo. La porta di casa era socchiusa. Tu indossavi una tuta di felpa con il cappuccio e, quando Gerald l'ha aperta, sei uscito dall'ombra del pianerottolo con una pistola in pugno. E lui era tutto tinto di rosso.»

Roscoe era rimasto senza parole. Tutte le sue certezze di ricercatore erano state di colpo azzerate, insieme alle sue certezze di uomo.

«È incredibile...»

«"Incredibile" è la parola giusta, William. Questo è il motivo per cui non ho detto a nessuno che sono qui. Come credi che l'avrebbe presa un qualunque funzionario di polizia se gli avessi raccontato di aver visto attraverso gli occhi di un morto il suo assassino?»

Maurcen sperava che la sua argomentazione fosse sufficientemente convincente. Purtroppo, era costretta a fornire una versione ridotta dei fatti e a non far parola di ogni altra immagine che le era arrivata, soprattutto a proposito di Thelma Ross e di tutte le scoperte legate a lei. Farlo, avrebbe significato rivelare che altre persone erano al corrente delle sue percezioni e della sua presenza in quel luogo. Nella migliore delle ipotesi, Roscoe avrebbe potuto lasciarla legata alla sedia e fuggire.

Nella peggiore...

Il ricercatore era stato completamente avvolto da quello che aveva appena saputo e che rappresentava una nuova affascinante frontiera tutta da esplorare.

«Ci dev'essere un messaggio insito nelle cellule, una specie di imprinting, un legame neuronale che in qualche modo si conserva a prescindere dall'individuo. Tutto ciò è fantastico. Insieme possiamo scoprirlo e arrivare a...»

Maureen lo interruppe di nuovo.

«Insieme?»

«Certo. Per una ricerca come questa devo averti a disposizione per le analisi e i test che dovrò effettuare.»

«Chi ti dice che collaborerò con te?»

Roscoe di colpo sembrò ricordarsi chi erano e perché si trovavano in quella posizione. Recuperò la percezione che lei era un poliziotto legato a una sedia e lui un omicida che teneva in mano una pistola puntata verso la sua testa.

Tuttavia, come nei loro precedenti incontri, riuscì lo stesso a mettere un filo di ironia nelle sue parole.

«Che cosa me lo dice? Un dettaglio, semplice e significativo. Sono l'unico a sapere dov'è la coltura di cellule staminali che servono per proseguire la tua terapia. Denunciami e io non ti dirò mai dove sono. Se mi priverai della giustizia che mi sono procurato, ti ritroverai nello stato in cui ti ho conosciuta.»

Le sue ultime parole uscirono più fredde del gas che governava i refrigeratori.

«Nel momento stesso in cui Julius Whong riacquisterà la libertà, tu perderai la vista.»

# 49

Jordan guidò la 999 sotto gli alberi e i lampioni gialli di Henry Street fino a raggiungere l'edificio che cercava. Subito dopo essere uscito dallo Stuart Building, aveva acceso il telefono e pochi istanti dopo gli era arrivato l'avviso sonoro della presenza di un messaggio in segreteria. Aveva chiamato e aveva ascoltato le parole di Maureen. Senza nulla sapere dei suoi progressi, nella breve registrazione gli riferiva che era arrivata alla stessa conclusione a cui era arrivato lui. E che stava andando a fare una visita a Roscoe.

Se da una parte quella notizia aveva fugato ogni possibile incertezza residua da parte di Jordan, era rimasto gelato quando aveva sentito che Maureen aveva intenzione di andare da sola a casa sua. Si diede dell'imbecille per aver spento il telefono. Lui rappresentava per Maureen l'unico punto di riferimento, era la sola persona alla quale potesse confidare le immagini che le arrivavano per quella sua via indecifrabile.

Non trovandolo, aveva deciso di fare di testa sua.

Jordan in qualche modo riusciva a capirla, ma non per questo poteva fare a meno di essere preoccupato. Era salito sulla moto e aveva percorso il tragitto fino all'indirizzo che Maureen gli aveva lasciato nel messaggio alla massima velocità che la Ducati e il codice della strada gli permettevano, sperando di non incrociare qualche pattuglia di servizio nei momenti in cui lo infrangeva.

Fermò la moto, scese e si mosse sul lato opposto della strada per esaminare la massiccia costruzione a due piani all'angolo con Pierrepoint Street. Quel tratto di Henry Street era completamente al buio e, nell'ombra proiettata dalle luci lontane del viale che la incrociava, Jordan trovò la casa inquietante, malvagia, velenosa.

Da fuori, sembrava deserta.

Le finestre erano dei riquadri scuri appese ai muri e, a parte il chiarore aranciato di un vetro ritagliato nel portone d'ingresso, non trapelava nessun'altra luce dall'interno che potesse dar segno di una presenza.

Questo poteva essere un buon segno o rappresentare la peggiore delle ipotesi possibili.

Lasciò la facciata principale e andò a dare un'occhiata al retro della casa. La parte posteriore era tutta bordata da un alto muro di cinta, fatto degli stessi mattoni rossi della costruzione principale. Dalle cime degli alberi di diversa natura che dal basso salivano a superarne la sommità, Jordan immaginò che tutta quell'area fosse occupata da un giardino. Dopo una rapida stima dell'altezza, Jordan si rese conto che non sarebbe riuscito ad arrivare alla cima del muro nemmeno utilizzando la moto come scaletta.

Alla fine di quella parete in mattoni, confinante con la casa di Roscoe, c'era un edificio di tre piani in corso di ristrutturazione, circondato da steccati che segnavano l'area del cantiere. Jordan alzò lo sguardo a esaminare la disposizione dei ponteggi e delle protezioni che di solito si usano nell'edilizia. Poi prese una decisione, che gli sembrò l'unica strada percorribile. Senza eccessive difficoltà riuscì a penetrare in un varco della recinzione. Lo stato dei lavori era a un punto tale che non presupponeva nessun tipo di cura per eventuali intrusioni. Si inoltrò nel piano terra del fabbricato quasi del tutto privo di muri e illuminato in modo agevole dalla luce giallastra dei lampioni.

C'era nell'aria l'odore dei mattoni e della calce e quel senso ruvido e provvisorio di tutte le costruzioni in divenire. Jordan individuò le scale e salì al primo piano su dei gradini in cemento grezzo e senza ringhiere. Quando arrivò sul pianerottolo, inciampò in un contenitore di plastica scura, quasi invisibile nella penombra, che qualcuno aveva abbandonato a terra. Era pieno di attrezzi da lavoro, e si rovesciò con un rumore metallico che nel silenzio a Jordan parve più forte di uno scontro frontale fra due autotreni.

Rimase per un istante con il fiato sospeso e le mascelle contratte, a fare i conti con la sorpresa, il timore di aver richiamato l'attenzione di qualcuno e un dolore alla tibia dove aveva picchiato contro il contenitore.

Nessun segno di vita.

Jordan si rilassò e dal ballatoio dove si trovava lanciò uno sguardo verso il giardino della casa di fronte, per quanto l'ostacolo del muro di cinta e i rami degli alberi gli consentivano di farlo. Nel buio protetto dalle fronde, gli sembrò di cogliere il riflesso di una vetrata, ma da quel punto di vista non era possibile distinguere altro.

Jordan si guardò in giro, esaminando quello che c'era intorno a lui. Alla sua sinistra c'era una catasta di lunghe tavole di legno, che probabilmente sarebbero servite per prolungare il ponteggio ai piani superiori.

Andò a prenderne una, la sollevò e, aiutandosi con la ringhiera tubolare della piattaforma per bilanciare il peso, la sporse e la fece scivolare fin quando non riuscì a farle raggiungere il bordo del muro di cinta. Si assicurò che fosse bene appoggiata. Ne scelse un'altra e fece scivolare anche questa in modo da sovrapporla alla prima, sperando di aver fatto bene i suoi calcoli e che fosse della lunghezza giusta per quello che aveva intenzione di fare.

Andò a cercare fra gli attrezzi che aveva sparso poco prima sul tavolato e trovò quello che cercava. Prese un piede di porco, di quelli che servivano a schiodare le assi quando si disarmano le gettate di cemento armato, e se lo infilò nella cintura dei pantaloni.

Tornò davanti al suo ponte precario sospeso sulla penombra, che andava dal pavimento in legno del ponteggio al muro di cinta della casa del professor Roscoe. Allungò un piede in avanti e lo appoggiò sulla tavola sorreggendosi a un traliccio del ponteggio. Poi abbandonò il punto fermo del tubo di metallo e mosse il primo passo sulla trave instabile.

Jordan non aveva mai sofferto di vertigini e sperò di non iniziare proprio adesso.

Tenendo lo sguardo il più possibile fisso in avanti, un piede dietro l'altro, come un equilibrista con della sabbia e dei sacchi di cemento come rete di sicurezza, raggiunse l'altra parte del suo ponte improvvisato. Si rese conto di aver fatto tutto il percorso trattenendo il fiato e lasciò uscire dai polmoni un lungo sospiro di sollievo. Si sedette a cavalcioni sul muro come sulla sella di una moto e sorreggendosi con le gambe fece scivolare in avanti la seconda tavola fino a farle toccare terra. Lo sforzo per poggiarla al suolo senza fare rumore e allo stesso tempo non farsela sfuggire dalle mani gli fece pulsare con violenza il sangue alle tempie e dovette fermarsi un secondo per ritrovare il fiato e smaltire un piccolo capogiro.

Controllò per quanto poteva la solidità dell'appoggio della trave contro il muro su cui era seduto. Aveva intenzione di usarlo come scivolo, sdraiandosi sopra e calandosi a forza di braccia fino a toccare terra.

Purtroppo, quando cercò di mettere in pratica il suo progetto, l'appoggio si rivelò meno affidabile di quanto aveva creduto. Non appena il suo corpo arrivò a gravare per intero sulla tavola, la parte che puntava a terra scivolò di colpo in avanti. Jordan d'istinto cercò di appendersi al bordo del muro ma la mano sinistra mancò la presa sui mattoni muschiosi e rimase appeso con una mano sola. Il suo corpo ebbe una torsione improvvisa al contrario e Jordan sentì distintamente il *crack* dell'articolazione che cedeva, mentre la spalla usciva dalla sua sede. La fitta violenta gli fece perdere la presa. La sua caduta fu rallentata da un cespuglio di pittosporo che lo frenò ma lo spinse a rotolare in avanti, coinvolgendo ancora la spalla lussata con una serie di fitte come pugnalate.

Jordan si ritrovò sdraiato a terra, ansimante. Attese steso su un fianco finché la sofferenza non arrivò a un livello accettabile, poi cercò di mettersi seduto.

C'era stato un cambio sensibile di luce. Le chiome degli alberi e il muro di cinta schermavano a sufficienza la luce dei lampioni da obbligarlo ad attendere che gli occhi mettessero a fuoco il passaggio a una diversa luminosità. Quando ebbe modo di intuire l'ambiente che aveva intorno, si alzò e si avvicinò al tronco di un albero cercando un fulcro che gli consentisse di mettere a posto la spalla. Si appoggiò alla corteccia ruvida di un acero e diede il colpo secco per far rientrare l'osso nella sua sede. Lo spasmo che ne ebbe in cambio per poco non lo fece svenire. Si esaminò la spalla con la mano sana. Con ogni probabilità il precedente della sera in cui era stato aggredito da Lord aveva indebolito i legamenti e la manovra non aveva dato i risultati sperati. Continuava ad avere dolore forte e la spalla non si era sistemata bene, pregiudicandogli quasi del tutto la mobilità del braccio.

Jordan tirò un respiro profondo e cercò di non pensarci. Si disse che Maureen forse era da qualche parte in pericolo e che non aveva tempo per provare dolore. Tornò a prestare attenzione al posto in cui si trovava.

Dall'altra parte del giardino, come aveva ipotizzato poco prima, c'era davvero il riflesso di una vetrata. Si mosse con cautela sul terreno soffice in quella direzione e, quando si fu avvicinato a sufficienza, si accorse che la superficie posteriore della casa per tutta la lunghezza del giardino e un terzo della sua larghezza era occupata dalla struttura di una veranda con grandi vetrate, che proseguiva i muri a formare una specie di giardino d'inverno. Nella luce incerta, i vetri lasciavano intravedere all'interno sagome di piante e un arredamento composto da mobili e poltrone che a Jordan parvero in rattan. La veranda comunicava con l'interno per mezzo di tre portefinestre, una delle quali in quel momento era parzialmente illuminata. Jordan si mise di fronte e cercò di vedere oltre la soglia. C'era un corridoio illuminato da un riquadro di luce a terra che arrivava dalla parete di destra e in fondo un altro ritaglio luminoso, disegnato da quelle che sembravano tende scostate.

Jordan tirò fuori il piede di porco e con una certa difficoltà, a causa del braccio destro inservibile, lo infilò tra i due battenti in legno della porta scorrevole che aveva davanti. Uno scatto secco, neppure troppo forte. Le due vetrate scivolarono senza fatica sui binari bene oliati e Jordan fu nella casa.

Superò la veranda evitando l'insidia di un tavolino basso e arrivò davanti alla portafinestra illuminata. Prima di utilizzare di nuovo il piede di porco, provò a girare la maniglia e con sua grande sorpresa il battente si aprì.

Varcò la soglia e si inoltrò nel corridoio. Pochi passi e si trovò di fianco alla fonte di luce che aveva visto da fuori, una porta aperta su una scala illuminata che scendeva verso il basso. Jordan si disse che quello scantinato doveva contenere qualcosa di veramente importante, vista la blindatura della porta e il sistema di apertura con lettore dell'impronta digitale collegato ad essa. Scese il primo gradino e sentì qualcosa rompersi sotto la suola con un breve rumore secco.

Sollevò il piede e quando chinò lo sguardo vide un paio di occhiali scuri sulla superficie ruvida del gradino. Si chinò a raccoglierli, rimediando una nuova fitta alla spalla. Quando li ebbe in mano, Jordan li riconobbe immediatamente, nonostante le lenti polarizzate spezzate.

Erano gli occhiali di Maureen.

Se la casa deserta poteva essere o non essere un brutto segno, quegli occhiali per terra lo erano di certo.

Nel silenzio, gli sembrò di sentire delle voci provenire dal basso.

Iniziò a scendere con cautela, mettendosi leggermente di lato e sorreggendosi il braccio destro con quello sano per evitare contraccolpi dolorosi. Arrivò a un primo pianerottolo. Ora la scala piegava a destra e proseguiva con un'altra rampa.

Le voci adesso erano più forti, anche se ancora così confuse da rendere impossibile distinguere le parole.

Mai come ora Jordan aveva rimpianto la mancanza di una pistola. Non era mai stato un fanatico delle armi, nemmeno al tempo dell'Accademia e men che meno quand'era in servizio. Aveva un'ottima mira per istinto e non certo per esercizio, perché praticava il poligono lo stretto indispensabile per raggiungere la frequenza annuale prevista.

Eppure, in quel momento avrebbe pagato a peso d'oro la 38 che aveva restituito insieme al distintivo. Iniziò a scendere anche la seconda rampa e a ogni scalino che si lasciava alle spalle il volume delle voci aumentava di tono. Poco dopo, smisero di essere avvolte in una confusa treccia sonora e Jordan riuscì a separare la voce di un uomo da quella di una donna. Arrivò infine al pianerottolo successivo, ringraziando la suola senza suono delle sue Reebok.

Adesso le voci erano diventate alle sue orecchie e nella sua mente anche il viso conosciuto di due persone.

Una era di Maureen, l'altra l'aveva sentita solo una volta ma la riconosceva lo stesso.

Le voci arrivavano da una porta spalancata che dava su uno stretto ballatoio, poco rialzato rispetto al piano del seminterrato, al quale si accedeva svoltando a sinistra e scendendo due o tre gradini.

Dal suo punto di osservazione, la parte dell'ambiente che riusciva a inquadrare lo faceva sembrare una specie di laboratorio. La parete davanti a lui, che proseguiva fin sotto la ringhiera del ballatoio, era piena di apparecchi e di strumenti che a Jordan ricordarono la sede della Scientifica in cui erano posizionati i gascromatografi e altri apparati molto sofisticati di analisi.

Jordan si appoggiò alla parete e fece capolino dallo stipite. Quello che vide non gli piacque per niente.

Sulla parte opposta dell'enorme stanza, oltre un piano di lavoro che occupava buona parte dello spazio centrale, c'era Maureen, il viso rivolto verso la porta dove stava lui, seduta su una sedia con le braccia immobilizzate dietro la schiena.

Di spalle, la figura di un uomo che Jordan aveva visto poco prima in un filmato percorrere l'atrio dello Stuart Building e dirigersi guardingo verso l'uscita dopo aver ucciso Chandelle Stuart.

C'era solo una differenza. Adesso era presente in carne e ossa e teneva una grossa pistola puntata verso lo stomaco di Maureen.

# 50

Maureen aveva appena ricevuto sul viso la sentenza sibilata di William Roscoe, quando da sopra la sua spalla vide Jordan spuntare oltre lo stipite della porta sul ballatoio. Maureen chinò di scatto la testa, come se fosse stata colpita dalla minaccia del suo carceriere. Quando la rialzò, si obbligò a non distogliere nemmeno un istante lo sguardo e a continuare a fissarlo negli occhi, per evitare di metterlo in allarme e tradire la presenza di Jordan.

Tuttavia, doveva segnalargli in qualche modo di sapere che era arrivato in suo aiuto. Disse una frase che per Roscoe poteva essere il proseguo del discorso che avevano fatto in precedenza, timbrando la voce in modo che Jordan arrivasse a sentirla.

«Adesso che sai che ti ho visto, penso di essere io ad avere diritto a una spiegazione, non credi?»

Jordan aveva capito. Si sporse con il busto, le fece un segno con il pollice alzato e subito dopo mosse la mano con un gesto rotatorio, per invitarla a far parlare Roscoe in modo da tenere impegnata la sua attenzione.

Il medico invece non si era accorto di nulla, ma per caso si mosse di lato in modo da tenere sotto controllo visivo sia Maureen sia l'ingresso del laboratorio. Era del tutto impossibile, in quella situazione, che Jordan potesse entrare e cercare in qualche modo di prenderlo alle spalle e neutralizzarlo.

Roscoe la gratificò di un'espressione condiscendente.

«Mi sembra giusto. Poco fa mi hai chiesto di cominciare dall'inizio. Perché tu possa capire, bisogna iniziare proprio da lì.

Fece una piccola pausa, come se dovesse prepararsi mentalmente prima di affrontare per l'ennesima volta un percorso obbligato tra le macerie della sua vita.

«Molti anni fa, a un seminario che tenevo in un ospedale di Boston, ho conosciuto un'infermiera. Era una ragazza di colore e si chiamava Thelma Ross. Ci siamo innamorati subito, a prima vista, come se fossimo stati messi sulla terra solo per quello scopo. Era la cosa più bella e pulita che avessi mai provato nella mia vita. Sai che significa trovarti davanti a una persona e renderti conto che da quel momento in poi nessun'altra potrà più contare allo stesso modo per te?»

Maureen sentì gli occhi che si inumidivano e l'immagine di Connor si sovrappose per un istante a quella di un omicida che la minacciava con un'arma della quale non aveva nessuna paura.

*Sì, maledetto bastardo, certo che lo so.*

Roscoe sembrò leggerle nel pensiero. Fece un leggero cenno di assenso con il capo, un movimento che era parte abituale della sua gestualità.

«Sì, vedo che lo sai. Capisci cosa voglio dire.»

Il medico proseguì il suo racconto con un diverso tono di voce, come se quella consapevolezza avesse creato tra di loro un senso di complicità.

«Allora io ero a un punto delicato della mia carriera. Ero il pupillo e il primo assistente del professor Joel Thornton, che a quell'epoca era il massimo esponente mondiale del mio settore. Tutti mi indicavano, lui compreso, come il suo legittimo erede, l'astro nascente della microchirurgia oculare e della ricerca scientifica nel campo dell'oculistica. Inoltre, era anche mio suocero, perché avevo appena sposato Greta, la figlia maggiore. Thelma era al corrente della mia situazione e non intendeva fare niente per mettere in pericolo la mia carriera. Mi disse che qualunque scelta mi avesse imposto, le conseguenze sarebbero ricadute su di lei, perché a lungo andare non sarei mai riuscito a perdonargliela. Thornton, in effetti, aveva la possibilità di rovinarmi. Averlo contro in quel momento significava trovarsi di fronte solo strade sbarrate.»

Roscoe uscì dal ricordo e si concesse un piccolo sconfinamento nel sarcasmo.

«L'America non è poi quel Paese così democratico che cerchiamo di esportare come modello. Un bianco che lascia la figlia di un famoso barone *wasp* della medicina per mettersi con una ragazza di colore...»

Non concluse la frase, lasciando a Maureen il compito di trarre le sue conclusioni.

«Thelma e io continuammo a vederci di nascosto, finché lei non rimase incinta. Di comune accordo decidemmo di tenere il bambino e così arrivò Lewis. Le avevo trovato un lavoro come prima assistente chirurgica presso il Samaritan Hospital, a Troy, un piccolo centro vicino ad Albany. Era il posto perfetto. Abbastanza vicino da permettermi di vedere lei e il bambino appena mi era possibile e abbastanza lontano da non essere troppo esposti. In ogni caso, era tutto fatto con la più grande riservatezza, al punto che nessuno dei suoi amici mi ha mai visto o saputo della mia esistenza. Per tutti, Thelma era una giovane divorziata, reduce da una brutta esperienza della quale non amava parlare. Per Lewis, ero una specie di zio che voleva bene a tutti e due e arrivava ogni tanto carico di giocattoli. Avevo preso per loro una casa isolata e quando andavo a trovarli non frequentavamo mai situazioni in cui fosse pericoloso per Thelma e per me farci vedere insieme. Passarono cinque anni. Thornton morì e le cose tra me e Greta erano peggiorate al punto tale che lei mi propose il divorzio. Glielo accordai con i violini che suonavano nella testa e quel giorno, quel giorno maledetto da Dio e da quattro infami, ero andato su a Troy proprio per annunciare a Thelma che presto sarei stato libero e che avremmo potuto vivere insieme.»

Dall'aria assorta, Maureen capì che Roscoe l'aveva abbandonata, che non era più lì con lei ma nella sua mente stava rivivendo in sequenza le immagini evocate dal suo racconto.

«Lewis stava giocando in giardino e io e Thelma eravamo in casa. Mentre le spiegavo quello che sarebbe successo, sentimmo Lewis urlare e subito dopo entrò in casa piangendo e tendendo verso di me il braccio che portava il segno di diverse punture. Dalla dimensione dei ponfi sembravano di calabrone. Sapevo bene che la puntura contemporanea di più insetti di quel tipo può provocare uno shock anafilattico molto grave. Mentre controllavo Lewis, dissi a Thelma di tirare fuori la macchina per portarlo subito al pronto soccorso del Samaritan. Era appena arrivata nel corridoio, quando sentimmo suonare il campanello. Thelma aprì la porta e sulla soglia c'erano loro.»

Maureen vide le mascelle di Roscoe contrarsi e l'odio, un odio purissimo, distillato con cura meticolosa dal tempo, arrivò a sconvolgergli i lineamenti.

«Quattro persone vestite con magliette e calzoni scuri, tre uomini e una donna, che portavano sul viso le maschere di altrettanti personaggi dei Peanuts. Linus, Lucy, Snoopy e Pig Pen, per l'esattezza. Uno di loro, non so chi, la spinse con violenza all'interno. Thelma cadde a terra e loro entrarono con le pistole puntate verso di noi. Ci radunarono tutti e tre nella stessa stanza e ci ordinarono di non muoverci. Intuimmo quello che doveva essere successo, perché poco dopo una macchina della polizia si fermò davanti alla casa e due agenti vennero a suonare alla porta. Quello dei quattro che sembrava il capo, quello con la maschera di Pig Pen, puntò una pistola alla testa di Lewis e ordinò a Thelma di andare ad aprire e di cercare di mandarli via in qualche modo.»

Roscoe alzò la testa verso il soffitto bianco e fece un lungo respiro, come se fosse costretto a procurare ai suoi polmoni una maggiore quantità d'aria per proseguire quel racconto.

«Non so come fece Thelma a essere credibile in quella situazione, sta di fatto che i poliziotti si convinsero che lì intorno non era successo niente di strano. Tornarono alla loro auto e si allontanarono. Nel frattempo Lewis si era aggravato. Aveva iniziato a respirare a fatica. Sapevo cosa stava succedendo. La puntura dei calabroni gli aveva provocato uno spasmo laringeo che poco per volta gli avrebbe occluso le vie respiratore. Li ho implorati di lasciarci andare, dicendo che ero un medico. Ho spiegato quello che stava succedendo a Lewis, che aveva bisogno di soccorsi. Ho giurato con le lacrime agli occhi che non li avremmo denunciati, mi sono inginocchiato davanti a quello con la maschera di Pig Pen. Non è servito a niente. Ricordo ancora la sua voce indifferente, le sue parole attraverso la maschera. Mi disse: "Se sei un medico, allora sai cosa fare". Mi ha lasciato libero di muovermi, ma per evitare sorprese da parte mia ha ordinato a Lucy e Snoopy di prendere Thelma e di portarla in un'altra stanza mentre io mi prendevo cura di mio figlio. Lewis a quel punto era svenuto e non riusciva più a respirare. Per evitargli l'asfissia, con due pistole puntate contro, ho preso un bisturi dalla mia borsa e lì, senza anestesia, senza strumenti, come un macellaio, sono stato costretto a praticare una tracheotomia a mio figlio e a cercare di dargli aria infilandogli nell'apertura della gola la cannuccia di una biro.»

Dagli occhi di Roscoe scendevano le lacrime della rabbia e del dolore. Maureen sapeva, per averlo provato di persona, quanto fosse difficile capire quali bruciassero di più.

«È stato tutto inutile. Non sono riuscito a salvarlo. Quando ho sentito che il cuore non batteva più, ho alzato le braccia e mi sono messo a urlare mentre sentivo il sangue di mio figlio che mi scorreva giù dalle mani.»

Maureen di colpo mise a fuoco un nuovo dettaglio in quelle immagini sgranate delle sue visioni.

*Era lui quello che ho visto di spalle, non Julius. Quello che ho scambiato per un coltello in realtà era un bisturi.*

«Subito dopo qualcuno, non so chi, mi ha colpito alla testa e sono svenuto. Quando mi sono risvegliato, se ne erano andati. Avevano preso la nostra auto ed erano fuggiti, lasciando dietro di loro il cadavere di mio figlio steso come una bestia sul tavolo e Thelma legata a una sedia nell'altra stanza. Quando l'ho slegata e ha visto che cosa era successo, si è precipitata sul tavolo e ha abbracciato il corpo di Lewis così forte che sembrava volesse farlo rientrare nel suo corpo per ridargli un'altra volta la vita. È uno spettacolo che non ho mai dimenticato, che mi ha sorretto come una droga in tutti gli anni successivi: le lacrime della mia donna mescolate al sangue di mio figlio.»

«Come mai non li avete denunciati?»

«Fu Thelma a deciderlo. Fu lei che mi convinse ad andarmene, a non farmi trovare lì. Di colpo, dopo il dolore, era diventata fredda come il ghiaccio, mentre mi spiegava perché voleva che lo facessi. Mi disse che quando anche li avessero presi, quei quattro avrebbero fatto un po' di prigione e poi sarebbero stati di nuovo liberi di andare in giro a fare altro male. Mi fece giurare che li avrei trovati e li avrei uccisi con le mie stesse mani. Se questo avesse significato non vederci mai più, era un prezzo che avrebbe pagato volentieri. Per questo decidemmo di dichiarare che la tracheotomia l'aveva fatta lei.»

Per il nervosismo, Roscoe continuava ad aprire e chiudere in modo ritmico la mano libera dalla pistola, come se dovesse far passare un crampo.

«Ho vissuto con la vendetta come unico scopo, mentre vedevo Thelma a poco a poco perdere la ragione, sprofondare in un limbo dove la sua mente si era rifugiata per non soffrire. Adesso è ricoverata in una clinica per disabili mentali. Sono anni che non la vedo...»

La voce scese di tono e si perse nei meandri dell'amarezza. Per un istante, Maureen provò compassione per quell'uomo che aveva sacrificato ogni presente e ogni futuro a un passato che nessuna rivalsa sarebbe riuscito a cancellare.

«Ci ho messo quasi dieci anni di sforzi, di tempo e di denaro e non è saltato fuori niente. Niente di niente. Quei maledetti sembravano dissolti nel nulla, mai esistiti. Poi, un giorno, il caso ha agito per conto mio. Chandelle Stuart, su consiglio di un mio collega che era il suo medico di famiglia, è venuta a farsi operare da me. Le ho eliminato una miopia con un'operazione al laser, un intervento quasi di routine ma che, secondo la sua megalomania, pretendeva fosse fatto dal migliore sulla piazza. Durante una visita di controllo commise un errore...»

Una pausa con occhi persi nel vuoto.

«Quale errore?»

Roscoe girò la testa di scatto verso di lei, come se la voce di Maureen lo avesse riscosso da un momento di trance estatica.

«Mi chiese il nome di un chirurgo plastico a cui rivolgersi per cancellare un tatuaggio all'inguine. Mi disse che era un ricordo di una persona che aveva contato molto per lei ma che adesso desiderava solo cancellare dalla sua vita. Si slacciò i pantaloni e quando me lo fece vedere rimasi folgorato. Il giorno in cui Lewis morì, in un momento di nervosismo, Pig Pen aveva sollevato la manica della maglia nera che indossava. Era stato un attimo, ma avevo avuto modo di vedere che sull'avambraccio portava un grosso tatuaggio, un dèmone con le ali di farfalla. Quello che Chandelle Stuart mi stava mostrando era del tutto uguale al disegno che avevo visto sul braccio di quell'uomo. Lei non poteva sapere che io l'avevo visto, perché in quel momento era nell'altra stanza con Snoopy e Thelma. E senza accorgersi di quello che mi stava passando per la testa, scambiando la mia espressione per una manifestazione di libidine, quella puttana di Chandelle Stuart, in piedi davanti a me con i calzoni calati, ebbe il coraggio di prendere la mia mano e sfregarsela in mezzo alle gambe.»

Roscoe adesso aveva le mascelle contratte, il viso livido dal disprezzo. La sua mano era un pugno chiuso con forza, con le nocche sbiancate per la tensione.

«Da quel fatto in poi la mia vita è cambiata. Vivevo con la frenesia addosso, come se centinaia di voci mi parlassero all'orecchio contemporaneamente. Avevo una traccia, così esile da essere quasi inesistente, ma rappresentava pur sempre una speranza. Tutto il mio tempo libero era dedicato alle indagini, tutto il denaro che guadagnavo era in funzione di quella ricerca. Ho incaricato agenzie investigative di fuori, pagando cifre esorbitanti pur di non essere costretto a uscire allo scoperto. Sono risalito all'epoca dei fatti e ho scoperto che a quel tempo Chandelle studiava al Vassar College di Poughkeepsie. Uno per uno ho identificato Gerald Marsalis e Alistair Campbell. Julius Whong è stato più difficile, perché non frequentava il college, ma sono riuscito in qualche modo a dare un viso e un nome anche a lui, quello più determinato e feroce. A mano a mano che li vedevo di persona, riuscivo a ricollegarli alla maschera che ognuno di loro indossava quel giorno.»

Roscoe ora sorrideva. Forse stava rivivendo il momento esaltante che fa parte del vissuto di ogni ricercatore, quello della scoperta dopo anni di tentativi vani. Solo che questa volta il fine non era sconfiggere la morte, ma darla.

«Quando ho saputo che Julius Whong era Pig Pen, ho provato il desiderio di andare direttamente da lui, suonare alla sua porta e piantargli una pallottola nel mezzo di quella sua faccia da depravato. Subito dopo sono riuscito a calmarmi e mi sono imposto di riflettere. E ho preso la mia decisione. Ho deciso di ucciderli tutti, uno per uno, e di fare in modo che la colpa ricadesse proprio su Julius Whong. A Chandelle Stuart, Gerald Marsalis e Alistair Campbell era concesso morire, a lui no. Lui doveva pagare più di tutti gli altri, doveva passare il resto del suo tempo nel braccio della morte, sapendo che ogni giorno che passava lo avvicinava a quello in cui qualcuno gli avrebbe infilato un ago nella vena e premuto lo stantuffo di una siringa piena di veleno.»

Maureen decise di agire, per quel poco che era in suo potere. Approfittando della distrazione di Roscoe, immerso nell'emozione del racconto, puntò i piedi a terra e prese con cautela a spostare la sedia a rotelle su cui era legata, in modo da costringerlo, se voleva guardarla in viso, a girarsi e dare le spalle alla porta dietro alla quale Jordan era nascosto.

«Ho iniziato a organizzarmi. La fortuna che per tanto tempo mi aveva girato le spalle, adesso sembrava fare gli straordinari per me. Julius Whong aveva subito un'operazione al menisco e ai legamenti e per un po' di tempo è andato in giro con le stampelle. Quando le ha mollate, gli è rimasta quell'andatura zoppicante. Sarebbe durata poco, ma quel tanto che serviva a me.»

Un centimetro.

Un altro.

Un altro ancora.

«Mi sono reso conto che Julius e io avevamo la stessa corporatura e, tratti asiatici a parte, la stessa tipologia fisica. Così, ho ucciso per primo Linus, cioè Gerald Marsalis. Quando sono arrivato da lui, mi ha riconosciuto subito. L'ho obbligato a sedersi su una sedia, gli ho bloccato i polsi e le caviglie con del nastro adesivo e l'ho strangolato, in modo che soffrisse il più possibile. E mentre moriva gli chiedevo se adesso capiva che cosa aveva provato mio figlio sentendo l'aria che non riusciva più a portargli la vita nei polmoni. Dopo, l'ho incollato al muro con una coperta attaccata all'orecchio, come Schulz disegnava Linus nelle strisce, e ho scritto quello stupido messaggio sul muro. Sapevo che l'avrebbero decifrato subito, ma mi serviva per dare l'idea che l'omicidio fosse opera di uno psicopatico. Avevo intenzione di andarmene facendomi notare in qualche modo mentre mi allontanavo zoppicando, ma intanto che ero nascosto su per le scale, dall'appartamento di Gerald era uscita una ragazza e aveva lasciato la porta socchiusa. Dal pianerottolo ho sentito che lui telefonava a qualcuno dandogli appuntamento a casa sua. Questo significava che avevo meno tempo del previsto ma una grossa occasione per lasciare un indizio. Quando la persona è arrivata e ha suonato il campanello, ho preso l'ascensore e l'ho incrociato nell'ingresso. L'ho urtato, in modo da farmi notare ma stando attento che non mi vedesse in viso.»

«Ma non hai pensato che gli altri, sapendo il modo in cui era stato ucciso Gerald, si sarebbero insospettiti?»

Roscoe commentò la domanda di Maureen con un'alzata di spalle.

«Gerald era il figlio del sindaco. Ho pensato che trattandosi di un'indagine molto particolare, i dettagli sarebbero stati mantenuti nel più rigoroso riserbo, come in effetti è stato. Avevo deciso di utilizzare i Peanuts perché sapevo che prima o poi sarebbero risaliti alla rapina di tanti anni prima. Poteva rappresentare un movente, Julius che si voleva vendicare di uno sgarbo subìto o cose del genere.»

Ancora un centimetro.

Approfittando dello sguardo assente di Roscoe, per un attimo rivolto verso il basso, un altro piccolo spostamento.

Quando rialzò gli occhi su di lei, Maureen gli sorprese un'espressione dura e compiaciuta sul volto.

«Poi è toccato a Chandelle. E non mi vergogno a dire che uccidere quell'essere inutile è stato un vero piacere e anche un piccolo tocco di classe. Sono arrivato a casa sua dopo aver attraversato l'atrio dello Stuart Building con la stessa tuta da jogging e il passo zoppicante con cui mi ero fatto notare a casa di Gerald. Mi sono mosso in modo da avere il più possibile un'andatura furtiva, cercando riparo dietro a un'altra persona, ma in realtà ho fatto in modo di essere ripreso dalle telecamere. Sapevo che sarebbe stata la prima cosa che avrebbero controllato. Ho detto a Chandelle che dovevo parlarle di alcune novità a proposito della sua operazione e mi ha fatto salire in casa. Come si è stupita quella troia quando mi ha visto davanti a lei con la pistola in mano. Con Linus ho dovuto fare in fretta, ma con Chandelle avevo molto più tempo a disposizione. L'ho fatta parlare, illudendola che l'avrei risparmiata. Ho scoperto un mucchio di cose. Mi ha confessato di aver avuto una relazione con quel maniaco sessuale di Julius e che uno per volta avevano coinvolto anche gli altri due nel progetto della rapina. Gerald per la sua follia, Alistair Campbell per la sua debolezza e la sua dipendenza psicologica da Julius. Alla fine mi ha rivelato il motivo assurdo per cui tutto era successo. Quei maledetti avevano fatto una rapina per gioco, per provare l'esaltazione di un'emozione forte. Capisci l'assurdo di quello che sto dicendo? Mio figlio era morto perché loro, per noia, avevano deciso di provare qualcosa di diverso. E perdipiù quella cagna mi aveva riconosciuto subito appena era entrata nel mio studio, mi era stata intorno godendo della sensazione malata di sapere quello che io non sapevo, forse eccitandosi addirittura nel pensiero di quello che mi avevano fatto. Quando mi sono avvicinato a lei e le ho stretto le mani intorno al collo, mentre mi implorava di non ucciderla le ho sussurrato alle orecchie le stesse parole di Julius: "Sono un medico, so cosa fare". Poi l'ho incollata al pianoforte come in un disegno di Lucy, ho lasciato il biglietto che forniva la traccia della vittima successiva e me ne sono andato.»

Finalmente Roscoe si spostò. Con un movimento quasi distratto, si girò e appoggiò il bacino al bancone, Come se fosse stanco di stare in piedi e gli servisse un appoggio. La pistola, tuttavia, pareva un blocco inamovibile e la canna era sempre puntata verso la sua testa.

«Prima, però, ho lasciato un nuovo indizio, quello decisivo. Ho fatto credere che l'assassino avesse violentato Chandelle dopo averla uccisa. E pensa che per farlo ho utilizzato un pene di gomma che ho trovato in un suo cassetto. L'ho infilato in un preservativo pieno di liquido seminale di Julius Whong. Ho scelto un tipo di quelli che hanno la caratteristica di ritardare il piacere dell'uomo e stimolare quello della donna, in primo luogo perché lascia il residuo chimico più evidente e in seconda istanza perché l'uso di un profilattico di quel genere su un cadavere era perfettamente in linea con il profilo psicologico di uno psicopatico. L'ho bucato in modo che lasciasse un piccolo residuo di sperma e che quella traccia sembrasse dovuta a un preservativo fallato.»

«E come te lo sei procurato?»

«Quella è stata la parte più difficile. Julius Whong, dopo un inizio giovanile di sesso e violenza, è diventato molto particolare. Le donne non lo interessavano più, aveva bisogno di situazioni strane, di emozioni forti. L'alcol, la droga e il suo cervello malato lo avevano fatto diventare... come dire... un raffinato. Mi sono ricordato di una persona che avevo conosciuto tempo prima.»

Jordan uscì allo scoperto e iniziò circospetto a scendere la breve scala. Maureen vide che non muoveva il braccio destro e che lo teneva abbandonato lungo il fianco in modo strano, come se fosse rotto.

Un gradino.

Due gradini.

Tre gradini.

Maureen seguiva con lo stesso fiato sospeso la discesa di Jordan e il racconto di Roscoe.

«Ogni tanto mi capitava di andare in giro per il Paese a tenere dei seminari. In un ospedale dalle parti di Syracuse avevo conosciuto un'infermiera. Era una donna di una bellezza incredibile, forse una delle più belle che avessi mai visto, con un fascino sottile, diverso. Aveva una carica di sensualità che quasi si poteva toccare. Si chiamava Lysa e aveva una caratteristica abbastanza singolare. In realtà, era un uomo. Siamo diventati amici e lei ha iniziato a confidarsi con me. Era una persona dolce, malinconica, riservata. E soprattutto onesta, niente a che vedere con quei transessuali mercenari che si trovano su Internet. Siamo rimasti in contatto, anche quando lei ha smesso di lavorare in ospedale. Quando mi sono trovato nella necessità, ho pensato che un pervertito come Julius Whong non avrebbe resistito all'eccitazione di avere un rapporto con una bizzarria sessuale di quel genere. Ho fatto leva sulla debolezza di Lysa, sulla stanchezza di combattere una battaglia che riteneva persa in partenza. L'ho contattata in modo anonimo e le ho offerto centomila dollari per avere una relazione con Julius Whong e consegnarmi un preservativo pieno del suo liquido seminale.»

«E non hai pensato che questa Lysa potesse denunciarti, quando avesse scoperto di cosa era stato accusato Julius Whong? Soprattutto sapendo che quello che lo inchiodava in modo inequivocabile era la prova del Dna.»

Maureen vide che Roscoe stava lasciando dietro di sé ogni residuo umano. Il dottor Jekyll aveva perso il controllo della pozione e si stava trasformando in Mister Hyde davanti ai suoi occhi.

«Certo. Esisteva questa possibilità. Ma anche quello è un problema che ho risolto. Senza immaginare niente, è stata lei stessa a scrivermi per dirmi che stava trasferendosi a New York e per comunicarmi il giorno d'arrivo e l'indirizzo dell'appartamento che aveva preso in affitto. E vuoi sapere una cosa buffa? Era l'appartamento di Jordan Marsalis, il fratello del sindaco, lo zio di Gerald...»

Roscoe rimase un attimo a riflettere sulla gestione beffarda delle cose degli uomini da parte del destino. Poi scacciò quel pensiero con un gesto della mano, come si fa con una mosca molesta.

«In ogni caso, come ti ho detto, non è più un problema. Ho letto sul giornale che ha avuto un incidente...»

Maureen inorridì di fronte al significato agghiacciante di quelle parole.

«Sei un maledetto pazzo assassino.»

«È probabile. Ma non è forse necessario essere pazzi e assassini per riuscire a eliminarne un altro?»

«Però con Alistair Campbell ti è andata male. Lui è riuscito a fuggire.»

Il sorriso che William Roscoe presentò a Maureen era di nuovo quello del diavolo.

«Credi?»

Maureen rimase sconvolta di fronte a quello che Roscoe le aveva fatto balenare nel cervello.

«Brava Maureen, vedo che hai capito. Era tutto previsto. Ho fatto in modo che potesse scappare perché lui mi serviva vivo, doveva essere quello che portava la traccia definitiva per identificare Julius Whong. Ho scelto quel poveretto perché in fondo era il meno colpevole. Quel giorno era l'unico che pregava gli altri di andarsene e di lasciarci in pace.»

Nel frattempo, Jordan aveva raggiunto il lato opposto del bancone centrale, si era chinato ed era scomparso dietro la protezione del bordo. Maureen immaginò che volesse costeggiarlo tenendosi al coperto, in modo da arrivare di fianco a Roscoe e prenderlo di sorpresa.

Ignaro di tutto, Roscoe continuò nella macabra rievocazione del suo operato.

«Sapevo che si era rifugiato a scrivere nella sua casa di Saint Croix. Per fortuna, grazie al mio lavoro so usare molto bene il computer. Sono entrato nel database della compagnia aerea e dalle prenotazioni ho scoperto il giorno in cui sarebbe rientrato. L'ho atteso su una macchina rubata e l'ho rapito davanti a casa sua in modo che il sarto del negozio di fronte mi vedesse e potesse descrivere alla polizia il solito individuo che indossava una tuta e zoppicava leggermente dalla gamba destra. L'ho portato in quel capannone a Williamsburg per far credere che volessi comporre anche il suo corpo come uno dei Peanuts, incollandolo all'aereo alla maniera di Snoopy. Mi ero fatto disegnare con dei colori solubili un tatuaggio sul braccio. Forse non era identico, ma di certo era molto simile al dèmone con le ali di farfalla di Julius Whong. In quel posto c'era poca luce e potevo contare sul fatto che Alistair sarebbe stato terrorizzato. Di certo non avrebbe badato ai dettagli. Purtroppo non sapevo che fosse malato di cuore. È morto ma ha fatto lo stesso in tempo a portare a termine il compito che gli avevo affidato: mettere la polizia sulle tracce di Julius Whong.»

«C'è una cosa che non capisco. Come hai fatto a essere certo che Julius Whong non avesse un alibi per le sere in cui hai commesso gli omicidi?»

Roscoe indicò con la mano alcune bombole di media grandezza ammassate in uno scomparto alla sua destra.

«Protossido di azoto. Incolore, insapore, inodore.»

«Non capisco.»

«Julius Whong abita in un attico sulla 14esima Strada. È un palazzo basso, a due piani, con un tetto piatto facilmente raggiungibile dalla scala antincendio sul retro. È bastato collegare una di quelle bombole all'impianto di ventilazione per metterlo in condizioni di dormire senza sogni e senza ricordi fino al giorno dopo.»

Roscoe si strinse nelle spalle con noncuranza, come se avesse appena finito di raccontare un viaggio di piacere a un'amica.

«Che altro c'è da dire? Niente, mi pare.»

Maureen si accorse che nel suo atteggiamento non c'era narcisismo, né orgoglio per il piano machiavellico che aveva architettato. C'era la naturalezza di una persona che sente di aver fatto quello che è giusto.

E nel suo intimo, Maureen si maledisse per quel pensiero, non riusciva a dargli completamente torto.

«Adesso sai tutto. Ci ho messo anni per arrivare a questo e non posso permettere che tu me lo rovini.»

«Hai trascurato una cosa. Non hai pensato che, se qualcuno ti scoprisse, avresti fatto tutto questo per niente? Julius Whong sarebbe libero e tu andresti in prigione al suo posto.»

Il professor William Roscoe sorrise in modo dolcissimo e abbassò la voce fino a renderla un sospiro quasi incomprensibile.

«No, mia cara. Ho pensato anche a questo. Nel caso dovesse succedere, ci sarà un signore molto professionale che si prenderà cura di Julius Wh...»

Roscoe non riuscì a finire la frase, perché in quel preciso momento Jordan uscì di scatto dal riparo del bancone e si lanciò su di lui.

# 51

Accadde tutto in pochi istanti, anche se a Jordan e Maureen sembrò durare all'infinito.

Tutti i movimenti che facevano sembravano frutto di una ripresa al rallentatore, come se invece che sulla terra si stessero muovendo nel vuoto assoluto o all'interno di un'enorme bolla d'acqua.

Jordan, con l'unico braccio sano a disposizione, aveva afferrato la mano destra di Roscoe e aveva nello stesso tempo sollevato la gamba, in modo da portare il polso del professore a picchiare contro il suo ginocchio e fargli mollare la presa sulla pistola.

Tuttavia, la sorpresa pareva non far parte delle emozioni di William Roscoe. Se l'arrivo inatteso di Jordan lo aveva coinvolto in qualche modo, non si rifletté sulla sua capacità di reazione.

L'unico risultato che Jordan riuscì a ottenere fu che il dito del suo avversario si contrasse sul grilletto e dalla pistola partì un colpo diretto verso il basso che scrostò le piastrelle del pavimento e fece sollevare un nugolo di schegge.

Jordan ebbe subito la percezione che non sarebbe stato facile aver ragione del professore, anche in virtù del fatto che doveva condurre la lotta con un braccio solo.

Lui era più alto e più giovane, ma dalla forza che Roscoe aveva opposto alla sua leva si capiva che era una persona robusta, in ottima forma e soprattutto poteva contare su tutt'e due le braccia.

Aiutandosi per quanto poteva con il peso del corpo, con fitte di dolore che gli mozzavano il respiro Jordan riuscì a far compiere al braccio del professore un arco all'indietro e a costringere il polso a sbattere più volte sul bordo piastrellato del bancone.

Un nuovo colpo partì dall'arma e lo schermo di un computer si dissolse in una pioggia di scintille fumose.

Finalmente la mano di Roscoe cedette e le dita del professore mollarono la presa. Jordan fu in grado di udire il suono meraviglioso della pistola che sbatteva sul pavimento.

Maureen stava assistendo alla scena chiedendosi in quale modo avrebbe potuto essere d'aiuto a Jordan. La sua possibilità d'intervento era molto limitata, in quanto aveva ancora le braccia avvolte intorno allo schienale della poltroncina su cui il professore l'aveva immobilizzata. Prima di tutto poteva disarmare Roscoe, rendendogli più difficile arrivare alla pistola se si fosse liberato di Jordan. Facendo forza con i piedi e aiutandosi con leggere spinte del busto, si spostò alla velocità che poteva sulle rotelle della sedia. Arrivò davanti alla pistola e le diede un calcio. I due uomini che stavano lottando sentirono il raschio metallico della Beretta che scivolava sul pavimento per andare a colpire la base del muro dalla parte opposta, rimbalzando verso il centro della stanza e fermandosi sotto il ballatoio.

Maureen non riusciva a capire il motivo per cui Jordan quasi non usasse il braccio destro, ma si rendeva conto che, nella lotta che si stava svolgendo davanti ai suoi occhi, le forze in campo erano chiaramente impari.

Roscoe si era liberato con facilità della presa di Jordan e adesso lo fronteggiava in posizione di difesa, in una perfetta guardia da pugile. Probabilmente era uno sport che aveva praticato da giovane, all'università, e non era difficile ipotizzare che avesse continuato gli allenamenti anche quando aveva smesso di praticarlo attivamente.

Al contrario di Maureen, il medico, dalla postura anomala della spalla, aveva capito subito che il suo aggressore aveva un grosso punto debole. Tutte le volte che Jordan si avvicinava per colpirlo con la mano sinistra o tentava un calcio, riusciva a schivare e a colpire Jordan proprio nel punto dolente, ritraendosi subito dopo in attesa di una nuova mossa del suo avversario.

Maureen capì che Jordan non avrebbe resistito a lungo a quel ripetuto martellamento.

Fece scorrere di nuovo la sedia cercando di avvicinarsi per quanto poteva a Roscoe, per imbrigliarlo con le gambe e dare una attimo di respiro a Jordan. Quando se la trovò vicina e capì che cosa aveva intenzione di fare, il professore sollevò una gamba, appoggiò il piede alla seduta della poltrona e diede una violenta spinta.

Un piccolo veloce percorso e poi le ruote puntarono contro il pavimento, portando la sedia a inclinarsi da una parte. Maureen rimase un attimo in bilico, come se la poltroncina su cui era seduta avesse una volontà sua e fosse alla disperata ricerca dell'equilibrio.

Subito dopo, vide le piastrelle bianche del pavimento avvicinarsi a velocità vertiginosa.

Trascinata dal peso, Maureen fu proiettata a terra e cadde sul fianco sinistro. Toccando il terreno cercò di ammortizzare la caduta con la spalla, ma nonostante i suoi sforzi sbatté violentemente il gomito sulle piastrelle. Sentì come una scossa elettrica propagarsi su per il braccio che si trasformò di colpo in un bruciore fortissimo che le tolse per qualche momento la sensibilità.

Nel frattempo, grazie al diversivo offerto dall'intervento di Maureen, Jordan era riuscito a circondare con il braccio sano la gola di Roscoe e stava stringendo con tutta la forza che aveva a disposizione. Il professore iniziò a colpirlo con il gomito destro nello stomaco, quando Jordan nei movimenti concitati della lotta si trovava a esporre quella parte del corpo.

Dalla sua posizione a terra, Maureen non riusciva vedere quello che stava succedendo. Sentiva alle sue spalle l'ansimare dei due uomini che si azzuffavano ma non poteva girare la testa per controllare l'esito della lotta.

Iniziò a divincolarsi e si accorse che in quel modo riusciva a far scorrere le braccia lungo lo schienale. Centimetro dopo centimetro, aiutandosi non appena le fu possibile con le gambe, riuscì a sfilare del tutto le braccia dallo schienale della poltrona. Si girò supina e l'allontanò spingendola con le gambe.

Adesso che poteva vedere quello che succedeva nel laboratorio, si accorse che i due uomini erano spariti. Continuava a sentire il loro ansimare e il rumore della lotta ma non riusciva a vederli. Probabilmente uno dei due aveva trascinato l'altro a terra e ora combattevano avvinghiati sul pavimento accanto all'imponente refrigeratore, dalla parte opposta a quella dove stava lei, coperti alla sua vista dal bordo del bancone.

Alzò la testa e vide dall'altro lato della stanza la pistola sul pavimento.

Si appoggiò di nuovo su un fianco e aiutandosi con la spalla riuscì a mettersi seduta. Poco dopo era dritta e si stava dirigendo verso la Beretta. Quando la raggiunse, mise i piedi a lato della pistola e si piegò sulle ginocchia finché non riuscì a prenderla e a impugnarla con la mano destra. Non sapeva nel caso quanto potesse essere precisa la sua mira, dovendo sparare con le mani dietro la schiena, ma sperò che non sarebbe dovuta arrivare a tanto. Sarebbe stato sufficiente poterla sporgere a Jordan per far cessare subito qualsiasi ulteriore tentativo di resistenza da parte di Roscoe.

Purtroppo per lei, le cose non andarono nel modo che aveva previsto. D'un tratto, vide il corpo di Roscoe sollevarsi oltre il bordo del piano di lavoro, proiettato all'indietro come se Jordan fosse riuscito ad appoggiare i piedi sul suo petto e gli avesse dato una potente spinta utilizzando la leva delle gambe. Il professore andò a sbattere con violenza contro le grosse bombole di azoto liquido che alimentavano il freezer dove conservava gli embrioni. La maglia che indossava era tutta spiegazzata e la parte posteriore era completamente fuori dai pantaloni. Dal naso gli colava un rivolo di sangue. Se lo pulì con la manica, sempre tenendo gli occhi fissi sul suo avversario che ancora stava a terra in un punto che Maureen non riusciva a vedere.

Poco dopo, all'altezza della metà circa del bancone, una mano salì dal basso a cercare appoggio sul piano, poi Jordan sbucò oltre il bordo, ansimante e con una chiara espressione di sofferenza dipinta sul viso.

Maureen fu ammirata dalla sua resistenza al dolore e per la strenua opposizione al suo avversario, ma capì che non avrebbe retto ancora per molto. Se la spalla gli faceva male come pensava, era stupita che non fosse ancora svenuto.

Quando vide che Jordan si stava rialzando, Roscoe sembrò anche lui sorpreso da quello che stava vedendo. Subito dopo, il suo volto tornò a essere deturpato da un'espressione crudele che Maureen poteva paragonare solo a quella di un uomo ormai sconvolto dalla pazzia, un limbo senza ritorno in cui l'odio covato per tutti quegli anni lo aveva sprofondato.

Lo vide chinarsi e afferrare uno dei tubi che portavano l'azoto liquido dalle bombole all'interno del refrigeratore. Maureen capì quello che aveva intenzione di fare e sentì il sangue nelle vene raggiungere di colpo la stessa temperatura del liquido che scorreva nel cavo che ora il medico stava strattonando violentemente.

Jordan nel frattempo si era rimesso completamente in piedi e stava avanzando verso di lui.

Se fosse riuscito a estrarlo dalla sua sede e a puntarglielo contro, Jordan sarebbe stato investito da un getto a quasi duecento gradi sotto zero che gli avrebbe provocato le stesse ustioni di una lancia termica.

Maureen aveva solo una frazione di secondo per prendere una decisione.

E la prese.

Si sdraiò a terra e si mise su un fianco, con le gambe in direzione di Roscoe. In quella posizione, puntò la pistola e cercò di prendere la mira. Si disse che se fosse riuscita nel suo scopo, nel viaggio quasi istantaneo di un proiettile dalla pistola che teneva in mano al punto che stava mirando, avrebbe esaurito tutta la fortuna a sua disposizione negli anni a venire.

Se avesse sbagliato il colpo e avesse colpito invece una delle bombole alle spalle del professore, non ci sarebbero stati anni a venire. Il contenitore d'acciaio sarebbe esploso e quella parte della casa sarebbe diventata un piccolo cratere tappezzato dei brandelli dei loro corpi.

«A terra, Jordan.»

Maureen gridò il suo avvertimento e premette il grilletto una frazione di secondo dopo che il professore era riuscito a estrarre il tubo dal suo alloggiamento.

Il colpo di pistola risuonò nella stanza come il rintocco di un'enorme campana funebre.

Roscoe girò di scatto la testa verso di lei, come se invece dello sparo avesse sentito gridare il suo nome. Rimase un istante a guardarla come se lei fosse una persona che era sicuro di conoscere ma della quale non riusciva a ricordare il nome.

Poi vacillò leggermente, mentre chinava la testa e restava a fissare il foro che aveva sul petto e la macchia di sangue che si allargava a coprire il logo della polo Ralph Lauren.

La mano che reggeva il tubo da cui fuoriusciva il getto di azoto liquido perse la forza e il cannello si piegò verso il basso. Il flusso gelato investì le caviglie e i piedi di Roscoe ma lui parve non sentire l'effetto della tremenda ustione che il liquido doveva provocare alle sue carni. Cadde dapprima in ginocchio e, dopo un tempo che sembrò interminabile, chiuse gli occhi e scivolò a terra con la faccia in avanti, coprendo il tubo con il suo corpo e bloccando con il peso gran parte del flusso.

Mentre si rimetteva in piedi, Maureen non riusciva a staccare gli occhi dal cadavere del professor William Roscoe. Nonostante il frastuono dello sparo, continuava a risentire nelle orecchie le sue parole di minaccia.

*Nel momento stesso in cui Julius Whong riacquisterà la libertà, tu perderai la vista...*

Poi girò lo sguardo per il laboratorio alla ricerca di Jordan, temendo che in qualche modo fosse stato raggiunto dall'azoto che si stava spargendo sul pavimento.

Quando Jordan aveva sentito l'avvertimento di Maureen, aveva girato la testa verso di lei e gli era bastato un rapido colpo d'occhio per capire quello che stava per succedere. Si era gettato a terra sul fianco sinistro, sperando che il contraccolpo nella spalla lussata non lo facesse svenire.

Non perse conoscenza ma ritrovò intatte davanti agli occhi le stesse stelle e le stesse costellazioni che aveva avuto modo di vedere poco prima in giardino, quando era caduto dal muro.

Gli parve che la temperatura nella stanza si stesse abbassando rapidamente e da un posto lontano forse c'era la voce di Maureen che gridava qualche cosa.

«La bombola! Jordan, devi chiudere la bombola.»

Si fece forza e con le poche energie che gli restavano cercò di tirarsi su da terra. Il sollievo che invase Maureen nel vedere che si stava rialzando fu grande come il freddo che stava invadendo quella stanza.

Invece di andare a chiudere la valvola della bombola, Jordan con la massima velocità che gli era consentita girò intorno al bancone e le afferrò un braccio.

«Vieni, andiamo fuori di qui, presto.»

Volarono i tre scalini del ballatoio con il fiato che già disegnava l'ansia e il freddo davanti alle loro bocche. Sorreggendosi a vicenda, Jordan e Maureen salirono le scale e uscirono all'aperto, per recuperare un poco di calore e cacciare il gelo che sentivano dentro, del quale l'azoto liquido non era la causa principale.

# 52

«Ti fa ancora male la spalla?»

Jordan buttò giù un sorso di caffè e scosse la testa.

«No. Adesso è quasi passato.»

Maureen e Jordan stavano seduti uno di fronte all'altra a un tavolo dello Starbucks Cafè sulla Madison Avenue, due figure impolverate di stanchezza in una vetrata percorsa dal riflesso del traffico del mattino. La notte insonne aveva lasciato loro un segno sotto gli occhi. Le cose che avevano appreso erano una cicatrice in più nella memoria, un altro tassello della follia in cui poteva sprofondare la mente di un uomo.

Non c'era in loro nessuna esaltazione o senso di trionfo, solo una stanchezza da reduci, immersi nel languore della battaglia appena finita e storditi dallo stupore di essere ancora vivi.

Quando tutto era stato risolto, Jordan aveva chiamato Burroni e gli aveva spiegato dov'erano e cos'era successo.

Di lì a poco era iniziata la solita sarabanda di luci e nastri gialli e di transenne, di furgoni e medici legali. Se ne andarono prima dell'inevitabile assalto dei mezzi d'informazione. I media ci sarebbero andati a nozze con quella storia di cappa e spada che aveva come protagonisti due outsider, due voci fuori dal coro che avevano appena dimostrato di poterci stare a pieno diritto.

Mentre lasciavano la grande casa cupa di Henry Street, avevano visto il corpo di quello che era stato lo sfortunato e raffinato professor William Roscoe sparire come fagocitato dal ventre di un'ambulanza, coperto dal quel telo che era l'unica eleganza consentita dalla morte.

Burroni si era avvicinato mentre stavano salendo su un'auto di pattuglia.

«Mi piacerebbe sapere come avete fatto, anche se ho il sospetto che non saprò mai la verità. In ogni caso, complimenti.»

Li aveva salutati con un gesto ed era tornato alle sue incombenze, il cappello nero che pareva galleggiare in mezzo alla piccola folla di addetti ai lavori. Loro erano stati accompagnati al pronto soccorso del St. Charles Hospital, a Brooklyn, dove un ortopedico aveva sistemato la spalla di Jordan e l'aveva bloccata con una fasciatura elastica. In base alle lastre che gli avevano fatto, il medico si era rivelato piuttosto pessimista rispetto alla lesione. La recidiva con ogni probabilità lo avrebbe costretto a subire un piccolo intervento per correggere i legamenti laschi e recuperare la completa funzionalità della spalla.

A Maureen era stata medicata una leggera ustione a una gamba, provocata dal contatto con i vapori dell'azoto liquido.

Adesso erano seduti davanti al caffè di cui tutti e due sentivano di avere bisogno. Era un momento dovuto, una pausa necessaria per fare il punto di tutto quello che era successo.

«Come hai fatto a capire che era lui?»

«Ti avevo detto che c'era qualcosa che non riuscivo a ricordare, la sensazione di un particolare sfuggente che non ne voleva sapere di lasciarsi afferrare. Ieri sera, senza l'aiuto di alcuna visione, ho capito qual era questo particolare.»

«Vale a dire?»

«Quando Roscoe mi ha tolto le bende dopo l'operazione e ho aperto gli occhi, per un istante l'ho visto chino su di me con le mani all'altezza del mio viso. Poi l'immagine si è dissolta nel buio e, come puoi immaginare, mi sono sentita morire. Pensavo che l'operazione non fosse servita a niente, che sarei rimasta cieca per sempre. Ma subito dopo la luce è tornata e ho ritrovato il suo volto in primo piano. Il sollievo è stato tale che ho perso un dettaglio determinante. Tra le due figure c'era una differenza che purtroppo sono riuscita a individuare solo in seguito.»

«Cioè?»

«Nella prima immagine che ho visto di lui, Roscoe non indossava il camice, mentre quando sono tornata a vedere di nuovo ce l'aveva. Questo significava una cosa...»

Jordan attese in silenzio la conclusione inevitabile. Nonostante la potesse indovinare, gli fece lo stesso passare un brivido sulla pelle.

«Quando mi ha tolto le bende, il viso che mi sono trovata di fronte non è stata la prima cosa che ho visto io, ma l'ultima che ha visto Gerald Marsalis. Il viso del suo assassino.»

Jordan si appoggiò allo schienale della sedia. Non poteva essere altrimenti. Un finale assurdo per una storia assurda. Il problema era che alla luce di quei fatti ognuno di loro due avrebbe dovuto continuare a vivere in un mondo di gente normale.

Jordan finì il suo caffè e gettò la tazzina di cartone nel portarifiuti.

«Che farai adesso?»

Maureen fece un gesto impotente ma non desolato. C'era forza in lei e Jordan l'avvertiva come un'aura.

«Che posso fare? Tornerò in Italia e andrò avanti. Come si dice? Finché dura, se dura.»

Tutti e due avevano bene in mente la minaccia di Roscoe. Quando si era trovata nella situazione di scegliere, in un lampo Maureen aveva preso la sua decisione. Jordan era salvo e Roscoe se n'era andato, portando con sé la sicurezza per lei di continuare a vedere.

Poteva essere solo una minaccia, oppure no. Solo il tempo avrebbe potuto dare una risposta. Ma poco o tanto che fosse, il valore di quella scelta Jordan non l'avrebbe dimenticato per il resto della sua vita.

«Non vuoi parlarne con altri?»

«E perché? Per correre il rischio di diventare una specie di fenomeno da baraccone, seguito dai risolini e dalle battute della gente quando ti incrocia nei corridoi?»

Maureen gli sorrise e gli posò una mano sul braccio. Mentre lo faceva, Jordan pensò che *questo* era un vero gesto di complicità.

«Preferisco resti un nostro piccolo segreto, Jordan. Solo tu e io. Sapere che c'è un'altra persona al mondo sicura del fatto che non sono pazza mi basta.»

Jordan guardò fuori dalla vetrata. In strada, in mezzo a decine di altre macchine stava passando una piccola stranezza. Era un curioso veicolo, una specie di furgone con tutte le pareti dipinte a colori vivaci. Al centro c'era disegnata la sagoma di un gorilla che sorrideva verso la gente agitando una paglietta da vaudeville. Era un piccolo teatro ambulante, di quelli che gli artisti di strada piazzavano in posti come Washington Park per attirare i bambini e guadagnarsi qualche dollaro.

Jordan riflesse la sua amarezza nel vetro.

Lo spettacolo continuava, doveva continuare. Non per mancanza di rispetto, ma per dare a tutta quella gente là fuori la speranza che il futuro sarebbe stato in ogni caso un luogo abitabile. Come aveva detto Maureen, in mancanza di certezze la speranza poteva essere un compromesso accettabile.

La voce di quella ragazza straordinaria lo richiamò al suo posto, a un tavolo dello Starbucks Cafè sulla Madison Avenue.

«E tu?»

«E io cosa?»

Maureen non si fece ingannare dal suo tentativo di minimizzare.

«Jordan, ormai ti conosco. Scusami la presunzione, ma forse ti conosco meglio di quanto tu conosci te stesso. C'è qualcosa di cui mi vuoi parlare?»

«No», rispose d'istinto.

Ma subito dopo si rese conto che l'istinto era quello che l'aveva messo nei guai e adesso, per cavarsi d'impiccio, aveva un disperato bisogno di capire. E per farlo gli serviva l'aiuto di Maureen.

Questo sarebbe stato un nuovo elemento di unione tra di loro, un altro piccolo segreto da dividere.

«Sì, cioè. C'è una cosa di cui ti voglio parlare. C'è una persona...»

«Si chiama Lysa, per caso?»

Jordan non fu sorpreso di sentire quel nome sulle labbra di Maureen. Solo, chinò la testa e fece un cenno secco con il capo.

«Proprio lei. Hai sentito quello che ha detto Roscoe, la parte che ha avuto in questa vicenda.»

Jordan adesso continuava a controllare con la mano sana la spalla destra avvolta nella fasciatura, come se volesse rendersi conto dell'efficacia del lavoro del medico.

Infine, prese il coraggio a due mani e confidò tutto a Maureen.

Quando iniziò a parlare, lei lo vide con tenerezza perdere a poco a poco il filo e avvitarsi nelle pieghe di un discorso che in realtà era trasparente come l'aria fra di loro. Mentre raccontava, Maureen guardava i suoi occhi, per quanto lui le consentiva di farlo. L'azzurro del suo sguardo, a mano a mano che procedeva nella sua storia, si ripuliva di tutte le brutture a cui avevano assistito in quei giorni. Quando ebbe finito, il colore dei suoi occhi era limpido come un cielo di maggio e Maureen sapeva ogni cosa.

Conosceva tutta la storia di Lysa e quello che era successo fra lei e Jordan, e sapeva anche quello di cui Jordan ancora non si era reso conto.

Con estrema naturalezza, glielo disse.

«È tutto così semplice, Jordan. Lysa è innamorata di te e ha avuto il coraggio di dirtelo. Tu stai rompendo tutti gli specchi che ti trovi di fronte per non dover confessare che anche tu sei innamorato di quella donna.»

Jordan rimase colpito dalle sue parole. Senza conoscerla, l'aveva definita *donna*. Era una cosa che lui aveva impiegato molto tempo a fare.

Maureen continuò a parlare al suo profilo.

«È una persona che ha fatto uno sbaglio e lo sta pagando. Anche ora, in questo istante, mentre noi siamo qui davanti a un caffè e ne stiamo parlando.»

Maureen fece una pausa per obbligare Jordan a sollevare la testa e guardarla. Gli parlò cercando di mettere nella voce tutta la passione di cui era in possesso.

«Adesso tocca a te fare in modo che non lo paghi per tutta la vita.»

Jordan tentò un'ultima debole protesta.

«Ma lei è...»

Maureen lo interruppe con un gesto appena accennato ma solido come le sue parole.

«Lei è l'amore, Jordan. Quando lo trovi, da qualunque parte arrivi, accettalo come un dono e tienitelo ben stretto.»

Jordan non avrebbe mai dimenticato la luce tremolante delle lacrime che aveva negli occhi mentre guardava lui e vedeva altre cose.

«L'amore è così difficile da trovare e così facile da perdere...»

Jordan girò discreto lo sguardo verso la strada, per non violare l'intimità di quel momento di dolore.

Il caffè era finito, e anche quello che avevano da dirsi.

Uscirono dal bar pieno di gente che non sapeva e si trovarono sul marciapiede fra altra gente frettolosa, per la quale la vicenda che avevano appena vissuto sarebbe stata un titolo da scorrere con gli occhi sfogliando il giornale.

Maureen fece un gesto verso la strada e fu subito fortunata. Un taxi libero di passaggio mise la freccia e accostò, fermandosi poco oltre il punto dove stavano loro.

Jordan l'accompagnò fino alla macchina. Maureen aprì la portiera e prima di entrare nell'auto si sollevò e gli lasciò come pegno di amicizia un bacio sulla guancia.

«Buona fortuna, o mio affascinante cavaliere.»

Quando fu seduta gli parlò dal finestrino aperto.

«Lysa ancora non lo sa, ma è una persona fortunata. Se fossi in te, cercherei di farglielo sapere il più presto possibile.»

Maureen diede l'indirizzo all'autista e la macchina si staccò dal marciapiede per immettersi con cautela nel traffico. Mentre Jordan la guardava allontanarsi in quel taxi giallo che aveva visto tempi migliori, pensò con una stretta al cuore che dopo tutta quella storia purtroppo per lei non era cambiato niente.

Maureen Martini sarebbe uscita dalla sua vita nello stesso modo in cui ci era entrata.

Sola.

# 53

Era pomeriggio inoltrato e, come in un fermo immagine, Jordan stava con il casco in mano e la sacca sulla spalla davanti alla porta della camera di Lysa. Un'infermiera passò e lo guardò come se fosse una statua che qualcuno aveva messo lì durante la mattinata e che non aveva mai visto.

Jordan inarcò un sopracciglio e le sorrise.

Lei girò di scatto la testa e gli passò alle spalle scivolando via nel corridoio, la divisa bianca inghiottita dal bianco delle pareti.

Jordan era fermo davanti a quella porta da un tempo che gli sembrava interminabile e non riusciva a decidersi a bussare. Gli tornarono in mente le parole che Maureen gli aveva detto quella mattina, un breve discorso appassionato nel quale c'era una lezione di vita che era stata costretta suo malgrado a imparare.

*È l'amore, Jordan. È così difficile da trovare e così facile da perdere...*

Finalmente si decise e batté con delicatezza le nocche sul legno.

Attese che la voce da dentro lo autorizzasse a entrare prima di afferrare la maniglia e spingere il battente verso l'interno.

Lysa era davanti a lui, seduta sul letto con il busto appoggiato ai cuscini. Le avevano tolto la flebo dal braccio, sul quale restava solo un segno bluastro nel punto dov'era stato infilato l'ago. Aveva i capelli sciolti e il viso aveva perso il pallore dell'ultima volta. Nel riflesso del tramonto che entrava dalla finestra alla sinistra, gli occhi sembravano divorare il viso con la loro luce.

Rimase sorpresa dalla sua presenza e fece un gesto istintivo, tipicamente femminile, di ravviarsi i capelli.

«Ciao, Jordan.»

«Ciao, Lysa.»

Dopo quel breve saluto ci fu un attimo di silenzio, ed era come un cristallo attraverso il quale potevano vedersi senza che nessuno dei due riuscisse a trovare le parole con cui far arrivare all'altro la propria voce. Lysa fu contenta che in quel momento non ci fosse nessun monitor di fianco al letto in grado di visualizzare il battito del suo cuore.

«Come stai?» disse Jordan, sentendosi stupido per quella domanda.

«Bene», rispose Lysa, sentendosi stupida per quella risposta.

Lysa si riscosse per prima. Indicò con un gesto il televisore acceso, sintonizzato sul canale NY1 sul quale scorrevano delle immagini senza audio.

«Ho appena visto un servizio al notiziario. Tu e quella ragazza, Maureen Martini, siete gli eroi del giorno.»

Aveva parlato con un tono che cercava di essere neutro, ma senza accorgersene aveva abbassato leggermente la voce mentre pronunciava quel nome. Adesso sapeva chi era, ma nella sua mentre era ancora la donna che aveva visto abbracciata a Jordan, quella sera al Meat Market.

«Un giorno sarei stato orgoglioso di tutto questo. Adesso penso che era solo una cosa che andava fatta e basta. Per quel che riguarda Maureen...»

Lysa ebbe una fitta di gelosia nel sentire con quanta familiarità lui pronunciasse il suo nome.

Jordan andò ad appoggiare la sacca e il casco sul tavolo.

«Ricordi Connor Slave, il cantante che fu rapito in Italia insieme alla sua fidanzata e che poi fu ucciso? Il tipo che abita sotto di noi non fa altro che suonare le sue canzoni.»

Il modo con cui Jordan aveva pronunciato la parola «noi» le fece stringere il cuore. Era solo una sillaba ma c'era tutto il mondo dentro. E lei lo aveva perso.

«Quella ragazza era Maureen.»

Jordan si sedette sulla sedia in alluminio e si sistemò bene contro lo schienale per dare un appoggio alla spalla fasciata.

«Ora io sono libero di tornare alla mia vita. Non so che tipo di vita possa attendere lei. Spero solo che possa dimenticare ed essere felice.»

*E non solo lei.*

Lysa indicò l'apparecchio televisivo.

«Guarda, c'è tuo fratello.»

Jordan girò la testa verso il televisore. Sullo schermo era apparso Christopher, in piedi davanti a un leggio tempestato di microfoni nella sala delle conferenze stampa al New York City Hall. Era solo davanti a una platea di giornalisti come un *espada* davanti al toro. L'inquadratura si spostò in primo piano e Jordan provò pena per suo fratello. Nel poco tempo che era passato dalla morte di suo figlio pareva invecchiato di dieci anni. Da quello che Jordan poteva vedere, sembrava aver rifiutato le cure del truccatore che la sua curatrice di immagine gli imponeva prima di ogni presenza televisiva che comportasse dei primi piani.

Lysa prese il telecomando e alzò la voce nel momento stesso in cui il sindaco Christopher Marsalis iniziava il suo discorso.

*Signori, prima di tutto sento mio dovere ringraziarvi di essere intervenuti in numero così massiccio. Questo rende più facile e nello stesso tempo più difficile quello che ho intenzione di dirvi.*

Christopher fece una pausa che zittì ogni commento e rese quasi palpabili la tensione e l'attenzione. Jordan sapeva bene che quella capacità di comunicare non faceva parte di uno studio, ma della sua natura. La voce però era stanca, al pari del suo aspetto fisico.

*Voi tutti siete al corrente dei tragici avvenimenti che hanno sconvolto la mia famiglia in questi ultimi tempi. La perdita di un figlio è sempre un avvenimento che porta un uomo a riflettere. Quando ciò avviene con la modalità drammatica che mi ha coinvolto in prima persona, queste riflessioni devono essere ancora più profonde e critiche verso il proprio operato. Mi sono reso conto, in tutti questi anni, di aver cercato di essere un buon politico prima e un buon sindaco poi, dimenticandomi, e questo non me lo potrò mai perdonare, di essere un buon padre. Adesso mi trovo nell'impossibilità di rispondere alla domanda logica che ognuno di voi potrebbe rivolgermi: come pensi di poter fare qualcosa per i nostri figli, se non sei stato capace di fare qualcosa per il tuo? Per questo motivo, e per altri motivi di natura personale, ho deciso di rassegnare le dimissioni dal mio incarico nei tempi tecnici strettamente necessari perché ciò possa avvenire. Ma prima che io lasci il posto nel quale la fiducia della gente di questa città mi ha collocato, devo compiere un atto di giustizia nei confronti di mio fratello, il tenente Jordan Marsalis della polizia di New York. Qualche anno fa, per proteggere la mia persona, si addossò le conseguenze di una colpa non sua e della quale ero il solo responsabile. Io ho permesso che ciò succedesse ed è un'altra cosa che non mi perdonerò mai. Ricordo le parole che mi disse quella sera: «È molto più importante un buon sindaco che un buon poliziotto». Il merito della svolta positiva che questa triste vicenda ha avuto è soprattutto suo, e la mia risposta alle sue parole di allora non può essere che una: «È meglio un poliziotto eccezionale di un sindaco che forse non merita di esserlo». Spero che questa città voglia tenerne conto, se non per restituirgli il posto che meriterebbe, almeno per ridargli la stima a cui ha diritto.*

*Con questo ho finito. Le mie dimissioni sono e restano irrevocabili. Signori, vi ringrazio.*

Senza ulteriori commenti, Christopher voltò le spalle alla platea in fermento e in pochi passi sparì dietro la porta sul fondo della sala.

Con il telecomando, Lysa tornò a imporre il silenzio al televisore.

Subito dopo rivolse a Jordan il viso sul quale era sospeso un sorriso appena accennato.

«Sono contenta per te.»

Jordan fece un gesto vago.

«Credimi, di questa storia non m'importa più nulla. Sono io a essere contento per lui. Non era facile prendere una decisione come quella e fare un discorso del genere davanti a decine di migliaia di persone. Sono felice che abbia trovato la forza e il coraggio di farlo.»

Dal suo posto nel letto, Lysa indicò finalmente la sacca e il casco sui quali il suo sguardo continuava nonostante i suoi sforzi a cadere.

«Stai partendo?»

«Prima o poi doveva succedere.»

Lysa avrebbe voluto che Jordan non la guardasse in quel modo. Avrebbe voluto che se ne andasse subito per avere la possibilità di immaginarlo sulla sua moto che minuto dopo minuto se lo portava sempre più lontano, perché qualunque distanza sarebbe stata minore di come lo sentiva lei in quel momento che l'aveva di fronte.

«Sono contenta che per te non sia cambiato niente.»

Jordan scosse la testa per dare maggior peso alle sue parole.

«No, qualcosa è cambiato e non posso fare finta che non sia successo.»

Jordan si alzò, prese in mano la sacca e la aprì. Frugò all'interno, tirò fuori un casco e lo appoggiò sul tavolo di fianco al suo. Lysa lo riconobbe subito. Era lo stesso che avevano comperato la mattina del loro viaggio a Poughkeepsie.

«Quando parto, mi piacerebbe che tu indossassi questo e che venissi via con me, se ti va di farlo.»

Lysa fu costretta a cercare il respiro prima di poter rispondere.

«Ne sei certo?»

«Sì. Non sono sicuro di niente per quel che riguarda tutto il resto, ma su questo non ho alcun dubbio.»

Subito dopo, Jordan fece il percorso più breve e più importante della sua vita. Con due passi si avvicinò al letto, si chinò e posò un attimo le labbra su quelle di Lysa. Lei sentì il suo profumo di uomo e l'odore della sua pelle e finalmente si sentì libera di immaginare. Allora si piegò in avanti, nascose il viso tra le mani e non riuscì a vedere e sentire più niente, perché aveva gli occhi e le dita pieni di lacrime.

Le sarebbe piaciuto che Jordan la baciasse ancora, ma pensò che per quello avevano a disposizione molto tempo.

# Parte quarta

# Roma

# 54

L'aereo toccò terra con un leggero sobbalzo sottolineato da uno stridio di gomma sull'asfalto.

Maureen immaginò le ruote dei pneumatici appaiati circondate dal fumo provocato dall'attrito, mentre il pilota invertiva le turbine per rallentare la velocità dell'aereo. Fuori dal finestrino c'era il paesaggio familiare dell'aeroporto di Fiumicino, domestico, a misura e a servizio d'uomo, completamente staccato dall'indifferente e caotico tecnicismo del JFK Airport di New York.

Non meglio e non peggio, solo diverso.

L'apparecchio si accostò docile al finger di sbarco accompagnato dalla voce di una hostess che dava ai passeggeri il benvenuto a Roma in italiano e in inglese. Maureen parlava perfettamente tutt'e due le lingue, ma in quel momento le sentiva tutt'e due straniere.

L'apparecchio si bloccò definitivamente e ci fu quel tacito segnale al quale parevano ubbidire tutti i passeggeri di un aereo alla fine di un volo, quando si esibiscono in una raffica di cinture di sicurezza slacciate.

Maureen prese la sua borsa dalla cappelliera e si mise in coda nella fila che procedeva verso l'uscita anteriore. Appena fuori dall'aereo i passeggeri smisero di essere tali e tornarono a essere delle persone con i piedi piantati sulla terra, che solo una casualità temporanea aveva sospeso insieme tra le nuvole.

Seguì il flusso verso la zona del ritiro bagagli. Sapeva che fuori non ci sarebbe stato nessuno ad attenderla ed era proprio quello che voleva.

Suo padre le aveva telefonato dal Giappone dove si trovava per l'apertura di un nuovo Martini's a Tokyo. Aveva saputo dell'esito dell'indagine in cui era stata coinvolta e l'aveva trattata da star internazionale.

Da Franco Roberto aveva saputo che i colleghi del commissariato avevano deciso di arrivare in massa ad accoglierla all'aeroporto. Per questo motivo aveva anticipato la partenza, cercando all'ultimo momento un posto sul volo immediatamente precedente a quello che aveva prenotato. Non si sentiva trionfante e non aveva voglia di avere intorno gente che la festeggiasse come tale.

Maureen ritirò i suoi bagagli dal nastro trasportatore, li appoggiò sul carrello e si avviò verso l'uscita.

Aveva da poco superato la zona del *baggage claim* e stava avviandosi verso il parcheggio dei taxi dell'aeroporto, quando una persona si affiancò a lei.

«Mi scusi, lei è la signorina Maureen Martini?»

Maureen bloccò il trolley e lo guardò. Era un cinese di mezza età, un poco più alto della media, con i lineamenti asiatici che per la maggior parte degli occidentali sembrano tutti uguali.

«Sì. Cosa posso fare per lei?»

«Nulla, signorina. Devo semplicemente fare una commissione. Sono stato incaricato da una persona in America di consegnarle questo pacchetto.»

Il cinese le porse una scatoletta che teneva in mano, avvolta in un'austera carta da regalo in pergamena e fermata da un elegante nastro dorato.

«Ma che cosa...?»

«La persona che mi ha dato questo incarico ha detto che lei avrebbe capito. Inoltre mi ha pregato di ringraziarla e riferirle che non c'è bisogno di risposta. Bentornata a casa, signorina. Le auguro una buona serata.»

Senza dire altro, fece un piccolo inchino, girò le spalle e si allontanò tra la gente che si avviava verso le uscite, la testa che si alternava nella vista a decine di altre teste, fino a scomparire.

Maureen osservò la scatola per un istante e poi la infilò nella borsa che aveva appoggiato sul contenitore del carrello.

Durante il percorso in taxi da Fiumicino a casa, non vide in pratica il paesaggio familiare della campagna romana.

Quando aveva lasciato sua madre, Maureen aveva capito che qualcosa era cambiato fra di loro. Probabilmente in passato erano state così impegnate nei loro ruoli, così rigide sulle loro posizioni da dimenticarsi di essere due donne. Sua madre l'aveva abbracciata e Maureen le era grata di averlo fatto in modo fisico, emozionale, senza curarsi di quello che aveva indosso. Era un inizio, piccolo fin che si vuole, ma se non altro non rappresentava una fine. Il resto sarebbe arrivato con il tempo.

Aveva visto per l'ultima volta Jordan Marsalis a One Police Plaza, quando erano andati a firmare le deposizioni definitive a proposito della storia di William Roscoe. Non avevano parlato di niente, ma le era sembrato sereno e si erano lasciati con la promessa di rivedersi in Italia. La cosa poteva realizzarsi oppure no, ma una cosa era certa: nessuno dei due avrebbe mai dimenticato l'altro e l'esperienza che insieme avevano vissuto.

Dopo un percorso per le strade affollate della città, il taxi la depositò davanti a casa, di fianco alla sagoma antica e familiare del Colosseo. L'autista scese dall'auto e l'aiutò a spostare i bagagli fino alla porta dell'ascensore.

La cassetta delle lettere era piena di posta. Maureen la prese e la scorse brevemente durante il viaggio in ascensore fino all'ultimo piano. Era per la maggior parte pubblicità, qualche lettera di richiesta fondi da parte di associazioni benefiche e le bollette del telefono, del gas e della corrente elettrica. Una lettera del ministero degli Interni e qualche altra di amici. Maureen non aveva nessuna voglia di aprirle.

Solo una attrasse la sua attenzione.

Era una busta piuttosto grande, in carta marrone, di quelle imbottite all'interno con plastica a bolle.

Maureen la osservò davanti e dietro e si rese conto che veniva dagli Stati Uniti. Il timbro postale sui francobolli indicava che era stata spedita da Baltimora.

La aprì e vide che conteneva la copia di un CD Recordable e un foglio piegato in due. Lo tirò fuori dalla busta e si accorse che era una lettera.

*Cara Maureen,*

*non ci siamo mai incontrati di persona anche se ho sentito parlare di lei così tanto e così a lungo che posso dire di conoscerla molto bene. Mi chiamo Brendan Slave e sono il fratello di Connor. Ci unisce il rimpianto per quello che lui ha portato con sé per sempre, ma anche la gioia di poter godere delle parole e della musica che ci ha lasciato come testimonianza del suo genio. Dopo quel fatto tragico, sono venuto in possesso di tutte le sue cose e, passandole in esame, ho trovato il CD che le allego. Contiene una canzone inedita e dagli appunti di Connor ho scoperto che l'aveva scritta per lei, come potrà rilevare dal suo nome sulla parte editabile del disco. Mi è sembrato giusto fargliela avere. È sua, le appartiene e può farne quello che vuole. A sua discrezione, può farla conoscere al mondo o tenerla come un piccolo patrimonio personale da conservare come un segreto.*

*Dalle parole di mio fratello, so che vi siete amati molto e dunque mi permetto di darle un consiglio. Lo ricordi sempre, ma non viva nel suo ricordo. Sono certo che è la stessa cosa che le direbbe lui, se fosse in grado di farlo. Lei è bella, giovane e sensibile. Non si precluda la possibilità di vivere e amare di nuovo. Se le risultasse difficile, ci sarà sempre quest'ultima canzone di Connor a ricordarle come si fa.*

*Un abbraccio affettuoso*

*Brendan Slave*

Maureen si ritrovò con gli occhi rigati di lacrime, in un ascensore pieno di valigie fermo a un pianerottolo di un vecchio palazzo romano. Come una bambina, se li asciugò sulle maniche della camicia, incurante dei segni neri che il trucco leggero le aveva lasciato sul tessuto. Prese le valigie e le tirò fuori dall'ascensore. Mentre frugava la borsa in cerca delle chiavi, le capitò in mano la scatola che le aveva consegnato il cinese all'aeroporto.

Entrò e andò subito ad aprire gli scuri, lasciando penetrare l'aria e il sole in quella casa che aveva pensato di non rivedere mai più, godendo della scoperta che ogni finestra aperta le regalava sul cielo di Roma.

Poco dopo, inquadrata in quel ritaglio davanti al tramonto, sciolse il nodo del nastro e aprì la scatola incartata come un regalo.

All'interno, posato su uno strato di cotone giallo chiaro, c'era un orecchio mozzato. Al lobo del moncherino era attaccato uno strano orecchino a forma di croce che aveva al centro un brillantino, che accettava la luce monocromatica del sole e la rifrangeva per restituirla moltiplicata nei suoi colori.

Maureen lo riconobbe subito.

*Da una persona in America*, aveva detto il cinese.

Maureen ripensò alle parole che Cesar Whong aveva pronunciato la sera del loro breve giro in macchina, quando le aveva garantito l'innocenza di suo figlio e l'aveva pregata di aiutarlo a dimostrarla.

*Le garantisco che in qualche modo saprò sdebitarmi. Non so ancora come, ma le garantisco che lo farò...*

Maureen rimase a guardare quel macabro reperto senza alcuna emozione. William Roscoe, la sera in cui era morto, aveva asserito che la sola cosa che può renderci addirittura superiori a Dio è la giustizia. Maureen non sapeva se Jordan, poco prima di aggredirlo, avesse sentito o no le sue ultime parole a proposito del futuro di Julius Whong.

*Ci sarà un signore molto professionale che si prenderà cura di lui...*

Se anche ne aveva capito il senso, non ne aveva fatto cenno, e lo stesso aveva fatto Maureen. C'era anche una giustizia degli uomini, e in quel modo lei e Jordan erano diventati la giuria. Sarebbe stato il terzo segreto che li avrebbe uniti. Se un giorno ci fossero stati dei conti da risolvere con le loro coscienze, li avrebbe affrontati a tempo debito.

Sempre tenendo la scatoletta in mano, Maureen andò a gettare il suo contenuto nella tazza del bagno e premette il pulsante dello sciacquone. Si accertò che il ricordo di quell'essere infame che era stato Arben Gallani in quel momento stesse viaggiando nel posto che gli competeva, le fogne di Roma.

Poi, andò a prendere la busta marrone che aveva appoggiato su un mobile e salì la scala che portava al piano superiore. Aprì la vetrata scorrevole che mostrava tetti a perdita d'occhio e subito dopo si avvicinò allo stereo. Prese in mano l'ultimo CD di Connor e rimase un istante a osservare la sua figura dagli occhi intensi che la osservava dal piccolo riquadro colorato della copertina.

*Le bugie del buio.*

Ma adesso il buio era finito. Se e fino a quando non sapeva, ma la vita era anche quello. Non sapere come, dove e quando. Tirò fuori dalla busta il contenitore del disco che aveva appena ricevuto e lo aprì. Sulla superficie lucida c'erano scritte solo due parole con un pennarello indelebile nero.

*Sott'acqua*
*Maureen*

Accese il lettore e infilò il sottile disco di metallo nel suo alloggiamento. Lo richiuse e premette il tasto PLAY.

Era un provino scarno ed essenziale e per questo ancora più emozionante. Era una canzone sufficiente a se stessa, che come tale non meritava di essere sepolta sotto i calcinacci di un qualunque arrangiamento.

Poche misure di archi campionati, un arpeggio morbido di chitarra e poi, su quella base ariosa, il violino di Connor iniziò a muoversi con l'eleganza e l'energia di un pattinatore sul ghiaccio, disegnando volute nell'aria con la melodia e lasciando tuttavia segni con la lama dei pattini sulla superficie lucida.

E infine la sua voce, un coltello acuminato di dolore e di gioia del quale non era dato sapere quale fosse il taglio e quale la punta. Maureen fu assorbita in un attimo dal senso magico del segreto, dato che quella canzone, nascosta al resto del mondo, era una sua esclusiva proprietà, non perché ne possedeva l'unico esemplare, ma perché era stata scritta solo per lei.

*Tu che sott'acqua ci sei nata*
*e ci sei stata dei mesi*
*danzando lenta volubile e sola*
*nella tua liquida e chiara moviola*
*e adesso cammini nascosta*
*nel tuo asciutto dolore*
*pensando che nascosto sott'acqua*
*ci hai lasciato il tuo cuore*
*e forse nemmeno lo sai*
*che basterebbe un minuto*
*per volgere quel nulla di fatto*
*in un fatto compiuto*
*pensando che sott'acqua*
*dove non c'è colore*
*una lucente bolla d'aria ci sarà per te*
*per dare fiato al tuo amore*
*ch'è stato lì nascosto*
*che non si è mai arreso*
*nel suo minuscolo bagliore*
*anche sott'acqua va*
*sembra un lumino acceso*
*per te che stai sott'acqua*
*quando non credi più.*

Nel capire il senso di quelle parole, invece del pianto si concesse la tenerezza illogica di un sorriso.

Si sedette sulla poltrona di vimini davanti alla portafinestra e si sistemò i cuscini per essere più comoda. Si lasciò avvolgere dalla musica e si abbandonò alla voce e al ricordo, sicura che qualunque cosa le fosse successo da quel momento in poi, nessuno le avrebbe potuto rubare l'enorme ricchezza di quello che aveva avuto. Rimase davanti a quel tramonto trionfale che incendiava il cielo di Roma ad attendere quello che doveva arrivare, come tutti incerta, con l'unico aiuto di quello che aveva suo malgrado imparato e che adesso era in grado di fronteggiare.

Maureen Martini chiuse gli occhi e pensò che il buio e l'attesa hanno lo stesso colore.

# Ringraziamenti

Devo iniziare i ringraziamenti con due persone straordinarie, vale a dire Pietro Bartocci e sua moglie, la dottoressa Mary Elacqua del Samaritan Hospital di Troy. Senza di loro questo romanzo avrebbe avuto una gestazione molto più difficile, io avrei avuto un soggiorno molto più ingrato in America, non avrei imparato quanto può beccare un pappagallo del New England e soprattutto non sarei riuscito a dare un nuovo senso alla parola «amicizia».

A loro vorrei aggiungere:

Andrea Borio, cuoco sopraffino, amichevolmente soprannominato «Cow Borio» per essere riuscito a portare un bollito misto alla piemontese in pieno centro di Manhattan;

la dottoressa Victoria Smith, eccezionale chiropratica e deliziosa persona, che ha raddrizzato la mia schiena a pezzi durante il soggiorno a New York;

tutti i componenti dello staff di Via della Pace e le altre persone adorabili che ho conosciuto negli Stati Uniti, con un'assicurazione: forse in questo momento non ricordo i nomi di tutti, ma i loro visi sono scolpiti in modo indelebile nella mia memoria.

Inoltre per la parte scientifica vorrei ricordare il dottor Gianni Miroglio, medico e amico di sempre, e il dottor Bartolomeo Marino, primario di Chirurgia presso l'Ospedale Civile di Asti, a cui va aggiunta la poliedrica dottoressa Rossella Franco, anestesista rianimatore presso l'Ospedale Civile S. Andrea di La Spezia.

Un particolare ringraziamento al dottor Carlo Vanetti, microchirurgo oculare a Milano, membro dell'ASCRS (American Society Of Cataract and Refractive Surgery), e al professor Giulio

Cossu, direttore dell'Istituto di Ricerca per le Cellule Staminali dell'Istituto Scientifico S. Raffaele di Milano, che si sono dimostrati, come dice il poeta, possenti e pazienti.

Grazie anche alla dottoressa Laura Arghittu, responsabile dei rapporti con i media della Direzione e Comunicazione Sviluppo per la Fondazione S. Raffaele del Monte Tabor, che ha mediato con savoir faire l'assalto di uno scrittore ancora tutto da verificare.

Un affettuoso e sontuoso cenno merita inoltre la dottoressa Annamaria di Paolo, Primo Dirigente della Polizia di Stato, che è stata indispensabile per gli spunti e gli argomenti e impagabile per l'amicizia e il sostegno.

Per quanto riguarda il consolidato gruppo di lavoro che fa capo alla mia attività di autore, devo ricordare *in primis* Alessandro Dalai, uomo di multiforme ingegno e sostegno, a cui è doveroso aggiungere:

l'invulnerabile Cristina Dalai,
l'inconfutabile Piero Gelli,
l'inderogabile Rosaria Guacci,
l'indomabile Antonella Fassi,
l'attendibile Paola Finzi,
la variopinta Mara Scanavino,
con l'insospettabile Gianluigi Zecchin a coprire le spalle a tutti.

Una menzione d'onore, infine, all'acuminato Piergiorgio Nicolazzini, mio prode agente e valente consigliere.

Inoltre:

Angelo Branduardi e Luisa Zappa per il rituale e scaramantico anticipo di trama nella solita osteria;

la dottoressa Angela Pincelli, che per motivi geografici vedo poco ma che per motivi affettivi penso molto;

il dottor Armando Attanasi, che c'è nei miei confronti molto più di quanto io ci sia nei suoi;

Francesco Rapisarda, responsabile Comunicazione del Reparto Corse della Ducati, che prima o poi ce la farà a portarmi a un Gran Premio;

Annarita Nulchis, *unforgettable* come la sua e-mail e preziosa come il suo sorriso;

Marco Luci per la cortesia e il contatto;

la Malabar Viaggi per l'assistenza e la signorilità.

Per concludere, un abbraccio a tutti gli amici che scorrazzano da anni nella mia vita e nel mio immutabile affetto con il loro supporto, la loro stima e l'incorruttibile dolcezza delle cose vere.

E poi, a livello strettamente personale, un GRAZIE maiuscolo e di vero cuore a Renata Quadro e Jole Gamba per la loro premura, la loro presenza rassicurante e l'assistenza prestata a una persona cara in un frangente molto difficile per lei e per me.

I personaggi di questa storia sono rigorosamente frutto di fantasia.

Le persone che ho ringraziato, per mia fortuna, no.

Giorgio Faletti

# Io uccido

«Anche in questo siamo uguali. L'unica cosa che ci fa differenti è che tu, quando hai finito di parlare con loro, hai la possibilità di sentirti stanco. Puoi andare a casa e spegnere la tua mente e ogni sua malattia. Io no. Io di notte non posso dormire, perché il mio male non riposa mai.»
«E allora tu che cosa fai, di notte, per curare il tuo male?»
«Io uccido...»

«Uno come Giorgio in America si dice *larger than life*: uno da leggenda.»

*Jeffery Deaver*, Il Venerdì-la Repubblica

«Non ci crederete ma oggi quest'uomo è il più grande scrittore italiano.»

*Antonio D'Orrico*, Sette-Corriere della Sera

Supernani

1 Tom Robbins, *Feroci invalidi di ritorno dai paesi caldi*
2 Tom Robbins, *Profumo di Jitterbug*
3 John Dos Passos, *Manhattan Transfer*
4 Harold Robbins, *L'uomo che non sapeva amare*
5 Raul Montanari, *Che cosa hai fatto*
6 Matthew Reilly, *Tempio*
7 Melania G. Mazzucco, *Il bacio della Medusa* (2ª ediz.)
8 Melania G. Mazzucco, *La camera di Baltus*
9 Giorgio Faletti, *Io uccido* (4ª ediz.)
10 Joseph LeDoux, *Il cervello emotivo* (2ª ediz.)
11 Laura Zigman, *Il teorema della Mucca Nuova*
12 Jeremy Rifkin, *Il secolo biotech*
13 Haruki Murakami, *L'uccello che girava le Viti del Mondo* (2ª ediz.)
14 Gino&Michele, Matteo Molinari, *Anche le formiche nel loro piccolo s'incazzano. Raccolta completa*
15 Robert Greene, *Le 48 leggi del potere*
16 Enrico Brizzi, *Jack Frusciante è uscito dal gruppo*
17 Sebastiano Vassalli, *La notte del lupo*
18 Matteo B. Bianchi, *Generations of love* (2ª ediz.)
19 Dorothy Strachey, *Olivia*
20 Jeremy Rifkin, *Entropia* (2ª ediz.)
21 Giovanni Bianconi, *Ragazzi di malavita. Fatti e misfatti della banda della Magliana* (3ª ediz.)
22 Peter H. Duesberg, *Aids. Il virus inventato*
23 Kahlil Gibran, *Il Profeta*
24 Sergio Cofferati (con Gaetano Sateriale), *A ciascuno il suo mestiere. Lavoro, sindacato e politica nell'Italia che cambia*

25 Luciano Ligabue, *Fuori e dentro il borgo* (2ª ediz.)
26 Denis Robert, Weronika Zarachowicz, *Due ore di lucidità. Conversazioni con Noam Chomsky* (2ª ediz.)
27 AA.VV., *Dai retta a un cretino. Dieci anni di irresistibile comicità*
28 Serse Cosmi con Enzo Bucchioni, *L'uomo del fiume. La mia vita, il mio calcio* (4ª ediz.)
29 Haruki Murakami, *L'elefante scomparso*
30 Martin J. Gannon, *Global-Mente.*
31 Naomi Klein, *Recinti e finestre*
32 Franco Cuomo, *Gunther D'Amalfi, cavaliere templare*
33 Nancilee Wydra, *Feng shui*
34 George Best, *The best* (2ª ediz.)
35 Alejo Carpentier, *L'Avana, amore mio*
36 Mike Bryan, *Uneasy Rider*
37 Camila Raznovich, Marco Rossi, *Loveline* (2ª ediz.)
38 Brunella Gasperini, *Più botte che risposte*
39 Brunella Gasperini, *Il galateo*
40 Brunella Gasperini, *Io e loro*
41 Brunella Gasperini, *Rosso di sera*
42 Brunella Gasperini, *Noi e loro*
43 Brunella Gasperini, *Una donna e altri animali*
44 Brunella Gasperini, *Il buio alle spalle*
45 Brunella Gasperini, *L'estate dei bisbigli*
46 Haruki Murakami, *La fine del mondo e il paese delle meraviglie*
47 Alex Bellos, *Futebol*
48 James Gavin, *Chet Baker. La lunga notte di un mito*
49 Alex Zanardi e Gianluca Gasparini, *...però, Zanardi da Castel Maggiore!* (2ª ediz.)
50 Mario Capanna, *Verrò da te. Il mondo presente e futuro*
51 Kary Mullis, *Ballando nudi nel campo della mente*
52 Phil Jackson e Charley Rosen, *Più di un gioco*
53 Stephen M. Pollan, Mark Levine, *Morire in bolletta e vivere felici*
54 K.M. Soehnlein, *Il mondo dei ragazzi normali*
55 Maria Grazia Bevilacqua, *Greta Garbo*

56 Matteo B. Bianchi, *Fermati tanto così*
57 Patricia Verdugo, *Salvador Allende. Anatomia di un complotto organizzato dalla Cia*
58 Raul Montanari, *Chiudi gli occhi*
59 Giorgio Galli, *Piombo rosso*
60 Samantha Power, *Voci dall'inferno*
61 Stephen Fry, *Hippopotamus*
62 Peter Moore Smith, *Rivelazione*
63 Silverio Corvisieri, *La villeggiatura di Mussolini*
64 John Saul, *I cacciatori del sottosuolo*
65 *Il grande libro dei fantasmi*, a cura di Richard Dalby
66 Carlo Pallavicino, *Tenetevi il miliardo*
67 Giorgio Faletti, *Niente di vero tranne gli occhi*

Stampato nel luglio 2005 per conto di
Baldini Castoldi Dalai *editore* S.p.A.
da «Mondadori Printing S.p.A.»
Stabilimento Nuova Stampa - Cles (TN)

V 0094212887
V 00149839
NIENTE DI VERO
TRANNE GLI OCCHI
1a Edizione
Supermani
Libreria
G FALETTI
BALDINI CA-
STOLDI DALAI
SIAE